中國原生性文學史理論重構

顏崑陽　著

本書係國科會補助專書寫作計畫之執行成果

目次

序　中國文學史的外國性與政治性

顏崑陽新成巨作《中國原生性文學史理論重構》，砲轟中國文學史舊堡壘，提示戰艦新型號新寫法，原生原創，令人佩服，喝采不置。

但佩服之餘，怎麼誇，卻很讓人煩惱。他的意見我都贊成，且說得比我好，又沒什麼可以糾謬補缺的，所以犯愁。而寫序大灌米湯，恐亦為他所不齒。

瞻前顧後，想來只好如冠軍侯霍去病行軍般，直取狼居胥山，破「中國文學史寫作」的祖墳風水，為崑陽助威。

史稱霍去病「封狼居胥山，禪於姑衍，登臨翰海」。地方在現今蒙古國烏蘭巴托東側的肯特山，乃匈奴人老根據地。所以我也從「中國文學史寫作」北方的祖源講起。

先看北冰洋的流風遺韻

最早的「中國文學史」的書寫就是從西北開始的，一八五四年，德國人碩特就發表了《中國文學述稿》。雖然它更像一篇學術論文，但這仍是世界上最早的具有現代「中國文學史」品相的著作。一八八〇年，俄國人瓦西裏耶夫又完成了第一部正式的《中國文學史》。此後直到一九一一年清王朝結束，世界範圍內「中國文學史」的撰寫一部接著一部，主要有：日本末松謙澄《中國古文學略史》（一八八二）、日下寬《中國文學》（一八九〇）、藤田豐八《中國文學史》（一八九五）、古城貞吉《中國文學史》（一八九七）、笹川臨風《中國文學史》（一八九八）、兒島獻吉郎《中國大文學史》（一八九九）、中根淑《中國文學史要》（一九〇〇）以及英國查理斯《中國文學史》（一九〇一）、德國顧路柏《中國文學史》（一九〇二）、日本久保天隨《中國文學史》（一九〇三）等。

這些都不是中國人寫的。清末，國人偶爾接觸到這個概念和寫法，才出現「中國文學史」撰寫的第一個高潮。

光緒二十三年（一八九七）竇警凡脫稿《歷朝文學史》，這是目前已知最早的中國人撰述的「中國文學史」。但該書光緒三十二年（一九〇六）才作為南洋師範課本鉛印出版。光緒三十年（一九〇四）六月，林傳甲《中國文學史》則出版了。幾乎同時，任教於洋學堂東吳大學的黃人（摩西）也開始了《中國文學史》寫作，並於光緒三十一年（一九〇五）前後印行。同年來裕恂也撰《中國文學史》。宣統元年（一九〇九）張德瀛《中國文學史》出版。一九一一年清王朝結束前，許指嚴也在商務印書館出版了他編的《中國文學史》。有人說，這就是中國學術從傳統向現代轉化的痕跡。

傳統向現代轉化，如今頗有人以為是好詞，其實只是洋化罷了，不是學西洋就是學東洋，不然則學北冰洋。

北方俄羅斯，漢學發展比較特殊，因為是國家行為。

十七世紀歐洲正在「中國熱」。一六一八年，俄羅斯的佩特林到達北京，次年回莫斯科上呈了筆記。筆記很快也在歐洲廣為流傳，引起了地理學家、外交官和出版者的極大興趣，幾乎以所有歐洲語言出版。說明歐洲對這條新發現的通往中國之路的關注。

因此，彼得大帝之前，俄羅斯已不斷從中國汲取養分了。而雍正年開始，彼得大帝派到中國的東正教使團，更命令須學習滿文漢文，好把中國的典章制度直接翻譯介紹回俄羅斯。

後來葉卡捷琳娜二世實行開明專制，不只跟伏爾泰、狄德羅等西歐啟蒙思想家通信請教。她召開新法典編纂委員會、頒布「全俄帝國各省管理體制敕令」等措施，更是多受中國法典及政策影響。漢學家承担了重要角色。歐洲啟蒙運動當時也常通過俄文譯本來參考中國典章制度，推動政治革新。

從雍正時期至今，俄羅斯漢學根基非常紮實，而且擁有許多我們自己國內缺乏的文物資料，如敦煌文獻、黑水城西夏文物等，翻譯與研究成果也很豐富。

其中，大文豪普希金撰文推介《三字經》譯本，托爾斯泰自己動手翻譯《大學》《道德經》，女詩人阿赫馬托娃譯《離騷》等，都是極重要而國人還不熟悉的。

王西里（瓦西裏耶夫）寫《中國文學史》時，俄國盛行「中國文學消亡論」，他則在北京生活了十年，自行閱讀中國文學作品，收集漢、藏、滿、蒙各種語言的書籍文獻，獨立研究，既不引用其他歐洲學者的論點，也不完全相信中國人對作品的傳统解釋。

正因如此，故他書中文學（史）觀與今日中俄兩國知識界所秉持的文學（史）觀截然不同。所謂的文，大多與「文獻」同義，所探討的多數主題，則大致屬於「文化」範疇。情況猶如我國最早寫作《中國文學史》的北大林傳甲。

那個時代，中國的「文學」，主要指高雅的文言文學。十九世紀俄國的一般觀點，也認為文學（史）是文化（史）的一部分，甚至是社會思想史、社會運動史的一部分，所以，在此認知背景下，現代意義上的純文學只能是文學中的一小塊。

雖然如此，他仍將戲曲、小說列入了文學範疇。而且在介紹《詩經》時談到了他對「雅文學」和「俗文學」的區分和評價。他的民間文學觀，更是深受實證主義、歐洲中心主義和浪漫主義的影響，是以西方學術體系為理論基礎，運用近代科學方法研究中國文化的一次嘗試，以西觀中。

王西里當然很熱愛中國文化，一八六六年他還出版了《漢字解析》。因此他的「以西觀中」並非故意扭曲，只是他的時代背景和個人趣味使然。俄羅斯出版的《王西里院士中國書籍目錄》中多種《紅樓夢》刻本，即可以看出他對小說的偏愛。

В．П．瓦西里耶夫、В．М．阿列克謝耶夫等人則自十八世紀末開始譯介中國通俗文學作品。中國與其他民族俗文學的比較研究、民間文學與文人文學的相互影響研究，更是他們兩大主題。

另外，俄羅斯關注蒙藏西域已久，一八〇七到一八二一年，著名漢學家比丘林已出版了《西藏現狀概述》、《蒙古札記》、《準格爾和東突厥斯坦古今概況》；十九世紀末大規模收集來的文物就更多了。現在聖彼得堡收藏各類書籍和手稿超過百萬件，有六十五種語言。其所藏，西夏文物世界第一、敦煌文物世界第三、年畫海外第一，有金代雕板《四美圖》、《關公像》及《劉知遠諸宮調》，有北宋時期活字印本，還有海外唯一的抄本《石頭記》，收藏的佛經、唐卡、手稿等，珍本孤品不計其數。

敦煌文獻，他們也介入甚早。國人只知斯坦因、伯希和，卻不知繼斯坦因、伯希和之後，俄羅斯梵文、波斯文專家鄂登堡就帶了一隊人，於一九一四年至一九一五年間到敦煌住了半年，收集到的寫本和文物資料，占全世界敦煌文獻的百分之十二左右（可能還不只這個數。我見過當年的探險筆記和幾千張照片——畢竟住了大半年呢——就還沒公布，公布的只是敦煌文書和一部分圖像），使得俄羅斯成為敦煌學的世界研究重鎮之一。

吐魯番劫獲品也很可觀。一八九八年，俄科學院д．а．克列門茲率領考察隊在高昌故城、伯孜克里克千佛洞和阿斯塔那墓葬區進行了勘察，獲得許多梵文和回鶻文文獻及壁畫。一九〇六到一九〇七年，а．д．科卡諾夫斯基又獲得不少梵文、漢文、回鶻文和藏文寫本。一九〇九到一九一〇年，奧登堡也去了吐魯番，同樣收穫頗豐，見他所著《一九〇九～一九一〇年俄國土耳其探險》，聖彼得堡，一九一四年。

同時，俄國駐新疆等地區的外交人員也以其便利的條件和特殊的身份收集散在當地民間的文獻文物。這些物品多收藏於聖彼得堡、亞洲博物館和艾爾米塔什博物館等處。

由於所獲來源分散，數量龐大，加上文種和內容的龐雜，中間又多經轉手，考察收集時的原始記錄及入庫時的入藏登錄均不完備，造成庫藏記錄混亂，記錄的文獻來源與實際不符，數量與實際有出入，有些收集品在庫藏記錄中找不到，存在的文獻又不見庫藏目錄者甚多。像《金剛般若波羅蜜多經》就破損成六〇一件殘片，其綴合、歸類，工作十分繁難。所以到底還有多少東西，耐人尋味。

不論如何，敦煌寫本、壁畫、絲織品等文物至少在一萬八千件以上（早年我老師黃永武先生獨立編出《敦煌寶藏》時，臺灣仍在戒嚴，故俄羅斯所藏敦煌資料無法收得。從一九九二到二〇〇一年，上海古籍出版社才將之出版為《俄羅斯科學院東方研究所聖彼德堡分所藏敦煌文獻》十七冊）。

總之，俄羅斯漢學，內容豐富，甚具特點。近七十年臺灣因政局因素，對之十分陌生，所以我多說了幾句。主要的意思，一是溯源，點出「中國文學史寫作」的來源與性質：為了讓外國人了解中國文學而作。二是外國人更重視通俗文學、民間文學、小說、戲曲、地方語言文獻、資料、文物，俄羅斯就很典型。三，俄羅斯人寫的《中國文學史》很早很不少（包括近年經王德威推廣而「眾聲喧嘩」的巴赫汀都有），值得留意。四，十九世紀後期，俄羅斯不僅與歐洲關係密切，跟日本也綢繆難解，甚至打過一仗。那時我國旅日學者、留日學生，都由日本吸取到不少俄國養分，如劉師培、章太炎的無政府主義、南北文學不同論、魯迅的版畫和美術觀等等都是。他們的學問，當然後來也影響了其後中國文學史的寫作。

所以接下來還要講講《中國文學史》的東洋養分

日本人關注文學史，是明治與大正年間一大時代特徵。當時是在「明治維新」形成的世界文化場域中，東西文化碰撞、交融，而出現了國別文學史的建構產物，故是「民族國家」意識的產物。

先是從古老「漢學」中分化出「國學」來，再在國學中建構「日本文學史」。同時也開始從傳統的儒學、訓讀，轉出對「中國文學史」的建構。

所以這是中日幾千年來文化交流的大變動，從古代型進入近代型。

不但日本出現了從前沒有的文學史，中國文學史也因而問世。當時中國便搭順風車，借鑑了日本末松謙澄《中國古文學略史》（一八八二）、日下寬《中國文學》（一八九〇）、藤田豐八《中國文學史》（一八九五）、古城貞吉《中國文學史》（一八九七）、笹川臨風一八九八《中國文學史》（一八九八）、笹川種郎《中國文學史》《中國大文學史》（一八九八）、兒島獻吉郎等人的中國文學史著作而漸漸發展起來。

這風潮，一起來勢頭就挺猛。光是明治一朝，中國文學史著作前後即有十餘部。

這些日本早期中國文學史，對於中國的影響是決定性的。因為二十世紀初葉，中國出現大量依據日本的中國文學史為藍本而撰寫的文學史著作（清朝學部甚至直接讓京師大學堂教員林傳甲等人模仿笹川作品），日本文學史家的「文學」觀，當然直接影響到中國文學史家對「文學」的理解和定義。而日本這些先驅，對中國俗文學地位的提高、中國文學史分期，可說都是一開始就替後來的中國同行定了調。

小說方面。自日本紅學奠基人森槐南在一八九二年刊發的〈紅樓夢評論〉一文開始關注《紅樓夢》作者問題之後，明治與大正年間至少有六位學者的八部「中國文學史」類著作對此展開了探討。整體上均認可曹雪芹的著作權，狩野直喜甚至從《紅樓夢》文本內證揭明了《紅樓夢》成書上限為雍正末年。

換言之，《紅樓夢》作者之考證，日本學者早在胡適開創的新紅學之前。

森槐南（一八六二—一九一一），號槐南小史，通稱泰二郎，別號秋波禪侶。十三歲能作漢詩，十六歲即在刊物上發表填詞（見下《南歌子・春夕》），同年以所撰傳奇《補天石》示黃遵憲，黃贊之曰「真東京才子也」，且為《補天石》題詞云：「後有觀風之使采東瀛詞者，必應為君首屈一指也」。森春濤將中國清代大詩人張船山、陳碧城、郭頻伽的絕句選編成《清三家絕句》一書，其子森槐南校，一八七八年日本茉莉詩店刻出版。

戲曲方面。日本學者從江戶時代（一六〇三—一八六八）的新井白石（一六五六—一七二五）和荻生徂徠（一六六五—一七二八）已經把元雜劇和日本古典戲曲進行了比較研究。

到了一八九〇年，森槐南在早稻田大學的前身東京專門學校講授詞曲，一八九八年出任東京大學講師。狩野直喜與盐谷温則同出東京大學之門，均將中國戲曲作為自己的研究目標。

他也是南戲研究最早的。中國學界的南戲研究，要到二十世紀二〇年代開始，而森槐南早在明治時期（一八六八—一九一二）就已經涉足南戲了。

三久保天隨稱「森槐南博士為明治時代詞曲研究的開山」，並坦言自己和盐谷温從事戲曲研究是受到森槐南的影響。

森槐南之後，中國戲曲研究更成了日本學界的新熱點（據青木正儿《御文庫目錄中的中國戲曲書》記載，從一六〇二年至一六六三年，收入日本御文庫（國家文庫）的中國戲曲作品，選集就有十九種，而民間輸入的數量更應不在少數）。

一九一〇年，清廷還不清楚敦煌是怎麼回事時，日本京都大學已派遣內藤湖南、狩野直喜等赴北京考察敦煌文獻，其間亦持續收購了不少小說戲曲類文獻。《京都大學教授赴清國學術考察報告》中小說戲曲一類，介紹了《欽定曲譜》十四卷、九種曲等。狩野直喜此行還訪得白璞散曲集《天籟集》。盐谷温在長沙隨葉德輝學曲時也十分注重收集曲籍，葉德輝稱其「游學長沙，遍搜新舊刻本諸曲」。

除了這種個別現象之外，姚華從普遍性上說：「近年以來，中國舊籍漸傳異域，東鄰估客時至京師。百家之書，靡不捆載。至於詞曲，尤投嗜好。」

五四新文化運動興起，繼而「整理國故」風潮大作，中國傳統方被打倒，整理刊刻的戲曲文獻，卻馬上被旁邊盯著看的日本人逮着機會，把《雜劇十段錦》、《梅村先生樂府》三種、《暖紅室匯刻傳劇》《誦芬室讀曲叢刊》、《盛明雜劇》《元曲選》、《石巢傳奇》四種、《曲苑》、《重訂曲苑》，乃至於上海覆刻的周憲王原本《西廂記》和《董解元〈西廂記〉諸宮調》等曲籍通通捆載而去，大大推動了關於中國戲曲的研究。

這是大勢。大勢中，王國維（一八七七—一九二七）的個案，尤其值得玩味。

由王國維的個案，看日本的中國文學史如何影響中國

王國維一九〇八年寫《人間詞話》，然後撰寫《曲錄》。一九一一年辛亥革命，王國維才三十

出頭，即隨羅振玉避難日本京都。以李斗《揚州畫舫錄》所載的清代乾隆年間黃文暘的《曲海》與焦循的《曲考》為底本，在原有兩書僅有一〇八一種雜劇傳奇的基礎上多方搜集，共得金元明清曲本三一七八種，並對每個朝代的作者數量及其地域分布進行了認真的研究。

在此基礎上，他又從不同側面搜集戲曲資料，相繼寫成了《戲曲考源》、《唐宋大曲考》、《優語錄》《錄曲餘談》《曲調源流表》《古劇角色考》等。於一九一二年成書《宋元戲曲考》，一九一五年商務印書館初版時候更名《宋元戲曲史》。

這時他已流寓京都，故其研究所需，除了用羅振玉的藏書之外，全部得諸京都豐富的戲曲資料。另外就是有龐大的戲曲研究同道群，可以切磋討論。如盐谷温即曾說：「王氏游寓京都時，我學界也大受刺激。從狩野君山博士起，久保天隨學士、鈴木豹軒學士、西村天囚居士、亡友金井君等都對於斯文造詣極深，或對曲學底研究吐卓學，或競先鞭於名曲底紹介與翻譯，呈萬馬駢鑣而馳騁的盛觀。」

這種情況，是連他在中國本土談詞時都不能有的。他在一九〇八、一九〇九年之交寫了《人間詞話》，隨即在《國粹學報》分三期刊出，但影響寥寥，被視為孤雁空鳴，自說自話。一九一五年一月，他將詞話重新編排調整後再度刊載於《盛京時報》，仍然沒太大動靜，要到一九二六年，北京樸社將《國粹學報》初刊本標點單行，學人始稍稍有所關注。相較於戲曲，他在日本的處境遠遠勝於國內。

狩野直喜即與王國維多有交談，他在《中國小說戲曲史》中多處引用王國維的觀點，與王國維在元曲研究上有不謀而合之處。鈴木虎雄、西村天囚都在王國維的影響下對中國戲曲研究一度十分投入。青木正兒則受到《宋元戲曲史》的影響，開始撰寫《中國近世戲曲史》。中國人看見這種情況，大抵只會認為王國維很幸運、很受歡迎。但實際上我們應該注意的是：

一、王國維本身的戲曲研究深受日本學風的影響。

二、王國維的詞觀曲觀都是「重頭不重尾」的。大誇晚唐五代宋初，而看輕南宋詞；大誇元曲，而對明清戲曲不屑一顧。日本的研究則全面得多，南戲、明清傳奇都是證例。

三、王國維對戲曲的一些重要看法，如悲劇說、元明戲曲之差異說、元劇關目簡陋說等，卻明顯受到笹川臨風等人的影響。他用「戲曲」一詞作為中國古代戲劇的總稱，也是轉取自日本。

四、明治後期，笹川臨風是日本第一部中國小說戲曲專史作者，也是第一部將俗文學與詩文並列的中國文學史作者（但他的中國俗文學研究集中在十九世紀末年）。而他的《中國文學史》，在中日兩國都引起極大反響。

他的戲曲研究高於小說，曾寫出近代日本第一篇南戲專論，晚年又將《琵琶記》編譯為日本物語體文學。森槐南的南戲研究也很有貢獻。可惜王國維一直沒注意到這方面，以致《宋元戲曲史》大有缺陷。

五、王國維對宋元史事的關注，還不能僅從詞曲方面看，他對整個蒙元史都有興趣，研究也很深。

他在《元朝秘史》中就有不少眉批，披覽《西使記》時亦撰有札記。專著則有《萌古考》、《聖武親征錄校補》、《蒙韃備錄箋證》、《黑韃事略箋證》、《聖武親征錄校注》、《長春真人西遊記校注》等，是民初研究蒙古史的名作。

許多人把這些研究跟晚清李文田、沈曾植《聖武親征錄校注》，何秋濤《校正元聖武親征錄》等合併起來說當時有一種研究邊疆蒙古的風氣。

晚清民初是有此新學風，但不能忽略王國維此類研究與日本的關係。而且現今學界對王氏有個基本學術分期，都說他早年徘徊於文學、美學與哲學，中期轉向考古及商周史事，晚年再轉向西北地理和蒙古。這其實是錯的，王之鑽研蒙古史甚早，且與日本學者關係不淺。

王國維《南宋人所傳蒙古史料考》指《征蒙記》《行程錄》兩書為宋人偽作。十年後，日本學者外山軍治卻立足於《完顏希尹神道碑》，推翻了王氏所謂金蒙大戰純屬誇誕的結論。

現今還存有王國維簽贈神田喜一郎的書。首冊封面署：呈神田鬯庵仁兄。札中言：「近日將敝撰《皇元聖武親征錄校注》一卷，《長春真人西遊記注》二卷《蒙韃備錄》《黑韃事略箋證》各一卷，並《韃靼考》、《遼金時蒙古考》諸種共為小叢書，付諸排印。大約兩月中可成，印成即行奉呈教正。」

王國維一生兩度客居東瀛。青年時代在東京物理學校留學僅半年，一九一一年冬攜眷赴京都卻達五年之久，「成書之多，為一生冠」。與日人交往也甚多，如木蘇牧《五千卷堂集》卷十五《豹軒鈴木虎雄拉余過王靜安東山神樂岡寓三人聯轡訪羅叔言淨土寺賦七古一章贈之》有句「王侯古心古貌山澤臞，獨抱遺經味道腴。新詩廿首黍離情，一字一泣鮫人珠。」其後漢文詩詞刊物《詩苑》刊載了《頤和園詞》，其位次居全刊之首，次篇即為木蘇牧自作。《詩苑》由同人共營，木蘇牧為編輯者的中堅人物。

神田喜一郎在《日本填詞史話》中，也提及《詩苑》登載了王（國維）、況（周頤）的填詞數閿，前者是從木蘇岐山，後者是從久保天隨手中得到的。神田並且注意到當時所有日本人包括木蘇都不知道王國維出國前曾著有《人間詞話》。王在日本刊行的《壬癸集》，收詩二十首，也無一詞作。直至二〇一五年，《人間詞話》亦無完整日譯本。而且有趣的是：神田曾在台大（當時為日本帝國大學之一）任教過，可是他卻揭示了王的詞與詞論，在日本其實並不受重視的狀況（後來在臺灣被誇得不行，主要是葉嘉瑩先生的偏愛和對晚清及日本當時詞壇的陌生所致）。

神田是王國維晚年重要論學之友，王逝世後輯集印行珂羅版《王忠慤公遺墨》，他即是實際的主持者。其家族藏書在日本也素負盛名，藏品中如王氏手校本《觀堂林集》如今已歸大谷大學。前面提到的《大誥》《蒙古史料校注四種》，在觀堂與神田的通信中曾屢屢述及。其中《大誥》系王氏倩京師圖書館中人鈔錄原內閣大庫本，並通過徐森玉的介紹以晏氏藏本補足之。底本系觀堂本人精心選定，他對雪堂挽救大庫最熟悉，故曾撰《庫書樓記》記其始末。

六、除王國維外，日本學者與其他中國學者的交往也很密切。一九一〇年，狩野直喜在《藝文》雜誌上發表了《〈水滸傳〉與中國戲曲》一文，提出《水滸傳》的成書年代應晚於元代的水滸戲。一九二〇年，胡適完成《〈水滸傳〉考證》一文，結論大致相同。

董康遊歷日本時，與久保天隨相識。久保天隨曾就《西廂記》閔刻凌初成本等問題寄信前往上海向董康請教。久保天隨讚賞張友鸞的《〈西廂記〉的批評與考證》一文，引之以為同調，在其《中國戲曲研究》中羅列《西廂記》續作時，《小桃紅》《拆西廂》兩个本子即從張友鸞的文章中引用。

著有《支那文學概論》（一九五一）、《漢文學概論》（一九五二）的長澤規矩也，每訪燕京，必屢到孔德學校的馬廉處訪問，觀其所藏的戲曲小說。青木正兒寫《中國近世戲曲史》時，也委託倉石武四郎從馬廉處抄寫《永樂大典》戲文三種。

也就是說，晚清民初，研究或關注小說戲曲的我國學者與日本學界之互動甚為頻繁，日本學者「帶節奏」的情況也很明顯。

青木正兒畢業後任教於同志社大學，一九一九年與京大同學小島佑馬、本田成之等組成「麗澤社」，創辦《支那學》雜誌。並在該雜誌上發表《以胡適為中心的中國文學革命》，是向日本介紹中國新文化運動及其中心人物胡適的第一篇文章。他還多次向胡適提供在日本搜索到的中國文學史資料。

青木正兒在《中國近世戲曲史》自序說，該書的寫作動機是為了接續王國維《宋元戲曲史》。王國維寓居京都時，青木初次拜謁，就發現他既不愛觀劇，也不解音律，「余年少氣銳，妄目先生為迂腐」，特別是後　留學北京見王國維　到自己想續撰明曲戲曲史時，「先生冷然曰：明以後無足取，元曲為活文學，明清之曲，死文學也。」故一九二八年，在東京舉行王國維追悼會上聚集了日本漢學名流，唯獨不見在京都學術界最為活躍的青木正兒。

青木正兒的《中國近世戲曲史》在地理環境論影響下採用南北框架史述模式；在西方戲劇觀念影響下重視情節結構、關注劇場結構方面的研究，更是受近代日本學術潮流的影想。自稱先前完成的《自昆曲至皮黃調之推移》《南北戲曲源流考》已言王氏之所未言。）

七、日本對我國小說戲曲之鑽研，漸漸也就顯示了與我國在學術上爭霸的雄心或作用。故盐谷温的《中國文學概論講話》全書分上下兩編，上編由「音韻」「文體」「詩式」和「樂府及填詩」四章組成，下編包括「戲曲」和「小說」兩章。從章節布局來看，戲曲小說部分才是該書的重點。盐谷温在序言中明說：「（書中）主要對中國戲曲小說的發展加以敘述，意欲填補我（日本）中國文學界的缺陷。因此前後詳略不同，遂分為上下兩編。」

「填補我中國文學界的缺陷」，嘿嘿！

八、通過小說和戲曲，增強對中國社會的了解，這種需求愈來愈強。

明治維新之後，日本大量引進西方的社會科學，如人類學、民族學和民俗學等。日本「民俗學之父」柳田國男於一九〇九年出版《後狩詞記》，被譽為日本民俗學的第一個紀念碑。一九一〇年柳田國男等創立了「鄉土會」，三年後又創辦了《鄉土研究》雜誌。日本的中國民俗研究也隨之而起，希望由對中國民風民俗的考察，進一步了解中國，戲曲則被認為是反映民風民俗的重要方面。東方時論社社長　則正在為今關天彭的《中國戲曲集》寫的序言中指出：「知戲曲者，始解中國」「中國劇於中國之位置，曲盡其國民一切複雜之特性，近乎了無餘蘊」。

你會不會想起梁啟超的《小說與群治之關係》？是的，梁啟超這個觀念正是他在日本獲得的。戊戌變法失敗，他流亡日本，在橫濱創辦《清議報》《新民叢報》《新小說》等刊物。其中《新小說》是中國文學史上第一份小說雜誌，《論小說與群治之關係》即是創刊號的發軔之作。

然而，同一種觀念，作用於現實，意義實大有不同。梁啟超是想用小說來喚起國人，新民興國。日本則漸漸轉而「知中」，乃至對了解、批判中國人國民性、有助於發展大日本帝國神聖事業等。

如宮原民平就談到研究中國有兩個方法，一是親身實踐，二是閱讀中國的小說戲曲，因為小說戲曲最能反映一個民族的真實狀況。辻聽花也曾說：「故予對於中國戲劇，既目之為一種藝術，極力研究，又以之為知曉中國民性之一種材料，朝夕穷究，孜孜弗懈。」七理重惠《謠曲與元曲》則提到日中「親善」的問題。盐谷温在《國譯元曲選》序言也說到：希望通過對元曲的翻譯，使讀者了解中國戲曲，對有關中國的問題有新的認識，對「興亞聖業」有所貢獻。

可憐中國學界對於這一方面不甚了解，日本人類學、民族學和民俗學等路數的小說戲曲研究，很久都沒吸收進來。隨五四運動發展起來的北大、中山大學民俗學研究，雖大談民歌與傳說，卻與社會科學式的人類學、民族學、民俗學不是一回事。

戲曲界，則王國維轉向到古器物學、古史學，西北地理研究，然後跳水自殺了。其他不過講點故事、做文本分析、史料考證。有些甚至根本連戲曲的ABC基本常識都沒有（如胡適居然不知道曲子是有宮調、有格律的，所以說從詩到詞再到曲，是文體解放，越來越自由，甚至可以隨意加襯字）。

少數懂的，如吳梅、王季烈、姚華等，重視舞台演出或曲律音樂等，卻非主流，與日本學者又剛好沒法對話。乃致於吉川幸次郎感覺：王國維脫離戲曲研究後，除吳梅的著作還時有顯現之外，中國學界的戲曲研究成果甚是凋零。

脫離日本學界之後，中國文學史獨立了嗎？

王國維脫離戲曲研究後，魯迅也脫離了，《中國小說史略》公然只談小說不涉戲曲，成了一大笑話。

因為革命已經成功了，成立了中華民國，建國意識開始思索國民性的問題，對舊傳統便須有所切割。魯迅引進日本的國民性理論、寫《阿Q正傳》、切開小說與戲曲的傳統關聯，即是如此。其他的切割，所在多有。例如五四白話文運動就是一大切割，選擇白話，打壓文言、律詩、桐城謬種、選學妖孽、山林文學、貴族文學。

中國文學史的課程、教材及著作，又被切為文章、詩詞、小說、戲曲四大類。這樣的框架，與我國傳統文類區分顯然不同，反而接近了西方。其結果，直接導致傳統文體學和文類寫作幾乎失傳。

本來，「文學史」或「中國文學史」這些概念本來就非國貨，乃洋人看中國文學，記錄其所見及見的方法而成。這種「外國性」不是應該先排除嗎？不，哪敢攘外呀？先在中國文學內部自我切割一通了事。

災情比較嚴重的，當然是詩文，小說戲曲卻是空前地受到重視。原因很多，主要則是對洋人來說，詩文較為難懂，小說戲曲俗文學較容易和其本國傳統相呼應。

上文介紹的俄國、日本，既開了這樣的頭，後來陸續引進我國的美國梅維恒（VictorH. Mair）主編《哥倫比亞中國文學史》（二〇〇一），德國顧彬（Wolfgang Kubin）主編的十卷本《中國文學史》（二〇〇二），美國宇文所安（Stephen owen）、孫康宜（Kang-i Sun Chang）主編的《劍橋中國文學史》（二〇一〇）無不如此。像顧彬的十卷本，德國司馬濤（Thomas Zimmer）的《中國皇朝末期的長篇小說》就獨立一卷，專論明清長篇小說，大談《浪史》《綉榻野史》《金瓶梅》《肉蒲團》《紅樓夢》等等，詩文辭賦可沒這麼受關注。

也就是說，中華民國成立後，中國文學史並沒獨立，在自己茫然無主的情況下，先是自我切割，自己整形得媽媽都不認得了。然後彎道超車，大量引進歐美漢學家各種中國文學史及相關研究，來完成俄羅斯、日本當年未做完的工作。中國文學史的外國性，遂因此愈演愈烈，趕流行、追時髦。

除此之外，可再說說的，厥唯政治性

從胡適《白話文學史》到劉大杰《中國文學發展史》，其所以能壓倒一世豪傑，典範長存上百年，主要就是政治力。

首要關鍵人物，其實不是發起文學革命的陳獨秀與胡適，而是蔡元培。

蔡元培的形象是「兼容並蓄」的和事佬，實則為激進之革命份子。晚清在日本，同盟會革命黨暗殺團有徐錫麟、秋瑾、章太炎、柳亞子、陶成章等人，團長就是蔡元培。他還研制出一種體積小、威力大的炸藥，準備刺殺慈禧。吳樾刺殺清政府出國考察五個大臣，炸藥就是蔡元培設計的。

激進暗殺不成之後，則改由教育手段革命。一九〇二年蔡元培與黃宗仰（烏目山僧）、蔣智由等發起中國教育會。會內有激烈、溫和兩派，「激烈派主張以學校為革命秘密機關，蔡孑民主之。」

教育革命之一即推展女教，如一九〇二年上海辦愛國女學之類。但因一九〇七年清廷已頒布《女子小學堂章程》、《女子師範學堂章程》，女子教育已納入學制，他只好提倡大學也該男女合校，不斷宣傳「外國的小學與大學，沒有不是男女同校的。」

哈哈哈，革命時常不擇手段。蔡名氣大、輩份高，所以也敢於英雄欺人。外國大學「沒有不是男女同校的」，根本就是行騙！美國新風氣起得早，耶魯大學，還要到一九六九年才開始允許女生入讀。歐洲更晚，劍橋大學的麥格達倫學院在一九八八年才開始招收女生。開學第一天，全院的男士都帶上了黑色的臂章，學院當天下了半旗。

中國的情況呢？那不能說！

漢和帝時便在洛陽北宮創辦了女子學堂，請班昭教授皇后諸貴人經書、天文、算數。鄧太后鄧綏掌權後，於永初三年（一〇九年）詔令內官和近臣到東觀受讀經傳，然後到北宮女子學堂教授普通宮女。從全國各地入宮的宮女，不論出身貴賤，均可入學堂就讀，使得教育更加平民化、普及化。這比一八三六年歐美國家最早成立的威斯里安女子學院還要早了一七〇〇多年。

蔡元培是革命家，要革命，當然只能說傳統不行，需引進新模式。否則他一個翰林，連這種史實明確的事也不懂嗎？

但這樣忽悠人，不是奠定了「北大是第一所招收女生的大學」之美名了嗎？接著，引進陳獨秀、胡適來搞文學革命，也是這樣忽悠。

引進陳獨秀時，蔡大老給教育部的信說陳氏「日本東京日本大學畢業，曾任蕪湖安徽公學教務長、安徽高等學校校長」，全是假的。陳五次去日本，但只進過英語學校學語言、日本士官學校的預備學校陸軍科學軍事，沒進任何正規的全日制普通大學，更沒有所謂「東京日本大學」文憑。至於陳曾「任蕪湖安徽公學教務長、安徽高等學校校長」等，當然更是假的。

引進胡適時一樣。胡論文答辯沒成功，美國哥倫比亞大學沒給他發博士學位證書。蔡卻為胡適背書，把博士肄業生稱為博士，且為胡的《中國古代哲學史大綱》作序。

後來，蔡元培出版了《石頭記索隱》，提出《紅樓夢》是一部「政治小說」的概念。政治人，果然有獨到的政治眼！

但陳獨秀、胡適的文學革命終究還是多虧了蔡元培。蔡的政治眼早已洞悉學者或學校裡的宣言、口號、論戰都只是「茶壺裡的風暴」，要成事，還得從政治上下手。

所以一九一二年一月三日，蔡元培剛被任命為民國首任教育總長，一月十九日啟用印信，當天他就頒布《普通教育暫行辦法》，辦法只有一條：「小學讀經科一律廢止」。同時頒布的《普通教育暫行課程標準》，中學課程和師範課程中也沒有讀經科。晚清士林吵成一團的讀經問題，霎那結了案，經學退出我國教育舞台。

白話文論戰、文學革命也同樣如此故技重施。一九一七年胡適才發表《文學改良芻議》陳獨秀才發表《文學革命論》，與人酣戰；蔡元培卻不動聲色，主持編寫白話教科書《國語讀本》，將教科書改革引入實質性階段。一九一九年，教育部附設機關國語統一籌備委員會就成立了，一九二〇年，教育部更通令全國：小學「國語課」全部使用白話文，初中第一年白話文須占四分之三、第二年四分之二、第三年四分之一。文學革命便已如廢除讀經、祭孔一般，大獲全勝了。

後來，胡適談到白話文運動的成功，常居之不疑地認為是他的功勞，或是主要貢獻者。大家談到《新青年》後來之提倡馬克思、學習蘇聯革命，也常覺得是政治化了、轉向了。

其實《新青年》起初名《青年雜誌》，一九一五年由陳獨秀創辦於上海。一九一八年才北上，轉型為由六名北大教授輪編的同人刊物。毛澤東也就是一九一八年因赴法勤工儉學之事，到達北京，在北京大學開始接觸到一些馬克思主義書刊。如李大釗在《新青年》第五卷第五期上熱烈讚揚蘇聯十月革命，指出社會主義革命是世界歷史的潮流。陳獨秀在《新青年》第六卷第五期和第六期集中版面，更是組織力量，猛烈宣傳馬克思主義，相繼刊發了李大釗的《我的馬克思主義觀》和《馬克思學說》《馬克思學說批評》《馬克思研究》《馬克思傳略》等。

換言之，從蔡元培引進陳獨秀開始，北大的馬克思和社會主義氣氛就一直高漲，影響社會。以致中共上海發起組決定，從第八卷起，將《新青年》作為自己的機關刊物。這背後的推動者，當然是蔡元培。包括毛澤東想赴法參加的「勤工儉學」，也是一九一二年由蔡元培李石曾、汪精衛、吳稚暉等成立的運動。共產黨人周恩來、鄧小平、朱德、陳毅、聶榮臻、蔡和森、李維漢、李富春、李立三等都參加了。後來國民黨「清黨」，雖然蔡元培附和吳稚暉，也讚成清除黨內共產黨員，可是共產黨一直對蔡保持尊敬，背後淵源自不可掩。

後來的歷史不用多說了，三十年代以來，左翼和共產黨的文學觀、中國文學史論述，就是順著蔡元培、陳獨秀這樣政治化的路子獨斷走下去的。而既然談馬克思、階級革命，其外國性也是不消說的。

我文章寫至此，意興當然「索然」，讀者想必也看得一個頭兩個大，覺得這樣外國性、政治性的中國文學史論述，竟然還有上千部，其實都該拉雜摧燒之。

幸好顏崑陽比我們有耐性，他還想清理廢墟，再造一個原生的原創的中國文學史論述來。其內容，我累了，也不方便劇透，故只為王前驅，犁庭掃穴了事。讀者諒之。

山東大學講席教授　龔鵬程

自序
找尋文化歸鄉之路

談「理論」是學者的興趣及本事，這本書裡面已談得夠多了。序文，就輕鬆的談些我初次閱讀所謂《中國文學史》的感受經驗吧！

一般非專業讀者有兩種：一種是閱讀過程中，腦海裡常會浮現問號；一種是閱讀過程中，腦海裡一直浮現逗號、句號，甚至刪節號。

一九六九年間，大學二年級，我還是剛踏入中國古代文學瀚海中，眼前渾渾茫茫的一般讀者。那時，閱讀到的第一本中國文學史，封面印著《中國文學發達史》，臺灣中華書局出版，沒有作者名字，版權頁印著「編者：本局編輯部」。中國文學很發達，那麼日本、英國、法國、德國、美國的文學發不發達？這是我這個一般讀者的第一個問號？凡是像樣的書都有作者，這本書怎麼沒有作者？這是第二個問號。

後來閱讀到晚唐「唯美詩的復活」，談到杜牧：「他喜歡寫宮體寫色情……他本是一個色鬼，一生風流自賞，問柳尋花，他幾首有名的絕句，大半都是青樓妓女的歌詠。社會民間的疾苦，在這風流才子的眼裡，是從來不肯注意的，只有那一種浪漫香豔的故事，才是唯美詩人的好題材。」列舉八首詩，真的都是浪漫香豔的詩，編者的評斷是「中國最上等的嫖客文學」；「嫖客文學」也有上下等之分嗎？這是第三個問題。

接著，談到李商隱：「他和杜牧同樣，是一個才人，又是一個色鬼……他的女性對象，卻不是杜牧所賞識的那些青樓中的妓女，是那些尼姑宮妃和高等官僚家裡的姬妾。」李商隱這個色鬼的種種劣行，編者自己交代是依據蘇雪林《李義山戀愛事跡考》一書，顯然編者認為這本書說的都是真的。

杜牧、李商隱既然都是色鬼，寫的又是嫖客文學，從不關心社會民間疾苦，編者怎麼會將他們寫進文學史呢？這是我這個一般讀者的第四個問題。我也讀過一些李白的詩，不少歌詠妓女，怎麼沒有被視為色鬼，說他寫的是嫖客文學？這是第五個問題。什麼是「宮體詩」、杜牧寫的是「宮體詩」嗎？這是第六個問題。李商隱曾與尼姑搞男女關係嗎？這是第七個問題。他真有那麼大能耐，博愛宮妃及高級官僚家裡的姬妾嗎？這是第八個問題。蘇雪林那樣聳動的李商隱戀愛事跡考證，可信嗎？這是第九個問題。文學史可以這麼輕薄古人嗎？這是第十個問題。越讀問題就越多，顯然我是那種滿腦子都是問號的讀者。

後來，才明白這本書正確名稱是《中國文學發展史》，作者是劉大杰。那個年代，政治禁忌，在臺灣，不少被判定政治立場有問題的作家、學者，他們的著作人格權都被抹消，換成本社編輯部，或改一個安全機構那些不讀書的官員所陌生的名字，甚至出版社老闆大剌剌的掛上自己的尊姓大名。這樣的年代，這樣奇特的文化現象，會讓知情的人士笑到眼淚掉出來。

等到我自己研究杜牧，寫了一本《杜牧》；又研究李商隱，寫了《李商隱詩箋釋方法論》、《滄海月明珠有淚》；才明白劉大杰只從一個小孔窺見這二個色鬼一輩子都在嫖妓、獵取各類女人，亂搞戀愛；兩個詩人的心志懷抱，做過哪些有意義的事，全都看不到。而杜牧四百多首詩，李商隱六百多首詩，劉大杰就只讀過那幾首帶著男女八卦色彩的所謂「色情文學」。蘇雪林那本書，後來改名《玉谿詩謎》，用猜謎的方法，為李商隱揑造一堆不堪的風流帳，劉大杰也採信了。杜牧、李商隱這兩個古來就被評定為晚唐最重要的詩家，就這樣坐進中國文學史的冤獄中。我彷彿聽到他們在喊冤！

然而，這樣一部《中國文學發展史》，卻在那個年代，兩岸暢銷，成為大學生認識中國古代文學歷史的主要教本；而大多數的讀者腦海裡都沒有問號，恐怕真的相信杜牧、李商隱都是色鬼，專寫色情文學、嫖客文學。一九五七、一九六二、一九七三年，這部廣泛流傳的《中國文學發展史》，在政治壓迫之下，三次修改。色鬼、嫖客文學、色情文學不見了，換上來的是「階級鬥爭不但是推動歷史發展的動力，也是促進文學發展的動力」。閱讀起來，不但腦海同樣浮現很多問號，更且浮現一串串驚嘆號。當然更多的讀者，大約也還是逗號、句號或刪節號吧！

最後總結有一個問題，這樣一部充斥著偏見、謬見的《中國文學發展史》，為什麼能廣泛流傳，成為最通行的教科書？後來，多讀好幾本其他的《中國文學史》，終於明白「偏見」、「謬見」總比「無見」好；「偏見」、「謬見」能聳人耳目，鼓動人心，總還是「活物」。只會堆砌史料，了無見解，讀之索然如碳，則都是「死物」。千種文學史著作，「死物」甚多，「活物」稀少。然則，就難怪這部《中國文學發展史》能夠暢銷，廣為流傳；凡事成功都有他的內外因素，有時不關乎真理。

追憶對劉大杰《中國文學發展史》的閱讀經驗，交雜著疑問、酸楚與蒼涼。疑問的是《中國文學史》可以像劉大杰這樣寫嗎？酸楚的是那個年代，學術竟然被迫必須說自己不想說的話；蒼涼的是近現代以降，從文化傳統飄泊出來，不少中國人文知識分子的靈魂，至今仍然找不到文化歸鄉的路。

從一般讀者，我再轉回做為一個學者，當了解近現代，從晚清林傳甲或黃人、竇警凡第一本章節體的《中國文學史》出版以來，至今百年間，僅通史類就已生產四百多種，乃為之大覺驚愕。假如一種學術著作就如同衛生紙，可依人口數及消費量來生產；那麼中國好幾億人口，生產四百多種《中國文學史》，也不足為怪。問題是《中國文學史》這種著作，當然不是衛生紙，生產數量卻大到驚人，這就足可列入「金氏世界紀錄」，讓別的國家學者為之瞠目結舌，也算是替華人文化爭光。

「文學史」是博通文史哲而能有創見的大學問，究竟要廣閱深讀多少歷代詩文集；至少遍覽歷代第一流文學家的作品，包括創作與文論；同時對文學史做為一門學科的基本理論也能精通，充分了解：什麼是「文學史」？「文學史」有哪些基本問題？需要哪些基本知識？可參考哪些專業學者的研究成果？能應用什麼適當的方法？這樣，耗費幾年的時間，或可寫出一部具有高度學術價值的文學史。難矣哉！與幾千年文化並生共變的中國文學史，又戛戛乎更難哉！

不過，再想一想，從林傳甲那時候開始，《中國文學史》原本就不是學術著作，而只是教科書。編教科書不需要博通而有創見的大學問，讀過一些書，會複製資料，用剪刀糨糊，幾個月就可編出一部厚厚的文學史。如果人單力薄，連複製資料都嫌勞苦，那就鳩集幾個人，甚至一群人，謂之「分工合作」，更可快速製造一部上百萬字的文學史。這種現代化生產，還可持以嘲笑古人，費時一、二十年完成一部著作，那是傻瓜的事業。這也難怪當代大學府中，教科書不能當作學位或升等論文。我們就常警告學生，寫論文，不能徵引那些《中國文學史》做為依據，除非徵引是為了批判他的誤謬。四百多種文學史著作，究竟哪幾種具有高度學術價值，其中某些經由論證的創見，後起者寫論文可以徵引為依據？中文學界應該組成一個評審團，披沙揀金，將具有學術價值的文學史著作挑選出來，給予正字標誌的認證，提供學子們參考。

《中國文學史》既然是教科書，用以教導大學中文系學生。它的價值大致就只有三種：一是教給學生歷代文學的基本常識，多識作家作品之名，及其風格特色；二是某些著作、某一時期，做為知識分子集體投射文化意識形態或國家威權型塑政治意識形態的工具；三是與出版社合作，占有市場利益。這三種價值都難以兼容學術價值。

四百多種《中國文學史》著作，少數例外，總而觀之，其實只有一種，都寫成歷代主要作家及作品的概述；一家一家介紹，代表作列舉幾篇，略為賞析其形構或風格特色；讓中文系學生能對中國歷代文學具有基本常識，如此而已。因此，各類文學體製以及各時代之主流作家作品的體式，在歷史時序先後的「創—因—變」關係，以及同代作家的彼此對話、交互影響關係，這些「史」的意義，就無須也無能詮釋了。有學者認為這種文學史，只有「文學」而沒有「史」，確是事實。不過，這種文學史也不能說全無價值；但書名改為《中國歷代文學概述》，會比較名副其實。

晚清以降，新知識分子追求現代化。「五四」新文化運動後，「進化」思潮匯流成新知識分子自發性的集體文化意識形態，投射到《中國文學史》的書寫。一九二〇年代初到一九四〇年代末，「文學進化史觀」形成不必懷疑，無須思辨的迷咒。於是五言詩比四言詩進化、七言詩又比五言詩進化；唐傳奇小說比六朝志怪進化，明清章回小說又比唐傳奇進化。明代公安群體主張新變比前後七子群體主張學古進化。反正繁密的形式必然比簡樸的形式進化，新變而自由書寫必然比學古而遵守規矩進化。以此類推，白話文當然比文言文進化，於是文學革命有理。諸多新知識分子從古代文學歷史找尋白話文學革命「正當性」的依據。從他們心眼中淺見、偏見的文學傳統去反傳統，胡適半部《白話文學史》最為典範，完全是文化意識形態的產物。

一九五〇年代開始，「文學進化史觀」被馬克斯「唯物論」的階級鬥爭文學史觀取代了，不知是否因為後者比前者進化？「文學史」既有「文學」又有「歷史」，這是型塑國家政治意識形態最好的工具。於是，每部文學史都氾濫著階級鬥爭、勞動生產、反映民生疾苦、官吏剝削百姓、農民起義等教條；儼然是國家政治意識形態在每一部文學史中不斷的複製。我們實在搞不清楚是從作者肺腑流出來的真言？還是被一雙權力巨手壓著腦袋逼出來的口號？或是被長期洗腦而形成迷咒式的囈語。整個年代，知識分子們都異口同聲、千篇一律的齊唱同個調子，也算是現代學術史的一段奇景。

文學史是中文系的必修課，學生都要人手一本《中國文學史》。一個班級幾十人，十個班級幾百人。每一年的銷售量穩定，雖不算暢銷，卻也算好銷而長銷。大教授的學生分布在各校，很多擔任「中國文學史」課程的教學。出版社與大教授合作，主編一部《中國文學史》，掌握十個以上的中、小級教授，採用為教科書，就保證穩賺不賠。請勿鄙視，教授也是平常人，需要飲食男女；待遇微薄，賺些外快，補貼家用，總比顏淵懂得生活；顏淵自己樂道，妻兒卻不免凍餒，但是古來聖人的家庭畢竟很少。妻兒即使有怨言，大抵都被消音了。

晚清以來，《中國文學史》就是以這樣的體質及價值面世而衍變到今天；至於學術價值，那是傻瓜學者的理想。然則，我們還需要具有高度學術價值的《中國文學史》嗎？傻瓜學者會大喊「需要」。龔鵬程非常聰明，博通文史哲，寫了一部百萬字而具有高度學術價值的《中國文學史》，卻沒有被採用為教科書，銷路不甚好，二刷賣完，就沒再印行。我問老闆，好書，怎麼不再印呢？老闆快快然說：「你們中文系學生不愛讀書，怎麼再印？」我為之啞然，不禁想像到，劉大杰在天國，開窗下望，正對著龔鵬程大笑說：「你這傻瓜呀！」我在旁默然，心想自己也同樣是個傻瓜，才會寫這一部《中國原生性文學史理論重構》，認真的想為中國現代人文知識分子找尋文化歸鄉之路。

然則，以此觀之，學術的《中國文學史》與教科書的《中國文學史》必須分域分眾，各從其道，各適其業，彼此不能取代。

中國人文學者應該都置身歷史情境中，感知古來士人們的精神創造物；貼切著動態性「歷史語境」而同情理解之、詮釋之，這是人文學者必要的「歷史意識」。然而很多過度專業化的學者，卻置身歷史情境之外，所謂「歷史」就是一堆文字史料所湊合的客觀知識，無關乎歷史情境中的士人們以及學者自身的生命存在經驗與意義。當今，中國古代人文學的研究，很多學者沒有自身及時代的存在感，沒有繼往開來、今古相接的「歷史意識」，不知契入因時適變的動態「歷史語境」，以同情理解傳統的經典；而只剩一堆了無生意的史料，以及雜湊硬套的理論；一切都只是抽象化、靜態化、平面化、單一因素化的客觀知識。這是當代人文學術的大病，卻少有自覺者。

假如孔子、孟子、老子、莊子等，與乎李白、杜甫、歐陽修、蘇軾等，都沒有自身與時代的存在感；只是站在歷史情境之外，沒有繼往開來、今古相接的「歷史意識」，不知契入因時適變的「歷史語境」，以同情理解他們所閱讀的傳統經典；而體會到文化及文學都有它「創—因—變」的歷史脈絡關係，自己就站在繼往開來的歷史性位置上，是其所當是，為其所當為；則孔、孟、老、莊以及李、杜、歐、蘇都無法成為最偉大的思想家及文學家。一個士人能體會到文化及文學都有它「創—因—變」的歷史脈絡關係，自己就站在繼往開來的歷史性位置上，是其所當是，為其所當為。這種與生命存在不能切割的「歷史意識」，就是內含於「心」的「原生性」史觀，乃是思想家第一序實踐的建構思想史、文學家第一序實踐的建構文學史的必要因素。

一部《中國文學史》大體言之，就是「文體演變史」。漢代之前，詩、騷韻文及經、史、子散文乃非自覺性、非規範性的文體原創，文作而體立；漢代以降，文體觀念及規範逐漸形成，則是自覺性、規範性的文體再創。古代文學家的創作、閱讀及批評實踐、文體知識、文學史觀是第一序建構文學史的四大要素。漢代以降，缺乏文體知識與文學史觀的作者，根本無法進入文學社群，當然也就進不了文學史。然則，一部《中國文學史》的「原生性」文學史觀原本就內含於歷代能繼往開來，第一流文學家的「文心」之中，何假外植，任意穿鑿附會？我們只需要不帶套借的理論框架，以當代自覺的「歷史性」主體，融通古今文史哲的學問，契入中國古代多元迭變的文學歷史情境中，傾聽眾多第一流文學家訴說自己的創作實踐或評論他人的創作成果，如何照應「創—因—變」的歷史脈絡關係，以盡到繼往開來的文學創造使命；而我們能與他們虛懷對話，獲致主客視域融合的理解，那麼最具有詮釋效用的中國「原生性」文學本質觀與文學史觀，就被我們揭明了。

不管「進化」也好、「唯物」也好。這二種文學史觀都是中國文學歷史之外，在他域原初的理論也與文學沒有密切關係；只是在中國近現代特殊的歷史情境中，鑄成新知識分子自發的集體文化意識形態以及被迫接受的國家政治意識形態。現當代很多文學史作者既缺乏文體知識，也不知「原生性」

的文學史觀，就站在古代文學歷史情境之外，單向投射那一種意識形態，任意曲解甚至謬賞或惡評古代諸多作家作品。中國古代的文學歷史面目也就被扭曲到「春風不相識，何事入羅帷」；讓人懷疑，這真的就是中國古代的文學歷史嗎？

二〇二四年二月

顏崑陽序於花蓮壽豐鄉涵清莊藏微館

第一章
緒論：從反思批判到回歸

第一節 《中國文學史》之「外造建構」書寫的迷蔽

近二十幾年來，我最關懷的學術問題是：中國人文學術如何「現代」？如何「當代」？並已撰成專文討論。[1]主要的訴求是中國近現代人文學術，晚清以降，新知識分子的集體焦慮與迫切行動，就是追求現代化；而現代化就是迷咒式的西化。其後果已很清楚，現代化還未竟功；而中國現當代的人文學術卻已淪失民族文化特質，生吞活剝的引藉西方各種文化產品以「自我殖民」，終而建構了「五四知識型」，[2]主導著二十世紀中國人文學術大勢，形同「圍城」；很多學者被圍困其中，卻安於現狀而從不質疑其非。

「五四」已屆百年，當代學術已臨「典範」（paradigm）遷移時機。典範（paradigm）這個概念，自從孔恩（T.Kuhn, 1922-1996）《科學革命的結構》傳播到臺灣，[3]就經常被應用於人文學術的論述。它指的是學術社群所共同承認一套經由完善的研究成果而建構的知識體系，以此做為「常態科學」研究的基礎，人文科學也包括在內。一種學術典範，包涵下列幾個構成要素：第一是所研究之知識對象「本體」的界定，從而建構一種特定的「本體論」；第二是由此所生產之知識「本質」的界定，從而建構一種特定的知識「本質論」；第三是提出若干基本問題，從而解答這些問題，以建構必要的基礎知識，包括某些命題、理論或模型。第四是一套適當而可操作的方法，這套方法包括原理、原則及實際操作的技術。

然而，現當代中國人文學術如何突破「五四知識型」的圍城，而真的達到現代化而又能保有自己民族文化的特質？關鍵就在於回歸中國古代浩瀚的文化世界中，經由博通精識而「重構研究對象之『總體情境』與『動態變化歷程』的本體觀」以及「重構人文知識的本質論與方法論」。[4]在方法論上，我已在幾篇論文中提出這種「內造建構」的原則性方法，[5]強調中國古典文學的研究假如想要從

1 顏崑陽，〈中國人文學術如何「現代」？如何「當代」？〉，收入顏崑陽，《學術突圍：當代中國人文學術如何突破「五四知識型」的圍城》（新北：聯經出版事業公司，二〇二〇），頁五三－八五。

2 「知識型」（Épistème）是〔法〕哲學家傅柯（M. Foucault, 1926-1984）《詞與物》一書的核心概念。他考察了文藝復興、古典主義以及近現代幾個歷史時期所建構的知識，發現在同一個歷史時期之不同領域的科學話語之間，都存在著某種「關係」。那就是在同一歷史時期中，人們對何謂「真理」，不同科學領域的話語，其實都預設了某種共同的本質論及認識論，以做為基準及規範，從而建構某些群體共同信仰的真理，以判斷是非，衡定對錯。「知識型」指的就是這種不同科學之間，本質論與認識論的集合性關係，也就是西方某一歷史時期人們共持的思想框架。當歷史時期遷移了，前一歷史時期所以為「是」的知識就不一定理所當然的「是」，更可能變成「非」了；也就是歷史遷移到一個社會文化因素、條件很不相同的時期，人們對「真理」的判斷，其本質論的假定改變了，認識論的規範也改變了，知識的確切性就跟著改變了；因此，知識才有不斷發展的可能，而不同的歷史時期也就有不同的「知識型」。參見傅柯著，莫偉民譯，《詞與物——人文科學考古學》（上海：三聯書店，二〇〇一）。

3 〔美〕哲學家孔恩（Kuhn, 1922-1996）著，傅大為、程樹德、王道還譯，《科學革命的結構》（*The Structure of Scientific Revolutions*）（台北：允晨文化公司，一九八五）。

4 參見顏崑陽，〈中國人文學術如何「現代」？如何「當代」？〉，收入顏崑陽，《學術突圍》，頁八〇－八五。

5 參見顏崑陽，〈從反思中國文學「抒情傳統」之建構以論「詩美典」的多面向變遷與叢聚狀結構〉，收入顏崑陽，《反思批判與轉向：中國古典文學研究之路》（台北：允晨文化公司，二〇一六），頁一三二－一三六；〈從應感、喻志、緣情、玄思、遊觀到興會——論中國古典詩歌所開顯「人與自然關係」的歷程及其模態〉，收入顏崑陽，《詩比興系論》（新北：聯經出版事業公司，二〇一七），頁三三二；〈當代「中國古典詩研究」的反思及其轉向〉，收入顏崑

一味挪借西方理論，那種「格義式」的知識型蛻變出來，而達到現代化的成果，則「內造建構」應該是最重要的基礎工作。何謂「內造建構」？後文再做詳說。在此，我們先界定何謂「外造建構」？在「五四知識型」的歷史語境中，「外造建構」指的是挪借西方理論，外植一種非中國古代典籍所內具的詮釋框架或觀點，理論先行、框架先立、價值判準先設；而對原典文本反而不能細讀深悟，只靠某種從外移植卻未必相應於原典文本意義的西方理論，虛構某一種系統化的知識；例如「純文學」與「雜文學」截然二分、「藝術性文體」與「實用性文體」兩不相涉等；尤其中國文學史書寫，挪借而轉用「進化文學史觀」、馬克思主義「階級鬥爭」的唯物論史觀，用以建構中國文學史，更是典型的「外造建構」，其扭曲中國古代文學史面目所形成的迷蔽，近百年而未醒覺。

「中國文學史」做為一門特定的學科，以及因應此一學科的設立，而撰述名為《中國文學史》的專書著作，始於晚清光緒年間；它與清廷因國際時勢所迫，諸多有識之士發起追求現代化，創建京師大學堂而「文學立科」同步開展，[6]至今已逾百年。這百年以降，各大學中文系都以「中國文學史」為最重要的必修科目之一，而這類著作也已出版千種以上。此一百年學科，究竟存在多少問題？必須反思批判，才能建構一門確當合格的文學史知識。其中，最為根本的問題是，挪借西學而已普行數十年的「文學史觀」適合用以詮釋中國古代文學史嗎？假如不挪借西方的「文學史觀」，則中國古代文化及文學傳統內部，涵有「原生性」的文學史觀，可以進行「重構」其觀念系統，而藉以應用到《中國文學史》的書寫嗎？

那麼第一本《中國文學史》之作，何時出現？作者是誰？雖有些爭議，但時間相差無幾，這種爭議沒有太大意義。大致而言，光緒二十三年（一八九七），竇警凡編撰完成《歷朝文學史》，稍後於光緒三十二年（一九〇六）正式出版。[7]光緒三十年（一九〇四），林傳甲於京師大學堂編撰完成《中國文學史》的講義，稍後於宣統二年（一九一〇）正式出版。[8]黃人於光緒三十一年（一九〇五）左右編撰出版三十冊巨著之《中國文學史》。[9]就在這一時期，一種系統性、章節體的現代化《中國文學史》書寫於焉誕生。其後，繼之者迭出，到一九九〇年代，此一領域相關的專書著作，其數量究竟有多少？根據陳玉堂《中國文學史書目提要》的蒐集、統計，[10]截至一九四九年止，約有三四六種。而吉平平與黃曉靜合編《中國文學史著版本概覽》，[11]接續陳玉堂之後蒐集、統計，從一九四九年到一九九一年，單是大陸地區便有五八〇種左右。至於黃文吉《中國文學史書目提要》的統計，[12]截至一九九四年止，約有一六〇六種。從一九九四年到現在二〇二三年，這二十九年間，雖

陽，《反思批判與轉向》，頁八九—九〇；〈內造建構——中國古典文學理論研究之詮釋視域迴向與典範重構〉，收入顏崑陽，《學術突圍》，頁四七六—四九九。

6 晚清創建京師大學堂而「文學立科」，參見陳國球，《文學史書寫形態與文化政治》（北京：北京大學出版社，二〇〇四）。

7 竇警凡，《歷朝文學史》，線裝鉛印本，未標明出版單位。

8 林傳甲於京師大學堂編撰「中國文學史」講義，原署名林歸雲。其後正式出版《中國文學史》（杭州：武林謀新室，一九一〇；台北：學海出版社，一九八六）。

9 黃人，《中國文學史》（上海：國學扶輪社，約一九〇五）。

10 陳玉堂，《中國文學史書目提要》（合肥：黃山書社，一九八六）。

11 吉平平、黃曉靜合編，《中國文學史著版本概覽》（瀋陽：遼寧大學出版社，一九九六）。

12 黃文吉，《中國文學史書目提要》（台北：萬卷樓圖書公司，一九九六）。

還沒有新編的書目出版。不過，相信又有數量可觀的著作問世；然而，「中國文學史」這門學科的知識本質論、文學史觀、方法學既未聞有何改變，則這類著作的知識型態也就不可能產生脫胎換骨的轉型。那麼，數量這麼龐大的「中國文學史」著作，其品質究竟如何？我們若僅就最根本的「文學史觀」加以檢討，就可簡要的指出下列問題：

一、缺乏史觀的《中國文學史》書寫

自竇警凡、林傳甲、黃人之後，一九一〇年代，開始多量出現這一類邁向現代化的《中國文學史》，例如王夢曾、王國維、曾毅、張之純、朱希祖、謝无量等人的著作。[13]這一時期，只有黃人的《中國文學史》提出借自西方的「螺旋型進化史觀」。「螺旋型史觀」也是「循環論史觀」的一種；「循環論史觀」曾經流行於古希臘、羅馬，認為歷史的運動如同自然界的運動，始終處在不斷的循環之中；無數次的循環，其歷程都是一樣；總是在大破壞、災難中，一切文明的成果完全毀滅，下一次循環又從零開始，形成週期性的往復。及至二十世紀史賓格勒（Oswald Spengler, 1880-1936）《西方的沒落》（*The decline of the west*）一書，[14]以自然界春夏秋冬做為文化循環模式的象徵，則與傳統無數次週期性循環有所不同。他採取的詮釋模式是中國、印度、埃及、希臘、羅馬、阿拉伯等，每種文化型態都只有一次循環。「螺旋型史觀」雖然是「循環論史觀」的一種，但卻有些差別，它不把循環看作封閉的圓圈型，而看作半開放的螺旋型，在循環中上升。這種史觀，也是起於希臘、羅馬時代；至十八世紀，義大利哲學家維科（G. Vico, 1668-1744）《新科學》（*Scienza Nuova*），[15]所論最具有影響力。螺旋型只有描述歷史運動規律之義，不含價值判斷。而同為螺旋型，又有「前進」與「倒退」之別，這就含有不同的價值判斷了。[16]「螺旋型進化史觀」，就是結合「螺旋」與「進化」二個概念，含有正向的價值。

黃人應該是受到西方這種史觀的影響，在所著《中國文學史》中認為文治之進化非直線型，而為不規則之螺旋型；一線之進行遇有阻力，或退而下移，或折而旁出，或仍循原軌；故歷史之所演，有似前往者，有似後卻者，又中止者，又循環者，即細審之，其範圍必擴大一層，其為進化一也。這一時期，除了黃人的著作之外，其他《中國文學史》大抵都是文獻的編排、鋪陳，並無自覺、特定的文學史觀。這種現象，至一九二二年間，鄭振鐸〈整理中國文學的提議〉一文中，便嚴加批判，認為諸

13 王夢曾，《中國文學史》（上海：商務印書館，一九一四）。王國維；《宋元戲曲史》（上海：商務印書館，一九一五；台北：臺灣商務印書館，一九六四。多家出版社翻印流傳甚廣）。曾毅；《中國文學史》（上海：泰東圖書局，一九一五；台北：文史哲出版社，一九七七）。張之純，《中國文學史》（上海：商務印書館，一九一五）。朱希祖，《中國文學史要略》（北京：北京大學出版部，一九一六）。謝無量；《中國大文學史》（上海：中華書局，一九一八；台北：臺灣中華書局，一九六七），又《中國婦女文學史》（上海：中華書局，一九一六；台北：臺灣中華書局，一九七三）。

14 〔德〕史賓格勒（O.A.G.Spengler 1880-1936）著，陳曉林譯，《西方的沒落》（*The decline of the west*）（台北：遠流出版公司，一九八六）。

15 〔義〕維科（G.Vico1668-1744）著，朱光潛譯，《新科學》（*Scienza Nuova*）（台北：駱駝出版社，一九八七）。

16 上述有關「循環論史觀」、「螺旋形史觀」，參見嚴建強、王淵明合著，《西方歷史哲學》（台北：慧明文化公司，二〇〇一），頁五七—六六。

作少有合格者。[17]

二、「文學進化史觀」滲透性的泛影響

一九二〇到一九四〇年代，隨著新文化運動與白話文學革命的開展，《中國文學史》書寫更掀起熱潮，通代、斷代、分體俱出，僅大陸學界，產品就超過一〇〇種。[18]比較通行的是劉師培、魯迅、胡懷琛、胡毓寰、譚正璧、趙景深、梁乙真、胡適、胡小石、王易、羅根澤、胡雲翼、陸侃如、馮沅君、鄭振鐸、劉麟生、盧冀野、龍沐勛、阿英、陳柱、周貽白、劉大杰、蕭滌非、林庚等，皆有著述。[19]並且不少作者已明顯自覺的提出特定的文學史觀。

晚清以降，中國新知識分子追求現代化，展開「自強運動」，因此開始引進西方思想，大量譯介西書。甲午戰後，一八九五年間，嚴復在天津《直報》發表系列文章，〈論世變之亟〉倡說斯賓塞（H. Spencer, 1820-1903）的「社會進化論」；〈原強〉則介述達爾文（C. R. Darwin, 1809-1882）的《物種起源》，倡說「生物進化論」；[20]另又譯介赫胥黎（T. H. Huxley, 1825-1895）《天演論》、[21]

17 鄭振鐸，〈整理中國文學的提議〉，《文學旬刊》五一期，一九二二年十月。

18 參見黃文吉，《中國文學史書目提要》，頁三四七—三七一、頁四三〇—四三二、頁四五〇、頁四五三—四五五、頁四六一—四六三、頁四六七—四六九、頁四八八—四九一、頁五〇二—五〇三。

19 劉師培，《中古文學史》（北京：北京大學出版部，一九二〇；台北：文海出版社，一九七二。另多家出版社翻印）。魯迅，《中國小說史略》（北京：新潮社，上卷一九二三，下卷一九二四；台北：明倫出版社，一九六九。另多家出版社翻印）。胡懷琛，《中國文學史略》（上海：梁溪圖書館，一九二四；台北：廣文書局，一九八〇，作者佚名）。胡毓寰，《中國文學源流》（上海：商務印書館，一九二四；台北：臺灣商務印書館，一九六六）。趙景深，《中國文學

史小史》（上海：光華書局，一九二六；台北：啟明書局，一九五八，作者啟明書局編譯所。另多家出版社翻印）。梁乙真，《清代婦女文學史》（上海：中華書局，一九二七；台北：臺灣中華書局，一九五八）、又《中國婦女文學史綱》（上海：開明書店，一九三二）。胡適，《白話文學史（上）》（上海：新月書店，一九二八；台北：啟明書局，一九五七。另多家出版社翻印）。譚正璧，《中國文學進化史》（上海：光明書局，一九二九）。胡小石，《中國文學史》（上海：人文社公司，一九三〇）。王易，《詞曲史》（上海：神州國光社，一九三一；台北：廣文書局，一九六〇）。羅根澤，《樂府文學史》（北平：文化學社，一九三一；台北：文史哲出版社，一九九一）。胡雲翼，《中國文學史》（上海：教育書店，一九三一；台北：第一文化社，一九五六；三民書局，一九七九。另多家出版社翻印）。陸侃如、馮沅君合著，《中國詩史》（上海：大江書鋪，一九三一；台北：明倫出版社，一九六九，不標示作者。另多家出版社翻印）、又《中國文學史簡編》（上海：大江書鋪，一九三二；台北：開明書店，一九五七。另多家出版社翻印）。鄭振鐸，《插圖本中國文學史》（北京：樸社，一九三二；台北：明倫出版社，一九六九。作者本社編輯部，書名《中國文學史》。另有多家出版社翻印）、又作者鄭篤《中國俗文學史》（上海：商務印書館，一九三八；台北：臺灣商務印書館，一九六五）。劉麟生，《中國文學史》（上海：世界書局，一九三二；台北：中新書局，一九七七）、又《中國駢文史》（上海：商務印書館，一九三六；台北：臺灣商務印書館，一九六五）。盧冀野，《明清戲曲史》（南京：鍾山書局，一九三三；台北：臺灣商務印書館，一九七一）。龍沐勛，《中國韻文史》（上海：商務印書館，一九三四；台北：樂天出版社，一九七〇）。阿英，《晚清小說史》（上海：商務印書館，一九三七；台北：天宇出版社，一九八八；另多家出版社翻印）。陳柱，《中國散文史》（上海：商務印書館，一九三七；台北：臺灣商務印書館，一九六五）。周貽白，《中國戲劇史》（北京：中華書局，一九四〇）。劉大杰，《中國文學發展史》（上海：中華書局，上冊一九四一、下冊一九四九；台北：臺灣中華書局，一九五六，書名《中國文學發達史》。作者臺灣中華書局編輯部。另有多家出版社翻印）。蕭滌非，《漢魏六朝樂府文學史》（重慶：中國文化服務社，一九四四；台北：長安出版社，一九七六）。林庚，《中國文學史》（廈門：廈門大學出版社，一九四七；台北：廣文書局，一九六三，作者廣文編譯所）上列此一時期比較具有代表性的文學史著作，悉見黃文吉，《中國文學史書目提要》。

20 嚴復，〈論世變之亟〉、〈原強〉，參見《嚴復集》（北京：中華書局，一九八六）。

21 〔英〕赫胥黎（T.H.Huxley, 1825-1895）著，嚴復譯，《天演論》（原刊湖北沔陽盧氏慎始齋木刻本，一八九八年；台斯賓賽《群學肄言》。[22]前者一部分是英國生物學家、哲學家赫胥黎在牛津大學的講稿，另一部分則是赫胥黎《進化論與倫理學》的〈導言〉。嚴復將二者合譯，取名《天演論》。赫胥黎受達爾文「生物進化論」與斯賓賽「社會達爾文主義」的影響，將這種思想引入「倫理學」去討論，其實他頗批判、反對以「進化」的觀念去處理人類社會的互動及發展問題；但是，嚴復在當時追求現代化的歷史情境中，卻斷章取義，只取其「進化」（progression）一義而已。後者是斯賓賽出版於一八七二年的《社會學研究》，乃其《社會學原理》一書的前導之作。他將達爾文的「生物進化論」應用於社會學，而認為「進化」的法則不但適用於自然界的「物競天擇」，也適用於人類社會，可拿來解釋人類社會的競爭與發展。

這類西書的譯介、傳播，正切合當時新知識分子追求現代化的歷史情境，很快就蔚為思潮；於是自然界各物種為適應環境、生存競爭而產生非出於意志之形構及功能的演化（evolution），這樣的自然法則被應用到文化社會處境中，以解釋出於人類之意志，因為彼此競爭而用心追求的「進化」（progression）。同時，「演化」一詞也由不含價值判斷的描述義轉用為含有評價義的「進化」一詞，表示越來越好的「進步」之意。這種「進化論」影響所及，又適逢反傳統、追求科學的新文化運動、白話文學革命，「文學進化史觀」便一時蔚為風潮。自一九二〇年代到一九四〇年代，幾乎大部分的《中國文學史》著作都秉持這一從西方移植的「進化史觀」，甚至譚正璧更直接以「進化」為自己的著作命名曰《中國文學進化史》。[23]其中，不少著作除了高舉「進化論」的旗幟之外，更湊合了中國傳統「一代有一代之文學」，以及上述西方十九世紀末以來普遍流行的「有機循環史觀」，[24]再加上胡適所倡導「平民／白話／活文學」與「貴族／文言／死文學」二元對立的觀念，就形成這一時期《中國文學史》書寫普遍流行的史觀，甚至成為一種固著的「文化意識形態」。

早期王國維在《宋元戲曲史》的論述，已提出「一代有一代文學」之說。[25]其後胡小石、魯迅、胡適、鄭振鐸、傅斯年等撰寫文學史，也提出這個說法。這是元明清戲曲、小說論述常見的觀點，而被這些學者引入文學史的書寫。[26]這種觀念，在整體社會文化追求現代化之進步的情境中；在新文學革命為白話文取代文言文之正當性、主流性書寫地位的情境中，與「進化論」正好不謀而合。黃人撰

北：臺灣商務印書館，一九六五）。

22 〔英〕斯賓塞（H. Spencer, 1820-1903）著，嚴復譯，《群學肄言》（原刊上海文明譯書局，一九〇三；台北：臺灣商務印書館，一九七〇）。

23 譚正璧，《中國文學進化史》（上海：光明書局，一九二九）。

24 劉大杰《中國文學發展史》即挪借史賓格勒的「有機循環史觀」，以解釋幾種文體生老病死的有機循環歷程，詳參龔鵬程，〈試論文學史之研究——以劉大杰《中國文學發展史》為例〉，收入《古典文學》（台北：臺灣學生書局，一九八三），第五集，頁三七三—三七五。

25 參見王國維，《宋元戲曲史》（台北：臺灣商務印書館，一九六四）。

26 「一代有一代文學」史觀在金元明清時期頗為流行，據錢鍾書的考證，金代劉祁首倡「一代有一代之文學」，其後說者漸多。參見錢鍾書，《談藝錄》（香港：龍門書店，一九六五）。據齊森華的考察，從金元以迄晚清王國維之〈宋元戲曲考序〉，持此說者至少有三十餘位，大多是戲曲家。顯見此說之流行於這一時期，主因與戲曲（亦及小說）之爭取進入正統、主流有關。此一觀念頗影響新文化運動時期，胡小石、魯迅、胡適、鄭振鐸、傅斯年等人之文學史觀，常加引用。詳見齊森華，〈「一代有一代之文學」論獻疑〉，《文學理論研究》二〇〇四年第五期。另參見周勛初，〈文學「一代有一代之所勝」說的重要歷史意義〉，《文學遺產》二〇〇〇年第一期；王齊洲，〈「一代有一代文學」文學史觀的現代意義〉，《文藝研究》二〇〇二年第六期。

寫《中國文學史》已帶入「進化」的觀念，稱為「螺旋進化史觀」。前文引到一九二二年鄭振鐸〈整理中國文學的提議〉一文，提出三個原則，其中之一就是「文學進化觀念」；不過，他特別強調：所謂「文學進化」，非必後勝前，而是一時期有一時期文學之有機演進或蛻變。一九二七年，鄭氏在〈研究中國文學的新途徑〉一文中，[27]更明確強調達爾文的進化論。同時，胡適所發表〈文學改良芻議〉、〈建設的文學革命論〉、〈國語文學史大要〉、〈逼上梁山〉、〈白話文學史引子〉、〈文學進化觀念與戲劇改良〉等幾篇文章的論述中，[28]「一代有一代文學」之說與「文學進化論」也被綰合成基礎性的史觀。而魯迅於一九二四年在西北大學演講〈中國小說的歷史變遷〉，就提出一個觀點，小說的書寫由無意為之到有意為之，語言形式由短篇到長篇，由簡到繁，由文言到白話，這都是「進化」現象。[29]傅斯年一九二八年在中山大學所撰述《中國古代文學史講義》，[30]也認為文體是一種生老病死的有機體，這顯然是「有機循環論」的舊調。他又加上「進化」的觀念，認為詩歌由四言、五言樂府到七言樂府，七言樂府變而為詞，詞變而為曲，這是「文體進化」現象，因為越變越接近言語。出版於一九二九年，譚正璧的著作更直接把「進化」掛在書名上，稱為《中國文學進化史》。其後，這種「文學進化史觀」普遍成為那個歷史時期，絕大部分文學史書寫所延用。[31]這種從西方挪借過來，由「生物進化」轉用為「社會進化」，再轉用為「文學進化」的史觀，用之於詮釋中國古代文學史，究竟能有多大的確當性？在那個新知識分子普遍迷魅追求現代化的知識年代，這個問題從沒有人質疑過。

綜合觀之，「文學進化史觀」之進入中國文學史書寫，並非某一個文學史家獨特創見的理論，而是西方「生物進化論」先影響到社會學，適逢晚清以降中國知識分子追求現代化，就在這個歷史情境中，輸入這種思想，蔚為風潮；從社會文化的層面影響到文學層面，成為文士們共持的「文化意識形態」。這是一種社會文化變遷歷程中，主流思潮「滲透性」的「泛影響」現象。

這種史觀是什麼？主要的概念是：（一）文學隨時代變遷，一時代有一時代之文學，故古不必勝今，此為文明進化之公理；（二）文學進化非出於無意識之自然演化，而出於有意識之「革命」。而文學革命的潮流，即天演進化之迹，而進化乃循序漸進。（三）文學進化的現象表現在文體的形式上，一方面是由簡而繁，一方面是由束縛到自由解放；表現在內容上，由不合乎人性的死文學到合乎人性的活文學。從形式到內容都循著「進步」的軌則在變遷。

---

27 鄭振鐸，〈研究中國文學的新途徑〉，收入《中國文學研究》（上海：上海書店，一九九〇）。

28 胡適所倡導「平民／白話／活文學」與「貴族／文言／死文學」觀念，經常出現在他許多論述中，例如〈文學改良芻議〉、〈建設的文學革命論〉、〈國語文學史大要〉、〈逼上梁山〉、〈白話文學史引子〉、〈文學進化觀念與戲劇改良〉等，皆收入《胡適文集》（北京：北京大學出版社，一九九八）。

29 魯迅，〈中國小說的歷史變遷〉，收入吳俊編校，《魯迅學術論著》（杭州：浙江人民出版社，一九九八）。

30 傅斯年，《中國古代文學史講義》，成稿於一九二八年。其後在臺灣出版，收入《傅孟真先生集》（台北：臺灣大學出版，一九五二），又《傅斯年全集》（新北：聯經出版事業公司，一九八〇）。

31 「文學進化史觀」在中國文學史書寫中的生成狀況，詳見由本人指導完成，王文仁，〈近現代中國文學進化史觀的生成與影響〉（花蓮：東華大學中文系博士論文，二〇〇七）。正式出版為《啟蒙與迷魅：近現代視野下的中國文學進化史觀》（台北：博揚文化公司，二〇一一）。

三、《中國文學史》浮濫的集體生產與教條化的「唯物史觀」

一九五〇年以至於今，《中國文學史》的著作更是多達數百種，通代、斷代、分體皆有，以至浮濫地步；比較通行的是劉大杰、林庚之作的修訂版，[32]以及李劍國、馬積高、袁珂、嚴迪昌、程章燦、許總、李悔吾等，[33]皆有著述；然而多是分體及斷代，由一個人獨力完成的通史，已非常少見；即使有，品質也遠不如前一個歷史時期鄭振鐸、林庚等人的著作；香港則有柳存仁；臺灣學界也有羅錦堂、李曰剛、葉慶炳、黃公偉、孟瑤、王忠林等，[34]著述迭出。

這一時期，最應該嚴加反思批判者，實為一種浮濫的書寫現象。近現代《中國文學史》之因應京師大學堂「文學立科」而誕生，原本就是以「教科書」的面目登場，並非嚴謹的學術著作。教科書所述內容大體都是文學常識而已，其撰述意圖往往偏在文化或政治意識形態之型塑，以及市場商業利益之競逐，體質本就庸弱。前一個時期，魯迅、胡適、鄭振鐸、傅斯年、林庚等，在中國追求現代化的歷史處境中，自發性的投射「進化史觀」，雖是一種偏執的文化意識形態，其詮釋確當性讓人質疑；然而那種懷抱文化變革的理想與使命，獨力盡心撰寫一部《中國文學史》，自成「一家之言」的意圖，其實令人感佩。至於大學課程所引生的市場商業利益，根本不入考量。

一九五〇之後，中華人民共和國創建，知識分子關懷文化社會變革的理想逐漸衰微，文學史書寫隨之受迫於政治威權，而變質為塑造政治意識形態的工具；或避開政治意識形態，而著眼於大學課程市場商業利益的競逐；故而意圖自成「一家之言」的文學史鉅著，已難得一見。撰寫型態，乃由一人獨力完成，而轉向群體合作生產，篇幅也越擴越大，兩三巨冊以上而後足，價格當然也越賣越高。

相較之上焉者，由資深學者數人合著，例如褚斌杰等三人、程千帆等二人，[35]或者以資深知名的學者

32 劉大杰《中國文學發展史》於一九五七年第一次修訂、一九六二年第二次修訂、一九七三年、一九七六年分兩卷做第三次修訂。林庚《中國文學史》於一九五四年更名《中國文學簡史》，由上海文藝聯合出版社印行，又於一九八八年出版修訂本，由北京大學出版社印行，二〇〇二年由五南圖書出版公司在台北印行。

33 李劍國，《唐前志怪小說史》（天津：南開大學出版社，一九八四）。馬積高，《賦史》（上海：上海古籍出版社，一九八七）。袁珂，《中國神話史》（上海：上海文藝出版社，一九八七；台北：時報文化出版公司，一九九一）。嚴迪昌，《清詞史》（南京：江蘇古籍出版，一九九〇）。程章燦，《魏晉南北朝賦史》（南京：江蘇古籍出版，一九九〇）。李悔吾，《中國小說史漫稿》（武漢：湖北教育出版社，一九九二；台北：洪葉文化公司，書名《中國小說史》，一九九五）。許總，《唐詩史》（南京：江蘇教育出版社，一九九四）。上列此一時期，大陸學界比較具有代表性的文學史著作，悉見黃文吉，《中國文學史書目提要》。

34 柳存仁，《中國文學史》（香港：大公書局，一九五六；台北：臺灣東方書店，一九五八；莊嚴出版社，一九七九）。羅錦堂，《中國散曲史》（台北：中華文化出版事業委員會，一九五六）。孟瑤，《中國戲曲史》（台北：傳記文學出版社，一九六〇）、又《中國小說史》（台北：文星書店，一九六六）。黃公偉，《中國文學史》（台北：帕米爾書店，一九六七）。葉慶炳，《中國文學史》（台北：作者自印，上冊一九六五，下冊一九六六；增訂本，臺灣學生書局，一九八七）。李曰剛，《中國文學流變史：詩歌編》（台北：聯貫出版社，一九七六；文津出版社，書名《中國詩歌流變史》，一九八七）、又《辭賦流變史》（台北：文津出版社，一九八七）。王忠林等合著，《增訂中國文學史初稿》（台北：福記文化圖書公司，一九八五）。上列此一時期，香港、臺灣學界，比較具有代表性的文學史著作，悉見黃文吉，《中國文學史書目提要》。

35 褚斌杰、袁行霈、李修生合著，《中國文學史綱要》（北京：北京大學出版社，一九九七），褚斌杰主撰先秦、秦漢文學；袁行霈主撰魏晉南北朝隋唐五代文學；李修生主撰宋遼金元明清文學。程千帆、吳新雷合著，《兩宋文學史》（上海：上海古籍出版，一九九一）。

掛帥主編，而實際則以多數資淺學者執筆撰寫，例如游國恩等主編、王文生主編、馬積高與黃鈞主編等。[36]下焉者則是一群不知名的年輕學子集體編著，例如北京大學中文系文學專門化一九五五級集體編著、復旦大學中文系古典文學組學生集體編著、吉林大學中文系中國文學史教材編寫小組編著、中國社會科學院文學研究所中國文學史編寫組編寫等。[37]而這種群體合著或集體編寫型態，規模篇幅達到最高峰者厥為中國社會科學院文學研究所總纂，北京大學、南京師範大學協作編纂的《中國文學通史》，根本就是十種斷代文學史的纂合。[38]這一時期的數十年間，文學史書寫彷如文字工廠之量化生產，數量不斷膨脹；但是品質也在下降，實在遠不如上一時期，可視為《中國文學史》書寫的衰退期。

除了上述競逐市場商業利益以至浮濫量產之外，這一時期最必須反思批判者，就是另一種船來的文學史觀。前一時期普行的「文學進化史觀」逐漸被馬列思想以經濟勞動生產及階級鬥爭為教條的「文學唯物史觀」所取代。共產黨取得政權之後，《中國文學史》的書寫與教學被視為建構國家政治意識形態的重要機制，因此從一九五〇年代開始，即以政治力量介入，支配著文學史的書寫與教學。以劉大杰為例，他出版於一九四〇年代，中華人民共和國創建之前的《中國文學發展史》，到一九五七年，雖主動做了第一次修改；但是在當時政治情境中，也受到壓力而增刪若干內容，以符合政治意識形態；即使如此，一九五八年，針對高等學校所發動的「批判資產階級學術思想」，劉大杰仍然受到嚴厲批判，而於一九六二年做了第二次修改。一九六六年，文化大革命開始，劉大杰又受到嚴重衝擊，一九七三、一九七六年分二卷出版第三次修改本，主要是符合馬列及毛澤東思想所揭示階級鬥爭的文學本質觀與史觀。他在一九七六年出版的第二卷中，明白強調：「階級鬥爭不但是推動歷史發展的動力，也是促進文學發展的動力」。[39]中國文學史書寫，「文學進化史觀」已被馬列及毛澤東思想以經濟勞動生產及階級鬥爭為信條的「唯物史觀」所取代。

至於同一時期，臺灣學界的文學史書寫，大多數沒有什麼特定的史觀，例如被採為大學中國文學史教本的李曰剛《中國文學流變史》、葉慶炳《中國文學史》，沒有什麼史觀可言。王忠林與邱燮友等人合著的《增訂中國文學史初稿》，從孫中山先生《三民主義》轉出所謂「民生史觀」。在那個兩岸政治對立的年代，國民黨統治臺灣，教條式的三民主義教育也型塑了臺灣知識分子的黨國意識形

36 游國恩等主編，《中國文學史》（北京：人民文學出版社，一九六三—一九六四，四冊；台北：五南圖書出版公司，一九九〇，二冊）。王文生主編，《中國文學史》（北京：高等教育出版社，一九八九，二冊）。馬積高、黃鈞主編，《中國古代文學史》（長沙：湖南文藝出版社，一九九二，三冊；台北：五南圖書出版公司，一九九二，二冊）。

37 北京大學中文系文學專門化一九五五級集體編著，《中國文學史》（北京：人民文學出版社，一九五八，二冊、一九五九，四冊；高雄：復文圖書出版社，一九八三，四冊）。復旦大學中文系古典文學組學生集體編著，《中國文學史》（北京：中華書局，一九五八—一九五九，三冊）。吉林大學中文系中國文學史教材編寫小組編著，《中國文學史》（長春：吉林人民出版社，一九五九—一九六一，四冊）、中國社會科學院文學研究所中國文學史編寫組編寫，《中國文學史》（北京：人民文學出版社一九六二年，三冊）。這種集體編寫文學史的型態，從一九五〇年代到一九九〇年代，甚為普行。上列著作悉見黃文吉，《中國文學史書目提要》。

38 中國社會科學院文學研究所總纂，北京大學、南京師範大學協作編纂，《中國文學通史》（北京：人民文學出版社，一九九一起，十四冊）。全套包括先秦、秦漢、魏晉、南北朝、唐代、宋代、元代、明代、清代、近代，十種斷代文學史。

39 劉大杰受到政治上嚴厲的批判，三次修改《中國文學發展史》，詳參董乃斌、陳伯海、劉揚忠主編，《中國文學史學史》（石家莊：河北人民出版社，二〇〇三），第二卷，頁九五—一〇〇。

態；所謂「民生史觀」與「唯物史觀」同樣充滿與中國古代文學的本質、起源與流變無關的政治意味，其詮釋效力都讓人質疑。

近百年來，在轉相複製，陳陳相因的中國文學史書寫潮流中，能經由反思批判而轉向，意圖將教科書的文學史轉變為學術著作的文學史，就只見龔鵬程在二十一世紀初，所出版的《中國文學史》，[40]能成一家之言。這部著作不僅實際反思批判過去所出版教科書式的文學史，並從理論上提出自己獨特的文學觀與文學史觀，更重要的是他實踐了自己的理念，完成一部一千多頁的鉅著。龔鵬程對文學史研究的關注其來已久，可稱得上是先驅者，從一九八〇年代開始，就對近百年來的中國文學史書寫，尤其最通行而影響最大的劉大杰《中國文學發展史》之挪借雜湊西方文學史觀，提出精銳的批判。[41]大破而後大立，終於二十年後，以其博通廣識的學養，洞察明辨的思維，寫成這部《中國文學史》。他認為文學史的構成，作家及作品是第二序的產物；第一序是文學觀，每個時代的文學觀不同，所謂「文學」也就不同，而所認定的作家、作品，乃至大作家、好作品也不一樣。因此，他認為文學史是在探索文學內在結構的發展之演變。這內在結構當然以「文學觀」為最優先的要素；但「文學觀」不是封閉而是開放的，隨著時代變遷而不斷改變。因此文學的「內在結構」也隨著時代的變遷而與文學以外諸現象有不可切割的關聯，從而文學與政治、社會、哲學、宗教諸要素共組一個大結構；而這大結構並非靜止不動，而是與時俱化，歷時性構成文學史。因此，整部文學史完全擺棄以政治朝代分期，也不大費篇幅介述作家作品，而是以「文學觀」的轉變訂立敘述的節次，而且夾敘夾議；以「文學觀」轉變所產生的「文學事件」為基礎，進行描述、詮釋及評價。這是一部與近百年來千種以上，轉相複製的《中國文學史》從面目到體質完全不同，具有高度學術價值的著作。龔鵬程自期會被採為教材，然而將近二十年已過去，學院裡《中國文學史》的教材還是那些複製品。這或許也是「陽春白雪」與「下里巴人」的故事吧！悲夫，學術轉型有若是艱困者乎！

第二節 從前行《中國文學史》書寫的反思批判到回歸中國「原生性」文學史理論的重構

一、前行《中國文學史》書寫的迷蔽

我們在前文已對晚清以降的《中國文學史》書寫，提出大要的評述。就在前文的基礎上，我們再進行反思批判，從前行的詮釋視域迷蔽中，找尋轉向回歸之路。晚清以降，《中國文學史》書寫數以千計；然而，其中多屬缺乏創意的複製品，轉相抄襲；能在《中國文學史》書寫與教學歷程中，產生開拓性或傳播效果性的著作，其數有限，多為兩岸學界曾被討論到或在學院中被採為教本者，例如林傳甲、黃人、曾毅、謝无量、胡適、傅斯年、胡小石、魯迅、鄭振鐸、陸侃如、胡雲翼、林庚、劉大杰、柳存仁、游國恩、馬積高等學者的著作。臺灣學院內的「中國文學史」課程，長期以來所最普遍被採用的教本，約為劉大杰、李曰剛、葉慶炳之作，以及由王忠林等學者的合編本。

40 龔鵬程，《中國文學史》（台北：里仁書局，上冊，二〇〇九，下冊，二〇一〇）。

41 龔鵬程，〈試論文學史之研究——以劉大杰「中國文學發展史」為例〉，收入《古典文學》（台北：臺灣學生書局，一九八三），第五集，頁三七三—三七五。

這些書寫若就「文學史觀」進行反思批判，大約可以分為三個階段：第一階段為一九二〇年代之前，以林傳甲、曾毅、謝无量等人之著作為代表，文學史觀尚未清楚覺醒或游移在傳統與現代之間，可稱為「文學史觀匱乏」時期。第二階段為一九二〇年代以後到一九四〇年代之間，鄭振鐸曾於一九二二年撰寫〈整理中國文學的提議〉一文，強烈批判前行世代的「中國文學史」書寫少有合格者，其理由之一即是沒有「文學史觀」。相對的提議書寫《中國文學史》必須持有明確的史觀，「文學史觀」一時覺醒；適逢中國各方面追求現代化風潮，引介西方的「生物進化論」及其衍生轉用的「社會進化論」，再從「社會進化論」轉用為「文學進化史觀」；影響所及，「文學進化史觀」遂成主流，其中最具代表性者，厥為魯迅、傅斯年、胡適、胡小石、鄭振鐸等人之作，以及劉大杰之作的初版，可稱為第一次「文學史觀迷蔽」時期；第三階段則為一九五〇年代到一九九〇年代之間，被教條化的馬列思想，再加上共產主義的政治意識形態所支配的「文學唯物史觀」取代了「文學進化史觀」，代表性的著作是劉大杰在一九七〇年代所作的第三次修訂版的《中國文學發展史》，游國恩所主編的《中國文學史》，以及柳存仁《中國文學史》，可稱為第二次「文學史觀迷蔽」時期。

綜合上述觀之，「中國文學史」書寫，近百年來，兩種最主要的史觀都是自西方移入。上述第一、二階段，即晚清到一九四〇年代，追求「現代化」是絕大部分新知識分子所共持的文化意識型態；一切阻礙「現代化」之社會、文化「弊病」，皆可歸因於「標籤性」的儒家文化傳統；「反傳統」乃成為當時銳不可擋的思潮。而在「科學」意識的主導下，中國史學的現代化，也就是「在史觀與史法上全面向西方學習，實證主義與歷史主義共同催逼著中國史學的現代性建設」。[42]在這歷史時期，胡適、傅斯年等人的文學史書寫，似乎應該以實證史學為本，將「文學歷史」做為與當代文士們存在情境無關的知識客體去研究，因此文學史料的考據、辨偽，乃成為主要工作；文學史的書寫，就是依據被認定「真確」的史料去進行客觀的敘述。然而，事實卻又未盡如此，因為胡適、傅斯年等人的文學史書寫，乃關聯到他們「新文化運動」及「白話文學革命」之行動的「正當性」。因此「文學史書寫」不是客觀知識上，學術研究的「論證性」問題；而是主觀立場上，預設著文學革命實踐意圖的「論述性」問題。所有言說的目的與策略，都在為「新文化運動」及「白話文學革命」之行動的「正當性」找尋理論上的依據。

因此，在文學革命之「意圖先行」的立場下，文學史的書寫都旨在從過去的歷史經驗現象，進行「片面性選擇」與「從我性詮釋」，以建構一幅可以「資藉」的「白話文學史」或「抒情文學史」圖像。所謂「從我性詮釋」指的是不重視文本詮釋的相對客觀有效性，而以絕對主觀的立場預設某種評價性觀點，例如白話文是活文學、文言文是死文學；貴族文學是死文學、平民文學是活文學；文學歷史由文言文學往白話文學發展、由貴族文學往平民文學發展，乃是一種「進化」的現象。他們對古代文學歷史，一概將文本詮釋導向於適從「我」所預設的這個評價性觀點；完全沒有認識論及方法學上，詮釋如何獲致「相對客觀有效性」的憑準。這是一種文化社會實踐的「論述」（discourse），而不是學術研究上的「論證」（expound and prove）。胡適的《白話文學史》，以及魯迅以降，因依「文學自覺」或「文學獨立」之說，[43]所建構的「個人抒情文學本質觀」，正是這種思潮之下的典型

42　參見盛邦和主編，《現代化進程中的中國人文學科．史學卷》（上海：人民出版社，二〇〇五），頁一〇。

43　有關「文學自覺」及「文學獨立」之說，參見黃偉倫，《魏晉文學自覺論題新探》（台北：臺灣學生書局，二〇〇六）。

產物。[44]

準此，晚清以迄四〇年代的文學史家，在古典與現代交遇、換位的時期，其歷史意識其實充滿著對立性的衝突。取自於現代化的西方文學史觀成為主導性的先行理念，就以此為準則，在反抗主流性儒家文化傳統的同時，又相對從明清的文學論述中，選擇、建構另一種原屬邊緣性的傳統，所謂白話、個人抒情、為藝術而藝術、一代有一代之文學等話語，一時甚囂塵上；並將它與西方舶來的「文學進化史觀」湊合，意圖建構一種支撐「白話文學」、「抒情文學」的「新傳統」。而這種以「個體意識」為基礎，追求新變，而倡言「一代有一代之文學」的觀念，其內在其實就隱涵著「反主流性傳統」的意識形態。從「傳統」中去找尋「反傳統」的理由，以支撐「白話文學革命」的「正當性」。「傳統」在其歷史意識中，頗似一團糾葛的蠶絲。這是文化實踐性的「論述」，預設著強烈價值判斷的主觀立場，因此所謂受之於西方史學的客觀「實證」方法，往往僅是為了達到文學改革之目的所採取的「策略性」論述工具而已。嚴格說來，最不具客觀實證之詮釋效力的文學史，恐怕要推胡適、魯迅、鄭振鐸等人的著作了。

這樣的歷史意識不能說全無「傳統」的成分，只是當借自西方而缺乏中國自身文學歷史經驗內容的「進化史觀」，成為絕對權威並凌駕文學歷史傳統的實存性，做為格套式的詮釋框架，因而造成對文學歷史傳統過度片面化的曲解與評價，則「傳統」之連接於當代文士們存在情境的「效果歷史」（Wirkungsgeschichte），[45]其作用也就被弱化到微乎其微了。這個歷史時期，一般文學史家所關注的焦點只在於如何挪借西方「文學進化史觀」，以達到配合「白話文學革命」的論述目的。至於中國古代究竟有哪一些「原生性」的文學史觀，可以用來有效的詮釋中國文學史？這問題很少有人重視，遑論做出深入研究而有系統的加以重構。

至於第三階段，從一九五〇年代開始，由於政治力量介入，支配著文學史的書寫與教學。主要符合馬列及毛澤東思想所揭示階級鬥爭的文學本質觀與史觀。前文已論及劉大杰、游國恩、柳存仁等，莫不如此。而這種史觀之被文學史作者所持用，與前一時期「進化史觀」不同之處，乃非出於自由意志而懷抱文化變革理想的自發性表現；而是在政治威權之下，被迫接受而做為教條式的口號。文學史的書寫與教學都只是型塑政治意識形態的工具，與學術距離更遠；而且如同「文學進化史觀」都是舶來品，用以詮釋中國文學的源流變遷，能有多大的效力？這是一個很少學者全面而深入反思批判的問題。相對的，中國古代究竟有哪一些「原生性」的文學史觀，仍然迷蔽而不知其方。

二、回歸中國「原生性」文學史理論的重構

近百年的《中國文學史》書寫，數量可謂汗牛充棟，耗費眾多新知識分子的心力，卻由於當時歷史視域的限制，文學史觀不是匱乏就是迷蔽；轉向回歸之路其實已現熹微之晨光。一九九〇年代，大陸中文學界，對這門百年學科之大量生產卻又始終缺乏本質論、認識論與方法學基礎，開始不滿而進

44 詳參顏崑陽，〈「文學自覺說」與「文學獨立說」之批判芻論〉，收入顏崑陽《反思批判與轉向》（台北：允晨文化公司，二〇一六），頁二二三—二四六。

45 「效果歷史」（Wirkungsgeschichte）指的是：一切歷史現象或流傳下來的作品都不能當作只是純為歷史研究的客體，而應當注意到它在人們歷史性的存在以及意義的理解過程中所產生的影響效果。參見加達默爾（H.G.Gadamer）著，洪漢鼎譯，《真理與方法》（*Wahrheit und Methode*）（台北：時報文化，一九九三），頁三九三—四〇一。

行全面的反思、批判，乃逐漸形成探討、撰述「文學史理論」的熱潮，對晚清以來文學史著作的詮釋或批判。此一熱潮，大陸方面，發端於一九八五年間，黃子平、陳平原、錢理群聯合在《文學評論》第五期刊載長篇論文〈論二十世紀中國文學〉，稍後又於《讀書》雜誌討論〈二十世紀中國文學的文學史觀〉，強調文學史觀的重要性。其始雖針對近現代文學史的書寫問題，但影響所及，有關古代文學史的書寫也逐漸受到全面的反思。其中，尤以陳國球致力最久，關懷最深，成果也最豐富。他於一九九〇年代初，即與陳平原共同主編《文學史》輯刊，[46]廣邀中外文、兩岸三地學者發表論文。創刊第一輯廣度而深度的討論有關文學史理論、文學思潮與流派、作品與接受、文學史著作檢討、舊新評、西方文學史理論的翻譯與評介文化與文學等問題。往後所討論到的問題續有拓增，尤其第二輯特別推出中國古代文學史論、試寫文學史二個議題，對晚清以降的《中國文學史》書寫更具有反思、對觀的意義。陳國球自己則長期致力於捷克結構主義布拉格學派有關文學史理論的研究介述，以做為《中國文學史書寫》的參照。同時也實際對晚清以降，幾種代表性的《中國文學史》著作做出精詳的評述，而出版《文學史書寫形態與文化政治》一書，[47]從文學史觀所涉及文化與政治的意識形態觀點，深入討論了林傳甲、胡適、林庚、柳存仁、司馬長風等學者的文學史著作，大體以描述、詮釋為主，而略帶評斷。臺灣方面，在大陸九〇年代文學史理論熱發生之前，更早於一九八三年，龔鵬程就已發表〈試論文學史之研究——以劉大杰「中國文學發展史」為例〉，[48]針對劉大杰《中國文學發展史》，強烈批判其雜引西方文學史觀之失當，這成為他往後以獨特的文學史觀點撰寫鉅著《中國文學史》的動機，前文已做論述。九〇年代以降，有關這一論域的研究成果越來越多，成書出版者就有幾十種。[49]臺灣方面，值得一提的是，後進學者王文仁《啟蒙與迷魅：近現代視野下的中國文學進化史觀》，[50]針對「五四」以降，「文學進化史觀」的生成過程及其社會文化因素條件，進行全面性的描述、詮釋與批判。

學界除了對晚清以降的《中國文學史》書寫，提出反思批判之外，也開始回到中國傳統進行各種「文學史學」的梳理，其中「文學史觀」就是要點。這類著作，規模最大者當數董乃斌等人主編之《中國文學史學史》，[51]其第二、三卷針對近現代《中國文學史》的書寫，分從通史、斷代史、分體或分類文學史，進行全面的描述、詮釋與評價；而第一卷〈傳統的中國文學史學史〉，則是回歸傳統，從先秦以迄清代，甚至延伸到二十世紀初，依朝代先後，分幾個時期描述、詮釋各時期文士們有關「文學史」的論述，名之為「文學史學」，也就不是僅聚焦在「文學史觀」，而是包攝古人對「文

46 陳平原、陳國球主編，《文學史》（北京：北京大學出版社），創刊第一輯於一九九三年出版。前後出版三輯。

47 陳國球，《文學史書寫形態與文化政治》（北京：北京大學出版社，二〇〇四）。

48 龔鵬程，〈試論文學史之研究——以劉大杰「中國文學發展史」為例〉，收入《古典文學》（台北：臺灣學生書局，一九八三），第五集，頁三七三—三七五。

49 這方面的著作已累積甚多，例如陶東風，《文學史哲學》（河南：河南人民出版社，一九九四）、陳伯海，《中國文學史之宏觀》（北京：中國社會科學出版社，一九九五）、陳平原，《文學史的形成與建構》（南寧：廣西教育出版社，一九九九）、林繼中，《文學史新視野》（北京：北京大學出版社，二〇〇〇）、戴燕，《文學史的權力》（北京：北京大學出版社，二〇〇二）、王鍾陵，《文學史新方法論》（台北：文史哲出版社，二〇〇三）。

50 王文仁，《啟蒙與迷魅：近現代視野下的中國文學進化史觀》（台北：博揚文化公司，二〇一一）。

51 董乃斌、陳伯海、劉揚忠主編，《中國文學史學史》（石家莊：河北人民出版社，二〇〇三）。

學史」相關的論述。其中，對「源流」、「正變」、「復古」、「新變」、「通變」幾個觀念的討論，「文學史觀」則是重點。[52]不過，由於定位的主題是傳統「文學史學」的發展，重在歷時性的描述及詮釋，乃是「文學史學史」的寫法，又是由多數學者分工合作書寫，史料豐富，議題博雜，片段觀之，頗多卓見。然而卻未能跨越各朝代，聚焦在「源流」、「正變」、「通變」等文學史觀，統整各朝代的相關材料，進行文本分析詮釋，並時性的重構各文學史觀的系統理論意義。

其他人的著作，則是針對某一觀念做專題性的論述，例如「正變觀」、「通變觀」，崔文娟《中國詩學「正變」觀念析論》、[53]陳秀美《文心雕龍》「文學通變觀」析論》等，[54]皆為此類。又例如前文所提到周勛初〈文學「一代有一代之所勝」說的重要歷史意義〉、王齊洲〈「一代有一代文學」文學史觀的現代意義〉、齊森華〈「一代有一代文學」論獻疑〉等，對「代變觀」中的「一代有一代文學」之說的歷史意義、現代意義也有概要的論述。又有的是在某一家、某一流派、某一時代的文學觀之研究中，部分涉及與「文學史觀」相關的議題，例如陳國球《明代復古派唐詩論研究》，[55]第六章〈復古派詩論的文學史意識〉，就討論到復古派詩人關懷到個人與傳統的關係，並對唐詩發展史進行探索，其中就討論到謝榛、王世貞、王世懋、胡應麟的文學史觀。

一九九〇年代的文學史理論熱潮，論述成果頗為豐碩。文學史理論或哲學的思辨，就是針對「文學史」之為一種特殊的知識或一門特定的學科，所涉及的幾個基本問題，從哲學或理論的層面，提出系統性的論述。所謂「基本問題」，諸如什麼是文學？如何成為歷史的存在？「文學史」是什麼性質的知識？又如何被我們所認識？它應當如何去書寫？就從這些本質論、認識論與方法學的問題，去建立切當的理論或哲學基礎。其中，本質論涉及文學史作者對什麼是文學？如何成為歷史的存在？如何發生？如何演變？這種種問題所持之基本假定的觀念，也就是文學史作者究竟秉持什麼「文學本質觀」與「文學史觀」以詮釋文學的歷史？這些相關理論，就閱讀所及，其中以前文所引戴燕《文學史的權力》，王鍾陵《文學史新方法》、[56]朱德發《主體思維與文學史觀》，[57]比較具有理論性與系統性，能對於文學史知識的本質與研究方法提出理論。

戴燕所關注的問題主要是什麼是文學？什麼是中國歷史中的文學？怎樣寫中國文學史？以及文學的歷史觀念、史料的發掘與考證、求因明變的宗旨，這些文學史知識本質、史料、方法的基本問題；理論不高深，卻很切實際。第二、三章從一些理論性觀點，既敘且議的綜合評論晚清以迄，幾本較具代表性的文學史著作，對於文學史觀、書寫方法多所批判。附錄中，幾篇文章分別討論了林傳甲、黃人以及北大中文系一九五五級集體合編的文學史著作。王鍾陵在反思過往的中國文學史書寫之後，對於文學史研究的方法論，曾提出「原生態式的把握」，以尋求「如何使歷史真實的第二重存在盡可能地符契於歷史真實的第一重存在」，這是詮釋學要求主客「視域融合」（Horizontverschmelzung）的

52 同前注，《中國文學史學史》，第一卷，頁五五—八四、一四一—一八八、二一五—二六一、三〇〇—三一三、三二二—三三三、四四六—四五七。

53 崔文娟，〈中國詩學「正變」觀念析論〉（高雄：高雄師範大學國文研究所碩士論文，一九九〇）。

54 陳秀美，《《文心雕龍》「文體通變觀」研究》（台北：花木蘭文化出版社，二〇一五）

55 陳國球，《明代復古派唐詩論研究》（北京：北京大學出版社，二〇〇七）。

56 王鍾陵，《文學史新方法論》（台北：文史哲出版社，二〇〇三）。

57 朱德發，《主體思維與文學史觀》（濟南：山東教育出版社，一九九七）。

基本準則。[58]如果拿這樣的問題去問前文所述那些執迷「文學進化史觀」與「文學唯物史觀」的文學史作者，不知能給出什麼確當的答案？他所謂「歷史真實的第一重存在」，指的就是直接史料之客觀他在性文本所涵蘊的中國古代文學歷史，而「歷史真實的第二重存在」指的則是現代諸多「中國文學史」書寫所呈現的中國古代文學歷史。他所意圖警示的乃是當代學者的中國文學史書寫，必須「盡力減低從歷史真實的第一重存在向其第二重存在轉化時所必定會發生的簡單化以至於歪曲化的程度」。[59]這一論述，針對一九二〇年代以降，秉持單一性「文學進化史觀」及「文學唯物史觀」所做的文學史書寫，提出反思批判，相當具有說服力。我所提出「原生性文學本質觀」與「原生性文學史觀」，即蘊涵於王鍾陵所謂「歷史真實的第一重存在」中。不過，我更要指出「歷史」乃人之「重層性」存在經驗與意義詮釋所加以符號化的文本，蘊涵於王鍾陵所謂「第一重存在」的「原生性文學本質觀」與「原生性文學史觀」，還可再分為二重：一重是內含於文士們創作實踐的「歷史意識」中；另一重則是古代文士們對創作實踐歷史經驗現象進行反思、詮釋而所為的論述。我曾提出「完境文學史」的構想，指認了「原生性文學史觀」乃是文士們歷史性存在主體之「意識結叢」的一部分，也是構成文學歷史的第一層存在經驗基礎，「意識結叢」的涵義，後文再做詳說。朱德發所關懷的對象雖然是新文學史，但是一種高度、深度與廣度的理論具有廣延性，非僅可適用於新文學史的書寫，某些原則也可以用之古代文學史的書寫。主體思維與文學史觀念及書寫之間複雜的動態性關係，是一個關鍵性的根本問題。朱德發做了相當精密而系統完整的論述，實可提供古代文學史書寫，知識本質與方法的理論基礎。

二〇〇二年，「中國古典文學研究會」與輔仁大學中文系聯合舉辦「中國文學史的探索學術研討會」，發表二十六篇論文，輯成《建構與反思》論文集。[60]其中張明非、[61]郭英德、[62]龔鵬程、[63]陳燕、[64]王金凌、[65]呂微、[66]蔡鎮楚、[67]趙孝萱、[68]顏崑陽等，[69]除了反思批判前行眾多《中國文學史》的書寫之外，對文學史知識的本質、史觀與方法，也在理論層面提出相當有深度的論見。

58 「視域融合」（Horizontverschmelzung）是指通過詮釋學經驗，詮釋者和文本獲致某種共同的視域，同時詮釋者於文本的他在性中理解了文本的意義。參見〔德〕加達默爾（Hans-Georg Gadamer 1900-2002）著，洪漢鼎譯，《真理與方法》（台北：時報文化公司，一九九三），頁三九三—四〇一。

59 王鍾陵，《文學史新方法論》（台北：文史哲出版社，二〇〇三），頁七五—七六。

60 《建構與反思》（台北：臺灣學生書局，二〇〇二）。

61 張明非，〈文學史研究的使命〉，收入《建構與反思》，上冊，頁一三—二四。

62 郭英德，〈論文學史敘述的原則、對象與方法〉，收入《建構與反思》，上冊，頁二七—五一。

63 龔鵬程，〈文學史研究〉，收入《建構與反思》，上冊，頁五五—八五。

64 陳燕，〈文學生命的自主、自立與自重——論文學史的涵義、效用與構成〉，收入《建構與反思》，上冊，頁八九—一一三。

65 王金凌，〈文學史的歷史基礎〉，收入《建構與反思》，上冊，頁四五九—四八五。

66 呂微，〈語音對文字的顛覆——文學史寫作的現代理念〉，收入《建構與反思》，下冊，頁七六七—七八四。

67 蔡鎮楚，〈中國文學史研究的世紀回眸與理性思考〉，收入《建構與反思》，下冊，頁九八一—九九八。

68 趙孝萱，〈沒有「文學」也不是「史」——「中國文學史」史觀與方法之回顧省思〉，收入《建構與反思》，下冊，頁一〇〇一—一〇二八。

69 顏崑陽，〈論「典範模習」在文學史建構上的「漣漪效用」與「鍊接效用」〉，收入《建構與反思》，下冊，頁七八七—八三三。

綜觀前述諸多與《中國文學史》書寫的相關知識。近百年上千種中國文學史書寫，史觀的匱乏與迷蔽已彰彰甚明。一九九〇年代開始，學者的反思批判也非常強烈，從而引發文學史理論熱潮。然而就所表現的狀況觀之，大多是破而不立，只側重在對前代著作的批判，指摘其匱乏與謬誤；或以現代的文學經驗與知識，進行個人規創性的理論建構；或介述、挪借西方的理論。其中，有關「文學史觀」的論述，很少有學者能回歸中國古代繁富的史料中，深入考察、詮釋第一手文本，以重構種種支配、影響中國文學歷史發展之「原生性文學史觀」的實質內容，以建立源自傳統文化內在的「詮釋模型」，轉而應用於中國文學史的書寫。其間，雖有觸及此一議題者，對源流、正變、復古、新變、通變等觀念有所論述，例如董乃斌等人主編之《中國文學史學史》，卻或博雜不整，或表淺不深，未能對這些「原生性文學史觀」整體的「詮釋模型」義涵，完成系統化的「重構」，以應用到《中國文學史》的書寫。

完型的「文學史理論」必須確當的回答：什麼是文學？什麼是歷史？什麼是文學史？這三個基本問題。因此「文學史觀」必須以「文學本質觀」做為前提，二者整合為一個理論系統。中國古代有關「文學本質觀」，「詩言志」與「詩緣情」、「文以明道」與「獨抒性靈」，學者們頗多分題論述；但很少將「文學本質觀」與「文學史觀」整合為系統性的「文學史理論」。我們就嘗試做這樣的論述。從《中國文學史》書寫的基礎理論而言，解除前行文學史觀的迷蔽，而詮釋視域轉向，回歸中國古代浩瀚的文學歷史經驗內部，經由深切精密的文本詮釋，系統化的重構「原生性」的文學史觀，這應該是反思批判，「大破」之後可以「大立」的文學史研究工程。然而，除了重構「原生性」文學史觀之外，如果想要重構整體完型的「中國原生性文學史理論」，則更必須整合「詩言志」與「詩緣情」、「文以明道」與「獨抒性靈」的文學本質觀與源流、正變、通變、代變的文學史觀為一體，進行系統化的重構。古代詩文論述中，有關這幾個論題的第一手史料不但浩繁，而且分散在各種典籍，必須儘量蒐求，以進行精密的文本分析、詮釋，然後綜合系統化的重構這些「原生性」文學本質觀與史觀的詮釋模型。

第三節　文學史建構的基本型態以及重構中國「原生性」文學本質觀與文學史觀之「詮釋模型」的藍圖

一、文學史建構的二種基本型態：第一序位「創作型建構」與第二序位「詮釋型建構」

文士們都是「歷史性」（historicality）的存在，因此他們的「歷史意識」以及「文學本質觀」、「文學史觀」，乃是構成文學歷史經驗實質內涵的必要因素，關係到文士們創作的動力因與目的因，故而是總體文學史的一部分。此即詮釋學上「效果歷史」（Wirkungsgeschichte）的觀念。準此，「原生性」的「文學本質觀」與「文學史觀」實為理解、詮釋進而建構、書寫「中國文學史」不可能抽離的「必要性」因素，它不能以套自西方的文學史觀來代換。

文學作品的「歷史性」有二：（一）文學的「第一序時間」是指文學創生或起源而成為存在事實的「始原性」時間。（二）文學的「第二序時間」是指二個文學事實，在先後歷程中，彼此由因果關係所構成的「因變性」序列時間。

我們先說文學的「第一序時間」，所謂「歷史性」（historicality）不同於過去已發生的「歷史事實」，而指的是使得存有者之所是所為的「事實」能成為「歷史」的存在情境基礎。就此而言，「文學」是人類創造的文化「事實」，其所是所為而得以成為「歷史」，必然都以「歷史性」做為存在的基礎；它不同於神或道所創造的宇宙自然萬物，並無先驗、絕對的「形上本質」（metaphysical essence）。因此，所謂文學的「本質」（essence），也必然是在這「歷史性」的基礎上，其作品已被文士們創生而成為存在的「事實」，才得到明切的規定。從實際存在的事物言之，所謂「本質」指的就是此類事物內在真正的普遍性質，它產生、支持此類事物的外在表象，並使其意義可得理解，這就是「物性本質」（physical essence）。

這種「物性本質」都是「相對普遍」而非「絕對普遍」。它可以從最高範疇進行創造性的規定，就稱為「規創性定義」，例如總體「文學」的本質是什麼？文士們都可以給出「規創性定義」，卻沒有一種定義是絕對唯一正確；或從分類的次範疇進行規創性定義，例如「詩」、「賦」等這些類體各自的本質。不管從理論或事實觀之，任何一種「文學類體」的構成必經漫長的社會文化流變歷程；在這歷程中，其本質所相應的功能、形構、樣態諸要素，乃不斷被重新定義，並付諸實踐。「重新定義」是觀念性的論述，「付諸實踐」是行動性的創造，二者交涉作用；而此一「文學類體」也就隨之「進行」構成的流變現象。因此「文學」都是由「應然」以開展「實然」，也就是各從文士們理想的價值觀以定義某種文體而付諸實踐，因而開展文學事實；某種文學類體創作事實已成，反過來也使其「本質」獲得明切的規定。這就是文學由創生而存在的「歷史性」。清代張惠言編撰《詞選》，並在序文中依其理想而為「詞」的起源與本質重新定義，因而開展常州詞派的文學事實，這是最典型的例子。[70]因此，能用以規定一種文學類體之本質所相應的諸要素，在歷史進程中，其實都不斷在被重新定義；而文學也才有所謂「歷史」可言。[71]即此而言，「文學本質觀」與「文學起源觀」非截然為二，乃是同一系統的論述。因此，在文學史書寫中所必須先揭明的問題：「什麼是文學」，即文學的本質問題，其與「文學如何成為歷史的存在」，即文學的創生或起源問題，實乃彼此關聯的問題。而這些問題，中國古代文士們都已在源流、正變、通變、代變以及詩言志、詩緣情、文以明道、文以獨抒性靈這些文學本質觀及文學史觀中給予回答了。重構「原生性」的「文學本質觀」與「文學史觀」，在中國文學史書寫上，對於各不同歷史時期所出現相對性、動態歷程性的文學本質問題及某些文學類體如何創生而成為歷史存在的文學起源問題，都能獲致「主客視域融合」的「詮釋效用」。

接著，我們說文學的「第二序時間」。某種文學類體創生或起源之後，不可能靜止不變。在時間歷程中，其結構性與樣態性之「體」，始終都變動著。結構性之「體」稱為「體製」或「體裁」；樣

70 張惠言〈詞選序〉將「詞」重新定義為：「緣情造端，興於微言，以相感動，極命風謠里巷男女哀樂，以道賢人君子幽約怨悱不能自言之情，低徊要眇以喻其致，蓋詩之比興，變風之義，騷人之歌，則近之矣。」依張惠言對「詞體」的規創性定義，則其本質近乎風騷。此說雖頗承繼宋代之「復雅」思潮，相較卻更偏取屈騷，以賢人君子「感遇」之情為重。參見李次九，《詞選校讀》（台北：復興書局，一九七一），上冊，卷一，頁五—六。由於他對詞的這種論述，並且依藉《詞選》對典律的重構，影響所及而開展了常州詞派。

71 詳見顏崑陽，〈宋代「詩詞辨體」之論述衝突所顯示詞體構成的社會文化性流變現象〉，收入顏崑陽，《詮釋的多向視域：中國古典美學與文學批評系論》（台北：臺灣學生書局，二〇一六）。

態性之「體」稱為「體式」。[72]故文學的「第二序時間」是指二個文學事實，在先後歷程中，彼此由因果關係所構成的「因變性」序列時間。而所謂「歷史性」在這層意義上乃指文學之所是所為的「事實」能成為「歷史」，就是築基於個別發生事實在先後歷程上，彼此構成「創作性」或「詮釋性」的因果關係。「創作性因果關係」指的是文士們做為歷史性存在的創作者，「自覺」的對既存的文化及文學傳統，進行理解、選擇、因承而付諸創作實踐，並創變新的體製或體式的文學作品，因而前後二種不同的文學事實便構成「因變性」的因果關係。這就是上述「效果歷史意識」或「原生性」的文學本質觀與文學史觀，對文士們創作實踐所產生的作用，最典型的例子是漢魏以降，文士們對風雅或風騷傳統「自覺」的因承與創變，唐代陳子昂、白居易是其中代表。中國古代文學歷史的演變，實乃文學家秉持上述各種「效果歷史意識」或「原生性」的文學本質觀與文學史觀而付諸創作實踐，使得先後歷程中的不同文學事實，彼此構成「因果關係」的發展軌跡。

另外，「詮釋性因果關係」指的是文士們做為歷史性存在的讀者或文學史書寫者，對於先後歷程中之不同文學事實的關係提出「詮釋」，而建構它們彼此的「因果」聯結。他們所持有的詮釋觀點，也無非就是「原生性」的「詩言志」與「詩緣情」、「文以明道」與「獨抒性靈」的文學本質觀，以及源流、正變、通變、代變等原生性的文學史觀。在中國古代，上述「創作性」與「詮釋性」二種文學歷史之「因果關係」，乃彼此「視域融合」而共同構成中國古代文學歷史。然則，重構「原生性」的文學本質觀與文學史觀」，在中國文學史書寫上，對於先後歷程中不同文學事實之間，彼此「因變」的「因果關係」，當能獲致「主客視域融合」的「詮釋效用」。這絕非從西方挪借、外植諸如進化論文學史觀、有機循環論文學史觀、唯物辯證論文學史觀等，所可替代。

依循前文的論述，我們就可明白文學史的建構，大體言之，約為二種基本型態：一是創作型建構；二是詮釋型建構。前者為第一序位的建構，具有優先性；後者為第二序位的建構，乃是以前者為經驗基礎所做概念陳述、系統綜合的建構。

我們先說「創作型文學史建構」。文學創作就是文士們之「文心」的發用，劉勰在《文心雕龍．序志》云：「夫文心者，言為文之用心也。」[73]然則什麼是「文心」？也就是「文心」有什麼實質的內涵？歷來的龍學者都沒有解釋清楚，我曾專文做出明確的詮釋，[74]又在另一篇專文做出衍生性的解釋，提出「文心」就是文士們的「意識結叢」之說。[75]什麼是文士們的「意識結叢」？它包含下列幾個結構要素：（一）文士們由「文化傳統」的理解、選擇、承受而形成的歷史性生命存在意

72　「體製」或稱「體裁」，指的是文章可分析的語言形式結構，例如五言律體、七言絕句等。「體貌」指一篇或一家文章特殊的美感形象。「體貌」如果具有「典範性」，可以做為模習的法式，就超越個殊而成為普遍的「體式」。「體式」可就一家之作而言，稱為「家數」，例如陶淵明體、謝靈運體；也可就某一文類而言，稱為「類體」，例如詩典雅、詞婉約；亦可就時代而言，稱為「時體」，例如建安體、太康體。更可超越一家一類一時，就普遍的審美形象而言，例如《文心雕龍．體性》所歸約典雅、遠奧、精約、顯附等八體。參見顏崑陽，〈論「文體」與「文類」的涵義及其關係〉，《清華中文學報》第一期，二〇〇七年九月，頁二一—二五、二八—三七。

73　〔南朝梁〕劉勰著，現代周振甫注，《文心雕龍注釋》（台北：里仁書局，一九八四），頁九一五。

74　顏崑陽，〈《文心雕龍》所隱含二重「文心」的結構及其功能〉，收入顏崑陽，《學術突圍》（新北：聯經出版事業公司，二〇二〇）。

75　顏崑陽，〈從混融、交涉、衍變到別用、分流、佈體——「抒情文學史」的反思與「完境文學史」的構想〉，收入顏崑陽，《反思批判與轉向》（台北：允晨文化公司，二〇一六）。

識；（二）文士們由「社會階層」的生活實踐經驗過程與價值立場所形成社會階層性生命存在意識。（三）文士們由「文學傳統」的理解、選擇、承受而形成的文學本質觀與文學史觀，例如、「詩言志」與「詩緣情」傳統、「文以明道」與「獨抒性靈」傳統的文學本質觀；源流、正變、通變、代變等文學史觀。（四）文士們由「文學社群」的分流與互動所選擇、認同而對某一文學類體所做的特殊定義。（五）文士們對各文學體類語言成規及審美基準之認知所形成的「文體知識」。以上諸種觀念或意識「混融」為文士們主體心靈的「意識結叢」，這就是「文心」。文士們就是以此「文心」，在面對當域的自然世界與當代的社會世界，乃「感物」或「緣事」而發，構成創作的動力與目的。因此，這些創作主體「混融的意識結叢」都是構成「文學歷史」的要素；而「文學本質觀」與「文學史觀」就是其中的要素，根本就內含於「文心」，成為他創作實踐以建構文學史不可或缺的要素，故而稱為「原生性」，其義就是這些「文學本質觀」與「文學史觀」非自外來移植。中國古代沒有任何一個傑出而足以開創、影響文學歷史發展的文士們，其「文心」不內含這些要素。

「創作型文學史建構」指的是文士們經由此一「意識結叢」，身在文學史情境中，進行創作實踐，而參與第一序位的文學史建構。這樣的文士們其「文心」必然內含高度的「歷史意識」。「歷史意識」不同於「歷史知識」；「歷史知識」指的是吾人以過去已發生的歷史事實做為客觀的認識對象而所獲致的知識。「歷史意識」則非僅指吾人對歷史事實客觀的認識，更重要的是指吾人之意識到存在於歷史中的「文化」傳統乃聯繫個體生命價值實現而形成的「有機體」。「我」無法自外於這有機體而獨存，乃是這有機體的一分子，享有這有機體所給予既成的價值物，而我亦當有所「因承」的實現價值，以使這有機體得以繼續傳衍。有所「因承」並非毫無揀擇的概括承受，因為「文化」有機體本身菁蕪並存，所以「因承」即是一種選擇性的接受。「文學」是總體文化有機體很重要的部分，懷有「歷史意識」的文士們都會「自覺」存在於文學歷史情境中，進行閱讀與創作的種種文學活動，而必然面對群體所共造的文學傳統。這文學傳統經由歷代第一流文士們先後接續所創造的「典範」之作，必內含著文學本質與因變的因果軌跡，並經由理解、詮釋而逐漸形成某些文學本質觀與文學史觀。當歷時性與並時性不斷出現眾多文士們，對某些「文學本質觀」做出群體共同的選擇、接受，就形成「傳統」。詩歌的「言志」與「緣情」，以及文章的「明道」與「獨抒性靈」，即是歷代眾多文士們共同選擇、接受的「文學本質觀傳統」；而在文士們創作實踐時，其「歷史意識」也會讓他自覺到在文學歷史的源流因變過程中，自己究竟站在什麼「歷史位置」，創作應該有何所「因承」又有何所「創變」？因此必然會就源流、正變、通變、代變等「文學史觀」，選擇一、二而秉持之，以為創作之原則。然則，上述「原生性」的「文學本質觀」、「文學史觀」，乃事實的主導著文士們群體的創作，根本已是文士們經由創作實踐而共同建構「文學史」的主要因素。這就是第一序位「創作型文學史建構」，乃第二序位「詮釋型文學史建構」所依據的原初歷史經驗基礎。

接著，我們再說「詮釋型文學史建構」，指的是依藉文學批評的行為方式，以進行文學史的建構。文學歷史經驗的本身是諸多並時發生或前後繼起而散列不整的現象。它必須經過文學史家的揀擇、詮釋，而建立個別經驗現象之間的價值位次與因果關係，並構成系統性的敘述，此之謂「詮釋型文學史建構」。

這一型態的建構，又可次分為「論述型的建構」與「選文型的建構」。前者例如《文心雕龍・時序》，依藉概念陳述的語言，以描述歷代文學階段性的演變，並詮釋其演變的原因。現代學者的

《中國文學史》書寫，也是這一型態的「文學史」建構。後者如蕭統《文選》，其序文中提出以「事出於沉思，義歸乎翰藻」的特定文學本質觀為依據，進行作品的揀選。作品揀選，已涵評價之義。然後分別題材類型，同一體、類中的作品則「各以時代相次」。從其編選體例而言，《文選》不作論述，卻依藉對「作品」進行系統性的揀選與時序性的編排，而具體建構了「遠自周室，迄乎聖代」的文學史，[76]其中隱涵著編者所持有的文學本質觀與文學史觀。另外，明代高棅的《唐詩品彙》則兼具二者，前面〈總敘〉、〈歷代名公敘論〉以及各類詩體的〈敘目〉，以論述性語言提出初、盛、中、晚四唐之說與正始、正宗、大家等「九格」之品，而經緯交織，以建構分期、體格流變的歷史詮釋系統。然後又依藉對作品的揀選、編排，以「作品」具體呈現一部完整的「唐詩史」。[77]以上就是依藉論述與編選的文學詮釋行為而所完成的文學史建構。這一類「詮釋型文學史建構」，不僅是文獻材料的湊合，而必須秉持特定的「文學本質觀」及「文學史觀」，以進行詮釋、評價，始能成一家之言。故而這些「原生性」的「文學本質觀」及「文學史觀」，同樣事實的主導著古代文人所進行的「詮釋型文學史建構」。

因此，文學史建構的第一序位，不是上述主客分立的「詮釋型建構」；而是創作主體涉入文學歷史情境，古今相接，付諸創作實踐的「創作型建構」。甚者，第二序位的「詮釋型建構」應該以「創作型建構」的歷史經驗事實為依據，進行主客「視域融合」的詮釋、評價。否則不免流於缺乏歷史經驗基礎而理論先行的「虛構」，而不是「建構」。

二、重構中國「原生性」文學本質觀與文學史觀之「詮釋模型」的藍圖

現當代的《中國文學史》書寫當然都是第二序位的「詮釋型建構」。所有文學史作者都已離開古典文學創作的歷史情境；這種「離境」的文學史書寫，其論述的目的及意義，與五四新文學生成之前，中國歷代文士們對傳統文學史「在境」論述的目的及意義，實有很大的差異。歷代文士們對傳統文學史的「在境」論述，其目的及意義不在於學術研究的文學知識生產，而在於為自己創作實踐取向的「正當性」，找尋文學史上既存「典範」做為依據，因此採取明確而堅固的主觀立場，甚至隱含合乎己意的價值評斷，進行「暴力式」的論述，彼此對抗衝突，明代李夢陽等學古群體與袁宏道等新變群體的論爭，可為範例。這都是文學創作之能夠多元發展而建構文學史的常態話語，原無絕對的是非對錯可斷。

然而，回觀近百年的文學史書寫歷史；五四時期，胡適、魯迅、鄭振鐸等為白話文學革命找尋「正當性」的依據，而挪借轉用源自西方的「文學進化史觀」，並綰合「一代有一代之文學」的話頭，以進行《中國文學史》的書寫，逢古必反，貶降「文以明道」的「古文」以及被認定是貴族文學的「賦」，並提升小說、戲曲、小品文的價值。同時，對文學史上的流派，偏袒主張「新變」的公安群體，相對汙名化所謂「復古」群體。這種理論先行、框架先立、價值判準先設，而絕對主觀的「暴

76 〔南朝梁〕蕭統〈文選序〉，參見蕭統編著，〔唐〕李善注，《文選》（台北：華正書局，重刻宋淳熙本，一九八二），頁二。

77 〔明〕高棅，《唐詩品彙》（台北：學海出版社，景印汪宗尼校訂本，一九八三）。

力式」論述，其目的及意義就在於為白話文學創作實踐的「正當性」找尋歷史傳統的依據。我們回歸當時白話文學革命的歷史語境，做「同情理解」，當然也無須過度非議；然而，「同情理解」當時胡適一輩白話文學革命的用心，並不等於在學術上肯定他們對「中國文學史」批判性的建構具有文學知識的確當性。就學術論學術，前文述及胡適的《白話文學史》固然是不合格的非學術著作，就是大約同一時期，前文述及譚正璧、傅斯年、鄭振鐸、胡小石、胡雲翼等人的文學史著作，也同樣是不合格的非學術著作。而最必須反思批判的是「五四」的歷史情境已過，還不少文學史作者毫無質疑的繼續沿用這種舶來品的「文學進化史觀」，大量複製同樣不合格的文學史著作。所謂「知識分子」的思考惰性，慣常拾人牙慧，而缺乏獨立的思想，實可視為學術的墮落。

現當代學者已離開「五四」白話文學革命的歷史情境，則文學史作者「離境」的論述已無關乎自己或同道群體身處文學史情境，進行創作實踐取向的「正當性」之爭；「文學史」只是學術研究的客體，詮釋文學史就必須以主客觀「視域融合」為原則，才能獲致有效性的知識。《中國文學史》的書寫，如果必須要持有特定的「文學本質觀」與「文學史觀」，當以「原生性」為優先，始能獲致適切的詮釋；不管從理論或實踐而言，現當代學者書寫《中國文學史》時，實在不能跳過古代的文學「作者」與「讀者」的「文學本質觀」與「文學史觀」，而逕自挪借現代取自西方或取自無關文學的某種「理論」，就理論先行、框架先立，價值判準先設，進行中國古代文學史的詮釋與評價。前文所述及的進化、唯物、民生等史觀，都是這種「外植」的史觀，已明顯的造成「削足適履」的曲解，與不當的評價，實難獲致相對客觀有效性的詮釋。這種挪借外來理論的文學史書寫，可稱為「外造建構」型態的「中國文學史」。從這種「外造建構」的中國文學史，轉向回歸中國古代文學歷史經驗的內部，揭明隱涵的某些「文學本質觀」及「文學史觀」，而進行系統性的「重構」，以做為文學史書寫的基礎理論，應該是二十一世紀中國文學史書寫最重要的改造工程。

那麼，中國古代究竟有哪些「原生性」的文學本質觀及文學史觀？簡要的回答是，「文學本質觀」主要是「詩言志」與「詩緣情」傳統、「文以明道」與「獨抒性靈」傳統；「文學史觀」主要是源流觀、正變觀、通變觀、代變觀。就人文學術而言，一種言說能稱為「理論」（theory），必須具備幾個條件：一是論述主體的立場與觀點；二是論述對象的限定性內容；三是符合邏輯程序的系統性表述形式。中國古代士人的言說，絕大多數都是綜合直觀的意見，簡短的條文或篇章，其表述形式缺乏符合邏輯程序的顯性系統，因此極少有嚴格定義的所謂「理論」，而大多是可寬鬆看待的「觀念」，故不稱之為「理論」而稱之為「觀」。詩言志、詩緣情、源流、正變等觀念，都不是新鮮時髦足以眩人耳目的「理論」，卻是最適切用以詮釋中國古代文學史。觀念或理論沒有新舊，只有適不適用問題。我們可以深切理解詮釋原生性、關鍵性的古代文學觀念，進行現代化的詮釋，而賦古典以新義，並採取現代學術的表述形式，加以重構為系統性的「理論」，這才是民族文學研究的正途。不過，我們必須特別聲明，在全球化的當代，不必排斥西方理論，但是文化主體性不能喪失。西方理論只能做為對觀，以啟發傳統所隱藏不明的詮釋視域，讓我們更深切理解自身文化、文學的特質，而經由有效的詮釋，重構現代化、系統化而可資應用的詮釋典範。這就是我所謂「內造建構」中國「原生性」的文學史理論。

文學史做為一種知識，所必具的基本觀念就是有關文學之本質、功能、起源、流變、價值的幾種觀念。古代文士對這些觀念的論述，除了少數如劉勰《文心雕龍》、葉燮《原詩》那樣系統性的論述之外，大致都是宏觀綜合的意見陳述，往往片語隻字，缺乏文本分析詮釋而綜合成「顯性系統」的理論。因此有關這些觀念的論述，歷代不絕的散置在眾多文士的著作中。每個觀念都有其動態歷程的演變，雖「變」卻也有其「不變」的基本概念。「變」見其「異」，「不變」見其「同」，以「同」統攝「異」，則非完全雜亂不整，而可從歷時性的演變梳理出並時性分流的「隱性系統」。並且本質、功能、起源、流變、價值的幾種觀念，亦非各自獨在，了無關係；而是在文學創作與批評實踐的「總體情境」與「動態變化歷程」中，諸觀念彼此依存而構成內具邏輯關係的總體「隱性系統」。我們假如能將散置的文本加以整合而詮釋之，並以現代學術話語「重構」為「顯性系統」，即可形成一種「詮釋模型」（interpretive model）；所謂「詮釋模型」指的是可以做為詮釋經驗現象之意義的模型化理論。「模型」（model）一詞有其分歧義，它通常指的是「一組多個因素的關係形式」，往往是具有廣延性的範疇。我們在這裡就用它來指涉：掌握實存經驗現象的某些普遍性質、結構或規律，將它抽繹出來，找出各因素的統合關係，而定型化為一種系統性理論，可反覆操作，應用在同類或類比的研究對象上，以遂行分析、詮釋的目的，就稱為「詮釋模型」。

　　我們的藍圖就是重構「原生性」文學本質觀及文學史觀，而建立它們的「詮釋模型」，以做為文學史書寫的理論基礎，進而促使那些挪借外來理論的文學史書寫得以轉型。這是一種古代文學基本觀念的現代詮釋、系統重構及話語轉換的工作；假如中國古代文學史的研究、書寫，想要從一味挪借、消費西方理論，那種「外造建構」的知識型態蛻變出來，獲致具有民族文化性而又現代化的成果，則這種工作應該是最重要的基礎。我們就將這種從散置於古代典籍，有關文學創作、批評經驗所隱涵本質、功能、起源、流變等觀念加以揭明，並賦予系統性的現代化意義，就稱它為「內造建構」，以有別於挪借西方理論以詮釋中國文學史的「外造建構」。「文學史」是一種具有民族性、區域性的知識，很難借由其他民族、區域為中心或本位所建構的理論，做出相應、切當的詮釋。因此，針對中國古代文學歷史經驗本身既存的「原生性」的「文學本質觀」及「文學史觀」進行「內造建構」，以再生產若干可供現代學者書寫《中國文學史》資藉的「詮釋模型」。這應該是二十一世紀，《中國文學史》書寫得以適當轉型的首要基礎性研究工作。

第四節　「總體情境」與「動態變化歷程」的文學本體觀以及「內造建構」的原則性方法

近些年來，對於中國古代文學的研究，我在幾篇論文中，已一再提出「總體情境」與「動態變化歷程」的文學本體觀以及「內造建構」的原則性方法。[78]此一本體觀與原則性方法當然適用在我們對「原生性」文學本質觀及文學史觀的重構。茲概述其大要如下。

一、「總體情境」與「動態變化歷程」的文學本體觀

這一本體觀，乃針對「五四知識型」的迷蔽之一，即前一知識年代的學者們，由於受到西學「緊箍咒式」的支配，不管研究什麼，大多不自覺的預設一種西方式思維的本體觀，將研究對象之事物

78　顏崑陽，〈內造建構——中國古典文學理論研究之詮釋視域迴向與典範重構〉、〈中國人文學術如何「現代」？如何「當代」？〉，二篇論文都收入顏崑陽，《學術突圍：當代中國人文學術如何突破「五四知識型」的圍城》。

片面化、靜態化、單一因素化、抽象概念化的認知它局部的性質。我們可舉二個範例以證說之。這二個範例就是「中國文學抒情傳統」[79]與「文學自覺」、「文學獨立」的論述。[80]這兩種論述發生在同一歷史時期，都是「五四知識型」的產物，所發表的論文非常多，儘管說得很複雜，共持的基本觀念卻都是對「中國文學」這一研究對象預設了一種「本體觀」：構成文學的因素只有一個，那就是「情」；而且是從政教之用「獨立」出來的「情」。我們可將它看作是「唯情觀」的文學「本體觀」。依循這一說法，「情」可脫離事、物、理、志等其他文學構成因素而孤立的存在；「文學」當然也可脫離政治、道德、經濟等各種社會文化經驗而孤立的存在。並且，「情」與「文學」也都可以脫離變化不居的時空情境及歷程，而成為不變的固態物。這種將文學片面化、靜態化、單一因素化、抽象概念化的「本體論」，用以詮釋中國古代典籍中的文學觀及其創作、批評的實踐，完全沒有「動態歷史語境」的觀念，所見都是文本語言形式抽象概念的表層義；而無法契入古代作者的社會文化存在處境，貼切的理解其所遇所見所感所思，以揭明文本隱含的深層義。

在這樣的文學本體觀看待之下，用之於政教的「言志」之詩、「明道」之文，都是「實用性」而缺乏「藝術性」的「雜文學」，不是被排除在文學歷史之外，就是被貶降其文學價值及文學史的地位；而與政教無關的「緣情」之詩、「獨抒性靈」之文，才是「非實用性」而具有「藝術性」的「純文學」。針對這種「實用性」與「藝術性」、「純文學」與「雜文學」截然二分的偏謬之見，我早已在幾篇論文中嚴加批判，[81]而另出「總體情境」及「動態變化歷程」的文學本體論，反覆申說。在此，可以綜括其要義：世界萬有，任何一種事物，以及構成此一事物的因素、質料，都並時性的存在於「結構」與「互動」非常複雜的「關係」網絡中，也貫時性的存在於先後變化的「時序」歷程中。

換言之，任何事物及其構成因素、質料，都存在「總體情境」與「動態變化歷程」中，各以其本具的「功能」，彼此交涉而產生「有機性」作用，從而實現它的意義、價值；故而任何個別事物或其構成因素、質料都無法單獨抽離出來而能實現其存在、理解其意義、評定其價值。因此，「文學」既不可能從我們生命存在世界的「總體情境」與「動態變化歷程」單獨抽離出來，而理解其意義，評定其價值；尤有進者，構成文學的各種因素、質料也都非孤立而生、獨在而存。它們始終處在混融、交涉的狀態中，發揮構成文學作品的作用。

在「總體情境」與「動態變化歷程」中的文學活動，情、意乃感物、緣事而發生；相對而言，事、物亦因情、意而存在。故文學活動中，有即事、物以生情、意者，有以情、意而觀事、物者；有即事、物以言理者，有因理而制情、意者。準此，在文化、社會與文學的存在情境中，沒有無「事」之「物」之「理」、也沒有無「物」之「事」之「理」或無「理」之「事」之「物」，當然更沒有無「物」無「事」無「理」之「情」之「意」、也沒有無「情」無「意」之「物」之「事」之「理」。

79　「中國文學抒情傳統」之論，由陳世驤提出，而後續高友工、蔡英俊、呂正惠等多位學者順隨其說，儼然構成論述譜系，參見顏崑陽，〈從反思中國文學「抒情傳統」之建構以論「詩美典」的多面向變遷與叢聚狀結構〉，收入顏崑陽，《反思批判與轉向》。

80　「文學自覺」之說首先由魯迅提出，嗣響者甚多。其後又有學者順承此義，再提出「文學獨立」之說，照著講的學者也很多。參見顏崑陽，〈「文學自覺說」與「文學獨立說」之批判芻論〉，收入顏崑陽，《反思批判與轉向》。

81　參見顏崑陽，〈論「文類體裁」的「藝術性向」與「社會性向」及其「雙向成體」的關係〉，收入顏崑陽，《學術突圍》；又〈華人文化曠野的微光——華人文化主體性如何重建與美感經驗如何省思〉，收入顏崑陽，《學術突圍》。

因此各種文學作品都不是由單一因素、質料所構成，故沒有任何一種因素、質料是唯一的「共相」，相對也沒有任何一種因素、質料在作品中「缺席」，而只是相互「主／從」與「顯／隱」的差別；很多作品往往是二種以上的因素、質料並現而交織成體。即使純粹的「抒情體」也是以「情」為「主」為「顯」，而以物、事、意、理為「從」為「隱」；「敘事體」則以「事」為「主」為「顯」，而以物、情、意、理為「從」為「隱」，其他文體可依此類推。82

陳世驤、魯迅等僅從孤立的「情」規定文學的本質、指認中國文學的歷史傳統，其片面化、單一化、靜態化的偏謬，明顯可識。因此，中國人文學術研究，要達到真實的現代化，其「務本」之道，就在於重構研究對象之「總體情境」與「動態變化歷程」的本體觀。從這樣的本體觀，我們才能觀照出「詩言志」與「詩緣情」二種對立的本質觀，被誤解為「情」與「志」截然為二，兩不相涉；而「文以明道」與「獨抒性靈」二種對立的本質觀，也被誤解為「道」與「性靈」截然為二，兩不相涉，這都是偏謬之論。在古代的文學歷史情境中，我們可以理解這種對立，有其文學群體之間，文學霸權之爭的動機與目的，並非圓融的確論。我們涉入其歷史語境而做出有效的詮釋之後，也就可以運用這樣的「本體觀」，超越對立雙方而做出客觀確當的「後設性」批判。以此類推，對於文學史觀，不管崇「正」而黜「變」或崇「變」而黜「正」；重「源」而輕「流」或重「流」而輕「源」；守「常」而忽「變」或趨「變」而失「常」；求「變」而斥「因」或求「因」而斥「變」。這類偏極之論，都可以在有效的詮釋之後，做出客觀確當的「後設性」批判，不至於隨著古人的某一方起舞，而對文學歷史中的文學社群，做出意識形態投射的偏袒，例如近現代諸多《中國文學史》的書寫，總是偏袒新變的公安派，而貶責所謂的復古派。

二、「內造建構」的原則性方法

「內造建構」不是操作性的技術，而是原則性的方法，揭示的是一種符應中國古典文學研究的進路。主要是針對「五四知識型」的迷蔽：盲目移植西方文化，套用西方理論，用以詮釋甚至批判中國古典人文學。我們就此迷蔽，在方法論上，提出「內造建構」這一原則性的進路。我們就選擇這一進路，用以重構中國古代文學本質觀及文學史觀。前文已大略述及「內造建構」，在這裡再做更為詳細的說明。

「建構」意指建造構成某一非現成之事物，乃是人類特有之生產意義或知識的行為方式；這就關乎我們對事物及意義的存在、認識與符號化所秉持的三種基本立場及觀點。

第一是客觀實在論者肯認實際存在的事物，不繫於我們的認識及中介符號的表現，其自身即存在著，並且有一純粹而真實的意義內含於實在事物超驗的本質。人們的認識僅求符合客觀實在事物的真相及意義，而中介符號也只是將這客觀實在事物的真相及意義「再現」（representation）出來。準此，則所謂「再現」，就是再度呈現，就如鏡子之「反映」現實世界中既存的事物。

第二是主觀觀念論者皆不承認在主體觀念或意識之外，真有客觀實際存在之事物；而人們的認識也不在尋求與客體自身的真相及意義彼此符合。人們的認識活動只能產生「意向性」的對象，因此所認識對象之性相及意義乃是觀念或意識的產物，而且必經符號形式的「再現」，才得以存在。準此，

82 以上參見顏崑陽，〈從混融、交涉、衍變到別用、分流、佈體——「抒情文學史」的反思與「完境文學史」的構想〉，收入顏崑陽，《反思批判與轉向》，頁二一三—二一五。

則所謂「再現」，只是人們以符號表意的行為；而事物的性相及意義，皆非客觀先在之本真，僅是主觀觀念或意識依藉符號所做的再次表現。

第三是主客調和論者。前二種主客對立的論述，其實各有極化的取向；持平觀之，主客調和的說法應該可以互為主觀又相對客觀的詮釋我們所存在的這個文化世界。這個文化世界當然有它的客觀實在性；事物的客觀存在，其實不依待我們的主觀認識；但是，事物自己卻不會生產「意義」或「知識」；關於事物的「意義」或「知識」，必須經由我們切合到自身之存在而進行理解、詮釋或認識，並以特定符號形式去表達，才能揭明、朗現出來。因此，表意實踐與客觀世界之間，雖然不是如鏡照物的「反映」關係；但是，符號用以表意也不是全無客觀事物的指涉。

「意義」或「知識」既然必須經由我們之理解、詮釋或認識所存在的世界，才能被生產出來；而符號又是用來在這個我們所存在的客觀現實中，有「系統」的指涉或象徵著各種事物以及沒有物質形式的情感、想像及抽象觀念。那麼一切的「意義」或「知識」，就是我們相即於所存在的客觀現實，而「建構」完成的產物。因此，「建構」指的就是一種以主體意識相即於客觀現實，經由對物、我存在之意義或知識的理解、詮釋或認識，並依藉特定符號形式去指涉、象徵，從而建造構成一個有秩序、系統的意義或知識的世界。它是人類特有之生產意義或知識的文化行為方式。

「重構」即是「重新的建構」。我們所謂「重構」，是指現代學者針對古代文學歷史上已被眾多文士們「建構」完成的意義或知識世界，抱持著實存於現代世界中的主體意識，去進行理解、詮釋或認識，而重新建構其系統。理解、詮釋或認識，必然出於現世實存而受當代社會文化所型塑的主體意識；但是，詮釋歷史經驗及其意義，則諸多已符號化而留傳千古的文本自有其相對客觀的「歷史他在性」。假如，這種「重構」企圖獲致其詮釋的客觀有效性，就不能無視於文本所承載之歷史經驗及其意義的相對客觀他在性。雖然我們並不將文本僅視為歷史客觀實在之性相及意義的「反映」，卻也不將文本只當做全無客觀事物之指涉的虛擬性符號。因此，一種主客「視域融合」的「建構論」，將成為我們重構中國古代「原生性」文學本質觀與文學史觀的方法論基礎。

對於「內造建構」在方法論的適當性，我曾經提出一套理論基礎，就是民族文學知識的「自體完形結構系統」。[83]所謂民族文學知識的「自體完形結構系統」，是指一個民族文學知識的總體，必須形成實際批評、文學史、文學理論三個層位之知識，彼此支援、相互為用的完形體系。因為任何文學作品都是「歷史性的存在」；作者不詳，並非意謂它根本沒有作者；既有作者，則必有它被實現而存在的歷史「時間性」與「空間性」；就連作品的語言形式，也是一個民族的歷史性產物，標示著此一民族某種不同於他族之觀看世界、建構秩序、判斷價值的獨特思維模式，絕非他族的思維模式可以完全取代。中國的詩歌，尤其律詩的語言形式，就是典型的例子。因此，歷史「時間性」與「空間性」是文學作品意義之可理解的存在經驗基礎。文學作品的「實際批評」，必然要以「文學史」的知識做為基礎。相對而言，「文學史」知識的建構，必然也要以實際批評對各家作品之意義的詮釋及體格的評判做為基礎，進而探討其源流、正變的歷程。而「文學理論」不是沒有經驗內容的形式真理，絕非憑空想像而生。它是一個民族的文學作品及相關歷史經驗現象，經由意義詮釋而加以抽象概念化、系統化的產物；因此，「實際批評」與「文學史」知識，乃是建構「文學理論」的基礎。相對而言，

83　詳見顏崑陽，〈當代「中國古典詩學研究」的反思及其轉向〉，收入顏崑陽，《反思批判與轉向》，頁七七—七八。

「實際批評」與「文學史」知識的建構，也不能僅做缺乏「理論」基礎的常識性表述。這三者之間本就涵具一個民族所共享文化社會存在經驗與價值觀的同體性關聯，可以建立相互支援、彼此為用的「自體完形結構系統」。「內造建構」就是在這一理論基礎上，相應生產的原則性方法。

「內造建構」是相對於「外造建構」而言；「外造建構」指的是挪借西方理論，外植一種非中國古代典籍所內具的詮釋框架或觀點，理論先行、框架先立、價值預設，進行「削足適履」，扭曲經典文本的詮釋；而對經典文本反而不能細讀深悟，只靠某種「外植」卻未必相應於原典文本意義的西方理論，虛構某一種系統化的知識。相對而言，「內造建構」則是直契中國博大精深的傳統文化典籍中，提舉文本內在所涵具人文之學的本體性、結構性、功能性、規律性，以及人文學知識之本質論、方法論的相對普遍性意義。這些都是典籍文本的語言形式沒有直接展現的「隱性系統」，可經由當代學者的理解、詮釋而揭明出來，並轉換為「現代化」的學術話語，而加以重構為「顯性系統」的「詮釋典範」，以做為應用在個案研究的「基礎性理論」。只有「內造建構」自身民族文化的詮釋典範，由挪借、消費西方理論走到生產自家理論，才有資格、能力站在國際化的文化交流平台上，與西方的人文知識進行平等的「對話」。

二〇二三年九月初稿
二〇二三年十二月修訂

第二章
中國原生性「文學本質觀」重構（一）：
詩言志與詩緣情

第一節 引論

一、文學本質觀的規創性定義

文學史觀不能離開文學本質觀而獨立被理解詮釋。文學的起源與流變、本質與功能的觀念及論述，其實是共生並存的系統，相互支援而成義。文學史的建構，不管是第一序位的創作實踐或第二序位的詮釋實踐，首出的問題就是「什麼是文學」這種「本質觀」。文士們的創作以及文學史家的書寫，都必須先對文學的本質持有特定的觀念，才能付諸實踐。文學本質觀確定，才能選擇如何創作符合本質觀的產品，或選擇那一類文字產品能被收納到文學史的書寫中。文學史家也才能決定文學史以哪個歷史時間為起源，以哪些始出的作品為範例，進行書寫。因此，我們要詮釋論證中國「原生性」的文學史觀，就得先詮釋論證中國「原生性」的文學本質觀。從文學的總體，以論述文學的本質，那完全是抽象的純理論；因為總體文學並非歷史存在的實體，只能是抽象概念的存在。如要切合文學的歷史存在，則必須落實到已經藉由語言形構實現為作品的文體。依照中國古代文學史所實現的文體，二大基本共類就是韻文與非韻文，韻文可以廣義的「詩」稱之，非韻文可以狹義的「文」或「文章」稱之。因此，我們分從「詩言志」、「詩緣情」與「文以明道」、「獨抒性靈」二大系統，詮釋論證中國「原生性」的文學本質觀。稱「觀」而不稱「理論」是因為「理論」必須具備完整的系統；而古代文士的論述，片語隻字都只是一種持有主觀立場的觀念，極少如同《文心雕龍》那樣能構成系統性的理論。

文學、繪畫、音樂、建築、雕塑等，都不是自然天生，而是人為的創造。當它被創造而具體實現，就成為「文化存有物」；「詩」當然是其中最重要的一種。因為是人為創造的存有物，因此沒有客觀先驗的本體或本質。所有人為文化存有物的所謂「本質」，都是始創者心靈內涵的理念而依藉特定符號形式實現為存有物，從而伴隨此一存有物之實現，自體內具為此物之為此物的根本性質。至於「本質論」做為一種知識，則是後起者針對已實現的文化存有物，所做主觀感知、想像、思辨而提出的論述。有些論述其實並非全然客觀的描述，而涵有論述者所為的意義詮釋，甚至價值判斷，並對此一文化存有物的「本質」做出創造性的規定，就稱之為「規創性定義」。

這種定義往往含有「應然」的理想價值之義，因而產生「規範」的效用，做為後繼同一類創造之「本質論」的基本假定，以付諸實踐，而逐漸形成傳統；直到另一位創造者由於新變之社會文化存在情境的感知，而對同一類事物的「本質」另作規創性的定義，並付諸實踐，由「應然」開展「實然」，新創一個傳統。如此不斷的衍變下去，構成豐饒的多元文化。中國古代「詩言志」與「詩緣情」二種詩的「本質觀」，以及「文以明道」、「獨抒性靈」的文章本質觀，就是以這樣繼起的創造軌跡，經由歷代文人接續的創作實踐，而開展出中國源遠流長，體式多元的文學史。

文學做為一種文化存有物，學者們對它的「本質」所做的定義，儘管超過幾十種以上，但絕大多數都非客觀的描述性定義，而是主觀的規創性定義。「詩言志」與「詩緣情」乃是中國古代「原生性」的二種詩歌的「本質觀」；「文以明道」、「獨抒性靈」則是中國古代「原生性」的二種文章的「本質觀」。它們全都是主觀的「規創性定義」。所謂「原生」相對於「外植」，指這四種文學「本質觀」原本產生於中國古代的文化情境，實非由他域文化移植而來。

所謂「本質」，我們將它問題化，就是針對某一事物，問：「這是什麼？」我們作詩或論詩，首先就會遭遇到「什麼是詩」這個問題。當我們給定答案，則「詩」就可以和「非詩」區別，我們也才能自覺到正在創作或論述的就是「詩」；而當「詩」已用特定語言形式表現為具體的存有物，就是一種「文體」。詩是一種文體，那麼它必須具備那些形式與內容的性質，才能稱為「詩」？「本質觀」就是回答這樣的問題。

接著，我們可以再問：這樣的問題，會有唯一、絕對、固定的答案嗎？不可能。文化的創造物，一直都不斷被重新定義，並付諸實踐。因此，「什麼是詩」，最早《尚書．舜典》就給出「詩言志」的定義，[1]〈詩大序〉繼之以「詩者，志之所之，在心為志，發言為詩……正得失，動天地，感鬼神，莫近於詩」；[2]而「什麼是文」，從先秦降及明清，各種定義更是紛雜。如果聚焦到「文」與「道」以及「文」與「性靈」的關係，也是論見迭出。從荀子開始，歷經漢代揚雄、梁代劉勰、唐代以降的古文家與道學家的論述譜系，文以明道、文以載道、文以貫道，各言其所是，又形成另一論述譜系。「什麼是文」的規創性定義，可謂其義多方，莫衷一是。然而每個定義，都有局限性，既不能遍指所有事物，同時也在文化社會變遷的歷程中，到了不同時代，就可能會產生新的定義。就以上述「詩言志」與「文以明道」二個詩文的定義來說，士人依照這些定義不斷創作實踐，不斷傳衍就形成源遠流長的傳統；但是傳統並非永遠不變，它到了某一個歷史時期，文化社會變遷，人的存在情境有異，就可能出現卓識之士提出新的定義。因而到了西晉，陸機〈文賦〉相對於「詩言志」，就提出「詩緣情而綺靡」。[3]六朝時期，蕭子顯《南齊書．文學傳論》提出「文章者，蓋情性之風標，神明之律呂」、[4]蕭繹《金樓子．立言》提出「文者，惟須綺縠紛披，宮徵靡曼，唇吻遒會，情靈搖蕩」。[5]他們所謂文章、文，比較聚焦於韻文的「詩」。鍾嶸〈詩品序〉則直接對「詩」提出「氣之動物，物之感人，故搖蕩性情，形諸舞詠」之論。[6]這些詩的新定義，一時蔚為風潮；「詩言志」之音歇，「詩緣情」之聲響。而「文以明道」或「文以載道」、「文以貫道」，從先秦傳衍到明代，也有另一類文人群體提出「獨抒性靈」的新定義，以為對抗。從歷史文化的流變而言，往後假如還有人提出其他定義，而在文學社群中，引起廣大迴響，紛然付諸實踐，新的定義就可以成立。就因為一切文化存有物的本質，不斷被重新定義，並付諸實踐，才會有多元的創造。不然，從遠古到現代，「詩」與「文」就只有一個定義，則整個文學史豈不太貧乏了嗎？一個民族的文化一定要多元發展，才能成其廣大的規模氣象。固守一家之言，本位衛道，進而排他，都是文化的管見蠡測。

「規創性定義」都是對一種事物所為「應然如此」的創造性規定，內含理想價值。對一種等待創造而實現的事物提出定義，都是抽象化的觀念，往往只是一幅藍圖而已。不管是某一個真知灼見的思

1 〔漢〕孔安國傳，〔唐〕孔穎達疏，《書經注疏》（台北：藝文印書館，嘉慶二十年南昌府學重刊宋本，一九七三），卷三，頁四六。

2 〔漢〕毛亨傳、鄭玄箋，〔唐〕孔穎達疏，《詩經注疏》（台北：藝文印書館，嘉慶二十年南昌府學重刊宋本，一九七三），卷一之一，頁一三。

3 〔晉〕陸機著，現代劉運好注，《陸士衡文集校注》（南京：鳳凰出版社，二〇〇七），卷一，頁二二。

4 〔南朝梁〕蕭子顯，《南齊書》（台北：藝文印書館，一九五六），卷五二，頁四二〇。

5 〔南朝梁〕蕭繹，《金樓子》（台北：世界書局，鈔《永樂大典》本，一九七五），卷四。

6 〔南朝梁〕鍾嶸著，現代曹旭注，《詩品集注》（上海：上海古籍出版社，二〇一一），頁一。

想家所提出，或是某一歷史時期的思潮，逐漸形成群體的共識，「規創性定義」皆非對一事物所做不含價值判斷的描述，而必然以某一種理想性的價值做為規定，做為行動的指導；規定、指導人們應該依照這個理想價值去實踐，因此具有應然性、規範性、實踐性、未來性，而不是已完成的事實。孟子對人的本質，提出一個規創性定義，就是「良心善性」，就以「良心善性」做為價值基準，分判人與禽獸之別，而成為人之為人的「本質」。這種「規創性定義」當然是孟子的一家之言，但它只是一個抽象性的觀念，對人之為人的生命存在價值，做出「應然如此」的規範，而期求人們去實踐，未來即可成聖成賢。假如多數人沒有照著實踐，這個觀念等於沒有用，就只是一句高懸理想價值的空言，一幅未能實現的藍圖。人類文化的創造，觀念與實踐，必須配合在一起，才能理想與事實合一而存在。古今中外大多數的聖賢、思想家都是在畫藍圖給人們去做。而且必須並時性很多人依照這個理想實踐，歷時性不斷很多人接續實踐，它才會構成文化傳統。「詩言志」與「詩緣情」成為中國詩歌「本質觀」的主流傳統；而「文以明道」與「獨抒性靈」也成為中國文章「本質觀」的主流傳統。這些傳統都是經由歷代士人普化而漫長的實踐，才逐漸構成。它們都是一種對詩與文之「本質」的「規創性定義」，具有創作與批評行為的應然性、規範性、實踐性與未來性，乃是文學史建構的基礎因素，而不是徒托空言的純理論。因此討論文學史觀，必先討論文學本質觀。文學本質觀確定，才能選擇哪一類文字產品能被收納到文學史的書寫中，也才能決定文學史從哪個歷史時間起點開始書寫。

二、文學「體」與「用」、「本質」與「功能」相即不離

接著，我們還得再追問：一種事物的「本質」與「功能」，如何分別？是截然為二物？還是相即

為一體？我們開始只就詩的「本質」做出「應然如此」的定義，同時也提示這詩的「本質」必須經由實踐，將它表現出來，才能在歷史上成為具體實在的文化存有物，這是由「應然」開展「實然」的動態歷程及其結果。一種事物被實現而成為文化存有物，就具有「歷史他在性」，不能被否認、取消。因此，像明代學古群體，以李夢陽、何景明為領航者，他們以僵固的理想價值，規創性定義「詩的本質」，而無視於歷史已發生的事實，宣告「漢無騷、唐無賦、宋無詩」。[7]這當然是極端文學霸權意識投射之下的論述暴力。

一種事物的「本質」與「功能」，如何分別？對這一問題的回答，我們可以逆向思之，當我們要說此一事物的「本質」是什麼。假如先有觀念而此一事物尚未被實現出來，或無法實現出來，所謂「本質」就只是空言的理論，抽象概念的認知，而無從徵驗。又假如此一事物已經實現而為存有物，則它的「本質」如何被我們徵驗的認知？這個問題必須逆向思之，也就是先有理論的事物「本質」，必待實現為存有物，才能從對存有物的徵驗，獲致有效的認知。而此一事物已實現為存有物，則我們就可以直接對它徵驗而獲致「本質」的有效認知。然則，對此一存有物徵驗，徵驗什麼？如何徵驗？假如「本質」就是此一事物之「體」，則其實現為可徵驗的存有物，而顯示它自身的形構與功能，就

7 李夢陽〈潛虬山人記〉曾提出「宋無詩」、「唐無賦」、「漢無騷」之論，參見〔明〕李夢陽，《空同先生集》（台北：偉文圖書出版社，據明嘉靖九年刊本影印，一九七六），卷四七，頁一三七一。何景明〈雜言〉也有「秦無經，漢無騷，唐無賦，宋無詩」之說。參見〔明〕何景明，《何大復先生全集》（台北：偉文圖書出版社，據乾隆庚午歲重鐫賜策堂藏版影印，一九八四），卷三八，頁一四三八。

是「用」。凡宇宙萬物，有體必有用而用必歸體，體用相即不二，[8]離「用」則「體」無從徵驗的認知，純是理論上的抽象概念而已。因此，一種事物之「體」，必然要依藉某一特定的「形構」結合「質料」實現為具體物；實現為具體物，就已存在於可徵驗認知的現象界。我們對某一事物之「體」之「本質」，其實是從可徵驗的現象獲致認知。而此一具體物，必有特定形構；特定形構必內具特定的功能，可稱為「自體功能」，因此一種事物的「本質」與「功能」，不能切割為二。例如這是一把刀，試問什麼是刀之「體」之「本質」？其因素就是它能「切割」，切割就是它的「自體功能」，就是它的「用」。而它何以能切割？就是因為它以特定質料所實現的「形構」，刀身質料非常剛硬，刀鋒非常細薄，就是它的「形構」；就是這樣的「形構」所具備「切割」的功能，我們才能認知刀之「體」之「本質」。所有文化的存有物，宗教、文學、藝術、繪畫、音樂……，都沒有先驗的本質，只能從已經實現的存有物，才能被我們徵驗的認知。因此從「功能」以認知「本質」，從「用」以明「體」就是逆向之思。而再進一層追問：一種事物的特定形構必內具特定功能，稱為「自體功能」之「用」；那麼，如果人們拿它來使用，而產生某種效果，例如持刀以殺人搶劫或救助弱者，這又是何種之「用」？此「用」可稱為「衍外效用」，這必涉及使用者的行為動機及目的，乃此一事物「自體功能」被運用到外物所產生的效果。

「自體功能」與「衍外效用」這一理論，假如用之於文學批評，如何實際印證。舉例而言，「賦」此一文體的本質與功能，劉勰《文心雕龍．詮賦》所做的規創性定義是：「賦者，鋪也；鋪采摛文，體物寫志。」[9]所謂「鋪采摛文」指的是賦體由語言之鋪敘性的「形構」所內具的「自體功能」；而「體物寫志」，「物」與「志」是質料性與目的性的內容，「體」與「寫」是創作表現行為；合此二者，就是賦家運用賦體「鋪采摛文」之「形構」所內具的「自體功能」，以獲致「體物寫志」的「衍外效用」。若再連接到班固〈兩都賦序〉：「賦者，古詩之流也……或以抒下情而通諷諭，或以宣上德而盡忠孝，雍容揄揚，著於後嗣，抑亦雅頌之亞也。」[10]所謂「抒下情而通諷諭，宣上德而盡忠孝」，賦家「寫志」之「志」直指政教的美善刺惡，則「衍外效用」更是明確。賦之「體」與「用」實乃相即不二。

「詩言志」一語，包含「詩」的形構性「體製」，以及以「言」表現完成的樣態性「體式」；[11]「志」則是創作的動機及目的，可稱為「意圖」。同理「詩緣情」一語亦若是，「詩」也是形構性的

8 「有體必有用，而用必歸體」、「體用相即不二」，這種「體用觀」是中國古代文化思想的通說，其源起與發展頗為複雜而時有爭議，參見袁偉杰，〈體用觀念來源之爭議考〉，《史繹》第三十六期，二〇一一年七月。

9 〔南朝梁〕劉勰著，現代周振甫注，《文心雕龍注釋》（台北：里仁書局，一九八四），頁一三七。

10 〔漢〕班固〈兩都賦序〉，參見〔南朝梁〕蕭統編著，〔唐〕李善注，《文選》（台北：華正書局，一九八二，清嘉慶十四年，胡克家重刻宋淳熙本），卷一，頁二一、二二。

11 「體製」或稱「體裁」，指的是文章可分析的語言形式結構，例如五言律體、七言絕句等。「體貌」指一篇或一家文章特殊的美感形象。「體貌」如果具有「典範性」，可以做為模習的法式，就超越個殊而成為普遍的「體式」。「體式」可就一家之作而言，稱為「家數」，例如陶淵明體、謝靈運體；也可就某一文類而言，稱為「類體」，例如詩典雅、詞婉約；亦可就時代而言，稱為「時體」，例如建安體、太康體。更可超越一家一類一時，就普遍的審美形象而言，例如《文心雕龍．體性》所歸約典雅、遠奧、精約、顯附等八體。「體格」則在「體式」的概念上，再加上「品第」的評價義。參見顏崑陽，〈論「文體」與「文類」的涵義及其關係〉，《清華中文學報》第一期，二〇〇七年九月，頁二一—二五、二八—三七。

「體製」，「緣」是緣由，指的是詩人之心緣由「感物」而「起情」，乃產生創作動機，而以語言表現為詩，這就是前引鍾嶸〈詩品序〉所謂「氣之動物，物之感人，故搖蕩性情，形諸舞詠」，而表現的目的則是「抒情」；故「詩緣情」之作大抵是個人「抒情詩」。然則，「詩言志」與「詩緣情」的「本質觀」，詩的形構性體製，皆為四言體或五言體，都內具「自體功能」。而詩人用以「言志」、「抒情」，所言之「志」含有政教諷諭的意圖，所抒之情也有「通感」與「交接」的目的，[12]這都是「衍外效用」。以此類推「文以明道」或「文以載道」、「文以貫道」，此「文」包括無韻散文的形構性「體製」，與以此「體製」表現完成的樣態性「體式」；而明道、載道、貫道是其自體功能，至於衍外效用當然是宣明政教之理而教化人心。至於以文「獨抒性靈」，無韻散文同樣是其形構性「體製」與樣態性「體式」，抒發性靈則是其自體功能；而人都是社會性的存在，抒發性靈總還是具有與他人「通感」或「交接」的衍外效用。那麼中國古代這幾種主流的本質觀，實乃體用不二，本質與功能相即不離。

「詩言志」、「詩緣情」與「文以明道」、「獨抒性靈」，詩與文各自有其本質觀，其深層處都是古代士人階層，「集體性」與「個體性」的生命存在意識及其價值觀互為顯隱，各趨一極所形成的對立衝突。「詩言志」與「文以明道」，乃是「集體性」生命存在意識及其價值觀的彰顯，而「個體性」的生命存在意識及其價值觀則隱匿；「詩緣情」、「獨抒性靈」則正好相反。中國古代文學史的變遷，士人階層「群」與「己」二種意識的顯隱分合，彼此形成對立衝突，一直都是文學主體內在所出的動力。

第二節　「詩言志」本質觀重構

一、「詩言志」在原初歷史語境中的意義

「詩言志」這個觀念，最明確出現於什麼時期？在它原初的歷史語境中，究竟是什麼意義？我們就從原初出現的文本開始，然後由這個觀念的歷史發展過程，考察、理解歷經多少不同知識年代，各方的論述實踐，才逐漸建構出所謂「詩言志傳統」。這個過程很漫長，我們不能簡化或片面化。任何一部經典的文本，我們都只看到最終寫定的結果，因而往往只是拿這最終結果的文本，從語言文字表層義做靜態性的研究及複述性的說明；很少有人能從它生產過程的動態性歷史語境涉入理解，究竟多少社會文化的因素條件會合在一起，才融整出這個論述實踐的結果。因為所有論述者都是歷史性的存在與社會性的存在，生活在他所接受的傳統文化情境與當代社會情境，吸納種種存在經驗而構成他的「意識結叢」。[13]因此那些社會文化因素條件，都不是與論述結果的文本內容意義無涉的客觀時代背景，而是已滲透到論述者的「意識結叢」中，很高程度的決定他的論述實踐內容，而這也就是寫定

12 「通感」指的是詩人彼此以「詩」傳達溝通情感，最典範就是「贈答詩」；「交接」是指詩人社會互動行為，以「詩」為媒介而彼此交往接觸。參見顏崑陽，〈中國古代「詩式社會文化行為」的類型（下）：通感與交接〉，收入顏崑陽，《中國詩用學》（新北：聯經出版事業公司，二〇二一），頁二四一—三一六。

13 《文心雕龍》所謂「文心」，劉勰在〈序志〉這一篇中，云：「夫文心者，言為文之用心也。」然而，「文心」究竟是什麼實質的內涵？包括哪些元素？「文心」即是一種「意識結叢」，其實質內涵詳見本書第一章，頁七三—七四。

之經典文本的內容。然則，我們必須了解，沒有任何一種人文知識可以離開生產它的那種種社會文化因素條件。因此任何人文知識都不是純粹理論的抽象概念，都有它的「歷史性」與「社會性」的意義向度。後世的詮釋者必須先以歷史想像回歸它的生產情境，因依它的「歷史性」與「社會性」意義向度，進行相對客觀有效的詮釋。「詩言志」的觀念原初出現在《尚書‧舜典》：

帝曰：夔，命汝典樂，教胄子。直而溫，寬而栗，剛而無虐，簡而無傲。詩言志，歌永言，聲依永，律和聲；八音克諧，無相奪倫，神人以和。[14]

《尚書‧舜典》這段文本，意義非常複雜。後世很多學者的論述，都只截取「詩言志」三字，上文「帝曰：夔，命汝典樂，教胄子。直而溫，寬而栗，剛而無虐，簡而無傲」，下文「歌永言，聲依永，律和聲。八音克諧，無相奪倫，神人以和」，全都截斷不顧，就以「詩言志」三字孤立的做為中國詩歌「本質觀」。這就是抽離文本原初的歷史語境，而靜態化、片面化的詮釋，只能看到文字表層義。我們必須還原它最初出現時的歷史語境，才能深層而完整的理解其意義。所謂「詩言志」，「言」是其形構，詩的語言形構有何特徵？「志」是其內容，在遠古虞舜時代，詩所言之「志」，是誰的「志」？什麼性質的「志」？假如把前後文所構成的語境全都截斷，上述那些問題都無法回答，或以論述者後世的歷史語境，單向視域的回答。我們對經典文本的詮釋，必須在動態性的歷史語境脈絡中，從原初出現時的歷史語境開始，往後變遷過程，在不同歷史時期的情境中，有些什麼新的元素增加進來，有些什麼原先的元素被排除，這就是觀念史的詮釋。「詩言志」三字孤立研究，就會抽離動態的歷史語境，靜態化、片面化，只剩不變的單一元素，就是「志」那個字，連「言」都排除；至於其他多樣的元素，舜、夔、冑子、禮、樂、歌、律、神、人、和等，都完全遺失。這將如何深層而完整的詮釋原初「詩言志」複雜的意義。

從整段文本理解，這是詩、禮、樂並用以施「教」的初型，乃「上以詩樂化下」的情境。「詩言志」觀念原初就出現在這樣的論述語境中，這與周代出現的「下以詩樂刺上」的情境不同。[15]那麼所謂「詩言志」之「志」，在這語境中是什麼意義？《說文》所云：「志，意也。」又云：「意，志也。」而段玉裁注云：「志，即識，心所識也。」[16]這樣的訓解，只指涉了「志」是人的心識活動，乃「心之意向」的一般義，沒有指涉個人特定目的的內容。〈詩大序〉對「詩」的一般性定義，所謂「詩者，志之所之，在心為志，發言為詩」，[17]如果只就這幾句文本作解，則「志之所之」也同樣是「心之意向」的一般義而已。在《尚書．舜典》這一段文本中，的確沒有明示「志」的個人特定目的

14　《尚書注疏》，卷三，頁四六。

15　下以詩樂刺上，可分為「泛社會情境」與「特定情境」二種場所。前者是《左傳》、《國語》所記載周代公卿大夫采詩諷誦以諫天子，可視為廣義的「輿論」。後者例如《左傳》所記載周穆王「欲肆其心，周行天下」，而「祭公謀父作〈祈招〉之詩，以止王心」。詳見顏崑陽，〈中國古代「詩式社會文化行為」的類型（上）：諷化〉，收入顏崑陽，《中國詩用學》，頁一六六—一七〇。

16　〔漢〕許慎著，〔清〕段玉裁注，《說文解字注》（台北：漢京文化公司，一九八〇），頁五〇六、五〇七。

17　〔漢〕毛亨傳、鄭玄箋，〔唐〕孔穎達疏，《詩經注疏》（台北：藝文印書館，嘉慶二十年南昌府學重刊宋本，一九七三），卷一之一，頁一三。

內容，我們只能從語境做合理的推想。歷史時期是遠古虞舜；教化對象是領導階層的子弟，即「冑子」；負責教化者是樂官夔；目的及預期效果是教化他們的性情、品格，以達到「直而溫，寬而栗，剛而無虐，簡而無傲」的完善境地，這完善的境地就是「中和」。「直」與「溫」、「寬」與「栗」都是二極對立，彼此辯證而得乎「中」。「剛」之偏極則生「虐」之弊，「簡」之偏極則生「傲」之害；「剛而無虐，簡而無傲」，則剛、簡不至偏極而適「中」。中則必和，即是《禮記．中庸》所謂「致中和」。[18]那麼，如何能獲致這種教化的效果？下文云「詩言志，歌永言，聲依永，律和聲。八音克諧，無相奪倫，神人以和」，這一段文本隱涵詩、禮、樂三者「同境並用」的動態性結構關係，就是以「中和」為質的詩、禮、樂三種文化產品施教，獲致冑子性情品格「中和」的效果。

詩、禮、樂三者各有不同的形構及功能，「詩」以文字及音聲為形構而表其「志」。文字及其音聲可傳達某種意念或情境，經由視覺閱讀與聽覺的聲感，以興發其「志」，而收教化的效用；則包括樂曲的宮商與語言的聲調也是詩的「本質」要素。然而，詩所言之「志」必須是什麼性質的「志」，才能用以教養冑子的性情品格，而致其「和」？我們從語境做合理的推想，虞舜遠古尚無個人作詩，詩皆是出於群體自然抒發情志的歌謠，因此詩是「集體意識」的產物，涵有共同的經驗及價值觀。《孟子．萬章上》記載舜以仁孝獲得天下諸侯的擁戴，云：「謳歌者，不謳歌堯之子而謳歌舜。」[19]那麼其所言之「志」這樣的歌謠實為頌美之正音，其「志」平和，或可以做為教化之用；故傳衍到後世，周代鄉飲酒、鄉射諸禮，現場情境所奏樂歌，皆為周南〈關雎〉、〈葛覃〉、〈卷耳〉，召南〈鵲巢〉、〈采蘩〉、〈采蘋〉一類正風之篇。[20]

「樂」則以聲音為形構以和其「情」，音樂依藉聲音，經由聽覺，直接感染，以致和順之

「情」，是為「聲感」。這是築基在聲情相應的觀念上，先秦時代，為政者相信聲音會影響人的情緒，經由聽覺不斷的感染，就可以型塑人的性情，故《禮記．樂記》云：「樂者，音之所由生也，其本在人心之感於物也。」[21]所感之物「和諧」，則其心和諧，而所生之音、所成之樂就能「和諧」，故《禮記．樂記》云：「其愛心感者，其聲和以柔。」[22]如果要致「中和」之情性，就一定要以「中和之音」感之。中和之音，音階不能太高，也不能太低，音量不能太強也不能太弱，謂之「適音」，故《呂氏春秋》有〈適音〉之篇，又稱〈和樂〉，云：「樂之務在於和心，和心在於行。夫樂有適，心亦有適。」[23]什麼是「適」？適中、平和，也就是不過激、不偏極。人「心」處在適中、平和而

18 《中庸》云：「喜怒哀樂之未發，謂之「中」；發而皆中節，謂之「和」。中也者，天下之大本也；和也者，天下之達道也。致中和，天地位焉，萬物育焉。」朱熹集注云：「喜怒哀樂，情也；其未發，則性也。無所偏倚，故謂之『中』。發皆中節，情之正也。無所乖戾，故謂之『和』。」參見〔宋〕朱熹，《四書集注》（台北：學海出版社，一九七九），頁二。

19 〔戰國〕孟軻著，〔漢〕趙岐注，〔宋〕孫奭疏，《孟子注疏》（台北：藝文印書館，嘉慶二十年南昌府學重刊宋本，一九七三），卷九下，頁一六八。

20 《儀禮》之〈鄉飲酒禮〉、〈鄉射禮〉，參見〔漢〕鄭玄注，〔唐〕賈公彥疏，《儀禮注疏》（台北：藝文印書館，嘉慶二十年江西南昌府學重刊宋本，一九七三），卷九，頁九三。又《儀禮．鄉射禮》，卷一一，頁一一五。

21 〔漢〕鄭玄注，〔唐〕孔穎達等疏，《禮記注疏》（台北：藝文印書館，嘉慶二十年南昌府學重刊宋本，一九七三），卷三七，頁六六三。

22 同前注。

23 〔戰國〕呂不韋編著，現代陳奇猷校釋，《呂氏春秋校釋》（台北：華正書局，一九八五），上冊，卷五，頁二七二。

不過激、不偏極的情境中，才是真正的悅樂。而這種「適心」的情境如何而致？答案是可藉由「適音」的感化薰陶，故云：「以適聽適則和矣。」[24]聽適，即所聽為「適音」。何謂「適音」？云：「（音）太鉅、太小、太清、太濁皆非適也。何謂適？衷音之適也。何謂衷？大不出鈞，重不過石，小大輕重之衷也。」[25]衷者，中也。鈞，陳奇猷注釋云：「鈞為度量鐘音律度大小之器。」又云：「大不出鈞，重不過石，謂鐘音律度之大者不得超過鈞所發之音；鐘之重不得超過百二十斤。」[26]因此，「適音」即是樂曲之音，大小、清濁、輕重必須「適中」；因為音聲之感會直覺刺激人的情緒反應，「適音」才能獲致心情的平和，故云「以適聽適則和」。這就是「樂教」的效果。

遠古時期，詩與樂未分，詩入樂則為歌，故云「歌永言，聲依永，律和聲」。「歌永言」是詩之詞拉長聲音以為歌唱；「律和聲」是歌聲必須合於樂律以和諧。如此則詩所言之「志」與樂所感之「情」皆可獲致「和」的效果。

至於「禮」則以「儀式」為形構以節其「行」，故《禮記．曲禮》云：「禮，不踰節。」[27]孔穎達疏云：「禮者，所以辨尊卑，別等級，使上不逼下，下不僭上，故云禮不踰越節度。」[28]而最終同樣以「和」為其效果，故《論語．學而》記述有子云：「禮之用，和為貴。先王之道，斯為美。」[29]然則上述詩樂所教養胄子「直而溫，寬而栗，剛而無虐，簡而無傲」的性情品格，其實是「禮」得以實踐的內在心性基礎。詩、禮、樂三者，雖各有不同的形構及功能，卻同境並用，彼此互濟而合為一致的效果。

在《尚書．舜典》這一語境中，詩、禮、樂「同境並用」，非但在人與人的倫理致「和」，更提高一層到人與神的倫理致「和」，故云「神人以和」。這是祭祀之禮的效果，何以詩、樂能在祭祀之禮上獲致「神人以和」的效果？當然是因為詩和其志，樂和其情而禮節其行，人的自身與人倫必須先「和」，而後在和順的心性及和諧的互動秩序情境中，以「八音克諧，無相奪倫」的「大合樂」祭祀神靈。而樂和其情，則其樂自身必「和」。從樂曲自身而言，致「和」之律有二：一是「適音」，即每個音聲各別的質量，其大小、清濁、輕重都必須適中；二是「八音克諧，無相奪倫」。「八音」是八種樂器，即金（鐘）、石（磬）、絲（絃）、竹（管）、匏（笙）、土（壎）、革（鼓）、木（柷敔），各有宏細、短長、剛柔、強弱、清濁，不同的音質，這是「多元並立」的文化存有物。在「大合樂」時，必須彼此相應，各自守分，而不相互「乖爭」，才能表現為「和諧」一體的曲風，是為「八音克諧，無相奪倫」。合此二種「樂律」才能表現樂曲整體的「和諧」。這種「和諧」既是樂曲音聲自身的和諧，同時也是人性人心的和諧。而以此「和諧」一體的「大合樂」之曲，祭祀鬼神，也才能獲致「神人以和」的效果，故《尚書．舜典》「八音克諧，無相奪倫，神人以和」句下，孔穎達疏引〈大司樂〉云：「『大合樂以致鬼神示，以和邦國，以諧萬民，以安賓客，以說遠人』，是神

24 同前注，卷五，頁二七三。

25 同前注。

26 同前注，卷五，頁二八〇。

27 《禮記注疏》，卷一，頁一四。

28 同前注。

29 〔魏〕何晏集解，〔宋〕邢昺疏，《論語注疏》（台北：藝文印書館，嘉慶二十年南昌府學重刊宋本，一九七三），卷一，頁八。

人和也。」[30]所謂「八音克諧，無相奪倫」乃是各種樂器及樂音異質多元並存而不互相排斥，並形成整體的和諧，這是樂曲本身音律所表現的「和」；而「神人以和」則是此一「和」的樂曲作用於神人之際所產生「和」的效果；故〈詩大序〉稱揚詩之用為「動天地，感鬼神」，[31]鍾嶸〈詩品序〉也說「靈祇待之以致饗，幽微藉之以昭告，動天地，感鬼神，莫近於詩」，[32]這些論述都是《尚書・舜典》「神人以和」的遺緒。

「詩言志」原初出現的這一歷史語境，其意義有四個特質：一是「詩言志」具備兩個功能，第一個功能是政治教化，興發冑子的性情品格；第二個功能是宗教祭祀。遠古時期，政治與宗教不分，天子教導臣民往往「人」與「神」的感化力量並濟，故詩頗多祭歌。並且德政有成，也必「美盛德之形容，以其成功告於神明」，是為「頌」詩。[33]降及文人創作，則宗教之用漸失，只剩政教之用，一種觀念在演化過程中，會有增有減，本屬正常。二是詩樂未分，故「詩」不僅涵有語言文字的「情志」意義，同時涵有樂音的「聲感」意義。這是宋代鄭樵開始以至明代李東陽等論述「詩以聲為用」之所本。詩的聲調也成為唐宋詩之爭的焦點議題，後文再做詳論。三是「詩言志」之「志」只是「心之意向」的一般義，沒有涉及個人特定目的的內容，因此不同於周代開始興起作詩、引詩以「諷諫」之用詩者「本意」的特殊義。四是「詩言志」之義並非側重在作詩者本意之志，而側重在既有的歌詩所言之「志」，並配合樂音的「聲感」，以興發閱讀者的情志而獲致教化的效果。這是孔子「誦詩三百」、「詩可以興」、「興於詩」之詩教所本。興發情志的效果，必藉「諷誦」之「聲感」，而不僅是文字閱讀。從這樣的歷史語境觀之，「詩言志」起源於「用詩」的教化情境，「詩」是士人階層動態性社會文化行為的特殊符號形式，[34]不是純文學的創作產品。體與用、本質與功能相即不二。

二、「詩言志」本質觀的演變

一種觀念史總在動態的歷史過程中，增減其要素而逐漸演變。在《尚書．舜典》語境中，詩的本質比較明確的要素是「志」，而且此一「志」有二個性質：一是頌美正聲的平和之志；二是集體反應治世，心之意向，自然抒發之志，這是「志」的一般義，而不是作詩者「以詩諷諫」的特殊義。那麼，往後的動態歷史過程中，「志」的性質有所改變嗎？另者，詩的「本質」還必須加上語言形構所具特殊的「音聲」要素，這在《尚書．舜典》語境中，比較不完全明確。「歌永言，律和聲」表示詩入樂而為歌，則詩之合樂的宮商，明顯是其形構的要素；但是語言文字的聲調卻還隱而未明。那麼，往後的動態歷史過程中，詩與樂分離而興起文人的創作，「音聲」做為詩的本質要素，有什麼改變？還有詩的本質，在語言形構方面，其「修辭」有何特殊要素？也就是賦、比、興的表現方式，這在《尚書．舜典》的語境中，也還是隱而未明。這些問題都將在後世的演變中，逐漸浮現答案。

30　《尚書注疏》，卷三，頁四十七。
31　《詩經注疏》，卷一之一，頁一四。
32　曹旭注，《詩品集注》，頁一。
33　《詩經注疏》，卷一之一，頁一八。
34　參見顏崑陽，〈用詩，是中國古代士人階層的社會文化行為模式〉，收入顏崑陽，《中國詩用學》，頁三九—八二。

（一）先秦時期，「詩言志」只是政教論述的常用語；士人引詩各言其志，還沒有形成交集性之「志」的特殊義。

周代到漢代，「詩言志」的演變大致可分為五型：一是論述「詩言志」觀念；二是引詩以喻志；三是誦詩以興志；四是作詩以喻志；五是解詩以明志。前一型是對「詩言志」的觀念提出論述。後四型則是「詩」的社會文化實踐行為，其「衍外效用」表現得特別明顯。「引詩以明志」、「誦詩以興志」、「作詩以喻志」、「解詩以明志」，總合而言，都是「詩言志」分流的表現方式。從這些分流的表現方式，就可以回應上述的那些問題。

「詩言志」一語，在周代政教論述的場所中，經常被使用。例如《左傳．襄公二十七年》記載「鄭伯享趙孟於垂隴」，子展、伯有、子西、子產、子大叔、印段、公孫段七人陪座。趙孟提議賦詩，「以觀七子之志」。伯有賦〈鶉之賁賁〉，這是《三百篇．鄘風》的詩篇，乃是衛人刺其君淫亂。[35]趙孟當場就「觀其志」而評論云：「床笫之言不踰牆，況在野乎！非使人之所得聞也。」事後，「文子告叔向曰：『伯有將為戮矣。詩以言志，志誣其上，而公怨之，以為賓榮。』」[36]文子以伯有賦〈鶉之賁賁〉，有汙衊其君鄭伯之意，乃提出「詩以言志」的傳統觀念，進行論述。孔穎達疏云：「在心為志，發言為詩，是詩所以言人之志意。」[37]這場七子「賦詩言志」，趙孟以所賦之詩「觀其志」，這是上述第二型「引詩以喻志」，實乃賦詩者借用《三百篇》既有的詩篇，斷章取義，將詩中的情境轉換到現場情境，形成「情境連類」的譬喻效用。而文子則針對此事，沿用傳統「詩言志」的觀念進行論述。

前文已引述《左傳．襄公二十七年》賦詩言志的案例，可以理解到春秋外交專對的場所中，這種借用《三百篇》既有的詩篇，斷章取義，將詩中的情境轉換到現場情境，形成「情境連類」的譬喻效用，就是一種間接性「詩言志」的表意方式。每個不同的語境，所言之「志」當然都有他實質的特殊義。不過由於都是「各言其志」，諸多特殊義也就沒有明顯的交集，形成共同指向之「志」。先秦「賦詩言志」的這種「詩式社會文化行為」，我已專文精詳的論述，[38]可資參考，就不再贅述。

「引詩以喻志」表意方式，在春秋戰國時期，不僅是外交專對的「賦詩言志」，非常多方，有的是在政教場所，彼此對話時，適時的引詩以印證一己之意或強化說服力；有的是不在現場而著書立說，也經常適時引詩以為證言。先秦時期，《三百篇》被廣泛的應用於一切政教活動。顧頡剛〈《詩經》在春秋戰國間的地位〉一文中，專節考述〈周代人的用詩〉。[39]他歸納周代人為應用而作的詩與採來的詩而應用，可分為四種：一是典禮；二是諷諫；三是賦詩；四是言語。典禮，主要是對神的「祭祀」與對人的「宴會」。而諷諫，主要是公卿列士作詩以獻於君，以及庶人歌謠被官吏采而告誦

35 《詩經注疏》。卷三之一，頁一一四。

36 〔春秋〕左丘明著，〔晉〕杜預集解，〔唐〕孔穎達疏，《春秋左傳注疏》（台北：藝文印書館，嘉慶二十年南昌府學重刊宋本，一九七三），卷三八，頁六四八。

37 同前注。

38 詳見顏崑陽，〈先秦「賦詩言志」之「詩式社會文化行為」所展現「」詮釋範型〉意義〉，收入顏崑陽，《中國詩用學》，頁四四五—四八三。

39 顧頡剛等編著，《古史辨》（台北：明倫出版社，一九七一），冊三，下編，頁三二〇—三四五。。

於君。賦詩，乃外交專對的言語方式，我們前文已做了論證。至於言語，指的是說話時的引詩，特指在史傳中，例如《左傳》、《國語》記事時，其中人物對話，間插引《詩》以做為理據。其實，引《詩》以為理據，不僅在人物對話，就是文字書寫也常引《詩》以證理，朱自清《詩言志辨》中，就專節論述〈著述引詩〉。先秦、漢代典籍引用《三百篇》的詩句，以印證自己所說的道理，這是眾所熟悉的狀況。朱自清指出著述引《詩》從《論語》開始，以後《墨子》和《孟子》也常引《詩》，而《荀子》引《詩》獨多。接著，朱自清又列述漢代各種典籍的引《詩》：《韓詩外傳》；劉向《新序》、《說苑》、《列女傳》；董仲舒《春秋繁露》的〈山川頌〉、〈必仁且智〉、〈郊祀〉；賈誼《新書》的〈禮篇〉；《禮記》的〈大學〉、〈中庸〉；班固《漢書》的〈地理志〉、〈天文志〉等。引《詩》究有何用？朱自清援引諸例，說明引《詩》乃藉以宣揚德教，或藉以證事，或藉以論天道，或藉以述史事、明制度、記風俗，或藉以明天文地理，或藉以做為隱語，由此以見漢人著述引《詩》之多，用《詩》之廣。[40]凡此，其實也都是「詩言志」分流的表意方式，所言之「志」當然各有不同語境的特殊義，但一樣是沒有明顯交集之「志」。

孔子對門生的詩教，「興於詩」、「詩可以興」，[41]都是從「誦」詩能感發讀者的「志意」所做的論述。《三百篇》是前代既有的詩作，風雅頌都是「言志」之詩，卻是開放性的文本，可以斷章取義，無所謂「作者本意」，可以由誦詩的讀者，因詩中之志而自由感發一己之志，謂之「詩可以興」。《論語．陽貨》：「詩可興。」朱熹與王夫之詮釋最為確當。朱熹《論語集注》解釋「詩可以興」之「興」為「感發志氣」。[42]王夫之《薑齋詩話．詩譯》解釋得更詳確，云：「詩可以興，可以觀，可以群，可以怨。……「可以」云者，隨所「以」而皆「可」也。……作者用一致之思，讀者各以其情而自得。」[43]然則，孔子的詩教猶有《尚書．舜典》語境中的詩教之義，「詩言志」之「志」原本是《三百篇》文本中所言之「志」；但是不固限於「作者本意」，而讓文本開放，讀者以「閱讀」並「諷誦」的方式，依藉詩篇的「情意意象」與「聲音意象」，自由感發「志意」，這當然是「各以其情而自得」的特殊義，而沒有交集性之「志」。漢初，毛亨作《詩訓詁傳》，在詩篇一一五處的詩句下，標示「興也」。鄭玄箋詩開始誤讀《毛傳》，將毛公所標示的「興」，都解釋為以比興符碼寄託「作者本意」，從此相沿成習，建構了「比興寄託」的傳統。其實，孔子所說的「詩可以興」的「興」，也是《毛傳》標「興」之「興」；《毛傳》乃承繼孔子「詩可以興」之意，凡是標「興」的詩篇，都是毛公提示以「讀者」的觀點對詩意有所感發、體會；而認為可以和當代的「政教」進行「情境連類」，引起讀者「感發」其志意。那是一個說詩者對讀者們的「提示」，實為延續孔子「詩教」之義。[44]

（二）降及漢代，「詩言志」所言之「志」，經由創作實踐，交集為「諷諫」與「教化」的特殊義；

40 朱自清，《詩言志辨》（台北：頂淵文化公司，二〇〇一），頁一〇六—一一七。

41 《論語．泰伯》：「興於詩。」《論語．陽貨》：「詩可以興。」分別參見〔魏〕何晏集解，〔宋〕邢昺疏，《論語注疏》，卷八，頁七一；卷一七，頁一五六。

42 〔宋〕朱熹，《四書集注》，卷九，頁一二一。

43 〔清〕王夫之著，現代戴鴻森注，《薑齋詩話》（台北：木鐸出版社，一九八二），卷一，頁四。

44 「毛傳」的興義，詳見顏崑陽，〈從「言意位差」論先秦至六朝「興」義的演變〉，收入顏崑陽，《詩比興系論》（新北：聯經出版事業公司，二〇一七），頁七七—一〇五。

「詩言志」的觀念系統實已完備，而成為儒系專屬的詩觀。

「詩言志」演變到最終形成一種交集性之「志」，在文學社群中被認定為詩的本質與功能，而逐漸形成傳統，必須依靠「作詩以喻志」、「解詩以明志」，再加上觀念的論述。

先說「詩言志」觀念的論述，前文述及先秦時期，「詩言志」乃政教論述的常用語，所言之「志」還沒有交集性的特殊義；到了戰國晚期，「詩言志」的論述就被連結到《詩》，做為這部經典各詩篇的本質與功能，例如《莊子．天下》：「其在《詩》、《書》、《禮》、《樂》者，鄒魯之士、搢紳先生多能明之。《詩》以道志，《書》以道事，《禮》以道行，《樂》以道和，《易》以道陰陽，《春秋》以道名分。」[45]「《詩》以道志」之「道」，或解為言說，或與「導」通，解為導達，都是指「志」的表達。又例如《荀子．儒效》：「聖人也者，道之管也。天下之道管是矣，百王之道一是矣，故《詩》、《書》、《禮》、《樂》之道歸是矣。《詩》言是其志……。」[46]則《詩》、《書》、《禮》、《樂》這些典籍之道皆歸屬於儒家之聖人；而《詩》所言乃是儒家之志。學界一般認為到漢代才正式出現「六經」之名；[47]但《詩》、《書》、《易》這些典籍早在孔子之前就已存在，那時「儒」尚未形成一家，故這些典籍原不專屬儒家的經典。孔子以「詩」教門生，也都只稱《詩》、《詩三百》、《三百篇》，而不稱《詩經》。不過，這些典籍雖然尚未稱「經」，卻是孔門之「教」的常用書；故《莊子．天下》將這些典籍都歸為鄒魯之士、搢紳先生所專擅。「鄒魯之士、搢紳先生」都是儒士。《莊子．天下》被學者認定是莊子後學所作，已是戰國晚期。因此，到戰國晚期，「詩言志」已由一般常用語，被收編到鄒魯之學，繫屬於《詩》這一典籍；而「詩言志」原初所出的《尚書》既已歸屬儒家，則「詩言志」就明確的收編到儒家專有的詩觀。那麼，「詩言志」之「志」就不再是「心之意向」的一般義，而已賦予儒家之道的特殊義。這類論述延續到漢代，大致沒什麼改變。例如陸賈《新語‧慎微》：「隱之則為道，布之則為文。詩，在心為志，出口為辭。」[48]所謂「詩，在心為志，出口為辭」，即是〈詩大序〉「詩者，志之所之，在心為志，發言為詩」之意。而此「志」隱而未發之時乃是「道」，這當然是儒家之道。賈誼《新書‧道德說》：「《詩》者，志德之理而明其指，令人緣之以自成也。故曰：《詩》者，此之志者也。」[49]此處「志」意為「記」，所記之內容為「德之理而明其指」，明顯是儒家之道，而其功能為「令人緣之以自成」，則是孔子「興於詩」、「詩可以興」之意。董仲舒《春秋繁露‧玉杯》：「詩道志，故長於

---

45 〔戰國〕莊周著，王叔岷注，《莊子校詮》（台北：中央研究院歷史語言研究所，一九八八），下冊，頁一二九七、一二九八。

46 〔戰國〕荀況著，〔清〕王先謙注，《莊子集解》（台北：世界書局，一九七一），卷四，頁八四。

47 「經」的名稱始見於《荀子》，所稱之經僅《書》、《詩》、《春秋》三種。而《莊子‧天運》有「丘治《詩》、《書》、《禮》、《樂》、《易》、《春秋》六經」之語，似乎莊子時代就有「六經」的定名；但是，《莊子‧天運》，被疑為是漢代之作。而司馬遷《史記》的〈孔子世家〉及伯夷、李斯、儒林、滑稽、自敘各傳也都只見「六藝」之名。因此「六經」之定名應是漢代的事。詳參〔日〕本田成之，《中國經學史》（台北：廣文書局，一九九〇），頁一一一〇。

48 〔漢〕陸賈，《新語》（台北：世界書局，一九七五），頁一一。

49 〔漢〕賈誼著，現代閻振益、鍾夏注，《新書校注》（北京：中華書局，二〇〇〇），卷八，頁三二七。

質。」[50]道者，言也。蘇輿注云：「《詩》言志，志不可偽，故曰質。」[51]那麼，我們可以斷言，戰國晚期到漢代，「詩言志」的觀念論述已由士人階層公眾常用的一般義，被收編而聯繫到儒家《詩》這部典籍，「志」也就被賦予儒家之「道」的特殊義，必與政治道德教化有關，而不是一般日常生活中，人心之意向的一般義，這當然是專屬「儒系」[52]特殊的規創性定義。儒家「士志於道」，「道」是士人群體共同的價值觀；由此可見「士人」的「集體意識」對「詩言志」這一「本質觀」的內涵具有決定性的效用。不過，觀念的論述畢竟抽象，還沒有被實踐到特定的情境中，而賦予實在經驗內容的特殊義。這就有待於士人「作詩以喻志」，以及漢代對詩、騷的箋釋，再加上〈詩大序〉以三百篇為「詩言志」的典範，所作整體觀念的論述。

「作詩以喻志」，所逐漸交集之「志」就是「諷諫」與「教化」，而以比興的語言形構隱涵「作者本意」的特殊義。「諷諫」的對象是國君，到了漢代〈詩大序〉經由對治世之音、亂世之音、亡國之音的論述，[53]則將重點轉為反應時代政教治亂之義，而不特指國君之善惡。及至唐代元稹、白居易更創作很多「諷諭詩」，[54]也是將所諷對象由特指國君轉而指向泛社會文化情境，「諷諫」演變為「諷諭」之義，後文再詳做論證。這當然有其漫長的發展過程，大約是從周代開其端，演變到漢代，「志」的內容與「言」的形構已交集出特殊義，也就是「詩言志」的本質及功能，已整體定調；到了唐代僅是略作局部變化，就此流為傳統；宋代之後，延續此一傳統，沒有什麼改變。關於中國古代詩歌諷諫以至諷諭及教化這一「詩用」類型，我已專文詮釋論證甚詳，[55]在此引為參酌而聚焦在「詩言志」論題，述其大要如下。

周代所見最早「作詩以喻志」的案例，就是《左傳・昭公十四年》所記載周穆王「欲肆其心，周行天下」，而「祭公謀父作〈祈招〉之詩，以止王心」。[56]這一類在朝廷內之「特定情境場所」以詩為諫的行為，自西周穆王以降，到東周春秋時期，從周天子到諸侯國的朝廷內，都經常發生。不過，大致以「引詩」為常，「作詩」的案例不多。假如從明確的個人行為來看，引詩以諫，晏子可為代表。作詩以諫，則屈原可為代表。春秋時期，晏子事齊景公，非常善諫。劉向校定《晏子》，在〈敘

50　〔漢〕董仲舒著，〔清〕蘇輿注，《春秋繁露義證》（北京：中華書局，一九九二），卷一，頁三六。

51　同前注。

52　「儒家」一詞如不特別冠上朝代，概指先秦孔孟荀之原始儒家。而秦漢之後，「儒家」續有發展，雖仍以儒為根本，卻吸納他家之學而變化其面目，很多士人已非醇儒，不過變而不離其本，仍可視為廣義的「儒士」；如此前後傳承而形成一種統系，我們就稱它為「儒系」。儒系詩學，即指從先秦儒家開始往後逐漸發展成統系的詩學，包括詩言志、六義、比興寄託、政教諷諭、詩教等觀念。參見顏崑陽，〈從〈詩大序〉論儒系詩學的「體用觀」〉，收入顏崑陽，《學術突圍》（新北：聯經出版事業公司，二〇二〇），頁一八一—一八二。

53　〈詩大序〉云：「治世之音安以樂，其政和；亂世之音怨以怒，其政乖；亡國之音哀以思，其民困。」參見《詩經注疏》，卷一之一，頁一四。

54　白居易詩集，前四卷一百七十餘首作品，即以「諷諭」為名。參見〔唐〕白居易，《白居易集》（台北：里仁書局，一九八〇），冊一，卷一—卷四，頁一—九〇。元稹亦多諷諭之作，詩集中，卷一到卷四，古詩七十餘首，卷二三到二六，樂府八十餘首，皆旨在諷諭。參見〔唐〕元稹，〔元稹集〕（台北：漢京文化公司，一九八三），頁一—四八，又頁二五四—三一二。

55　顏崑陽，〈中國古代「詩式社會文化行為」的類型（上）：諷化〉，收入顏崑陽，《中國詩用學》，頁一五九—二四〇。

56　〔春秋〕左丘明著，〔晉〕杜預集解，〔唐〕孔穎達疏，《春秋左傳注疏》，卷四五，頁七九五。

錄〉中稱云：「其書六篇，皆忠諫其君，文章可觀，義理可法。」[57]我們現在所見《晏子》一書，後人各據所聞輯錄，雖出於傳說，卻非向壁虛造。內篇第一卷、第二卷共五十篇，記載晏子諷諫齊莊公、景公的事蹟，大部分引詩以諫，多出自《三百篇》，小部分自作歌以諫。[58]至於屈原之作〈離騷〉，王逸〈離騷經序〉述及屈原「放逐離別，中心愁思，猶依道徑，以風諫君」。[59]司馬遷《史記．屈原列傳》稱其「冀幸君之一悟，俗之一改」，[60]則「詩言志」發展到這一類「以詩諷諫」的行為，明確就有了個人的「作者本意」；而且其「言志」之意圖都有特定的指向對象，詩的「衍外效用」表現特別明顯。因此所言之「志」就不是「心之意向」的一般義，而是在特定情境中，懷有特定意圖的特殊義，同時也非「各言其志」而沒有交集性的特殊義。並且，這類「以詩諷諫」所身處的情境通常都不是明君治世，而是昏君或庸君衰世，因此其「志」實非頌美而是刺惡，已不是「正」音，而是「變」音。因此「作詩以喻志」，儘管各有遭遇及處境，卻逐漸交集出以「刺惡」為意圖的「諷諫」之「志」而形成傳統。

「以詩諷諫」演變到屈原，必須特別注意的是在語言形構上，明確的建立系統性的「比興」符碼。司馬遷在《史記．屈原列傳》中稱云「其文約，其辭微……其稱文小，而其指極大。舉類邇而見義遠。其志絜，故其稱物芳」。[61]司馬遷沒有用「比興」一詞，但其意就是「比興」。及至東漢晚期，王逸作《楚辭章句》，就在〈離騷經序〉中明確指認：「〈離騷〉之文，依詩起興，引類譬喻；故善鳥香草，以配忠貞；惡禽臭物，以比讒佞；靈修美人，以媲於君；宓妃佚女，以譬賢臣；虯龍鸞鳳，以託君子；飄風雲霓，以為小人。」[62]這已是很有系統的連類譬喻，比興寄託，形成所謂「香草美人傳統」。朱自清在《詩言志辨》中，歸納出四類「比體詩」：一是詠史，以古比今；二是遊仙，以仙比俗；三是艷情，以男女比主臣；四是詠物，以物比人。[63]「詩言志」之本質論，語言形構以「比興」為特徵，演變到屈原作〈離騷〉，已經由創作實踐建立典範。

「詩言志」系統的建構，屈原的創作實踐當然是關鍵。不過，必須整合漢儒箋注詩騷之「解詩以明志」，以及〈詩大序〉所作觀念性的論述。創作、批評、論述三者整合，「詩言志」的本質及功能論才能整體定調。漢代詩、騷箋注，依藉經典詮釋，「解詩以明志」，顯題化的全面建構「以詩諷諫」的行為模式，前文已述及屈騷固然被漢人明白指認寫作目的是「諷諫」，並以此觀點箋注屈騷；而《詩經》三百篇，毛詩的《小序》全以「美善刺惡」詮釋詩旨，幾乎就等於「諫書」。及至鄭玄注

---

57 〔漢〕劉向〈晏子敘錄〉，參見〔清〕嚴可均輯校，《全上古三代秦漢三國六朝文》（台北：世界書局，一九八二），冊一，《全漢文》，卷三七。

58 鄒太華輯注，《晏子逸箋》（台北：臺灣中華書局，一九七三）。自作詩以諫，例如《晏子逸箋．內篇．諫下》第二卷記載：齊景公使國人起大臺。歲寒不已，凍餒者很多。晏子作歌以諫曰：「凍水洗我若之何！太上靡散我若之何！」頁九五。

59 〔戰國〕屈原等著，〔漢〕王逸注，〔宋〕洪興祖補注，《楚辭補註》（台北：藝文印書館，影印汲古閣本，一九六八），卷一，頁一〇—一一。

60 屈原作〈離騷〉「冀幸君之一悟，俗之一改」，參見〔漢〕司馬遷著，〔日〕瀧川龜太郎注，《史記會注考證》（台北：中新書局，一九七七），卷八四，頁九八四。

61 同前注，頁九八三。

62 〔戰國〕屈原等著，〔漢〕王逸注，〔宋〕洪興祖補注，《楚辭補註》，卷一，頁一一。

63 朱自清，《詩言志辨》，頁八三。

《周禮．春官．大師》，在「教六詩」句下，注云：「比，見今之失，不敢斥言，取比類以言之。興，見今之美，嫌於媚諛，取善事以喻勸之。」[64]在觀念論述上，以「比」為「刺惡」，以「興」為「美善」。若持此一觀念以檢覈《三百篇》，事實不盡相符。不過，總合而言，「詩言志」所言之「志」乃政教美善刺惡之「志」，以達諷諫之效，而語言形構則必託以「比興」，這的確是毛詩《小序》解詩的模式。鄭玄一方面做此論述，另一方面則箋釋《毛詩》，由「讀者感發」之義轉變為「比興符碼」結合「作者本意」之義；往往於《毛傳》標「興」之處，多坐實「作者本意」，以「事」解詩。首先在〈關雎〉「關關雎鳩，在河之洲」句下，《毛傳》標示「興也」；鄭玄針對《毛傳》的標示，明確箋釋云：「案興是譬喻之名，意有不盡，故題曰興，他皆仿此。」則「興者，喻也」就成為他所秉持的箋詩凡例，遂使讀者自由感發之「興」，轉為作者「比興託喻本意」之「興」。「興」也由「詮釋」之義變為「創作」之義。[65]「詩言志」觀念演變至此，再結合〈詩大序〉的論述，以詩為媒體的「諷諫文化」已建構完備，續而演為傳統，形成士人階層牢固的文化意識形態。

　　至於〈詩大序〉的觀念性論述，從文脈的理解而言，「詩者，志之所之也，在心為志，發言為詩」這開端幾句，先為「詩」做了一般義的界定。所謂「志之所之」，為「詩」之所以為「詩」，做一總括性的抽象概念界說；然而這「志」的實質內容是什麼？〈詩大序〉下文有更明白的指陳：時代至於「王道衰，禮義廢，政教失，國異政，家殊俗，而變風變雅作」；故引起「國史傷人倫之廢，哀刑政之苛，吟詠情性」，乃「以風其上」，則此「志」是關乎政教之「志」。「發乎情」是「情」，出於自然感性，沒有理性反思的價值判斷「意向」，故云「民之性」；而「止乎禮義」則是關乎政教之「志」。「禮義」乃經由政教所養成而理性逆覺的價值判斷「意向」，故云「先王之澤」，這明顯是儒家思想。「發乎情」是自然感性之動，故感之「政和」，則反應「安以樂」之「情」；感之「政乖」，則反應「怨以怒」之「情」；感之「困」境，則反應「哀以思」之「情」，皆出於自然而無所矯飾。並且從〈詩大序〉上下整體語境理解之，「情」與「志」乃融合於同一詩篇。「情」為「民」之群體共同經驗之情，並且其內容都必然與「政教」有關，非一般個人喜春悲秋，吟風弄月之「情」；而「志」則是「國史」一己「傷人倫之廢，哀刑政之苛，吟詠情性，以風其上，達於事變而懷其舊俗」，乃關乎「政教諷諭」之「志」。從詩篇整體內容而言，「情」與「志」非二，「群」與「己」合一。

不過，在這裡我們要辨明一點，所謂「情」與「志」非二，是否意謂「情志同一而無別」？這個問題，我在〈從〈詩大序〉論儒系詩學的「體用觀」〉一文中，已做辨析。[66]大意如此：在〈詩大序〉的文本中，「志」與「情」有沒有不同的義涵？根據孔穎達的解釋是沒有。他在疏文中，並未直接說明「志」與「情」的同異，不過解釋「志」時云：「包管萬慮，其名曰心，感物而動，乃呼為志。志之所適，外物感焉。」如此，則「志」亦是「感性」之動。另解釋「情」時云：「情，謂哀樂之情。……哀樂之情動於心志之中。」如此，則「情」與「志」實無性質上的分別。因此，他

64　〔漢〕鄭玄注，〔唐〕孔穎達疏：《周禮注疏》（台北：藝文印書館，嘉慶二十年南昌府學重刊宋本，一九七三），頁三五四—三五六。

65　鄭玄誤讀《毛傳》，將「興」解為「譬喻」，而由「讀者感發」之義轉為「作者比興寄託」之義。詳見顏崑陽，〈從「言意位差」論先秦至六朝「興」義的演變〉，收入顏崑陽，《詩比興系論》，頁八九—一〇五。

66　參見顏崑陽，〈從〈詩大序〉論儒系詩學的「體用觀」〉，收入顏崑陽，《學術突圍》。

認為「情動於中」也就是「在心為志」，這兩句是「重其文」。[67]另外，他在《左傳・昭公二十五年》：「民有好、惡、喜、怒、哀、樂，生於六氣」句下，疏云：「在己為情，情動為志，情、志一也。」[68]此可旁證孔穎達認為〈詩大序〉的「情」與「志」實為同義，其間若有區別，則只是心理歷程中階段之差異，他認為「在己」未動時為「情」，已「動」而有所指向時為「志」。當然，古人行文用詞之義例，並沒有那麼嚴格，「情」與「志」混用或合用的狀況，可以舉出不少例子，[69]甚至現代學者也有人持同樣的看法。[70]然而，這也並不意謂，「志」與「情」做為人類二種心理活動，其經驗性質與二個詞彙的概念皆不可區別。果真如此，則「詩言志」與「詩緣情」之分，即是中國文學批評史上一組假性論題，毫無意義可言。因此，若干學者從「情」、「志」概念的區別，以及將「詩言志」、「詩緣情」置入先秦兩漢與魏晉六朝二種文化類型或二個文化發展階段去對觀，仍然能引經據典的建構出二種異質的詩論系統。[71]

我們回應前文的論述，「情」指的是「民之性」群體感受時代治亂而自然激發的哀樂情緒，沒有理性價值判斷的「意向」，而其內容卻必與「政教」有關，非一般個人喜春悲秋，吟風弄月之「情」；而「志」則是「國史」一已「傷人倫之廢，哀刑政之苛，吟詠情性，以風其上，達於事變而懷其舊俗」，乃關乎「政教諷諭」之「志」，涵有理性價值判斷的「意向」。因此，所謂「情與志非二」並非「情」與「志」二種人類的心理經驗實質沒有差別。而是《三百篇》諸多詩篇表現完成，其內容已融合百姓群體所感受政教治亂的哀樂之「情」與國史藉此經驗題材以諷諭政教之「志」。前者為「題材」義，可取自客觀他人的經驗；後者為「主旨」義，乃是作詩者的意圖，兩者層次有別。《詩經》三百篇大多是「代言體」，而非「自敘體」。「代言體」都是經驗題材之「情」與作者意圖之「志」分層的結構模式。

那麼，「詩者，志之所之，在心為志，發言為詩」，論述至此，則詩所言之「志」就不僅是一般義，而已賦予「關乎政教治亂」而繫屬儒家思想的特殊義了。除了「志」的實質內容之外，如何「言」志呢？明確的回答就是：「情發於聲，聲成文，謂之音」，詩之「言」合於樂，「聲」應宮商，交織成文而為「音」。另外，在修辭上，則「詩有六義，一曰風，二曰賦，三曰比，四曰興，五曰雅，六曰頌。上以風化下，下以風刺上；主文而譎諫，言之者無罪，聞之者足以戒，故曰風」。[72]所謂「主文而譎諫」，「文」乃特殊的言辭，就是「比興」。「譎諫」乃曲折以諫，不直斥君惡，而以「比興」之辭，意託言外，這是「詩言志」的「正體」。然則，「詩言志」演變到漢代，結合創

67　《詩經注疏》，卷一之一，頁一三。

68　《春秋左傳注疏》，卷五一，頁八九一。

69　例如摯虞《文章流別論》：「夫詩雖以情志為本。」參見（清）嚴可均，《全上古三代秦漢三國六朝文》（台北：世界書局，一九八二），冊四《全晉文》，卷七七，頁八、九。又陸機〈文賦〉：「詩緣情而綺靡」句下，李善注云：「詩以言志，故曰緣情。」參見（南朝梁）蕭統編著、李善注，《文選》（台北：華正書局，一九八二），卷一七，頁二四一。

70　朱光潛，〈朱佩弦先生的『詩言志辨』〉，認為「古代所謂『志』與後代所謂『情』根本是一件事，『言志』也好，『緣情』也好，都是我們近代人所謂表現」，收入朱光潛，《詩論新編》（台北：洪範書局，一九八二），頁二〇〇。

71　例如朱自清：《詩言志辨》。又李直方，〈騷經「哀志」與九歌「傷情」說〉，收入李直方，《漢魏六朝詩論稿》（香港：龍門書店，一九六七）。又陳昌明，《緣情文學觀》（台北：臺灣書店，一九九九）。

72　以上〈詩大序〉引文，俱見《詩經注疏》，卷一之一，頁一二—一九。

作、批評與論述，整體觀念系統已經完備，總結可以說是詩之「體」，其「志」乃是「心物交用、群己不二、情志融合」，其「言」則「聲應宮商、辭依比興」。有「體」必有「用」，而「用」必歸「體」，此「體」之「用」，自體功能為「言志」，衍外效用則是「美善刺惡」。[73]後世士人階層以針砭時事為己任，大多以變風、變雅為典範，「刺惡」為先；而「美善」或以「媚君」之嫌，就比較不受重視。

（三）從「以詩諷諫」擴展為「以詩諷諭」；詩之「音」由歌曲宮商轉為語言聲調。

漢代以降，士人如何承繼「詩言志」此一「以詩諷諫」的傳統？從政治制度而言，秦代始設「諫大夫」，專職諫議朝政之得失，「諫議」至此制度化。漢武帝沿用，設「諫大夫」。東漢光武帝改為「諫議大夫」。[74]隋唐仍之，另設拾遺、補闕，專掌諫議得失。[75]然則，不擔任此一專職的一般士人如何得諫？《白虎通》明載：「士不得諫者；士賤，不得豫政事，故不得諫也……大夫進諫，士傳民語。」[76]那麼，士人欲盡其忠，又如何諷朝政之失，諫君王之過？因此，對於士人而言，「以詩諷諫」的行為，所因承的不是官制，而是從屈原作〈離騷〉以諷諫君，漢儒箋注詩騷、〈詩大序〉的觀念論述，所建構的「諷諫文化」傳統。漢魏以降，歷代士人或隱或顯的將這一「詩諫」的文化意識形態投射到詩的創作與批評，而構成一種共處的「諷諫文化情境」，士人每有「諷諫」之作，例如漢代韋孟、賈誼、枚乘、司馬相如、東方朔、揚雄、張衡等；魏晉六朝王粲、曹植、阮籍、劉琨、郭璞、鮑照、庾信等；唐代陳子昂、張九齡、李白、杜甫、元稹、白居易、元結、劉禹錫、張籍、杜牧、李商隱等，他們詩多少皆有「諷諫」之作。

漢代之後，「詩言志」的發展，只是微幅的轉變，大致有二端：一是以國君為對象的「諷諫」之義，擴展到以泛社會文化情境為對象，反應時代政教之治亂的「諷諭」之義，這是承繼前文所述〈詩大序〉以「世」論詩的觀念，而付諸創作實踐。所謂「諷諭」，諭者，告曉、訓誡也。「諷諫」行之於下對上，即臣對君、子女對父母、卑屬對尊長，都有「特指對象」。「諷諭」則可用之於平行或上對下，可以是「特指對象」，也可以是「泛化對象」，甚至是所聞所見之群體普泛的社會文化現象，例如民間習俗、社會風氣、官箴政風等。所言之「志」，乃依理告曉、訓誡，期待能矯治這種社會文化現象。這就帶有「以詩教化」之「志」了。「諷諭」其實是「諷諫」之詩用的擴大，並無本質上的差異。「詩言志」發展至此，「諷諫」、「諷諭」與「教化」其實已彼此交集。二是詩樂分離，士人創作興起，詩已缺宮商之音，則「聲感」之用，如何可能？這必須歷經沈約「聲律論」，演變到宋代鄭樵提出詩聲的重要性，復經元代楊士弘編著《唐音》，影響所及，明代李東陽開始提出「詩以聲為

73 〈詩大序〉此一「體用觀」，詳見顏崑陽，〈從「詩大序」論儒系詩學的「體用觀」〉，收入顏崑陽，《學術突圍》，頁一七九—二二一。

74 《續漢志．百官志》「諫議大夫」條，王先謙集解引惠棟曰：「秦置諫大夫，屬郎中令……掌論議，漢初不置，至武帝，始因秦置之……光武增議字為諫議大夫。」參見〔南朝梁〕劉昭注補，〔清〕王先謙集解，《後漢書集解》（台北：藝文印書館，一九五六），冊二，頁一三四一。

75 《唐書．百官志》，參見〔宋〕歐陽修等，《唐書》（台北：藝文印書館，清乾隆武英殿刊本，一九五六），冊一，卷四七，頁五五三—五五四。

76 〔漢〕班固著，〔清〕陳立注，《白虎通疏證》（台北：廣文書局，一九八七），卷五，頁二七六。

用」的論述，才明確回應士人創作之詩失其「宮商」的音聲問題。[77]

「以賦為言」而表現「諷諭」之「志」。杜甫開其端，白居易集其成，而元結、元稹以及《篋中集》諸詩人屬之。[78]杜甫沒有正式提出「諷諭」詩觀，只是身處亂世，即所見而發言，特別要注意的是，杜甫很少使用「比興託喻」，而以直陳其事之「賦」法，言其「諷喻」之志，這是「詩言志」的「變體」。這類作品非常多，其中以〈新安吏〉、〈潼關吏〉、〈石壕吏〉所謂「三吏」，〈新婚別〉、〈垂老別〉、〈無家別〉所謂「三別」最為典範。白居易則正式提出紹承「風雅」的詩文化傳統，並以杜甫為典範，推崇三吏、三別諸篇，[79]而付諸仿作，寫成一百七十餘首「諷諭詩」。諸作的諷諭對象或為權力高層，或為低階官吏，或為一般社會風氣，都是「泛化」的對象。其中最為著稱者是〈秦中吟〉十首、〈新樂府〉五十首。[80]他的〈新樂府序〉即明白表示這些詩都是「為君、為臣、為民、為物、為事而作，不為文而作也」。然後一一詳列二十首新樂府作品的諷諭意圖，例如〈七德舞〉，美撥亂、陳王業也。〈道州民〉，美臣遇明主也。〈杜陵叟〉，傷農夫之困也。〈捕蝗〉，刺長吏也；[81]元結有〈二風詩〉、〈閔荒詩〉、〈系樂府〉十二首、〈舂陵行〉、〈賊退示官吏〉等詩，[82]或對君王以規諫，或對民生以悲憫；元稹有〈古社〉、〈賽神〉、〈競舟〉、〈旱災自咎貽七縣宰〉等古體，又有系列樂府〈織婦詞〉、〈田家詞〉、〈捉捕歌〉、〈估客樂〉、〈上陽白髮人〉等，[83]或訓示民俗之迷信，或悲憫民生之疾苦，或譏刺細惡之不除，或嘲諷商賈之重利輕義，或哀憐宮女之白髮而無所歸。他們比較習慣以「賦」法直接指陳某些社會事件或現象，並明示自己發言之「志」，都非比興託喻的言外之意。所謂「社會事件現象」，又往往實指百姓的現實生活或低階官吏的行為，偶亦指向權力高層，卻未直諫君相。那麼，他們所描寫的都是所聞見而可以實指之社會事件或現象，並且在語言形式上，採取的是「直歌其事」、「其辭質而徑」、「其言直而切」、「其事覈而實」。其「行為意向」是「欲見之者易諭」、「欲聞之者深誡」、「使采之者傳信」，這皆顯示其發言的「實指性」；而所謂「卒章顯其志」，即明示自己這項行為所期待的「目的」。[84]他所欲描述的社會經驗現象大多是下階層庶民的生活、風尚或低階官吏的行為；而下階層庶民生活之苦、風尚之

77 鄭樵論「詩聲」之重要、楊士弘編著《唐音》、李東陽提出「詩以聲為用」之論，詳見余欣娟，《明代「詩以聲為用」觀念研究》（台北：花木蘭出版社，二〇一二）。

78 元結於唐肅宗乾元三年編選沈千運、王季友、于逖、孟雲卿、張彪、趙微明、元季川七人之詩二十四首，名為《篋中集》。收入傅璇琮編著，《唐人選唐詩新編》（台北：文史哲出版社，一九九九），頁二九一—三二一。

79 三吏、三別，參見〔唐〕杜甫著，〔清〕楊倫注，《杜詩鏡銓》（台北：華正書局，一九八一），卷五，頁二一九—二二六。白居易提倡風雅，推舉杜甫，參見〈與元九書〉，《白居易集》，冊二，卷四五，頁九五九—九六二。

80 《白居易集》，冊一，卷二，頁三〇—三五；卷三，頁五二—九〇。

81 〈新樂府序〉，參見《白居易集》，冊一，卷三，頁五二—五四。

82 〔唐〕元結著，孫望編校，《新校元次山集》，卷一，頁五—一一；卷二，頁一七—一八、頁一八—二二；卷三，頁三四—三五、頁三五—三六。

83 《元稹集》，卷一，頁四、九；卷三，頁二九、三〇；卷二三，頁二六〇，頁二六一—二六九；卷二四，頁二七八。

84 白居易〈秦中吟序〉云：「貞元、元和之際，予在長安，聞見之間，有足悲者，因直歌其事，命為〈秦中吟〉。」參見《白居易集》，冊一，卷二，頁三〇。又〈新樂府序〉云：「首句標其目，卒章顯其志，《詩》三百之義也。其辭質而徑，欲見之者易諭也。其言直而切，欲聞之者深誡也。其事覈而實，使采之者傳信也。」參見《白居易集》，冊一，卷三，頁五二。

靡，或低階官吏行為之惡，究其政教之責，君相不能辭其咎，只是未直接指明罷了。這其實是以「為民代言」的發言策略，藉由反應現實以顯示權力高層之政教得失，即白居易所謂「為君、為臣、為民、為物、為事而作」；其「語言形式」以「賦」直陳而不以「比興」託喻，雖標榜「風雅」詩道，卻改變「比興寄託」的傳統，而轉以「賦」法痛切直陳時弊，實乃「風雅」之「變體」。

至於「詩聲」的問題，在「詩言志」的傳統之中，前文述及《尚書．舜典》所謂「詩言志，歌永言，聲依永，律和聲。八音克諧，神人以和」。詩的「正音」必以「和」為本質。漢代之後，詩與樂既已分離，「詩聲」轉以語言的音韻為主；則「詩聲」如何「中節」而致「和」？《三百篇》時期，詩的語言尚未律化，聲隨情轉，乃「自然之音」。其「中節」而致「和」，實繫於「樂」。語言的「詩聲」沒有獨立成為顯題被關注。東漢晚期，五言詩興起，文人創作之詩逐漸普遍，語言之「詩聲」仍然延續《三百篇》傳統的「自然之音」，聲隨情轉。關鍵的出現當然是沈約提出「聲律論」，[85]語言之「詩聲」如何致「和」成為被關注的顯題，影響所及，詩走向律化，導致近體律絕的形成，這已是學界眾所熟識的議題。律化的近體，「詩聲」已成為定格，基本原則就是沈約「前有浮聲，後須切響。一簡之內，音韻悉異；兩句之中，輕重悉異」之說。[86]這顯然符合二元對立統一之「和」的原理。唐詩近體格律雖是人為規定，一般論者仍認為不失「自然之音」；及至宋代，「以文字為詩，以才學為詩，以議論為詩」，[87]則已失「詩聲」而全以文字之義為用。宋代鄭樵在〈樂府總序〉提出「樂以詩為本，詩以聲為用」之論，[88]重議先秦時期詩樂合一的詩文化情境，特別凸顯「詩聲」的重要性。影響所及，元代楊士弘（生卒年不詳）選編唐詩而名為《唐音》，就是將「詩聲」的觀念落實到詩作的品評，他在〈唐音序〉中明白表示：「審其音律之正變，而擇其精粹，分為始音、正音、遺響，總名曰《唐音》。……嗟夫！詩之為道，非唯吟詠情性，流通精神而已；其所以奏之郊廟，歌之燕射，求之音律，知其世道，豈偶然也哉！」[89]楊士弘當然知道唐代文人創作的古近體詩，事實上沒有「奏之郊廟，歌之燕射」。他是以古代詩樂合一的詩文化情境，凸顯他品評唐詩是以「音律」為先，重建「詩聲」在詩歌意義、價值上的重要地位。因為在他的認知，詩之音律正變實回應世道人心。他提出初盛唐、中唐、晚唐三分之說，「三音」並非機械的對應「三唐」，不過「正音」實以盛唐為最多，因此他特別推崇盛唐；在〈唐詩正音目錄並序〉中，特別強調「專取乎盛唐者，欲以見音律之純，系乎世道之盛」。[90]他既高揚「正音」之純，又何以猶取不純之「遺響」？在〈唐音遺響目錄並序〉中，他做此說明：「余既編〈唐詩正音〉，今又採取餘者，名曰〈遺響〉，以見唐風之

85 沈約，〈謝靈運傳論〉，參見〔南朝梁〕沈約，《宋書》（台北：藝文印書館，清乾隆武英殿本，一九五六），卷六七，頁八六二。

86 同前注。

87 嚴羽云：「近代諸公乃作奇特解會，遂以文字為詩，以才學為詩，以議論為詩。夫豈不工，終非古人之詩也。」參見〔宋〕嚴羽著，現代張健校箋，《滄浪詩話校箋》（上海：上海古籍出版社，二〇一二），上冊，頁一七三。

88 鄭樵，〈樂府總序〉，參見〔宋〕鄭樵，《通志》（杭州：浙江古籍出版社，一九八八），卷四九，頁六二五。

89 楊士弘，〈唐音序〉，參見〔元〕楊士弘編選，〔明〕張震輯注、顧璘評點，現代陶文鵬、魏祖欽整理點校，《唐音評注》（保定：河北大學出版社，二〇〇六），上冊，頁八。

90 同前注，頁七四。

盛與音律之正變。學詩者先求於正音，得其情性之正，然後旁採乎此，亦足以益藻思。」[91]顯然，他編《唐音》，一方面要展示唐詩之盛的完整面貌，以及音律正變對照的特徵，這是唐代詩史的建構；但是，另一方面他又對音律的正變做出評價，顯然是高揚「正音」，強調音律之純和，能得情性之正，以做為學詩者之取法。因此，在《唐音》一書中，經常出現這一類的話語：音律之和協、音律純厚自然、音調高古、音律沉渾、擇其粹者、溫柔敦厚之教。這些話語簡而言之，就是詩以「中和之音」為上。從鄭樵到楊士弘，對於「詩聲」觀念的提倡及實際批評的操作，影響所及，明代李東陽、李夢陽等，反思批判宋詩已失「聲色」之美，而經由「詩文辨體」之論，乃因承先秦詩樂合一的本質觀，高倡「詩以聲為用」，一時蔚為思潮，「詩聲」之義重受顯發。不過，明代李東陽等「詩以聲為用」之論，其實所注重者已不在「詩聲」與「世道」盛衰治亂的關聯，而偏向詩體之「聲調」美感的追求。關於明代「詩以聲為用」的論題，後進學者余欣娟的博士論文〈明代「詩以聲為用」觀念研究〉，對這一議題討論甚詳，[92]可以參考。

（四）「風雅詩教」漸成士人階層的文化意識形態

「詩教」一詞及其說法，雖到漢代《禮記．經解》才正式出現；但是以「詩」為教，早在西周就已開始。[93]從周代開始，經過歷代的演變，「以詩教化」大約可分為六個次類：1、周代學制，對天子、諸侯以至公卿之子弟，即辟雍太學之教；或者鄉黨城邑大夫士人子弟的庠序之教，這是「公學」，皆「以詩教化」陶養學子的性情人格，大體詩樂配合，多為弦歌，依藉聲感、情感、理感，以得興發志意，啟悟道理之效。2、「公學」之「詩教」在學制之外，推而廣之，即是鄉黨的社會文化教育，對一般鄉賢，配合射禮、飲酒禮的儀式，詩樂並作，寓教於樂，以收情境感化之效。3、「私學」之教，孔子為典範，有教無類，大多是一般成年士人，間有大夫子弟問學者，其教以「誦詩」、「言詩」為主，並隨機與道德教育做「情境連類」的啟悟。4、士人為王侯師，王侯有問，隨機引詩以證理，以得啟發感悟之效。5、降及漢代之後，前四個次類有「特指對象」的詩教已漸式微；而文人作詩之業興起，遂演變成以「風雅」或「風騷」傳統做為發言、書寫的準則，而以士人階層或庶民為「泛化對象」的詩教。6、同樣以「風雅」或「風騷」傳統做為發言、書寫的準則，也有以某一個體做為「特指對象」，而實踐「以詩教化」的社會文化行為，都是尊對卑，或長對幼，以啟發、告曉、訓示人生之理。

關於這六類「以詩為教」的實況，我已在前文述及〈中國古代「詩是社會文化行為」的類型（上）：諷化〉一文中，詳做分析詮釋論證。其中，前四類都以既存的《三百篇》做為「詩教」的材料，引詩以教人。其實是就詩篇所言之「志」以啟發閱聽者之「志」，漢代以降，前四類的詩教已漸式微；故與魏晉之後，士人秉持「詩言志」的本質及功能觀念進行創作沒有直接關係，就不再一一贅述。我們只就魏晉以降，士人創作實踐興起，「詩言志」做為他們創作所依循的本質與功能觀念，加以簡要論明。

91 同前注，下冊，頁六二九。

92 余欣娟，《明代「詩以聲為用」觀念研究》（台北：花木蘭出版社，二〇一一）。

93 參見徐復觀，《中國經學史的基礎》（台北：臺灣學生書局，一九九一），頁六。

魏晉之後，「作詩」已成為士人階層普遍專擅之業，而「風雅」或「風騷」遺緒漸成傳統，寓教於詩，也被型塑為接受儒家「詩言志」、「六義」、「諷諭」、「詩教」等詩觀之士人階層的「文化意識形態」，這些詩觀也就成為「儒系」詩學的本質觀及創作原則。

前文論及，「以詩諷諫」發展到漢代之後，逐漸演變為實踐於泛社會文化情境中，而用之於平行或上對下，甚至所聞所見之群體普泛的社會文化現象，例如民間習俗、社會風氣、官箴政風等，「諷諫」已擴展為「諷諭」。「諷諭」與「教化」彼此交集。至此，「詩教」已成為士人階層的「文化意識形態」，也就是一種對詩文化普遍的價值信仰，往往自覺或不自覺的投射到詩歌的創作與批評，雖有弱化的趨勢，但下貫到清代，卻未曾斷絕。上述第五類士人階層或庶民為「泛化對象」的詩教，例如陶淵明〈勸農〉，[94]白居易〈凶宅〉、〈蜀路石婦〉、〈紫藤〉、〈放鷹〉、〈慈烏夜啼〉等，[95]元稹〈賽神〉、〈競舟〉、〈茅舍〉、〈將進酒〉、〈君莫非〉、〈出門行〉、〈捉捕歌〉等。[96]這一類作品，都是以一般百姓或針對社會習俗表達「教化」之「志」。

漢代以前，詩的教化功能與效用乃是依藉引用《三百篇》的正風正雅去實踐，即使變風變雅，也必要求「發乎情，止乎禮義」。因此，「風雅詩教」乃是以「禮義」做為價值規範。「禮義」原生於「集體意識」之生命存在的普遍價值觀。東漢晚期，五言詩興起；接著魏晉以降，作詩成為士人的專藝。「詩言志」的「風雅詩教」傳統，就由「引詩以教」轉為「作詩以教」，「風雅詩教」逐漸成為士人階層牢固的文化意識形態，在不同的歷史時期或隱或顯，貫通整個中國詩史。

魏晉六朝時期，總體文化變遷，個體意識興起，「風雅詩教」暫息。降及唐代，「風雅詩教」再被顯題化倡導，以重構詩的「教化」衍外效用，最典型也最常被論及的就是唐代陳子昂、李白、杜甫以至元結、白居易、元稹等為中心，再擴大到元結所編《篋中集》的沈千運、孟雲卿等詩人群，更廣及顏真卿、蕭穎士、賈至、李華、梁肅、柳冕、呂溫等，一系綿延，形成重建傳統「風雅詩教」的思潮與創作實踐。這一向被稱為唐詩的「復古主義」。歷來學界有關的論述甚夥，許總的《唐詩史》所論最為詳明。[97]這幾乎已成詩學上的共識，毋庸贅述。不過，我們要強調的是，陳子昂、李白等詩人，他們雖倡導「風雅詩教」，卻也不是先秦以至漢代，儒家「風雅詩教」的翻版複製，所因承者乃是風雅之詩的本質與詩人主體的創作精神。其中已融入他們當代的社會文化經驗、新興的詩觀，以及個人才性學養的質素，而有其創變。不過從總體唐詩觀之，被學者宣稱的「復古」思潮，其勢並沒有那麼強大，個人抒情之作仍然是主流。

「風雅詩教」當然不是到唐代而止，仍繼續綿延相傳，下貫到清代沈德潛都還明切的提倡「詩教」，其《說詩晬語》開宗明義就立出「詩教」之論，云：「詩之為道，可以理性情，善倫物，感鬼神。設教邦國，應對諸侯，『用』如此其重也。」接著批評唐詩「託興漸失，徒視為嘲風雪，弄

94 〔晉〕陶淵明著，龔斌注，《陶淵明集校箋》（上海：上海古籍出版社，一九九六），卷一，頁三四—三五。

95 《白居易集》，卷一，頁三、四、一一、一二、一八、一九。

96 《元稹集》，卷二，頁二九—三〇；又卷二三，頁二五七、二六二、二六五—二六七。

97 許總，《唐詩史》（南京：江蘇教育出版社，一九九四），上冊，有關陳子昂的風雅詩觀，頁二二八、二二四—二五二。有關李白的風雅詩觀，頁五六七—五七〇。下冊，有關杜甫秉承風雅傳統精神的創作實踐，頁三一—三六，又四一—四六。有關元結的風雅詩觀，頁八一—八七。有關元稹、白居易的風雅詩觀，頁二四九—二七六。

花草……而『詩教』遠矣。」因此，他主張要「優柔漸漬，仰溯風雅，詩道始尊。」[98]他所謂「優柔」，就是「溫柔敦厚」。除了沈德潛明顯提出「風雅詩教」的觀念之外；有清一代，這種源自於風雅的詩文化傳統，其實也隱然滲透在不少詩人的意識之中，而表現為注重詩的性情之真而不失其正的變風變雅之意，以及關懷社會的用心。前面述及明末清初許學夷《詩源辯體》固是如此，其他如河朔詩派的申涵光等、顧炎武、婁東詩派的吳偉業等、秀水詩派的朱彝尊等、桐城派的姚鼐、方東樹等，也都或隱或顯的表現風雅傳統的詩觀及創作實踐。[99]當然，他們雖因承風雅傳統，卻也能因時適變，融合性情而自成面目。

風雅詩教不僅發用於詩，也發用於詞。宋詞興起於民間，原本以男女豔情成為應歌侑酒的娛樂品；及至入於士大夫之手，詩化、雅化即成一往向前的趨勢。而雅化至於極端，則是起於北宋晚期而延續到南宋中期的「復雅」思潮；所復之「雅」並非文辭修飾之文雅，而是《詩經》風雅六義的詩歌本質、功能觀念。北宋晚期的黃裳提出古詩歌之本為「六義」的觀念，以為作詞之基準而云：「風雅頌，詩之體；賦比興，詩之用……六者，聖人特統以『義』而為之名；苟非義之所在，聖人之所刪焉。」[100]這顯然是「風雅詩教」在詞的創作中復活其精神，約略同時而稍晚的鮦陽居士編選《復雅歌詞》，在序文中，云：「《詩》三百五篇，商、周之歌詞也，其言止禮義，聖人刪取以為經。」在這種觀念之下，他對晚唐溫、李以降至於北宋晏、歐的詞風大為不滿，嚴厲指責云：「溫李之徒，率然抒一時情致，流為淫艷猥褻不可聞之語。吾宋之興，宗公巨儒，文力妙天下者，猶祖其遺風，蕩而不知所止。」[101]因此，他編選認為符合「風雅詩教」的詞作，以為典範，而名為《復雅歌詞》。此書編成於南宋初期高宗紹興年間，國家正面臨危亡之秋，影響所及，風雅詩教蔚為思潮，南宋詞人張元幹、黃公度、曹冠、張孝祥、林正大等，都明切認知這種詩歌「教化」的衍外效用，而以「風雅詩教」為作詞的準則。

三、「詩言志」本質觀的定型

綜合前文的分析詮釋論證，我們可以清楚的理解到，「詩言志」做為中國古代詩歌「原生性」的本質及功能觀，而蔚為最重要的主流傳統。從原初出現在《尚書・舜典》的歷史語境開始，所言之「志」是什麼實質的意義？如何「言」的語言形構？都還不明確。其後歷經漫長的演變過程，從周代到漢代，「詩言志」已收編為「儒系」專屬的詩觀，而完備其觀念系統：詩之「體」，其「志」乃是「心物交用、群己不二、情志融合」，其「言」則「聲應宮商、辭依比興」。有「體」必有「用」，而「用」必歸「體」，此「體」之「用」，「自體功能」為「言志」，「衍外效用」則是「諷諫」與「教化」，即「美善刺惡」的作者本意及後果。後世士人階層以針砭時事為己任，大多以變風、變雅

98 〔清〕沈德潛，《說詩晬語》，參見現代丁仲祜編訂，《清詩話》（台北：藝文印書館，一九七七），下冊，頁六三九—六四〇。

99 參見劉世南，《清詩流派史》（台北：文津出版社，一九九五），中涵光，頁四—六；顧炎武，頁五四—五九；吳偉業，頁一一九；朱彝尊，頁一七五、一八一；姚鼐、方東樹，頁三九四、三九七—四〇〇。

100 〈演山居士新詞序〉，參見〔宋〕黃裳，《演山集》，卷二十，收入景印《文淵閣四庫全書》（台北：臺灣商務印書館，一九八三），集部別集類。

101 〔宋〕鮦陽居士，〈復雅歌詞序〉，參見現代金啟華等編，《唐宋詞集序跋匯編》（台北：臺灣商務印書館，一九九三），頁三六四。

為典範的「刺惡」為先；而「美善」或以「媚君」之嫌，就比較不受重視。漢代之後的演變，不過是由下對上的諷諫，擴展到平行或上對下的「諷諭」，並與「教化」形成交集。而文人創作，詩樂分離，宮商既失，詩之「音」乃轉為語言「聲調」的講究。「詩言志」本質觀到唐代已完全定型，語言形構則分化為二種次型：一是「比興體」，一是「賦體」；比興體為「正」，賦體為「變」。

第三節 「詩緣情」本質觀重構

文學當然有它自身的本質、功能與價值；但是我們不能因此就誤解文學可以脫離生產它的總體文化，包括政治、教化、社會、經濟、戰爭、宗教、音樂、書畫等因素條件，而成為獨立的存有物。在總體文化的實存情境中，上述那些在概念上被切割成畛域分明的因素條件，實際上都與文學交互作用，而經由文士們「文心」的感知、理解、詮釋、選擇、吸納而融合、滲透到創作實踐與論述，而表現為作品及文學觀念，由此而決定了文學的本質、功能與價值。總體文化不是靜止的存有物，而是始終處在變化的歷程中，因此所謂文學的本質、功能與價值也就隨之而演變，文學也才有歷史可言。一種促使文學歷史轉型的關鍵性、主導性的文學本質觀必然隨著總體文化的演變而演變。它的發生、形成有著漫長的動態歷程以及各種因素條件的交相融合。這些因素條件包含了主體內省的生命存在意識，身處文化社會世界與自然世界的存在經驗及價值觀，文學創作實踐及觀念論述。「詩緣情」做為繼「詩言志」，轉變而出的一種新的詩本質觀，實有其漫長的歷程與多元因素條件的交相融合，不能靜態、抽象、簡化的淺論。

一、「詩緣情」本質觀在原初歷史語境中的意義

「詩緣情」的觀念在什麼時候被正式提出來？在原初的歷史語境中，這個觀念的涵義如何？我們指的是「觀念」，不是指「抒情詩」的出現；因為抒情詩是創作實踐，從創作實踐來講，詩的抒情性其來已久，不是從陸機的〈文賦〉講「詩緣情而綺靡」才開始產生。

「詩緣情」做為可與「詩言志」區別之詩本質觀的關鍵詞，原初正式出現在陸機〈文賦〉：

> 詩緣情而綺靡；賦體物而瀏亮；碑披文以相質；誄纏綿而悽愴；銘博約而溫潤；箴頓挫而清壯；頌優遊以彬蔚；論精微而朗暢。[102]

「詩緣情而綺靡」就語言表層而言，究是何義？「緣」是外緣，「情」是內因。「抒情詩」的內在主要因素就是「情」；但是「情」不會無緣無故的自己起「動」，必有「外緣」觸發而使之動。「外緣」是助因，「助因」是事物之所以發生的外在條件；這外在條件，我們後文會論及「應感起物而心術形焉」、「氣之動物，物之感人」，人的內在心性必須受到「外物」所感，「情」才會起動，故謂之「緣情」。那麼，這種「情」有何特質？它與「詩言志」之「志」有何區別？後文將會詳細討

102 劉運好，《陸士衡文集校注》，頁二二二—二二三。

論。

在〈文賦〉的語境中，這一段文本明顯是魏晉興起的「辨體」論述，其意義主要在分辨詩、賦、碑、誄、銘、箴、頌、論八種類體各自的特質。這特質包括每一體之類型化的題材及主題內容、語言形式修辭，以及表現完成的體式。在這原初的語境中，所謂「詩緣情而綺靡」，「綺靡」的語言形式修辭姑且不論，就題材及主題內容的「詩緣情」來說，其實非常簡要，並沒有明確表示此「情」究竟是什麼實質內涵的「情」，它只是一個廣延的範疇性概念，必須落在現實的存在經驗，而經由語言形式表現為作品，才能確認此「情」是什麼實質內涵的「情」。我曾在〈《文心雕龍》「知音」觀念析論〉一文中，分析《文心雕龍．定勢》：「因情立體，即體成勢。」以及〈鎔裁〉：「設情以位體。」所謂的「情」是什麼涵義？而提出「情」有三個概念層級的涵義：第一個層級是「人性論」上的概念，「情」屬「氣質性」範疇，泛指氣質性所發動的一切感覺經驗。第二層級是「感覺經驗類型」的概念，指涉某一具有特殊性質的情感經驗類型，例如家國之情、男女之情、親子之情等；第三層級是「個別主體情感經驗」，指涉的是某一個別主體在特定時空情境中，就個別發生的事實經驗所引生的情感。[103]這一層級的「情」已進入每一篇作品個殊的實質情感內容，已是實際批評而非抽象觀念或理論的涵義。抽象觀念或理論性的「情」，其涵義必在第一、二層級，至少是第二層級「感覺經驗類型」的涵義。「詩言志」之「志」，是以儒系政教諷諭為實質內容所規定的「志」，而前文述及「情志合一」之「情」乃是群體共同經驗的時代治亂之「情」，則其「情」其「志」都屬第二層級類型性經驗的概念；而與之對舉的「詩緣情」，以感性直覺經驗做為實質內容所規定的「情」，在還沒進入實際創作實現的作品之前，在觀念或理論層次，其涵義必屬第二層級以上的概念。

因此，如果僅從「詩緣情」原初出現在陸機〈文賦〉的語境孤立而論，則「情」的實質內容尚無法確定，涵義不明；同時「詩緣情」與「詩言志」如何區別而能成為另一新起的詩本質觀？這都還不能論定。並且「詩緣情」也不可能就以陸機一句話而形成「詩言志」之外的另一新傳統，必須有待更多的因素條件會合，而經漫長時期的發展，始竟其功。試問有哪些因素條件的會合？（一）創作實踐出現與風騷有別的新典範作品；（二）總體文化社會的變遷，產生幾個關鍵性因素條件的改變：1、士人階層的生命存在意識，從「集體意識」轉變為「個體意識」；2、「性善情惡」的觀念轉變，「情」不再是道德判斷的惡質劣義，而轉變為「非道德」，也就是與道德無關，無善惡之別的感性經驗之義。3、文化社會世界之「物」義外，增衍自然世界之「物色」義，而自然物色也脫離「道德主體」的觀照而轉變為「才性主體」的觀照，解除道德象徵的符碼，而轉變審美觀賞的對象。（三）六朝開始展開「詩以抒性情」的文學本質及功能觀念的論述。其中，有關總體文化社會的變遷，士人階層的生命存在意識，從「集體意識」轉變為「個體意識」，「情惡」觀念轉變為無關道德善惡的感性經驗之義，自然「物色」轉變為審美觀賞對象之義，這幾個議題，我已在二篇論文中做過詳細的詮釋論證，[104]下文概括其要義而論之。

103 參見顏崑陽，〈《文心雕龍》「知音」觀念析論〉，收入顏崑陽，《六朝文學觀念叢論》（台北：正中書局，一九九三），頁二三〇—二三二。

104 顏崑陽，〈從〈詩大序〉論儒系詩學的體用觀〉，收入顏崑陽，《學術突圍》，頁二一七—二二〇；〈《文心雕龍》二重「興」義及其在「興」觀念史的轉型位置〉，收入顏崑陽，《詩比興系論》，頁二四七—二五四。

二、「詩緣情」本質觀的演變

（一）創作實踐出現與風騷有別的新典範作品

從創作實踐而言，《詩經》大多是抒情詩，〈詩大序〉也以「三百篇」為範本，提出「詩者，吟詠情性」的觀念。而東漢晚期產生的《古詩十九首》，也是抒情詩。因此，詩的抒情性，不管從創作實踐或觀念論述，其來已久，非起自陸機〈文賦〉。不過，的確到陸機〈文賦〉，才正式提出「詩緣情而綺靡」之說，做為「詩本質與功能」的規創性定義。

《詩經》尤其十五國風，都是抒情之作。其中有些詩篇，甚至詩人自述為「抒情」而作詩，例如《詩經．小雅．何人斯》：「作此好歌，以極反側。」《詩經．小雅．四月》：「君子作歌，維以告哀。」《詩經．魏風．園有桃》：「心之憂矣，我歌且謠。」不過，其中所述之「情」，「以極反側」、「維以告哀」、「心之憂矣」，這些詩句所指的「情」大部分都與「政教衰亂情境」有關。我們前文已論及，《詩經》之作，其主體大致都是「群己不二」，詩中所抒之情雖有個人經驗成分，卻不能與群體斷開，詩篇寫的不是個人的遭遇，而與時代總體政教情境有密切關係。推衍所及，屈原〈離騷〉寫的當然是自己之情，因為忠而被謗；不過，他的悲怨與政治衰亂關係密切。朱自清《詩言志辨》論到古代「士大夫出處進退關乎治亂」，這是作者階層身分所致。士大夫的階層身分，擔負政教使命，卻忠而被謗，個人遭遇與政治治亂無法切割。這種悲怨，劉勰稱他為「忠怨」，[105]劉熙載稱他為「悲世之怨」。[106]

「個人」和「群體」的關係要分清楚。當「個人」之情與「群體」的存在情境無法切割，這時所抒之情就不會只是個人之情。劉熙載稱屈原〈離騷〉之「怨」為「悲世之怨」，「世」是指時代情境，包括朝廷政教與民間百姓生活，整體情境非常衰亂，因此屈原之「悲怨」不是悲怨他自己，而是「悲怨」包括自己在內的「世情」。這與國風同樣是「群己不二」之情，因此後世才會鑄成「風騷」、「風雅」二詞，將它們視為同一類型的文學典範，而形成「風騷傳統」或「風雅傳統」。劉熙載另外對宋玉〈九辯〉，就評為「悲己之怨」，[107]那只是對文士個人「懷才不遇」而悲怨，後世很多文人為個人功名受挫而作「士不遇」之怨，都是「悲己之怨」。理解中國古代詩歌所抒之「情」，必須「辨群己」，才能做出適切的詮釋與評價。

因此詮釋抒情詩，必須分辨所抒之「情」究竟有沒有關乎整個時代社會治亂的情境。「詩緣情」是魏晉六朝產生的規創性定義，在原初出現的歷史語境中，究竟是什麼涵義？與「詩言志」有何區別？假如兩者沒有區別，「詩緣情」就不能成為「詩本質觀」新起的「典範」。這個問題的回答，首先就必須從創作實踐所出現的新典範進行理解詮釋。這個新典範就是《古詩十九首》，他表現了什麼樣的抒情特徵？我們可舉例言之。

105 《文心雕龍．辨騷》：「每一顧而掩涕，嘆君門之九重，忠怨之辭也。」參見周振甫，《文心雕龍注釋》，頁六四。

106 〔清〕劉熙載，《昨非集》（上海：上海古籍出版社，二〇〇二），卷二，〈讀楚辭〉。

107 同前注。

〈涉江采芙蓉〉

涉江采芙蓉，蘭澤多芳草。采之欲遺誰？所思在遠道。還顧望舊鄉，長路漫浩浩。同心而離居，憂傷以終老。[108]

〈東城高且長〉

東城高且長，逶迤自相屬。迴風動地起，秋草萋已綠。四時更變化，歲暮一何速！晨風懷苦心，蟋蟀傷局促。蕩滌放情志，何為自結束……？[109]

學界一般都認為《古詩十九首》是《詩經》四言體之後，新起五言體重要的抒情典範。這一批五言古詩，有不同的情感內容，有些作品與「亂離」有關係；在戰亂時代，百姓流離失所，就以這樣的時代社會經驗寫出來的詩，例如第一首〈行行重行行〉就隱涵著「亂離」的情感特質：「行行重行行，與君生別離。相去萬餘里，各在天一涯。」這種別離，乃出於某種被迫的處境，與時代的混亂有關；另外有些作品則是個人的失意，或者是「感時傷逝」之作。這個「時」指的是季節變遷，與時代治亂無關；「傷逝」則是悲傷個人生命的消逝，或個人青春的流失。這只是對自己個人生命的感傷，類似傷春悲秋之作，非關時代家國。《古詩十九首》整批詩篇所抒之「情」頗為複雜，不能一概而論；其中可以看到那種「個人抒情」之作。假如亂離詩如同十五國風與屈原〈離騷〉，所抒之「情」是出於「群己不二」的時代經驗，那就與「詩言志」的風騷或風雅傳統，無法完全區別。這種情況，唐代杜甫之作表現最為明顯。他遭遇安史之亂，棄官而帶著全家開始流離失所，往秦州、同谷，最後到了成都，建築浣花草堂，暫居六年多，又離開草堂，循著長江而下，開始另一階段的流離。杜甫就以這樣的個人經驗，創作很多感人的詩篇，實與安史之亂不能切割，所抒之情往往也是「群己不二」。這當然是個人抒情同時兼有對時代的反應。然而，杜甫也有很多純是個人抒情詩，他在成都浣花草堂所作個人生活感思之詩，與時代並沒有貼切的關係。就以杜甫個人而言，其抒情詩所抒之「情」，從「辨群己」的觀點去理解，其實有不同性質，不能一概而論。

〈涉江采芙蓉〉：「采之欲遺誰？所思在遠道。還顧望舊鄉，長路漫浩浩。同心而離居，憂傷以終老。」這一首所抒之「情」，比較難以判斷；為什麼「同心而離居」。兩人同心，卻是離居。那麼「離居」的原因是什麼？戰亂嗎？或者男人出行在外，因為某種任務而不能回家嗎？原因不是那麼明確。這類詩涵有「個人抒情」成分，但是否帶著時代感？詮釋上不是那麼容易判斷。

〈東城高且長〉：「東城高且長，逶迤自相屬。迴風動地起，秋草萋已綠。」這就是純為「感時」之情，鍾嶸〈詩品序〉所謂：「氣之動物，物之感人，故搖蕩性情，形諸舞詠。」[110]劉勰《文心雕龍．物色》所謂：「春秋代序，陰陽慘舒，物色之動，心亦搖焉。」[111]六朝新起「感物起情」的創作觀，在《古詩十九首》中，其實已表現出來，詩人永遠領先批評家。那麼「四時更變化，歲暮一何

108　〔南朝梁〕蕭統編著，〔唐〕李善注，《文選》，卷二九，頁四一〇。

109　同前注，頁四一一。

110　〔南朝梁〕鍾嶸著，曹旭注，《詩品集注》，頁一。

111　〔南朝梁〕劉勰著，周振甫注，《文心雕龍注釋》，頁八三。

速」，時光流逝，引觸詩人的感慨；「晨風懷苦心，蟋蟀傷局促」，人的生命容易老去，為什麼不「蕩滌放情志」，及時行樂，放懷生活，而「何為自結束」？這是對個人生命，感時傷逝的情懷，未必與時代治亂有什麼關係。

因此《古詩十九首》其中「情」的成分比較複雜，有些是與時代社會有關的「亂離」之作，可視為風騷的遺緒；有些則是個人「感時傷逝」之作，可視為「個人抒情」詩的新變，乃「風騷」傳統之外的新典範。新典範出現，當然也會帶來批評家對作品重新理解詮釋，並建構一種新的詩本質觀。陸機有《擬古十二首》，[112]其中只有所擬〈蘭若生春陽〉一首不在《古詩十九首》之內，而載於《玉臺新詠》，標為枚乘〈雜詩〉。[113]因此陸機從這種五言詩的新典範，對詩的個人抒情必然深有體會。劉運好的評述：「所擬之意固是《十九首》閨婦思遠，遊子懷鄉，然亦浸透著詩人濃濃鄉情，以及對故鄉風情之懸想。少數篇章自明其志，或直抒心曲，折射了詩人心境與情懷。」[114]《古詩十九首》已多個人抒情，而陸機的擬作也是自我抒情，再觀其全數詩作一百〇一篇，包括自作、擬作、樂府。其中樂府比較多客觀性的類型題材，書寫普遍的時代社會經驗之外。自作詩則多是個人抒情之作。其實，綜觀《古詩十九首》以降，一直到西晉初期，五言詩的創作實踐，類似風騷的「言志」固然遺緒未絕；但是新興的個人抒情詩也大量出現。在這種歷史語境中，陸機提出「詩緣情」的規創性定義，合理的推想，所謂「情」已不再是風騷「群己不二」，關乎時代治亂的群體共同經驗之情，而已轉向個別經驗，感時（自然景象）傷逝，親友悲歡離合，士人心志情懷的書寫，並且語言形構也都不用「比興寄託」，以「賦」法為之，直接描物寫景抒情，而引發讀者因「意象」而「興」情，可謂「賦而興」。這就是鍾嶸〈詩品序〉對五言詩創作實踐經驗題材及主題所作總攬的論述：

若乃春風春鳥，秋月秋蟬，夏雲暑雨，冬月祁寒，斯四候之感諸詩者也。嘉會寄詩以親，離群託詩以怨。至於楚臣去境，漢妾辭宮，或骨橫朔野，或魂逐飛蓬，或負戈外戍，殺氣雄邊；塞客衣單，霜閨淚盡；又士有解佩出朝，一去忘返；女有揚娥入寵，再盼傾國：凡斯種種，感蕩心靈，非陳詩何以展其義，非長歌何以釋其情？[115]

鍾嶸這一段論述乃經由他的觀察，總攬漢魏以降「居文詞之要，眾作之有滋味」而「指事造形，窮情寫物」的五言詩，[116]從這眾多詩人創作實踐所書寫的個人遭遇經驗題材及主題，皆為個人抒情詩，多不再是關乎政教諷諭，比興寄託的「詩言志」之作。從創作實踐的歷史語境而言，當然可以印證「詩緣情」原初在陸機〈文賦〉的語境中，其「情」即是個體緣生於感物因事之「情」，可與群體的時代政教治亂無關。

112　〔晉〕陸機著，劉運好注，《陸士衡文集校注》（南京：鳳凰出版社，二〇〇七），卷六，頁四三六—四九二。

113　〔南朝陳〕徐陵編著，《玉臺新詠》（台北：臺灣中華書局，據長洲程氏刪補本校刊，一九八五），卷一，頁一〇。

114　劉運好，《陸士衡文集校注》，卷六，頁四三六。

115　曹旭，《詩品集注》，頁五六。

116　同前注，頁四三。

（二）總體文化社會的變遷，產生關鍵性因素條件的改變

1、士人階層生命存在意識，由「集體意識」轉變為「個體意識」

文化情境及思想的變遷，從先秦到漢代「集體意識」轉變到魏晉以降的「個體意識」。這是「詩緣情」之不同於「詩言志」傳統的時代歷史語境。「文學」與整個社會文化的變遷同步發展，文學必然連結到生產這些作品的文化社會情境。從「詩言志」轉變到「詩緣情」，這不是由某一個文人提出來的觀念，而是非常長期的文化社會變遷，逐漸形成出來。陸機只不過適逢其時，將這種已共存文士階層心靈中的觀念，顯題化而形諸文學的論述。中國古代的詩歌沒有一篇與作者所身處的社會文化情境全無關係。詩人活在他的文化傳統、活在他的社會情境中，種種經驗大部分會進入他的心靈，也就是所謂的「文心」。文化社會的存在經驗，進入「文心」，就轉化為題材，再轉化為詩情詩意，然後藉由特定的語言形式表現出來，才能成為作品。因此，「文心」雖有構成的基本要素，卻也隨著時代文化社會的變遷而增減它的實質內涵。唐代文士王孟李杜岑高等，他們的「文心」，與魏晉文士三曹七子陶謝等的「文心」、漢代文士司馬相如、班固、揚雄等的「文心」，有其「同」也有其「異」。

我們在前文已論述到「文心」就是文士們的「意識結叢」。這「意識結叢」包含了五個要素：一是文士們由「文化傳統」的理解、選擇、承受而形成的歷史性生命存在意識；二是文士們由「社會階層」的生活實踐經驗過程與價值立場所形成社會階層性生命存在意識。三是文士們由「文學傳統」的理解、選擇、承受而形成的文學本質觀與文學史觀，例如「詩言志」與「詩緣情」傳統、「文以明道」與「獨抒性靈」傳統的文學本質觀；源流、正變、通變、代變等文學史觀。四是文士們由「文學

社群」的分流與互動所選擇、認同而對某一文學類體所做的特殊定義。五是文士們對各文學類體語言成規及審美基準之認知所形成的「文體知識」。以上諸種觀念或意識「混融」為文士們主體心靈的「意識結叢」。

這「意識結叢」的五個要素，到魏晉六朝已發展完備，成為文士階層的「心靈共構」；往後的發展，每個要素的實質內涵卻會因時代文化社會變遷而有差異。同時也會因個人的認知、選擇、接受而有不同。例如其中文士們由「社會階層」的生活實踐經驗過程與價值立場所形成社會階層性生命存在意識，由於魏晉六朝的文化社會轉型，文士階層的生命存在意識，從先秦到漢代的「群體意識」轉變到魏晉以降的「個體意識」，這是余英時在《中國知識階層史論》所提出的說法。[117]我們認為「集體意識」會比「群體意識」更為適切。「群體」可以只是多數的人群，未必會有共同的意識形態或無差別的價值觀。而「集體」（the collective）則指任何集合概念，任何集合在一起的許多個體均可稱為「集體」；「集合」就有消除個體分立的整體性。「意識」（Gonscio sness）指一個認識主體對於所經驗到的現實情況或行為的價值，由感覺與反省而形成的知識。據此，我們將「集體意識」界定為一個人對於生命實存與行為價值的認知，是將個體視為集體的一員，只服從集體所共有的最高價值。個體自身不獨立實存，在行為上亦無個殊的價值意向。而所謂「個體」（Individual）指一個涵具無可共有之特質之具體存在的生命。「個體意識」，即指一個人對於生命實存與行為價值的認知，是強調個體不可共有之特性，將個體視為獨立而相對於其他個體，而不必去服從超越個體以上的集體共有之

117　參見余英時，《中國知識階層史論》（新北：聯經出版事業公司，一九八〇），頁二三一－二七五。

更高價值。魏晉六朝是「個體意識」的覺醒，幾已成為一般文化思想史共識性的說法。

因此，文士們的「意識結叢」，其中「社會階層性生命存在意識」，由於漢代以儒家「集體意識」文化為傳統，其集體共持的價值觀就是政治教化的「道德」之善，落實則為禮樂。道德做為人的存在價值有其應然的理想性、普遍性與規範性，每一個體都必須服從。當道德由良心善性所生的自律，逐漸變成客觀形式化的他律，甚至空洞化為徒具形式而沒有實質的精神內涵，而至於世衰道微，就是禮崩樂壞。春秋戰國時期是周文化第一次的禮崩樂壞，而諸子百家興起。漢代延續周文化，到東漢晚期又逐漸再次的禮崩樂壞，而導致整體文化社會變遷，被一般文化思想史的學者稱為「個體意識」的覺醒。而文士階層此一「生命存在意識」的轉變，又導致對「文學傳統」的理解、選擇與承受，文學本質觀與文學史觀產生轉變，儒系傳統「集體意識」的「詩言志」本質觀暫歇，而「個體意識」的「詩緣情」本質觀興起，逐漸形成另一個新傳統；故而「詩緣情」之「情」就是由「個體意識」的生命存在意識所產生的個別感覺經驗之「情」，與〈詩大序〉所謂「詩者，志之所之，在心為志，發言為詩。情動於中而形於言」之「情」有「群—己」之別。

因此，文士們「意識結叢」的要素，其中「社會階層性生命存在意識」伴隨著對「文學傳統」的理解、選擇、承受而形成的文學本質觀，從漢代到魏晉六朝，其實質內容就由於文化社會變遷而產生差異，由「集體意識」轉變為「個體意識」，「詩言志」轉變為「詩緣情」。詩所抒之「情」，其性質內容也由共同經驗之情轉變為個別經驗之情。

2、「情」的觀念轉變為無關道德善惡的感性經驗之義

「詩緣情」本質觀的生成，關聯到由漢代到魏晉六朝，士人階層生命存在意識，由「集體意識」轉變為「個體意識」。這二種生命存在意識乃對應著士人階層的「人性觀」，也就是對「什麼是人」的主體性，從其「本質」所做的回答。「集體意識」所對應的「人性觀」乃是「道德主體」，而「個體意識」所對應的則是「才性主體」。我們關注的是魏晉六朝的文學「主體性」觀念如何轉變？「文學」是社會文化總體情境中，一種特殊的精神創造活動。它本身就是文士們之社會文化存在經驗與價值觀的表現。因此，討論文學「主體」觀念的改變，必須置入總體社會文化情境中，去理解人之現實存在的「主體」觀念，隨著時代變遷而有何改變？關於這種論述，前人討論甚詳，大致都認為漢代乃承繼周代以禮樂為基礎的道德理性文化傳統，士人普遍抱持著「集體意識」而存在，普遍性的「道德價值」是人之生命存在意義之所本，這是一種理性的「道德主體」；而魏晉以降，「個體意識」的自覺，使得因依個體氣質才性而來的生命存在意義，被士人階層普遍重視。因此，人的「主體」觀念遂由「道德理性」轉變為「氣質才性」。

先秦兩漢到魏晉這種「主體」觀念的改變，其中最重要的是對於「情」的認知，已由「道德」的價值負面義轉為「非道德」的價值中立義。道德的價值負面義指的是「情惡」的觀念。「非道德」不等於「不道德」，指的是與道德的善惡無關，也就是不屬於道德範疇內的事物或行為，例如遊山玩水、飲酒品茗、彈琴弈棋等。這種種日常生活美趣，都是「非道德」的事物或行為，其本身無善無惡，是另一種「審美」範疇；而「情」之所感者，往往就是緣於這些「非道德」的事物或行為。魏晉

六朝士人對於「情」，在觀念上，已覺悟到它的「非道德」性質。因此文學創作活動，「情性主體」也隨之而朗現。

「情惡」的觀念其來已久。孔孟主要關懷在道德心性，對於「情」則存而不論，並沒有「正視」如何處理「情」的問題。至於《荀子》、《呂氏春秋》以及漢代的《淮南子》、《春秋繁露》、《白虎通》、《論衡》等，則已對「情」有了「正視」的態度，而直接提出論述，故《呂氏春秋》專立篇章以論「情欲」。不過，《荀子》以下這一系，幾乎都將「情」與「欲」混同，「欲」是「惡」的動力因，「情」也同之而「惡」，正如《荀子．性惡》云：

……生而有耳目之欲，有好聲色焉，順是，故淫亂生而禮義文理亡焉。然則從人之性，順人之情，必出於爭奪，合於犯分亂理，而歸於暴。[118]

在荀子的論述中，「情」與「欲」二字可以置換而用，而皆出於人性，都是「惡」的動力因。及至漢代，更將人的「性情」結合「陰陽」二氣的觀念，用以解釋道德的善惡之因，而形成「性善情惡」之說，例如許慎《說文》訓解「情」字，云：「情，人之陰氣有欲者。」[119]而《白虎通．性情》更明確提出「陽氣仁，陰氣貪」而「性善情惡」的說法：

情生於陰，欲以時念也。性生於陽，以就理也。陽氣者仁，陰氣者貪。故情有利欲，性有仁也。[120]

這種性陽情陰，性善情惡的觀念，在兩漢頗為流行。[121]因此，文學創作上的「才性主體」完全被遮蔽，個人抒情詩當然也無由產生。而在儒家詩學觀念的傳統中，「詩」始終固鎖在道德中心的存在情境中，必具「政教諷諭」的功能及效用，才合乎它應有的本質。漢代詩人所固持的就是這樣的「道德主體」。

這種觀念到了魏晉時期，由於東漢末季又再次的禮崩樂壞，士人的生命存在意識得以脫離道德中心的政教牢籠，「個體意識」覺醒，而氣質才性所生具的人「情」，在觀念上也因而與「欲」分開，被視為和「道德」無關而與「審美」有涉的感覺經驗。劉義慶《世說新語．傷逝》所載王戎喪子而「悲不自勝」，回答山簡的質問云：「情之所鍾，正在我輩！」[122]這段名言經常被引用、討論。魏晉六朝人在觀念上，淨化了「情」原先所混雜的「欲」，而視為人之氣性「感物而動」的內心經驗，這已是眾所共識的文化思想史知識，毋庸在此細論。我們所要指出的是，在這總體社會文化情境中，文

118 〔戰國〕荀況著，〔清〕王先謙注，《荀子集解》，卷一七，頁二八九。

119 〔漢〕許慎著，〔清〕段玉裁注，《說文解字注》，頁五〇六。

120 〔漢〕班固著、〔清〕陳立注，《白虎通疏證》，下冊，卷八，頁四五一。

121 參見龔鵬程，〈從「呂氏春秋」到《文心雕龍》——自然氣感與抒情自我〉，《文學批評的視野》（台北：大安出版社，一九九〇），頁五六—六三；顏崑陽，〈從〈詩大序〉論儒系詩學的「體用觀」〉，《學術突圍》，頁二一八—二一九。

122 〔南朝宋〕劉義慶著，現代余嘉錫注，《世說新語箋疏》（台北：華正書局，二〇〇三），下冊，頁六三八。

學創作的「才性主體」也因之而朗現，[123]雖沒有完全取代原先的「道德主體」，卻無疑的已成為這一時期的主流性觀念。

3、自然「物色」轉變為審美觀賞對象之義

接著，我們關注魏晉六朝的文學「對象」觀念如何改變？伴隨「氣質才性主體」觀念的朗現，主體所對的世界，尤其是自然世界，其觀念也跟著改變。在劉勰以「物色」一詞為篇名，當作特定涵義的批評術語，以指涉自然景物之前；「物色」一詞並不經常被使用，所用或指祭祀之犧牲物，牛、羊等動物的「毛色」，例如《禮記．月令》：「是月也，乃命宰祝，循行犧牲，……瞻肥瘠，察物色。」[124]這裡的「物色」指犧牲物的「毛色」；或指人的形貌，范曄《後漢書．嚴光傳》：「光隱身不見，帝思其賢，乃令以物色訪之。」[125]這裡的「物色」指的是人的「形貌」。然則，「物色」一詞到了《文心雕龍．物色》，才由劉勰賦予特指文學「對象」的理論意義，而成為專業術語。[126]魏晉六朝之前，在文化思想上，用以指涉某種認識的「對象」，則大多採取單詞「物」。

那麼，「物」又是何義？在中國古代文化思想的經典中，「物」是一個具有理論義涵的術語；但是，往往被現代學者籠統含糊的使用。它的基本概念即是《莊子．達生》所做的界義：「凡有貌象聲色者，皆物也。」[127]再從它被使用的語境而言，可有二個基本義涵：一是與「道」相對而成義。「道」是先驗的形上本體，「物」則是形下經驗界的一切存有物；二是與「心」相對而成義。「心」是主體內在的心靈，可有情欲之心、認知之心、道德之心、審美之心等。而「物」則是「心」之所對，一切外在客觀的存有物。當然，這些存有物大體都在經驗現象界之內，因此與前一義涵並非截然

二分。

那麼，在經驗現象界中，「物」的實質內容是什麼？它並沒有固定唯一的義涵，必須在不同的語境中，相對於不同主體性的「心」而定：如果相對於情欲主體，「物」便是情欲之心所感覺、欲求的對象；如果相對於認知主體，「物」便是認知之心所判斷的對象；如果相對於道德主體，「物」便是道德之心所判斷的對象；如果相對於審美主體，「物」便是審美之心所判斷的對象。

《禮記．樂記》云：「人生而靜，天之性也；感於物而動，性之欲也。物至知知，然後好惡形焉。好惡無節於內，知誘於外，不能反躬，天理滅矣。」又云：「民有血氣心知之性，而無哀樂喜怒之常，應感起物而心術形焉。」[128]喜怒哀樂好惡就是「情」，情之動乃由於「應感起物」；「應感起物」是「應物起感」之意，也就是「感於物而動」，因此而觸發哀樂喜怒好惡之「情」，這「情」就是人之氣質「感性」應物所生的情緒。其中，「哀樂喜怒」只是沒有價值意向的情緒，但「好惡」卻

123　蔡英俊提出「抒情自我的發現」之說，與本文「才性主體的朗現」之說相近，參見蔡英俊，《比興物色與情景交融》（台北：大安出版社，一九八六），頁三〇—四三。

124　〔漢〕鄭玄注，〔唐〕孔穎達等疏，《禮記注疏》，卷一六，頁三二五

125　〔清〕王先謙，《後漢書集解》，卷八三，頁九八六。

126　《文心雕龍》開始賦予「物色」在文學批評上的理論性意義，參見蔡英俊，《比興物色與情景交融》，頁五三—一〇四。

127　〔戰國〕莊周著，〔清〕郭慶藩注，《莊子集釋》（台北：河洛圖書出版社，一九七四），卷七上，頁六三四。

128　〔漢〕鄭玄注，〔唐〕孔穎達等疏，《禮記注疏》，卷三七，頁六六六；又卷三八，頁六七九。

已涉及價值意向的「欲望」，故謂之「性之欲」，而且如果「無節」又受外物「誘引」，則「天理滅矣」。然則在〈樂記〉的語境中，「情」與「欲」混合不分，感於物而動之「物」的實質義涵，乃情欲主體之所對，主要是社會文化世界中，就如《老子》第十二章所謂：五色、五音、五味等「難得之貨」；[129]故而〈樂記〉在儒家文化思想的語境中，「物」是「情欲主體」的對象，實有負面價值之義；而「情」既與「欲」混合不分，則「情」同樣有負面價值之義，故君子必須經由「樂教」，「反情以和其志」。[130]而伴隨著儒家文化思想中，這種可能背反道德理性之「情」與「物」的觀念，漢儒箋釋詩騷時，就像〈詩大序〉那樣，總是特別強調詩歌必須「發乎情，止乎禮義」；故而詩歌之「興」，雖由於「感物起情」，卻不能順隨「血氣心知」之性，直接抒發其「情」以付諸吟詠；而必須在「先王之澤」下，以「禮義」加以制約，使得詩歌之用，能符合「溫柔敦厚」之義；故而對政教之得失雖有勸諭，也必須採取「比興寄託」以為之。這是漢儒箋釋詩騷的基本觀念。

然則，如果是「情欲主體」所對，則「物」便成為被欲望所希求、占有、侵吞的「對象」。這個對象指的幾乎都是令人目盲耳聾的五色、五音等物質，在道德上當然涵有負面價值的可能性。至於劉勰在《文心雕龍》所論述的「物色」，卻是審美之「氣質才性主體」所對的自然萬物。它讓主體感動而起「情」，此「情」無涉乎「欲」；因此「物色」不是被希求、占有、侵吞的欲望對象，而是被感覺、觀賞的審美對象，即〈物色〉所謂：「詩人感物，聯類不窮。流連萬象之際，沉吟視聽之區。」[131]這完全是一種心靈的審美經驗。「對象」相應於「主體」，「主體」觀念改變，「對象」觀念也跟著改變；二者相互依存，伴隨而轉型。這種相應於「氣質才性主體」的「對象」，劉勰以「物色」指稱之。「氣質才性主體」所觀照的自然物色，非僅沒有「欲望」的色彩，也沒有「道德」

的框架；自然就是自然，詩人感物而興情，而物也在「情」的直覺觀照中，呈現主客交融的意象，就如〈詮賦〉所云「情以物興」而「物以情觀」。[132]就連前文所引到鍾嶸〈詩品序〉所謂「氣之動物，物之感人，故搖蕩性情，形諸舞詠」，這些文本中雖沿用「物」一詞，也義同自然「物色」，而與〈樂記〉所稱之「物」完全不同。我們可以稱這種自然觀為「興象自然觀」。而隨著詩人「感」自然「物色」而「興」情，表現成詩，其語言形構也不用「比興寄託」，而以「賦」法為之。故從詩人創作實踐而言，乃是「興而賦」；從讀者因詩篇所「賦」之意象而「興」情，則是「賦而興」。

然而，六朝這種自然觀，並非從先秦以來都是如此，它是一種新起的自然觀。在魏晉六朝之前，從先秦到兩漢，仍延續著「周文化」，在這個以禮樂為基礎的人文傳統中，「道德」是人之存在的普遍價值，自然萬物皆可攝入「道德」此一「價值觀念」的視域內，與人的存在同其體而通其用，因此自然萬物幾乎都被「符碼化」為道德價值或種種人格的象徵；我們可稱之為「道德自然觀」，它與「興象自然觀」明顯不同。《論語・雍也》：「智者樂水，仁者樂山。」[133]智者之所以樂水，因其人格類同於水之性；仁者之所以樂山，因其人格類同於山之質。以「道德主體」觀物，物皆成「道

129 〔魏〕王弼注，現代樓宇烈校釋，《老子王弼注校釋》（台北：華正書局，一九八一），頁二八。

130 《禮記注疏》，卷三八，頁六八二。

131 周振甫，《文心雕龍注釋》，頁八四五。

132 周振甫，《文心雕龍注釋》，頁一三八。

133 〔魏〕何晏集解，〔宋〕邢昺疏，《論語注疏》，卷六，頁五四。

德」之象徵符碼，孔子此言為「道德自然觀」做了最好的示範。這樣的觀念普遍流行於先秦兩漢間，其中董仲舒的〈山川頌〉可為典範性文本。[134]而屈原作〈離騷〉更是大規模的將這種道德自然觀，實踐到他的作品中，許多自然景物都被虛化為象徵道德人格之善惡的符碼，故王逸箋釋〈離騷〉就依循這樣的道德自然觀以解碼，〈離騷經序〉云：「善鳥香草以配忠貞，惡禽臭物以比讒佞。……虯龍鸞鳳以託君子，飄風雲霓以為小人。」[135]不只王逸如此，漢儒箋釋《詩經》也都依循這一道德自然觀的傳統；而自然萬物在這種視域中，被建構成一個龐大的象徵符碼系統，自然「物色」也就失其本來面目。

漢代時期，「道德主體」將自然萬物都視為「道德性」的「對象」，而形成龐大的象徵符碼系統，當然相應的也就產生「文本解碼型興義」。同一歷史時期的文化思想，其內在諸多觀念都非孤立而生，獨自而存，往往隱涵著相依共在的關係網絡，而構成一種特定的文化觀念模式。等到時移世改，這些相依共在的觀念，也非孤立而改，獨自而變。魏晉六朝社會文化轉型，自然物色脫離「道德」的符碼系統，士人階層普遍由兩漢的「道德自然觀」轉變為「興象自然觀」。這種自然觀當然是伴隨著由「道德主體」轉為「氣質才性主體」而一體變遷；毋庸置疑的，「作者感物起情型興義」也是這一體變遷中，伴隨而變的一環；詩人對自然物色所起興之「情」，也就與政教治亂無關，而可以只是《文心雕龍．物色》所謂「春秋代序，陰陽慘舒。物色之動，心亦搖焉」的感性直覺經驗之「情」，「緣情」也就是「感物起情」之義。自然之「物色」成為詩人內在之情所以興發的外在條件。從魏晉六朝時期所興起這種「物色」的觀念，一直延續到唐宋以降的歷代，都成為與風騷有別，「感物起情」而發為吟詠之審美「對象」的基本觀念。

(三)六朝時期展開「詩緣情」本質及功能觀念論述

西晉陸機首先顯題化提出「詩緣情而綺靡」,「詩緣情」正式成為詩本質觀的關鍵詞。一方面繼《古詩十九首》之後,歷經創作實踐綿延的出現眾多「個人抒情」的五言詩;一方面總體文化社會變遷,「個體意識」覺醒,「情」由「惡」的劣義轉變為無關道德善惡的感性經驗之義,而自然「物色」也脫離道德的觀照而轉變為審美對象,幾個關鍵性因素條件俱足,成為文化思想的基礎。經過二百餘年,發展到六朝時期,一些求新尋變的文士,更直接展開「詩以抒性情」的文學本質及功能觀念論述,「詩緣情」就此完備的形成有別於「詩言志」新傳統,而下貫到唐宋之後的歷代,「個體意識」的「詩緣情」與「集體意識」的「詩言志」,「自我抒情」與「政教諷諭」便成為二種對立的詩本質及功能觀念,此顯彼隱,彼消此長,而構成詩歌的變遷史。

六朝時期「詩以抒性情」的文學本質及功能觀念論述,通常以蕭子顯、蕭綱、蕭繹等為代表。蕭子顯《南齊書.文學傳論》云:

> 文章者,蓋性情之風標,神明之律呂也。蘊思含毫,遊心內運。放言落紙,氣韻天成。莫不稟

134 〔漢〕董仲舒之〈山川頌〉以「山」為「仁人志士」之象徵,又以「水」為「力者」、「持平者」、「察者」、「知者」、「知命者」、「善化者」、「勇者」、「武者」、「有德者」的象徵。參見〔清〕蘇輿注,《春秋繁露義證》,卷一六,頁四二三—四二五。

135 〔戰國〕屈原等著,〔漢〕王逸注,〔宋〕洪興祖補注,《楚辭補註》,卷一,頁十二。

以生靈，遷乎愛嗜。機見殊門，賞悟紛雜。[136]

這段文本中，「文章」廣義包括詩賦等韻文及無韻散文，不過從下文所評論到的文士之作，曹植〈朔風〉、王粲〈贈蔡子篤〉的四言詩；蘇武與李陵贈答的五言詩；張衡〈四愁詩〉、曹丕〈燕歌行〉的七言詩；司馬相如、揚雄、張衡、左思之賦；以及潘岳、陸機、郭璞、許詢、殷仲文、謝混、顏延之、謝靈運、湯惠休、鮑照諸家之作，大體都是以韻文詩賦為主。所謂「性情」是氣質才性，「神明」是清明的靈覺。生靈，愛嗜，都是天生性情。因此蕭子顯明白從氣質才性定義文學的本質，詩賦都是性情、神明、愛嗜的表現。雖然他沒有直接使用到「詩緣情」的關鍵詞，但其論述的義涵實符應「詩緣情」的本質觀。

蕭綱〈答新渝侯和詩書〉讚揚新渝侯蕭暎三首和詩，肯定這些作品「此皆性情卓絕，新致英奇」[137]，明確從「性情」表現看待蕭暎詩作的特質。他在〈與湘東王書〉云：「未聞吟詠情性，反擬〈內則〉之篇。」[138]「情性」是氣質才性，詩的本質及功能是「吟詠情性」。〈內則〉是《禮記》一篇，內容「記男女居室，事父母舅姑之法」，事關倫理道德。蕭綱明白指認「詩」乃吟詠情性，無關乎倫理道德。蕭繹《金樓子．立言》也同一論調，云：「至如文者，惟須綺穀紛披，宮徵靡曼，脣吻遒會，情靈搖蕩。」[139]在六朝「文筆之辨」的論述中，蕭繹分辨「現代之學者有四」，一是通聖人之經者為「儒」；二是屈原、宋玉、枚乘、長卿之辭賦為「文」；三是博窮子史，但能識其事，不能通其理者為「學」；四是善於章奏者為「筆」。則「文」指的是抒發性情的韻文之類，與儒、學、筆都有區別。蕭繹對「文」的定義是「吟詠風謠，流連哀思」。[140]所謂「哀思」就是「情靈搖蕩」的感思。「詩」就是以「綺縠紛披，宮徵靡曼，脣吻遒會」的語言形式表現「情靈搖蕩」的感思。他雖然沒有使用「詩緣情」一語，其意卻與陸機所謂「詩緣情而綺靡」近似。

這一時期，裴子野不滿齊梁這種綺靡的詩風，乃作〈雕蟲論〉以批判之。[141]他先上溯宋明帝「博好文章」，因此「有禎祥及行幸讌集，輒陳詩展義，且以命朝臣」；影響所及，「天下向風，人自藻飾，雕蟲之藝，盛於時矣」。裴子野遂重申「古者四始六藝，總而為詩。既形四方之氣，且彰君子之志，勸美懲惡，王化本焉」。這是儒系「詩言志」傳統的遺響；但是潮流所趨，沒有引起什麼迴應，聲量不大；既未形成同一意識形態的論述群體，「新變」之流也沒有抗論，對創作實踐更無影響效用。不過，在學界的復古論述，常被誇大。

接著，我們必須特別理解沈約、劉勰、鍾嶸的論述與「詩緣情」有沒有關聯？在文化轉型期的六朝，他們的論述比較複雜，往往含有風騷「詩言志」傳統的遺緒。但總體而言，有的是以「詩緣

136　〔南朝梁〕蕭子顯，《南齊書》（台北：藝文印書館，二十五史，一九五六），卷五二，頁四二〇—四二一。

137　〔南朝梁〕蕭綱，〈答新渝侯和詩書〉，參見〔清〕嚴可均，《全上古三代秦漢三國六朝文》（台北：世界書局，一九八二），冊七，《全梁文》，卷一一，頁二、三。

138　〔南朝梁〕蕭綱，〈與湘東王書〉，參見同前注，卷一一，頁三。

139　〔南朝梁〕蕭繹，《金樓子》（台北：世界書局，鈔《永樂大典》本，一九七五），卷四。

140　同前注。

141　〔南朝梁〕裴子野，〈雕蟲論〉。參見〔清〕嚴可均，《全上古三代秦漢三國六朝文》，冊七，《全梁文》，卷五三，頁一五。

情」為主調，例如沈約、鍾嶸；有的則是二種觀念並陳，卻還沒有完全融合，例如劉勰。沈約在《宋書．謝靈運傳論》一開始就對詩歌的起源以及本質做出規創性的定義：

> 民稟天地之靈，含五常之德。剛柔迭用，喜慍分情。夫志動於中，則歌詠外發。六義所因，四始攸繫；升降謳謠，紛披風什。雖虞夏以前，遺文不睹，稟氣懷靈，理或無異。然歌詠所興，宜自生民始也。[142]

從理論而言，文學「起源」與「本質」的論述，二者無法分割。沈約從理論提出詩歌起源於「抒情」，所謂「剛柔迭用，喜慍分情。夫志動於中，則歌詠外發」。在這語脈中，「情」與「志」置換使用，二者不分。「志」只是「心之所向」的基本義，「喜慍分情」也就是「心之所向」之「志」，指的是內心喜怒哀樂的情緒動向。而這些情緒動向藉言語表現於外，就是歌詠，就是「詩」，故云「志動於中，則歌詠外發」。那麼「情」就是詩的本質，就是詩之「體」，而「抒情」就是詩的「自體功能」，就是「用」；至於「衍外效用」，文本中沒有直接論述；不過由包括沈約自己在內，當時個人抒情詩大多是士人階層用以社會互動，彼此「通感」或「交接」，[143]就可以推知這就是它的「衍外效用」。而「情」則是「民稟天地之靈，含五常之德」的發用；他所持的「人性觀」，顯然是氣質才性，而非道德理性，故下文云「稟氣懷靈」。「氣」是萬物資生之元氣，「靈」是人所特具的靈性。然則沈約「詩以抒情」的本質及功能觀念即是陸機「詩緣情」之意。至於文本中間夾入「六義所因，四始攸繫；升降謳謠，紛披風什」，只是從詩史回溯遠古包括《三百篇》在內的謳謠風什，即使

「虞夏以前，遺文不睹」，卻還是可以推斷詩歌的起源與本質乃出於生民之「稟氣懷靈」，乃是「理無或異」之論。「詩緣情」確是沈約對於詩本質觀所持的主調。因此，下文多次出現「情志愈廣」、「文以情變」、「以情緯文」、「以氣質為體」、「賞好異情」、「興會標舉」、「直舉胸情」這一類與氣質性情有關的話語。

前文已述及鍾嶸〈詩品序〉所云「氣之動物，物之感人，故搖蕩性情，形諸舞詠」，明顯是「詩緣情」推演到「氣化」宇宙觀並及於「氣感」的心性觀。不過下文接著：「照燭三才，暉麗萬有，靈祇待之以致饗，幽微藉之以昭告。動天地，感鬼神，莫近於詩。」[144]這些論述則又將詩歌「衍外效用」的觀念連結到《尚書．舜典》所謂「神人以和」、〈詩大序〉所謂「動天地，感鬼神」的「詩言志」傳統，但卻刪除「正得失」、「經夫婦，成孝敬，厚人倫，美教化，移風俗」這些政教的「衍外效用」。他對傳統的因承，明顯有其選擇，只將詩歌的「衍外效用」由士人之間的「通感」與「交接」延伸到天地自然及鬼神，這只是天人直覺「感應」的效用，與政教諷諭無關，乃漢代氣化宇宙論、天人感應的文化思想遺緒。至於後文接續的論述，則主調全在「自我抒情」。他從創作的語言修辭強調「吟詠情性，何貴於用事？『思君如流水』，既是即目；『高台多悲風』，亦惟所見……。」

142 〔南朝梁〕沈約，《宋書》（台北：藝文印書館，二十五史，影印清乾隆武英殿刊本，一九五六），卷六七，頁八六一。

143 參見顏崑陽，〈中國古代「詩式社會文化行為」的類型（下）：通感與交接〉，收入顏崑陽，《中國詩用學》，頁二四一—三一六。

144 曹旭，《詩品集注》，頁一。

而結論是「觀古今勝語，多非補假，皆由直尋」，他所稱揚的就是直抒感覺經驗的「抒情詩」，別說比興寄託「政教諷諭」之志，就連語言修辭的使事用典，表現相關的歷史經驗，都非必要，這就是他所極為推許的「自然英旨」，[145]「自我抒情詩」的極致。而前文所引述「若乃春風春鳥，秋月秋蟬……凡斯種種，感蕩心靈，非陳詩何以展其義？非長歌何以騁其情？」我們已據此而斷言，鍾嶸總攬漢魏以降眾多詩人創作實踐所書寫的個人遭遇經驗題材及主題，皆為個人抒情詩，多不再是關乎政教諷諭，比興寄託的「詩言志」之作。從創作實踐的歷史語境而言，當然可以印證「詩緣情」原初出現在陸機〈文賦〉的語境中，其「情」即是個體緣生於感物因事之「情」，可與群體的時代政教治亂無關。

至於劉勰的論述更為複雜，《文心雕龍．明詩》中，開始「釋名以章義」，對詩的本質及功能所做定義，明顯因承《尚書．舜典》以至〈詩大序〉的「詩言志」傳統：「大舜云：『詩言志，歌永言』，聖謨所析，義已明矣。是以在心為志，發言為詩，舒文載實，其在茲乎？」[146]然而，下文接著論述卻是他所處現當代流行的「詩緣情」：「人稟七情，應物斯感。感物吟志，莫非自然。」[147]所謂「七情」是喜怒哀樂好惡欲，出於氣質才性。《文心雕龍》中，用詞的義例，往往「情」與「志」沒有截然分別，有時合用為一詞，例如〈附會〉云：「以情志為神明」，[148]「情」與「志」複合成詞，通指「心之所向」。有時「情」與「志」置換而用，上舉那段文本，前云「人稟七情」，後云「感物吟志」，就是置換而用；「情」與「志」也都通指「心之所向」，沒有特定的實質內涵。「志」當然也就不是儒系詩學特別規定「政教諷諭」之「志」。〈明詩〉如此定義詩的本質及功能，如果從靜態抽象的理論來看，似乎二個不同詩學系統的併合，彼此矛盾；然而若是從詩史動態實在歷程來看，則可以理解劉勰乃是配合下文「原始以表末」對詩歌流變史的論述。「詩言志」的本質觀切合「自商暨周，雅頌圓備，四始彪炳，六義環深」的《三百篇》，歷經「楚國諷怨，則〈離騷〉為刺」，以至「漢初四言，韋孟首唱，匡諫之義，繼軌周人」，這一以「四言」為主的詩史與詩觀。「詩緣情」本質觀則切合「古詩佳麗，或稱枚叔……婉轉附物，怊悵切情」，歷經「建安之初，五言騰踴……並憐風月，狎池苑，述恩榮，敘酣宴。慷慨以任氣，磊落以使才」，以至「宋初吟詠，體有因革。……情必極貌以寫物，辭必窮麗以追新」，這一以「五言」為主的詩史與詩觀。然則，劉勰是從漫長的詩歌源流歷程，並陳「詩言志」與「詩緣情」二種本質觀。傳統的「詩言志」沒有被他拋棄，而現當代新起的「詩緣情」也沒被他排除，「因」與「變」兼具，這是歷時性通觀的論述，乃劉勰一貫的詮釋視域。

除了〈明詩〉有關詩本質觀的論述之外，與詩本質觀密切關聯的「興」義，劉勰也是「因」與「變」並陳，完整的展現「興」觀念史轉型的時代情境，〈比興〉偏重繼承漢儒詮釋詩騷的傳統，以「環譬以託諷」釋「興」，這是「詩言志」傳統的「興」義；而在〈物色〉中，則是「詩人感物」、

145 同前注，頁二二〇。案曹旭的考訂，書首〈詩品序〉正文止於「嶸之今錄，庶周旋於閭里，均之於談笑耳」。自「一品之中，略以世代為先後」到「至斯三品升降，差非定制，方申變裁，請寄知者爾」，劃歸〈中品序〉，上引「吟詠情性」到「自然英旨」文本，在〈中品序〉。自「昔曹劉殆文章之聖」到「文采之鄧林」，則劃歸〈下品序〉。

146 周振甫，《文心雕龍注釋》，頁八三。

147 同前注。

148 同前注，頁七八九。

「情以物遷」、「情往似贈，興來如答」，乃是六朝新起「詩緣情」的「興」義。《文心雕龍》兼融並蓄新舊二重「興」義，我已曾專文詮釋論證。[149]

綜合前文觀之，「情」在《文心雕龍》的理論體系中，是非常重要的詩歌本質，經常出現在各篇章中，總共有一百餘處。[150]其中與「氣質感性」之「情」及「感物起情」之「情」有關者甚多，可略舉數例，以見一斑：〈辨騷〉：「九歌九辯，綺靡以傷情」；〈詮賦〉：「觸興致情，因變取會」、「睹物興情，情以物興」、「物以情觀」；〈神思〉：「登山則情滿於山，觀海則意溢於海」；〈風骨〉：「怊悵述情，必始乎風」、「情之含風，猶形之包氣」、「情與氣偕」；〈物色〉：「獻歲發春，悅豫之情暢」、「情以物遷，辭以情發」、「窺情風景之上」、「味飄飄而輕舉，情曄曄而更新」、「物色盡而情有餘」、「情往似贈，興來如答」。[151]然則，劉勰沒有專對「詩緣情」而論，其實此一新興的「詩本質觀」在《文心雕龍》的理論體系中，至少與「詩言志」並重，甚至過之，這是他「名理有常，體必資於故實；通變無方，數必酌於新聲」、「望今制奇，參古定法」[152]的「通變史觀」所致，後文再做細論。將劉勰的文學理論視為「復古」，乃是讀書不通而只執於意識形態的偏見。

三、「詩緣情」本質觀的定型

綜合前文的論述，「詩緣情」本質觀到六朝已經大體定型。個人出於氣質才性，感物而動所興發之「情」，及其五言體而以「賦」法寫景、敘事、抒情為主，而不以比興寄託政教諷諭之志為宗；這種「興象」之風，是其「本質」、是其「體」。此「體」的「抒情」表現，是其「用」，是其「自體功能」；而士人階層的社會互動，就以這種「抒情詩」彼此「通感」與「交接」，則是「衍外效用」。[153]

六朝之後，儘管詩的體製已由五言古體發展出七言古體、近體五七言律詩絕句；但是，其個人抒情的本質與表現功能、效用卻沒有改變。六朝以降，「詩緣情」的本質觀就已成為主流。雖然嚴羽《滄浪詩話．詩辯》曾批評宋詩：「近代諸公乃作奇特解會，遂以文字為詩，以才學為詩，以議論為詩。夫豈不工，終非古人之詩也。」[154]所謂「近代諸公」指的應該是蘇、黃以及江西詩派。這其實是嚴羽以禪論詩，所持獨特而偏狹的詩觀，以「興趣」做為詩「絕對」的本質，[155]而認定漢魏晉盛唐為第一義。[156]「詩緣情」的大傳統至此走向流派分裂，這與禪宗發展到神秀、慧能開始別派分宗沒有兩樣。影響所及，明代產生唐宋詩之爭，各持一端，以奪取文學霸權，人性權力意志使然也；卻因此而

149 顏崑陽，〈《文心雕龍》二重「興」義及其在「興」觀念史的轉型位置〉，收入顏崑陽，《詩比興系論》。

150 參見《文心雕龍新書附通檢》（台北：成文出版社，中法漢學研究所通檢叢刊，一九六八），頁二六六—二六七。

151 上列所舉《文心雕龍》諸篇文句，參見周振甫，《文心雕龍注釋》，依序分見頁六四、一三八、五一五、五五三、五五四、八四五、八四六、八四七。

152 周振甫，《文心雕龍注釋》，頁五六九、五七一。

153 士人階層以詩「通感」與「交接」，詳見顏崑陽，《中國詩用學》，頁二四一—三二六。

154 〔宋〕嚴羽著，張健校箋，《滄浪詩話校箋》（上海：上海古籍出版社，二〇一二），上冊，頁一七三。

155 嚴羽《滄浪詩話．詩辯》：「盛唐諸人，唯在興趣。」參見同前注，頁一五七。

156 同前注，頁七。

為詩之路分歧入於羊腸小徑。大格局、大境界詩人如漢魏六朝唐宋的曹劉、陶謝、王孟、李杜、岑高、韓柳、元白、歐王、蘇黃、陸楊等，元明清時期未之見也。其實，宋詩雖主「意」而有變於唐詩之主「情」，卻都在「詩緣情」的大傳統中。「情」未必是唐詩之所專，「意」也未必是唐詩之所無；「意」未必是宋詩之所專，「情」也未必是宋詩之所無。以偏概全，各蔽一隅之見，彼此衝突對抗，這是歷史發展的常態。其實，以典故入詩，以議論入詩，非始於宋代。《三百篇》雅頌頗多議論，〈離騷〉不乏史事典實。漢魏六朝唐代之詩，何嘗不如是，曹劉、陶謝、李杜、韓柳、元白多議論；杜韓更是典實盈篇，何礙為大詩人？詩之為物，海涵地負，無事不可敘，無情不可抒，無意不可入，無理不可示。嚴羽洞穴之見，不識「詩緣情」本質觀之廣域。

明代以公安三袁為主的新變群體，袁宏道提出「獨抒性靈」之論，合詩與文而言。若從詩論觀之，其實「性靈」即是氣質感性之「情」，「獨」則個體意識。因此「獨抒性靈」不過是「詩緣情」傳統的因承衍義。清代袁枚倡為「性靈」之論，被封為「性靈派」，其論述也同樣是「詩緣情」傳統因承衍義。明清的「性靈」詩論，其實沒有太大的創發。

第四節　結論

「詩言志」與「詩緣情」確是中國古代兩大詩歌本質觀而形成源遠流長的傳統，雖有交集卻可分辨。這看起來是眾所熟知的常識，但是現代學者淺解、偏解甚至誤解者卻也不少。前文論及，孔穎達所說「情志一也」已是誤導；現代學者如朱光潛也認為二者混一，「言志」與「緣情」都是我們現代人所謂「表現」，這是缺乏「歷史語境」而抽離到理論層次的淺見，詮釋歷史不能等同自己建構理論。「歷史語境」是詮釋歷史必要的限定，必須涉入歷史語境中，做同情會意的理解。「詩言志」之作，篇中當然有「情」，但此「情」之發生必關乎政教治亂，而且即使包含詩人在內，也都是群體共感之情，而非詩人一己之情，例如屈原「悲世之怨」、杜甫亂離之悲；而其「志」則必關乎「政教諷諭」之意圖。至於「詩緣情」之「情」，則可以是詩人一己傷春悲秋、離合哀樂、吟風弄月，而無關乎政教治亂之「情」。表現方式，「詩言志」大體以「比興寄託」為正格，杜甫及白居易、元稹以「賦」法傳達「諷諭」之志，則別是一家。而「詩緣情」則大體以「賦」法，寫景、敘事、抒情、表意；如用「比興」，則或有難言之隱。

這兩種詩本質觀的生發，其根源性原因乃出於士人階層對生命存在意義所自覺「個體意識」與「集體意識」的分化、顯隱、升降。這兩種意識其實並存於同一主體，如果從群體而言，隨時代社會文化的變遷而相互形成此顯彼隱、此強彼弱的狀態。前文已論及，漢代之前，集體意識為顯為強，相對個體意識為隱為弱，則「詩言志」就成為主流的詩本質觀。魏晉六朝則個體意識為顯為強，集體意識為隱為弱，則「詩緣情」乃成為主流的詩本質觀。有些時期，兩者分化，顯現於某些群體，提出抗言。例如唐代陳子昂、李白、元結、白居易、元稹等，被學界稱為「復古」派，倡導風雅「言志」傳統，試圖改變「詩緣情」主流風尚；只是聲勢不夠強大而已。如果從個體而言，則同一主體，在某些情境中，因某事而顯其集體意識，則「詩言志」主導其創作。例如白居易在舉進士而出仕之初，大約唐德宗貞元末、唐憲宗元和初，十年左右，關懷時政及詩風，與元稹同聲相應，銳意改革；不但大書

《策林》七十九道，[157]對政策暢為建言；同時倡導風雅傳統，與元稹推展「新樂府」運動，力作「諷諭」詩，約一百七十餘首。[158]這時的白居易大顯其「集體意識」，而「詩言志」成為他所抱持的詩本質觀。及至元和十年，在政治鬥爭中，被誣以母親看花墜井而死，而作〈賞花〉與〈新井〉詩，有傷名教，貶謫江州司馬。[159]自此志意消沉，開始大顯「個體意識」，享受「閒適」生活，有時不免「感傷」。這一類個人抒情詩占十之七八，此時「詩緣情」成為他所抱持的詩本質觀。其實古代士人階層，出處、進退、仕隱都是他們人生最大的課題，因此同一個主體，「集體意識」與「個體意識」終其一生都在因時隨境而顯隱、升降；所作之詩也隨之而或是「言志」或是「緣情」。這種情況，魏晉以降就已成常態。因此，「詩言志」與「詩緣情」二種本質觀，確實有分；但魏晉以降就一直處在動態歷程中，與時俱化，甚至因人而異；故不能死看，須視時代與各人而活看之。

綜觀詩史，六朝以降，大體「詩緣情」已成主流。梁代雖有裴子野〈雕蟲論〉重提「詩言志」傳統，但聲量其實不大，並沒有形成群體性的對抗。六朝以降，「個體意識」與「集體意識」，「詩緣情」與「詩言志」分化，明確形成群體性的抗言，就以唐代比較明顯。不過集體意識的「詩言志」傳統聲勢不大，只是單向宣示，並無相對群體起而論爭。儘管陳子昂、李白、元結、白居易及元稹等重提風雅傳統，試圖改變詩風，然而實際效果不彰。陳子昂所標榜的風雅興寄之作，被提來說去也不過就是三十八首的〈感遇〉之作，其餘大多是一般個人抒情詩。李白也一樣，經常被舉例的也是〈古風〉五十九首，偶爾在一些詩作中，寓有比興言外之意，不過是個人不遇之怨，並非政教諷諭之志。這類作品在李白一千多首詩中，所占比例不高，其餘大多數都是個人抒情之作。杜甫極少比興寄託之作，大多以「賦」法敘述，反應社會現實；然而在一千四百餘首詩中，個人抒情之作，仍占大多數。

白居易力倡風雅傳統，然而在總數將近三千首的詩作中，「諷諭詩」就只有一百七十餘首，元稹何嘗不如此。元結的風雅之作，在總數不多的作品中，占有較高的比例。這種抗言之聲，中唐之後漸歇，唐詩仍以個人抒情之作而大放異彩。唐代之後，集體意識的「詩言志」並未凸顯於宋詩，卻表現於宋詞，即前文所述南宋初期到中期的「復雅」思潮，風雅詩教被引入詞的創作，將詞體溯源於《詩經》三百篇，而倡導六義以作詞，這當然是起因於衰亂之世。不過這種思潮的時期並不長，也未壓過「詩緣情」而成為主流。及至清代，前文已論及張惠言編著《詞選》，在序文中也將詞體溯源於風騷，不過卻偏重士人懷才不遇之幽怨，而輕乎政教諷諭之志意。

綜觀詩史，六朝以降，抒情詩的確是主流。學界好談唐代「復古」思潮，一般文學史的書寫，秉持社會主義詩觀，往往片面誇大強調陳子昂、李白、杜甫，尤其元結、白居易及元稹所謂「復古」思潮。白居易將近三千首詩，就只有不到二百首「諷諭詩」被看見。其實「詩言志」的風雅傳統雖然成為士人階層的文化意識形態，餘緒不絕的貫穿整個詩史，歷代都有其聲音；但宋代開始，「詩言志」與「詩緣情」二個傳統，已不再涇渭分明，形成群體性的對抗，大體是相互交雜；「情」可以是個人之情，也可以是家國之情；「志」可以是政教之志，也可是一般人生之志；「情」與「志」都未必政教諷諭，美善刺惡。因此大多是同一個詩人因境之殊而作詩，個人抒情之作也有，感時傷世之作

157 〔唐〕白居易著，《白居易集》（台北：里仁書局，一九八〇），冊三，卷六二—六五。

158 同前注，卷一—卷四。

159 參見朱金城，《白居易年譜》（上海：上海古籍出版社，一九八二），頁六三。

也有；卻不必刻意專主比興寄託，如杜詩之直賦而求章法頓挫，以蘊沉鬱之思，亦無不可；當然偶有比興寄託，政教諷諭之作，也是詩家常事；尤以衰亂之世比較多這類作品，卻也不再匯為洪流，形成「主義式」的論調。明代學古群體與新變群體的論爭，不是「詩言志」與「詩緣情」本質觀的對立，而是「體格」與「詩法」的歧見。宋代以降，士人階層的政教文化使命，逐漸轉由「古文」去承擔。詩者，吟詠情性而已。

二〇二三年一〇月初稿

二〇二四年一月修訂

第三章
中國原生性「文學本質觀」重構（二）：文以明道與獨抒性靈

第一節 「文以明道」文學本質觀重構

一、引論

首先，我們必須確認，何以不採用一般《中國文學史》習稱的「文以載道」，而採用「文以明道」這個關鍵詞。那就得先問明：「文以載道」是誰提出來的觀念及用詞？這是常識，宋代道學家周敦頤在《通書．文辭》云：

> 文所以載道也……文辭，藝也；道德，實也。篤其實而藝者書之，美則愛，愛則傳焉。賢者得以學而致之，是為教。……不知務道德而第以文辭為能者，藝焉而已。噫！弊也久矣。[1]

周敦頤明確的提出「文以載道」觀念，首用這個關鍵詞。這個觀念顯然「文」與「道」為二；「道」是道德，以實踐為要；「文」是技藝，以書寫為能；故道為本，文為末；道為先，文為後；道為內容物，文為載具。在中國古代，「藝」不等於現代以審美為價值的「藝術」（art），而只是平常生活的「技術」；故正史中多立〈藝術傳〉，收納天文、曆算、種植、占卜、星相、數術、醫巫、繪畫、音樂、工藝之流。[2]現代被視為具有審美價值的「藝術」品類，例如繪畫、書法、音樂，在古代都歸入實用的小道，名之為「藝術」，從事者的社會文化地位不高。這完全是「以道自期」的儒士所持的價值觀，「不知務道德而第以文辭為能者，藝焉而已矣」，態度極為輕蔑。

從這種高高在上的價值觀俯視，不能「載道」的辭章，根本不是他們所肯定關乎道德實踐的文學。在劉卲《人物志》中，十二流業之所「業」都關乎政治教化。其中，雖有「文章之流」；不過，「文章」指的是「國史」，以司馬遷、班固為為代表，國史當然關乎政治教化；因此，枚乘、枚臯、東方朔、司馬相如、王褒等，這一類專擅辭賦的文人，不在十二流業之內，[3]等於不入流。「辭賦」之業逐漸能在政教之外，得到被肯定的另類價值，大約遲至魏晉六朝以後。這與漢代文吏與文士階層興起，辭章創作漸成專業藝能有關。[4]另外一個原因，前文已論及，漢代尊儒，上從帝王，下至士人階層，以「集體意識」共持道德普遍價值觀。漢代諸帝王無一能擅辭賦之作，武帝愛賞而已，枚乘、枚臯、東方朔、司馬相如等以辭賦幸獲官爵；故《文心雕龍・時序》稱賞武帝時期「辭藻競鶩」、「遺風餘采，莫與比勝」；[5]而昭宣二帝延續武帝尚文政績，「集雕篆之軼材，發綺縠之高喻」，

1 〔宋〕周敦頤，《周子通書》（台北：臺灣中華書局，一九八〇），頁六。

2 參見《晉書》、《魏書》、《周書》、《北史》、《隋書》之〈藝術傳〉，皆收在《二十五史》（台北：藝文印書館，一九五六）。

3 十二流業：清節家、法家、術家、國體、器能、臧否、伎倆、智意、文章、儒學、口辨、雄傑。其中「能屬文著述，是謂文章，司馬遷、班固是也」，而「文章之材，國史之任也」。參見〔漢〕劉卲，《人物志》（台北：臺灣中華書局，一九八三），卷上。頁六—八。

4 龔鵬程，《文化符號學》（台北：臺灣學生書局，一九九二），頁二八—三三。

5 上述漢代帝王尚文情況，參見〔南朝梁〕劉勰著，現代周振甫注釋，《文心雕龍注釋》（台北：里仁書局，一九八四），頁八一四。

王褒即以辭賦受宣帝愛賞。元成二帝也能「美玉屑之譚，清金馬之路」，故揚雄得發辭賦之美名。漢末靈帝「時好辭製」，設置鴻都門，擅文辭者得有晉身之路，卻招來頗多淺陋之徒，侈談閭里小事，蔡邕譏為「俳優」。[6]然則，漢代帝王對辭賦，僅止於愛賞而已，非關政教。甚至《漢書．嚴助傳》記載武帝對東方朔、枚皋這等辭賦家，認為他們「不根持論」，故「頗俳優畜之」。[7]所謂「不根持論」意為議論不根於正道。「正道」當然關乎政教之理。漢宣帝賞愛王褒辭賦，「議者多以為淫麗」，宣帝頗為辭賦辯解，以為「辭賦大者與古詩同義，小者辯麗可喜」、「尚有仁義之風」、「賢於倡優博奕遠矣」。[8]辭賦必須塗抹「仁義」粉墨，才能與倡優博弈並觀而相較高下，其深層意識已認定辭賦非關政教，與儒家之道不能並論。漢代辭賦家如司馬相如、班固都必須將辭賦貼上「政教諷諫」的標籤，或與「古詩」連結源流關係，[9]才能支持自己創作辭賦的正當性。揚雄則直接承認「靡麗之賦，勸百而風一」。猶騁鄭衛之聲，曲終而奏雅，不已戲乎。」[10]因此晚歲頗後悔少時辭賦之作，而輕貶「彫蟲篆刻，壯夫不為」。[11]然則，從創作實踐而言，漢代辭賦極盛，這是歷史事實；但是從價值評斷而言，不關乎政教大道，即是周敦頤所謂「藝焉而已」，乃是文章之弊。

降及建安，三曹父子以帝王之尊而雅好詩章辭賦，卓然成家；而與王粲等七子及諸多文人為文學之遊，文風盛極一時；其後蕭梁時代，梁武帝父子二代亦如是，貴遊文學蔚然成風，這已是文學史常識。魏晉以降，詩文都可以抒發個人情感，無須關乎政教大道。這是社會文化變遷而「個體意識」覺醒所致，前文已論述甚詳。不過，「個體意識」覺醒，並不表示「集體意識」完全消除。而是從魏晉六朝開始，士人的生命存在意識進入「個體意識」與「群體意識」的糾葛。極端衛道的儒士或威權的官宦固持「集體意識」，「泛道德」成為金石般的意識形態。極端浪漫文人則抱持「個體意識」，

「泛情」也成為他們放浪的意識形態。此顯彼隱，或此隱彼顯，或彼此皆顯，相互對抗。而大多數的文人則「個體意識」與「集體意識」同懷並存，表現在不同層面的生活行事上。宋代道學家當然是極端衛道的儒士，「集體意識」的「泛道德觀」成為他們的意識形態；而韓柳歐蘇等文章家，其實「個體意識」與「集體意識」同懷並存，既書寫「明道」之文，也書寫「抒情」之章，卻受到道學家的輕貶。

假如依照周敦頤所定義的「文以載道」，則枚乘、枚皋、東方朔、司馬相如、揚雄等，連韓柳歐蘇這般歷代的文士，都進不了文學史，甚至「文學史」究竟存不存在都是一個問題。因此，以我們現代的「文學史觀」視之，道學家其實是「文學史」的域外人士，絕大多數的《中國文學史》也都不

6　同前注，頁八一四—八一五。

7　〔漢〕班固著，〔唐〕顏師古注，〔清〕王先謙補注，《漢書補注》（台北：藝文印書館，光緒庚子長沙王氏校刊本，一九五六），冊二，卷六四上，頁一二七一。

8　同前注，卷六四下，頁一二八九。

9　班固，〈兩都賦序〉：「賦者，古詩之流也……或以抒下情而通諷諭，或以宣上德而盡忠孝，雍容揄揚，著於後嗣，抑亦雅頌之亞也。」參見〔南朝梁〕蕭統編著，〔唐〕李善注，《文選》（台北：華正書局，一九八二，清嘉慶十四年胡克家重刻宋淳熙本），卷一，頁二一、二二。

10　班固在《漢書．司馬相如傳贊》論云：「揚雄以為靡麗之賦，勸百而風一。猶騁鄭衛之聲，曲終而奏雅，不已戲乎。」參見王先謙，《漢書補注》，冊二，卷五七下，頁一二一三。

11　〔漢〕揚雄《法言．吾子》：「或問：『吾子少而好賦？』曰：『然。童子彫蟲。』俄而曰：『壯夫不為也。』」參見現代汪榮寶注，《法言義疏》（台北：世界書局，一九五八），卷三，頁一。

會將宋明道學家或心學家，收納到文學史而給予他們的地位。以「文道關係」所規創定義的文學本質觀與所形成的傳統，而建構主流性的文學史，無可否認，是以韓柳歐蘇等文章家為主軸；則「文以載道」一詞，不管從創作或批評來看，都不適用於文學史的建構。

那麼，韓柳歐蘇之流的文章家，所提的觀念以及使用的關鍵詞是什麼？這也是常識，就是「文以明道」。提出此一文學本質觀而創建傳統的文士們，公認是韓柳，尤其韓愈。宋代開始，下貫明清，「尊韓」成為遞相傳衍的宗風，歷程中，雖也有批韓者，[12]卻仍是無法顛覆韓愈的主流宗主地位。那麼，韓柳實際是何提法？韓愈〈爭臣論〉：「君子居其位，則思死其官；未得位，則思修其辭以明其道。我將以明道也，非以為直而加人也。」[13]所謂「修其辭以明其道」，「修其辭」即是「文」，這是韓愈對「文」與「道」的關係比較明確的提法。柳宗元更明確的提出「文以明道」，其〈答韋中立論師道書〉云：「始吾幼且少，為文章，以辭為工。及長，乃知文者以明道。」[14]這種觀念，劉勰在《文心雕龍．原道》就已提出：「道沿聖以垂文，聖因文而明道。」[15]所謂「明」者，表而現之，「道」非「文」而不顯，「文」非「道」而無質。「文」是形式，「道」是內容，二者合一而成體。此一提法，「道」與「文」就不至於如「文以載道」那樣本末切分，這才是文章家的正確觀念。「文學史」當然是以文章家為主軸，道學家不能奪其位。近現代《中國文學史》的書寫，長期誤將道學家的觀念轉嫁文章家，而「文以載道」也常被貶責以「文」為載具，只重「實用」而不重「藝術」，古文遂成醬缸之物。

二、「文以明道」的本質觀及其傳統的系統性重構

（一）界定「文學史」為論域，「文以明道」的本質觀及其傳統，當以文章家之論為焦點主軸。

這一本質觀所形成的傳統，歷代各種論述非常紛歧而龐雜，要做系統性的重構，頗為困難。如果集合史料，依循歷代縱向為經而同代橫向為緯，對相關文本進行描述及詮釋，必散漫不整。因此，我們首先以「文學史」為論域限定，釐清哪些論述必須排除，哪些必須納入；然後，將論旨加以問題化，逐一文本分析詮釋，而給予答案。

首先，我們從論述者的身分、立場、觀點，區分三類：一是道學家之論；而是政論者之論；三是文章家之論。然後以「文學史」為論域限定，檢視哪些類必須被排除。

第一類道學家之論，其論述立場就是「道」的實踐，而觀點就是對「文」與「道」的關係如何？

12 例如唐代的裴度，首先對韓愈有微詞，〈寄李翺書〉云：「昌黎韓愈，僕識之舊矣，中心愛之，不覺驚賞。然其人信美材也，近或聞諸儕類云：恃其絕足，往往奔放，不以文立制，而以文為戲，可矣乎？可矣乎？」參見《全唐文》（北京：中華書局，一九九六），卷五三八，頁五四六二。明代方孝孺〈答王秀才書〉，評論「退之之文，言聖人之道者，舍〈原道〉無稱焉；言先王之政而得其要者，求其片簡之記，無有焉。」參見方孝孺，《方孝孺集》（杭州浙江古籍出版社，二〇一三），卷一一，頁四一一。明代屠隆〈文論〉云：「文體靡於六朝，而唐昌黎氏反之；然而文至於昌黎氏大壞焉。」參見屠隆，《由拳集》（杭州：浙江大學出版社，二〇一六），卷二三，頁六三七。

13 〔唐〕韓愈著，現代馬其昶校注，《韓昌黎集》（台北：河洛圖書出版社，一九七五），卷二，頁六五。

14 〔唐〕柳宗元，《柳河東集》（台北：河洛圖書出版社，一九七四），卷三四，頁五四二。

15 周振甫，《文心雕龍注釋》，頁二。

以及「文」對於「道」的實踐有何用處？狹義的道學家是指宋儒對儒家之「道」的學思與言行，以濂之周敦頤、洛之二程子、關之張載、閩之朱熹為代表，再包括他們的門生。廣義則可以推向秦漢，以儒家之「道」為學思與言行的儒士，例如荀子、揚雄。道學家對文道關係的論述，上述周敦頤「文以載道」已基本定位，道為「本」而文為「末」，士人必須以「道」的實踐為要，而不以「文」的書寫為能。這種觀念可以追溯到荀子，他在〈儒效〉、〈非相〉、〈非十二子〉這幾篇，就已提出這種論述。〈儒效〉云：「聖人也者，道之管也。天下之道管是矣，百王之道一是矣；故《詩》、《書》、《禮》、《樂》之道歸是矣。」[16]道學家「文以載道」必正向尊聖宗經，由此而來。《非十二子》云：「辯說譬喻，齊給便利，而不順禮義，謂之姦說。」[17]〈非相〉云：「凡言不合先王，不順禮義，謂之姦言。」[18]道學家「文以載道」必反向排斥「儒家之道」以外的言說。這種極端「衛道」之論，歷代多元的文學體類，十之八九必被排除在「文學史」之外，「文學史」的建構幾無可能。

道學家尊聖宗經，以「踐道」為務本而排斥「不務道德」的「文辭」，源自荀子。不過，荀子時代，還沒有「道」與「文辭」二分而對立的觀念，他的論述焦點在「道」的實質內涵是否「合先王，順禮義」，故而排斥不合儒家之「道」的「姦說、姦言」。周敦頤「文以載道」之說，雖重「道」而輕「文」，卻還不至於極端廢「文」，發展到程頤，則已偏激的提出「作文害道」之論。程頤的《語錄》記載，門生問：「作文害道否？」，程頤回答：「害也。凡為文不專意則不工，若專意則志局於此，又安能與天地同其大也……古之學者，唯務養情性，其他則不學。今為文者，專務章句，悅人耳目；既務悅人，非俳優而何？」[19]這已是「反文學」之論。天地無所不包覆，自期「與天地同其大」，道學家之可的道學家程頤，卻連辭章之文都不能包容，其言正足以反諷自己「不能與天地同其大」，道學家之可厭就在此。

這種論調其實出於「道學家」與「文章家」之「文化意識形態」的對立，其中有些還涉及當代人際恩怨，例如程頤與蘇軾的政治立場及性情彼此對立，這已是眾所熟知的掌故。[20]因此，道學家對韓柳以至宋代以古文名家如蘇洵、蘇軾等，都頗為輕蔑，例如洛派二程的門生楊時，在〈與陳傳道序〉中，就輕貶韓愈，云：「……觀其所學，則不過乎欲雕章鏤句，取名譽而已。」[21]其鄙視以古文名家的韓愈，甚為尖酸刻薄，全是衛道的「意識形態」之見。朱熹也在〈滄州精舍諭學者〉一文，輕貶韓愈、柳宗元、蘇洵之輩，云：「皆只是要作好文章，令人稱賞而已。究竟何預己事，卻用了許多歲月，費了許多精神，甚可惜也。」[22]楊時、朱熹與受批評的對象不同代，沒有是非恩怨，這種輕貶雖對著「人」，其實是對著「文章」創作這種行為，最終就是對著他們所認為士人不能「踐道」而其

16 〔清〕王先謙，《荀子集解》（台北：世界書局，一九七一），卷四，頁八四。

17 同前注，卷三，頁六一。

18 同前注，卷三，頁五三。

19 參見《二程遺書》，卷一八，收入《二程集》（台北：漢京文化公司，一九八三），冊一，頁二三九。

20 蘇軾與程頤，一為性情灑脫，觀念開放的文人，一為性情刻板，觀念泥古的道學家，原本彼此厭憎。元祐黨爭，程頤之洛黨與蘇軾之蜀黨，政治立場不合。因此，相互對待，沒有好言語。參見李一冰，《蘇東坡新傳》（新北：聯經出版事業公司，一九八五），上冊，頁四八二—五一三。

21 〔宋〕楊時，《楊龜山集》（台北：臺灣商務印書館，一九六五），卷四，頁七九。

22 〔宋〕朱熹，《朱子文集》（台北：允晨文化公司，二〇〇〇），冊八，頁三七三八。

「文」又不能「載道」，只是「雕章鏤句」而已，加以否定，幾近「反文學」。韓柳等文章家明確主張「文以明道」，何以道學家不認可，因為韓柳等文章家所明之「道」不是道學家心目中尊聖崇儒宗經之「道」，而且沒有付諸實踐。道學家的終極關懷是實踐尊聖崇儒宗經之「道」，文章創作不是志業。而他們的文章其實也乏善可陳，根本是在文學史的世界之外，對文學的發展了無影響效用。因此，這一類道學家之論，可排除在「文以明道」的文學本質觀及其傳統之外，也就是將他們請出「文學史」，轉到「文化思想史」去爭取發言權及學術地位。

政論家的論述立場、觀點，對「文」與「道」關係，側重在「文」對「政教」的「衍外效用」，大致是隱「體」而顯「用」，實非「文」與「道」一體而論，終極目的不在文章創作，雖然還不到「反文學」，卻已是臨界點。中國古來確有政論家，例如漢代陸賈，著有《新語》；[23]賈誼，著有《新書》；[24]董仲舒，著有《春秋繁露》，[25]雖被歸於經學，其中頗多針對漢代政教而發言，可視為政論，而另所作文章一百餘篇，多散佚，清代嚴可均輯有二十篇，其中有些是殘缺不全者。最重要的賢良對策，即〈天人三策〉；還有〈郊事對〉、〈廟殿火災對〉、〈雨雹對〉，[26]都是政論之作。這三個政論家也有少量辭賦，[27]尚不成一家。他們的論述，雖偶及文章，卻非專論。針對文章而大發議論，當屬王充為最。王充不是典型的政論家，他在《論衡．自紀》云：「閔人君之政，徒欲治人，不得其宜，不曉其務，愁情苦思，不睹所趨，故作《政務》之書。」[28]這部「政務」之書，應該是政論，可惜失傳；所傳《論衡》大體被定位在文化思想，卻又不是醇儒之論。他的思想不同於宋代興起的道學家，甚至因為《論衡》中有〈問孔〉、〈刺孟〉二篇，而被宋儒視為離經叛道，明清亦然。王充的思想受到重視，從漢到唐，被蔡邕、虞翻、葛洪、劉知幾稱為一代偉書之後，就得越過宋元明清，到民初經由胡適的揄揚，劉盼遂、黃暉的校理注釋才又得到重視。[29]王充《論衡》，其中〈佚文〉、〈對作〉、〈自紀〉這幾篇，其論「文」顯然就是側重在「政教」的「衍外效用」，從廣義的「政論」而言，王充雖不是典型的政論家；但他的文學觀卻已是「政論」的先驅。這一類論述，必須細為辨識，是否如道學家之重「道」輕「文」，以至於「反文學」，才能適當的選擇，是否納入「文學史」的論域中，以詮釋其意義，評斷其對文學創作及發展的價值。

王充的基本立場與道學家不同，肯定「文」的必要，《論衡．超奇》所謂「實誠在胸臆，文墨著竹帛」，[30]既是「文墨著竹帛」，對「文」明確肯定；並且，他對於「道」的內涵也不像道學家那樣絕對的尊聖崇儒宗經。他的思想其實多方鎔鑄，超越家數門戶的囿限，允為優質的「雜家」，故

23 〔漢〕陸賈，《新語》（台北：世界書局，一九七五）。

24 〔漢〕賈誼著，現代閻振益、鍾夏注，《新書校注》（北京：中華書局，二〇〇〇）。

25 〔漢〕董仲舒著，〔清〕蘇輿注，《春秋繁露義證》（北京：中華書局，一九九二）。

26 參見〔清〕嚴可均，《全上古三代秦漢三國六朝文》（台北：世界書局，一九八二），冊一，《全漢文》，卷二三，頁一一一一，又卷二四，頁一一四。

27 陸賈有賦三篇，失傳。賈誼〈旱雲賦〉、〈鵩鳥賦〉、〈惜誓〉、〈弔屈原文〉，參見同前注，《全漢文》，卷十五，頁一一三，又卷一六，頁七一八。董仲舒〈士不遇賦〉，參見同前注，《全漢文》，卷二三，頁一。

28 參見〔漢〕王充著，現代黃暉校釋，《論衡校釋》（台北：臺灣商務印書館，一九六九），冊四，卷三十，頁一一八六。

29 同前注，〈自序〉，冊一，頁一一四七。

30 同前注，冊二，卷一三，頁六〇九。

既不屑於「儒生」，不滿足於「通人」，又不敢以「鴻儒」自居，他的身分認同應是「文人」，肯定文人能自主思考而「造論」；[31]造論也不能虛妄空談，必須有根有本，除了重視文章由內「發胸中之思」，同時也要向外學習經典；但他不獨尊儒家，而廣及內涵正道真理的典籍，〈佚文〉云：「文人宜尊五經六藝為文，諸子傳書為文，造論著說為文，上書奏記為文，文德之操為文。」[32]所學習的經典包括儒家的五經六藝，也擴大到諸子傳書。但是學習經典，必須融通而能再創造，而不是複製舊章，故云：「發胸中之思，論世俗之事，非徒諷古經，續故文也；論發胸臆，文成手中，非說經藝之人所能為也。」[33]不過他的文學觀的確注重政教之「用」，〈對作〉云：「聖賢之興文也，起事不空為，因困不妄作；作有益於化，化有補於正。」[34]〈佚文〉云：「文人之筆，勸善懲惡也。」[35]他強調文章在政教之用，非常明確，故〈自紀〉云：「為世用者，百篇無害；不為用者，一章無補。」[36]王充如此強調文章之「用」，很容易被片面誤解。其實「用」的根本還是在「體」，「體」就是前文所論「實誠在胸臆」、「發胸中之思」的創作實踐主體，雖學習經典卻必須融通而再創造，文章之「體」始勝而能致「用」。

漢代之後其實並無以「政論」為專家而關注文章之學者；但「政論」之作非常多，都收入各人別集中，章表、奏議、策問之類的文章。不過「論政」而對文學，多偶及之說，少有專論；故而我們不用「政論家」一詞而用「政論者」。政論而及於文學，隋代李諤〈上隋高帝革文華書〉可為「反文學」之範例，他對文章全以政教的「衍外效用」為先為本，云：「臣聞古先哲王之化民也，必變其視聽，防其嗜欲，塞其邪放之心，示以淳和之路。五教六行，為訓民之本；《詩》、《書》、《禮》、《易》，為道義之門。……其有上書獻賦，制誄鐫銘，皆以褒德序賢，明勳證禮。苟非懲勸，義不徒然。」這種政論而及於文章，完全是帝王威權統治的立場，而以文章馴化臣民的「衍外效用」為觀點，文學幾於廢棄。這篇文章中，述及隋文帝「開皇四年，普詔天下，公私文翰，並宜實錄」，而「其年九月，泗州刺史司馬幼之文表華艷，付所司治罪。」[37]帝王權力對文風的控制可謂極端。這樣的政論對文學的發展絕對負向，如全面而長期實施，文學史的建構全無可能。隋代在文學史上，幾近空乏，除了國祚太短之外，這種官方的文學觀念及立場恐怕也是原因之一。

從政教觀點論文章，司馬光在〈答孔文仲司戶書〉的論見，云：「古之所謂文者，乃詩書禮樂之文，升降進退之容，弦歌雅頌之聲，非今之所謂文也。今之所謂文者，古之辭也。」[38]他所說的

---

31 《論衡．超奇》：「能說一經者為儒生；博覽古今者為通人；採掇傳書，以上書奏記者為文人、能精思注文，連結篇章者為鴻儒。故儒生過俗人，通人勝儒生，文人踰通人，鴻儒超文人。故夫鴻儒，所謂超而又超者也。」參見同前注，卷一三，頁六〇六—六〇七。《論衡．佚文》：「文人宜遵五經六藝為文，諸子傳書為文，造論著說為文，上書奏記為文，文德之操為文。」參見同前注，冊三，卷二〇，頁八六五。

32 同前注，冊三，卷二〇，頁八六五。

33 同前注。

34 同前注，冊四，卷二九，頁一一六九。

35 同前注，冊三，卷二〇，頁八六七。

36 同前注，冊四，卷三〇，頁一一九三。

37 〔隋〕李諤〈上隋高帝革文華書〉，參見〔唐〕魏徵，《隋書》（台北：藝文印書館，一九五六），卷六六，〈李諤傳〉，頁七六九—七七〇。

38 〔宋〕司馬光，《司馬文正集》（台北：臺灣中華書局，一九八七），卷一〇，頁一一。

「文」，是以周代「禮樂」文化為主，而被孔孟荀儒家發揚光大的政教之「文」。王安石也有類似之論，〈上人書〉云：「嘗謂文者，禮教治政云爾。其書諸策而傳之人，大體歸然而已。……且所謂文者，務為有補於世而已矣；所謂辭者，猶器之有刻鏤繪畫也。誠使巧且華，不必適用；誠使適用，亦不必巧且華。要之以適用為本，以刻鏤繪畫為之容而已。」[39]王安石將「文」與「辭」分為二個層次。「文」指的是「禮教治政」的文化產品，其內涵就是「道」，重要價值則是「補於世」的「衍外效用」。「辭」指的是語言修辭，語言修辭是將禮教治政之文「書諸策而傳之人」的形式，「適用」即可，不必「巧且華」。王安石強調的是以「禮教治政」之「道」為內涵的「文」，當「適用為本」，而修辭無須「華巧」，這種論見容易被誤解為「反文學」。其實王安石既是政治家，也是文章家，不至於重政教之「道」而廢「文」。他所謂的「文」不是一般「文道關係」之論所指的語言修辭，而是禮教治政之「道」表現為某種特定形式的文化產品，即各種典章制度，禮樂儀節，其中有「道」。在這一層次，「道」與「文」為一體。而將這些文化產品以語言書寫成章，則稱為「辭」。然則有關「文以明道」的本質觀及其傳統，這一類「政論者之論」，必須細辨所論最終之意是否「反文學」，而選擇可納入「文學史」論域的文本善用之。因此，「文以明道」的文學本質觀及其傳統，以「文學史」為論域，則當以「文章家之論」為焦點主軸。

（二）「文以明道」有哪些焦點性、系統性的問題？

「文以明道」的本質觀及其傳統，即使以「文章家之論」為焦點主軸，歷代各文章家仍是各是其所是，各非其所非，所論繁雜，有交集也有歧異。如果依循歷代縱向為經而同代橫向為緯，對相關文本進行描述及詮釋，必散漫不整。因此，我們先通觀各家所論，其論點有何交集，而加以「問題化」，訂出一組多個有邏輯關係的「問題」，嘗試經由文本的分析詮釋給出「答案」；再辨明各答案之間，有何相同與差異？而「同」與「異」有何歷時性的因變關係？

那麼是哪些具有邏輯關係的問題？1.什麼是「道」？「道」存在何處，又從何而得？2.什麼是「文」？3.「道」與「文」有何關係？「以文明道」有何表現法則？這些問題，都必須以歷代文章家的論述文本為依據，進行分析詮釋，才能給予回答。

1、什麼是「道」？「道」存在何處，又從何而得？

「文以明道」的本質觀及其傳統，既是韓愈、柳宗元所創建；則什麼是「道」？「道」存在何處，又從何而得？這些問題自當從韓柳的論述給予回答。然後向上溯源，向下尋其流變。韓愈在〈原道〉一文中，就已對「道」做出定義，云：

博愛之謂「仁」，行而宜之之謂「義」，由是而之焉之謂「道」。足乎己，無待於外之謂「德」。仁與義為定名，道與德為虛位。……凡吾所謂「道德」云者，合仁與義言之也，天下之公言也。[40]

39　〔宋〕王安石，《王安石全集》（台北：河洛圖書出版社，一九七四），上冊，卷三三，頁四七—四八。

40　馬其昶校注，《韓昌黎集》，卷一，頁七。下文引〈原道〉，同一出處，不一一附注。

韓愈對於「道」的定義並無創新，就是直承儒家孔仁孟義之道而已。主要是把「道」落實在居仁由義，實踐「博愛」而行為得「宜」，故云「由是而之焉之謂『道』」；「是」就是「此」，指的是「仁義」；「之」就是「往」，就是通行，「仁義」就是通往「道德」之路，這其實是由孟子之論「仁義」而來，《孟子．盡心》載王子墊問：「士何事？」孟子答云：「尚志。」再問：「何謂『尚志』？」孟子答云：「仁義而已。」他把「仁」譬喻為「居」，「義」譬喻為「路」，故云：「居，惡在？仁，是也；路，惡在？義，是也。居仁由義，大人之事備矣。」[41]韓愈視「仁」與「義」為「定名」，即確定之「名」；「名」必有「實」以相副，這也是儒家君君、臣臣、父父、子子之「名實論」的思想；而「道」與「德」則只是抽象的理想價值觀，謂之「虛位」，無法直接去實行。顯然他對於「道」所重者在於有路可行的「實踐性」，而不是空談的理論；韓愈在〈原道〉中，自己就說：「其為道易明而其為教易行也」。這樣說「道」，在宋代高談內在心性及超越天道的道學家來看，實在缺乏創新，了無深義；而所重又在文章創作，當然受到道學家的輕貶。然而，韓愈對「文以明道」的「道」，做這樣簡明而易行的定義，卻正符合原始儒家孔孟之「道」的真義，都是人倫日用可實踐的行為準則，因此才能對後世用心為文的文士產生深遠而切實的影響。道學家將儒家「道德」視為高深的理論，離開人倫日用可實踐的生活情境，提升到形上學，高談虛說，理論繁密，於哲學甚有貢獻；但於一般士人常民的人倫日用實踐行為，卻少有助益，對文學的發展也沒有什麼正向的影響。

韓愈在〈原道〉一文中，最重要的論述，除了簡明易行的定義「道」之外，尚有二個重要論點：一則排斥佛老楊墨；二則建構他心目中的「道統」。排斥佛老楊墨是「破」，建構他心目中的道統是

「立」，大破而大立，這是韓愈對「文以明道」做為文學本質觀最大的貢獻。這明顯是上承孟、荀及揚雄，儒士「衛道」的文化意識形態，而「排他性」更為強烈。前文已論述到荀子〈非相〉、〈非十二子〉將儒家之外，凡「不合先王，不順禮義」的言說都貶斥為「姦言」、「姦說」。而孟子在〈滕文公〉篇批判「楊氏為我，是無君也；墨氏兼愛，是無父也。無父無君，是禽獸也」。[42]其言尖酸，將楊墨「禽獸化」。孟荀之衛道排他，已是論述暴力。揚雄稍見溫厚，《法言．吾子》也強調「不合乎先王之法者，君子不法也」、「舍五經而濟乎道者，末也」、「委大聖而好乎諸子者，惡覩其識道也」。[43]幾位儒士都堅持儒家之「道」才是唯一絕對的真理，此外諸子百家皆非正道，這已成強固的文化意識形態。孟子是韓愈極為推崇的聖人，〈讀荀〉稱云：「始吾讀孟軻書，然後知孔子之道尊，聖人之道易行。王易王，霸易霸也。以為孔子之徒沒，尊聖人者，孟氏而已。」[44]而〈原道〉雖稱荀子、揚雄「擇焉而不精，語焉而不詳」，卻還是在韓愈眼界之內的聖賢，故〈讀荀〉稱云：「孟氏醇乎醇者也。荀與揚大醇而小疵。」孟子是「醇儒」；荀子、揚雄雖有小疵，卻仍得大醇。韓愈顯然完全接受他們那種強烈衛道而排他的文化意識形態。

「意識形態」本屬非理性，對人對事無法依此做出客觀的是非判斷。〈原道〉篇雖將楊墨與佛

41 〔戰國〕孟軻著，〔漢〕趙岐注，〔宋〕孫奭疏，《孟子注疏》（台北：藝文印書館，嘉慶二十年南昌府學重刊宋本，一九七三），卷一三下，頁二四〇。

42 《孟子注疏》，卷六下，頁一一七。

43 〔漢〕揚雄著，汪榮寶注，《法言義疏》，卷四，頁一〇七、一一二。

44 馬其昶校注，《韓昌黎集》，卷一，頁二一。

老並列而非之云：「其言道德仁義者，不入於楊，則入於墨；不入於老，則入於佛。」其實，唐代楊墨並不盛行，主要是佛教與道教盛行，而儒家之「道」弱化。這種論述策略，乃是意圖將自己排佛老與孟子批楊墨連類比觀，以彰顯自己因承孟子的「衛道」志業，可延續至孟子已絕而不傳的「道統」。他對老子強烈批判：「老子之小仁義，非毀之也，其見者小也；坐井而觀天曰天小者，非天小也。……老子之所謂道德云者，去仁與義言之也，一人之私言也。」韓愈如此滔滔雄辯，批判老子「坐井觀天」、「一人之私言」；深通《老子》的學者都可辨明韓愈若非讀不懂老子，就是蓄意曲解，以遂排斥佛老之意圖，這全是「衛道」意識形態的投射。馬其昶注引蘇轍云：「愈之學，朝夕從事於仁義禮智，刑名度數之間；自形而上者，愈所不知也。〈原道〉之作遂指道德為虛位，斥佛老與楊墨同科，豈為知道哉！」[45]蘇轍通《老子》，著有《老子解》，[46]其評韓愈〈原道〉之批老子，乃是確論。〈原道〉篇中，非只以言語批判佛老，甚至強烈到擬以威權之力禁廢佛道二教：「人其人，火其書，廬其居。」這不只荀孟之論述暴力，甚至已接近秦始皇「焚書」的政治暴力；然而，受韓愈所推尊而護衛的孔子，其中正平和的人格胸襟，絕不會如此。

韓愈在〈原道〉篇中另一創舉是建構他心目中的「道統」。〈原道〉云：

> 夫所謂先王之教者何也？博愛之謂「仁」；行而宜之之謂「義」。由是而之焉之謂「道」；足乎己，無待於外之謂「德」。其文《詩》、《書》、《易》、《春秋》；其法禮樂刑政；其民士農工賈；其位君臣、父子、師友、賓主昆弟、夫婦；其服麻絲；其居宮室；其食粟米、果蔬、魚肉。其為道易明，而其為教易行也。是故以之為己，則順而祥；以之為人，則愛而公；以之為

> 心，則和而平；以之為天下國家，無所處而不當。是故生則得其情，死則盡其常。郊焉而天神假，廟焉而人鬼饗。曰：斯道也，何道也？曰：斯吾所謂「道」也，非向所謂老與佛之道也。堯以是傳之舜；舜以是傳之禹；禹以是傳之湯；湯以是傳之文武、周公；文武、周公傳之孔子；孔子傳之孟軻；軻之死，不得其傳焉。荀與揚也，擇焉而不精，語焉而不詳。[47]

這段論述，都是人倫日用、飲食居服、生死祭祀的實踐之道，從個人推擴到天下國家。正如文中所稱「其為道易明，而其為教易行也」。從道德理論觀之，雖無創新獨見，亦不高深繁複，卻上從天子，下到庶民，群己兼顧，公私並適，現實與理想俱存，人人能知能行的常道。而最重要的是他依循此一「常道」，建構堯舜禹湯文武周公孔子孟子，一脈相傳的「道統」。這一「道統」之說，略起於孟子，在〈盡心〉中，歷數「由堯舜至於湯，五百有餘歲」、「由湯至於文王，五百有餘歲」、「由文王至於孔子，五百有餘歲」、「由孔子而來，至於今百有餘歲」，其間禹、皋陶、湯、伊尹、萊朱、文王、太公望、散宜生、孔子，諸聖人或見而知之、或聞而知之。[48]不過孟子沒有明確指認這是一脈相傳的「道統」。明確指認從堯舜至於孟子一脈相傳而成為「道統」，還是韓愈所做的確論。然

45 馬其昶校注，《韓昌黎集》，卷一，頁一一。

46 〔宋〕蘇轍，《老子解》（台北：藝文印書館，無求備齋老子集成初編，一九六五），冊三七，頁三八。

47 馬其昶校注，《韓昌黎集》，卷一，頁一〇。

48 趙岐注，孫奭疏，《孟子注疏》，卷一四下，頁二六四。

而這一「道統」當然不是可驗證的歷史事實，禹與湯、湯與文武周公、文武周公與孔子、孔子與孟子皆相隔數百年，不可能親為傳道。因此，這是韓愈以此「道」做為主要的聯結因素，建構「想當然」的仁義道德譜系，以做為「文以明道」之「道」，其實質內涵的規創性定義。這一「道統」排除儒家之外的各家之「道」，就連荀子、揚雄都被判為「擇焉而不精，語焉而不詳」，不算是「醇儒」；故而「道統」到孟子已絕，其言外之意，當是以接續孟子之「道」做為自我期許。

然則，「文以明道」之「道」；此「道」是什麼？韓愈的回答，就是上述從堯以至孟子一脈相傳而形成統緒，「封閉型」的醇儒之道。此「道」存在於何處？存在於《詩》、《書》、《易》、《春秋》的儒家經典，周漢兩代所行的禮樂刑政之法，儒教的人倫日用生活方式。而此「道」又從何而得？「道」既存在於經典，就必須經由「學」而得，故作〈師說〉、〈進學解〉；[49]「道」既存在於禮樂刑政，人倫日用，就必須經由「行」而得，故作〈原毀〉、〈行難〉、〈五箴〉。[50]而「行」則出於「心」，立於「志」，因此「道」雖可從「學」而入，卻必須得於「心」而踐於「行」，以此為「文」則「道」注於手，這才是「文以明道」的根本。他在〈答李翊書〉中，就在闡述此理，啟導後進李翊，如果要「蘄至於古之立言者」，古之立言者當然就是孔孟一類的聖人，就必須「養其根而竢其實，加其膏而希其光。根之茂者，其實遂；膏之沃者，其光曄。仁義之人，其言藹如。」根與膏都是由「學」而內養仁義之「道」，實與光都是外現之「行」與「文」。因此他自供為學二十餘年，「始者非三代兩漢之書不敢觀，非聖人之志不敢存」。如此久之，經常警惕，必保持「醇」而不「雜」，時時修養，「行之乎仁義之途，游之乎詩書之源；無迷其途，無絕其源，終吾身而已矣」。然則，韓愈對於「道」存在何處，又從何而得？回答得很明切，從聖人之書入，「學」而得於

「心」，踐於「行」。至於「文」，則自然的「取於心而注於手」。[51]

韓愈的弟子李翺同樣秉持這種從「學」而「行」而「文」的法門，〈答朱載言書〉云：「吾所以不協於時而學古文者，悅古人之行者，愛古人之道也。故學其言，不可以不行其行；行其行，不可以不重其道；重其道，不可以不循其禮。」[52]則學作古文，不僅是文章形式技巧的專藝，必先從「學」與「行」得其道於「心」，而後發而為「文」。

韓愈對佛老之學的批判，從學術而言，實在沒有是非可斷，也不值得一辯。蘇轍那句話「豈為知道哉」就可做為結論。至於「道統」的建構，也是純屬理想的仁義道德譜系藍圖，不是歷史事實。一破一立，做為改革六朝以降，儒道衰微、文風華靡的正當性理由。然則，我們不能只關注韓愈的理論深淺，而必須涉入他的歷史語境，了解他所處的時代以及論述行為的動機與目的。韓愈所處的時代，一則文學尚沿襲六朝華靡之風，二則佛道兩教盛行，道教更假藉老子之學，以高其教義。在這一時代處境中，卓知遠見的韓愈，其士人階層的意識形態大為發用，乃結合「道」與「文」，持定「思想」改革與「文風」改革一體並進的意圖，而高倡「文以明道」做為號召，展開「文學改革」的社會運動。因此，我們必須從「學術」觀點轉向「文學改革運動」觀點，才能看到韓愈做為「文學改革家」

49　同前注，卷一，頁二四—二七。

50　同前注，卷一，頁一三—一四，又頁一六—一七、又頁三一—三三。

51　〈答李翊書〉，參見馬其昶校注，《韓昌黎集》，卷三，頁九九。

52　〔唐〕李翺，《李文公集》（台北：臺灣商務印書館，四部叢刊初編集部，一九六五），卷六，頁二七。

的身影，所採取的論述策略以及對文學發展的影響效用。其儒學理論的高低深淺精粗，不是評斷韓愈之成就及歷史地位的重點。

「文學改革運動」的論述策略，高深繁複的理論全無用處，一般不擅理論的文士聽不懂。因此，文學改革家的作為，就是堅持可對抗、顛覆現狀之強固的意識形態，展現可摧金碎石的意志力，表達明確的論述立場及觀點，提出簡明易行的行動原則，採取危言聳聽的論述話語，更重要的是自己率先實踐，能創作所倡導的理想文學，以為示範。韓愈〈原道〉、〈原性〉、〈原人〉、〈原毀〉、〈師說〉、〈進學解〉、〈爭臣論〉、〈張中丞傳後敘〉、〈與李翺書〉、〈答李翊書〉、〈送孟東野序〉、〈送李愿歸盤谷序〉、〈送董邵南序〉、〈祭十二郎文〉、〈祭鱷魚文〉、〈圬者王承福傳〉、〈毛穎傳〉、〈柳子厚墓誌銘〉等，名篇琳瑯，傳誦千古，皆是實踐所倡導「文以明道」的傑作，改變六朝以降的華靡之風。這樣才能鼓動風潮，帶領群眾，追隨他的文學改革，而產生改變歷史的影響效用。韓愈完全具備上述「文學改革家」的條件；他的先驅柳冕則這些條件多不具足。從結果而論，韓愈的確實現了改變文學歷史的影響效用，從並世追隨他遊學的李翺、皇甫湜、李漢等，經過宋代柳開、智圓、穆修、王禹偁、石介、歐陽修、王安石、曾鞏、三蘇父子等，再到明代茅坤、唐順之、王慎中、歸有光，下及清代魏禧、汪琬、侯方域，直貫桐城派，旁及陽湖，莫不尊韓學韓而形成「文以明道」的古文傳統，這已是文學史的常識，不必贅論。其間雖偶有非韓者，卻不足以動搖其宗主的地位。

柳宗元對什麼是「道」？「道」存在何處，又從何而得？這幾個問題，如何回答？柳宗元對什麼是「道」？並沒有像韓愈那樣正式提出明確的規創性定義。一般學者都徵引他的〈答韋中立論師道書〉，云：

> 本之《書》以求其質，本之《詩》以求其恆，本之《禮》以求其宜，本之《春秋》以求其斷，本之《易》以求其動。此吾所以取「道」之原也。參之穀梁氏以厲其氣，參之《孟》、《荀》以暢其支，參之《莊》、《老》以肆其端，參之《國語》以博其趣，參之《離騷》以致其幽，參之太史以著其潔。此吾所以旁推交通而以為之「文」。[53]

一般學者依據這段文本，認為柳宗元「文以明道」之「道」比韓愈寬廣，不限於儒家而旁及老莊等他家，這一說法不夠切當。柳宗元的確不曾如同韓愈那樣明白界說「道」就是仁義道德，並且還建構從堯到孟子的醇儒「道統」，最重要的是沒有強烈「衛道」的排他性；不過，這一段文本卻又表示，他所持的「道」是以儒家經典為本原，故列敘「本之《書》以求其質，本之《詩》以求其恆」云云之後，明指「此吾所以取『道』之原也」。我們必須注意，這段論述是從創作文章的取法原則而言，不是從禮樂刑政，人倫日用的道德實踐立說。因此，取「道」之原的「道」不特指定名的「仁義」，而是文章「言有物」的內容。其內容之「道」乃以儒家經典做為求取的資源。所謂質、恆、宜、斷、動都是各經典內容所蘊涵人情事理的特質。因此這一「道」的內涵其實隨不同經典而賦義，

53 〔唐〕柳宗元著，張養吾、楊學通、彭建、吳文治等校點，《柳宗元集》（北京：中華書局，一九七九），冊三，卷三四，頁八七一。

既無唯一定準，也不「封閉」，只以儒家經典為限定。他在另一篇〈報崔黯秀才書〉中，論及「聖人之言，期以明道，學者務求諸道而遺其辭。」聖人之言，期以明道，所傳就是經書；但是閱讀經書，必須得其「道」而遺其「辭」，也就是不能執泥於「辭」。這裡所謂「道」也是泛指經典內容所蘊涵人情事理。柳宗元「文以明道」之「道」仍以儒家為主，但卻寬泛而沒有唯一定準，又不強烈排他，因此與韓愈所定義「封閉型」的醇儒之道有其差別。

這一段文本更須要注意的是，柳宗元分從立本內容之「道」與表現形式及效果之「文」而論之。立本內容之「道」，取原於五經；而表現形式之「文」，則旁推交通而廣參《穀梁》、《孟子》、《荀子》、《莊子》、《老子》、《國語》、《離騷》、《史記》等各種經典，不限於儒家。不過，這些經典只是參酌，而非求取；只是旁推，而非本原；只是關乎「文」，而不關乎「道」。所謂「厲其氣」、「暢其支」、「肆其端」、「博其趣」、「致其幽」、「著其潔」，這都是表現形式及效果，而非內容之「道」；是「言有序」，而非「言有物」。

韓愈也曾分「道」與「文」而論，「道」謹守醇儒仁義之「道」，「封閉」在儒家經典與禮樂刑政之內；而「文」則開放而廣參儒家之外的各種經典，〈進學解〉假擬太學生之言，云：「作為文章，其書滿家。上規姚姒，渾渾無涯。周誥殷盤，佶屈聱牙。《春秋》謹嚴，《左氏》浮誇。《易》奇而法，《詩》正而葩。下逮《莊》、《騷》，太史所錄，子雲、相如，同工異曲。先生之於『文』，可謂閎其中而肆其外矣。」[54]這段文本，藉太學生之言，敘述的是韓愈「作為文章」，除了從儒家經典《書》、《春秋》、《左傳》、《易》、《詩》學其表現法則及文體特色之外，更廣參《莊子》、《離騷》、《史記》、揚雄與司馬相如之文。至於韓愈在〈送孟東野序〉中，從「物不得其平則鳴」的自然現象，推演人的創作動機也是「有不得已者而後言，其歌也有思，其哭也有懷」，而後歷敘咎陶、禹、夔、伊尹、周公、孔子之徒、莊周、屈原、孟軻、荀卿……司馬遷、相如、揚雄……陳子昂、蘇源明、元結、李白、杜甫、李觀等，都是善鳴，各以不同動機、情思而鳴。[55]

學者或以為韓愈這一篇論述意在從莊周、屈原到司馬遷、相如、揚雄，以至唐代陳子昂以下作家，勾勒一幅文學傳統圖。這是過度詮釋之說，韓愈並無此意，只是隨所識列舉歷代之善鳴者，以印證自己所提出「物不得其平則鳴」的創作論。所列舉諸家，就文體觀之，有言、詩、歌、樂、文、辭、賦等；從內容觀之，有道、術、情、志等。隨其所識而漫舉，總雜而無傳統可辨。假如韓愈意圖建構「文統」，則必對應於「道統」，嚴謹的舉其「文」與「道」合一的文學大家，則其中很多都無法進入他所構想的「文統」。不過，合〈進學解〉與〈送孟東野序〉觀之，韓愈與柳宗元的確都是「道」與「文」分論，不以守儒家之「道」而排斥非儒家之「文」。值得注意的是韓柳所廣參的經典，同樣的特徵：一是皆為漢代以前之作，正符合韓愈〈答李翊書〉自稱學為文章二十餘年「始者非三代兩漢之書不敢觀，非聖人之志不敢存」的原則；〈送孟東野序〉所敘只是描述歷代善鳴者，以印證自己的創作論，而非確指自己為「文」所參酌的經典文章，因為所舉不少只是思想家，例如楊朱、墨翟、管仲、申不害、慎到、田駢等，以「術」名世而不以「文」見稱，絕不是韓柳學「文」的典

54 馬其昶校注，《韓昌黎集》，卷一，頁二六。

55 韓愈，〈送孟東野序〉，參見同前注，卷四，及一三六—一三七。

範；二是包含經子史集各部之文，已突破《文選》以集部文章為界定的文學觀。[56]韓柳這樣的士人，即是王充《論衡．書解》所稱的「文儒」。[57]他們既為同道好友，「作為文章」也取徑相近，僅守儒家之「道」，廣參各家之「文」，而最終表現為「文以明道」的所謂「古文」。這是以「應然」開展「實然」，在六朝偏逐文學「新變」之後，逆轉時勢而為文學創造通貫千年的「新古典」傳統。

那麼，柳宗元對什麼是「道」這一問題，如何回答？「道」是儒家各經典內容所蘊涵人情事理的特質。因此這一「道」的內涵隨不同經典而賦義，既無唯一定準，也不「封閉」，只以儒家經典為限定，的確比韓愈所謂「道」的界域寬泛，可稱之為「寬泛型」的儒家之「道」。而「道」存在何處，又從何而得？「道」既存在儒家經典，當然必須從「學」而得，深讀經典而有所體悟。不過，除了「學」之外，柳宗元也明指「文以行為本」，必須「學」與「行」並濟，〈報袁君陳秀才避師名書〉云：「大都文以『行』為本，在先誠其中。其外者，當先讀六經，次《論語》、孟軻書，皆經言。《左氏》、《國語》，莊周、屈原之辭，稍采取之。穀梁子、太史公甚峻潔，可以出入。餘書俟文成異日討也。其歸在不出孔子。」[58]柳宗元「文以明道」的觀念很明白，「道」以孔子為終極依歸，過程則「學」與「行」並濟，而先能「誠其中」，內外兼得。「學」以儒家六經及孔孟之書為主，而其他各家可以出入參酌。韓愈因啟導後進學「道」，而以「師」自居；柳宗元則雖有啟導後進之實，卻不居「師」名。前引〈答韋中立論師道書〉已表明「不敢為人師」，這篇〈報袁君陳秀才避師名書〉又再表明「避師名久矣」。韓柳相較，韓愈是陽剛狂肆的「文學改革家」，除了創作實踐，還發揚儒教而排斥佛老，倡導文學改革運動，樂為人師，帶動風潮，對當代以至後代產生極大影響效用。柳宗元則是陰柔狷退的「文學默耕家」，兩人雖為友好；但他尊儒卻不排斥佛老，也沒有強力呼應韓愈的文學改革運動，謙避師名，只默然耕耘自己的古文創作。〈永州八記〉其實另開儒家「道德仁義」之外，寄情自然而與造物者遊的道家境界。同時，對於道存在何處，又從何而得？也在「學」與「行」之外，開出另一種答案，那就是「觀」，觀自然世界。從創作的影響力而言，這一類作品其實對宋代以降古文家的山水遊記文學，其影響效用甚大。韓柳兩人同中有異，卻陰陽剛柔相成而創建「文以明道」的傳統。

什麼是「道」？這個問題，宋代開始，韓愈那種「封閉型」的醇儒「道統」其實太過狹隘，很難堅持；而大體趨勢是朝向柳宗元「寬泛型」的儒家之「道」在發展。從王禹偁開始經由歐陽修、王安石、三蘇等古文家，明顯的是，衛道而排他的剛烈之氣以及狹隘的文化意識形態逐漸弱化。但是宋初，衛道而排他的論述卻還固持未歇。柳開與天台宗高僧智圓、石介尚延續韓愈的「道統」觀念，只略做修改。

56　蕭統〈文選序〉明定選文原則：經部的「姬公之籍，孔父之書」，乃是「孝敬之準式，人倫之師友」，不能「重以芟夷，加之翦截」，故不入選。而子部的「老莊之作，管孟之流」，其內容特質是「以立意為宗，不以能文為本」，故不入選。其他記載於墳籍、旁出於子史的「賢人之美辭，忠臣之抗直，謀夫之話，辯士之端」，繁博事異，故不入選。至於史部的「記事之史，繫年之書，所以褒貶是非，紀別異同」，故不入選。唯史書中的讚論，如能「綜緝辭采，錯比文華，事出於沉思，義歸乎翰藻」，就可以入選，而與集部的單篇文章編輯在一起。參見〔南朝梁〕蕭統編著，〔唐〕李善注，《文選》（台北：華正書局，嘉慶十四年胡克家重刻宋淳熙本，一九八二），頁二。

57　《論衡．書解》：「著作者為文儒，說經者為世儒。」參見黃暉，《論衡校釋》，冊四，卷二八，頁一一四四。

58　張養吾、楊學通、彭建、吳文治等校點，《柳宗元集》，冊三，卷三四，頁八八〇。

宋初，柳開比智圓稍長，他因承韓愈的文學觀，〈應責〉一文中，於個人之「行」自期「將以區區於仁義，公行於古之道」，教民「以道德仁義」，這與韓愈略同。不過，韓愈所建構「封閉型」的「道統」，柳開略有增減，云：「吾之道，孔子、孟軻、揚雄、韓愈之道；吾之文，孔子、孟軻、揚雄、韓愈之文。」[59]他把難以文獻徵實的堯舜禹湯文武周公刪除，而增入揚雄、韓愈。揚雄被韓愈認為大醇而小疵，非孟子的傳人，柳開卻增入。而韓愈以孟子自期，柳開應是體察其意，而將他增入「道統」。並且又增衍從孔子、孟軻、揚雄到韓愈的「文統」。韓愈所未正式建構的「文統」，柳開正式建構，而使得「道統」與「文統」合一，並集結在韓愈身上。如此回答什麼是「道」，與韓愈之說差別不大，只在「道統」的建構略有修改，稍見寬鬆。而道存在何處，又從何而得？也是大體相同，存在於孔孟揚韓之「文」，當然要從「學」與「行」而得。

智圓從小受儒學教育，後雖出家入佛門；但是仍然尊儒，好古文，能詩，試圖調和儒佛，就此而言，已不同韓愈排佛。不過，他對韓愈非常推崇，〈讀韓文詩〉讚揚韓愈：「文不可終否，天生韓吏部。叱偽俾歸真，鞭今使復古。異端維既絕，儒宗缺皆補。高文七百篇，炳若日月懸。力扶姬孔道，手持文章權。來者知尊儒，孰不由茲焉。」[60]宋代的古文家，就以智圓最具衛道而排他的剛烈之氣及文化意識形態，儒與佛之外都強烈排斥。〈送庶幾序〉明白回答「什麼是道」，云：「夫所謂古文者，宗古道而立言，言必明乎古道也。古道者何？聖師仲尼所行之道也。昔者仲尼祖述堯舜，憲章文武，六經大備，要其所歸，無越仁義五常也。仁義五常謂之古道也。」[61]這種論述全是韓愈的翻版，並無新意。而接著他將老莊楊墨視為「異端」，強加排斥，〈送庶幾序〉云：

> 以楊墨老莊之書為古文，可乎？不可也。老莊楊墨棄仁義、廢禮樂，非吾仲尼祖述堯舜，憲章文武之古道也，故為文入於老莊者，謂之雜。宗於周孔者，謂之純。馬遷、班固之書，先黃老，後六經，抑忠臣，飾主闕，先儒文之雜也；孟軻、揚雄之書，排楊墨，罪霸戰，黜浮偽，尚仁義，先儒文之純也。[62]

這樣的論述，衛道而排他的剛烈之氣與狹隘的文化意識形態不遜於韓愈。並且韓愈還能「文」與「道」分論。「道」尊醇儒，而立「道統」；「文」則廣參各家之善文者，莊、騷、司馬遷、相如等，皆不排斥。而智圓卻「文」與「道」混一，各家之文皆以孔子之「道」為準而觀之，合乎孔子之道者為「純」，不合者則為「雜」，必加排斥。除了不再排佛之外，其衛道而排他，比韓愈過之而無不及，「以文明道」的觀念卻已僵固不化。智圓能作古文，能詩，著有《閑居編》，在當代頗有名聲，評價甚高；但是宋代之後沉寂不聞，在文學史上不受重視，沒有影響力。這應該有二個原因：一是沙門僧侶身分，非主流文壇作家；二是強烈衛道而排他的文學觀，難以廣被接受。

柳開、智圓之後，石介明白標榜「尊韓」，而作〈尊韓〉一文；在這篇文章中，石介擴充韓愈的

---

59 〔宋〕柳開，《河東先生集》（台北：臺灣商務印書館，四部叢刊初編集部，一九六五），卷一，頁一〇。

60 〔宋〕智圓，《閑居編》，卷三九。參見金程宇編《和刻本中國古逸書叢刊》（南京市：鳳凰出版社，二〇一二），第四七冊，頁五三二—五三三。

61 同前注。

62 同前注。

「道統」，至於遠古疑史，以為「道始於伏羲氏，而成終於孔子。道已成終矣，不生聖人可也」；故「聖人」至孔子而絕。他想當然的建構一個聖人的譜系：「伏羲氏、神農氏、黃帝氏、少昊氏、顓頊氏、高辛氏、虞舜氏、禹、湯、文、武、周公、孔子者，十有四聖人，孔子為聖人之至。」很奇怪的是獨漏韓愈所立「道統」中最重要的「堯」，而增衍堯之前，僅是傳說中的遠古聖王。韓愈「道統」中，孔子所傳的聖人孟軻，也被降為賢人，云：「孟軻氏、荀況氏、揚雄氏、王通氏、韓愈氏，五賢人，吏部為賢人之至。」[63]孟軻不但降為賢人，甚至不及韓愈。而韓愈所看不上眼的王通，卻進入賢人譜系之內。韓愈的「道統」，被「尊韓」的石介給解構而重構。此一「道統」，與他另一篇文章〈怪說中〉所建構的「道統」，又有些差異，下文論之；從〈尊韓〉一文，我們要問的是，他所謂到孔子「道已成終矣」，此「道」是何義？石介沒有論定。

石介在〈怪說中〉強烈抨擊楊億，指責他「使天下人目盲，不見有周公、孔子、孟軻、揚雄、文中子、吏部之道」。文中子就是王通。石介「尊韓」，並效法韓愈衛道而排他的文學改革行動；但是格局氣勢遠不如韓愈，只針對當時以楊億為首的「西崑」之流，強烈指責：「楊億窮妍極態，綴風月，弄花草，淫巧侈麗，浮華纂組；刓鎪聖人之經，破碎聖人之言，離析聖人之意，蠹傷聖人之道。使天下不為《書》之〈典〉、〈謨〉、〈禹貢〉、〈洪範〉；《詩》之雅頌；《春秋》之經，《易》之繇、爻、十翼。」這種論述與道學家相差無幾，其實所謂「道」只是儒家「經義」，故紙堆中的「道」，無關乎當世士人立身處事之「道」。楊億西崑之流為文之過，就是不能宗經，違背經義之道。那麼韓愈文章中的「道」又是什麼？〈怪說中〉所做的回答是：「周公、孔子、孟軻、揚雄、文中子、吏部之道，堯、舜、禹、湯、文、武之道也；三才、九疇、五常之道也。反厥常，則為怪矣。」[64]三才，天地人；九疇，典出《尚書．洪範》，孔安國傳：「洛出書，神龜負文而出，列於背，有數至於九，禹遂因而第之，以成九類常道。」[65]這九類常道，都是政教法則。五常，即五倫。如此定義「道」，甚為迂闊而不切實際。石介所建立這個「道統」，在韓愈的基礎上，增加揚雄、文中子。在聖人譜系中的伏羲氏、神農氏、黃帝氏、少昊氏、顓頊氏、高辛氏消失不見，而所遺漏的「堯」又補回來。他的論述，前後有些混亂。

學者或以為石介在〈怪說〉中，將周公、孔子以降的道統歸結到韓愈，是「道」與「文」合一之見，道統與文統兩位一體。其實不然，他明言周公、孔子、孟軻、揚雄、文中子、吏部之「道」，推崇韓愈所重者還是「道」而不是「文」，並未對韓愈之「文」的特色有何揄揚。這個觀念與當時的道學家相近，涵有「道」為「本」而「文」為「末」之意。他在〈上趙先生書〉中，述及近得姚鉉《唐文粹》及《昌黎集》，稱讚二書之文「必本於教化仁義，根於禮樂刑政，而後為之辭」，凸顯的還是韓愈文章內容教化仁義、禮樂刑政的「道」；而如此文章之「用」：「大者驅引帝皇王之道，施於國家，教於人民，以佐神靈，以浸蟲魚；次者正百度，敘百官，和陰陽，平四時，以舒暢元化，緝安四方。」[66]明顯所重在於「文」中的「道」，而且是道之「用」。他對於「道」是什麼？在這篇文

63 〈尊韓〉一文，參見〔宋〕石介，《石守道先生集》（台北：藝文印書館，一九六六），卷下，頁三八。

64 〈怪說中〉一文，參見同前注，卷下，頁二六。

65 〔漢〕孔安國傳，〔唐〕孔穎達等疏，《尚書注疏》（台北：藝文印書館，嘉慶二十年南昌府學重刊宋本，一九七三），卷一二，頁一六八。

66 〈上趙先生書〉一文，參見石介，《石守道先生集》，卷上，頁七—八。

章中，回答比較明確，就是教化仁義、禮樂刑政，全屬道「用」的功能性觀念。這種文學本質觀，迂闊而了無新意，石介尊韓卻只是將韓愈「文以明道」的文學觀論述得更為迂闊，道德全離性情，成為僵固的教條。而他自己的古文創作又遠不及韓柳，無動人之力，對宋代初期古文的發展其實際影響不大。歷代這一類近乎腐儒的文論家，雖然囂囂其說；但是從文學史的發展觀之，其實很少有正向開創的影響效用。

柳開、智圓、石介都還守在韓愈的「道統」論，偏重於「道」而忽略「文」，相較於韓柳，其實呈現倒退現象。而創作實踐也缺乏精彩動人的篇章，顯然才情不高，學道而迂。因此，對韓柳所創建「文以明道」的文學本質觀，不管是理論或創作，實際上都沒有很大的開展之功。同時期的王禹偁，不管論述或創作實踐，與他們則是不同的路數，比較可以和稍後的歐蘇等古文家連接。

宋初，與柳開同時的王禹偁，尊韓愈乃是尊其「文」，於「道」既不承受韓愈所建構之「道統」，也不特別凸顯仁義道德之「行」；他是從「文」切入而立論，〈答張扶書〉云：

> 夫文，傳道而明心也。古聖人不得已而為之也；且人能一乎心至乎道，修身則無咎，事君則有立。及其無位也，懼乎心之所有，不得明乎外；道之所畜，不得傳乎後，於是乎有言焉；又懼乎言之易泯也，於是乎有文焉。信哉！不得已而為之也。[67]

王禹偁的焦點問題不在「道」而在「文」。「道」是什麼？既不如同韓愈標榜定名的「仁義」，也不明示接受韓愈所建構的「道統」，更沒有衛道而排他的剛烈之氣及文化意識形態。而只是泛說

「人能一乎心至乎道，修身則無咎，事君則有立」，這已近柳宗元「寬泛型」的儒家之道。此「道」存在何處，又從何而得？他也沒有明確的說法。不過，下文述及「今為文而捨六經，又何法焉」，則「道」存在於儒家「六經」；但「六經」之「道」不離其「文」，故重點還是在「文」。承接「夫文，傳道而明心也。古聖人不得已而為之也」這一前提，他就推導出「既不得已而為之，又欲乎句之難道耶？又欲乎義之難曉耶？今為文而捨六經，又何法焉？」他的焦點是「六經」乃「聖人不得已而為之」的傳「道」之文，「道」固在其中；然而「道」卻是每個人一心向道，而修身事君的實踐心得，不是定名固物，似乎不可直接「傳」與「受」。「六經」所示其實只有如何「以文傳道明心」之「法」。在「文以明道」的傳統，王禹偁較諸智圓、柳開，最大的差別是論題焦點從「道」轉向「文」，而提出「六經」以文傳道之「法」。因此他認為從「六經」學為「古文」，必須有正確的方法，並指出「若第取其《書》之所謂『弔由靈』，《易》之所謂『朋盍簪』者，模其語而謂之『古』，亦文之弊也」，然則學「六經」之「文」，除了內涵修身事君實踐心得之「道」外，要在能以「易曉」之「文」以「傳道而明心」。道不離文，文不離道。他推崇韓愈就是著眼於此，云：「近世為古文之主者，韓吏部而已。吾觀吏部之文，未始句之難道也，未始義之難曉也。」韓愈之文就是能得「六經」之「法」，故云「吏部之文，與六籍共盡」，六籍就是六經，「共盡」就是「同其終」，六經傳世到亡盡，韓文才會隨著亡盡；但是六經永垂不朽，韓文也就永垂不朽。

在柳開、智圓、石介之後，能上接王禹偁，真正尊韓而又能將韓愈「封閉型」的「道統」開放

67　〔宋〕王禹偁，《小畜集》（台北：臺灣商務印書館，一九六八），卷一八，頁二五三。

出來，朝向柳宗元「寬泛型」的儒家之「道」發展；不復衛道而排他的剛烈之氣與狹隘的文化意識形態當推歐陽修。[68]而「道德」不離士人立身處事之實踐，以及活活潑潑、真真實實之「性情」；並且「文」與「道」並重，同時創作質量俱高的古文，而使得韓柳所創建「文以明道」的傳統能大幅開展，繼續傳衍後世而不絕；這樣的正向發展，在歐陽修之後，繼之以王安石、曾鞏、三蘇等文章家，少高談闊論，而多以「明道」為原則，卻自由開放的創作，讓古文之「道」從封閉的「六經」文字世界回歸士人「在世存有」的自然世界以及文化社會世界，活潑性情，關懷眾生，實踐百事而「道」得之於心，自然發而為「文」；則「道」雖本於儒家文化傳統，卻不再如柳開、智圓、石介心目中那種食古不化的死物。歐陽修、王安石、蘇軾、蘇轍等，皆能通經，而有經學的著作；[69]卻又都能詩文創作，就如同韓柳，乃是王充所謂的「文儒」。

「文以明道」的本質觀，發展到歐陽修之後，就不再執泥於六經，封閉於道統；而與道學家殊途卻不同歸，道學家歸於「道」，文章家歸於「文」，並且少作繁複高深的理論，尤其不談心性學、形上學。「道」只做為日常生活及陶養性情，關懷政教，待人處事而存之於心的原則。而「文」則是隨心得之「道」自然而發，不刻意專學，雕琢成章。而歐陽修、曾鞏、三蘇與王安石則同中略有差異，歐陽修、曾鞏、三蘇比較保持文章家的觀點，而王安石雖然也是文章家，卻帶有政治家偏重文章之「用」的觀念。

歐陽修對於「道」是什麼？「道」存在何處，又從何而得？並沒有專篇論「道」。他一生獎掖後進，啟導學子，有關這幾個問題，大致都在給後進學子的書信或贈序中闡述。〈與張秀才第二書〉對於「道」是什麼所說甚為明白，云：

君子之於學也，務為道，為道必求知古；知古明道，而後履之以身，施之於事，而又見於文章而發之，以信後世。其道，周公、孔子、孟軻之徒常履而行之者是也。其文章，則六經所載，至今而取信者是也。其道易知而可法，其言易明而可行。及誕者言之，乃以混蒙虛無為道，洪荒廣略為古。其道難法，其言難行。孔子之言道曰：道不遠人；言中庸者曰：率性之謂道；又曰：可離，非道也。……仲尼曰：吾好古，敏以求之者。凡此所謂古者，其事乃君臣上下禮樂刑法之事，又豈如誕者之言者邪？……孔子之後，惟孟軻最知道；然其言，不過於教人樹桑麻，畜雞豚，以謂養生送死為王道之本。孟軻之言道，豈不為道？而其事乃世人之甚易知而近者，蓋切於事實而已。[70]

歐陽修所謂「道」乃是「古道」；不過這「古道」並非洪荒虛無，不可徵實、履行之道；而是周公、孔子、孟軻之切於事實，易知可法，易明可行，不過是君臣上下，禮樂刑法，人倫日用，養生

68 歐陽修雖然非佛而作〈本論〉上下篇，卻不像韓愈主張「人其人，火其書，廬其居」那樣激烈，只是反思何以來自夷狄的佛教能入於華夏文化而廣受信仰，屢禁而不息，原因是儒家之「道」式微而失其本；故不宜「操戈而逐之，有說以排之」，而應該「修其本以勝之」，而「禮義者，勝佛之本也」，也就是發揚儒家禮義，就可以勝過佛教。這不是排佛，而是讓佛教與儒家禮義之道，做公平的競爭。其眼界胸襟更勝於韓愈。參見〔宋〕歐陽修，《歐陽修全集》（台北：河洛圖書出版社，一九七五），上冊，卷一，頁一二五－一二八。

69 歐陽修有《詩本義》、王安石有《周禮新義》、蘇軾有《易傳》、《論語說》、蘇轍有《詩傳》、《春秋傳》。

70 歐陽修，〈與張秀才第二書〉，參見《歐陽修全集》，上冊，卷三，《居士外集二》，頁七八－七九。

送死，切身率性之「道」而已。此「道」載於六經之文，至今可取信於人。然則，像石介那樣將道推始到伏羲、神農、黃帝等上古洪荒之聖王，或如道學家虛談心性、高論形上之道，都是「誕者」之言；在歐陽修看來，都無法「履之以身，施之於事」；發而為「文」，也無法取信於後世。他對道學家之虛談心性，甚不以為然，在〈答李詡第二書〉論述非常詳切，「夫性，非學者之所急，而聖人之所罕言也」、「今之學者……好為性說，以窮聖賢之所罕言而不究者；執後儒之偏說，事無用之空言。」[71]然則，歐陽修之於「道」，所重在於切實、親近而易行。而「道」存在於何處？存在於「六經」；「道」如何而得？必須從「學」而得；「學」而「知古明道」之後，又必須「履之於身，施之於事」，也就是「行」。道從「學」與「行」而得；得其「道」，然後發而為「文」。所謂「古文」之「古」，宋初柳開〈應責〉就已作明確定義，云：「古文者，非在辭澀言苦，使人難讀誦之；在於古其理，高其意，隨言短長，應變作制，同古人之行事，是謂古文也。」[72]從柳開、王禹偁到歐蘇，都認為「古文」不在語言修辭的古奧，歐陽修甚至認為不在「駢」與「散」的區別；而在「道」之「古」，即因承古代以儒家聖賢所開創的人倫日用、禮義政教之「道」。王禹偁及歐蘇，其古文的語言修辭都是自然明暢，歐蘇也都有駢偶的辭賦之作。歐陽修在〈論尹師魯墓誌〉中，即認為「偶儷之文，苟合於理，未必為非」。[73]因此「古文」之為「古」，重要的是內容之「道」，而不是語言形式的古奧、駢散。

歐陽修這樣的觀念，受他獎掖啟導的曾鞏、三蘇，大體相同。唯蘇軾、蘇轍更由儒家之道，擴大到老、莊與禪；「道」益形寬泛。尤其蘇軾胸懷自由開放，衛道之氣與文化意識形態極淡，他在〈答張文潛書〉中，就表示：「文字之衰，未有如今日者也；其源實出於王氏。王氏之文，未必不善也，而患在於好使人同己。自孔子不能使人同，顏淵之仁，子路之勇，不能以相移；而王氏欲以其學同天下。地之美，同於生物，不同於所生；惟荒瘠斥鹵之地，彌望皆黃茅白葦，此則王氏之同也。」[74]這篇文章所指王氏，即是王安石；「患在於好使人同己」，指的是王安石熙寧變法，科舉廢詩賦，而改考經義及時務策。神宗命王安石設置經義局，詔修《詩經》、《尚書》、《周禮》三經新義。《詩經新義》、《尚書新義》由呂惠卿、王雱等撰寫，王安石審定。《周禮新義》則由王安石親撰，頒行天下，做為科舉考試標準本。[75]蘇軾大不以為然，曾上書〈議學校貢舉狀〉。[76]從他批評王安石「好使人同己」，而以孔子為「不能使人同」的典範，反照自身，則可理解蘇軾在文章家之中，最為自由開放，沒有偏窄強固的意識形態，不以自我為中心。其「道」雖仍以儒家為基底，卻不衛道而排他，能廣納群學，融為己意，隨境而發，卻「道」無所不在。「道德」與「性情」同體不悖。其創作實踐豐饒，體式多相，不拘一格。因此「文以明道」發展到蘇軾，才臻於海涵地負，格局宏闊。「明道」兼涵「性靈」，已開明清大盛之「性靈」文學的先河。

至於「道」存在何處，又從何而得？三蘇所見同樣是存在於經典，卻又不限於儒家六經；而

71 《歐陽修全集》，上冊，卷二，《居士集二》，頁一五四。

72 柳開，《河東先生集》，卷一，頁一〇。

73 《歐陽修全集》，上冊，卷三，《居士外集二》，頁一三四。

74 〔宋〕蘇軾，《蘇東坡全集》（台北：河洛圖書出版社，一九七五），上冊，《前集》，卷三一，頁三七六。

75 參見程元敏，《三經新義輯考彙評》（台北：國立編譯館，一九八七、一九八八）。

76 《蘇東坡全集》，下冊，《奏議集》，卷一，頁三九八—三九九。

「道」除了從「學」與「行」而得之外，更如柳宗元之從「觀」而得；觀天地自然之道。蘇洵〈仲兄字文甫說〉，詮釋其堂兄蘇煥之名；「渙」之為「道」也，出於《周易》之「渙」卦，〈象〉辭：「六四渙其群元吉。」[77]蘇洵詮釋云：「嗟夫，群者，聖人所欲渙以混一天下者也。」這是「道」由「學」而得。接著他又從「觀」天地自然，察知「風」作用於「水」，而「水」產生各種變化現象；故「風實起之」而「水實形之」，其「殊然異態，而風水之極觀備矣」，以詮釋《周易》「渙」卦的〈象〉辭：「風行水上渙」，並稱賞「此亦天下之至文也」。此一「至文」乃是天地不假造作，自然而生之現象，故謂之「至文」。蘇洵云：「此二物（風與水）者，豈有求乎文哉！無意乎相求，不期而相遭，而文生焉；是其為文也，非水之文也，非風之文也。二物者非能為文，而不能不為文也；物之相使而文出於其間也，故此天下之至文也。」這是「道」從「觀」而得。接著蘇洵又由此天地自然之「道」推演為人之「道」，云：「昔者，君子之處於世，不求有功，不得已而功成，則天下以為賢；不求有言，不得已而言出，則天下以為口實。」[78]「口實」指的是真實不虛之定論。這是「道」從「行」而得。「道」從學、行、觀而得，蘇洵這篇文章做出最完備的示範。蘇軾、蘇轍之「文以明道」莫不如是。

王安石對於「文以明道」之「道」是什麼。前文徵引〈上人書〉，已論明王安石所謂「文」，指的是「禮教治政」的文化產品，其內涵就是「道」，重要價值則是「補於世」的「衍外效用」。他在〈與祖擇書〉中也有類似之說：「治教政令，聖人之所謂文也，書之策，引而被之天下之民，一也。聖人之於道也，蓋心得之；作而為治教政令也，則有本末先後，權勢制義，而一之於極。其書之策也，則道其然而已矣。」[79]對王安石而言，什麼是「道」？他的回答：「道」就是「治教政令」之

「道」，非一般人倫日用之「道」。王安石是唐宋古文八大家之一，創作實踐甚豐，蘇軾也認為「王氏之文，未必不善也」。但是他對「道」的定義，卻偏向政治家的觀點，這與歐陽修、三蘇一系，頗有差異。而此「道」存在何處？他的回答是「聖人之於道也，蓋心得之」，這是原創。既「心得之」，又「作而為治教政令」，當然必須「書之策」，就表現為「文」，以「道其然」。道，是表明之意。然則「道」又存在於聖人所書之策。而這些「治教政令」當然是「用」以「被之天下之民」，這是「文」的「衍外效用」。因此，文章實用為先，無須華美。而尤其要注意的是他所強調「本末先後，權勢制義，而一之於極」。「治教政令」之「道」，其「用」必有「本末先後」，必順從君相之「權勢制義」，而「一之於極」。「一」是統一而不詩，「極」則是最高之君權。然則，此「道」其實就是威權的政治意識形態所立之禮法教令。王安石是政治家，而且是政治改革家。凡改革家必有明確強固的意識形態。尤其政治改革，必得皇帝支持。其意識形態當然也就是最高統治者的政治意識形態。前文述及，蘇軾批評他「好使人同己」。這個「己」，除了自身之性格，其實涵有挾其權力所固持的政治意識形態之義。從「文以明道」的創作實踐而言，此「道」從何而得？也只能從「治教政令」而得。做為文章家的王安石，其實如同道學家，已在「反文學」的邊緣。因此，他的創作雖豐而入於古文八大家之列，但是對後世的影響效用，其實不如歐蘇。

77　〔魏〕王弼注，〔唐〕孔穎達疏，《周易注疏》（台北：藝文印書館，嘉慶二十年南昌府學重刊宋本，一九七三），卷六，頁一三一。

78　〈仲兄字文甫說〉，參見〔宋〕蘇洵，《嘉祐集》（台北：臺灣中華書局，一九七〇），卷一四，頁七。

79　〔宋〕王安石，《王安石全集》，上冊，卷三三，頁四九。

「文以明道」的文學本質觀，創建於韓柳，發展到宋代已形成傳統而定型。以歐蘇為主軸，則「道」不遠人，已從韓愈「封閉」的醇儒「道統」開放出來，朝向柳宗元比較「寬泛」的儒家之「道」發展；發展到三蘇，「道」更由儒而擴展到老、莊與禪；而成為士人立身處事、關懷政教，切實、親近而易行之「道」。「道德」與「性情」同體不悖。而「道」雖取原求本於「六經」，卻不封閉在固紙堆中，士人必須經由「學」而得之於心，「行」之於事，復加之以「觀」天地自然而發之於「文」。「道」與「文」並重，而以「文」為終極表現，「道」則涵於其中。

文學史以文章家為主軸，北宋發展到南宋，重「道」輕「文」的論述，約有二路：一是道學家以朱熹繼承「文以載道」之論為主，他所謂「道」指的是「天理心性」之道；二是陳亮與葉適，同樣是「文以載道」，但他們所謂「道」，則關懷時代政事的「經世致用」之道。朱熹認為：「道者，文之根本；文者，道之枝葉。唯其根本乎道，所以發之以文，皆道也。三代聖賢文章皆以此心寫出，文便是道。」[80]他說「文便是道」，看似「文道合一」，其實以道為本而以文為末，這是道學家一貫的觀念，終極目的在於「踐道」而不在於「為文」。朱熹雖不至於反文學，卻也沒有肯定「文」有自體的價值。因此他批評東坡云：「今東坡之言曰：『吾所謂文，必與道俱』，則是文自文，道自道。待作文時，旋去討個道來放入裡面，此是他大痛處。」[81]朱熹先從踐道立說，而後推及於文。東坡先從作文立說，而後推及於道。這是道學家與文章家對「文」與「道」之先後終始，在觀念上的差異，殊途而不同歸。朱熹卻批評東坡「此是他大痛處」，乃是己之所是而非人之所是，道學家封閉的衛道意識形態，實為文化思想上，是非爭端之源。朱熹不以「文」為能事，但文章寫得很好。不過，由於道學家所重在「道」而不在「文」，其自我期許、定位已在文學史的主軸統緒之外，因此後世的文學史書寫也多不將他納入古文傳統。

朱熹之所謂「道」就是天理心性，極少關乎經世致用之「道」；故陳亮、葉適這些關懷時代家國的士人講的卻是經世致用之「道」，彼此攻訐爭辯。不過，兩方對於什麼是「道」，所見雖差異甚大，但所重都在「道」而不在「文」，「文」的價值在於「用」，因此都是「文以載道」之論。陳亮〈復吳叔異〉云：「古人之於文也，猶其為仕也。仕將以行其道也，文將以載其道也。」[82]所謂「仕將以行其道」之「道」，乃「經世致用」事功之「道」。葉適同樣不虛談天理心性，而主張即事而言義理，其〈題姚令威西溪集〉云：「欲折衷天下之義理，必盡考詳天下之事物而後不謬。」[83]故而為文必須關乎政事，即事而言理，其〈贈薛子長〉云：「為文不能關教事，雖工無益也。」[84]陳亮與葉適這一類士人所謂「道」，比較接近王安石一路。

宋代之後，「文以明道」傳統的發展，「道」逐漸不是關注重點，而轉向關注於「文」。文體與文法，成為論述爭辯的焦點議題。至於什麼是「道」？大致延續唐宋文章家之論而朝向開放，不固守韓愈所建構「封閉型」的醇儒道統；但是少有創新之論，明初，宋濂不直接論「道」，而從「文」

80 〔宋〕朱熹著，黎德靖編，《朱子語類》（北京：中華書局，一九八六），冊八，卷一三九，頁三三一九。

81 同前注。

82 〔宋〕陳亮，《陳亮集》（台北：鼎文書局，一九七八），卷二一，頁三三五。

83 〔宋〕葉適，《葉適集》（北京：中華書局，二〇一〇），卷二九，頁六一四。

84 同前注，頁六〇七。

論「道」；卻將宋代歐蘇所揭明士人立身處事、關懷政教，切實、親近而易行之「道」，再推至遠古，拉高層次，以探其本原；而作〈文原〉云：「人文之顯，始於何時？實肇於庖犧之世。庖犧仰觀俯察，畫奇偶以象陰陽，變而通之，生生不窮，遂成天地自然之文，非惟至道含括無遺，而其制器尚象，亦非文不能成。」[85]這不過是〈繫辭傳〉、《文心雕龍．原道》、石介〈尊韓〉之舊言語，並無創意，而推其始於遠古，邈不可徵實。又云：「吾之所謂文者，天生之，地載之，聖人宣之，本建則其末治，體著則其用章，斯所謂乘陰陽之大化，正三綱而齊六紀者也。」[86]窮其本於天地，求其原於大化，道學家之遺緒。他自評「予既作〈文原〉上下篇，言雖大而非誇」；[87]實則大而誇，純是理論，迂闊不切古文之創作實踐，對「文以明道」傳統之推展，亦無效用。明代中後期，焦竑以學術為專業，善子、史之學，不算是典型的文章家，偶爾以「文」而論「道」，〈與友人論文〉云：「竊謂君子之學，凡以致道也。道致矣，而性命之深窅與事功之曲折，無不了然於中者，此豈待索之外哉！吾取其了然於中者而抒寫之，文從生焉。故性命事功其實也，而文特所以文之而已。」[88]這顯然取向於道學家「性命」之學，而結合政治家如王安石、陳亮、葉適「事功」之論的路數，無甚發明；重道而輕文，只是還沒到道學家「反文學」的境地。

明代初期，大抵臺閣重臣，例如宋濂、楊士奇、楊榮、楊溥等，都以君王權力為核心，而文章則以傳統儒學、理學為思想基礎。理學尊程朱，文章尊韓歐，「道」就在此中，形成「臺閣體」，掌控明代初期將近百年的文風。[89]古文大家，宋濂的門生方孝孺比較特別，雖擔任過惠帝的侍講學士。但文風不屬台閣體，他固守儒家之「道」，在〈答王秀才書〉中，[90]認為唐宋古文家所論之「道」不夠醇正，連韓愈都只有〈原道〉合格，「凡文之為用，明道立教，二端而已」。那麼，道從何來？

「堯、舜、禹、湯、周公、孔子之心，見於《詩》、《書》、《易》、《禮》、《春秋》之文，皆以文乎此而已。舍此以為文者，聖賢無之，後世務焉。其弊始於晉、宋、齊、梁之間。盛於唐，甚於宋，流至於今，未知其所止也。」所謂「道」只在儒家經典，論古文則六朝至於唐宋，一概鄙棄。這種觀念已入宋代道學家之伍，比其師宋濂更甚，近乎迂腐。然則，其「道」僅自經典之學而來嗎？觀其一生行誼，卻也付諸實踐；尤其成祖奪權，廢惠帝，為求政權的正當性，命方孝孺草詔以示天下，方孝孺至死不受命。果然履踐儒家忠節之「道」，而至於固執，不稍權變。

明代辭章、經術、道學各為其業；辭章已獨立為文士專藝，孝宗弘治年間始，中後期秦漢派的李夢陽、康海、何景明、李攀龍、王世貞等文章家；王慎中、唐順之、歸有光等唐宋派文章家。他們雖仍有秉持「文以明道」的觀念而為文者；但是都排斥道學家程朱一系道本文末、重道輕文之論，既不講天理心性之道，也不拘於儒家五經之「道」，而取向開放，接近柳宗元及宋代文章家路數，廣及《左傳》、《國語》、《莊子》、《戰國策》、《呂氏春秋》、《史記》、《列子》等典籍，都可資取法。唐宋派雖受王陽明「心學」的影響，卻因為「中得心源」，「道」更趨自由開放，自得於

85 〔明〕宋濂，《宋文憲公全集》（台北：臺灣中華書局，一九七〇），卷二六，頁一〇。

86 同前注，頁一一。

87 同前注，頁一二。

88 〔明〕焦竑，《焦氏澹園集》（上海：上海古籍出版社，二〇〇二），卷一二，頁一〇三。

89 詳見熊禮匯，《明清散文流派論》（武昌：武漢大學出版社，二〇〇三），頁六九—一四一。

90 〔明〕方孝孺，《遜志齋集》（台北：臺灣中華書局，一九七〇），卷一一，頁。

心，不假外求，往往不離「心」而論「道」，不離「事」而論「道」，不離「文」而論「道」。而其「事」又多「今之事」，則「文以明道」，乃落實於當代經驗，以「心」即「事」而言「理」；他們以「文」為目的而論「道」，常換用另一個詞彙，即「理」或「意」。「理」與「意」都指文章內容，而與形式之「辭」為對，論述「理」與「辭」或「意」與「辭」的關係。明代中後期的文章家，什麼是「道」？道存在何處，又從何而得？已不是論述重點；重點轉移到「文體」與「文法」的歧見，彼此爭辯攻詰。[91]

清初文章家對於什麼是「道」？古文三大家的回答，汪琬比較保守，《清史列傳．文苑傳一》指出：「其言大抵原本於六經。」[92]侯方域、魏禧則大致趨向開放，不局限於某些固定的經典。侯方域才人之文，縱橫馳騁，其後古文雖宗法韓歐，於「道」不泥古，完全不在六經範限之內。[93]主張明確者當推魏禧，以「經世致用」之「理」為「道」，故為文往往即事以論有用之「理」，其〈宗子發文集序〉云：「文章之能事在於積理。」因此他反對從六經四書，周秦諸子，兩漢百家，唐宋大家的文體去求獨創格調，這是針對明代的文章家而發，乃轉而認為：「文章格調有盡，天下事理日出而不窮，識不高於庸眾，事理不足關係天下國家之故，則雖有奇文，與《左》、《史》、韓、歐陽並立無二，亦可無作。」[94]然則魏禧對什麼是「道」的回答就是關係天下國家而日出不窮的「事理」；「道」當然存在其中，而以「識」得之。

做為「文以明道」傳統的殿軍，桐城派標舉「義法」，較之魏禧，反趨保守。方苞在〈又書貨殖傳後〉明確界定「義法」，云：「《春秋》之制義法，自太史公發之，而後之深於文者亦具焉。義即《易》之所謂『言有物』也；法即《易》之所謂『言有序』也。義以為經而法緯之，然後為成體之文。」[95]「言有物」語出《周易．家人》的〈象〉辭，指的是內容之「義」，「義」就是「道」；「言有序」語出《周易．艮》的〈象〉辭，指的是形式的謀篇宅句之「法」。而什麼是「義」或「道」？存在何處？方苞〈古文約選序〉說得很明白：

> 自魏晉以後，藻繪之文興，至唐韓氏起八代之衰，然後學者以先秦、盛漢辨理論事，質而不蕪者為古文。蓋六經及孔子、孟子之書之支流餘肄也。……蓋古文所從來遠矣，六經、語、孟其根源也。得其枝流而義法最精者，莫如《左傳》、《史記》。……其次《公羊》、《穀梁傳》、《國語》、《國策》。」[96]

91 有關秦漢派與唐宋派的產生、發展，文學觀念與創作實踐的同異，文體典範與文法取擇的歧見，相互爭辯攻詰，可詳參熊禮匯，《明清散文流派論》，第三、五章。

92 《清史列傳》（台北：臺灣中華書局，一九八三臺二版），冊九，〈文苑傳〉，卷七〇，頁三七。按《清史列傳》未標作者姓名，實為多人合編，大多取材清國史館《大臣列傳稿本》、《滿漢名臣傳》、《國朝耆獻類徵初編》。

93 參見《清史列傳》，冊九，卷七〇，頁三一。

94 〔清〕魏禧著，現代胡守仁、姚品文、王能憲校點，《魏叔子文集》（北京：中華書局，二〇〇三），卷八，頁四一一—四一二。

95 〔清〕方苞，《方望溪全集》（北京：中國書店，一九九一），卷二，頁二八—二九。

96 〔清〕方苞，〈古文約選序〉，參見王水照編《歷代文話》（上海：復旦大學出版社，二〇〇七），冊四，頁三九五一。

然則古文之「義」其實不完全等於「道」。「道」不離「行」，必具主體性與實踐性，在現實世界的日常人倫之間實踐而得之於心，因此不是理論。方苞所說的「義」指的是「辯理論事」，乃是語言層次，作文能「即事言理」，非徒托空言，而其根源是六經及孔、孟之書；而得其「義法」最精者「莫如《左傳》、《史記》，其次是「《公羊》、《穀梁》、《國策》」」。以此觀之，方苞所開顯的古文，最重要的類型乃史傳敘事文，故云：「義法最精者，莫如《左傳》、《史記》。」而在〈古文約選凡例〉中也明指「三傳、《國語》、《國策》為古文正宗」。[97]同時，鼓勵後學「群士果能因是以求六經、《語》、《孟》之旨，而得其所歸，躬蹈仁義，自勉於忠孝，則立德立功以仰答我皇上愛育人材之至意，皆始基於此。」顯然，方苞編選這部古文範本，目的是要讓群士「用為制舉之文，敷陳論策」[98]其實已將古文當作謀取科舉功名之具，對皇帝不免頌德之意；顯然重視的是「衍外效用」，已降低其格。制舉之文，所論之「義」皆關乎政務，必須即事言理，因此他才特別以「敘事文」做為古文正宗。敘事，必須有文獻憑據，不能架空虛說，這就導致後來姚鼐結合「考證」之學，以助義理、辭章之實義。並且，制舉之文，必須謹守儒家經典之義理，別說自己體悟人生，就是旁涉道佛，亦所不許，故《古文約選》以周末諸子「不可繩以篇法」為由，一概不予採錄。[99]其實，真正原因是在內容之「義理」不合皇權所許可之正經。這就使得桐城古文純化也窄化到只固守儒家經典；而「文以明道」也變成「文以論理」，主體實踐顯然弱化，而變成只是客觀學識的認知，是作「文」的事，不是做「人」的事。古文之「文以明道」，其「道」的弱化與變質，明代就已開始，發展到清初侯方域、魏禧稍見轉機，尚能顯主體人格性情；及至桐城立派，則主體實踐之「道」變成語言文字之「義」，已全是作「文」的事了。

至於「義」從何而得？理論上說是從「學」與「行」而來，方苞對學行與文章的關係，其基本觀念是「學行繼程朱之後，文章介韓歐之間」，[100]試圖融合道學家的學行與古文家的文章。不過，方苞在〈古文約選序〉中，對於「行」也只是勸勉學子「躬蹈仁義，自勉於忠孝」如此空泛之語，頗似教條；或許是因為上呈皇帝的政治語言，妝點門面而已。後繼的姚鼐更選擇性、調適性的吸納清代漢學一派的考證之功，主張義理、考證、文章互濟；[101]主要是為了讓桐城古文「辯理論事」，不至於空疏；然而，原本古文所明之「道」也被導向偏重客觀知識性的理論，從經典史料的學問得之，故改稱為「義」；主體道德實踐的體悟已被弱化，人格性情也與明「道」的古文無關。雖然姚鼐曾在〈復汪進士輝祖書〉表明：「夫古人之文章，豈第文焉而已！明道義，維風俗，以昭世者，君子之志；而辭者足以盡其志者，君子之文也。」[102]這說的是「古人之文章」，然而今之桐城的文章呢？何以未曾將

97 〈古文約選凡例〉，參見同前注。

98 〈古文約選序〉，參見同前注。

99 〈古文約選凡例〉，參見同前注。

100 〔清〕王兆符〈望溪先生全集序〉引方苞自述，參見〔清〕方苞，《方望溪全集》，頁二一。

101 〔清〕姚鼐〈述庵文鈔序〉：「余嘗論學問之事，有三端焉，曰：義理也，考證也，文章也。是三者，苟善用之，則皆足以相濟；苟不善用之，則或至於相害。」參見姚鼐，《惜抱軒文集》（上海：上海古籍出版社，二〇〇二），卷四，頁三一。

102 同前注，卷六，頁四五—四六。

這種「君子之志」做為桐城文章的第一義？而所重者卻在作文之能事的「義法」。他的弟子方東樹也曾在〈復姚君書〉表示：「吾修之於身，而為人所取法，莫如德；吾飭之於官，而為民所安賴者，莫如功。若夫興起人之善氣，遏抑人之淫心，陶縉紳，藻天地，載德與功以風動天下，傳之無窮，則莫如文；故古之立言者與功德並傳不朽。」[103]說的仍是從讀書所得的一般道德文章之理。問題是，主體的道德實踐始終都不是桐城古文的核心觀念，「義法」才是從方苞以下，歷經劉大櫆、姚鼐，至於下一代弟子如梅曾亮、方東樹等，所一貫講論不休的核心觀念。

「義法」所重不是在內容的「義」而是語言表現方法。「法」在方苞、姚鼐的論述中，沒有脫離「義」而言，頗有「法」生於「義」而隨義變化的意思。問題是「義」從何而得？大體是從客觀學識而來，不從主體修養及道德實踐而來，後文再做詳論。這裡先了解劉大櫆如何論述，他在〈論文偶記〉中，明白指認：「文人者，大匠也。神氣、音節者，匠人之能事也。義理、書卷、經濟者，匠人之材料也。」[104]在劉大櫆看來，「寫什麼」不是最重要，那只像是匠人的「材料」；「如何寫」才最重要，那是匠人的「能事」。因此，他所要精細講論的是「能事」，這「能事」是什麼？一是神氣；二是音節；三是字句。〈論文偶記〉說得明白：「音節者，神氣之跡也。字句者，音節之矩也。神氣不可見，於音節見之；音節無可準，以字句準之。」[105]從語言技法的理論而言，說得很精細。問題是這種理論卻成為「義法」的第一義。那麼「義」在哪裡？從何而得？於是唐宋韓柳歐王曾蘇那種性情風骨、學行文章、政教事功俱得、文道合一的「文儒」，降及劉大櫆這樣的古文家，已演變為精求語言技法，而以作文為專藝之「能事」的「文匠」。

方苞、姚鼐雖然沒有特別以「義」為桐城文章的第一義，卻也沒有如此重法而輕「義」。綜觀從方苞以降的桐城古文，雖包舉天下，風行一代；卻也顯示唐宋古文家所建構「文以明道」這個傳統已是「夕陽在山」的燦爛，但見文章甚巧，而桐城古文家們雖也品德無虧，卻已少見「文儒」的風範。所謂「義法」之「義」也不過是從書本得來理論性、知識性的「理」，而不是「實踐性」的「道」。唐宋古文雖「文以明道」，所重在「用」；但是「道」不離作者的人格、性情、風骨與日常人倫實踐，韓柳歐王曾蘇之作莫不主體生命活活潑潑，性情、生命存在體驗融於所明之「道」中。桐城古文之「義」卻多見學識、技法，少顯作者的人格、性情、風骨與人倫實踐心得，漸趨客觀知識性之「理」的表現，並且走入追求單一「雅潔」之風的窄路，而阻塞多元創造的可能。

桐城派之後，其支流以惲敬、張惠言為主的陽湖；曾國藩、吳汝綸為主的湘鄉；嚴復、林紓為主的侯官諸派，對於「義」都不再有多大的發明，僅是更加寬泛，不限於經史之書，不拘於儒家之「理」。值得注意的是義理、考證、文章之外，曾國藩增以「經世濟國」之道，而語言體製也朝向駢散皆宜。對於這個傳統，我們必須思考到的重要問題是：雖然方苞標榜「學行繼程朱之後」，古文所明之「道」應該是出於政教與日常人倫「實踐」所體悟，而非從經典所學得的事理。桐城古文至於末流，儘多文匠，為作文而作文，為論理而論理，所重又都在「文法」；而「道」只不過是固守儒家經典的理論性知識，很少政教與日常人倫「實踐」心得，更很少能融入作者的真性情，活生生的自由創

103 〔清〕方東樹著，《考槃集文錄》，參見《清代詩文集彙編》（上海市：上海古籍出版社，二〇一〇），冊五〇七，頁二三五—二三七。

104 〔清〕劉大櫆著，現代舒蕪校點，《論文偶記》（北京：人民文學出版社，一九五九），頁三—一三。

105 同前注。

造。因此文章儘管寫得條理井然，但所論之「義」卻逐漸淪為沒有生命存在體驗的教條，不免醬缸氣；曾國藩雖然提出「經國濟世」之「道」，算是賦「義」以時代政教實踐經驗的內涵，以活化經典之「義」的僵固，卻也難挽頹勢。「文以明道」這一傳統發展至此，已窮盡而無可創化。晚清以降，新知識分子追求現代化，白話文學興起，反儒家傳統成為風潮。「文以明道」這個傳統正好是最大的反對目標，而桐城遺緒就是明確的箭靶；「謬種」、「餘孽」罵名不斷，此一傳統告絕。

最後，關於道學家與文章家都主張「宗經」，有何差別？這個問題必須解答。標舉「文以載道」、「文以明道」者，必「宗經」。「宗經」之論，其來久遠，荀子已開其端，揚雄繼其軌，劉勰易其轍。其實，歷代士人宗經各有取向及終極目的，可約括為二途：一是荀子、揚雄及宋明道學家的「踐道」宗經。二是劉勰的「文體」宗經。我在〈《文心雕龍》所隱含二重「文心」的結構及其功能〉一文中，[106]已做詳論，大意如下：劉勰之「宗經」乃「文體宗經」，道與文合一而不能切分，道心即文心，文不離道，道不離文；而非荀子、揚雄，以及宋儒所說的「道德實踐宗經」，道本而文末，重道而輕文。[107]甚至前文已論及程頤有「作文害道」之說，他所說的「文」雖然指的是不能載道的文人之作，卻也表示他對經典所重視的是「道」；至於「道之文」如何，則非他所關懷的要義。「文體宗經」與「踐道宗經」，兩者層次與型態不能混同，有些學者籠統的認為劉勰之宗經乃源於荀子、揚雄，卻未能分辨其差異。[108]而且，劉勰所謂「宗經」，乃宗法經典之理想文體所示範的特質、創作精神態度以及法則，即《文心雕龍．宗經》所謂：「文能宗經，體有六義：一則情深而不詭；二則風清而不雜；三則事信而不誕；四則義直而不回；五則體約而不蕪；六則文麗而不淫。」[109]此為「通常」之「理」；相對必須融入作者的當代社會經驗與個人的才性氣力、文辭技巧，此為「創變」

之「方」；故而「宗經」並非依樣模擬或複製「經」的文體，乃是「常」與「變」相因而辯證統合，而能「貫通」文體的歷史發展。因此創作實踐，既從經典的理想文體領會文章創作之普遍原理，而又貼切於當代及個人文辭氣力與社會經驗而「適變」。[110]〈總術〉所謂「思無定契，理有恆存」，[111]個

106 顏崑陽，〈《文心雕龍》所隱含二重「文心」的結構及其功能〉，收入顏崑陽，《學術突圍》（新北：聯經出版事業公司，二〇二〇），頁三八七—四一八。

107 荀子與揚雄之因為「道德實踐」而徵聖、宗經，以及宋儒「道本文末」、「重道輕文」的「宗經」觀念，詳見郭紹虞，《中國文學批評史》（台北：文史哲出版社，一九七九），上卷第二篇第一章第三節，頁二七—二八；第三篇第三章第二節，頁五八—六〇；第六篇第一章第四節，頁三五〇—三六一。

108 例如郭紹虞，《中國文學批評史》論及荀子的文學觀，云：「這與後人論文主於徵聖者何以異。」頁二七。又論及揚雄的文學觀，云：「劉勰《文心雕龍》所載〈原道〉、〈宗經〉、〈徵聖〉諸篇，其意亦自揚雄發之。」頁六〇。劉大杰：《中國文學批評史》（台北：文匯堂出版社，一九八五），論及揚雄的文學觀，云：「揚雄對明道、徵聖、宗經的原則所作的理論上的發揮。這種理論，對後來劉勰、韓愈等人發生較大的影響。」頁六五。論及劉勰的文學觀時，也認為原道、徵聖、宗經的觀念，荀子、揚雄已經建立，而「到了劉勰，在前人的基礎上，論述更為深入。」頁一四九。成復旺、黃保真、蔡鐘翔合著，《中國文學理論史》（北京：北京出版社，一九八七），論及劉勰的文學觀，云：「他繼承和發展了荀子、揚雄的觀點，把『原道』、『徵聖』、『宗經』列為『文之樞紐』。」冊一，頁二四五。凡此之論，都是只見表層文字，而未細究「文體宗經」與「踐道宗經」兩者內涵的差異。

109 周振甫，《文心雕龍注釋》，頁三二一。

110 參見《文心雕龍．徵聖》，聖人能隨不同文章之用而做適當變化，卻又有其「通常」不變的法則，云：「繁略殊形，隱顯異術；抑引隨時，變通會適。徵之周、孔，則文有師矣。」又〈通變〉云：「憑情以會通，負氣以適變。」由此可知，既不泥於古，又不執於今，「會通適變」正是一般文士可向聖人宗法的「文心」。

111 周振甫，《文心雕龍注釋》，頁八〇二。

人出於文辭氣力的「創變」是無定契之思，經典文體所示的「通常」之理則超越古、今之時間分限而恆存；故後人將「宗經」與「通變」二個觀念結合，而指劉勰的文學觀念為「復古」或「復古名以通變」。[112]這種論點皆因僵持古、今之時間分限，而未明劉勰超越古今，「會通適變」的辯證思維。

至於唐宋古文家的「宗經」，則介乎這二者之間，「宗經」的目的是為了「文以明道」，「道」與「文」並重，而最終是表現「文道合一」的古文；而不是道學家主張「文以載道」，重「道」輕「文」，「道」為「本」而「文」為「末」，最終表現是在「道」的實踐。不過，古文家雖最終以表現「文」為目的；但是「文」的內容之「道」從何而得？還是要「學」六經而得其「道」，並「履之以身，施之於事」，也就是「行」；將這樣的「道」發而為「文」，成為內容。從這個角度來看，又比較接近劉勰為理想文體而「宗經」；但古文家的宗經目的，卻不只是為了取法「經」所表現的「體」，而是體悟「經」所內涵的「道」。韓柳歐蘇等歷代古文家所主張「宗經」，大體如是觀。

2、什麼是「文」？

什麼是「文」？在「文以明道」的論述中，「文」有多層次涵義，一般學者不辨，混淆用之。我們必須加以分疏，再論定「文以明道」之「文」，主要的意義是什麼。

第一個層次是「天文地理」之「文」，也就是宇宙自然之「象」。《文心雕龍．原道》云：「文之為德也大矣，與天地並生者何哉？夫玄黃色雜，方圓體分；日月疊璧，以垂麗天之象；山川煥綺，以鋪理地之形，此蓋道之文也。」[113]一切宇宙自然的顯象，都是「道」所創生實現之「文」。論文章而推極天文地理之「文」，都是從「理論」為文章溯源尋本，以立其原理原則。這種思想出於《周易・繫辭上》：「易與天地準，故能彌綸天地之道，仰以觀於天文，俯以察於地理。」[114]「文以明道」的論述，對於「文是什麼」如果做出理論的溯源尋本，都會將「文」推向天文地理，而指其蘊藏天地之「道」。石介〈上蔡副樞書〉云：「夫有天地故有文。……在天成象，在地成形，變化見矣，文之所由生也。」[115]這全取自《周易・繫辭》之說。前文論及明代宋濂〈文原〉將「文」者視為「天生之，地載之，聖人宣之」，也是此一思維。另前文論及蘇洵〈仲兄字文甫說〉，指出「風」與「水」遭遇而生出各種現象，就是「天下之至文」，雖未推高到形上之「道」層次，也是宇宙自然之

112 歷來學者以為劉勰的文學觀念是「復古」或「復古名以通變」者，例如詹鍈《文心雕龍義證》，在〈通變〉的題解徵引清代紀昀云：「當代新聲既無濫調，則古人之舊式，轉屬新聲，復古而名以通變，蓋以此爾。」冊中，頁一〇七七。黃侃，《文心雕龍札記》（上海：華東師範大學出版社，一九九六），在〈通變〉的札記中，云：「此篇大指，示人勿為循俗之文，宜反之于古。……明古有善作，雖工變者不能越其範圍。知此，則通變之為復古，更無疑義。」頁一三一—一三二。此說與紀昀無異，黃侃雖明知「文有可變革者，有不可變革者。可變革者，遣詞捶字，宅句安章，隨手之變，人各不同。不可變革者，規矩法律也。」但是他仍拘於古、今時間之分限，而將「規矩法律」視為古人之所有、經典之所專，而未明「規矩法律」乃超越時間，通常而恆存，非專屬古人之物。其實，「復古」一詞甚為不當，「復」有返回之義，容易被誤解為在線性的「時序」上，要返回古代，模仿古人之文，因此而失其因時適變的創新之義；則「宗古」一詞或較適義，「宗古」者乃宗法古代經典之文學根本精神及其創作原理，此為學習歷程及方法，而其終極目的則意在因時以創變，即〈通變〉所謂「望今制奇，參古定法」，二者辯證統合，不偏一端。詳見本書第六章〈中國原生性「通變文學史觀」詮釋模型重構〉。

113 周振甫，《文心雕龍注釋》，頁一。

114 〔魏〕王弼注，〔唐〕孔穎達疏，《周易注疏》，卷七，頁一四七。

115 〔宋〕石介，《石守道先生集》，卷上，頁一四。

「文」的涵義。凡此，都是將「文」最為廣義的界定在天文地理，宇宙自然之「文」。這是「明體」之義；「明體」必須繼而致「用」，否則即是迂闊之空言。

第二層次是「人文」之「文」。此一「文」的觀念，也是出於《周易・賁》的〈彖〉辭：「觀乎天文以察時變，觀乎人文以化成天下。」孔穎達疏云：「觀乎人文以化成天下者，言聖人觀察人文，則詩書禮樂之謂；當法此教而化成天下也。」[116]然則「人文」之「文」，指的就是周代先聖先王所建立的「文化」，其產品之「文」載於詩書禮樂，就是六經。而求其原始，則必推極伏羲作卦。《文心雕龍・原道》云：「人文之元，肇自太極。幽讚神明，易象惟先。庖犧畫其始仲尼翼其終。」[117]將「文以明道」之「文」定義在「人文」之「文」，唐宋以降的論述甚多。前文論及司馬光〈答孔文仲司戶書〉云：「古之所謂文者，乃詩書禮樂之文，升降進退之容，弦歌雅頌之聲，非今之所謂文也。今之所謂文者，古之辭也。」他分辨古代所謂「文」，乃載之於詩書禮樂，而實踐於倫理行為的「升降進退之容」，施行於教化的「弦歌雅頌之聲」，而不是當世以「辭章」為能事之「文」。司馬光所說之「文」，顯是廣義的「人文」之「文」。前文論及王安石所謂「文者，禮教治政云爾」，同樣是這種觀念。宋代趙湘〈本文〉認為「靈乎物者文也，固乎文者本也」；「本」即是「道」。而聖人總「文」以括天地之「文」與「道」；聖人之「文」就是「人文」，其內涵是「仁義孝悌、禮樂忠信。俾生民知君臣父子夫婦之業，顯顯焉不混乎禽獸。」[118]這當然是廣義的「人文」之「文」。前文論及宋濂〈文原〉：「吾之所謂文者，天生之，地載之，聖人宣之。」所謂「天生之，地載之」，是天文地理之「文」；至於「聖人宣之」，則是「人文」之「文」，其「用」是「正三綱而齊六紀」。凡此，都是將「文」廣義的界定在「人文」之「文」，以立文章之本。

第三層次是「文章」之「文」，「文」是「文章」的省稱。「文章」當然是語言形式與內容合一表現的實體，此一「文」的涵義最為常見。《論衡．佚文》云：「賢聖定意於筆，筆集成文，文具情顯。」[119]筆是書寫，「筆集成文」就是形式與內容合一的文章。顏之推《顏氏家訓．文章》云：「古人之文，宏材逸氣，體度風格，去今實遠。」[120]古人之「文」指的是整體的文章。《文心雕龍》所論及之「文」，其義多層，前文所舉〈原道〉的「道之文」，乃「天文地理」之「文」，又「人文之元，肇自太極」則是廣義的「人文」之「文」；而〈宗經〉云：「文能宗經，體有六義」，則是「文章」之「文」。韓愈〈進學解〉云：「先生口不絕吟於六藝之文。」[121]六藝就是六經，六經之「文」，當然是形式與內容一體的文章。歐陽修〈答吳充秀才書〉云：「聖人之文，雖不可及；然大抵道勝者，文不難而自至也。」[122]聖人之「文」指的是聖人的文章，形式與內容不分的整體。蘇洵〈上歐陽內翰第一書〉云：「孟子之文，語約而意盡……韓子之文，如長江大河，渾浩流轉。」[123]

116 《周易注疏》，卷三，頁六二。

117 周振甫注釋，《文心雕龍注釋》，頁一。

118 〔宋〕趙湘，《南陽集》（台北：臺灣商務印書館，四庫全書珍本，一九七五），集部別集類，卷六，頁三、四。

119 黃暉，《論衡校釋》，冊三，卷二〇，頁八六八。

120 〔北齊〕顏之推著，王利器注，《顏氏家訓集解》（台北：漢京文化公司，一九八三），卷四，頁二五〇。

121 馬其昶校注，《韓昌黎集》，卷一，頁二六。

122 《歐陽修全集》，上冊，卷二，頁一五七。

123 蘇洵，《嘉祐集》（台北：臺灣中華書局，一九七〇），卷一一，頁二。

「文」指的是孟子、韓愈的文章。這一類「文」的涵義甚多，不遍舉。

第四層次是文字形式之「文」，指的是「辭」。有時「文」與「辭」置換而用，或複合為「文辭」。《周易．繫辭下》：「聖人之情見乎辭」。[124]「情」為內容而「辭」為形式，則是口說之「言」以文字書寫而為「辭」。「辭」既形諸文字，當然會經過文飾，乃稱為「文」，故《春秋左傳．襄公二十五年》記載孔子云：「言之不文，行而不遠」。[125]韓愈〈送孟東野序〉：「人聲之精者為言，文辭之於言，又其精也。」[126]「文辭」指的就是「言」經過精修的文字形式。皇甫湜〈答李生第二書〉云：「夫文者非也，言之華者也，其用在通理而已」。[127]口說之「言」，加以修飾而華美，就是「文」，這指的是不涉及內容的文字形式。前引司馬光〈答孔文仲司戶書〉云：「今之所謂文者，古之辭也。」今之「文」與古之「辭」同義，前引易傳「聖人之情見乎辭」，即「古之辭」，指的是皇甫湜所說「言之華」的「文」。宋代呂南公〈與汪祕校論文書〉云：「蓋所謂文者，所以序乎言者也。」[128]「文」就是「言有序」，指的是有條理的語言形式。在這一層次中，形式之「文」與內容分開而言。

第五層次是與「質」相對之「文」，指的是文飾美采，做為形容詞。揚雄《法言．寡見》云：「玉不彫，璵璠不作器；言不文，典謨不作經。」[129]所謂「言不文」之「文」即文飾美采之義。柳冕〈與徐給事論文書〉云：「文有餘而質不足則流，才有餘而雅不足則蕩。流蕩不返，使人有淫麗之心，此文之病也。」[130]

這五個層次「文」的涵義，置入「文以明道」的論述語境中，可再細辨其理論上或創作實踐上的意義。第一層次「文」的涵義，乃是從理論推極文章創作的根源，以貞定文章的創生原理原則及其本質。文章必須有其「意義」，這「意義」就是內容所涵有作者主體的存在感受與思想，換成古代文學的常用詞，就是情志、道理。這樣的「意義」便涉及宇宙一切事物的「存在」（existence）經驗及價值了。此時「意義」指的是包括「人」在內，一切事物之存在，其自身之本質，即「物性本質」（physical essence）。物性本質，古代謂之「體」，人有人之所以為人之「體」，即人的「本質」，孟子將它規定為「良心善性」；當然還有其他不同的說法。文章也有文章之為文章之「體」，即文章的「本質」，持「文以明道」之論者，將它規定為「道」；當然還有其他說法。這一「本質」必須以特定的完善形式「自我實現」，這是萬物「自體功能」所實現的「自在」意義；同時也必須在宇宙萬物總體結構關係中產生對他者的某些作用，這是「衍外效用」所實現的「共在」意義。「自體功能」與「衍外效用」，古代謂之「用」。一切事物有其「體」必有其「用」，而「用」必歸「體」，體用相即，才能實現其存在的意義價值。就因為一切事物的存在都有其本質與功能所構成的「意義」，

124 《周易注疏》，卷八，頁一六六。

125 〔晉〕杜預集解，〔唐〕孔穎達疏，《春秋左傳注疏》（台北：藝文印書館，嘉慶二十年南昌府學重刊宋本，一九七三），卷三六，頁六二三。

126 馬其昶校注，《韓昌黎集》，卷四，頁一三六。

127 〔唐〕皇甫湜，《皇甫持正文集》（上海：上海古籍出版社，二〇一三），卷四，頁六九。

128 〔宋〕呂南公，《灌園集》（台北：臺灣商務印書館，四庫全書珍本初集，一九七〇），卷一一，頁二。

129 汪榮寶，《法言義疏》，冊中，卷七，頁六。

130 參見〔宋〕姚鉉編著，《唐文粹》（台北：世界書局，一九八九），卷八四，頁五四九。

所以才「可理解」、「可詮釋」。相反的，一事物之存在如果不明其本質與功能為何，便「不可理解」、「不可詮釋」。而一切事物之存在的本質與功能的意義乃根基於存有（Being），即「形上本質」（metaphysical essence）。

中國古代也有其形上學的理論。《周易．繫辭上》：「形而上者謂之道，形而下者謂之器。」[131]形上與形下，從概念雖可分而言之；但是中國的文化思想，以「行」即「實踐」為要務，除了宋明儒的道學及心學，很少以抽象概念表述純理論的形上學，大致都從「形下」之象器以體證形上之「道」，即從「用」以明「體」。天地自然之「象」，文化創制之「器」皆謂之「文」。第一層次天文地理之「文」，「道」在其中，故前引《文心雕龍．原道》稱「麗天之象」、「理地之形」為「道之文」，即「文」即「道」，文道一體不分。這一層次對「文」的論述，其意乃為「文以明道」的創作實踐尋本溯源，以做為基礎理論。不過，這種論述必須由形上之「道」落實下來，先是進入「人文」最早創制的產品，庖羲畫卦，以追溯文章的起源。接著再進入文章的實體以及創作實踐的法則，否則便是迂闊的空言。故而劉勰《文心雕龍》的理論體系中，〈原道〉之後，繼之以〈徵聖〉，因為天道能自現於天地自然萬物，卻不能自現於人為創造的文章，必賴生而知之的古代聖人，以「天地之心」即「文心」，才能「鑒周日月，妙極機神。文成規矩，思合符契」；[132]而原創經典，以為後世文體典範，故〈原道〉云：「道沿聖以垂文，聖因文而明道。」[133]聖人所垂之「文」，就是「經」；則〈徵聖〉之後，繼之以〈宗經〉，才能將形上之「道」實現在形下之「文」；而「經」表現為理想又實在的文體典範，其中涵有創作實踐的法則，即「文能宗經，體有六義」，前文已詳論，不贅。如此由形上至於形下，由理論至於實踐，體系完整。後世之論「道與文」的關係，大多支離其說，各持一端，彼此攻詰。

第二層次「人文」之「文」，乃是先秦時期廣義的「文章」或「文學」。《論語・泰伯》載孔子讚揚堯「煥乎其有文章」。[134]這「文章」當然是典章制度，廣義的「文化」概念。而《論語・先進》記載孔門四科，其中「文學子游、子夏」。[135]所謂「文學」是廣義的「人文之學」。這已是學界的常識，無須贅論。《文心雕龍》雖然也有「人文」之「文」的觀念，卻不是劉勰論「文」的終極觀念，只是尋本溯源而已，最終還是要落實在具體的「文章」，就是「五經」。趙湘、司馬光、王安石、宋濂所論都是最為廣義的「人文」觀念。因此政治道德實踐的升降進退之容、仁義孝悌及禮樂忠信、禮教治政、三綱六紀，不包含在劉勰對「文」的界義之內。這一類有關「文」的論述，都是在為「文以明道」的創作實踐，從儒家的總體「文化」或「經典」立本，「文」中涵「道」，文與道合一。此「道」必是集體意識所出政治道德普遍價值之「道」，以推高文章的價值。不過，這類論述有些會偏向說「用」而不及「體」，重「道」而輕「文」，其極端則是淪為腐儒僵化的教條。

第三層次「文章」之「文」。這一層次的「文章」已從先秦廣義的「文章」縮小界義，指的是以

131 《周易注疏》，卷七，頁一五八。

132 周振甫，《文心雕龍注釋》，頁一七。

133 同前注，頁二。

134 《論語注疏》，卷八，頁七二。

135 同前注，卷一一，頁九六。

文辭書寫而首尾完整的篇章，又稱「辭章」，這是形式與內容合一，整體的文學作品。這一「文章」的觀念大約起自漢代，開始出現以「文章」為之專藝的文人，枚乘、東方朔、司馬相如、班固、揚雄等皆是；《論衡》頗多對「文章」的論述。發展至魏晉六朝，「文章」的觀念與創作實踐就已成熟。劉勰《文心雕龍》所稱之「文」，主要就是五經、緯書、楚騷，以及〈明詩〉以下論文敘筆的三十餘體類的文章；他將「五經」視為理想的文體典範，內容與形式合一，也講求文采，故《文心雕龍》專立〈情采〉、〈麗辭〉、〈夸飾〉諸篇。唐宋以降的文章家，所論及「文」的觀念，主要就是這一形式與內容合一整體「文章」，差別只在內容「寫什麼」，形式「如何寫」的不同觀點。

第四層次文字形式之「文」，指的是「辭」；這可與第五層次與「質」相對之「文」的文飾美采，二個層次之義合觀。這是文體、文法的問題。「文體」要表現為駢偶或散行的體製？「文」勝「質」的華美體式，或「質」勝「文」的樸質體式；或文質彬彬的體式？這當然與「文法」有關，也就是修辭、構句、謀篇的技法，有麗有樸、有奇有正、有古奧有平淡自然，各有立場、觀點，往往引起爭辯。明代以降，「文以明道」的論述重點已不在「道」而在「文」，大多是文體、文法之爭。

3、「道」與「文」有何關係？「以文明道」有何表現法則？

「道」與「文」有何關係？一般都從「文以載道」、「文以明道」與「文以貫道」三種提法討論。前文已論及「文以載道」是道學家周敦頤所提出；「文以明道」是韓柳所提出；而「文以貫道」則是韓愈門生兼女婿李漢所提出，他在〈昌黎先生集序〉云：「文者，貫道之器也；不深於斯道，有至焉者，不也。」並舉《易》、《春秋》、《詩》、《書》、《禮》，認為皆深於道。[136]所謂「貫」

是「貫通」，也就是他所謂「深於道」者，才能以「文」貫通「道」；而文只是「貫道之器」。這樣論述，學者或以為比韓柳「文以明道」更深一層，實則不然。唐代之後，少有論述「文以貫道」者，因此影響效用甚小。南宋朱熹偶論及李漢的「文以貫道」之說，卻大肆抨擊，云：「這文皆是從道中流出，豈有文反能貫道之理？文是文，道是道，文只能吃飯時下飯耳。若以文貫道，卻是把本為末，以末為本，可乎？」[137]朱熹一貫認定道為本而文為末，文從道流出，故讀不懂李漢「文以貫道」之意。因為此說明顯不是「文」與「道」並重，終究以表現「明道」之「文」為目的。而是重「道」輕「文」，終究還是以貫通「道」為目的，「文」只是「器」而已。這種論述，與「文以載道」相近，而與「文以明道」相遠，非韓柳本意。因此，從文學史的觀點言之，當以文章家為主軸，「道」與「文」的關係，應以「文以明道」為主，其他「文以載道」、「文以貫道」只做為對照而觀之。

文以載道、文以貫道，兩者的關係都是「道」為「本」而「文」為「末」，重道而輕文，「文」只是承載或貫通「道」的器具，自身沒有其存在的價值意義。朱熹屢次強調，文從道中流出，這是空論。如果從自然宇宙的存有論而言，前文論及劉勰《文心雕龍．原道》所謂「麗天之象，理地之形」，乃是「道之文」；則道是「天道」，而非直指「人道」，文是自然之「文」，而非「人文」。從形上學立論，道創生萬物，萬物之「象」即是「文」，「文從道流出」可以說得通；但是文學不是自然產物，不可能「文」直接從「道」流出。從「道」流出之「文」只有兩種情況：一是上古時代，

136 馬其昶校注，《韓昌黎集》，頁三。

137 〔宋〕黎德靖編，《朱子語類》，冊八，卷一三九，頁三三〇五。

生而知之的聖人原創文化，即伏羲、神農、堯、舜也。因此〈原道〉之後必須〈徵聖〉，生而知之的聖人「垂文以明道」，而後有「經」可為萬世法，故一般文士為文必須「宗經」；二是生而知之的聖人以降，學而知之的一般士人再創文化，即孔孟老莊以及後世更多經由學習、修養而悟道，得之於心而發之於文的聖賢或妙才。這必須要有一套修養工夫，以濟助其悟道。但是悟道之後，就真能從「道心」自然流出好文章嗎？這是孔子「有德者必有言」更為簡化的論述。「言」不等於「文」，故《朱子語類》不等於朱熹所作的好文章。因此孔子強調過「言之不文，行而不遠」，從「言」到「文」還是要有一定的作文法則，一般士人如何不學而能？《文心雕龍．徵聖》指出生而知之的聖人，「文成規矩，思合符契」，則法自內出，可不經學習；但是一般士人怎麼可能「文從道流出」，就是天下一等的好文章？宋明多少道學家，真的悟道了嗎？真的都無須經由學「文」，就從「道」流出許多一等的好文章嗎？「文」只需要「道」一個充要條件嗎？不需要「氣」、「神」、「才」、「學」，其他種種條件嗎？朱熹學養豐富，如何不知作文之道！卻把「文」的創造如此玄化、簡化，不能切實論之；只因為道學家總是以儒家之道為絕對真理，這種「衛道」意識形態直接投射，因而造成如此空論。假如以朱熹這種空論做為唯一真理，多元創造的文學歷史就全無可能，道學家於文學創造及發展實在很少助益。

「文以明道」之論，「道」與「文」的關係，從最終表現完成的作品觀之，當是兩者合一，即文即道，即道即文，體用相即不二；如果不能合一，乃是創作實踐之失敗，而非理論之誤謬。因此，「文以明道」不是純理論，必須經由高明的創作實踐，才能完善的表現。歷代對這一議題，都只在理論上，做概念化的爭辯，根本無法解決問題。創作要有完善的成果，達到「道」與「文」合一，而獲致「文以明道」的效用，必須經由一個從觀念到實踐的過程。其間所需具備的因素條件很多，不能簡化視之。哪些因素條件？條件如下：天性才資，確信「文以明道」的文學觀，學、行與觀的體「道」過程及心得，文辭表現法則的修習。不管是學道或學文，必有天性才資，才資庸劣者學道或學文皆無所成。「文以明道」做為文學觀，必須要有正確而堅定的信仰，才能矢志不移，終而有成。韓柳歐王蘇曾古文八大家，莫不天性才資俱高，而對「文以明道」的文學觀，皆確信不移。至於學、行與觀，做為得「道」的法門，並且融合性情於「道」中，顯其個人活活潑潑的生命體驗，每個古文家莫不如此，前文已論述甚詳。而唐宋諸家於為文之「法」也都有所講求，能示後學以津梁。

「道」之「明」固然必須經由學、行、觀而得之於「心」，卻也必須以曉暢之「文」表而現之，才能使得「道」明示於讀者；而為「文」有其法則，一般文士非不學而能，故必始於「學」，先從法入，師「法」經典，歷久修習，終而從法出；而法既內化於心，為文則法自內出，會通適變，其用不窮，是為「活法」。韓愈已開示此一活法，〈答劉正夫書〉云：「或問為文宜何師？必謹對曰：宜師古聖賢人。曰：古聖賢人所為書俱存，辭皆不同，宜何師？必謹對曰：師其意，不師其辭。又問曰：文宜易，宜難？必謹對曰：無難易，惟其是爾。如是而已，非固開其為此，而禁其為彼也。」[138]學古文，必須師「法」於古聖賢文章。韓愈強調「師其意，不師其辭」；「意」是文中之「意」，形式與內容為一體，才會有文「意」，因此「意」不等同離開「文」而可概念重述的仁義之「道」。文中之「意」，必有其整體形式結構的表現法則，不等同於局部的句構修辭；故師法古聖賢的經典，只要

138 馬其昶校注，《韓昌黎集》，卷三，頁一二一。

掌握其整體表現法則，而不尺尺寸寸模仿其句構修辭。至於文宜「難」或「易」，則不拘一格，只隨文而適變，恰如其是的表現，這就是「活法」；法自內出，非外在固定不變的死法。故而「文以明道」，必兼「心」得其「道」，而「文」得其「法」，最終表現為文章，「道」與「文」一體，「道」既「明」而「文」為珠璣。然則「文以明道」有何表現法則？韓愈以降，都是歷代文章家所關注的問題。此一傳統發展到明代，「文體」與「文法」就成為比「道」更受關注的議題。

「文體」需有典範，韓愈標舉秦漢經典，其〈答李翊書〉云：「始者非三代兩漢之書不敢觀，非聖人之志不敢存。」[139]就學文而言，當然是以三代兩漢的文章為文體典範，不過其學為活學而非死學，存其志，師其意，不師其辭，故而雖有三代兩漢文章為典範，卻不拘其辭，而得文體之意。柳宗元亦然，其文體典範更為開放，前已論明，徵引〈答韋中立論師道書〉所謂「本之《書》以求其質，本之《詩》以求其恆，本之《禮》以求其宜，本之《春秋》以求其斷，本之《易》以求其動。」他自述「此吾所以取道之原」，不過此「道」廣義，隨各經典所表現之義理特質而各為其「道」，非如韓愈所謂「道」僅限於仁義道德，禮樂刑政。而柳宗元所謂「道」不離特定經典而言，經典之「道」當然以「文」表現之，故必各成其「文體」，形式與內容不能分，因此所謂質、恆、宜、斷、動，既是「道」的特質，也是「文體」的特質。接著他又述及「參之《穀梁》以厲其氣，參之《孟》《荀》以暢其支，參之《莊》《老》以肆其端，參之《國語》以博其趣，參之《離騷》以致其幽，參之太史以著其潔」，而自述「此吾所以旁推交通而以為之文也」，明白表示參酌《穀梁》等經典是「為之文」，則「厲其氣」、「暢其支」、「肆其端」、「博其趣」、「致其幽」、「著其潔」，也都是大體掌握各經典的文體特質，以增加自己文體的豐富變化。「識其大體」以為原則而活用之，這都是活學活法，宋代歐王曾蘇「尊韓」而學古莫不如此，故能成為古文之體的新典範。

宋代士人對唐宋「文以明道」傳統的「詮釋型建構」，最有貢獻的是呂祖謙編選《古文關鍵》。[140]這本選集推舉韓愈、柳宗元、歐陽修、蘇洵、蘇軾、蘇轍、曾鞏、王安石、李覯、秦觀、張耒、晁補之為學習對象；而選入韓文十三篇、柳文八篇、歐文十一篇、蘇洵文六篇、蘇軾文十六篇、曾鞏文四篇、張耒文二篇，以做為範文，批評論述創作古文的「關鍵」；所謂「關鍵」，在於辨體以及為文之法，主要是形式結構的謀篇實作的法則。這本選集最大的貢獻：一是確定的建構唐宋古文因承秦漢古文的傳統，二是以範文例示古文創作之法。[141]編選文集是中國古代非常特殊的一種文學批評與文學史建構的方式，「選文」就是文章的「典範化」，擇定哪些作家作品能進入文學歷史，如果能對後世文學產生巨大的影響力，則對文學歷史的發展便具有承先啟後的效果。《古文關鍵》確實影響到元明以降，古文創作的取法對象，大多聚焦在韓柳歐王曾蘇，尤其王慎中、唐順之等唐宋派的古文，就是明確的因承唐宋古文。又熊禮滙對《古文關鍵》的要旨論述頗詳切，指出呂祖謙提示學習古文者：「學文須熟看韓、柳、歐、蘇，先見文字體式，然後遍考古人用意下句處」。又呂祖謙提示學者：「第一看大概主張，第二看文勢規模，第三看綱目關鍵，第四看警策句法」，熊禮滙認為這就是

139　同前注，卷三，頁九九。

140　〔宋〕呂祖謙，《古文關鍵》（台北：鴻學出版事業有限公司，一九八九）。

141　詳參熊禮滙，《明清散文流派論》（武昌：武漢大學出版社，二〇〇三），頁三八—四七。

「遍考古人用意下句處」的具體方法，都離不開對結構美的探尋。[142]因此，如果說韓柳歐曾蘇經由論述而付諸實踐，以創作成果建構「文以明道」的文學歷史傳統。呂祖謙則經由選文批評而明確建構唐宋「文以明道」的文學歷史傳統。同時開啟明清文章家對「文體」與「文法」的講論及爭辯。

「文以明道」有何表現法則？韓柳就已開出二種法門：一是法自外習；一是法自內出。但是這兩者並非截然為二，而是經由「外習」而「內化」的實踐歷程，終至於文無定法，隨境適變的境界，也就是「法而無法，無法而法」的辯證。前文徵引韓愈〈答李翊書〉云「始者非三代兩漢之書不敢觀，非聖人之志不敢存」，顯然以三代兩漢的經典為文體典範而習之。又〈答劉正夫書〉云「宜師古聖賢人」、「師其意，不師其辭」，這都是「法自外習」。而習之既久，則內化於「心」，故〈答李翊書〉又云「處若忘，行若遺，儼乎其若思，茫乎其若迷」，這是學習精誠專注的心態行為，終而融通則「當其取於心而注於手也，惟陳言之務去」、「如是者亦有年，猶不改，然後識古書之正偽，與雖正而不至焉者，昭昭然白黑分矣；而務去之，乃徐有得也。當其取於心而注於手也，汩汩然來矣。」這一段外習的歷程，講述非常明白。外習古代經典，不是毫無辨識就照單全收，而是經由長久的學習體悟，能辨其正偽，去其蕪而存其精，而能做到「取於心而注於手，惟陳言之務去」，這已至「法自內出」的「再創造」境界。所謂「陳言」包括形式與內容，合道、文體與文法而言；故而學道學文，雖以「師古外習」為始，最終卻必須「中得心源」，道與文體、文法合一，皆由內出，一體湧現，共成無間，故〈答尉遲生書〉云：「夫所謂文者，必有諸其中，是故君子慎其實。實之美惡，其發也不揜。本深而末茂，形大而聲宏，行峻而言厲，心醇而氣和，昭晣者無疑，優游者有餘，體不備不可以為成人，辭不足不以為成文。」[143]為「文」之道，從「中」而出，心之實為本，而形之於言，則道、體式與文辭俱足，才是「成文」。

前文論及柳宗元〈答韋中立論師道書〉所謂「本之《書》以求其質」云云、「參之《穀梁》以厲其氣」云云，也是「法自外習」開始；而前文徵引〈報袁君陳秀才避師名書〉，雖然也提出外習云「其外者當先讀六經，次《論語》、孟軻書，皆經言」云云；但是卻先立出前提「大都文以行為主，在先誠其中」；則為「文」從「道」至於「法」，雖可經由外習而得，卻必以「誠其中」為先，主體之心仍為根本，則最終之境當然是「道」與「法」皆自內出。韓柳如此，宋代歐王曾蘇亦莫不如此，皆從「法自外習」始，而「法自內出」終。

明代秦漢派李夢陽等不讀西漢以下書，排斥唐宋文章家的論述與創作實踐，因而得不到韓柳歐曾蘇的啟發，而直接以秦漢經典為「文體典範」而模習之；卻死學死法，而死看秦漢文體，死守秦漢文法，於文辭表面尺尺寸寸於古人，而落入剽竊之譏。王慎中、唐順之、歸有光等唐宋派文章家，在體察秦漢派之弊後，轉向以唐宋古文為文體典範，得其文體之大要，識其文法之原則，復經陽明心學的影響，能中得「心源」，而擺落外在固化的文體與文法規範，而自由創造。[144]

至於清初侯方域、魏禧、汪琬都各自成家，未立流派，對於「道」與「文」有何關係？「以文明道」有何表現法則？這種問題，汪琬比較固守儒家經術之法，侯方域、魏禧則頗能有自己的原則而

142 參見熊禮匯，《明清散文流派論》，頁四五。

143 馬其昶校注，《韓昌黎集》，卷二，頁八四。

144 唐宋派王慎中、唐順之及歸有光等，受陽明心學影響，詳見熊禮匯，《明清散文流派論》，頁三二八－三三六。

隨文適變。古文家未有不學古，但學古必須能內化為心得，終能法由內出。侯方域比較特殊，並不從學古開始，但中途還是歸於合古而又自出機杼。他才氣縱橫，《清史列傳・文苑傳一》載侯方域：「少問業於上虞倪元璐。元璐謂文必馳騁縱橫，務盡其才而後軌於法。」[145]倪元璐的啟蒙，對侯方域影響甚大。早期文章大為騁才，壯年悔之，發憤為詩，作古文，「倡韓歐學於舉世不為之日」。[146]因此，他主張以才使法，〈倪涵谷文序〉云：「天下之真才未有肯畔於法者；凡法之亡，由於其才之偽也。」[147]倪涵谷就是其師倪元璐，而這個觀念就是得之於其師。他將為文馳騁縱橫，也就是以「才」使「法」的表現，比喻為「海水天風，渙然相遭，濆薄吹盪，渺無涯際」。[148]這也就是「才」之表現，自然成「文」，而「法」在「文」中；因此《清史列傳》稱其為「才人之文」。[149]不過此論只適合天才型的文人，或者說培養人才，在其青少時期不宜先繩之以法，而讓其自由馳騁其才。然而，倪元璐的下文是「務盡其才而後軌於法」，「才」盡量發揮之後，終究還是要「軌於法」。我們相信侯方域在「壯悔」之年，致力「古文」而「倡韓歐學」，仍是「學古」而「軌於法」。不過，由於他的主體才情卓越，當然不會學古而泥於古，故《清史列傳》稱其「天才英發，吐氣自華，善於規橅，絕去蹊徑。不戾於古而亦不泥於今」。[150]「善於規橅」是善於使法，而「絕去蹊徑」則無定法。尤其是「古」與「今」皆不為所限，能自由出入；則「古文」之「道」之「法」，又何必固守於儒家經典，卻又不背其「道」其「法」，當然相對也不拘泥於今。而古文明「道」，其實不離作者性氣才情，唐宋古文家韓柳歐蘇莫不如此。道與文的關係為一體。

魏禧對於「道」的觀念，前文已述及。他認為「道」未必從經典中尋求，而是關係天下國家而日出不窮的「事理」；「道」就存在其中，而以「識」得之；那麼此「道」如何以「法」表現？他在

〈宗子發文集序〉，一開筆就批判明代學古群體與新變群體的二極對立，云：「今天下治古文眾矣。好古者株守古人之法，而中一無所有，其弊為優孟之衣冠。天資卓犖者師心自用，其弊為野戰無紀之師，動而取敗。」[151]從他的否定就可以推想他的肯定，然則魏禧對法的基本觀念是不任「才」而「師心自用」，因此治「古文」仍有客觀法則；客觀法則或可於「古」求之，但是又不能死守古人之法；不能死守，則當知變化。因此，古文之「法」雖是語言形式，其實不離主體之「識」，而「識」就是「內容」的「道」。「識」又如何養成？他提出涵養工夫：「養氣之功，在於集義；文章之能事，在於積理。」養氣集義得之孟子心法，[152]《清史列傳．文苑傳一》稱其：「性秉仁厚，寬以接物。……然多奇氣，論事每縱橫排戛，倒注不窮。」[153]這種人格特質，或是出於養氣集義的表現。至於「積

145 《清史列傳》，冊九，〈文苑傳〉，卷七〇，頁三〇—三一。
146 同前注
147 〔清〕侯方域，《壯悔堂文集》（上海：上海古籍出版社，二〇〇二），卷一，頁六二五。
148 同前注。
149 《清史列傳》，冊九，卷七〇，頁三一。
150 同前注。
151 〔清〕魏禧著，胡守仁、姚品文、王能憲校點，《魏叔子文集》，卷八，頁四一一—四一二。
152 《孟子．公孫丑上》：「吾善養吾浩然之氣……是集義所生者，非義襲而取之也。」參見《孟子注疏》，卷三上，頁五四—五五。
153 《清史列傳》，冊九，卷七〇，頁一。

理」則須賴經歷、觀察、體悟事物變化所以然之「理」，故〈宗子發文集序〉云：

> 人生平耳目所見聞，身所經歷，莫不有其所以然之理；雖市儈優倡大猾逆賊之情狀，竈婢丐夫米鹽凌雜鄙褻之故，必皆深思而謹識之，醞釀蓄積，沉浸而不輕發。及其有故臨文，則大小淺深，各以觸類，沛乎若決陂池之不可禦。[154]

由此觀之，魏禧的古文創作之論，內容的「道」即事物之「理」為第一義，「法」隨「事理」之殊類而「變」。而「理」得之於「識」，「識」必須涵養，內則「集義」以「養氣」，以中得心源，有此「心」始有此「識」；外則經歷、觀察、體悟，而且深入廣及民間。如此內外交養以「積理」，則此「理」不必固守於經典，而具有當代性，故所明之「道」已在胸中，一旦臨文，則觸類而發，源源若陂池之決提；而「法」則觸類變化，沒有定準，這當然是「活法」。然則，古文之作不必「學」於「古」嗎？不然。這篇為〈宗子發文集〉所寫的序文，其實針對宗子發文章的現況，肯定其「已到」之處，而提示期許所「未到」之處。「已到」之處是什麼？曰：「論旨原本六經，高者規矩兩漢，與歐陽、蘇、曾相出入。」[155]這是「學古」有得，可以肯定；「未到」之處是什麼？曰：「子發持高節，獨行古道，而虛懷善下人。他日所極，吾烏能測其涯涘。」[156]基本肯定其人格心懷；但是「他日所極」是對「未來」的期許，也就是目前「未到」之處在於尚未長久經歷、觀察、體悟以「積理」，故還不能將「學古」與當世的社會實踐經驗融通變化而自成面目。

魏禧基本觀念認為古文有「法」；但「法」不能定死，必須隨文而適變，他在〈陸懸圃文序〉

中，[157]即指出「文章之法；法，譬諸規矩，規之形圓，矩之形方」，而依此圓、方之形，可造出各種似圓而不完全圓、似方而不全方的器具，紛然各有變化。故「規矩者，方圓之至也」，關鍵在於「至」，「至」是「極至」，完滿的標準；但是，「至者，能為方圓，能不為方圓，能為不方圓者也。」。亦即完滿的標準具有「原理性」，個人可依此「原理」而變化之，則「能為方圓」也「能不為方圓」或「能為不方圓」。這是以「方圓」為「原理」而自由善為變化，因此他肯定「變者，法之至也。此文之法也」。為文的至高法則，就是變化。綜合觀之，魏禧古文之「道」既非僅出於儒家經典，而經由主體「集義」涵養，仍持儒道精神。復經閱歷體悟以「識」集「理」，故「道」有其時代性而「法」隨「理」轉，觸類變化，不固守一端。道與文的關係為一體。

侯方域與魏禧對於古文所明之「道」都不固守儒家經典，而採「寬泛」的態度，對於文以明道的表現原則也就是「法」，也都重視主體之能「變」，一主才性，一主理性。因此，不死守定法，而能隨文適變，自由創造。相對而言，汪琬則比較固守儒家經典。《清史列傳．文苑傳一》稱其：「學術既深，軌轍復正，其言大抵原本於六經。」又稱其：「常語人曰：學問不可無師承，議論不可無根據，出處不可無本末。」[158]然則其人格處世端正不苟可知。他曾在〈文戒示門人〉中，指責云：「後

154 〔清〕魏禧著，現代胡守仁、姚品文、王能憲校點，《魏叔子文集》，卷八，頁四一一—四一二。
155 同前注。
156 同前注。
157 同前注，卷八，頁四二八—四二九。
158 《清史列傳》，冊九，卷七〇，頁三七。

生為文，往往昧於辭義，叛於經旨，專以新奇可喜，囂然自命作者。」[159]汪琬特別尊崇曾鞏與朱熹，因此對當今作者專主新奇可喜之風，引曾鞏與朱熹之說以痛貶：「曾南豐所謂亂道，朱晦翁所謂文中之妖與文中之賊也。」因此他於古文特別強調「法」的重要，必須講求，在〈答陳靄公書二〉云：「大家之有法，由奕師之有譜，曲工之有節，匠師之有繩度，不可不講求而自得者也」。因此魏禧在〈答計甫草書〉中，即批評他的文章，云：「奉古人法度，猶賢有司奉朝廷律令，循循縮縮守之而不敢過。」[160]以侯方域、魏禧與汪琬相較，侯魏不管「道」或「法」所重在主體之能動性，道、法皆為活物；而汪琬則所重在經典之旨義與法度，道、法雖不至於為死物，卻也如同魏禧所謂「循循縮縮守之而不敢過」。

假如以清初古文三大家來衡度桐城古文之特重「義法」，謹守儒家經典，追求純正單一的「雅潔」之風，實與汪琬為近，而與侯方域、魏禧為遠。這除了個人主觀才性、思想有別之外，還有一個客觀的原因，那就是與清廷皇權距離的遠近有關。侯方域當明清易代之際，順治初，負才不試，後雖中式副榜，卒年三十七歲，一生沒做過清朝的官。魏禧稍後，康熙十七年，詔舉博學鴻儒，卻託病以辭，同樣未仕於清朝。而汪琬則是順治十二年進士，官至戶部主事。其後又受康熙賞識，詔試博學鴻儒，列一等，授翰林院編修，纂修《明史》。桐城方苞曾以文學受知康熙，入直南書房，後為武英殿修書總裁。雍正朝，任內閣學士。乾隆朝，受命編選明清制義文，頒行天下，做為舉業指南。姚鼐，乾隆朝進士，幾度擔任鄉試、會試考官，官至刑部郎中，後任四庫纂修。從這幾個古文家的資歷觀之，侯方域、魏禧與清廷皇權距離甚遠，不涉制舉之文；汪琬、方苞、姚鼐則與清廷皇權甚近，所任官職都與經史文章，甚至制舉之文有關。清代科舉，制舉之文必以儒家思想為準，不能旁涉諸子百家。而方苞編著《古文約選》，目的就是為制舉昭示範文。桐城古文從開始的前期，就與科舉制文關係密切，創始人位居朝廷職掌文化思想教育的高官，當然必須謹守國家政治意識形態；方苞、姚鼐就在這樣的歷史情境中，建立桐城古文的文體典範與文法規範；而清代士人從康熙朝以降，就已馴服的接受這個外族的新王朝，大多熱中科舉，這也是桐城古文風行天下的重要時代因素。這樣的外緣條件，有助於我們了解桐城古文何以那麼重視義法，將古文之「道」固守儒家經典為宗旨而導向客觀知識化，盡量弱化個人的性情才思。

桐城古文一以貫之，而最受關注的理論就是「義法」。義法可以解為「義」與「法」，即言有物之內容與言有序之形式，則內容與形式並重。也可以解為「義之法」，即表義之法，那麼「義」與「法」的關係如何？方苞在〈申謙居書〉中，云：「藝術莫難於古文……苟無其材，雖務學不可強而能也；苟無其學，雖有材不能驟而達也。有其材、有其學而非其人，猶不能有以立焉。」[161]然則他認定作古文必備三條件：一是材，二是學，三是人品。「材」是天生，不可教；人品指的是善惡，方苞沒說明是出於本性或可教養。不過，他分辨古文與詩賦表現的差異：「古文之傳與詩賦異道」，詩賦表現的是聲色、情狀，人品善惡被作品的聲色情狀所掩蓋，故「姦險污邪之人，而詩賦為眾所

159〔清〕汪琬著，《堯峯文鈔》，參見〔清〕紀昀等總纂，景印《文淵閣四庫全書》（台北：臺灣商務印書館，一九八六），頁二一〇—二一一。

160〔清〕魏禧著，胡守仁等校注，《魏叔子文集》，卷五，頁二四七—二四九。

161〔清〕方苞，《方望溪全集》，卷六，頁八一—八二。

稱者有矣」。[162]但古文不同，人品善惡不能作假。然則作古文不能沒有人品的教養，那就是「學」。桐城古文意在教養一般士人，因此並不像侯方域那樣強調「才」而認為「法」出於「才」，而偏重在「學」；「義」與「法」都以「學」為本，故云：「古文本經術而依於事物之理，非中有所得不可以為偽。」[163]這是「義」之所從來。「本經術」當然是儒家經典的閱讀理解，「依於事物之理」則是對客觀事物的觀察思辨。而關鍵在於「中有所得」，也就是這兩者都必須有心得，而「義」在其中，「義」是文章主題的內容。那麼是不是「義」得之於心，就自然產生「法」？郭紹虞就認為方苞的意思是：「古文既依於事物之理，則有其理而法自隨之，所以法隨義生，而義法遂不可分離。」[164]他截去「本經術」而只取「依於事理」；從現實世界的事物之「理」到心中之「義」再到文章之「法」，似乎都自動產生，而不需學習，這是才情高卓如侯方域、魏禧才做得到。

然而方苞為古文建立範本，宣講義法，其實是為中材的一般文士而設。「義」於「法」都非不學而能，因此不能割棄「經術」，「經術」乃「義法」之所本。他講「法」也是強調從經典的閱讀去領會，尤其「辨理論事」都有客觀的敘述法則；在〈書五代史安重誨傳後〉就切實的從史傳之文，講述「義法」，云：「記事之文，惟《左傳》、《史記》各有義法。一篇之中，派相灌輸而不可增損，其前後相應，或隱或顯，或偏或全，變化隨宜，不主一道。」[165]接著他又分析〈五代史安重誨傳〉以及《史記》的〈伯夷傳〉、〈孟荀傳〉、〈屈原傳〉的敘事方法，都因傳主的身分、人格、行誼、心懷的不同而各有變化，最後得出結論是：「夫法之變，蓋其義有不得不然者。」[166]方苞在這篇文章中所說的「義法」乃合「義」與「法」而論，也就是內容與形式不分而論其表現原則，並舉實例分析說明，的確是很精切。唐宋古文家只講自己個人學為古文的體驗，還沒有將「法」當作客觀知識而以範文去分析論述，足可示教眾士。這當然是桐城「義法」之所以廣被一般文士賞識接受的原因之一。

作古文者未有不「學古」，這是常理。方苞的途徑沒錯而更切實際。他所論只是表現原則，而且明指「法之變，蓋其義有不得不然者」。這是因所要表現的主題內容而適變，法隨義轉，當是活法。不過，如何法隨義轉，入門必須從經典範文去學習，而關鍵仍在「中有所得」，這是前文所論及韓柳已開出二種法門：一是法自外習；一是法自內出。而兩者並非截然為二，而是經由「外習」而「內化」的實踐歷程，終至於文無定法，隨境適變的境界，也就是「法而無法，無法而法」的辯證。因此關鍵必在主體之「材」，能得自悟；「材」是天生，不可改易。因此「學」的結果各有高下，畢竟不是能客觀的說「有其理而法自隨之」。從「理」到「法」都必須從經典習得，終能自悟，才可奏功。

方苞講的還是義與法合一，而法隨義轉的活法；至於劉大櫆，前文論及，他講「法」不講「義」；「義理、書卷、經濟，匠人之材料」。就文章而言，材料只是題材，還沒經由主體的感思體悟而融通凝聚為主題之「義」。他只從語言形式講神氣、音節、字句；而神氣又不可講，因此重點放在字句，進而音節，再進而神氣。這是從「末」以求「本」之論，卻很適合教導中下之材。他自己的

162　同前注。

163　同前注。

164　郭紹虞，《中國文學批評史》（台北：文史哲出版社，一九七九），下卷，第四篇，頁七九三。

165　〔清〕方苞，《方望溪全集》，卷二，頁二八－二九。

166　同前注。

古文有其成就，學問也不固守儒家，而兼及莊騷。或許由於他一生就是在鄉里間教學，為教學之需，論文之法才從字句入手，易學但也易入於匠。不過他有此覺察，特別提示「古人文章可告人者惟法耳。然不得其神而徒守其法，則死法而已，要在自家於讀時微會之。」[167]他還是提出學而能「悟」的原則。從字句講太低，容易執「實」；從神氣講太高，容易凌「虛」。因此，他又在字句與神氣之間，提出「勢」：「論氣不論勢不備」。[168]「勢」是篇法，敘述行文的起伏開闔，連絡照應，在虛實之間。劉大櫆論文法，當然有其精到處；不過也是為作文而論法，偏從語言形式立說；而「義」如何而得，則不是關鍵。因此不但「文」與「道」無關，就是「文」與「義」也不密切，並非正統的桐城義法。

姚鼐也沒有直接在字面上講「義法」，但論「法」之作不少，卻與方苞所論不同。方苞貼切在儒家經典範文，以示例的方式講論義法。而姚鼐則提高到普遍法則的層次立說，理論意義很高，但於作古文卻不切實，或可示教高才者。他講「法」當然也從學古而來，並且認為法有「定法」卻又「無定法」，須能以才運法而縱橫變化，在〈與張阮林〉尺牘中，云：「文章之事能運其法者才也，而極其才者法也。古人文有一定之法，有無定之法。定者，所以為嚴整也；無定者，所以為縱橫變化。二者相濟而不相妨。故善用法者，非以窘吾才，乃所以達吾才也。非思之深、功之至者，不能見古人縱橫變化中，所以為嚴整之理。思深功至而見之矣，而操筆而使吾手與吾所見之相副，尚非一日之事也。」[169]法有定法又無定法，嚴整而有變化，變化而不失嚴整。並且「法」亦由古人之文學得，必須日久思深功至而後能。此說與方苞無異，其實也是一般常論，《文心雕龍・通變》即詳此論，可參考本書第六章。姚鼐論法比較有創見者，乃是「天與人一」、「道與藝合」、「意與氣相御而為辭」的理論，郭紹虞所論精詳，[170]可以參考。

另外，姚鼐〈復魯絜非書〉所提文有陰陽剛柔之說，更是高度的理論，云：「天地之道，陰陽剛柔而已。文者天地之精英，而陰陽剛柔之發也。惟聖人之言，統二氣之會而弗偏。」[171]聖人之文最能融合陰陽剛柔而為體，並且隨機適變，完善無偏。從諸子以降，為文未有不偏者。最後他得出以陰陽剛柔為理論基礎的法則：「一陰一陽之為道。夫文之多變亦若是已。糅而偏勝可也；偏勝之極一有一絕無，與夫剛不足為剛，柔不足為柔者，皆不可以言文。」[172]這樣的論述，以天道陰陽剛柔二氣做為文章發生的根源及本質，並且構成陰陽剛柔融合、偏陽剛、偏陰柔三種基本文體，而提出變化不可偏極的法則。這已純為理論，非一般文士所能精識而用之。

桐城義法之論，其中有一個基本問題：講「義」是從語言層次的「文章」講，指的是文章由敘事所要表現之「理」，不等同於「道」。唐宋古文家「文以明道」，其「道」必有古文家在現實世界的政教與日常人倫實踐，甚至不離主體人格性情，因此文章能表現個人的性情風骨，而足以感人。桐城古文所謂的「義」則已縮入文章的主題內容。「義」與「文」為一，卻未必「文」與「道」為一。桐

167 劉大櫆著，舒蕪校點，《論文偶記》。

168 同前注。

169 〔清〕姚鼐，《惜抱軒尺牘》（台北：廣文書局，一九九四），頁一六－一七。

170 郭紹虞，《中國文學批評史》，卷下，第四篇，頁八〇五－八〇七。

171 〔清〕姚鼐，《惜抱軒文集》，卷六，頁四七－四八。

172 同前注。

城可教天下士人作文章，甚至應舉，這是他的正向價值；但也隱涵著負向價值的未來發展，末流多為缺乏創造力的文匠。而其中最具負向性的規範是為追求純正的「雅潔」之風，具實的立下禁忌條規，沈廷芳〈方望溪先生傳〉稱引方苞之語，云：「南宋元明以來，古文義法久不講，吳越間遺老尤放恣，或雜小說家，或沿翰林舊體，無一雅潔者。古文中，不可入語錄中語、魏晉六朝人藻麗俳語、漢賦中板重字法、詩歌中雋語、南北史佻巧語。」[173]接著，沈廷芳此文更列出具體的條規：「古文中不可入語錄中語，魏晉六朝人藻麗俳語，漢賦中板重字法，詩歌中雋語，南北史佻巧語。」[174]規定只能有「雅潔」的單一文風，而又多所禁忌，其實頗為阻礙自由而多元創造的可能。往後，負向的趨勢，桐城古文的衰微，這應該是原因之一。

第二節 「獨抒性靈」文學本質觀重構

一、引論

中國古代文學歷史的演變，語言表象的類體分流繁多、家數各陳、篇體難計；然而從深層的文學家生命存在意識去理解，則隨社會文化演變所產生群己意識的分合，卻是根本的原因。社會文化演變歷程中，不同時期，個體意識與集體意識的顯隱分合，往往就是文學演變的深層原因。集體意識所知覺的生命存在價值，乃政教普遍價值的道德之「善」，善即是美，美善合一。個體意識所知覺的生命存在價值，乃平常生活個殊價值的情感之「真」，真即是美，美真合一。

先秦兩漢時期，集體意識強而顯，個體意識弱而隱，「詩言志」、「文以明道」展現為主流性的文學現象；魏晉六朝以至隋唐，個體意識強而顯，集體意識弱而隱，詩緣情、文不關道乃展現為主流性的文學現象；不過，詩言志，文以明道的集體意識略逞復蘇，表現分立對抗之勢，卻還未能取代個體意識而為主流。降及宋代，歐王曾蘇因承韓柳集體意識之「文以明道」的文學本質觀，強而顯的成為主流，而「詩緣情」與「詩言志」則並存，互有表現。及至元明清，集體意識之「文以明道」已成傳統，仍居主流，卻也漸趨變質而弱化；而明代中晚期，由於陽明心學盛行，程朱道學漸弱，影響所及，個體意識強而顯，「獨抒性靈」的文學本質觀正式興起，蔚為潮流，強烈對抗「文必秦漢，詩必盛唐」的學古群體，並吸納文章學習唐宋此一群體，中得「心源」的觀念，而「獨抒性靈」的文學本質觀也逐漸形成與「文以明道」對立的另一個新傳統，因之產生不關乎政教大道，而個人自由書寫性靈，以真、情、趣、韻為美的小品文。降及清代，集體意識的「文以明道」相對比較強，但個體意識的「獨抒性靈」並未完全消弭，兩種文學本質觀的傳統並存，古文與小品文都有人作，同一作者也會兼寫這二種文章，創造更為多元體式的散文。

唐代韓柳遙承先秦兩漢集體意識的「政教道德」價值，開創「文以明道」的文學本質觀，宋代歐

173　〔清〕沈廷芳《隱拙齋集》，參見《清代詩文集彙編》（上海市：上海古籍出版社，二〇一〇），冊二九八，卷四一，頁五三九。

174　同前注。

王曾蘇繼之發揚光大，下貫明清，而形成文學史上「明道」文學的古典傳統。明代中晚期則由公安三袁為主，聚集江盈科、陶望齡、黃輝等文士提出詩文「獨抒性靈，不拘格套」之說，這是遙承六朝個體意識的文學本質觀，以與「文以明道」傳統對抗，下貫清代，而另成文學史上抒情文學的新傳統。當然，在散文方面，「獨抒性靈」的傳統不如「文以明道」那麼源遠流長，觀念更不如「文以明道」那樣繁複。從詩論而言，與「詩緣情」相近，可匯為主流；但從文論而言，清代以降，「文以獨抒性靈」的論述，不再像公安群體那樣匯為洪大的聲量，未成主流；不過，小品之作仍然持續不絕。最主要的原因，一則士人階層關懷政教的意識形態始終強固；二則詩適合吟詠性情，而散文還是適合用以辨理論事。以清代性靈派的袁枚來看，他的「性靈說」主要在詩論；論文既不主明道，也不主致用；卻不徒托空言，以為獨抒性靈，還是講求言而有物。因此袁枚雖然不像桐城那樣高張「義法」的旗幟，卻也沒有將「性靈說」用以論述散文的創作。[175]

二、什麼是「性靈」？以「性靈」論文學始於何時？

中國古代的人性觀念主要有二個系統：一為氣質感性；一為道德理性。氣質感性之發用是順覺起情，以自然純真為特質，故可稱為「情性」，即「情之性」；「道德理性」之發用是逆覺省思，以應理合善為特質，故可稱為「理性」，即「理之性」。「性靈」之「性」指的是氣質性、情性。氣質性又可分析出質、氣、神、才、情。質有剛柔、氣有清濁、神有靈鈍、才有俊庸、情有喜怒哀樂好惡欲。而「性靈」之「靈」指的是靈覺，能神妙的直覺萬物及自我而感知其真性美趣。「性靈」唯人有之，故人稱萬物之靈，與天地同具創造能力，而合稱「三才」；「性靈」稟之於「天」而由「心」以發用，故性靈之「心」乃「天地之心」，其本體就是文學創造的根源，《文心雕龍．原道》云：「仰觀吐曜，俯察含章，高卑定位，故兩儀既生矣；惟人參之，性靈所鍾，是謂三才，為五行之秀，實天地之心。心生而言立，言立而文明，自然之道也。」[176]袁宏道文章「獨抒性靈」之說，雖未必讀過《文心雕龍》，「性靈」之見，卻彼此相符。不過，《文心雕龍》總體文學理論，當然不像袁宏道那樣簡化。

「性靈」觀念用之於文學本質的論述，六朝時期既已常見，除了《文心雕龍》之外，前文論及「詩緣情」，即徵引鍾嶸〈詩品序〉云：「氣之動物，物之感人，故搖蕩性情，形諸舞詠。」鍾嶸所說「性情」就是「情性」、「性靈」。又徵引蕭繹《金樓子．立言》云：「至如文者，惟須綺縠紛披，宮徵靡曼，脣吻遒會，情靈搖蕩。」所謂「情靈」就是「性靈」。鍾嶸及蕭繹所論雖是詩，但就文學發生論的基本原理而言，詩與文可以互通。又徵引蕭子顯《南齊書．文學傳論》云：「文章者，蓋情性之風標，神明之律呂也。蘊思含毫，遊心內運，放言落紙，氣韻天成，莫不稟以生靈，遷乎愛嗜。」蕭子顯所論，包含詩與文而稱為「文章」。情性、神明、生靈就是「性靈」之意；而「蘊思含毫，遊心內運，放言落紙，氣韻天成」，則直抒胸臆，法出內心，不拘格套。袁宏道「獨抒性靈，不拘格套」、「從胸臆流出」之說，其實與此相近。六朝以降，唐代也頗多以「性靈」論述文學發生原因者，姚思廉《梁書．文學傳論》云：「文者，妙發性靈，獨拔懷抱。」[177]此一觀念與袁宏道「獨抒

175 參見郭紹虞，《中國文學批評史》，卷下，第四篇，頁八三一－八四七。
176 周振甫，《文心雕龍注釋》，頁一。
177 〔唐〕姚思廉，《梁書》（台北：藝文印書館，景印清乾隆武英殿本，一九五六），卷五〇，頁三五七。

性靈」沒有差異。令狐德棻《周書．王褒庾信傳論》評述屈原、宋玉、荀卿、賈誼的辭賦，云：「陶鑄性靈，組織風雅。」[178]然則，以「性靈」做為文學的發生原因及本質，這種觀念從六朝開始，就已是常見的論述，當然不是到了明代才由袁宏道首倡的創見。只是前引諸多論述，偶一發之，尚未構成一種特定的文學本質觀。

袁宏道提出「獨抒性靈，不拘格套」，其實也不像韓愈提出「文以明道」那樣，能以豐實的學識對文學史做出全面深入的反思，而凝聚形成具有穩固而系統化的文學本質觀；只是在整個中晚明時期的文化社會情境中，以一文人狂士厭惡格套定法，對當時學古群體之拘限體格卻又掌握文學霸權的態勢，深為不滿，而在〈敘小修詩〉中，偶一發之；卻因時代文化思潮而產生不小的響應，而匯為得與「文以明道」古文傳統對抗的聲勢，逐漸形成另一傳統。個人的偶然，因影響巨大而成為歷史的必然，也是常有的事，不過都要有時勢做為客觀條件。

個體意識與集體意識，其實並存在同一主體，往往隨境因事而發，大多歷史時期並未分裂為不同群體的意識形態，互相對抗。因此不但「詩言志」與「詩緣情」的創作，六朝之後便交雜呈現，「文以明道」與「獨抒性靈」的創作也是如此。六朝的政論文章，固多明道之作，個人往來卻也有「獨抒性靈」之文，例如謝靈運〈答范光祿書〉、[179]鮑照〈登大雷岸與妹書〉、[180]沈約〈報劉杳書〉。[181]即使高顯「文以明道」的唐宋古文家，柳宗元、歐陽修、蘇軾等亦頗多「獨抒性靈」之作，例如柳宗元〈始得西山宴遊記〉、[182]歐陽修〈養魚記〉、[183]蘇軾〈與李公擇書〉。[184]傳統的延續當以創作實踐為第一序位的文學史建構；論述是第二序位，將隱含於「文心」的觀念顯題出來，往往是在某一歷史時期，由於文化思潮、社會風尚、政教治亂、文學群體分化的各種因素而激發為彼此對立的意識形態，明代學古群體與新變群體的論爭就是典型的例子。

三、「獨抒性靈」文學本質觀的構成

「性靈說」正式成為一種特定標榜的文學觀念而被視為流派，一般都認為是袁枚；袁枚「性靈說」偏重對詩立論，文少涉及。其實，文學創作乃「獨抒性靈」這一觀念的提出，卻早在明代中晚期，就由袁宏道發聲出言，而響應者不少，其〈敘小修詩〉云：

> 弟小修詩，散逸者多矣，存者僅此耳……泛舟西陵，走馬塞上，窮覽燕、趙、齊、魯、吳、越之地，足跡所至，幾半天下，而詩文因之以日進。大都獨抒性靈，不拘格套，非從自己胸臆流出，不肯下筆。有時情與境會，頃刻千言，如水東注，令人奪魄。其間有佳處，亦有疵處。佳處自不必言，即疵處亦多本色獨造語。然則予極喜其疵處，而所謂佳者，尚不能不以粉飾蹈襲為

178 〔唐〕令狐德棻，《周書》（台北：藝文印書館，景印清乾隆武英殿本，一九五六），卷四一，頁三〇六—三〇七。
179 〔清〕嚴可均，《全宋文》，卷三二，頁四。
180 同前注，卷四七，頁三、四。
181 〔清〕嚴可均，《全梁文》，卷二八，頁七。
182 《柳宗元集》，冊三，卷二九，頁七六二—七六三。
183 《歐陽修全集》，上冊，卷三，頁五四。
184 《蘇東坡全集》，下冊，卷四，頁一二二。

> 恨，以為未能盡脫近代文人氣習故也。蓋詩文至近代而卑極矣，文則必欲準於秦漢，詩則必欲準於盛唐，剿襲模擬，影響步趨，見人有一語不相肖者，則共指以為野狐外道。曾不知文準秦漢矣，秦漢人曷嘗字字學六經歟？詩準盛唐矣，盛唐人曷嘗字字學漢魏歟？秦漢而學六經，豈復有秦漢之文？盛唐而學漢魏，豈復有盛唐之詩？唯夫代有升降，而法不相沿，各極其變，各窮其趣，所以可貴，原不可以優劣論也。……情隨境轉，字逐情生。[185]

袁宏道藉著為其弟袁中道的詩集作序，而提示自己的文學觀，「獨抒性靈，不拘格套」之說，乃合詩文而立論。就「詩」而言，「獨抒性靈」與「詩緣情」相近，已在前文論述。「獨抒性靈，不拘格套」從文字表層義觀之，是創作論的話語，但創作論必以所預設的本質功能論為基礎。在這裡，我們主要從「文」論述而不及於「詩」，以詮釋「獨抒性靈，不拘格套」的文學創作觀所預設的本質觀意義，本質與功能不二，後文就直稱本質觀。

從這一段文本的語境，可理解到袁宏道的意圖，實有強烈的針對性，不是一般客觀的文學理論。其意乃以袁中道詩文的特質做為示範，以對抗李夢陽、何景明，更甚的是後期李攀龍、王世貞諸家學古群體所固持「文必秦漢，詩必盛唐」的文學觀及其創作實踐，而嚴厲批判「剿襲模擬，影響步趨」，更重要是學古群體將秦漢文、盛唐詩做為絕對唯一的文體典範標準，不許別出面目，這當然是文學霸權心態。霸者必有反抗者，反抗必取對立面，強烈顛覆之。因此，對學古群體從模擬入手做為習文之「法」，總體的觀念及其實踐的效果，當然不須深入詳實的了解；但取其缺失的片面，而提出對立之見，猛烈抨擊，一面摧廓破城而顛覆之，一面自立殿堂，高豎旗幟而建構之，這是文化意識形態的投射。文學歷史之所以能有演變發展，對立性的論述衝突一直就是主要動力因，乃文學史的常態。

袁宏道的論述，「獨抒性靈」之說，從文士們個人創作主體而言，彰顯的是個體自然生命所內涵的「性靈」。此一「性靈」隨個體而獨一無二，並純任自然之「情性」而為「真」，必須無所矯飾，故而他特別強調袁中道的詩文「即疵處亦多本色獨造語」，而「所謂佳者，尚不能不以粉飾蹈襲為恨，以為未能盡脫近代文人氣習故也」，這當然是為批判學古群體，而矯枉過正之論；卻也凸顯他去標準、除規範，而主觀唯心，「各極其變，各窮其趣」而自由創造，不論優劣的文學觀。以這種文學本質觀為原則，推演所及，當然就會產生「不拘格套」之論；「格套」是「心」外由前代「文體典範」所客觀規格化的定法；故而「獨抒性靈」之說，從時代而言，「代有升降，而法不相沿」，則文無定法，不立文體典範，排除師法古聖賢的文章。「文法」全由此「心」，在創作當下，「情與境會」而「情隨境轉，字逐情生」。

這種觀念的形成，主客觀因素都有，約為四端：一是個人性情狂放不羈，袁宏道思想早就接受道家，又參入禪宗，曾作〈廣莊〉七篇，[186]逐一對〈逍遙遊〉、〈齊物論〉、〈養生主〉、〈人間世〉、〈德充符〉、〈大宗師〉、〈應帝王〉做出讀後感思，衍義論述。〈逍遙遊〉一篇批判：

185　〔明〕袁宏道著，現代錢伯城注，《袁宏道集箋校》（上海：上海古籍出版社，一九八一），上冊，卷四，頁一八七—一八八。

186　同前注，冊中，頁七九五—八一五。

「拘儒小士，乃欲以所常見常聞，闢天地之未曾見未曾聞者，以定法縛己，又以定法縛天下後世之人。」[187]他借莊子而發揮，痛批當世的拘儒小士。「常見常聞」是凡俗常識，缺乏創新。「闢天地之未曾見未曾聞」則是虛妄之知，而以此為「定法」，則知此「定法」之腐朽而不真實。這可顯見他對「定法」的強烈抗拒，而嚮往自由逍遙的生活境界。

二是社會文化變遷，中晚明時期，陽明心學大盛而由統治者所倡導的程朱道學漸弱，士人得以從程朱道學所絕對支配的政教道德規範解放出來，而以本心自由回應這世界。陽明心學分流為左右兩派，左派主要代表人物是王畿與王艮，傳為龍溪、泰州二系，思想特色就是自由狂放。李贄之學本於陽明，而直承左派王畿以及羅汝芳；羅汝芳屬於泰州學派。故而李贄是王學左派兩系狂放思想的集成者。[188]而袁宏道年青時期曾問學於李贄，受到李贄的激賞。其弟袁中道〈吏部驗封司郎中中郎先生行狀〉記述袁宏道三兄弟曾同遊楚中諸勝，至龍湖問學於李贄；李贄特別稱賞袁宏道「英特」，而「謂其識力膽力，皆迥絕於世，真英靈男子」。[189]袁宏道與李贄都是狂士氣質，似有同氣感應，故李贄在袁氏三兄弟中，特別賞識袁宏道；年青的袁宏道經此賞識，焉有不衷心感悅，相對也信服李贄的思想；李贄〈童心說〉乃成為袁宏道「獨抒性靈，不拘格套」文學本質觀的理論基礎。李贄〈童心說〉的要義是：「夫童心者，真心也……夫童心者，絕假純真，最初一念之本心也。」那麼，「童心」何以喪失？因為有太多聞見道理「主于其內」，因而蔽障童心。此一「童心」乃是天下至文的根源，故云：「天下之至文，未有不出于童心焉者也。苟童心常存，則道理不行，聞見不立，無時不文，無人不文，無一樣創制體格文字而非文者。」[190]前文引述袁宏道〈廣莊〉的〈逍遙遊〉一篇批判「拘儒小士以聞見縛己縛人」，豈不與此同調！故「真」一直就是袁宏道重要的文學本質觀，性靈的本質就是

「真」；而「無一樣創制體格文字而非文者」，不正是袁宏道〈敘小修詩〉所謂「不拘格套」嗎？

三是明代中晚期，整體文化社會變遷。如同魏晉六朝，在政治腐敗，禮教僵固的時代，對人性的觀念，從道德理性轉向氣質感性，集體意識轉向個體意識。這時期，陽明心學造成很大的影響，前人研究成果非常多。這不是本文的焦點論題，就只提些常識性的大意，做為時代文化背景。這時期，官方所崇尚的程朱理學原為主流，卻漸趨僵固，對人性常起束縛。陽明心學興起，反程朱之學，正好給士人追求解放提供思想基礎。顧炎武《日知錄》即指出這個現象：「自弘治、正德之際，天下之士厭常喜新，風氣之變，已有所以來。而文成以絕世之資，倡其新說。鼓動海內。嘉靖以後，從王氏而詆朱子者，始接踵於人間。」[191]不過，陽明心學雖與程朱異調，原本只是如同朱熹與陸九淵彼此對儒學的歧見，卻仍然在儒家思想的大傳統內，仍以「道德」為核心價值。明代中晚期，總體文化的交雜，已遠過於南宋。程朱都排拒佛老，但陽明「心學」發展到左派的龍溪、泰州，都有以儒家道德立場與道佛對話，吸納其可會通之道，尤其泰州學派，黃宗羲《明儒學案．泰州學案一》即認為泰州：「泰州、龍溪時時不滿其師說，益啟瞿曇之秘而歸之師，蓋躋陽明而為禪矣。」[192]瞿曇，即佛，這裡

187　同前注，頁七九六。
188　熊禮匯，《明清散文流派論》，頁三四四─三四八。
189　錢伯城，《袁宏道集箋校》，下冊，附錄二，頁一六五一。
190　〔明〕李贄，《焚書、續焚書》（台北：漢京文化公司，一九八四），卷三，頁九八─九九。
191　〔明〕顧炎武，《原抄本日知錄》（台南：唯一書業中心，一九七五），〈朱子晚年定論〉條，卷二〇，頁五三八。
192　〔明〕黃宗羲，《明儒學案》（台北：華世出版社，一九八七），頁七〇三。

指禪學。龍溪講求「一念靈明」，是李贄「童心」的資源。泰州學風平民化，反對束縛，追求自由，大張狂士之氣。牟宗三認為泰州之學的特色就是「平常、自然、洒脫、樂」。[193]這種時代情境與學術思潮中，「真」與「情」成為主導文學創作實踐的主要觀念，也是熱門的議題。在袁宏道之前，除了李贄之外，徐渭、湯顯祖早為先驅。徐渭的文學本質觀就是「情」，人自然的本性，文能順其自然之情的表現，就是「本色」；湯顯祖的文學本質觀同樣是「情」，「情」當然必須「真」。徐渭與湯顯祖「情」與「真」的文學本質觀，「情」與「真」也是袁宏道的文學本質觀，先後響應。我們略述徐渭、湯顯祖只做為袁宏道「獨抒性靈」觀念的時代序曲，就不細論；可詳見吳兆路的論述。[194]

四是眾所熟知，明代文壇自弘治以降，李夢陽倡為學古，格套甚緊，卻天下從風，文學霸權都在這一學古群體手上，這已是文學史常識，不必細論。就說袁宏道本人的親身經驗，以他狂放不拘的性情，再加上時代思潮，如何能忍受這種「定法」，在前引〈序小修詩〉中，即已痛為抨擊，云：「蓋詩文至近代而卑極矣，文則必欲準于秦、漢，詩則必欲準于盛唐，剿襲模擬，影響步趨，見人有一語不相肖者，則共指以為野狐外道。」[195]重點就是「見人有一語不相肖者，則共指以為野狐外道」，霸權必有反霸權者。當時，反抗這種暴力性的論述，不只袁宏道一人，第七章〈代變文學史觀〉再做詳論。

這四種主客因素就促使袁宏道提出「獨抒性靈，不拘格套」之說，他在其他文章中多有同樣論調，尤其對「格套」的反抗更是強烈，例如〈諸大家時文序〉，云：「所謂古文者，至今日而敝極矣。何也？優于漢謂之文，不文矣；奴于唐謂之詩，不詩矣；取宋元諸公之餘沫而潤色之，謂之詞曲諸家，不詞曲諸家矣……獨博士家言，猶有可取。其體無沿襲，其詞必極才之所至，其調年變而月不同，手眼各出，機軸亦異。」[196]八股文是「時文」之一，我們當代古典文學批評對八股文的評價極低。袁宏道反對古文，就讚許「時文」而與之相抗，從體製、修辭到格調都各出新變。後文更認為沈周之畫、祝允明之書法，都是當代新藝術，卻勝過那些古人的「贗法帖」，何以然？因為「貴其真」。[197]今、變、新、真就是優，而古、仿、舊、假就是劣，這已成為袁宏道的信仰。

四、「獨抒性靈」文學本質觀的延展

袁宏道提出「獨抒性靈，不拘格套」之說，袁宗道、袁中道、江盈科、陶望齡、黃輝積極響應，相與論述，遂形成可與「文以明道」對抗的文學本質觀。其兄袁宗道〈論文上〉對學古群體之模擬，亦大不以為然，云：「空同不知，篇篇模擬，亦謂反正。後之文人，遂視為定例，尊若令甲，凡有一語不肖古人，即大怒，罵為野路惡道。」[198]他與袁宏道同樣對學古群體的霸權極度不滿，既反對模擬，當然就一樣主張個人順性因情，故〈論文下〉云：「爇香者，沉則沉煙，檀則檀氣，何也？其性異也。……文章亦然，有一派學問，則釀出一種意見；有一種意見，則創出一般言語。無意見則虛

193 牟宗三，《從陸象山到劉蕺山》（台北：臺灣學生書局，一九九三），頁二八三。

194 吳兆路，《中國文學性靈思想研究》（台北：文津出版社，一九九五），頁七一—七六，又頁八四—九一。

195 錢伯城注，《袁宏道集箋校》，上冊，卷四，頁一八八。

196 同前注，頁一八四—一八五。

197 同前注，頁一八五。

198 〔明〕袁宗道，《白蘇齋類集》（上海：上海古籍出版社，一九八九），卷二〇，頁二八四。

浮，虛浮則雷同矣。故大喜者必絕倒，大哀者必號痛，大怒者必叫吼動地，髮上指冠。」[199]人性如物性，「性異」指的是氣質情性，人皆個殊，故文章順性，即各有見地，自成面目；因情而發，則喜怒哀樂，皆獨抒性靈，即是「真」。袁中道〈花雪賦引〉亦云：「性情之發，無所不吐。」[200]既「無所不吐」，就沒有格套可循。沒有格套可循，當然就各自創造，而無法因襲，才是獨得之「真」，故後進袁銑〈重刻梨雲館本敘〉發揮此意，云：「昔中郎公之論文若詩也，必曰真；故讀公之文若詩者，亦皆曰真。夫真可襲乎？曰不可。公之真文真詩，實本其真性真情真才真識而出之。惟其一無所襲也，故無一不真。」[201]注重個人性、情、才、識的文學本質觀，已擴衍出當時不少認同者，沈雲龍與丁允和合編《皇明十六家小品》，在〈敘袁中郎先生小品〉中，接受袁宏道的文學觀，反對學古之模擬，而力讚自抒性靈，云：

> 夫人無事不欲行其胸臆，至文字動思摹古，曰如是方合某格，如是方同某人，句程字做，曰變月移以就之。……不知文章亦自抒其性靈而已。揉直作曲，斲圓成方，一種靈氣乃受屈折剝削，止水斷山，有何生韻？中郎敘《會心集》，大有取于趣。小修稱中郎詩文云率真。率真則性靈現，性靈現則趣生。[202]

沈雲龍反對學古群體的模擬，主張文章自抒性靈，自然順性緣情的表現，率真而生趣，完全是袁宏道文學觀的翻版。這部書編成於明思宗崇禎五、六年間，已是明末，竟陵群體承繼公安群體而矯正其末流之淺俗，提出「古人精神」的本質觀，以幽深詩文之境。所選十六家小品，就有鍾惺一家在內。袁宏道的文學本質觀，顯然已被不少群體所接受，而形成散文的新傳統。

這一本質觀的傳衍歷程，江盈科的論述最為重要。他與袁宏道交情甚契，為袁宏道《敝篋集》作序，呼應「性靈」之論，云：

> 夫性靈竅于心，寓于境。境所偶觸，心能攝之；心所欲吐，腕能運之。心能攝境，即螻螘蜂蠆皆足寄興，不必雎鳩、騶虞矣。腕能運心，即諧詞謔語皆是觀感，不必法言莊什矣。以心攝境，以腕運心，則性靈無不畢達，是之謂真詩。[203]

江盈科發揮了袁宏道的「獨抒性靈」之說，所論雖是「詩」；但袁宏道的「獨抒性靈」之說，本就總詩文的創作而論，以「情」、「真」做為文學的本質。性靈本於心，因境觸感起興，發而為詩為文。所對都是當下之境，則眼前螻螘蜂蠆都可寄興，未必模擬《詩經》三百篇，「雎鳩」是《國風．周南．關雎》所用的意象，「騶虞」是《國風．召南．騶虞》所用的意象。這是題材內容的選

199 同前注，頁二八五。

200 〔明〕袁中道，《珂雪齋文集》（上海：上海古籍出版社，二〇〇七），頁四五九—四六〇。

201 錢伯城注，《袁宏道集箋校》，下冊，附錄三，頁一七二一。

202 〔明〕丁允和、沈雲龍編，《皇明十六家小品》（北京：北京圖書館出版社，一九九七），下冊，頁一八七七—一八八二。

203 〔明〕江盈科，〈敝篋集序〉，參見錢伯城注，《袁宏道集箋校》，附錄三序跋，下冊，頁一六八五。

擇，「諧詞謔語皆是觀感，不必法言莊什」，「法言」是合乎「定法」的修辭，「莊什」與「諧詞謔語」相對，是莊嚴的篇章。這是用言措辭的選擇。從題材內容到言語修辭，都隨自然之心對當下之境而起興，直抒胸臆，故新變群體從詩到文，幾乎都以今語白描，自然而已；極少用典，講求古雅。這種觀念就如鍾嶸〈詩品序〉所謂「吟詠性情，亦何貴於用事」、「觀古今勝語，多非補假，皆由直尋」。[204]因此，從詩論而言，所謂「獨抒性靈，不拘格套」，其實與六朝「詩緣情」之說，沒有太大差別，於理論並無創發。其意義只在明代的歷史語境中，對抗學古群體，再顯「詩緣情」傳統。從文論而言，所對抗不僅是學古群體所標榜「文必秦漢」的「體格」之義；「體格」只是文體論的層次，散文「獨抒性靈」所改變的是本質性的「道」。「道」必關聯政教道德之義，並且純正的「文以明道」都拘限在儒家經典的思想。雖然柳宗元、蘇軾的古文已寬泛的旁涉道佛；到了明代唐宋派也受陽明心學影響，而開放「道」的畛域；但還未極端的走到離「道」而任「情」。前文述及，第一序位的創作實踐，做為個體意識自然表現而「獨抒性靈」的散文，六朝以降就已有不少作品；卻還未在第二序位的論述，顯題而正式宣示為一種可與「明道」對立的文學本質觀。袁宏道是這個本質觀轉向的關鍵人物，而且必須能造成影響，多人呼應，並付諸實踐，以推擴與「明道」之文可以區別的抒情「小品」，蔚為潮流；而在第一序位，「文以明道」之外，建構另一文學史現象，這才是它的重要意義。

袁宏道提出「獨抒性靈」的創作觀；「獨抒性靈」的創作實踐所預設的文學本質就是「真」、「情」。本質與功能不二。而以此本質觀為基礎，創作表現的效果最難能的就是「趣」與「韻」。他在〈敘陳正甫會心集〉云：「世人所難得者唯趣。趣如山上之色，水中之味，花中之光，女中之態，雖善說者不能下一語，唯會心者知之。」那麼「趣」從何可得？云：「夫趣得之自然者深，得之學問者淺。當其為童子也，不知有趣，然無往而非趣。……山林之人，無拘無縛，得自在度日，故雖不求趣而趣近之。」[205]他所謂「會心」是什麼「心」？當然歸諸於去假純真的「童心」，學問反而掩蔽「童心」而不能得「趣」，故云：「趣得之自然者深，得之學問者淺」，並且以「童子」、「山林之人」為經驗例示。而其中關鍵就是「不知」；「知」從讀書識理的知識來，已失自然純真的心靈。「不知」才能保持沒有知識成見的心靈「直覺」而心與境會，不求趣而自然得「趣」，這顯然近於莊禪而遠於儒。

另外，袁宏道在〈壽存齋張公七十序〉中，論及「韻」，云：「山有色，嵐是也；水有文，波是也；學道有致，韻是也。山無嵐則枯，水無波則腐，學道無韻則老學究而已。」[206]他以山色水波的意象比喻一個人學道有致的心靈所表現於容儀行止之「韻」，「韻」指的是一種生機盎然的氣質神色。這是一篇壽序，有特定對象，對象是自己門生的尊大人。寫壽序必是嘉言，不能貶低對象。而這對象張存齋原為儒者，當然讀書學道。那麼，前一篇〈敘陳正甫會心集〉以「童心」論「趣」，而以童子、山林之人未讀書識理為經驗例示，顯然遠於儒，在張存齋身上就不適用了。因此在這篇的論述中，如何能從讀書學道轉出「韻」來？關鍵在讀書學道要能融通內化而與性情合一，道德知識不離性情，才不會淪為老學究，表現於容儀行止也才有「韻」。他以孔門的顏回、曾點為經驗例示，

204 曹旭，《詩品集注》，頁二二〇。
205 錢伯城注，《袁宏道集箋校》，上冊，卷一〇，頁四六三。
206 同前注，下冊，卷五四，頁一五四一－一五四二。

云：「昔夫子之賢回也以樂，而其與曾點也以童冠詠歌。夫樂與詠歌，固學道人之波瀾色澤也。」[207]同時他又以「江左之士，喜為任達，而至今談名理者必宗之」為人格典範。[208]江左之士，前文論及，就是左派王學，龍溪、泰州一系的儒士，以儒為宗而融通莊禪。但是，他所不能諒解的是：「俗儒不知，斥為放誕，而一一繩之以理；于是高明玄曠清虛淡遠者，一切歸之二氏。而所謂腐濫纖嗇卑滯扁局者，盡取為吾儒之受用。吾不知諸儒何所師承，而冒焉以為孔氏之學脈。」[209]然則，袁宏道其實並未完全排斥儒家，也未嘗貶降原始儒家孔孟。讀書學道而融通，內化而潤澤其本心，道德不離性情，容儀行止不受限於僵固的禮教規範，從心所欲而不逾矩，卻自有生動的氣韻。這是他在這篇文章中，由純任自然的「童心」轉化到讀書學道融通，顯豁本心而潤澤之，氣韻自然生動，這是由學而返真的「真儒」。他所痛斥的是學道不通，道德切離性情而成假道學的「俗儒」或稱「腐儒」。然而學「道」則識「理」又是什麼關係？袁宏道的回答是：「大都士之有韻者，理必入微，而理又不可以得韻。故叫跳反擲者，稚子之韻也；嘻笑怒罵者，醉人之韻也。醉者無心，稚子亦無心，無心故理無所託，而自然之韻出焉。由斯以觀之，理者是非之窟宅，而韻者大解脫之場也。」[210]然則「韻」不是從學道所識之「理」來，「理」是自然本心之外習的知識，內含善惡貴賤尊卑種種價值分判之「成心」，是非因此而生；故學道識理必須化消理識而無其「成心」，使得心靈反真歸樸，則本心所發之「韻」自然而現。這其實就是莊禪之真諦。

　　袁宏道在論「趣」時，仍未觸及學道修養的工夫論，講的只是如何獲得對象之「趣」。「童心」仍在原始之性，是第一序的「自然」。論「韻」則已轉到主體容儀行止所表現的神色氣韻，就必然觸及「工夫論」，陽明心學的「工夫論」乃是重點。讀書學道而能消解僵固於「心」的理識，反真歸樸，朗現自然本心，則是第二序的「自然」。龍溪、泰州諸儒士何嘗不讀書學道！李贄何嘗不讀書！公安三袁又何嘗不讀書！天下文士沒有不讀書者，畢竟不是稚子、山野村夫。如果讀書必然有害真性童心，則飽讀詩書的袁宏道高倡「獨抒性靈」，即成自欺欺人之論。因此，關鍵不在於讀不讀書，學不學道，而在於通與不通、化與不化，而是否能回歸本心而得其「韻」，活的生命才有活的文學。袁宏道到了論「韻」，才點出可實踐之法，童心、自然、性靈之說，也才不會淪為空論。

五、「獨抒性靈」文學本質觀的創作實踐及其負面影響

「文學本質觀」是第二序位詮釋型的文學史建構，如果沒有第一序位創作實踐而延續累積質量夠大的產品，就無法在文學史上占有一定比例的容積。其創作實踐的產品，就是可與「明道」之古文區別的「小品文」。小品文的創作，當然不是由袁宏道提出「獨抒性靈」的觀念才開始，卻有理論的推助之力。「小品」一詞原出佛典，指某一部節略本的佛經，其後引申為一般佛典。以「小品」指稱文學作品，則始自明代。所謂「小品」之「小」，不是篇幅短小之意，而是「不重要」之意。關乎政教之「道」為「大道」或「大學」，「大」就是「重要」。「小」與「大」相對，不關乎政教「大

207 同前注。

208 同前注。

209 同前注。

210 同前注。

道」的文章，就稱為小品，所寫的內容都是日常生活的題材，表現的也是與政治道德無關的主題。[211]前文提到《皇明十六家小品》始於屠隆、徐渭，迄於鍾惺、文翔鳳、曹學佺。屠隆是學古群體「後五子」之一，基本立場與觀點還是揚唐抑宋，但他又受到公安新變群體的影響，反對擬古，因此在小品文的創作頗有成果。小品文的創作，袁宏道「獨抒性靈」的論述當然是很大的助力。他與袁中道小修都入選為十六家之一。這部書編成於明末，距明朝之亡只有十年，可視為總結明代小品文的選本；然而選哪幾家，各家選哪些作品，都不免主觀偏見，不夠周全，見其大體而已。明代何偉然在〈皇明十六家小品序〉中，即論述云：「諸君子者，析之各成一家言；主伯文壇，則共成一代言，以表當代之色。」[212]他指出此一選本的編纂，目的就是「共成一代言，以表當代之色」；然則從此一選本大體可看到明代「小品文」之異於明道「古文」的特色，中國古代散文因之而有多元面貌。全書入選十六家：屠赤水（隆）、徐文長（渭）、王季重（思任）、虞德園（淳熙）、黃貞父（汝亨）、董思白（其昌）、陳眉公（繼儒）、湯若士（顯祖）、張侗初（鼐）、陳明卿（仁錫）、李本寧（維禎）、袁中郎（宏道）、袁小修（中道）、鍾伯敬（惺）、文太青（翔鳳）、曹能始（學佺）。每家二卷，共三十二卷，選文共七百四十九篇，體製多達四十餘，以賦、序、傳、記、銘、書、尺牘、遊記、題跋、論較為常見。從體製而言，同樣傳統，古文家也寫這些體製，其差異當然在於主題內容，無關乎政教大道。

袁宏道「獨抒性靈，不拘格套」之論，其實適合於上才。問題是上才者少，中下才者多。「獨抒性靈，不拘格套」之論，發展到末流，負面影響漸生，其弊至於俚俗。袁宏道過世，其弟袁中道親見受袁宏道影響的後學，其病已現，他在〈阮集之詩序〉中，論及袁宏道為矯李攀龍所影響而造成的弊病，提出發抒性靈，到了末流，卻也同樣弊病叢生，云：

> 先兄中郎矯之，其志以發抒性靈為主，始大暢其意所欲言，極其韻致，窮其變化。謝華啟秀，耳目為之一新。及其後學也，學之者稍入俚易，境無不收，情無不寫，未免衝口而發，不復檢括，而詩道又將病矣……有作始自宜有末流；有末流自宜有鼎革。此千古詩人之脈所以相禪於無窮者也。[213]

袁中道很客觀，也有洞察力，不屈意維護自己的兄長，而明確的指出袁宏道「獨抒性靈，不拘格套」之論，至末流所產生負面影響。什麼「境」、什麼「情」都寫入詩中。他雖論的是「詩」，但袁宏道「獨抒性靈」之論兼及詩文。最重要的是他指出一個文學發展演變的軌則：「有作始自宜有末流；有末流自宜有鼎革。此千古詩人之脈所以相禪於無窮者也」。這是〈繫辭傳〉所謂「窮則變，變則通」以至於往來無窮的辯證歷程。果然，竟陵鍾惺繼公安之後，欲鼎革其俚易之病。他循公安之說，同主「性靈」，卻不主「獨抒」而吸納「學古」之論，而不拘限在「體格」層次，拉高加深至於體會「古人精神」，乃編選《詩歸》以為示範。[214]他所論以「詩」為主而兼及於「文」，遵奉東坡為

211 詳見陳少棠，《晚明小品論析》（台北：源流出版社，一九八二），頁九—一九。

212 〔明〕丁允和、沈雲龍編，《皇明十六家小品》，上冊，頁二二。

213 〔明〕袁中道，《珂雪齋文集》，卷一〇，頁四六二—四六三。

214 〔明〕鍾惺、譚元春編著，《詩歸》（台北：國家圖書館，一九九七）。按：微捲，《古詩歸》十五卷，《唐詩歸》

典範，編選《東坡文集》。[215]他在〈跋袁中郎書〉，所論書法，卻先以詩文乃「古人精神」所寄為基本觀念：「詩文取法古人。凡古人詩文，流傳於鈔寫刻印者，皆古人精神所寄也。」[216]而竟陵矯公安之弊，其弊卻入於深幽孤峭。

郭紹虞對竟陵之文，所論甚切：凡開創一種風氣或矯正一種風氣者，一方面為功首，一方面又為罪魁。而其罪不在開山的人，而在附和的人。公安矯七子之膚熟；膚熟誠有弊，然而學古不能為七子之罪。竟陵又矯公安之俚僻；俚僻誠然有弊，然而性靈又不能為公安之非。竟陵正因要學古而不欲墮於膚熟，所以以性靈救之。竟陵又正因主性靈而不欲陷於俚僻，所以欲以學古矯之。這樣雙管齊下，所以要於學古之中得古人精神，這即是所謂求古人之真詩。鍾惺並非刻意立異，追求深幽孤峭詩風；其病只在為求古人真詩，故強欲在古人詩中看出其性靈，而玩索一字一句，以為真有性靈之言，常浮出紙上，與眾言不同。如此刻意所求，深幽孤峭之病遂出。[217]郭紹虞此論持平而周全，可以詳參。

矯枉必過正，除此弊而彼弊生。中國古代文學發展到明代，文士結群，流派林立，黨同伐異，互爭霸權，各持偏勝之論，兩極對抗，論述衝突頻出。不過，論述衝突，正反辯證，卻是文學發展的動力，可常態視之。

「獨抒性靈」之論，包括明代徐渭、湯顯祖到公安，以至袁枚以下，於「詩」而言，其實只是「詩緣情」的推演，無甚開創。反而於「文」而言，使得六朝以降，本為伏流的抒情觀念與創作實踐，浮現為潮流，而建構可與「文以明道」傳統並立的另一傳統，士人生命存在的意義表現於文學，才得以「個體意識」與「集體意識」，「理性」與「感性」，「道」與「情」，都互有表現。「五四」白話文學運動，就是從古代文學史找尋創作實踐的正當性，反對明代學古群體而遙接以公安袁宏道為首的新變群體所開展「獨抒性靈」的文學本質觀傳統。因此《中國文學史》書寫，凡持「進化文學史觀」者，莫不偏倚新變群體，而反對學古群體，這是文化意識形態的投契，也同樣進入「論述衝突」的陣伍中，後續必有反論者。

第三節　結論

「文以明道」與「獨抒性靈」成為散文二個對立的傳統，此與「詩言志」與「詩緣情」二個傳統的對立，其深層的原因都是由於古代士人階層自身內在「個體意識」與「集體意識」對生命存在價值觀的衝突而展現。在古代就是天人、群己的衝突與調適的問題。政教上的表現，即士人的出處進退，兼善天下與獨善其身的因時抉擇；在文學表現上，即「詩言志」與「詩緣情」、「文以明道」與「獨抒性靈」的取決。這二種意識其實並存在同一主體，隨不同情境所對不同的人事而表現，大多能各得其宜；一個士人得志則兼善天下，失意則獨善其身，可群可己。在廟堂辨理公務與退朝燕居生活，也能因時適境而行。至於文學創作，「詩言志」與「詩緣情」、「文以明道」與「獨抒性靈」，在每個

三六卷。

215 〔明〕鍾惺編著，《東坡文集》（北京：中華書局，二〇一七）。

216 錢伯城注，《袁宏道集箋校》，下冊，附錄三，頁一七一七。

217 郭紹虞，《中國文學批評史》，卷下，第三篇，頁七一三—七一五。

士人的作品中也大多並存。如果有時衝突，就必須有自我調適的能力，這當然是出於文化教養。

漢代之前，士人被政教馴服，個體意識與集體意識還未分化，「詩言志」與「詩緣情」、「文以明道」與「獨抒性靈」也還未形成二種對立的觀念。因此作詩寫文章，大體是集體意識自然的展現，「詩言志」已形成傳統。及至魏晉六朝，文化社會變遷，個體意識自覺而與集體意識產生衝突，逐漸取得主導。「詩緣情」也隨之新興為與「詩言志」對立的觀念，而逐漸形成主潮。從此兩者隨時代文化社會的變遷，時而互為顯隱，時而交雜，一直下貫到明清。

至於「文以明道」與「獨抒性靈」的對立則比較晚。唐代詩歌雖曾出現「詩言志」復起的微浪，卻不成潮流。「詩緣情」仍居主流，形成傳統，充分表現士人的個體意識；而集體意識隱而不顯，士人政教關懷的意識形態沒有表現的媒介。韓柳開始將「文以明道」顯題為特定的文學本質觀，降及宋代歐王曾蘇的紹述，古文遂取代詩歌，做為表現士人集體意識的媒介，下貫元明，成為源遠流長的傳統。明代中晚期，文化社會變遷，集體意識所展現的儒家禮教僵固，個體意識在王陽明心學的推助之下，顯豁為思潮而由袁宏道倡導「獨抒性靈」，影響所及，逐漸形成可與「文以明道」對抗的新傳統；而生產可與明道「古文」區別的「小品文」，成為士人分別表現「個體意識」與「集體意識」的二種主要體類。

明代以降，文學流派林立，「個體意識」與「主體意識」，「道德理性」與「氣質感性」，「情」與「道」的論述衝突就成為文學變遷發展的主要動力。

二〇二三年一〇月初稿

二〇二四年一月修訂

第四章
中國原生性「源流文學史觀」詮釋模型重構

第一節　引論

一、重構「源流文學史觀」詮釋模型所預設的觀念基礎及原則性方法

中國古代「原生性文學史觀」，重要者有四：一源流、二正變、三通變、四代變。尤其「源流」更是最早出現而歷代綿延論述的基本文學史觀。比較後起的正變、通變、代變乃在「源流史觀」基礎上，進一層的論述。因此，正變、通變、代變三個史觀，與「源流」史觀都有關聯。尤其是「正變」，「源流」與「正變」往往被歷代論述者建構為一個理論系統，並賦予價值評判的複合性觀念，大致以「源」為「正」而以「流」為「變」，例如明末許學夷《詩源辯體》、[1]清初葉燮《原詩》，[2]其論詩的基礎觀念就是「源流正變」。這四種文學史觀，每一種都有極其複雜的義涵。首先，我們針對「源流文學史觀」進行相關文獻的精密分析詮釋，以闡明其義涵，並重構其「詮釋模型」。

「源流」是「源」與「流」的複合詞。「源」與「流」分別是二個對立的概念而又指涉二個具有辯證關係的存有物。它是古代諸多文士們長期觀察自然界，即江河之「起源」與「分流」的經驗現象，啟發了自身生命存在及其創作實踐的歷史意識；文士們的「歷史意識」指的是：文士們意識到自我乃是歷史性（historicality）的存在。[3]個人生命即在時間綿延不斷的文化傳統情境中，文學「創作」實踐就如同「水」之「源流」，乃是創、因、變而繼往開來的精神性創造。文士們持著這樣的「歷史意識」，必然會將「文學史」視為與他們自己存在經驗及意義無法切割的「效果歷史」

（Wirkungsgeschichte），[4]而不是純為學術研究的知識客體；進而經由「類比」的思維方法，以自然水文的「源流」現象，「類比」文學創、因、變而「繼往開來」的歷史現象，而建構成一種隱喻性的「詮釋模型」；並用以反思文學歷史經驗現象，而詮釋、評判其起源與分流的結構、規律及價值，終而形成一種特定的文學史觀。觀象於天地自然，洞見其法則而類比應用於人事，這是中國遠古就已普行的思維方法，即《周易．繫辭上》所謂：「仰以觀於天文，俯以察於地理，是故知幽明之故」。[5]因此「源流」是古代首要的「原生性文學史觀」，值得重新建構為一種「詮釋模型」，用之於現代學界的「中國文學史」書寫。

中國古代文士們將「源」與「流」合義為詞所形成的一般性概念，應用於「文學歷史」的詮釋，其涵義非常複雜，必須進行分析性的詮釋。在第一章〈緒論〉中，述及「效果歷史」的觀念。在此我

1 〔明〕許學夷著，現代杜維沫校點，《詩源辯體》（北京：人民出版社，一九八七）。

2 〔清〕葉燮著，現代霍松林校注，《原詩》（北京：人民出版社，一九七九）。

3 「歷史性」（historicality）不同於過去已發生的「歷史事實」，而指的是使得存有者之所是所為的「事實」能成為「歷史」的存在情境基礎。

4 「效果歷史」（Wirkungsgeschichte）指的是：一切歷史現象或流傳下來的作品都不能當作只是純為歷史研究的客體，而應當注意到它在人們歷史性的存在以及意義的理解過程中所產生的影響效果。參見加達默爾（H.G.Gadamer）著，洪漢鼎譯，《真理與方法》（*Wahrheit und Methode*）（台北：時報文化，一九九三），頁三九三—四〇一。

5 〔晉〕韓康伯注，〔唐〕孔穎達疏，《周易注疏》（台北：藝文印書館，嘉慶二十年南昌府學重刊宋本，一九七三），卷七，頁一四七。

們要再次強調，從「效果歷史」的視域，才能貼切的理解「源流文學史觀」的複雜義涵。對於古代諸多「歷史意識」之自覺非常顯豁的文士們而言，所謂「文學史」絕非如同現代學者之所認知者；現代學者之研究、書寫「中國文學史」，大多缺乏「歷史意識」，而僅有二種對「歷史」偏謬的觀念：一是胡適、魯迅、傅斯年、鄭振鐸之流，以「新文化運動」及「白話文學革命」為職志，而引進西方的「文學進化史觀」。第一章〈緒論〉已論及，在文學革命之「意圖先行」的立場下，胡適等人的文學史書寫都旨在從過去的歷史經驗現象，進行「片面性選擇」與「從我性詮釋」，以建構一幅可以「資藉」的「白話文學史」或「抒情文學史」圖像。主流性的儒家文學歷史傳統，與他們當代的存在情境之間，乃呈現著對抗、排斥而斷裂的關係。二是不以「新文化運動」及「白話文學革命」為職志者，或是在「新文化運動」及「白話文學革命」完成之後世代的文學史作者。他們已離開古代文學歷史的存在情境現場；故而對這一類學者而言，從來都未能認知到古代文士們對文學傳統的「歷史意識」乃構成他們存在情境的文化要素，因此只將「文學史」當作學術研究的知識客體，而做「不在場」的發言，依照「史料」客觀鋪陳，卻不涉入古代文士之生命存在的歷史情境及創作實踐做設身處地的同情理解。

然而，對於古代諸多「歷史意識」之自覺非常顯豁的文士們而言，「文學史」就是他們以「文學家」的身分存在於文化傳統及當代社會的「情境場域」。這種「情境場域」的「時間」，其過去、現在、未來的三維，乃是如江河之「源流連續」，無法切割；這就是他們所懷抱的「歷史意識」。所有「現在」的存在情境都包含著「過去」的成素，也預存著「未來」的成素。因此，「傳統」不是固態物，不是可用概念、名言說明的知識客體，因而不是與「現在」對立而被封閉在故紙堆、某些人的腦袋及社會文化符號形式中的觀念、習慣與規範。「傳統」一直就是動態歷程性結構而整體混融之「存在情境」的場域。在社會文化發展的歷程中，因不同時期的社會文化條件，被當代的存在者所感知、選擇、實踐，而取得新變的質料及形式，並表現為實在的經驗現象。

即此而言，對於先秦、兩漢、魏晉六朝、隋、唐⋯每一個歷史時期的「現代人」而言，「傳統」根本就隱涵在他們當代所處社會文化的「存在情境」場域中，是生命之為歷史性存在的基礎。依循這樣的「效果歷史」意識，古代文士們所持的史觀，都是「在場性」的發言，也就是發言者乃自覺其存在於傳統及當代的「情境場域」中，參與著「繼往開來」的文學活動，包括對前代文學的閱讀、詮釋、選擇、接受以及轉化為自己創作實踐所「因」所「變」的成素。因此「源流文學史觀」其涵義甚為複雜，乃關聯著文體本質、起源、流變、創作、批評的綜合論述。古代文士們宏觀整體宇宙，一切事物皆有其終始、本末；「終始」即是事物之發生、因變、終結的歷程性規律；「本末」則是事物之存在、創化、開展的價值性依據。我們從這個詮釋視域，對中國古代源流文學史觀的相關文本，先涉入歷史語境做設身處地的同情理解，再出而對文本進行精密的分析，才能洞察古代文士們對諸多文體之始終、本末的認知，而形成他們「文心」所內含的「源流文學史觀」，並發用在文學創作與批評的實踐；而「源流文學史觀」也就是構成「文學史」的要素之一。

第一章〈緒論〉曾述及王鍾陵認為文學歷史有「二重存在」，「第一重存在」指的是直接史料之客觀他在性文本所涵蘊的中國古代文學歷史，而「第二重存在」指的則是現代諸多「中國文學史」書寫所呈現的中國古代文學歷史。而我所提出「原生性文學本質觀」與「原生性文學史觀」，即蘊涵於王鍾陵所謂歷史的「第一重存在」中。不過，我更指出「歷史」乃人之「重層性」存在經驗與意義詮釋所加以符號化的文本，蘊涵於王鍾陵所謂「第一重存在」的「原生性文學本質觀」與「原生性文學史觀」，還可再分為二重：一重是內含於古代文士們創作實踐的「歷史意識」中；另一重則是文士們對創作實踐歷史經驗現象進行反思、詮釋而所作的論述。我曾提出「完境文學史」的構想，指認了「原生性文學史觀」乃是文士們歷史性存在主體之「意識結叢」的一部分，也是構成文學歷史的第一重存在經驗基礎。[6]我們就以「源流文學史觀」論之，它是古代文士們之所建構，卻又分別蘊涵於二重的存在。蘊涵於第一重存在的是：文士們「創作實踐」所內含的歷史意識。蘊涵於第二重存在的是：文士們反思文學創作實踐歷史經驗現象，而以「源流」做為詮釋文學起源、分流之結構及規律的一種「模型化」觀念。

這二重的「源流文學史觀」，一是文士們做為「作者」的主體意識所持有，一是文士們做為「讀者」或「批評家」的主體意識所持有。而在中國古代，「作者」與「讀者」或「批評家」乃是同一個體在不同文學活動情境中「意識性角色」的轉換，而非社會結構中客觀持久性的不同身分。因此，古代文學歷史經驗現象本身就是文士階層同處於「文學存在情境」內，其「創作」與「閱讀」活動，在社會文化動態性的經緯結構歷程中，不斷循環「交涉」、「衍變」的後果。「作者」與「讀者」、「創作」與「閱讀」乃是「互為主體」的辯證性關係。[7]因此「源流」做為一種「原生性」的文學史觀，上述二重層位的義涵在理論上雖然可以分解而觀之；但是在文士們的歷史實存情境中，卻又不能截然為二，而同是中國古代文士們建構文學歷史及其意義的要素，它根本與中國古代文學歷史無法切分。而「源流文學史觀」也就同時具有「創作論」、「批評論」與「文學史論」的三重意義，古代文學家從來不曾脫離「文學歷史」而虛談「創作」及「批評」；脫離「文學歷史」，沒有「創作」及

「批評」，脫離「創作」及「批評」也沒有「文學歷史」，故三者之「觀」乃辯證而一也。

依循上述，我們認為古人以其自覺承繼傳統而開創未來的「效果歷史」意識，進行創作實踐與詮釋文學歷史。「源流文學史觀」即是古代文士們對文學歷史意義或知識原生性的「建構」，乃中國古代文學歷史經驗自身的一部分。即使我們不持之以詮釋古代文學歷史，至少也應該與當代文學史家所持有之文學史觀做為「對觀」的話語，而於文學史書寫時，尋求詮釋上彼此的「視域融合」。因此我們的原則性方法設定：古人往往即事言理，其言語皆直觀綜合之陳述，而不在表達形式上採取概念分析、系統綜合的論述，故多片語隻字，散在各殊的文本中或隱涵在意象性的符碼外。從觀念的內涵而言，它自有其系統；只是從語言表述的形式觀之，卻隱而不顯，可謂之「隱性系統」。因此，才有待我們的詮釋，並進行概念精確的分析與系統嚴整的綜合及陳述；這等於是對古代「既存」的文學史觀做出「重新建構」，賦以現代化的理論意義，並將它揭明為一種「顯性系統」的知識。「源流文學史觀」，並非一家所創設的理論，而是中國古代文學歷史上，文士們經由長期的創作實踐與反思文學歷史，掌握到文學實存經驗現象之起源與分流的結構、規律，而逐漸形成的一種隱性系統的「詮釋模型」。我們的論述，就在於揭明它，並將這個詮釋模型「重構」為一種顯性系統的知識。

6　古代文士們的「意識結叢」，參見本書第一章，頁七三—七四。

7　參見顏崑陽：〈從混融、交涉、衍變到別用、分流、佈體——「抒情文學史」的反思與「完境文學史」的構想〉，收入顏崑陽，《反思批判與轉向》（台北：允晨文化公司，二〇一六），頁二一一。

二、前行研究的反思批判

「源流」一詞，或「源於」、「其源出於」、「流為」、「之流」，這類詞彙在古代典籍中甚為常見。「源流」觀念似乎成為一般常識，不須特別深廣其論；因此被近現代學界關注的狀況頗不如正變、通變、代變；尤其將它當作重要的文學史觀，而總體重構其繁複的理論，尚屬少見。總體立說者，例如一九三〇年間，胡毓寰編著《中國文學源流》，這本著作乃是「將中國歷代文學上有名之作品，加以系統的整裁而成，為一種『文學史』、『文學讀本』之混合書」。[8]書名掛著「源流」，但是對「源流」觀念全無解釋，所論當然也非「源流觀念」或「源流史觀」，只是依著時序分章略述「一文字之創始」、「二詩歌謠」、「三記事文之發展」、「四論理文之漸興」、「五字體之變遷」、「六辭賦」、「七樂府及古詩」……。並在每一章前面略述大意後，選列篇章而沒有解說。每一章前面略述大意，也沒有解釋這一種文體如何「起源」與「流變」，主要選錄作品而已，缺乏「文學史」的詮釋，非常粗糙；而將「文字之創始」、「字體之變遷」都納入文學史的敘述，顯然沿襲林傳甲第一本《中國文學史》的陳舊觀念。[9]褚斌杰〈論中國文體的源流演變與分類〉，其主題並非論述「源流觀念」或「源流史觀」，而是從「源流」的觀點去論述詩、騷、賦、古文、小說、詞、戲曲、白話文、白話詩等文體的源流，並推及文體源流演變與詩文選集之文章分類的關係。所述甚為簡略，對「源流」做為一種「文學史觀」的理論性意義，沒有詮釋。[10]

至於針對個別一種文體、一家作品風格或一種選集的編排及評述，所秉持的「源流」觀念進行研究。有的只論「文體起源」，而不及於「流變」，例如廖蔚卿專論鍾嶸《詩品》的「體源論」，這當然是因為《詩品》的論述，先建立《國風》、《楚辭》、《小雅》三體之「源」，然後將「古詩」以下到齊梁各家之體，追溯其「源」而分別繫聯於這三「源」，形成「源流譜系」。然其評述方式都是「其體源出《國風》」、「其源出於《楚辭》」、「其源出於《小雅》」、「其源出於『古詩』」、「其源出於陳思」、「其源出於……」等，故廖蔚卿稱之為「體源論」而詳為論述。[11]其實，有「源」必有「流」，只是鍾嶸沒有在字面上使用「流」一詞；但是「古詩」及「陳思王曹植」都是「其源出於國風」，當然就是「流」；而劉楨「其源出於『古詩』」、陸機「其源出於陳思」，[12]則「古詩」、「陳思王曹植」翻成為「源」。因此在鍾嶸所繫聯的譜系中，其實「源流」兼備，不只「體源」一端而已，單論「體源」，則未盡「源流論」的完整系統。

另外有兼論一種文體、一家作品風格或一種選集的編排及評述的「源流觀念」者，例如韓高年

8 胡毓寰編，《中國文學源流》（台北：臺灣商務印書館，一九八六，台六版），頁一。

9 清光緒三十年（一九〇四），林傳甲於京師大學堂編撰「中國文學史」講義，原著名林歸雲。其後正式出版《中國文學史》（杭州：武林謀新室，一九一〇；台北：學海出版社，一九八六）。

10 褚斌杰，〈論中國文體的源流演變與分類〉，《職大學報》，二〇〇四年第一期。

11 廖蔚卿，《六朝文論》（新北：聯經出版事業公司，一九八五），頁二八七—三一六。

12 〔南朝梁〕鍾嶸著，現代曹旭注，《詩品集注》（上海：上海古籍出版社，二〇一一），頁九一、一一七，又頁一三三、一六三。

《詩賦文體源流新探》、[13]王樹林〈侯方域詩論的主旨及源流正變觀〉、[14]周唯一〈《古詩評選》源流探討的方法建構與理論基礎〉等。[15]韓高年的著作，書名所標示似乎旨在創新探討「詩賦文體源流」，事實卻非一部有關「詩賦文體源流」的體系性專書，而是很多單篇論文的結集，大致是秉持籠統的「源流」觀念，論述詩、賦文體的起源或流變，論題總雜，有些與「源流觀念」或「源流史觀」並無關係。其中〈從祝辭到宴飲儀式樂歌——論〈魚麗〉、〈南有嘉魚〉的文體來源〉、〈五言詩起源及其相關問題〉、〈賦之「序物」、「口誦」源於祭神考〉、〈論賈誼賦的承上啟下〉、〈兩漢詠物小賦源流概述〉等篇，比較直接論及「起源」及「源流」，其他有些篇章討論到某一文體語言形製的產生、成因、演變、衍變、新變、轉變等，就不是整全「源流觀念」直接的應用。王樹林之作，則是意在針對侯方域個人的詩論，探討其中的「源流正變觀」。然而全文未見對源流、正變二個觀念的涵義做好界說，只是提出侯方域論詩主張「以風雅為宗旨，以盛唐杜詩為典範」；而大多篇幅都在描述侯方域以這個主張為基準，批評晚明「幾社」諸子的詩歌，以及批評明代詩歌的發展流變。這篇論文僅針對一家之言，也沒有後設性的提舉建構侯方域整體的「源流正變觀」。周唯一的論文針對王夫之《古詩評選》，詮釋王夫之在這一選本對作品的評語中，如何以其源自儒家「興觀羣怨」之說，所建構的詩學理論為基礎，而經由讀詩、識詩與選詩的進路，分別從詩歌的發展變化及其相互關聯、詩歌內部的藝術構造與特徵、詩人的創作地位及作品特色，這幾方面對詩體源流、作品淵源及創作繼承進行全面具體的探討。這是從一家選本的實際批評，所作詮釋統整的「源流觀念」。然而僅限一家之言，未能綜合歷代論述而重構總體的「源流觀念」，當然也就未能聚焦在「源流史觀」，重構它的系統理論意義。

將「源流」做為一種特定的「文學史觀」，統整歷代的論述文本而重構其理論的著述，比較具有系統性者厥為董乃斌、陳伯海、劉揚忠所主編《中國文學史學史》，其中〈傳統文學史學〉部分，若干節次述及「源流論」。由於是「文學史學史」的寫法，以歷時性為結構，分出先秦兩漢時期的〈詩賦源流論〉、魏晉南北朝的〈同源異流論〉、清代〈源流本末正變盛衰互為循環說〉三個小節，[16]進行討論；可以看出「源流觀念」歷時性的變遷，但是卻未能做出並時性總體觀念之系統性理論的重構。而且論者對於關鍵詞源、流與源流的基本概念沒有釐析清楚，從而在理論上先建立「文體起源」究有哪幾種不同的論述？「源」與「流」的關係究有哪幾種不同的論述？因此，所論大體是分不同時期籠統的描述及詮釋。其中，先秦兩漢時期「詩賦源流論」，將詩歌的起源，歸因於古代聖王制禮作樂，故而只有「道」的政教功能意義，沒有「文體」的意義。至於漢代的「辭賦源流」，也以班固〈兩都賦序〉為據，而提出「賦繼承《詩》的風教傳統」、「風教之『源』在《詩》，風教之『流』在賦」的論點，並且認為「這不是班固個人的意見，有漢一代，凡論及辭賦源流問題時，人們多從這

13　韓高年，《詩賦文體源流新探》（成都：巴蜀書社，二〇〇四）。

14　王樹林，〈侯方域詩論的主旨及源流正變觀〉，《殷督學刊》，一九九六年第三期。

15　周唯一，〈《古詩評選》源流探討的方法建構與理論基礎〉，《衡陽師範學院學報》，第二十三卷第五期，二〇〇二年一〇月。

16　董乃斌、陳伯海、劉揚忠主編，《中國文學史學史》（石家莊：河北人民出版社，二〇〇三）。上述所討論到的各小節，分別參見第一卷，第一編第一章第二節，頁六九－八四；第一編第二章第三節，頁一五〇－一六三；第二編第三章第三節，頁四四六－四五七。

角度立論，而非論文體」。至於魏晉南北朝，文體觀念興起，相應的「同源異流論」乃轉向「文體源流」之論。[17]如此則「源流論」就分為「風教源流」與「文體源流」二系。

這個說法，從歷史語境而言，大致正確。不過，假如我們從理論上做個後設性的思辨，任何被語言形式化的產品，就必然具有「文體」性質。先秦兩漢的文士們雖然還沒有「文體意識」，但是這並不表示被創造出來而客觀化的產品，也就不具有「文體」的性質與意義。風雅頌三百篇四言詩、楚騷、漢賦，當然各是一種「文體」。而「風教源流」固然是一種「功能論」的觀點；但是從理論後設的觀點而言，任何一種「文體」的起源、本質、功能與形構，其實無法切分而論。「風教起源」就已決定先秦兩漢所表現完成之詩、騷、賦的本質、功能及其形構。而「形構」就是「文體」，包括語言形式結構的「體製」或稱「體裁」，以及三百篇諸作品、屈宋騷體作品、司馬相如與班固等大賦作品所表現的「體式」或稱「體格」（現代學者習稱風格）。以上有關「文體」的涵義，後文將做細說。然則「風教源流」與「文體源流」是否截然為二，了無交涉，而不能做出整合之論？這個問題與後來「道」與「文」的關係是「一」還是「二」？頗為類似。其實風教之「道」與「文體」的關係，發展到劉勰《文心雕龍》的〈原道〉、〈徵聖〉、〈宗經〉就已整合為一體。先秦兩漢時期的文學，離開「文體」，「道」只是政教實踐之理，與文學無關；「文體」離開「道」則已是六朝新興的「個人抒情」之作。

另外鄭柏彥〈中國古代文學史源流論的「文統」與「道統」〉，這一篇論文也是聚焦在「文學史源流論」，經由歷代相關文本進行總體的論述，主要是詮釋揭明古代「文學史源流論」展現了「道統」與「文統」的兩種基調。他的基本假定是「文學本質觀」是「文學史觀」的基礎，乃批評者在建構「源流文學史觀」的預理解，故其文學本質觀勢必會影響其源流論述。「道統」是「以道論文」的本質觀所建構的源流文學史觀，而「文統」則是「以文論文」的源流文學史觀。這樣的論點與上述《中國文學史學史》同樣會產生二種「文學源流」截然分判的問題。不過鄭柏彥有覺察到這個問題，而認為二者並非扞格之見，而有融通的可能，因此經由文本分析詮釋而指出「道統論」實有「文道合一」與「道本文末」的二種說法；「道本文末」涵有價值判斷。[18]這篇論文所論比較能全面照應到歷代對「源流文學史觀」的論述。

我們在這一章中，將聚焦於「文學源流史觀」；擇取歷代重要的相關文本，經由分析詮釋，總體重構其系統性理論，並歸約其「詮釋模型」。

前行研究往往籠統含混，而又支離其學，不成系統。主要原因：一是對「源流」關鍵詞的基本義與所引申的一般概念義，以及用之於文學史觀的理論性涵義，完全不作分析詮釋，只是籠統、常識的使用；然而「源流」此一關鍵詞其實基本概念義複雜，用之於文學史觀的理論性涵義也有多層。二是未經分析而後綜合，只是籠統陳述意見，所論往往不成系統。因此，我們將先對「源」、「流」與「源流」三個關鍵詞的基本義及所引申的一般概念義進行分析詮釋；接著再置入「源流文學史觀」的理論語境中，分析詮釋其多層涵義；然後以這多層涵義為基準，用來分析詮釋歷代相關的論述文本，

---

17 同前注，頁七〇—八四。

18 鄭柏彥，〈中國古代文學史源流論的「文統」與「道統」〉，《興大人文學報》第四五期，二〇一〇年十二月，頁一—二六。

最終則綜合建構系統性的「詮釋模型」。

第二節　「源流」關鍵詞釋義

一、「源」、「流」及「源流」三詞的基本義及所引申的一般性概念義

（一）「源」一詞的基本義及所引申的一般性概念義

從詞義分析而言，「源」字亦作「原」，其基本義及引申之後的一般性概念義，而與「源流文學史觀」之詮釋有關者約為：

1、「源」即「水本」

「源」即「水本」。《說文》云：「源，水本也。」這是「源」字的基本義；引申之後的一般性概念義，指事物價值之所本，例如：《荀子．儒效》：「俄而原仁義，分是非。」楊倞注：「原，本也。謂知仁義之本。」[19]又《文選》載宋玉〈神女賦〉：「時容與以微動兮，志未可乎得原。」李善注：「原，本也。」[20]或指事物發生及存在的根源性原因，《呂氏春秋．異用》：「萬物不同，而用之於人異也，此治亂存亡死生之原。」高誘注：「原，本。」[21]本，指的也是事物發生的根源性原因。綜合上述，從理論而言，對事物以探求其「源」或「原」，可有二義：一是探求事物價值之所

「本」；二是探求其「出自」的因素，偏重在詮釋事物發生及存在的根源性原因。

2、「源」即「水始出」

「源」即「水始出」。《禮記．月令》：「命有司為民祈祀山川百源。」鄭玄注：「眾水始所出為百源。」[22]《淮南子．原道訓》：「源流泉浡，沖而徐盈。」高誘注：「源，泉之始所出也。」[23]鄭玄、高誘注「源」為「水始出」也可以是「源」字的基本義；引申之後的一般性概念義，指事物在發生歷程上，始端之時間、空間及其狀態，例如：《廣雅．釋地》：「原，端也。」《周易．繫辭上》：「原始反終，故知死生之說。」孔穎達疏：「原，窮事物之初始。」[24]《荀子．君道》：「械

19 〔戰國〕荀況著，〔唐〕楊倞注，《荀子》（台北：臺灣中華書局，一九七〇），卷四，頁五。

20 〔南朝梁〕蕭統編著，〔唐〕李善注，《文選》（台北：華正書局，嘉慶十四年重刻宋淳熙本，一九八二）。卷一九，頁二六八。

21 〔戰國〕呂不韋編著，現代陳奇猷校釋，《呂氏春秋校釋》（台北：華正書局，一九八五），上冊，卷一〇，頁五六〇。

22 〔漢〕戴聖傳、鄭玄注，〔唐〕孔穎達疏，《禮記注疏》（台北：藝文印書館，嘉慶二十年南昌府學重刊宋本，一九七三），卷一六，頁三一六。

23 〔漢〕劉安編著、高誘注，現代張雙棣校釋，《淮南子校釋》（北京：北京大學出版社，一九九七），上冊，卷一，頁四。

24 〔晉〕韓康伯注，〔唐〕孔穎達疏，《周易注疏》，卷七，頁一四七。

數者，治之流也，非治之源也。」[25]源，指的就是事物之始端。從理論而言，對事物以溯求其「源」或「原」的另一涵義，就是在追究其「始自」的時間、空間及狀態。與前述「出自」一義相較，「始自」所追究的側重在事物發生之時空起點的考察。

（二）「流」一詞的基本義及所引申的一般性概念義

從詞義分析而言，「流」字的基本義與引申之後的一般性概念義，其與「文學源流史觀」之詮釋有關者約為：

1、「流」即「水行」

《說文》云：「流，水行也」。「流」基本義為「水行」；「水行」呈現「連續性」移動的現象，故引申之後的一般性概念義，即指一切事物連續向前移動的狀態，例如：《呂氏春秋．審分》云：「意觀乎無窮，譽流乎無止。」高誘注：「流，行」。[26]「流乎無止」則連續移動而不斷。

2、「流」即「漫延散布」

「流」即「漫延散布」，這也是由基本義「水行」引申出來的涵義。「水行」往往「漫延散布」，故引申之後的一般性概念義，即指一切事物之漫延散布的現象，所謂「流行」即是此義，例如：《爾雅．釋言》云：「流，覃也；覃，延也。」郭璞注：「蔓延相被及。」邢昺疏：「水之流必相延」。[27]《孟子．公孫丑上》云：「德之流行，速於置郵而傳命。」[28]流行，即是如水之漫延散布，廣被天下。

3、「流」即「多支分化」

「流」即「多支分化」，這也是由基本義「水行」引申出來的涵義。水自發源而往下游流動之後，往往呈現「一源多流」的分化現象，故《廣雅・釋詁》：「流，化也。」[29]引申之後的一般性概念義，指事物由「一」往「多」分化。例如《漢書・藝文志・諸子略序》：「諸子十家，其可觀者九家而已……合其要歸，亦六經之支與流裔。」[30]

4、「流」即「末」

「流」即「末」，這也是由基本義「水行」引申出來的涵義。相對於「源」之始端，則「流」

25 〔戰國〕荀況著，〔唐〕楊倞注，《荀子》，卷八，頁二。

26 陳奇猷，《呂氏春秋校釋》，下冊，卷一七，頁一〇三二。

27 〔晉〕郭璞注，〔宋〕邢昺疏，《爾雅注疏》（台北：藝文印書館，嘉慶二十年南昌府學重刊宋本，一九七三），卷三，頁三九。

28 〔戰國〕孟軻著，〔漢〕趙岐注，〔宋〕孫奭疏，《孟子注疏》（台北：藝文印書館，嘉慶二十年南昌府學重刊宋本，一九七三），卷三上，頁五二。

29 〔三國魏〕張揖編著，〔清〕王念孫注，《廣雅疏證》（北京：中華書局，二〇〇八）。

30 〔漢〕班固著，〔唐〕顏師古注，〔清〕王先謙補注，《漢書補注》（台北：藝文印書館，光緒庚子長沙王氏校刊本，一九五六），卷三〇，頁八九九。

在末端，故《廣雅・釋詁》云：「流，末也。」[31]引申之後的一般性概念義，指事物發展至末端，皆稱為「末流」。此義往往帶入言說者的價值判斷，假如以「源」為始為本，具有崇高的價值；而以「流」為終為末，則其價值相對低下。

（三）「源」、「流」複合為「源流」一詞的一般性概念義

依循上述對「源」、「流」二字的詞義分析，從基本義引申為一般性概念義，則「源」與「流」合義成為複詞「源流」，它就涵具下列三種意義：

1、描述義：一事物之「起源」必有一個時間歷程或空間位置的始端，而其現象也往往向前進行「連續性」的漫延散布，而形成由一往多的「分流」變化。

2、詮釋義：一事物「起源」之後，必可由既有之「分流」現象逆溯它的根源性原因或發生性條件。

3、評價義：一事物初始發生時，已隱涵其所「本」之理想價值；而愈趨末流，則其初始之理想價值愈漸淪失。

二、「源流」的一般性概念義應用於「文學史」的詮釋所涵具的理論性意義

（一）從「流」的既成文體以溯其「源」，追察歷史起點的「始出」之作；以認識其體製及體式，而建構「文體源流」的「創—因—變」關係。

「源」所引申一般概念義是指事物在發生歷程上，「始端」之時間、空間及其狀態；應用在「文

學史」的詮釋，其義在於追察某一文體的「始自」時間；「始自時間」也就是「歷史起點」，這是「文體源流」論述之一。而文學創作的「始端」之時間、空間及其狀態，並非理論上的抽象概念，必有具體實現的「作品」，也就是「始出」之作。從這「始出」之作，就可以認識其原初形式結構的「體製」及「體式」；用以觀察「流」的「後出」之作，其「體製」及「體式」有何演變，而建構此一文體的「源流」關係。古代文士的論述，除了使用「源」一詞之外，也有用「端」、「祖」。這種「文體源流」論述，當然都在文體「分流」的歷史經驗現象已很明顯的時期，才開始提出來，對「文學史」具有描述意義。以中國古代文學史觀之，這種論述大量的出現在魏晉六朝，各種文體繁多，而文體觀念也已明晰。因此，論述重點雖在「溯源」，但其實已設定「分流」的文學歷史經驗基礎。沒有「源」就沒有「流」，反之沒有「流」也就沒有「源」。一切事物的「源」與「流」必然展現於實在的歷史時序中，辯證的相互依存。因此，這種「體源」論述都不是抽象概念的理論，而必須落實在歷史經驗現象中，依藉「史料」的考察描述，才能獲致論述的有效性。一般文學史的書寫，經由這種「文體源流」論述，而建構某一文體的演變關係，也就是某一文體的「源流史」。

（二）從「流」的既成文體以溯其「源」，詮釋其「發生原因」；以認識其本質及功能，而建構「文體源流」的「創—因—變」關係。

文學創作實踐發展的某一歷史時期，各種文體的「分流」既已繁多，而文體觀念也甚明晰，這

31 〔清〕王念孫注，《廣雅疏證》。

當然是魏晉六朝時期。有些文士就開始依著眾多「分流」的文體，進行歷史的反思而詮釋諸多文體的「發生原因」，這也是「文體源流」論述之一。摯虞《文章流別論》、劉勰《文心雕龍》等，即是範例，後文將做細論。「發生原因」就是「源」的「出自」之義。文體的「發生原因」會決定其本質及功能。從「源」所決定的本質及功能，可以用來詮釋「流」的演變，從而建構此一文體的「源流」關係。我們必須注意，這不是「始自」的歷史事實考察，而是一種事物之所以發生，其「出自」之根源性原因的「詮釋」，故具有「理論性」的詮釋意義；「詮釋」都有主觀性，因此「理論」往往各有一說，只有詮釋相對客觀有效性的高低，而不像歷史經驗事實的判斷那樣可以客觀的驗證其是非對錯。「發生原因」還可以分為「內在原因」與「外在原因」。「內在原因」指的是一種事物之所以發生，其根源性原因，乃「出自」人內在的心性感動，偏重主觀抒情的文體，例如詩歌，其發生原因大體是「出自」人的內在心性感動。「外在原因」指的是一種事物之所以發生，其根源性原因，乃「出自」人外在社會生活的需求，偏重客觀實用的文體，例如檄移，其發生原因大體是「出自」人外在社會互動所產生戰爭或責讓的需求。

（三）從「流」的既成文體以溯其「源」，揭示理想的「文體典範」，而論定其價值之所「本」，以引導未來創作實踐「反本歸源」的取向，重建「文體源流」確當的「創—因—變」關係。

六朝時期，各種文體「分流」演變，有些已成「末流」，文士們但求「新變」而不知「因承」傳統的文學創作精神以及理想的文體典範，至於文體訛變而淪失其崇高的價值。因此某些文士經由對當代「末流」文體，提出反思批判，而溯「源」反「本」，以論定文體的理想典範及其價值之所

「本」，其目的在於引導未來確當的創作實踐，由「應然」開展「實然」，以改變文學歷史的發展方向。這也是「文體源流」論述之一，具有「理論性」的評價意義；所用之詞，除了「源」，也有用「本」、「根」。當然「源流」同樣相互依存，在動態的文學史演變歷程中，一體不二。這種論述，就以劉勰《文心雕龍》最具代表性，雖是第二序位「詮釋型」的文學史建構，卻結合創作實踐而含納了第一序位「創作型」的文學史建構。後文將做詳論。

第三節　「文體源流」論述的發生以及「源流文學史觀」的形成與演變

一、「文體源流」論述的發生

我們一般雖然習用「文學」一詞，然而不但「什麼是文學」的本質論定義非常繁多；不只個別地區或民族國家對「文學」有不同的定義；甚至同一區域或民族國家的不同歷史時期對「文學」也有不同的定義。並且「什麼是文學」的本質論定義，其實是對「文學」之為物的「總體」所做抽象概念的「理論性」界說。從實際的存在而言，並沒有一種具體的存有物是「總體文學」。「文學」必須創作實現為「作品」，才是個別的具體存有物，而成為歷史的存在，也才能被我們所感知。這與「什麼是人」的本質性定義同樣的道理，抽象概念的理論儘管繁多，然而也必須個別的「人」已創生而具體實現在這世界，才能被我們所感知。而個別存有物的感知，其實無法建立我們對「人」共同認可的知識，因此必須將對多數個體的感知經驗，經由認知理性的統覺，而歸納其相對普遍性而為「種」或「類」，才能構成「知識」。事物的「種」與「類」都不是沒有經驗內容的純粹抽象概念。「文學」能做為一種「知識」就是已實現為眾多作品而被歸納其相對普遍性的「文類」與「文體」。

那麼，什麼是「文類」？什麼是「文體」？「文類」最簡明的概念就是多數具有共同形式或內容特徵的作品群，例如四言形式的《詩經》三百篇，「四言」是這三百篇作品群共同的形式特徵，就形成一種「四言詩」的「文類」；又例如內容都描寫「山水」的作品群，山水內容是這多數作品群的共同特徵，就形成一種「山水詩」的「文類」。總之，是什麼「文類」，就看依什麼「類標準」去分類。「文體」之「體」的基本義有二：一是形構，二是樣態。「形構」指語言形式結構，古人稱為「體裁」或「體製」，例如四言古體、五言古體、七言律體等。各文類的體製，都有其「基模性形構」，尤其是格律化的詩詞曲，其「基模形構」已固定。「樣態」指作品完成之後，具體表現的意象，例如雄渾、清麗、平淡等，如果是一篇或一家作品的樣態，古人稱為「體貌」，例如班固〈詠史〉「直木無文」就是這篇作品的「體貌」；嵇康詩「清峻」就是一家作品的「體貌」。一家之體，宋代嚴羽《滄浪詩話》稱為「家數」。[32]如果一篇一家或一時代作品的「體貌」表現完善，可以做為後世文士們模習的「典範」，就被提升為眾所同尊的「體式」或稱「體格」，例如〈離騷〉一篇之體哀麗，陶淵明一家之體平淡自然，建安時代之體慷慨悲涼，梗概多氣。這些都成為後世詩人模習的典範，就稱為「體式」或「體格」；「體格」比「體式」又多了高下的評價義。這也是一種形構，就稱為「意象性形構」。體製或體裁、體貌、體式或體格都是實存物。「文體」還有一個涵義，即「體要」，指的是完滿表現體製、體貌及體式的寫作要則，乃「法」的抽象概念，不是實存物。[33]

魏晉六朝開始，文士們常為眾多文章「依體分類」，可稱為「體類」，例如《文選》將所選入的諸多作品，就「依體分類」為賦、詩、騷、七、詔、冊、令等三十六「體類」；[34]相對的又「循類辨體」，可稱為「類體」，例如《文心雕龍．明詩》云：「四言正體，則雅潤為本；五言流調，則清麗居宗。」[35]「四言」此一「文類」乃詩體之「本」，必以「雅潤」為「體」；「體」即「體式」之義。「雅潤」乃四言詩之「類體」；而「五言」此一「文類」則是詩體之「流」，必以「清麗」為「調」；「調」亦即「體式」之義。「清麗」乃五言詩之「類體」。「文類」不等於「文體」，但兩者卻是相互依存，而構成實在的文學歷史現象。然則「文學源流」落實於文學歷史現象，能被我們所認知的就是「文體源流」。那麼，「文體源流」的論述發生在什麼歷史時期？其內容如何？

中國古代文學，「詩」是最早也是最重要的韻文「母體」，乃所有分「流」的韻文體之「源」。其「發生原因」有「內」有「外」，「內」則感物緣事而「興」情，自發歌詠而成詩，此為風謠之作也；「外」則政教祭祀之所需，與「禮」、「樂」、「舞」並生，「禮」其儀式，「樂」其「聲」而「舞」其「容」，「詩」則其「言」也。魏晉之前，文士們還未有意識的認知到「文體」是什麼；漢代時期對「文體」也僅籠統觀之，未能明確的「辨體」。故而先秦時期對「詩」的起源大多以「樂」

32 〔宋〕嚴羽著，現代郭紹虞校釋，《滄浪詩話校釋》（台北：河洛圖書出版社，一九七八），頁五四。

33 體裁或體製，體貌與體式或體格，基模性形構與意象性形構，以及體要，幾個關鍵詞的涵義，詳見顏崑陽，〈論「文體」與「文類」的涵義及其關係〉，《清華中文學報》第一期，二〇〇七年九月。

34 參見〔南朝梁〕蕭統編著，〔唐〕李善注，《文選》（台北：華正書局，嘉慶十四年重刻宋淳熙本，一九八二）。

35 〔南朝梁〕劉勰著，現代周振甫注釋，《文心雕龍注釋》（台北：里仁書局，一九八四），頁八五。

或「歌」為名而並陳，這種「起源」論述乃是「文化功能觀」之說；單是以「詩」為名的「體源」論述並沒有那麼早。

魏晉以降，精詳而成系統的「文體」觀念逐漸完備；而文士階層興起，文學創作與閱讀批評成為專藝，文士們才開始站在文學歷史的中端，即所見的各種分「流」文體，進行反思論究。其中因「流」溯「源」的「體源」論述，乃成為重要的論題。《文心雕龍．明詩》溯源到「葛天樂辭」、「黃帝雲門」等。[36]「葛天樂辭」見於《呂氏春秋．古樂》，云：「昔葛天氏之樂，三人操牛尾投足以歌八闋。」[37]「黃帝雲門」見於《周禮．春官．大司樂》，云：「以樂舞教國子，舞雲門……。」[38]不過，這些古樂一般認為不可信。劉勰對詩的「體源」追溯，文獻的採信其實很寬鬆。不過，這類古樂的記載，即使姑且信其為真，但只是羅列名稱，略加「功能性」的論斷，與「文體」無涉，例如《呂氏春秋．古樂》云：「帝舜乃令質修〈九招〉、〈六列〉、〈六英〉，以明帝德。」[39]這敘述的是「樂」，「質」是樂官，而「以明帝德」則是〈九招〉等樂曲之所以創作的功能性原因。因此這類古樂的記載，其意義不過是前文所說「體源」論述中，為後世文士們追察詩體之「歷史起點」的「始出」之作，提供史料依據而已，不算是正式的「文體源流」論述。那麼，「文體源流」的論述大約萌生於何時？

班固《漢書．禮樂志》在歷述「黃帝作〈咸池〉」到「周公作〈勺〉」，而斷言「自夏以往，其流不可聞已。《殷頌》猶有存者。」[40]所謂「自夏以往，其流不可聞已」，意指從夏代以前，古樂的流變不可聞，而可見的文獻是「《殷頌》猶有存者」，《殷頌》即《詩經》的《商頌》。然則，班固以史家的認知，對文獻信度的講求，顯然比劉勰嚴格。如此，班固所認定詩體的「始出」之作即是

《商頌》，也就是詩體起源的歷史時間起點。同時，我們也可以理解到，班固已經有了「文體源流」的觀念。他的〈兩都賦序〉所謂「或曰賦者，古詩之流也」，[41]雖還未「源」與「流」對舉，但是以賦為古詩之「流」，則已預設了古詩是「源」。有「源」而有「流」，則「史」的意義就具備了，這可以說是「文體源流」論述的雛形，而其中也已隱涵著「源流史觀」。

當然，在班固的意識中，「文體」還不是很完全明確的概念。「文體」的基本義之一就是語言形構的「體製」，或稱「體裁」。「古詩」與「賦」的「體製」，除了都須押韻之外，其他皆不相同；故而「古詩」與「賦」的「源流」關係就不是建立在「體製」的演化，而是「政教諷諭」之「功能」的因承，故〈兩都賦序〉在論斷「賦者，古詩之流」後，接著論斷「成、康沒而頌聲寢，王澤竭而詩不作」，然後列述漢代言語侍從之臣如司馬相如、東方朔等時時獻「賦」，而斷言賦的「功能」云：「或以抒下情而通諷諭，或以宣上德而盡忠孝，雍容揄揚，著於後嗣，抑亦雅頌之亞也。」[42]然則班

---

36 同前注，頁八三。

37 陳奇猷，《呂氏春秋校釋》，上冊，卷五，頁二八四。

38 〔漢〕鄭玄注，〔唐〕賈公彥疏，《周禮注疏》（台北：藝文印書館，嘉慶二十年南昌府學重刊宋本，一九七三），卷二二，頁三三七。

39 陳奇猷，《呂氏春秋校釋》，上冊，卷五，頁二八五。

40 〔清〕王先謙，《漢書補注》，冊一，卷二二，頁四八三—四八四。

41 〔唐〕李善注，《文選》，卷一，頁二一。

42 同前注，卷一，頁二一—二二。

固以「詩」為「源」而以「賦」為「流」；「詩」與「賦」在文體演變的歷史進程中，兩者的「源流」關係是以「政教諷諭」的「功能」被聯繫起來。「功能」與「本質」相即為一；「賦」因承「古詩」的本質，這當然是班固所做的「詮釋」，也是對賦的規創性定義。然則班固所論斷「古詩」與「賦」的「源流」關係，就是本書第一章〈緒論〉所稱第二序位「詮釋型」再次分「論述型」的文學史建構。「古詩」與「賦」是漢代已形成而實存的兩種「文類」；「文類」與「文體」往往相互依存。因此我們後設觀之，視「詩─賦」為漢代已實存的文體，則「文體源流史觀」，在班固的論述中，雛形已備。

至於漢代與「賦」並列，甚至混同不分的重要文體——騷或稱楚辭。「騷」或「楚辭」與「賦」不作嚴格區分，有時合稱「辭賦」，這已是學界常識。《史記．酷吏列傳》雖偶及「楚辭」之名，云：「莊助使人言買臣，買臣以楚辭與助俱幸。」[43]不過這時期，「楚辭」之名還沒有確定專指屈宋等人的創體之作；班固著《漢書》也未沿用，故《漢書．藝文志》只有「詩」與「賦」之名，沒有「騷」或「楚辭」之名，〈詩賦略〉列有屈原賦、唐勒賦、宋玉賦、趙幽王賦、莊夫子（嚴忌）賦、賈誼賦、枚乘賦，都是「騷」體，後世通稱「楚辭」。東漢中晚期，王逸作注，就名為《楚辭章句》。王逸沒有明白論述屈騷與《詩經》三百篇的「源流」關係，不過在〈離騷經序〉中，論及「〈離騷〉之文，依《詩》取興，引類譬喻」，[44]卻從漢儒《詩經》學所建構「比興寄託政教諷諭之志」的表現模式，將〈離騷〉與《詩》聯繫起來，雖不用「源」與「流」二詞稱之；但其實已隱涵《詩》與〈離騷〉的源流關係，這也是本書〈緒論〉一章所稱第二序位「詮釋型」次分「論述型」的文學史建構。「比興寄託政教諷諭之志」兼及形式與內容合一的「體式」，正是後世所稱「風騷體」

的特徵；「體式」乃「文體」涵義之一。因此，王逸雖沒有使用「文體」之「名」，所論卻已含有「文體」之「實」。其後，劉勰《文心雕龍．辨騷》因承此一詩騷關係，進而系統性的論述屈騷之同於風雅者有四，而異乎經典者有四。[45]這是「屈騷」的某些特質因承「風雅」，卻又有某些特質是自己的創變，兩者的「源流」關係甚為明確。「文體」觀念是《文心雕龍》理論的基礎，因此詩騷的關係就是「文體源流」關係，其中還隱涵「詩為正」而「騷為變」之義，只是沒有明說而已。「詩」與「騷」的「源流正變」關係，到此已定型，後世相沿為傳統。

另者，王逸著《楚辭章句》，將同屬「楚辭」一體的作品，以屈原首創的〈離騷〉為「始出」之作，接續幾篇屈原作品，可視為騷體之「源」；再接續則是宋玉、賈誼、淮南小山、東方朔、嚴忌、王褒、劉向、王逸的同體之作，可視為騷體之「流」。諸多同體作品的「源流」關係隱然可見。這等於是本書〈緒論〉所稱第二序位「詮釋型」次分「選文型」的文學史建構，並且專選「楚辭」一體，可視為「分體文學史」的創始。

43　〔漢〕司馬遷著，〔日〕瀧川龜太郎注，《史記會注考證》（台北：中新書局，一九七七），卷一二二，頁一二六六。

44　〔戰國〕屈原等著，〔漢〕王逸注，〔宋〕洪興祖補注，《楚辭補註》（台北：藝文印書館，影印汲古閣本，一九六八），卷一，頁一二。

45　劉勰《文心雕龍．辨騷》論述屈騷同於風雅者有四：一是典誥之體；二是規諷之旨；三是比興之義；四是忠怨之辭。而異乎經典者有四：一是詭異之辭；二是譎怪之談；三是狷狹之志；四是荒淫之意。參見周振甫，《文心雕龍注釋》，頁六三—六四。

鄭玄為《毛詩》作《詩譜》，[46]為風雅頌三百篇建立時代次第的「源流」譜系。〈詩譜序〉以可見文獻為據，論斷「詩之道」始於《尚書・舜典》，而詩之作則始於〈商頌〉，卻無風雅之詩。至於風雅之詩，周代始出，而以正風、正雅為「源」，而變風、變雅為「流」；並正式使用「源流」一詞而論云：「欲知源流清濁之所處，則循其上下而省之。」[47]「上下」指時序之先後，乃是構成「史」的要件之一。「清」指治世，「濁」指衰亂之世；治世之音為「先」為「源」為「正」，衰世亂世之音為「後」為「流」為「變」，發生原因有外在的時代治亂，也有內在感時緣事的情志，內外原因交相作用，韻文母體的四言古詩，於焉起「源」而「流」變，這當然是本書第一章〈緒論〉所稱第二序位「詮釋型」次分「論述型」的文學史建構。「詩」的「源流」與「正變」合系的文學史觀已具雛形。晚明許學夷《詩源辯體》、清代葉燮《原詩》，以「源流正變」論述詩史，實乃因承漢代王逸注騷、鄭玄箋詩以及劉勰〈宗經〉、〈辨騷〉所建構的文學史觀的模型。

綜合言之，「文體源流」的論述，萌生於漢代，而集中在詩與辭（騷）、賦「創─因─變」的時序關係。雖然，漢代文士們對「文體」的觀念還缺乏明確的認知。不過，文章分類其來已久，周代早期依社會性言說行為方式以分類，變遷到依文本的書寫內容及方式去分類。《詩經》與《尚書》，其言說性的文本產生雖早，然書面性文本最後編定的時間，則一般學術史都認為在春秋孔子之時。《詩經》分風、雅、頌三類；《尚書》分典、謨、訓、誥、誓、命六類；這可以說是最早的書面文章分類。[48]這些分類究竟依什麼「類標準」而分，史無明載，但我們從歷史語境可理解到，上古時期，文章皆為「實用」而製作，因此分類大致都依實用「功能」而分。漢代，文人階層興起，文章之「用」已非常普遍，隨之而分類也漸多。范曄《後漢書》在〈文苑傳〉以及其他列傳中，[49]皆詳實著錄傳主的文學作品，並以特定類名稱之，例如〈文苑傳上〉的〈傅毅傳〉記載「著詩、賦、誄、頌、祝文、七激、連珠，凡二十八篇」，〈王逸傳〉記載「著《楚辭章句》，行於世。其賦、誄、書論及雜文凡二十一篇。又作漢詩百二十三篇」。[50]總共著錄的文類名稱，詩、賦、碑、誄、頌、贊、銘、箴等，多達六十二種。這些文類之名當然不是范曄所杜撰，而是後漢時期就已通用。由此，我們可以推斷，後漢時期為文士們編纂文集時，已做頗為詳明的分類而定名。王逸是東漢中晚期順帝年間人，儘管當時諸多文章可能都依「功能」分類；但是文章「功能」無法憑空而生，必有特定的語言「形構」；「形構」就是「體」；故漢代文章文類，雖不言「體」，但是前文論及「文體」與「文類」實乃相互依存。魏晉六朝「文體」觀念明確而盛行，不是突然憑空而來，當然是因承漢代既有的文章分類所依存的「文體」現象，顯題化而賦予觀念性意義。然則漢代詩、賦、楚辭都已定名，而指涉不同的「文

46 按鄭玄《詩譜》已亡佚。歐陽修以降，學者多為補亡輯佚。清代丁晏《詩譜考正》最為善本，列在《丁氏頤志齋叢書》；《續修四庫全書總目提要》以為「皆引據確鑿」。《皇清經解續編》有收錄。台北藝文印書館《原刻景印叢書集成三編》也收錄此書，一九七一年出版。

47 〔漢〕鄭玄〈詩譜序〉，參見〔漢〕毛亨傳，鄭玄箋，〔唐〕孔穎達疏，《詩經注疏》（台北：藝文印書館，嘉慶二十年南昌府學重刊宋本，一九七三），頁四—一〇。

48 文章分類之由來，參見顏崑陽，〈論文體與文類的涵義及其關係〉，《清華中文學報》第一期，二〇〇七年九月。頁四七—四八。

49 〔南朝宋〕范曄著，〔唐〕李賢注，〔清〕王先謙集解，《後漢書集解》（台北：藝文印書館，光緒庚子長沙王氏校刊本，一九五六）。

50 同前注，冊二，卷八〇，頁九三二，又頁九三四。

類」；「文類」與「文體」既相互依存，我們後設觀之，班固、鄭玄與王逸對詩、賦、楚辭三種文類的「源流」論述，也可視為「文體源流」論述；而「源流文學史觀」已隱涵其中了。

二、「源流文學史觀」的形成

漢代「文體源流」論述既已發生，並具雛形。及至魏晉六朝，各種文體大致已備，而「文體」觀念也已形成。從文學歷史進程而言，這時期的文體，大多在「流」的位置。因此文士們開始回觀文學史，從「流」以溯「源」，盛行「文體源流」論述，其歷史意識的自覺很是清楚；而「源流文學史觀」到這時期也就形成。

魏晉六朝盛行的「文體源流」論述，前文所述及：（一）從「流」的既成文體以溯其「源」，追察歷史起點的「始出」之作；以認識其體製及體式，而建構「文體源流」的「創—因—變」關係；（二）從「流」的既成文體以溯其「源」，詮釋其「發生原因」；以認識其本質及功能，而建構「文體源流」的「創—因—變」關係；（三）從「流」的既成文體以溯其「源」，揭示理想的「文體典範」，而論定其價值之所「本」，以引導未來創作實踐「反本歸源」的取向，重建「文體源流」確當的「創—因—變」關係。這三種「文體源流」論述，通行於魏晉六朝，而「源流文學史觀」就此形成。

文學「源流」論述，如果落實於歷史經驗而溯其「源」，除了摯虞《文章流別論》總敘文章出於政教實用之需，而劉勰《文心雕龍》、顏之推《顏氏家訓》以「文章原出五經」做為「總源」之論外，其他都是分體論其源流。「總源」之論，意在上述第三種「從『流』溯『源』」，揭示理想的典範文體，而論定其價值之所『本』」，乃是從「創作」實踐的觀點，批判「現代」之文體凋敝，而溯源尋本，以貞定文學的理想價值，引導「未來」的文學創作方向與原則，重建「文體源流」確當的「創—因—變」關係；因而不是對「過去」文學歷史事實的敘述。這是一種以「應然」創造而開展「實然」的史觀，非我們一般所認知書寫過去已發生事實的歷史，後文將做詳論。除此之外，最常見的「文體源流」論述，都是分體而論，針對某一特定文體，從「流」以溯「源」，建構其「創—因—變」關係。這類論述，如前文所述，又可分為追察一種文體歷史起點的「始出」之作而斷定其「源」，以及詮釋一種文體的「發生原因」。

諸多論述，其規模大小有別，有的單篇只論一種文體源流，例如傅玄〈七謨序〉、〈連珠序〉，沈約〈注制旨連珠表〉。有的結合幾個共類的文體而論其源流，例如沈約《宋書．謝靈運傳論》，結合詩、辭、賦三個共類文體而論其源流。有的成書廣論各種文體源流，例如摯虞《文章流別論》、劉勰《文心雕龍》、任昉《文章緣起》。而鍾嶸《詩品》比較特別，只論述「五言古詩」一種文體的「家數」源流，卻以家數繁多，體系宏大而自成專書。

（一）從「流」的既成文體以溯其「源」，追察歷史起點的「始出」之作；以認識其體製及體式，而建構「文體源流」的「創—因—變」關係。

這一種「源流」論述都是分體而論，以同一「類體」為對象，在追察此一類體的「始出」之作，認識其形構體製之後；就針對此一類體，文士們所創作一篇、一家或一時代之體，即「篇體」、「家數」或「時體」，建構「文體源流」的「創—因—變」關係。這是「詮釋型」次分「論述型」的文學史建構，其中隱涵著描述性的「源流文學史觀」。

我們先就單篇只論一種文體觀之，其論述內容，有些文字表面偏重述「源」而未詳述其「流」，而被視為「體源論」；但是，沒有「流」就不會有「源」，因此述古代之「源」其實已預設後代之「流」，只是敘述文字「源」詳而「流」略而已。例如摯虞〈文章流別論〉對「七」體的「源流」論述，云：「〈七發〉造於枚乘。」則「七」之「源」，也就是「始出」之作即枚乘〈七發〉，接著詳述〈七發〉的內容及其體製；至於後繼之「流」，則簡略云：「其流遂廣，其義遂變，率有辭人淫麗之尤也。」流變之作，就僅舉崔駰之〈七依〉而已。[51]相對而言，傅玄〈七謨序〉對「七體」的「源流」論述，就甚為詳實，云：

> 昔枚乘作〈七發〉，而屬文之士，若傅毅、劉廣世、崔駰、李尤、桓麟、崔琦、劉梁、桓彬之徒，承其流而作之者紛焉。七激、七依、七款、七說、七蠲、七舉、七設之篇。於是通儒大才，馬季長、張平子亦引其源而廣之。馬作〈七厲〉、張造〈七辨〉，或以恢大道而導幽滯，或以黜瑰奓而託諷詠；揚輝播烈，垂於後世者，凡十有餘篇。自大魏英賢迭作，有陳王〈七啟〉、王氏〈七釋〉、楊氏〈七訓〉、劉氏〈七華〉、從父侍中〈七悔〉，並陵前而邈後，揚清風於儒林，亦數篇焉。世之賢明多稱〈七激〉工，餘以為未盡善也。〈七辨〉似也，非張氏至思，比之〈七激〉，未為劣也。〈七釋〉僉曰妙哉，吾無間矣。若〈七依〉之卓轢一致，〈七辨〉之纏綿精巧，〈七啟〉之奔逸壯麗，〈七釋〉之精密閑理，亦近代之所希也。[52]

傅玄對「七體」的「源流」論述很完整，始出之作即枚乘〈七發〉為「源」，繼作的作者傅毅、劉廣世、崔駰等，作品〈七激〉、〈七依〉、〈七款〉等，篇章羅列甚詳。甚至「流」變現象更分階段敘述，其初是「承其流而作之者紛焉」，接續是「引其源而廣之」，再接續是「大魏英賢迭作」。傅玄是魏末晉初人，敘述到「大魏英賢迭作」已是近現代。從所論述的內容來看，「七」的「體製」已定型，雖有變化。因此「源流」演變的顯象在於「體式」，所謂「或以恢大道而導幽滯，或以黜瑰奓而託諷詠；揚輝播烈，垂於後世者」、「並陵前而邈後，揚清風於儒林」、「纏綿精巧」、「奔逸壯麗」、「精密閑理」，都是「體式」之義。整個論述過程，有事實的敘述，也有作品評價。其敘述則由「源」而及「流」；「流」之於「源」，有「承」又有引而「廣」之；「廣」就是「發展」。「源」與「流」的關係明切，從「分體文學史」而言，這是一篇「七體」簡明「創—因—變」的源流史，乃是「詮釋型」次分「論述型」的文學史建構。傅玄明顯持有「源流文學史觀」。

這類單篇只論一種文體源流者，上述傅玄〈七謨序〉之外，又有〈連珠序〉對「連珠體」的「源流」論述簡明卻完整，以「漢章帝之世」，班固、賈逵、傅毅的「始出」之做為「源」，蔡邕、張

51 《晉書·摯虞傳》記載，摯虞「撰古文章，類聚區分為三十卷，名曰《流別集》，各為之論，辭理愜當，為世所重」。後人將《流別集》對各體文章的敘論摘出，輯為《文章流別論》。原文散佚，片段散見《北堂書鈔》、《藝文類聚》、《太平御覽》等類書中。〔明〕張溥輯《摯太常集》，收入《漢魏六朝百三名家集》（台北：文津出版社，一九七九），冊二。〔清〕嚴可均《全上古三代秦漢三國六朝文》（台北：世界書局，一九八二）亦有校輯，收錄於冊四，《全晉文》卷七七。此處引文，見頁八、九。

52 〔晉〕傅玄〈七謨序〉，參見同前注，冊四，《全晉文》，卷四六，頁八。

華繼而「廣」之為「流」。[53]沈約〈注制旨連珠表〉，也是特別針對「連珠體」述其「源」，即「始出」之作為揚雄；然而僅述「源」而不及「流」，所述沒有傅玄完整。[54]並且「連珠體」之「源」與傅玄之說有異。這種對某一文體溯「源」而各有不同的指認，頗為常見。

沈約的「文體源流」論述，比較完整的表現於《宋書．謝靈運傳論》，並且兼備前文所說第一、二種論述。首段「民稟天地之靈，含五常之德……然則歌詠所興，宜自生民始也」，這是對廣義詩歌之「源」，也就是其「發生原因」的詮釋，後文另做詳論。次段「周室既衰，風流彌著」開始，則是從「流」的既成文體以溯其「源」，追察歷史起點的「始出」之作，接著歷敘不同階段之詩辭賦「體式」的演變，而建構其「創—因—變」的源流史，云：

> 周室既衰，風流彌著。屈平、宋玉導清源於前，賈誼、相如振芳塵於後。英辭潤金石，高義薄雲天。自茲以降，情志愈廣。王褒、劉向、揚、班、崔、蔡之徒，異軌同奔，遞相師祖。……自漢至魏，四百餘年，辭人才子，文體三變。相如巧為形似之言，班固長於情理之說，子健、仲宣以氣質為體，並標能擅美，獨映當時，是以一世之士，各相慕習。源其飆流所始，莫不同祖風騷。徒以賞好異情，故意製相詭。……。[55]

沈約所論兼及詩、辭及賦。所謂「文體」，指的是「體式」。在首段述及「六義所因，四始攸繫；升降謳謠，紛披風什」，認定最早之「源」的《詩經》三百篇，乃「始出」之作。「周室既衰，風流彌著」，即孟子所謂「詩亡」，但沈約所說不是「春秋作」而是「騷作」；則因承風雅之「清源」而導之者，乃屈宋之「騷」體，繼之則是賈誼、相如之作。賈誼諸作是騷體，但司馬相如則已另創〈子虛〉、〈上林〉之大賦。如此，則詩辭賦同體論述，「風」與「騷」也就複合為「風騷」，做為詩辭賦之「祖」，「祖」即是「源」；則「自漢至魏，四百餘年，辭人才子，文體三變」，相如、班固、子健與仲宣這三變的「體式」即是「流」；而「源其飆流所始，莫不同祖風騷」，這是從創作實踐的觀點，為先秦至於漢魏的詩辭賦建構「文體源流」關係，乃第二序位「詮釋型」次分「論述型」的文學史建構。漢魏之後，沈約接著歷敘西晉元康之潘陸、東晉玄言、劉宋之顏謝，皆是因承風騷至於漢魏傳統之流變，建構了簡要的詩辭賦「創—因—變」的源流史；而沈約的「源流文學史觀」也彰彰甚明。

接著，就以劉勰《文心雕龍》、任昉《文章緣起》為範例，理解其「文體源流」論述所隱涵的文學史觀。任昉所著《文章始》至唐代已亡佚，今本《文章緣起》或為張績所補。[56]《文章緣起》可視為單篇，但所列述文章多達八十四體，大約總括梁代所見文體，實有成書之規模。今本有明代陳懋仁注，注文多於本文，合而成書，單本發行。[57]全書八十四體，每一體之下，只舉一篇所認定的

53　傅玄〈連珠序〉，參見同前注，頁九。

54　〔南朝梁〕沈約〈注制旨連珠表〉，參見同前注，冊七，《全梁文》，卷二七，頁五。

55　〔南朝梁〕沈約，《宋書》（台北：藝文印書館，景印清乾隆武英殿刊本，一九五六），卷六七，頁八六一。

56　參見《四庫全書總目》（台北：藝文印書館，一九七四），冊七，卷一九五，頁四〇七九。

57　〔梁〕任昉著，〔明〕陳懋仁注，《文章緣起注》（台北：廣文書局，一九七〇）。

「始出」之作而不及分「流」之篇，例如「賦，楚大夫宋玉作」、「歌，燕荊軻作〈易水歌〉」、「〈離騷〉，楚屈原所作」、「詔，起秦時璽文，秦始皇傳國璽」、「銘，秦始皇〈登會稽山刻石銘〉」、「箴，漢揚雄〈九州百官箴〉」、「頌，漢王褒〈聖主得賢臣頌〉」、「讚，司馬相如作〈荊軻讚〉」、「祝文，董仲舒〈祝日蝕文〉」等。各體列舉一篇「始出」之作，可視為此一文體之「源」，故書名「緣起」，卻不及於「流」，又沒有詳論各體「創—因—變」的「源流」關係。嚴格來說，不是完整的「文體源流」論述。不過，我們前文論及魏晉六朝，文體既繁，皆已是分「流」時期，故文士們多從「流」溯「源」，有「流」才有「源」，顯「源」則「流」已隱在其中。《文章緣起》實隱涵「文體源流」觀念，至少具有「體源論」的意義。

其中，比較值得注意的是，任昉所列舉各體的「始出」之作，都在近古，八十四體中，起源於先秦者只有四體，即賦、歌、離騷、對問。而起源於秦漢間者最多，有六十六體，起源晚至魏晉者，也有十二體，其文獻大致可信。這與《文心雕龍》各體的「始出」之作，都上推遠古，有些文獻的信度，會讓人質疑。這顯示兩人對各文體起源的認定頗有差異。這種問題，其實是一部文學史的基本問題，必然要解決。什麼基本問題？就是一部文學史的「歷史時間起點」究竟斷在什麼時期？現代《中國文學史》的書寫也同樣有這個問題，有的對詩體的起源，上推殷商時期的甲骨文卜辭，例如劉大杰《中國文學發展史》，則這部文學史的「歷史時間起點」就斷在殷代；有的從《詩經》起算，例如葉慶炳《中國文學史》，這部文學史的「歷史時間起點」就斷在周代。兩者相差數百年，哪一個可信？這其實涉及到對「什麼是文學」、「什麼是歷史」這二個文學史基本問題所持的不同答案。

劉勰《文心雕龍》的「文體源流」論述有二個層位：一為〈宗經〉的文章「總源」，一為〈明詩〉到〈書記〉二十篇的各體「支源」。「總源」論述，後文再作詳說，這裡先就各體「支源」論述，其追察「始出」之作，以定各文體始創的「歷史時間起點」。劉勰在《文心雕龍．序志》中，自述寫作此書的方法是「原始以表末，釋名以章義，選文以定篇，敷理以舉統」。[58]所謂「原始以表末」，「始」就是一種文體的「始出」之作，以此而定其「源」；「末」就是歷代傳衍之「流」，因此「原始以表末」就是劉勰將文學的「創—因—變」落實在歷史經驗現象，經由追察「始出」之作，下推各時期的「分流」之作，切實的進行「文體源流」論述，這當然是第二序位「詮釋型」次分「論述型」的文學史建構，展現他的「源流文學史觀」，各體皆備，非常完整。《文心雕龍》從〈明詩〉以下二十篇，針對幾十種文體，十之八九都舉證他所認定的「始出」之作，以確定其歷史時間的起點，茲舉數例如下：

〈明詩〉云：

> 昔葛天樂辭，〈玄鳥〉在曲；黃帝〈雲門〉，理不空弦。[59]

58 周振甫，《文心雕龍注釋》，頁九一六。

59 同前注，頁八三。

〈頌讚〉云：

昔帝嚳之世，咸墨為頌，以歌〈九韶〉。自商已下，文理允備……。魯以公旦次編，商以前王追錄，斯乃宗廟正歌，非讌饗之常詠也。〈時邁〉一篇，周公所製；哲人之頌，規式存焉。[60]

〈史傳〉云：

古者，左史記言，右史書事。言經則尚書，事經則春秋。唐虞流於典謨，商夏被於誥誓。[61]

《文心雕龍》把各文體的「歷史時間起點」推到遠古，最早者甚至遠出三代之前，例如前文曾已論及〈明詩〉的「葛天樂辭」、「黃帝〈雲門〉」；〈頌讚〉的「帝嚳之世，咸墨為頌，以歌〈九韶〉」。[62]這當然與劉勰的「史觀」有關，視「歷史」為「文化」理想價值的建構，而不是發生事件的實證，因此文獻信度的考證不是第一要務。而所舉之作，有些不是單篇獨立的文章，而是成書的典籍，例如前舉「史傳類」，其「始出」之作為《尚書》和《春秋》。這當然與劉勰的「文學觀」有關，非常廣義，不限於集部的單篇文章，經、子、史的專書都包含在內。從劉勰這樣的「文學觀」與「史觀」，我們就可以想像他會寫出一部什麼樣的文學史，肯定與編著《文選》的蕭統所撰寫的文學史不同。我們在第一章〈緒論〉中就已述及，《文選》是一部「詮釋型」次分「選文型」的文學史建構。蕭統所持的「文學觀」比較狹義，選文以集部單篇文章為主，排除經、史、子專籍，只取史傳

「讚論之綜緝辭采，序述之錯比文華，事出於沉思，義歸乎翰藻」，雖實用性文類仍須有「翰藻」之美。[63]

劉勰在追察文體之「源」的「始出」之作後，接著必繼續敘述歷代分「流」之作。各文體流變的分期，時序軌跡甚為清楚。而所謂「文體」之「體」，也兼有「體製」與「體式」，就以〈明詩〉為例，[64]從「葛天樂辭」、「黃帝〈雲門〉」溯「源」之後，接著歷敘各時期的「流」變，明其「體式」或「體製」：堯舜時期，〈大唐〉之歌、〈南風〉之詩，其體式「辭達而已」。至於「大禹成功，〈九序〉惟歌；太康敗德，〈五子〉咸怨」，而其「體式」已演變為「順美匡惡」。接著「自商暨周」，正是《三百篇》時期，其「體式」乃劉勰所最賞愛的理想典範：「雅頌圓備，四始彪炳，六義環深」。再接著「逮楚國諷怨，則〈離騷〉為刺。秦皇滅典，亦造仙詩」。漢代韋孟的四言詩，體製及體式皆「繼軌周人」；至於「孝武愛文，柏梁列韻」，始創七言詩，乃「體製」的流變。而最重要的「五言」新「體製」，先秦至於漢代已萌生局部「五言」詩句，而完整的五言古詩〈冉冉孤生竹〉，推斷為兩漢之作。漢代就已產生的「五言古詩」，其「體式」乃「直而不野，婉轉附物，怊悵

60　同前注，頁一六一。

61　同前注，頁二九三。

62　《呂氏春秋．古樂》云：「帝嚳命咸黑作為聲歌，〈九招〉、〈六列〉、〈六英〉。」參見陳奇猷，《呂氏春秋校釋》，上冊，卷五，頁二八五。

63　蕭統〈文選序〉，參見李善注，《文選》，頁一。

64　周振甫，《文心雕龍注釋》，頁八三－八五。

切情，實五言之冠冕」。至此，「四言」流變為「五言」，新體製已定型。接著歷敘建安、正始、太康、東晉至於劉宋，各時期「體式」的流變。〈明詩〉就是一篇簡明完整的「詩歌文體源流史」。〈明詩〉到〈書記〉就是劉勰運用「原始以表末」結合「選文以定篇」的方法，經由論述所建構宏大而系統化的「分體源流史」，「體製」與「體式」兼顧，「創─因─變」俱全，其「源流文學史觀」已完全成熟。

（二）從「流」的既成文體以溯其「源」，詮釋其「發生原因」；以認識其本質及功能，而建構「文體源流」的「創─因─變」關係。

這一種「源流」論述也同樣分體而論，以同一「類體」為對象；在詮釋此一類體的「發生原因」，而認識其本質及功能之後，就針對文士們所創作一篇、一家或一時代之體，即「篇體」、「家數」或「時體」進行論述，以建構其「創─因─變」的「源流」關係。這是「詮釋型」次分「論述型」的文學史建構，其中隱涵著詮釋性的「源流文學史觀」。

前文已說明，「發生原因」就是「源」的「出自」之義。文體的「發生原因」會決定其本質及功能。從「源」所決定的本質及功能，可以用來詮釋「流」的演變，從而建構此一文體的「源流」關係。「發生原因」還可以分為「內在原因」與「外在原因」。「內在原因」指的是一種事物之所以發生，其根源性原因，乃「出自」人內在的心性，偏重主觀抒情、言志與思想。由這類「內在原因」所產生的文體，主要是詩（包括樂府）、賦、雜文、諸子、論說等。「外在原因」指的是一種事物之所以發生，其根源性原因，乃「出自」人外在社會生活的需求。由這類「外在原因」所產生的文體，主要有頌讚、祝盟、銘箴、誄碑、哀弔、詔策、檄移、章表、奏議、書記等。當然，內外「發生原因」並非截然為二，了不相關，而是彼此互為主從顯隱的關係，以「詩體」為例，「發生原因」出自內在主觀心性，抒情言志之需；然而「詩」之創生卻必「感物而動，緣事而發」，物與事為客觀外在；則詩之發生原因，以內在「心性」感動為「主」為「顯」，而以外在「物事」為「從」為「隱」。反之，以「頌體」為例，「發生原因」出自外在客觀「帝王功成」而「頌美」之需要；但是「頌美」卻還是要出自人的內在主觀心志；則「頌」之發生原因，以外在客觀「帝王功成」為「主」為「顯」，而內在主觀心志為「從」為「隱」。內外發生原因交互作用而各種文體始能創生。

古代文士們詮釋某一文體的「發生原因」，就是在詮釋它的起「源」，同時就會依此「發生原因」而「規創」的定義此一文體的本質與功能。文體的「本質」與「功能」，就做為此一文體之「體製」及「體式」的構成要素。持論者就以此為基準，用來描述或評斷後續的分「流」之作，而建構此一文體「創—因—變」的源流關係；因此文體「發生原因」的詮釋，具有理論意義。理論都有主觀性，故而對一種文體的「本質」與「功能」究竟是恆常不變或可以個人任意新變？古代文士們持論各有不同，有些會以此一文體起源之「發生原因」規創其「本質」與「功能」而認為恆常不變，故文有定體；有些則相對認為可以個人任意新變，故文無定體。當然也有折衷之論，認為一種文體的「本質」與「功能」有其不變的常理，故文有「常體」；不過，「常體」只是原理原則，文士們創作實踐時，仍可隨著自己的才性氣力，以及時代社會經驗而創變；「常」與「變」相互辯證，守常而能新變，新變而不失常。大致而論，抱持「任意新變論」者，對於「文體源流」的關係，多做「描述」或「詮釋」，只說明後續之「流」與「源」之間，在「本質」與「功能」上有何「因」又有何「變」，而不予優劣的評價；如有評價，極端新變論者，甚至會認為「流」優於「源」。抱持「恆常不變論」者，對於「文體源流」的關係，則除了描述、詮釋之外，更會做出評價，通常以「源」為「本」為「正」，「流」為「末」為「變」，如果「流」而悖「源」，就會受到貶責。抱持「折衷論」者，則對於「文體源流」，會審視其「創─因─變」最適當的關係，描述、詮釋與評價俱全，原則是「流」必須因承「源」所貞定的文體「本質」與「功能」而因時適變，「流」變卻又不悖「源」，「源」與「流」具有「創─因─變」完全的關係。

從史料文本的理解觀之，這一種「文體源流」論述，最主要還是《文心雕龍》，其次有陸機〈文賦〉、摯虞〈文章流別論〉、沈約《宋書．謝靈運傳論》、蕭統〈文選序〉、鍾嶸《詩品》等。史料龐雜，我們就選擇文體之「源」與「流」都論及的文本為範例進行討論，單篇為沈約《宋書．謝靈運傳論》，成書為摯虞〈文章流別論〉、劉勰《文心雕龍》；《詩品》比較特殊，後文另做處理。關於從「流」的既成文體以溯其「源」，詮釋其「發生原因」的「文體源流」論述，我們就以「內在發生原因」的「詩體」與「外在發生原因」的「頌體」為範例，進行論述。

首先論述「詩體」之「發生原因」的詮釋。沈約《宋書．謝靈運傳論》開始就對詩辭賦的起源，從「發生原因」進行詮釋，云：

> 民稟天地之靈，含五常之德。剛柔迭用，喜慍分情。夫志動於中，則歌詠外發。六義所因，四始攸繫，升降謳謠，紛披風什。雖於虞夏以前，遺文不覩；稟氣懷靈，理無或異。然則歌詠所興，宜自生民始也。[65]

前文「文體源流」論述，追察「歷史時間起點」的「始出」之作，已討論到沈約《宋書・謝靈運傳論》云「六義所因，四始攸繫，升降謳謠，紛披風什」，乃以《詩經》三百篇為後世詩辭賦的「始出」之作，而歷敘其「源流」論述。此處，我們針對他從理論詮釋詩體起源的「發生原因」，所謂「民稟天地之靈，含五常之德。剛柔迭用，喜慍分情。夫志動於中，則歌詠外發」，「稟氣懷靈，理無或異。然則歌詠所興，宜自生民始」，顯然詩體的「發生原因」乃出自人之「內在情性」，這當然不是新創之說，而是從《尚書・舜典》：「詩言志。」〈詩大序〉：「詩者，志之所之也，在心為志，發言為詩，情動於中而形於言。」陸機〈文賦〉：「詩緣情而綺靡。」自此以降，所已型塑詩歌「抒情言志」的傳統觀念。而「抒情言志」便是被規創定義的詩歌本質與功能，本書第二章已做詳論。這樣的詩歌本質功能論已成常規，也就是詩的「常體」。若以此為「源」而做為評判後續分「流」的基準，屈宋之騷猶能變而不失常，故合成「風騷」的理想典範。凡是違背此一典範，而已淪失詩體應有的本質與功能，不「因」而「變」，就會被貶低其價值。故而沈約歷敘風騷之後，分流的各時期詩體，凡能祖述「風騷」而抒情言志者，都僅作描述或詮釋，不評其優劣，例如「降及元康，潘陸特秀，律異班賈，體變曹王；縟旨星稠，繁文綺合」。而述及東晉「玄言」詩體，則已著貶意：「有晉中興，玄風獨振，為學窮於柱下，博物止乎七篇，馳騁文辭，義殫乎此。自建武暨乎義熙，歷載將百，雖綴響聯辭，波屬雲詭，莫不寄言上德，託意玄珠。遒麗之辭，無聞焉爾。」從「有晉中興」到「託意玄珠」還只是描述之義，但「遒麗之辭，無聞焉爾」已含貶意。因為玄言詩「流」變到

65　沈約，《宋書》，卷六七，頁八六一。

「以詩說理」，又乏文采，變而淪失「抒情言志」的本質與功能，則已非「常體」，「流」與「源」僅「變」而不「因」，彼此斷裂。這種論述同樣出現在劉勰《文心雕龍．明詩》，劉勰首先從內在心性的「發生原因」詮釋詩的起源，云：

大舜云：「詩言志，歌永言。」聖謨所析，義已明矣。是以在心為志，發言為詩……人稟七情，應物斯感；感物吟志，莫非自然。[66]

這樣的論述與沈約沒有差別，也是《尚書．舜典》、〈詩大序〉、〈文賦〉以降所型塑詩以「抒情言志」的傳統之說，由此而規創定義詩體的「本質」與「功能」。劉勰同樣以此一由詩體之「源」所定的本質與功能為基準，對後續各時期的分「流」演變進行描述、詮釋與評價。前文已簡明論述他從「葛天樂辭」、「黃帝〈雲門〉」溯「源」之後，接著歷敘各時期的「流」變，明其「體式」或「體製」，這裡不再贅述。從他歷敘各時期的「流」變，大致肯定各期詩歌的「體式」，都與起「源」所定的「本質」與「功能」具有「創—因—變」的關係，卻對江左「玄言詩」，與沈約同樣著有貶意：「江左篇製，溺乎玄風，嗤笑徇務之志，崇盛忘機之談。」[67]玄言詩「流」變到「以詩說理」，失其「抒情言志」的本質與功能，已悖「常體」；「流」與「源」僅「變」而不「因」，彼此斷裂。這種論斷乃是六朝時期，不少文士的共見，也出現在鍾嶸〈詩品序〉，他所持詩體起源及本質、功能的觀念與沈約、劉勰無異：「氣之動物，物之感人，故搖蕩性情，形諸舞詠。」[68]故而對西晉永嘉到東晉的「玄言詩」，流變至於失其常體的本質與功能，也表示貶意，云：「永嘉時，貴黃老、尚虛談。於時篇什，理過其辭，淡乎寡味，爰及江表，微波尚傳，孫綽、許詢、桓、庾諸公詩，皆平典似《道德論》。建安風力盡矣。」[69]這樣的「文體源流」關係觀念，實為中國古代詩歌史論述建構的主流，至宋代嚴羽《滄浪詩話》重提「詩者，吟詠性情」的本質功能觀，持以批判「近代諸公以文字為詩，以才學為詩，以議論為詩，夫豈不工，終非古人之詩也」。[70]在嚴羽看來，宋詩已「流」變到失「源」，淪喪詩以「抒情言志」的本質與功能。這同樣是以傳統詩體「源流」關係的觀念為基準，貶責宋詩。

接著，我們以「頌體」為範例，舉摯虞《文章流別論》及劉勰《文心雕龍》為據，論述他們對「頌體」從外在「發生原因」，詮釋其起源並規創定義其「本質」與「功能」，從而以此為基準用來描述、詮釋及評價後續「流」變諸作，論述建構「頌體」之「創—因—變」的「源流」關係。

摯虞《文章流別論》乃配合《文章流別集》所收錄各體文章，而對各文體所做的敘論，以明其源流。所論及的文體有頌、詩、七、賦、箴、銘、誄、哀辭、哀策、對問、圖讖、碑銘等十二體。所謂「流別」，指的是由總體「文章」分流而別出各體，即上列頌、詩、七等十二體。由於原作散佚，後

66　周振甫，《文心雕龍注釋》，頁八三。

67　同前注，頁八四。

68　〔南朝梁〕鍾嶸著，現代曹旭集注，《詩品集注》（上海：上海古籍出版社，二〇一一），頁一。

69　同前注，頁二八。

70　〔宋〕嚴羽著，現代張健校箋，《滄浪詩話校箋》（上海：上海古籍出版社，二〇一二），上冊，頁一五七、一七三。

世所輯未必完整，原本所論文體，可能不只十二。他所論述的文體之「體」，有的是語言形構的「體製」，例如「古之詩有三言、四言、五言、六言、七言、九言。古詩率以四言為體」；有的是藝術形象的「體式」，例如「若〈解嘲〉之弘緩優大，〈應賓〉之淵懿溫雅，〈達旨〉之壯厲忼慷，〈應間〉之綢繆契闊，郁郁彬彬，靡有不長焉」。[71]

摯虞對總體「文章」的起源，在首段就做了詮釋，這種「總源」之論，後文再做詳說。這裡先論述他對各體「源流」所做的論述，十二體的「源流」所論實不完整。由於重點在「流別」，因此各體之「源」的論述，大多不追察「始出」之作，以確定歷史時間起點；而多詮釋其「發生原因」，我們就以「頌體」為範例，論述他如何詮釋「頌體」的起源，從而規創定義其本質與功能，云：

> 頌，詩之美者也。古者聖帝明王，功成治定而頌聲興。於是史錄其篇，工歌其章，以奏於宗廟，告於鬼神。故頌之所美者，聖王之德也，則以為律呂。或以頌形，或以頌聲，其細已甚，非古頌之意。昔班固為〈安豐戴侯頌〉、史岑為〈出師頌〉、〈和熹鄧后頌〉，與《魯頌》體意相類，而文辭之異，古今之變也。揚雄〈趙充國頌〉，頌而似雅；傅毅〈顯宗頌〉，文與《周頌》相似，而雜以風雅之意。若馬融〈廣成〉、〈上林〉之屬，純為今賦之體，而謂之頌，失之遠矣。[72]

這段以「頌體」為對象的「源流」論述頗為簡明完整，大致以儒家政教道德的文學觀為主，並且以「源」的「始出」之作視為文體典範。至於其「體源」之論有二層，一是「發生原因」的詮釋，所謂「古者聖帝明王，功成治定而頌聲興」。這是外在「發生原因」，「頌體」的創生乃「出自」古代帝王功成治定而「頌美」於宗廟，從而以此規創定義「頌體」的本質與功能；二是「始出」之作的追察，雖然沒有明指，不過論述中，實以《魯頌》、《周頌》為「始創」的正體、常體，就以此「正常」之體當作描述、詮釋與評價後續之「流」的基準；從而建構此一文體「創—因—變」的「源流」關係。周、魯二頌為「源」，而班固以下為「流」。班固、史岑之作，大致是描述及詮釋，而沒有貶意，因為「流」之作尚能不失「常體」，故云「體意相類」，這是文體本質與功能的因承；卻又有其「變」，故云「文辭之異」，這是語言修辭的「創變」。而「變」如果沒有界限，就會變而失常。摯虞舉了揚雄〈趙充國頌〉，描述云「頌而似雅」；傅毅〈顯宗頌〉，描述云「雜以風雅之意」；何謂「頌而似雅」？何謂「雜以風雅之意」？摯虞只是描述，既沒有詮釋，也沒有評價；這個問題，我們後文述及劉勰之論「頌體」，會做明確的回答。這裡僅就摯虞所述，大意是從〈周頌〉、〈魯頌〉之「源」，到揚雄、班固、史岑以至傅毅之「流」，「頌體」已有「古今之變」，而跨界到風雅之體。如此流變是否允當，摯虞沒有評價，似乎尚能被他容受，依此而建構「頌體」之「創—因—變」的源流史。至於馬融的〈廣成〉、〈上林〉二頌，摯虞則認定已變成「純為今賦之體」而非「頌體」，「流」與「源」斷裂不續，就無法納入「頌體」的源流史，顯然在摯虞的「文體源流史觀」中，流變仍有其界限。

71　摯虞《文章流別論》，參見嚴可均，《全晉文》，卷七七，頁八、九。

72　同前注，《全晉文》，卷七七，頁七、八。

摯虞這一文體「創—因—變」的源流觀念，被劉勰所繼承，在《文心雕龍．頌讚》也有同樣的論述：

> 四始之至，頌居其極。頌者，容也，所以美盛德而述形容之。昔帝嚳之世，咸默為頌，以歌九韶。自商而下，文理允備。夫化偃一國謂之風，風正四方謂之雅，容告神明謂之頌。風雅序人，事兼變正；頌主告神，義必純美。魯以公旦次編，商以前王追錄，斯乃宗廟之正歌，非讌饗之常詠也。周公所製，哲人之頌，規式存焉。夫民各有心，勿壅惟口。晉輿之稱原田，魯民之刺裘縪，直言不詠，短辭以諷，丘明子順，並謂為誦，斯則野誦之變體，浸被乎人事矣。及三閭〈橘頌〉，情采芬芳，比類寓意，又覃及細物矣。……。若夫子雲之表充國，孟堅之序戴侯，武仲之美顯宗，史岑之述熹后，或擬〈清廟〉，或範〈駉〉、〈那〉，雖淺深不同，詳略各異，其褒德顯容，典章一也。至於班傅之〈北征〉、〈西征〉，變為序引，豈不褒過而謬體哉！馬融之〈廣成〉、〈上林〉，雅而似賦，何弄文而失質乎！又崔瑗〈文學〉，蔡邕〈樊渠〉，并致美於序，而簡約乎篇。摯虞品藻，頗為精覈。至云雜以風雅，而不變旨趣，徒張虛論，有似黃白之偽說矣。及魏晉雜頌，鮮有出轍。陳思所綴，以〈皇子〉為標；陸機積篇，惟〈功臣〉最顯。其褒貶雜居，固末代之訛體也。[73]

《文心雕龍．頌讚》這一篇論述，提到「摯虞品藻，頗為精覈」，顯然繼承摯虞之論，卻又有不同意處。摯虞描述揚雄以下，流變之作「雜以風雅，而不變旨趣」，劉勰認為此說只是「徒張虛論」。「虛論」是不實之說，既「雜以風雅」，則豈能「不變旨趣」？顯然劉勰比摯虞精於「辨體」，嚴格區分「風雅」之體與「頌體」各有不同的本質與功能，云：「風雅序人，事兼變正；頌主告神，義必純美」。「風雅」有「正」有「變」，有「褒」有「貶」；「頌」則只有「正」，只有「褒」。他認為摯虞描述揚雄以下諸作，既「頌而似雅」、「雜以風雅」，已涉褒貶之內容，關乎「頌體」的本質與功能，其旨趣怎能不變！不過，劉勰還是在摯虞所論的基礎上，對歷代頌體源流諸作擴充而論之，描述、詮釋得更為詳實，並且加上評價。

他先以理論觀點，從外在「發生原因」詮釋「頌體」的起源，乃出自「美盛德而述形容之」，這個說法與摯虞無別。然後將理論落實在歷史經驗，結合追察「始出」之作的方法，從上古帝嚳時期，有「名」而無「文」的〈九韶〉之頌，到「名」與「文」俱實的周、魯、商三頌，確認頌體「起源」所創生的典範：「哲人之頌，規式存焉」，這就建立了評斷後續「流變」之體的基準。接著歷敘各時期的流變，從「子雲之表充國」到「史岑之述熹后」，劉勰的評斷是「或擬〈清廟〉，或範〈駉〉、〈那〉，雖淺深不同，詳略各異，其褒德顯容，典章一也」。〈清廟〉在《周頌》，〈駉〉在《魯頌》，〈那〉在《商頌》；而揚雄等人的「頌體」之作，雖有「淺深不同，詳略各異」之「變」，卻都能「因」於周、魯、商三頌的規式，做到「褒德顯容」，符合「頌體」的本質與功能，故而諸作雖「變」而不失其「常」，實未「雜以風雅」。然則，回應前面的論述，劉勰之所以認為摯虞將揚雄等人的「頌體」之作描述為「雜以風雅」，乃是「虛論」；其理由應該是一方面摯虞未能辨明「頌體」

73 同前注，頁一六一、一六二。

與「風雅」之體本質功能的差異，另一方面摯虞誤讀這些作品，其中並無貶意，都是「褒德顯容」，沒有「雜以風雅」。那麼，從三頌始「創」的常體到揚雄等人的流「變」之作，就構成頌體「創—因—變」的源流史。

至於班固的〈車騎將軍竇北征頌〉，一方面「頌體」雖是褒美，卻不能過度而虛假，二方面內容頗多描寫竇憲將軍北征，破敵制勝過程的事實，變為序引，[74]已失「頌體」的本質與功能；傅毅的〈西征頌〉已散佚，推想應該同樣的疵病。這二篇「頌體」都「變」到跨體而沒有界限，因此劉勰評為「謬體」。而「馬融之〈廣成〉、〈上林〉，[75]雅而似賦，弄文而失質」，已非以「質」為尚之頌體的「體式」。崔瑗的〈文學頌〉，[76]蔡邕〈樊渠頌〉，[77]則「頌」的正文太簡短，正文前的「序」卻反而篇長而華美，喧賓奪主，不合「頌」的「體製」。及至陸機的〈漢高祖功臣頌〉，[78]雜以貶責彭越、韓信之過，內容「褒貶雜居」，有失「頌體」褒美的本質與功能，因此劉勰評為「末代之訛體」。從文體「源流」觀之，謬體、訛體就是「末流」；「末」盡則須反「本」，「流」窮則須歸「源」。劉勰面對當代，經由各文體「源流史」的反思，批判「末流」之作，就是為了從創作實踐倡導「反本歸源」，以對治末流的文風，故而提出「通變」觀念，而作〈通變〉一篇。[79]

綜合觀之，摯虞《文章流別論》、劉勰《文心雕龍》都已展現頗為完整的「文學源流史觀」。他們主要觀點就是文學的歷史存在，必落實於各種「文體」；而各種文體必有「起源」，也必有「流變」。起源乃文體「始創」定於「一」而為「本」為「正」為「常」；其後「分流」成「多」而為「末」為「變」為「別」。但是「流」雖「變」而各「別」，卻必須能「因」於「源」而不失其「本」其「正」其「常」。源與流的「創—因—變」關係俱全，一種文體才能綿延不絕，各種文體源流的總合，就構成「文學史」。如果「流」的殊變而至於過度跨越文體界限，失其體製與本質功能之「常」，即是「末」盡而「流」窮的謬體及訛體。這時就必須經由創作實踐，以反本歸源而再創造另一歷史階段，形成源流本末的循環。因此古代文士們對「文體源流」的論述，其實都是做為創作實踐的歷史存在經驗基礎。

（三）從「流」的既成文體以溯其「源」，揭示理想的「文體典範」，而論定其價值之所「本」，以引導未來創作實踐「反本歸源」的取向，重建「文體源流」確當的「創—因—變」關係。

這一種「源流」論述是以「類體」為對象，例如詩賦、詔策、銘誄等；因此所論述的文體源流，都針對某些分「流」既成的文類之體而溯其「源」；此「源」為總體文章之源，是為「總源」，而非分體之「支源」。「總源」之論，意在揭示所有文體的理想典範，而論定其價值之所「本」，以引導

74 〔漢〕班固〈竇將軍北征頌〉，參見〔清〕嚴可均，《全後漢文》，冊二，卷二六，頁一、二。

75 〔漢〕馬融〈廣成頌〉，參見〔南朝宋〕范曄著，〔唐〕李賢注，〔清〕王先謙集解，《後漢書集解》，卷六〇上，頁六九四—六九九。〈上林頌〉已佚。

76 〔漢〕崔瑗〈南陽文學頌〉，參見〔清〕嚴可均，《全後漢文》，冊二，卷四五，頁一、二。

77 〔漢〕蔡邕〈京兆樊惠渠頌〉，參見〔清〕嚴可均，《全後漢文》，冊二，卷七四，頁一、二。

78 〔晉〕陸機〈漢高祖功臣頌〉，參見陸機著，現代劉運好校注，《陸士衡文集校注》（南京：鳳凰出版社，二〇〇七），下冊，卷九，頁八一一—八七〇。

79 詳見本書第六章〈中國原生性「通變文學史觀」詮釋模型重構〉。

未來創作實踐「反本歸源」的取向，重建「文體源流」確當的「創—因—變」關係，其中隱涵著理想性、規範性、未來性的「文學源流史觀」。雖是第二序位「詮釋型」的文學史建構，卻結合創作實踐而含納了第一序位「創作型」的文學史建構。

從史料文本的理解，採取這種「文體源流」論述者，最主要的是摯虞《文章流別論》、《文心雕龍．宗經》、顏之推《顏氏家訓．文章》與鍾嶸《詩品》。其中，摯虞《文章流別論》、《文心雕龍．宗經》與《顏氏家訓．文章》通一切文體而立說，所說類似，可以視為一系；至於摯虞只是就所有文章的起源及其本質與功能做出理論性的泛說，沒有明確指認「一切文章出於五經」；不過，文章出於儒家經典隱涵其中，有待我們的詮釋。《詩品》則專門針對「五言詩」一體，以批評其下各家作品之體源，將一切分「流」的家數，歸於他所建構的三「源」。這與前一系之論不相類，另為一系。但他們也有共同處，就是在論述取向上，都採擇「諸體歸源的理論建構」。

首先，簡要詮釋摯虞之說，《文章流別論》開宗明義就從理論上提出基本觀點，從「發生原因」總論一切文章的起源，皆「出自」政教之所需。這是「文化功能論」取向，由功能以定文章的本質，云：

> 文章者，所以宣上下之象，明人倫之敘，窮理盡性，以究萬物之宜者也。文澤流而詩作，成功臻而頌興，德勳立而銘著，嘉美終而誄集。祝史陳辭，官箴王闕。[80]

「文章者，所以宣上下之象，明人倫之敘，窮理盡性，以究萬物之宜者也」，泛論一切文章之所以發生，其根源性之「因」在於政治教化的需要；由文化「功能」以定一切文章的「本質」，也是文章的價值所「本」。這種觀念顯然源於儒家思想，其後劉勰、顏之推同樣秉持這種文學觀，並且下貫歷代，成為「文以明道」的傳統。摯虞接著就以此一觀念為基準，具體簡述詩、頌、銘、誄、祝、箴幾個「類體」的創生，其「因」皆是政教之所需。他沒有明指「文章皆出於五經」，不過從後文分體的論述，「頌體」以《周頌》、《魯頌》為「始出」的典範。而又論及「賦者，敷陳之稱，古詩之流也」；「古詩」當指《詩經》三百篇，「賦」包括屈、宋的「騷體」。接著，論及《詩經》之後，文人創作之詩體以及樂府，也徵引《尚書．舜典》「詩言志，歌永言」之說，詩的四言、五言形構，即「體製」，也引《詩經》的句子證其來源，並且價值評斷云「雅音之韻，四言為正；其餘雖備屈折之體，而非音之正也」；「四言」之詩當以《詩經》為正典。然則，他所論頌、賦、詩三體，皆以儒家經典為範型，也是價值之所「本」。此外，所論其餘各體，則未溯「源」於五經。[81]由此觀之，摯虞所論，由於原書殘缺，實不完整，雖然未明指一切文章皆出於五經，卻大體涵有此意，只是系統不全而已。並且，摯虞也未能明白從「創作實踐」的立場觀點，引導文士們未來的創作應該「反本歸源」，以重建「文體源流」確當的「創—因—變」關係。這當然是因為摯虞處於西晉初期，文體猶未演變至於末流；而劉勰與顏之推則處於南北朝末期，尤其劉勰更敏銳的見到當代的文體凋敝，故而提出「宗經」之論，為文章溯源歸本，意圖引導文士們未來的創作實踐，以轉變文風。

80　參見〔清〕嚴可均，《全晉文》，卷七七，頁八。

81　參見同前注，卷七七，頁八、九。

劉勰《文心雕龍》與顏之推《顏氏家訓》的文章「總源」之論，明顯因承摯虞之說而推擴之，尤其劉勰所論更是系統完密。他在《文心雕龍．序志》中，大體立論「唯文章之用，實經典枝條。五禮資之以成，六典因之致用。君臣所以炳煥，軍國所以昭明。詳其本源，莫非經典。」[82]這當然是非常廣義的「文學」觀念。「枝條」從「主榦」分出，猶「流」從「源」分出，故一切文章之「源」皆在經典。主榦、源為「本」，枝條、流為「末」。他自述作《文心雕龍》的動機是因為有見於當代「去聖久遠，文體解散。辭人愛奇，言貴浮詭」而「離本彌甚，將遂訛濫」。因此他「搦筆和墨，乃始論文」，其目的就為了「振葉以尋根，觀瀾而索源」。[83]在〈通變〉中，更明指如果要轉變當代文風，就必須「矯訛翻淺，還宗經誥」。[84]然則，劉勰做出這一種「總源」的「文體源流」論述，就絕非僅是反思「過去」的文學歷史，客觀的建立文學史知識；而是站在「當代」的文學史情境中，以「創作實踐」為立場，從「流」的既成文體以溯其「源」，揭示理想的文體典範；而論定其價值之所「本」，以引導「未來」創作實踐「反本歸源」的取向，重建「文體源流」確當的「創—因—變」關係。其目的是指向「未來」，從「應然」開創「實然」，使得文學歷史因此轉向，展現他理想中的文學風尚；雖「變」而能「貫通」文學歷史發展而不絕，此即〈通變〉一篇的宗旨。這是一個文學理想主義者的志業，後世很少能理解其意，而多誤認為「復古」以鄙薄之。劉勰的「通變論」與「源流論」實有理論系統的關聯。在本書第六章將做通透的論述。此處但從〈宗經〉論其文體「總源」之義。

《文心雕龍‧宗經》：

經也者，恆久之至道，不刊之鴻教也。故象天地，效鬼神，參物序，制人紀，洞性靈之奧區，極文章之骨髓者也。……義既極乎性情，辭亦匠於文理。

論說辭序，則易統其首；詔策章奏，則書發其源；賦頌歌讚，則詩立其本；銘誄箴祝，則禮總其論；紀傳盟檄，則春秋為根：並窮高以樹表，極遠以啟疆，所以百家騰躍，終入環內者也。

若稟經以製式，酌雅以富言，是即山而鑄銅，煮海而為鹽也。故文能宗經，體有六義：一則情深而不詭；二則風清而不雜；三則事信而不誕；四則義直而不回；五則體約而不蕪；六則文麗而不淫。[85]

---

82 周振甫，《文心雕龍注釋》，頁九一五。

83 同前注，頁九一五、九一六。

84 同前注，頁五七〇。

85 上列所引三段〈宗經〉文本，參見周振甫，《文心雕龍注釋》，頁三一、三二。

《顏氏家訓．文章》：

夫文章者，原出五經；詔命策檄，生於書者也；序述論議，生於易者也；歌詠賦頌，生於詩者也；祭祀哀誄，生於禮者也；書奏箴銘，生於春秋者也。朝廷憲章，軍旅誓誥，敷顯仁義，發明功德，牧民建國，施用多途。至於陶冶性靈，從容諷諫，入其滋味，亦樂事也。行有餘力，則可習之。[86]

顏之推《顏氏家訓．文章》將各種文體歸源於五經，所說與劉勰《文心雕龍．宗經》相較，雖略有幾個文體稍見出入，但卻大致相同，而一切文章皆「原出五經」及五經足為宗法模習的基本主張也全無差異。顏之推生於梁武帝中大通三年，時劉勰已去世近十年，《文心雕龍》更是已完成三十年左右。[87]可以推斷顏氏之說，或承自劉勰。因此，下文討論就不特別處理顏之推之說。

「宗經」的觀念不始自劉勰。《荀子．儒效》：「詩言是其志也；書言是其事也⋯。」云云，郭紹虞認為「這與後人論文主於『宗經』者何以異」。[88]而揚雄《法言．寡見》：「說天者莫辯乎易；說事者莫辯乎書⋯。」云云，〈問神〉：「書不經，非書也；言不經，非言也」云云，也是「宗經」的觀念，郭紹虞認為劉勰的「宗經」，「其意自揚雄發之」。[89]然而，即使劉勰的「宗經」觀念承自荀子、揚雄，卻有很大的轉變。我們可以說，荀子、揚雄之所以「宗經」，是因為「經書」中的「道」，「宗經」的目的是為了能依循經書而「濟乎道」，故揚雄在《法言．吾子》中云：「舍五經而濟乎道者，末矣。」[90]這當然是因為漢代雖漸有「文體」意識，但還不夠明確；而六朝時代，「文體」觀念盛行，影響所及，劉勰之所以「宗經」，他的目的就由「濟乎道」的「踐道宗經」轉為「稟經以製式，酌雅以富言」的「文體宗經」了。換句話說，劉勰是將「經書」視為最合乎文學理想價值的「典範體式」。

「文體」必然合內容與形式為一有機體。因此，「經書」的文體價值不能將內容的「道」從形式的「辭」抽離出來，成為單獨追求的目標。劉勰明確的肯斷「經書」的價值是「洞性靈之奧區，極文章之骨髓」、「義既極乎性情，辭亦匠於文理」。「經書」是以內容與形式合一的「典範體式」存在，因而成為被「宗法」的對象；並非僅以其內容的「道」存在，因而成為被「宗法」的對象。這就是劉勰「宗經」的觀念基礎，「經書」在「體源」上的意義，也必須從這基礎去理解。

在這觀念基礎上，劉勰認為各種文體都源於「五經」。所謂「統其首」、「發其源」、「立其本」、「總其端」、「為根」；首、源、本、端、根的語義，就不盡然指涉「歷史時程」上的「始出」或發生上的「原因」概念，他所側重的應該是價值上的「優先」或「本原」之義，尤其從動詞的「統」、「立」、「總」、「為」，更可理解到主動性統攝、建立、作為的強烈意向。故接著又指出

86 〔北齊〕顏之推著，現代王利器注，《顏氏家訓集解》（台北：漢京文化公司，一九八三），卷四，頁二二一。

87 按劉勰約去世於梁武帝普通三年，而《文心雕龍》約成書於齊和帝中興元二年間。參考蒙傳銘〈劉毓崧書文心雕龍後疏證〉，收入王更生編，《文心雕龍研究論文選粹》（台北：育民出版社，一九八〇）。

88 郭紹虞，《中國文學批評史》（台北：文史哲出版社，一九七九），頁二八。

89 同前注，頁五九－六〇。

90 〔漢〕揚雄著，現代汪榮寶注，《法言義疏》（台北：世界書局，一九五八），卷四，頁一一二。

五經「窮高以樹表，極遠以啟疆」的崇高「典範性」與普遍「籠罩性」，以致「百家騰躍，終入環內」，也就是古今各家創作，不論哪一文體，都超不出經書的範圍。據此，他就順理成章的推論出，「五經」是一切文體理想價值之所本，為文者理當「稟經以製式，酌雅以富言」；若能如此，則可以重現理想的文體，故云：「文能宗經，體有六義」，情、風、事、義、體、文都做到最合宜的表現。[91]

〈宗經〉裡有關「論說辭序，則易統其首」以下這段「文體源流」論述的文本，與〈明詩〉以下二十篇對照來看，在「歷史時間起點」的判斷上，有若干相符，但也有若干不相符。不相符者，例如〈論說〉中之敘述此體「始出」之作，未及於《易》；更未專篇論述「辭序」之體源。〈書記〉雖略述及「辭」，但指的是訴訟之辯辭，非《易》之「繫辭」性質。又例如銘、誄、箴、祝，「禮總其端」，但是從〈銘箴〉、〈祝盟〉二篇來看，則只有「祝文」的「始出」之作見於《禮記》。因此，〈宗經〉的「文體源流」論述與〈明詩〉以下二十篇，就劉勰的論述目的而言，顯然有別。〈宗經〉對「文體源流」的論述，處處都是「應然」的「價值判斷」語義。故其「文體源流」論述的目的，意在以「五經」做為典範，建構各分「流」類體「本原」的文學價值體系。而〈明詩〉以下二十篇的「體源」論述，則多是「實然」的「事實判斷」或所以然的「原因」詮釋，意在考察各別文體的「歷史時間起點」或詮釋「發生原因」。這是兩種不同層次的「文體源流」論述。

至於《詩品》的「文體源流」論述非常特殊，很難標準的納入上述三種論述。他只針對「五言詩」一個類體，而非諸多類體。「體源」的重點不在「體製」始出的追察，而在以個殊「家數」為單位，進行其「體貌」之所「源」出的論述。「某體源出於某」，其中所謂「體」，一般學者都以「風格」一詞稱代之。本文依循前面一貫的義例，以「體貌」指涉個別一家之「體」。而以「體式」指一家或一群作品能實現某種理想的體貌，既具體而又普遍，足為「典範」，則其「體貌」即超越個殊而成為「體式」。例如《詩品》中的國風、楚辭、小雅三體，就是「體式」；而雖一家之作的「體貌」，但卻為後起多家「體貌」之所源出者，也視為一種「體式」，例如「曹植體」為陸機、謝靈運、顏延之等「體貌」之所源出，故亦為一種「體式」。

鍾嶸的「文體源流」論述，在〈詩品序〉中也有對「五言詩」之「歷史時序起點」的「始出」之作，略做考察，徵引「夏歌曰：『鬱陶乎予心』，楚謠曰：『名余曰正則』，雖詩體未全，然是五言之濫觴也。」這種論述很粗略，意義不大。接著述及「逮漢李陵，始著五言之目矣。古詩眇邈，人世難求。推其文體，固是炎漢之製，非衰周之倡也」。[92]如此對五言體製之起源的追察，也不能確斷；然而這不是《詩品》之體源論的重點，略述而過罷了。至於「發生原因」的詮釋，也非專對「五言體」，而是對「詩」整個類體的「發生原因」有做出理論性的詮釋，云：「氣之動物，物之感人，故搖蕩性情，形諸舞詠。欲以照燭三才，暉麗萬有。靈祇待之以致饗，幽微藉之以昭告。動天地，感鬼神，莫近於詩。」[93]從他對整個詩類體之「發生原因」的詮釋，也就規創定義詩體的本質與功能，

91 「文能宗經，體有六義」，所謂「體有六義」，「情」指情感、「事」指經驗事實、「義」指理、「體」指格律及章句結構等「體製」、「風」指情志思理所形成活潑流動的精神力表現。參見顏崑陽，〈論文心雕龍「辯證性的文體觀念架構」〉收入顏崑陽，《六朝文學觀念叢論》（台北：正中書局，一九九三），頁一〇九。

92 鍾嶸〈詩品序〉，參見曹旭，《詩品集注》，頁六、一〇。

93 同前注，頁一。

顯然是六朝新興「詩緣情」的觀念，我們在本書第二章已論述詳明。因此，他雖然也從《詩經》的《國風》、《小雅》以及楚辭建立三個典範性「體式」，卻沒有接受漢儒箋釋詩騷所建構那一套「比興寄託、美善刺惡」的詩體本質功能觀，而取向六朝個人抒情詩的觀念。因此，〈詩品序〉所謂「吟詠情性」，[94]當然也就與〈詩大序〉所謂「吟詠情性」，[95]其意義不同，前者不關政教治亂之情，後者則情與政教治亂有關。不過，這只是《詩品》源流論述的理論基礎，不是最主要目的，很難納入前二種「文體源流」論述。細究其論述目的，比較接近第三種，意在從「詩體」的「始源」處，建構鍾嶸所評定三種最高的典範性「體式」，而將後世各家的「流變」之作，「歸源」於三種典範體式，以定其價值品第的高低。這種論述與劉勰將一切文章「歸源」於五經，似有同樣的意圖：從「流」的既成文體以溯其「源」，揭示理想的文體典範，而論定其價值之所「本」，以引導未來創作實踐「反本歸源」的取向，重建「文體源流」確當的「創—因—變」關係。因此，我們就將《詩品》的「文體源流」置入這一種論述，以詮釋其意義。

根據前行學者的研究，歸納《詩品》所評古今詩人共有一百二十四家（包括無名氏之古詩）。其中有述及「體源」者，上品十二家全在內，中品較少，而下品都無。總計述及其體源者共三十六家，分為「國風」、「楚辭」、「小雅」三派。[96]

從「源」與「流」的觀點來看，國風、楚辭、小雅一方面是站在詩體發展「歷史時序」的前端，一方面又實現了某種典範之體。這三體各具特色，不能相互約化。因此，鍾嶸就將它們橫向平列，以建立三種「基源性」的「體式」，為諸體之所從出。然後，依循縱向的「歷史時序」，分階段系聯後起詩家「相對性」的「源」與「流」的關係。其中，《國風》、《小雅》就體製而論是「四言」；

「楚辭」在體製上難以和「齊言」為主的「詩」，從外在形式接上「源流」關係。因此，以它為一體，所重的是「體式」。至於漢代之下，則悉以「五言詩」為主。這三體在系譜上是「絕對性」的「源」。其下，則都是「相對性」的「源」與「流」觀念。例如「曹植」相對於「國風」是「流」，但相對於陸機、謝靈運，則是「源」。因此，《詩品》的「文體源流」是以空間之橫列與時間之縱貫，再加上「源」與「流」相對為義，而建構出「封閉式詩體源流譜系」。以「國風」一系為例，「國風」為一體之源，其下分為古詩、曹植二流。這二「流」又分別為「源」，橫列發展。古詩為「源」而「流」作劉楨；劉楨為「源」再「流」作左思而絕。另者曹植為「源」而「流」作陸機、謝靈運；謝靈運之下沒有流變。陸機為「源」而「流」作顏延之；顏延之為「源」而流作謝超宗、丘靈鞠、劉祥、檀超、鍾憲、顏則、顧則心。然後，其下無「流」而絕。[97]

《詩品》的這種「文體源流」論述，從「歷史時序」的縱貫源流來看，彷彿是經驗事實的判斷。說某人之體「源」出某人，應該是意謂後者受到前者的影響，或後者有意的向前者模習。果是如此，那麼他的論述方法，應該要採取「歷史考察」，提出可信的證據才能獲致真實的判斷。然而，我們相信，鍾嶸在進行此一「文體源流」論述時，其實採取的是對作品閱讀，直觀其「體貌」特徵，然後施

94 同前注，頁二二〇。

95 《詩經注疏》，卷一之一，頁一七。

96 參見廖蔚卿，《六朝文論》，頁二九三。

97 《詩品》整個文體源流譜系的結構關係圖式，參見同前注，頁二九三—二九四。

以相互「比對」，再加上二者先後的時間次序，而做成判斷。[98]換句話說，這是一種理論上主觀的系統建構，而不是客觀的事實考察與判斷。

我們仔細觀察他所建構的譜系，「歷史時序」比較早，「源」的地位比較高者，多在「上品」，例如「國風」一系的古詩、曹植、陸機、謝靈運。而只居「流」的地位，其下已絕的詩人，則都在「下品」。準此，他的「文體源流」論述，其實涵攝了價值判斷，與其分品評定各家詩體的地位，在理論上，有著密不可分的關係。

綜合上述，《文心雕龍・宗經》與《詩品》的「文體源流」論述，其取向都是從文學的價值判斷切入，試圖建立理想的典範體式，以做為「諸體歸源」的理據。他們之所以建立這樣一套充滿價值評判色彩的「文學源流史」，其用意絕不在於史實的描述，而是對整體文學或某文體之訛變、衰落的焦慮，故企圖從歷史傳統中，對整體文學或某一文體的本質、功能以及創作的正確態度、原則，進行全面而深度的反思，重新建構「典範」與「傳統」，以矯弊起衰。這是一種「詮釋型」而具有未來性、理想性的「文學源流史觀」。因此，這種「文體源流」論述，其實與論述者對整體文學或某一文體的「本質功能觀」與「創作論」密不可分。劉勰在《文心雕龍》中、鍾嶸在《詩品》中，其實已明白透露這種對「典範消散」與「傳統斷裂」的焦慮之情，故《文心雕龍・宗經》云：

> 夫文以行立，行以文傳。四教所先，符采相濟。邁德樹聲，莫不師聖；而建言修辭，鮮克宗經。是以楚豔漢侈，流弊不還，正末歸本，不其懿歟！[99]

鍾嶸〈詩品序〉云：

> 今之士俗，斯風熾矣。纔能勝衣，甫就小學，必甘心而馳鶩焉。於是庸音雜體，人各為容。至使膏腴子弟，恥文不逮，終朝點綴，分夜呻吟。獨觀謂為警策，眾睹終淪平鈍。次有輕蕩之徒，笑曹、劉為古拙，謂鮑照羲皇上人，謝朓今古獨步。而師鮑照，終不及「日中市朝滿」；學謝朓，劣得「黃鳥度青枝」。徒自棄於高明，無涉於文流矣。[100]

從上引文本觀之，劉勰對於楚漢以來，文體解散，流弊不還的焦慮非常強烈。因此，「正末歸本」，重新反省文學本質、功能，樹立典範、建構傳統，以供創作者之依循，就是他寫《文心雕龍》的最重要意圖。而〈宗經〉的「文體源流」論述正是實現這種意圖的主要途徑。至於鍾嶸，對當代五言詩風雖熾，卻「庸音雜體，人各為容」也充滿焦慮。一般學詩者，只以鮑照、謝朓這些近代的詩人為典範。然而，鮑謝在鍾嶸的評判中，只是「中品」，居於次「流」的地位。真正詩體「高明」之「源」的典範體式，必須推到國風、楚辭、小雅。因此，他寫《詩品》，採擇這種「文體源流」論

98 按文學史中的「影響」研究，必須以歷史實證的方法對作品的淵源、流傳、媒介等方面進行實際的考察，才能論斷。平行「比對」之法，則只能做出二者風格特徵異同的判斷。參見提格亨著，戴望舒譯，《比較文學論》（台北：臺灣商務印書館，一九九五）。又劉介民，《比較文學方法論》（台北：時報文化出版公司，一九九〇）。

99 周振甫，《文心雕龍注釋》，頁三二。

100 曹旭，《詩品集注》，頁六四—六九。

述，以重新反省詩體的本質、功能，樹立典範、重構傳統，以為作詩者之依歸。

這種「文體源流」論述，由劉勰、鍾嶸實踐出來，其後影響甚大。歷代批評家，假如與劉勰、鍾嶸面對類似的文學環境，而同樣產生「典範消散」與「傳統斷滅」的焦慮，也都採取這種「文體源流」論述，從「流」溯「源」，以「正末歸本」，建構理想的體式，以做為文士們創作實踐可模習的典範。我在〈論宋代「以詩為詞」現象及其在中國文學史論上的意義〉一文中，就曾討論到宋代在「以詩為詞」的創作現象中，王灼、胡寅、王炎等批評家，就是以這種「文體源流」論述，為「以詩為詞」的正當性找尋理論依據。從而，我提出「『分流』與『歸源』的辯證是中國文學發展常軌」這一論見，可為參考。101

三、「源流文學史觀」的演變

「文體源流」論述，到六朝時期已完全形成。尤以劉勰所論，文學總體源流與分體源流皆備，系統完密；就理論而言，後世無人能夠超越。因此，六朝之後，歷代所論，一切文章之「源」必上溯五經；分體而論，詩賦詞曲之「源」必上溯詩騷。或總論類體之源流，或分體論家數、時體之源流。這些基本議題與觀念，都未超出六朝，另出新說。而所論大致以落實文學歷史而進行實際批評為多，有的明白使用「源於」、「流為」、「源流」等關鍵詞，有的但用「變」一詞而不用「源流」；至於「源流」的理論則少有系統性創構。因此，六朝之後，從相對客觀的文學歷史經驗現象，進行「文體源流」論述，其演變幅度，其實有限；「源流文學史觀」也因承六朝而定型，無稍改變。縱觀六朝以降，宋代開始，大體為新興類體的詞、曲溯「源」的論述為多；或對「詩體」上從詩騷，下逮宋元的家數、時體源流演變，進行概括總論。此外，論述重點多在從創作實踐立場，爭辯當代站在「流」的歷史位置，是否應該溯「源」而歸「本」？這種爭辯，就以明代前後七子為代表的「學古」與公安為代表的「新變」，彼此對抗最是強烈，本書第七章「代變文學史觀」將有詳論。正變、通變、代變之論，都以「源流」之論為基礎。

六朝以降，「文體源流」論述大體片言隻語為多，能做系統之論者甚少。例如唐代元稹〈樂府古題序〉所謂「《詩》訖於周，〈離騷〉訖於楚。是後詩之流為二十四名」云云，[102]後文再做詳說。白居易〈與元九書〉所謂「人之文，六經首之。就六經言，《詩》又首之……國風變為騷辭，五言始於蘇李」云云。[103]元白之說簡略而已，元稹所述，觸及詩之一「源」而「流」至於繁多的演變現象。白居易所論，則是文章「源」出於「經」之舊說，無甚發明。至宋代嚴羽《滄浪詩話．詩體》則比較全面總說「詩」之各次類體的流變，云：

> 《風》、《雅》、《頌》既亡，一變而為〈離騷〉，再變而為西漢五言，三變而為歌行雜體，四變而為沈宋律詩。五言起於李陵、蘇武，七言起於漢武〈柏梁〉，四言起於漢楚王傅韋孟，六

101 顏崑陽，〈論宋代「以詩為詞」現象及其在中國文學史論上的意義〉，收入顏崑陽，《詮釋的多向視域》（台北：臺灣學生書局，二〇一六），頁三〇三—三二四。

102 〔唐〕元稹，《元稹集》（台北：漢京文化公司，一九八三），卷二三，頁二五四。

103 〔唐〕白居易，《白居易集》（台北：里仁書局，一九八〇），冊二，卷四五，頁九六〇、九六一。

言起於漢司農谷永，三言起於晉夏侯湛，九言起於高貴鄉公。104

嚴羽這一則「詩體源流」論述，沒有使用源、流關鍵詞。不過，「變」即有「流」之義，而「起」即有「源」的「始創」之義。其所論也是「因承」舊說，無甚發明，而且層次混淆，有些語意不清，所謂「《風》、《雅》、《頌》既亡」，應該是指風、雅、頌的「四言體」，已無繼作者。否則，《詩經》典籍既在，如何能說「《風》、《雅》、《頌》既亡」。「四言體」無繼作者，而此體變為〈離騷〉，語言形構的體製已非四言。而再變為五言，三變為歌行雜體，四變為沈宋律詩。從一變到四變，乃是泛論各類體之語言形構體製的演變，涵有「詩體源流」線性時序遞變之義，這是六朝已見之舊說，卻沒有使用「源流」一詞。從「五言起於李陵、蘇武」到「九言起於高貴鄉公」，則是特舉五言、七言等各體製「始創」之作。「起」有「源」之義，但說「源」而未及於「流」。這與前面「四變」之說，乃是二個不同層次的論述。而「五言起於李陵、蘇武」以下的論述，大致都承襲任昉《文章緣起》，沒有新意。因此，南宋晚期嚴羽的「文體源流」論述已因承六朝，大體定型。

明代學古群體的論述焦點在「體格」與「文法」，少及源流論。不過，文必秦漢，五古以漢魏為高格，近體以盛唐為高格，雖無「溯源反本」之論，其實隱有此意。沒有溯源《詩經》三百篇，是因為從文體而論，明代極少作四言體者。而且，學古群體對五言古詩只認可漢魏之「源」為正為高格，而唐之「流」竟被認為「無五言古詩」；對近體只認可盛唐之「源」而為正為高格，而宋之「流」竟被認為「無詩」，「源」與「流」因而斷裂不連續，這是暴力論述之下的史觀，第七章再做詳論。

學古群體以胡應麟最具理論能量。其《詩藪》云：「四言變而〈離騷〉；〈離騷〉變而五言；

五言變而七言；七言變而律詩；律詩變而絕句。詩之體以代變。」[105]所論是「韻文體」語言形構「體製」之演變，其實也是上述六朝到宋代嚴羽「詩體源流」線性時序遞變之義，同樣沒有使用「源流」而使用「變」一詞；「變」即有「流」義。又云：「《三百篇》降而騷；騷降而漢；漢降而魏；魏降而六朝；六朝降而三唐。詩之格以代降也。」[106]所論是「韻文體」歷代「時體」之「格」的演變，卻同樣沒有使用「源流」一詞。「時體」即一時代作品範型之「體式」，例如建安體、太康體等。易一「格」字為「體格」即有評價高下之義，則「代降」就是以「源」為「本」為「高」，而以「流」為「下」，從《三百篇》之源往「騷」以至「三唐」，其「體格」之價值代代遞降。這種源流高下的評價義，前文所論摯虞、劉勰、鍾嶸已持此意。胡應麟的「代變文學史觀」，本書第七章將會作詳實的論述。

上述從宋代嚴羽到明代胡應麟之論，《滄浪詩話》與《詩藪》極少使用「源流」一詞，不說「源流」而說「變」，即以體製、體式或體格為「顯」而以源流為「隱」。其實，論文體「代變」也是以「源流」為基礎，卻不用「源流」一詞。然而，「源流」比較落實在文士們及其創作實踐的歷史時序存在情境中，涵有「創—因—變」綿延的意義，創作主體性的自覺也比較清楚。而「體製」或「體式」之「變」，則浮現在客體語言形構表象的認知。這種用詞的更易，其實就顯示「文體源流」論述

104 張健，《滄浪詩話校箋》，上冊，頁一九三。

105 〔明〕胡應麟，《詩藪》（台北：文馨出版社，一九七三），〈內編〉卷一，頁一。

106 同前注。

逐漸疏離文士們自身創作實踐的歷史情境，而趨向文體客觀語言形式化的演變，因此也衍生「法」的重要性。中國古代文學觀念的演變，宋代以降，逐漸聚焦於語言層位之「法」的論述，這現象頗為明顯。

明代宋濂〈答章秀才論詩書〉，[107]以創作實踐為觀點，從《三百篇》下至晚宋蕭德藻、趙師秀，依時序先後，論述歷代文士們所祖、宗、法、效、倣、學、流、變、踵、矯等，而前後因承、轉變、盛衰，建構完整的「詩體源流史」。文長，不俱引。其大意如此：「《三百篇》勿論已，姑以漢言之，蘇子卿、李少卿非作者之首乎？觀二子所著，紆曲淒惋，實宗《國風》與楚人之辭」；接著述及「下逮建安、黃初，曹子建父子起而振之……正始之間，嵇、阮又疊作，詩道於是乎大盛。然皆師少卿而馳騁於風雅者也」；再接著述及「自時厥後，正音衰微，至太康，復中興。陸士衡兄弟則倣子建；潘安仁、張茂先、張景陽則學仲宣；左太充、張季鷹則法公幹」；又接著，述及元嘉、永明，「至於徐孝穆、庾子山，一以婉麗為宗，詩之變極矣」；自此以下，歷敘唐初、開元、天寶、大歷、元和，至於李長吉、溫飛卿、李商隱，下推宋初、元祐，到南宋孝宗隆興、乾道，最後「下至蕭、趙二氏，氣局荒頽而音節促迫，則其變又極矣」。宋濂這篇文章，雖沒有使用「源流」一詞，卻是將「源流史觀」落實在由詩人創作實踐的歷史情境，描述、詮釋，甚而評價，建構從《三百篇》下至南宋，完整的「詩體源流史」。其以風雅與楚辭為「源」，而漢代蘇、李「始創」的五言詩為第一階段的「流」。至此以下，各階段都是「流」的演變。不過，值得注意的是，從李陵、曹植、王粲開始，雖是「流」，卻又被下一時代的詩人所宗所法，似有新起之「源」的意思。然則，宋濂這一論述，其實因承於鍾嶸《詩品》「相對性」的「源」與「流」的觀念，接續鍾嶸所及的梁代之後，歷敘從初唐到晚宋的詩體源流史，並且明確強化「盛衰」的評價義。此一結合詩體之「源流」與「盛衰」的論述，已是晚明許學夷，清初葉燮之源流論述的張本。不過，宋濂的論述乃落實在歷史情境，以「源流」觀念為據而做實際批評，理論意義不大。

「文體源流」論述，宋代以降，新起的議題是為詞、曲歸源尋本。大體觀之，詞體的歸源尋本，從蘇軾被評為「以詩為詞」而引起「辨體」與「反辨體」爭論開始，而大盛於南宋初期到中期的「復雅」思潮。[108]其中「反辨體」者，都認為「詩詞同源」，為本屬艷科俗曲的「詞體」歸源尋本，重新規創定義其本質與功能，以推尊詞體，賦予風雅政教諷諭之用。這種觀念早在北宋就已萌生，王灼《碧雞漫志》從內在「發生原因」詮釋廣義之「詩」的起源，云：「或問歌曲所起，曰：天地始分而人生焉。人莫不有此心，此歌曲所以起也。舜典曰：詩言志，歌永言，聲依永，律和聲⋯故有心則有詩，有詩則有歌。」[109]這是詩體起源的傳統舊說。他就依此為觀念基礎，而推演「詞體」的起源，云：「古歌變為古樂府，古樂府變為今曲子，其本一也。」[110]「今曲子」就是「詞」，溯其源，尋其本，實自古歌流變而來。這種為詞體歸源尋本的論述，到南宋「復雅」思潮，論者漸多，例如：

107 〔明〕宋濂著，《宋文獻公全集》（台北：臺灣中華書局，一九七〇），卷三七，頁十六—十八。

108 詳見顏崑陽，〈論宋代「以詩為詞」現象及其在中國文學史論上的意義〉、〈宋代「詩詞辨體」之論述衝突所顯示詞體構成的社會文化性流變現象〉，二文皆收入顏崑陽，《詮釋的多向視域》。

109 〔宋〕王灼著，現代岳珍校正，《碧雞漫志校正》（北京：人民文學出版社，二〇一五），卷一，頁一。

110 同前注，卷一，頁三。

胡寅〈題酒邊詞〉云：

> 詞曲者，古樂府之末造也。古樂府者，詩之旁行也。詩出於〈離騷〉楚辭，而騷辭者，變風變雅之怨而迫、哀而傷者也。111

王炎〈雙溪詩餘自序〉：

> 古詩自風雅以降，漢魏間乃有樂府，而曲居其一。今之長短句，蓋樂府曲之苗裔也。112

林景熙〈胡汲古樂府序〉：

> 樂府，詩之變也。詩發乎情，止乎禮義；美化厚俗，胥此焉寄？豈一變為樂府，乃遽與詩異哉！113

上引文本的「詞體源流」論述，共同的立場觀點，都將詞體之「源」上溯風雅、騷辭或古樂府。「詞」流行於宋代，宋代文士們不可能不知道「詞」起源於新興的隋唐燕樂；然而他們對於「詞體」起源，何以經常歸源於風雅、離騷或古樂府？這不是歷史「實然」的追察，而是從文學傳統歸源尋本；為「詞體」的本質與功能重作規創定義，賦予「應然」的價值；以改造詞體，使其同於風雅或

〈離騷〉，從而推尊其體；由娛樂之用的艷科俗曲，提升到士大夫「抒情言志」，甚至比興寄託政教諷諭之意。這種論述降及清代仍多嗣響之論，大體而言，以張惠言始創的常州詞派多主此說。張惠言之說，後文再做詳論。常州派晚期，譚獻〈復堂詞錄序〉審視從李白創調以降，至於宋代眾多詞作，以為其特質：「大旨近《雅》，於《雅》不能大，然亦非小，殆《雅》之變者。」[114]而陳廷焯〈白雨齋詞話序〉更明指：「飛卿、端己，首發其端；周、秦、姜、史、張、王，曲竟其緒。而要皆發源於風雅，推本於騷辯。」[115]又《白雨齋詞話》明斷：「十三國變風，二十五篇楚詞，忠厚之至，亦沉鬱之至，詞之源也。」[116]「飛卿、端己，首發其端」是從歷史時序追察所見「實然」的「始創」之作；而所謂「發源於風雅，推本於騷辯」，又視變風、楚辭為「詞之源」，則是將「詞體」的本質與功能歸源反本於風雅騷辭，規創貞定其「應然」的價值。

「曲」也是宋元開始新興的文體，與詞體同樣起源於民間俗樂，同樣也經由「文體源流」論述，

111 胡寅，〈題酒邊詞〉，參見現代王沛霖、楊鍾賢，《酒邊詞箋注》（江西：人民出版社，一九九四），頁一三〇。按：《酒邊詞》作者為向子諲。

112 參見王鵬運，《四印齋所刻詞》（上海：上海古籍出版社，一九八九），頁七九三。

113 〔宋〕林景熙，《霽山集》，參見〔清〕鮑廷博編，《知不足齋叢書》（台北：興中書局，一九六四），冊一〇，頁六八二七。

114 〔清〕譚獻著，現代羅仲鼎，俞浣萍點校，《譚獻集》（杭州：浙江古籍出版社，二〇一二），頁二〇。

115 〔清〕陳廷焯著，現代屈興國校注，《白雨齋詞話足本校注》（濟南：齊魯書社，一九八三），上冊，頁二。

116 同前注，上冊，卷一，頁九。

為「曲體」歸源尋本，上溯於詩，重新規創定義其本質與功能，以得推尊其體，例如明代何良俊〈曲論〉云：「夫詩變而為詞，詞變而為歌曲，則歌曲乃詩之流別。」[117]又臧懋循〈元曲選序〉云：「詩變而詞，詞變而曲，其源本出於一。」[118]這種論述顯然是「曲體」為詩之流別，而詩即是曲之本源。「詩」只是泛指，沒有特指《詩經》三百篇或楚騷。這種「源流」論述，比較「詞體」之歸源尋本於詩騷，顯得保守。其因或許是「詞體」創作實踐的發展，到北宋蘇軾時期，已入於士大夫之手，可與「詩體」同登廟堂，抒情言志，關懷政教；又經「復雅」思潮，經由論述將詞體上接風騷比興寄託，很多作品也的確如此。而「曲體」也溯源於「詩」而有雅化趨向，但雜劇、傳奇畢竟都要演出，以供大眾觀賞，再如何雅化，也難為比興寄託，因此溯源也不至於尋「本」於風騷，止於一般文士之「詩」可也。不過，從漢代以降，凡新興的韻文體出現，發展到某一階段，就會有文士們開始反思歷史，溯源尋本而與「古詩」建構「源流」的關係。這已是中國古代詩學的一種詮釋模型。

上述所論，大體都是或顯或隱的持有「源流」觀念，落實在文學歷史情境中，進行實際批評。多屬片段話語，簡略意見，而缺乏能成系統的理論。「文體源流」論述，劉勰、鍾嶸之後，能成系統之論者，大抵是晚明許學夷的《詩源辯體》、[119]清初葉燮的《原詩》。[120]從「文體源流」論述的演變觀之，他們的論述最明確的進展是將「源流」與「正變」、「本末」、「盛衰」四種觀念複合成一個系統，用以詮釋甚至評價詩歌創作實踐的發展。

劉勰的「文體源流」論述沒有直接明確的複合「源流」與「正變」、「本末」、「盛衰」四個觀念；不過，「正變」、「本末」與「盛衰」隱涵在全書不同篇章的論述中，例如〈宗經〉乃「經」為一切文體之總「源」，同時隱涵「經」為「正」為「本」之義；而相對〈辨騷〉則「騷」為「流」，同時隱涵「騷」為「變」之義。何以是「變」？《文心雕龍．序志》直指為文之用心，應該效法「騷」之創變，云：「變乎騷。」[121]而我們前文已論及「騷」之同於風雅者有四，異乎經典者四；「異乎經典」就是創變。但劉勰以「經」為「正」為「本」為「盛」，卻沒有相對以「騷」為「末」為「衰」。因為相對於「經」而言，有「因」有「變」，而且「變」而不失其「正」。在劉勰的論述中，「經」與「騷」的「正變」關係，只有描述義及詮釋義，而沒有評價義。然則《文心雕龍》全書是否對某些文體的論述涵有判斷「本末」、「盛衰」之意？答案是有，固然「源」為「正」為「本」為「盛」；然而並非凡「流」之「變」皆為「末」為「衰」；因為一種文體從「源」之「正」之「本」之「盛」開始，往「流」之「變」發展，必有非常漫長的「動態歷程」，經過數十年甚至百年以上的時序。「源」之「正」固然為「本」為「盛」；但是「流」之「變」至於「末」而至於「衰」，其時序必以「漸」而不以「頓」。一種文體之「衰」而至於「末」，並非突然而現，必經漫長的歷程，終至「末流」之訛體，已完全失其「正」而喪其「本」，始謂之「盡衰」；例如前文論及「頌體」，至班固〈北征頌〉已是謬體，漸衰而未盡衰；降及陸機〈功臣頌〉則是「末代之訛體」，

117 〔明〕何良俊，〈曲論〉，收入《歷代詩史長編》（台北：鼎文書局，一九七一），第二輯，第四冊。

118 臧懋循〈元曲選序二〉，參見〔明〕臧懋循編選，現代王學奇主編，馬恒君等校注，《元曲選校注》（石家莊：河北教育出版社，一九九四），第一冊上，頁一一。

119 〔明〕許學夷著，杜維沫校點，《詩源辯體》。

120 〔清〕葉燮著，霍松林校注，《原詩》。

121 周振甫，《文心雕龍注釋》，頁九一六。

終至「末流」而「盡衰」。此時，就必須經由傑出之士的創作實踐以歸源反本，即〈通變〉所謂「望今制奇，參古定法」，[122]以求因「正」而再「變」，開創新局，如此則源流正變相循不絕；但劉勰並沒有明確複合源流與正變、本末、盛衰四個觀念而論述。鍾嶸也是如此，「源流」為顯，而正變、本末與盛衰則隱而不明。至於許學夷《詩源辯體》、葉燮《原詩》始明確複合這四個觀念，成為一個系統以論述文體的創生、流變及其價值。由於許、葉二人的「文體源流」論述，必須複合正變、本末與盛衰，系統才得見完整。因此，這裡只先述其理論系統之大要，並就「源流」觀念簡明論述。至於整體理論系統，則留待第五章「正變」文學史觀，再結合「源流」與「正變」詳為論述。許學夷《詩源辯體》開宗明義即提出自己論詩的基本綱領，云：

> 詩自《三百篇》以迄於唐，其源流可尋而正變可考也。學者審其源流，識其正變，始可與言詩矣……統而論之，以《三百篇》為源，漢、魏、六朝、唐人為流，至元和而其派各出。析而論之，古詩以漢魏為正，太康、元嘉、永明為變，至梁陳而古詩盡亡；律詩以初盛唐為正，大歷、元和、開成為變，至唐末而律詩盡敝。[123]

這是明白複合源流、正變二個觀念，同時涵有本末、盛衰之意，以做為論詩的基本綱領，貫串全書，以描述、詮釋及評價歷代詩歌的體格。古詩至梁陳而盡亡、律詩至唐末而盡敝，此一價值評斷，意謂這二種詩體，一到梁陳、一到唐末，都「盡衰而絕」。這是承襲明代學古群體，李夢陽之輩，所謂「唐無五言古詩」、「宋無詩」之說。[124]所謂「統而論之」是不分古近體或四言、五言、七言，就詩的「總類體」而論，以《三百篇》為「源」，而「流」則分出漢、魏、六朝、唐四個時期，所論即是「時體」。到中唐元和，則又由「唐」之「流」再分出不同「派」。從「流」再分「派」，這是許學夷「文體源流」論述所發展出來的特殊觀點。至於「析而論之」則是分「古詩」與「律詩」二個「次類體」而論；「古詩」指五言古體，「律詩」指格律化之詩，包括唐代定型而成熟的五七言絕句和律詩，這是「辨體」之論。相對於《三百篇》之「源」，則漢魏以至永明，都同樣是「流」；不過，同樣為「流」，又分出「正」與「變」；漢魏為正，太康以下為變。因為他認定「唐無五古」，古詩流變到梁陳，已「變」而失「正」，故斷言古詩已盡亡。相對於《三百篇》之「源」，唐代律詩當然也是「流」；同樣是「流」，又依明代已成型的「三唐」之說，分出「正」與「變」；初盛唐為正，中晚唐為變。因為他認定「宋無詩」，律詩流變到唐末，已「變」而失「正」，故斷言律詩至唐末而盡敝。

這是許學夷「文體源流正變」論述的綱領。其特殊觀點是：（一）將「詩體」分別二層而論，

122 同前注，頁五一七。

123 〔明〕許學夷著，現代杜維沫校點，《詩源辯體》，卷一，頁一。

124 李攀龍〈選唐詩序〉云：「唐無五言古詩而有其古詩。」參見〔明〕李攀龍，《古今詩刪》，卷一〇。李夢陽〈潛虬山人記〉曾提出「宋無詩」、「唐無賦」、「漢無騷」之論。參見〔明〕李夢陽，《空同先生集》（台北：偉文圖書出版社，一九七六，據明嘉靖九年刊本影印），卷四七，頁一三七一。又何景明〈雜言〉云：「秦無經，漢無騷，唐無賦，宋無詩。」參見〔明〕何景明，《何大復先生全集》（台北：偉文圖書出版社，一九八四，據乾隆庚午歲重鐫賜策堂藏板影印），卷三八，頁一四三八。

一是總類體，一是次類體。總類體只分「源」與「流」，不分「正」與「變」。這是因為「總類體」範疇甚大，不分四言、五言及七言，其形式難以具體掌握，「正」與「變」也難分判。不過，籠統觀之，當然也隱涵《三百篇》之「源」為「正」，而漢魏以下之「流」為「變」。至於次類體，則五言古體與近體律詩，形式具體明確，故可辨其「正」與「變」。（二）相對《三百篇》之「源」，漢魏五言古體是「流」；如果「源」為「正」，則「流」當為「變」。然而許學夷「析而論之」，卻以漢魏為五言古體之「正」，而太康至永明為「變」，則可推想漢魏實為五言古體之「源」，而太康以下為「流」。近體律詩同樣，唐代是《三百篇》之「流」本當為「變」；但初盛唐卻被斷言為近體律詩之「正」，則可推想初盛唐為近體律詩之「源」，而大歷以下既是「變」，當然就是「流」。許學夷所論，源與流、正與變乃是相對成義，除了《三百篇》唯「源」而非「流」、唯「正」而非「變」，此外漢魏既是「流」又是「源」，既是「變」又是「正」，初盛唐亦然。這種相對義的「源流」觀念可能受到前述鍾嶸《詩品》的影響，也有可能影響到葉燮《原詩》的「源流正變」觀念。（三）一種文體如果流變到失其「正」，也就喪失其「本質」，就會窮盡而斷絕，故五言古體至梁陳盡亡，近體律詩至唐末盡敝。然則在許學夷的認知中，「文體源流正變」有其盛衰甚至窮絕的演化。不過，依我們來看，這不是針對有沒有稱之為「詩」的作品，所做的事實判斷。而是針對有沒有合乎詩體正常本質的作品，所做的價值判斷。這一直是明代學古群體的信念，其實隱涵「創作實踐」正當性的立場而對文學史所做應然價值的判斷，並非僅對文學史事實的描述而已。明代前後七子的學古群體與公安三袁的新變群體，彼此對立爭辯，就是因為對文學史傳統或是或否之立場觀念的差異。本書第七章「代變文學史觀」將做詳論。

葉燮《原詩》明白反對明代學古群體以李夢陽、李攀龍為代表的詩觀。在《原詩・內篇上》批判云：「近代論詩者，則曰：《三百篇》尚矣。五言必建安、黃初。其餘諸體，必唐之初、盛而後可；非是，必斥焉。如李夢陽，不讀唐以後書，李攀龍謂『唐無古詩』，又謂『陳子昂以其古詩為古詩，弗取也』。」[125]這種論調，被當時文士們推為正宗。習之既久，乃有起而反對者。這些反對之論，葉燮卻也不以為然，認為他們：「往往溺於偏畸之私說。其說勝，則出乎陳腐而入乎偏頗；不勝，則兩敝。詩道遂淪而不可救。」[126]這些反對者指的是公安、竟陵之流。然則，葉燮作《原詩》之用意就是在對治明清之際，學古與新變各偏一極而爭辯不休的詩觀。他認為必須從根本處切入，才能徹底解決問題，以平息紛爭，故稱之為《原詩》，開宗明義，就總其要旨，云：

> 詩始於《三百篇》，而規模體具於漢。自是而魏而六朝、三唐，歷宋、元、明，以至昭代，上下三千餘年間，詩之質文、體裁、格律、聲調、辭句，遞升降不同。而要之，詩有源必有流，有本必達末；又有因流而溯源，循末以返本。其學無窮，其理日出；乃知詩之為道，未有一日不相續相禪而或息者也。但就一時而論，有盛必有衰；綜千古而論，則盛而必至於衰，又必自衰而復盛，非在前者之必居於盛，後者之必居於衰也。[127]

125 葉燮著，霍松林注，《原詩・內篇上》，頁三。

126 同前注。

127 同前注。

葉燮這段論述，有宏觀「千古」之所見，也有微觀「一時」之所識。而從源流、本末、盛衰的觀點以論詩，可有二個基本型態：一是「有源必有流，有本必達末」，這是客觀察知詩體「線性」演變必然的終始歷程，也是「一時而論」必有的線性因果；二是「因流而溯源，循末以返本」，這是傑出之士主觀反思歷史，「因流而溯源，循末以返本」而經由創作實踐，以再創繼往開來的新體，也是「綜千古而論」應有的循環性因果。葉燮自己所持的是第二種源流、本末、盛衰的史觀，因此對詩體盛衰的看法是：「盛而必至於衰，又必自衰而復盛，非在前者之必居於盛，後者之必居於衰」。詩體的源流、本末、盛衰循環不絕，關鍵在於文士們的才、膽、識、力。

那麼，詩之「原」何在？就是詩的本質與功能，作者之心思才力，所謂「才、膽、識、力」；[128]詩的經驗題材，所謂「理、事、情」；[129]以及詩史「創—因—變」動態歷程的軌則。[130]《原詩》整個理論系統兼涵：詩體的本質功能論、創作主體與對象論、詩史演變論，以提出解決之道。其基本觀念是：「詩之源流、本末、正變、盛衰，互為循環」。[131]這是他論詩的綱領，依此綱領，先落實在詩史各時期，詮釋其體製及體式「創—因—變」互為循環的發展軌則。《三百篇》為詩體始創之「總源」，風雅本身就已有「正」與「變」。蘇武、李陵又「始創」五言體，為次類體的「支源」；延及無名氏之《古詩十九首》，都是「因乎《三百篇》」，乃《三百篇》之「流」；然而卻「因」而能「創」，「創」即是「源」，故由「流」升而為「源」。五言體「流變」至於建安、黃初之詩，則「因於蘇李與《十九首》」；但《十九首》只是自言其情，建安、黃初之詩，卻另有獻酬、紀行、頌德諸體，「始開後世種種應酬等類」，則「因而實為創，此變之始也」。「創」即是「源」，故建安、黃初之詩，又由「流」升而為「源」。然則，從《三百篇》歷經蘇李、《古詩十九首》到建安、黃初，除本源的《三百篇》乃「創」而無「因」，是「源」而非「流」之外；漢魏以降之詩，都是既「因」又「創」，既是「流」又是「源」。這就是他所謂「源流升降」。同一時代或詩家之「體」既是「流」也是「源」，這種「源」與「流」相對為義，是否受到許學夷之說的影響，不得而斷；但是這種「源流觀」的確可追溯到鍾嶸的《詩品》。

《三百篇》是四言體，蘇李、《古詩十九首》是五言體，體製不同。故所謂「因」是指因承《三百篇》抒情言志的詩體本質及功能，而「創」則是創造「五言」新體製。而建安、黃初之詩，與蘇李、《古詩十九首》同為五言體，故所謂「因」乃指因承同一體製；而前者都只自我抒情，建安、黃初始見獻酬、紀行、頌德諸體，開出後世應酬之詩，這是題材類型之新體式的開拓，故而為「創」。五言體製至此定型，接下來就開始共同因承五言「體製」，而在「體式」求「變」。建安、黃初之詩，其體式「敦厚而渾樸，中正而達情」，一變而為晉，則各家自有不同的體式，例如「陸機之纏綿鋪麗，左思之卓犖磅礴」。就這樣，從晉代歷經六朝至於唐、宋、金、元，其勢不能不變，或小變，或大變，皆「各有所因，實一一能為創」；「創」指「體式」之創新，能「自成一家」，就可

128 同前注，《原詩・內篇下》，頁一六。

129 同前注，頁二三。

130 同前注，《原詩・內篇上》，頁二—九。

131 同前注。

做為「典範」而被後起詩人所模習。[132]葉燮考察《三百篇》起源之後，從漢魏到金元的歷代詩史，而斷言詩體之「源」與「流」、「正」與「變」，都相互循環，而其價值也都是相對而非絕對，云：

歷考漢魏以來之詩，循其源流升降，不得謂正為源而長盛，變為流而始衰。惟正有漸衰，故變能啟盛。如建安之詩，正矣，盛矣。相沿久而流於衰，後之人力大者大變，力小者小變。六朝諸詩人，間能小變，而不能獨開生面。唐初延其卑靡浮豔之習，句櫛字比，非古非律，詩之極衰也。而陋者必曰：「此詩之相沿至正也。」不知實正之積弊而衰也。待開寶諸詩人，始一大變。彼陋者亦曰：「此詩之至正也。」不知實因正之至衰，變而為至盛也。[133]

綜上所述，即是葉燮「詩體源流正變」理論系統之大要。若就「源流」觀念而論，他認為《三百篇》總源之後，漢魏開始，歷代都是《三百篇》之流變，這是傳統觀點，與許學夷之見也沒有不同。但是葉燮認為，詩史的關鍵時期，都是既「因」而且「創」，故「流」而升為「源」，例如漢魏五言體詩。「源」為「正」為「盛」；但是此「源」並非靜止不動，而是一直在演變，故相沿既久，必至於「末流」，末流則「變」而「衰」。故「源流」有升降，而「正變」與「盛衰」有交替，必待具有才力的作者起而創變之。才力小者小變之，如六朝詩人；才力大者大變之，如杜甫、韓愈。故而源流、正變、盛衰，在漫長的詩史歷程中，始終都在升降迭代循環而生生不息，並沒有衰絕之時。這是葉燮的創見，就與許學夷所認為「古詩至六朝盡亡」而「律詩至唐末盡敝」之說不同。從創作實踐立場觀之，許學夷站在前後七子學古群體這一邊，還是以「源」為「正」為「盛」，故伸「正」而詘「變」，否定唐代五言古詩，更全面斷棄宋詩。公安新變之流則極端對立而反之。葉燮以辯證思維的睿智，提出「詩之源流本末正變盛衰，互為循環」之論，正是意圖消解這種二極對立的論爭。因此在創作實踐立場上，他既不重「源」而輕「流」，也不伸「正」而詘「變」；當然也不會反過來，重「流」而輕「源」、伸「變」而詘「正」。而是主張創作者應該因「源」因「本」因「正」之「衰」，再創而開其「流」振其「末」暢其「變」，轉而使此「流」之「變」升為「源」為「本」為「正」，以開創新的歷史局面而復「盛」。如此源流、本末、正變、盛衰相互循環，綿延而不絕。「文體源流」論述演變到葉燮，已建構完成系統化的理論。[132]

稍後於葉燮，沈德潛編選《古詩源》。[134]這是第二序位「選文型」的詩史建構；選詩起自相傳堯時的〈擊壤歌〉，迄於隋代無名氏〈送別詩〉、〈雞鳴歌〉，兼括樂府雅歌、風謠與文人創作，其用意在為唐詩溯源。〈古詩源序〉則可視為第二序位「論述型」的詩史建構，[135]大體是《文心雕龍．明詩》所謂「原始以表末」的觀念，沒有太大的發明。不過，沈德潛是明代學古群體的遺緒，其溯源上古，意在補足明代學古群體之論：五言詩僅上及漢魏，近體詩僅上及唐代而缺「源」。〈古詩源序〉明指：「詩至有唐為極盛；然詩之盛非詩之源也。」他認為：「唐詩者，宋元之上流；而古詩又唐人

132 以上概述葉燮之大意，參見同前注，頁四、五。
133 同前注，頁八。
134 〔清〕沈德潛，《古詩源》（台北：臺灣中華書局，四部備要集部，據原刻本校刊，一九八七）。
135 〔清〕沈德潛，〈古詩源序〉，參見同前注，頁一。

之發源。」因此他反省明代學古群體之固守唐詩而不能窮其源，云：「有明之初，承宋元餘習，自李獻吉以唐詩震天下，靡然從風。前後七子互相羽翼，彬彬稱盛；然其敝也，株守太過，冠裳土偶，學者咎之。由守乎唐而不能上窮其源，故分門立戶者得從而為之辭。」因此沈德潛認為有必要從唐代再往前溯源，並全其「流」之連續，因而除了窮其「源」至於上古堯時的〈擊壤歌〉，更續其「流」至於陳隋而下接唐代，云：「漢京魏氏去風雅未遠，無異辭矣；即齊梁之綺縟，陳隋之輕艷，風標品格，未必不遜於唐詩；然緣此遂謂非唐詩所由出，將四海之水，非孟津以下所由注，有是理哉！」。他的論述中，相對於明代前後七子的詩體源流觀，比較有創見者是不輕貶齊梁陳隋，比喻為黃河的中游河南孟津階段之水，大海之汪洋必然也是中游孟津之水所注。如果唐代是大海，就不可能與中游齊梁陳隋斷其連續之「流」的關係。於是被前後七子截斷「源流」關係的詩史，就補全其缺失。沈德潛的「詩體源流觀」相對明代學古群體合乎常理。

不過，他的源流觀不完全只是描述及詮釋，還是帶有評價，大抵是對劉宋謝靈運、鮑照仍稱其「體製漸變，聲色大開」而給予讚賞；至於顏延之以下，就各有褒貶，評論「延年聲價雖高，雕鏤太甚」；對謝朓猶持肯定，以為「獨有一代」；但「元長以下，無能為役」，元長是王融。個人褒貶，不免主觀，並且不能涵括一代之體。沈德潛對一代之體的貶降，自蕭梁始，云：「蕭梁之代，風格日卑……陳之視梁，亦又降焉。」[136]顯然還是有盛衰的觀念，卻能不斷其「流」，這比明代學古群體客觀持平得多，算是矯枉而不過正。然而，就「文體源流」論述，其理論意義當然不及葉燮。葉燮之後，「文體源流」論述，已不復有重大突破。

第四節　原生性「源流文學史觀」詮釋模型重構

經由前文所分析詮釋「文體源流」論述的發生以及「源流文學史觀」的形成與演變，我們就可加以綜合而重構「源流文學史觀」的詮釋模型，約有二型：一是「文體形質創因變關係」的詮釋模型，此一模型是從各文體的形質，詮釋它們在歷史時序中「創—因—變」關係，甚至終結的規律，以建構各文體的「源流終始」歷程；這是對「過去」之文學歷史的觀察與詮釋。二是「文體價值本末關係」的詮釋模型，此一模型是針對文學總體或各別文體的源流，溯末以尋本，從而規定一切文體或某一文體存在的價值性依據，再建構出轉向、創化、開展的實踐規範；這是對「未來」之文學歷史的導向與創造，由「應然」以開展「實然」，隱涵著「理想性」與「規範性」，必然結合創作實踐的論述。

上述二種次類的詮釋模型並非截然無關，往往前者做為後者的經驗基礎，而後者又做為前者的價值回歸與轉化。經由這二種次類詮釋模型的辯證，實存的文學歷史，其時間之三維乃有如源流之「連續」，雖在抽象概念上可做區別，但在實存情境中卻無法切分。

一、「文體形質創因變關係」的詮釋模型

「源流文學史觀」第一次類的詮釋模型，側重的是從各文體的形質，詮釋它們在歷史時序的「創—因—變」關係，甚至終結的規律，以建構各文體的「源流終始」歷程。所謂「形」指外現的形

136　以上引述，悉見沈德潛《古詩源．例言》，同前注，頁二。

構，乃文體之「質料因」與「形式因」結合而具現者，[137]可分為：

（一）「基模性形構」：即整個文類的共同形構特徵，前文已述及，古代稱為「體製」或「體裁」，例如詩、賦、詞、曲等格律化的形構。各種文類的體製，我們就稱它為「類體」。

（二）「意象性形構」：即已完成的作品所表現內容與形式無法切分的意象，前文已述及，古代稱為「體貌」。假如一種體貌具有範型性，足可做為模習的法式，即稱為「體式」或「體格」。體貌、體式、體格諸名，現代有些學者籠統稱為「風格」。一家詩文之「體貌」或「體式」、「體格」，古代稱為「家數」，例如陶體、工部體等。一代詩文之「體貌」或「體式」、「體格」，我們可稱為「時體」，例如建安體、太康體等。

相對於「形」，所謂「質」指內在的性質，乃文體之實現所根源的「目的因」與「動力因」。[138]明切言之，即是一種類體的本質與功能，以及文學傳統及社群，在創作此一類體時所共識的目的性，例如詩之言志及抒情、賦之體物及寫志等；而文體的本質、功能與形構，實乃辯證依存而非可截然切分。即任何一個類體既有其「形構」，則必有其相應的表現「功能」。形構與功能融合為一，也就構成此一類體的「本質」；故我們將它合稱為「形質」。

我們以前述的基本概念為據，則「文體形質創因變關係」此一詮釋模型，就在於從類體的形構、功能所構成的本質，即其「形質」做為觀點，以詮釋某些文體在歷史時序上的「創—因—變」關係，甚至終結的規律，而建構各文體的「源流終始」歷程。源，乃尋求一種文體始端之作的時空情境、發生因素與原初形質；流，則觀察對於起源「始創」之體的「因變」，甚至終結。這種論述，有的以類體為對象，有的以家數、時體為對象。而綜觀「文體形質創因變關係」這一詮釋模型，不管就類體或家數而言，都認為「源」與「流」之間，在歷史時序上，可以依循三個原則去進行詮釋：

（一）每一類體都有其「發生原因」。這些原因是什麼？只要考察起源「始創」之作，就可由其原初之形質，獲得適切的詮釋，並從而規創定義此一類體的本質與功能。

（二）「源」與「流」之作各別的體貌，其基模性形構或意象性形構，必然呈現「因」的共同特徵與「變」的各殊特徵；而內涵則隱蓄著「不變」的本質。就因為如此，「源」與「流」之作的各別體貌，在「形質」上，雖呈現某些偶有性的「變」，卻因其共同性的「不變」而保持著「連續性」關係。

（三）一種或少數之起源始創的「母類體」發生之後，必然往多數「子類體」分流，亦即其源流歷程乃是由一到多的孳乳。

關於第一個詮釋原則，即對某一類體可以經由起源始創之作的考察，而詮釋其「發生原因」，從而規創定義其本質與功能；劉勰《文心雕龍》從〈明詩〉到〈書記〉對各類體所做「原始以表末」的論述，就是最完整的範例，例如〈明詩〉：

137 質料因、形式因、動力因，目的因，合稱「四因」。「四因」之說，為亞里斯多德所創，用以詮釋宇宙萬物創生、演變的原因。此說雖非專為文化的創造、演變而提出的理論；但是在學術史上，已成為廣被應用的「詮釋模型」，用以詮釋文化的創生、演變的原因。參見亞里斯多德：《形而上學》卷（A）一，第三章，983a24—984b23，（新竹：仰哲出版社，一九八二），頁五—八。

138 參見同前注。

> 人稟七情，應物斯感，感物吟志，莫非自然。昔葛天樂辭，〈玄鳥〉在曲；黃帝〈雲門〉，理不空弦。……自商暨周，雅頌圓備，四始彪炳，六義環深。[139]

「詩」這一類體的「起源」，劉勰首先提出理論性詮釋，所謂「人稟七情，應物斯感，感物吟志，莫非自然」，此乃綜合了先秦、漢魏、晉宋以來，詩言志、緣情、感物的說法，從其「功能」而為詩體的「本質」做出定調。這是對事物之「出自」的「發生原因」所做的詮釋。文學的起源，所謂「宗教祭祀說」、「勞動說」、「遊戲說」、「抒情說」等，都是這一類理論性的詮釋。而文學的起源問題，不但要從理論詮釋其「發生原因」，更且必須落在實際的歷史經驗現象，從考察「始創」之作，以斷定起源的時間起點及其原初形質，如此則事實性的文學史才不致懸空為純屬抽象性的文學理論。這二種論述，即「始創」之作的「形質」考察與「出自」之原因、條件的詮釋，乃形成彼此關聯、相互規定的知識系統，而某一類體（例如詩、賦等）的本質、功能也從而獲得界定。因此，劉勰在詮釋詩體的「發生原因」之後，接著即在歷史經驗現象上，為詩體找尋「始創」之作，而斷言「昔葛天樂辭，玄鳥在曲……」云云。在考察詩體「自商暨周」的典範之後，則其「雅頌圓備，四始彪炳，六義環深」的本質與功能也就從而得到規創定義。文體的起源、本質與功能乃是同一系統的論述。

關於第二個詮釋原則，文體起源之後，非始終靜固如初，因而必定會產生分流變化。從可見之「形」觀之，其流變似乎另成一個類體；然而細審其「質」，則有其不變的共同性在；故「源」與「流」實「連續」而不斷。以「詩」這一類體為例，當其起源之後，即開始分流變化，不但「體製」

由四言流變為五言，更且其「時體」之或質或文，也歷代有異。然而，其「形」雖變，卻內涵著某種不變之「質」，故劉勰《文心雕龍．通變》歷述黃、唐、虞、夏、商、周、漢、魏、晉九代詩歌，從「源」至於「流」，在外現之偶有性的形式上，雖產生或質或文，各殊其相的變易；但是，在內涵上卻同具著不變的共同本質，即所謂「志合文則」、「序志述時，其揆一也」。[140]然則九代詩歌，不管從四言到五言的不同體製來看，或從質、文各異的時體來說，其「源」與「流」之間，雖「形」有所變，卻「質」有所因，而呈現著「連續性」的關係。

這種現象不僅呈顯在同一類體之次形貌的流變，甚且呈現在同屬共類「韻文」之殊種體製間的流變。共類的韻文，我們可稱它為「母類體」；殊種的韻文，我們可稱它為「子類體」。這「母類體」就是「詩」；故而在古代的文論中，「詩」之名有廣狹二義：狹義指由四言、五言到七言的各古近體之詩；廣義則指共類韻文，即「母類體」，而銘、箴、騷、賦、詞、曲等一切韻文都是其分流的殊種，即「子類體」。從文體的母子關係觀之，則以「詩」為「源」，而騷、賦、詞、曲等皆其「流」，彼此之形質有「因」有「變」，乃構成「源流終始」的關係。

這一建構，漢代就已產生：班固在《漢書．藝文志．詩賦略論》指認屈騷、荀賦在本質上「咸有惻隱古詩之義」，[141]而我們前文引到〈兩都賦序〉中更明斷：「賦者，古詩之流也。」其後，這種

139 參見周振甫，《文心雕龍注釋》，頁八三。

140 參見同前注，頁五六九。

141 〔清〕王先謙，《漢書補注》，冊二，卷三〇，頁九〇二。

論述屢見，已成常識。例如前文引到摯虞〈文章流別論〉：「賦者，鋪陳之稱，古詩之流也。」劉勰《文心雕龍．辨騷》既稱：「離騷之文，依經立義。」[142]〈詮賦〉亦云：「賦也者，受命於詩人，拓宇於楚辭也。」[143]蕭統〈文選序〉也持同樣說法：「古詩之體，今則全取賦名。荀、宋表之於前，賈、馬繼之於末。自茲以降，源流實繁。」[144]

這種論述，以詩為「源」，而以騷、賦為「流」，看似原本既存的事實判斷，其實是文士們客觀的考察這三種類體同為韻文的基模性形構特徵，並主觀的詮釋文學歷史積累之作品群，所展現同為「敷陳情志以行諷諭功能及目的」的特徵，從而建構了詩、騷、賦三種類體的「源流」關係。清代程廷祚〈騷賦論〉對這種詩、騷、賦源流關係的建構，論述最詳：

> 聲韻之文，詩最先作，至周而體分六義焉，其二曰「賦」。戰國之季，屈原作〈離騷〉，傳稱為賢人失志之賦。班孟堅云：「賦者，古詩之流也。」然則，詩也，騷也，賦也，其名異也，義豈同乎？……故詩者，騷、賦之大原也……蓋風、雅、頌之再變而後有〈離騷〉，騷之體流而成賦；賦也者，體類於騷而義取乎詩者也。……賦與騷雖異體，而皆源於詩。[145]

程廷祚的論述，完整的指認了詩、騷、賦三種韻文次類體的源流關係，其名各殊，而外現形構的體製也前後有所「變易」；但是，其內涵卻同具著由「詩」所規創的共同性本質，即所謂「義取乎詩」、「賦與騷雖異體，而皆源於詩」。如此，則由起源始創之詩「流變」為騷、賦，呈現著形質有所變而又有所因的「連續性」現象。

這種論述顯然也是由詩流變為騷，又流變為賦的詮釋模型，則由詩、騷、賦、詞以至於曲，乃被建構成「源流終始」的關係。各類體之「形質」雖互有因變，彼此卻如江河前後之連續。而這樣的建構，以母類體「詩」為同一之「源」，詩以下之騷、賦等子類體皆為分化之「流」，乃呈現流流相續，如一線之貫穿，顯示這是一種視「文學歷史」為各類體線性連續變遷的史觀。

另外，也有在同一類體之下，以「家數」為論述對象，而建構不同家數之間的「源流」關係者。這種論述，我們前文已論及，其規模最為宏大而形成完整譜系者，當推鍾嶸的《詩品》。他所論述的類體，集中在四言、五言古詩的體製，而涉及的詩人有一百二十三位，被建構到「源流譜系」中的有三十六位。因此，所謂「源流」指的不是類體之間的關係，而是詩人「家數」之間的關係。當然，前後不同家數間之所以存在「源流」的關係，乃是由於其體貌或體式，表現為一家特殊之風格，彼此有其差異性。這雖然顯現後者有所「變」於前者；但是，前後家數之間，卻也有其相似性，而表現為「家族性」的共同體式，此乃其所「因」。

鍾嶸以國風、小雅、楚辭三種體式為「源」，漢代以降的各個「家數」為「流」，而建構出完整的「源流譜系」。在他的源流論述中，最為特別之處，乃在於「源」、「流」相生互存的觀念。從他的

142 周振甫，《文心雕龍注釋》，頁六三。

143 同前注，頁一三七。

144 〔唐〕李善注，《文選》，頁一。

145 〔清〕程廷祚，《清溪集》（合肥：黃山書社，二〇〇四），卷三，頁六五—六八。

所建構五言詩各家數的源流譜系來看，除了國風、小雅、楚辭居於歷程的始端，為「源」而非「流」之外，其下各家數則承先者為「流」，而同時又啟後者為「源」。例如曹植之詩「其源出於國風」，因此乃國風之流；然而，他卻又是陸機、謝靈運等各家之「源」，故論及陸、謝之詩皆云：「其源出於陳思。」則數家之詩乃為曹植詩之「流」。如此，「源」、「流」在文體分化的歷程中，除了最始源的文體之外，其分化歷程中的各個文體，都即是「源」又是「流」，「源」之與「流」乃「相對性」的生成及依存關係。這就使得「源流」關係不僅是單一直線流變的結構及規律，而是呈現在動態歷程中，源流相對因變而曲線轉進的結構及規律。

這一個詮釋原則，必須特別注意到葉燮的論述，他彷似鍾嶸以「源—流」為相對性，「流」可轉為「源」。但葉燮又結合正變、本末、盛衰，使得「源流」論述更為複雜。並且從歷史語境理解之，葉燮的論述有他所要對治的時代問題，也就是學古群體與新變群體各執一端的論爭；因此他的論述有個明顯的意圖，就是從詩體源流史的論述，指引「創作實踐」的正當取徑，以平息兩個群體的論爭。鍾嶸所建構的源流譜系，這種引導創作實踐的意圖雖隱涵卻不明確，大體偏向客觀詮釋詩體的源流演變關係。因此葉燮的源流論述，不能純做客觀詮釋詩體的「形質因變關係」，而已加入主觀引導「創作實踐」的意圖，但又不同於下一個「文體價值本末關係」的論述，因此只能視為「文體形質因變關係」的變形之論。何以然？因為葉燮將「源—流」、「本—末」、「正—變」、「盛—衰」，明白視為相對而彼此循環，每一關鍵階段的「流」都會因為創變而轉為新起的「源」，由「末」轉為「本」，由「變」而轉為「正」，而開創出新起的「流」、「變」、「末」；而「源」未必長盛，「流」衍既久必「衰」，衰則必「變」，再創為「源」而啟「盛」。如此則「源—流」乃形成多重階段的小循環，而且這種循環是詩體演變的自然趨勢，乃「豪傑之士隨風會而出」，而「其力能轉風會」；[146]也就是大詩人出於才膽識力之「創作實踐」所「大變」出來的新風向，無須某些群體「百喙爭鳴，互自標榜，膠固一偏，剿獵成說」去做「應然」的規定。[147]然則葉燮的「文體形質因變關係」既非只是第二序位對文學史客觀性詮釋的建構，而是以第一序位詩人創作實踐的建構為歷史經驗基礎。第五章「正變文學史觀」會再做詳論。

劉勰的文體「源流」論述，除了這一型「文體形質因變關係」的詮釋之外，更有下一型「文體價值本末關係」的論述，在文體至於末流凋敝的齊梁時期，他從理論上提倡「歸源反本」、「還宗經誥」，將一切分「流」的文體逆溯到總「源」的五經，而應當以五經為價值所「本」。這是由先覺者所倡導「應然」的「創作實踐」；如能產生影響效果，轉變文風，則文體「源—流」關係可以形成長時期的往復大循環。葉燮的循環論顯然與劉勰的循環論有其差異。總體來看葉燮的「源流」論述，不能歸入下一個「文體價值本末關係」的詮釋模型，而可視為這一「文體形質創因變關係」詮釋模型的變形。他既凸顯「創作實踐」的歷史經驗基礎，而又認為文體「源流」並非始終都是「線性」的演變，而是階段性的多重「循環」。

關於第三個詮釋原則，一種或少數之始「源」母類體發生之後，必然往多數子類體分化。例如劉勰《文心雕龍．論說》，他將「論」這一類體的名理界定為「聖哲彝訓曰經，述經敘理曰論」，而

146 〔清〕葉燮著，霍松林校注，《原詩》，內篇上，頁七。

147 同前注，頁三。

「始自」之作則認為是孔子的《論語》，然後推其演變云：「詳觀論體，條流多品。」那些「條流多品」的子類體即是：用以「陳政」而近於議、說，用以「釋經」而近於傳、注，用以「辨史」而近於贊、評，用以「銓文」而近於敘、引。這就是「論」這種母類體，依著「由一到多」的規律，所分流出來的八種子類體，因而他斷言：「八名區分，一揆宗論。」也就是這八種子類體的寫作規範都以「論」為宗，而「論」的本質就是「彌綸群言，而研精一理者也。」[148]一源而多流，差異性之間仍然隱涵其相似性。這樣的論述頗多，又例如蕭子顯〈南齊書．文學傳論〉：

吟詠規範，本之雅什，流分條散，各以言區。[149]

蕭子顯認為，詩歌吟詠以「三百篇」之四言雅什為起源「始創」的母類體，而後「流變」為五言之不同子類體。同為「五言體」，則陳思、王粲等各家，以不同之「體貌」為區別，乃「流分條散」為多種文體矣。又例如元稹〈樂府古題序〉云：

《詩》迄於周，《離騷》迄於楚。是後，詩之流為二十四名：賦、頌、銘、贊、文、誄、箴、詩、行、詠、吟、題、怨、歎、章、篇、操、引、謠、謳、歌、曲、詞、調，皆詩人六義之餘，而作者之旨。[150]

元稹以詩、騷為起源「始創」的母類體，而「分流」為二十四子類體。這更指認了文體由少往多分化的現象。而上述鍾嶸《詩品》所建構的源流譜系，也是由國風、小雅、楚辭三源，分流為三十六家數。

綜合言之，「源流文學史觀」所分出第一次類「文體形質創因變關係」的詮釋模型，主要用在對同一類體而不同篇體、家數、時體之間，或不同類體之間，彼此形質之「創—因—變」現象的詮釋，而建構其「源流終始」關係。從這種詮釋模型觀之，所謂「文學史」就是考察各種文體的起源「始創」之作，並詮釋其「發生原因」，繼而詮釋其「分流」之體在形質上的因變，終而綜合「源」與「流」諸體以詮釋其變動而連續不斷的歷程現象。從「源」往「流」的變動規律，則是從一或少數母類體到多數子類體的分化；分化的軌則，有些被建構為從「源」及「流」而單一直線的演變，有些則被建構為源流相生互成而曲線轉進的發展。這種詮釋模型主要的效用，乃結合了「源」與「流」的論述，而對文學既存的經驗現象做出「源流終始」關係的描述及詮釋，通常比較不涵評價或規範之義。

二、「文體價值本末關係」的詮釋模型

「文體價值本末關係」的詮釋模型，乃從文體的源流，溯末以尋本，從而規定此一文體存在的價值性依據，再建構出創化、開展的實踐規範；這是對「未來」之文學歷史的導向與創造。雖是第二序位「詮釋型」的文學史建構，卻結合創作實踐而含納了第一序位「創作型」的文學史建構。

148 周振甫，《文心雕龍注釋》，頁三四七。

149 〔南朝梁〕，蕭子顯，《南齊書》（台北：藝文印書館，一九六五），卷五二，頁四二〇。

150 《元稹集》，卷二三，頁二五四。

「文學」不是自然的產物，而是人為的文化創造品，因此沒有什麼絕對、普遍的先驗性形上本質（metaphysical essence）。所謂「文學本質」都是某一個歷史時期的某一個文士或文學群體對它所做的「規創性定義」。因此，即使同一個歷史時期的不同文士們或文學群體對文學本質所做的規創性定義也會有其差異，最顯著的例子就是齊梁時期的劉勰之與蕭綱、蕭繹的文學本質論，幾乎對立，而各有其所見。古代文士們在進行「文學本質論」的建構時，大多以循流溯源的「體源」論述為其策略，讓「文學本質」不只停駐在理論性的抽象概念層次，而能落在歷史事實，以做出涵有實質內容的規定。這種將「本質」與「起源」整合的論述，我們稱它為「文體歸源論」，[151]乃是古代很普遍的一種文學史論。

這種論述的史觀，幾乎都不僅是在描述、詮釋「過去」已發生的事實；他主要的論述目的，都是不滿「現在」正「流變」中的文體，因而逆溯「起源」始創的作品，抽繹此一文體之所「本」的理想性價值，以規定「分流」末端作品應有的「本質」；然後，再以此應然的「本質」做為基準，指向「未來」的「創作實踐」，表現符合這種「本質」的作品，並且期待獲得響應，以成一代文風。因此這種論述，不僅是對「過去」的文學史做出「詮釋性」的建構，更納入「創作實踐」，以創造「未來」的文學史。文學史也就不是自始至終「線性」的發展，而是階段性或長時期的往復「循環」。

準此，文學「本質論」、「起源論」、「流變論」與「創作論」、「批評論」乃構成一組彼此依存、相互規定的系統性觀念。從這個系統性觀念，我們也才能理解到，中國古代文士們之對「文學史」的建構，其實包涵了「創作實踐」、「典範詮釋」與「觀念論說」三種層面的整合，也就是創作、批評、理論三者的「完境結構」，缺其一則未見其整全之義。

這個史觀所展示的詮釋模型義涵，乃是文士們面對「現在」之文學「流變」經驗現象的實然，而逆溯「過去」的文學歷史經驗現象的實然，以找尋文學「起源」應然的價值之所「本」；而後再由此應然之價值規定，開展「未來」之文學創造的實然，以使這種「未來」的創造能「歸源」而「正本」；而這文學「未來」的創作實踐，當其真正的開展、實現了，則終將成為「過去」的歷史，因此「文學歷史」指的不只是過去已發生的文學事實，而是文士們「繼往開來」之精神創造的文本遺跡。在這個史觀中，過去、現在、未來的三維時間連續不斷，而且循環相生。每一實際的存在情境，都內涵著過去、現在、未來三個維度的時間性。文學歷史的詮釋與文學創作的實踐乃是相生互成，而價值之應然與經驗之實然也是彼此開展的依存關係。因此，所謂「源流」之義，相較於前一個詮釋模型之側重描述義、詮釋義，此一模型所側重者乃在於評價義及規範義。

此一詮釋模型所展現的論述型態又可分為二種：

（一）建立理論與詮釋歷史的整合，先從理論闡明文學創生的內外原因，規定總體文學的本質與功能，亦即其存在價值之所本；然後，落實在文學歷史情境，由指認各類體的起源「始創」之作，以規範其理想性的體式，做為創作實踐的原則。如此，則文學理論與文學歷史，「始自」與「出自」的論述統合成體系。這種論述，以劉勰《文心雕龍》最為典型。

（二）直接落實於文學歷史，從現在被視為末流的子類體，溯其本源母類體的形質特徵，以規

151 參見顏崑陽，〈論宋代「以詩為詞」現象及其在中國文學史論上的意義〉，原作「母體歸源」，收入顏崑陽，《詮釋的多向視域》。

範其理想性的體式，而倡導「歸源反本」的創作實踐原則，並期待開展未來理想性的文學風尚。宋代詞學的「復雅」思潮，可為範例。[152]而最典型者，厥為張惠言從論詞、選詞到作詞三面成體的文學行為。[153]

首先，我們探討「文體價值本末關係」詮釋模型的第一種論述型態。劉勰《文心雕龍》做為理論與歷史整合的典型性論述，可從二方面去理解：前者被學者稱為「文原論」，後者則可稱為「體源論」。「文原論」主要表現在〈原道〉，云：「人文之元，肇自太極。」這是「文化哲學」的取徑，以抽象的理論，闡明文化之創生與歷史存在的根源性原因。這種原因，在中國文化傳統中，幾乎都推原於「道」。道，一方面有其形上學或宇宙論上，先驗、超越而為客觀實體的意義；另一方面也有其心性論上，體證、內在而為主觀精神的意義。前者屬天、屬自然；後者屬人、屬文化。而天人不二，文化不違自然。天道創生自然萬物，也是萬物得以存在的超越依據；但是，文化卻畢竟不是自然的產物，乃出自人為之創造。因此，天道不能直接實現為文化，其中介之樞紐就在於能體悟天道的聖人之心。文化創造的「能動性」，即其目的因、動力因乃在乎人之心性；故而文化之創造推原於「道」之後，必又徵明於「聖」。聖人體道而創造文化之心，即劉勰所規創的「文心」；而此「文心」實乃「天地之心」。文學是文化之中，人類之精神創造而以特定符號形式所表現的產品；故文學之創造，亦此「文心」之發用。「文心」發用，由內表現於外，又必取得特定符號形式，即〈序志〉所謂「雕縟成體」，而「文體」生矣；故「道」徵明於「聖」之後，發為文章即是「經」。〈原道〉是抽象思辨的「文原論」，〈宗經〉是落實在歷史時空的「體源論」，則〈徵聖〉便是文學由抽象之道理實現為具象之文體所必經的「作者論」，故云「作者曰聖」。這個由「道」而「聖」而「經」的歷程，雖屬人為，亦是自然，故〈原道〉認為人乃「五行之秀，實天地之心。心生而言立，言立而文明，自然之道也」。[154]

這種「文原」論述最重要的意義有二：一是將文學「出自」的原因繫屬於「道」，則文學的「本質」就被規定為涵有合乎美善的理想性價值。二是將文學「始自」之作歸源於體道的遠古聖人，則「起源」時期的經典文本，其「形質」就被認定為合乎美善的理想性體式，應該做為分流時期之各類體所遵循的典範；故從文學存在價值言之，「源」為「本」而「流」為「末」。這就將文學「本質論」與「起源論」整合為同一系統了。就在上述「文原」論述的基礎上，劉勰《文心雕龍》的「文體源流」關係論述，可分為二個次型：

（一）從〈明詩〉以至〈書記〉二十篇，屬於「分體源流」論述，即分別論述詩、樂府、賦、頌讚等三十餘類體的源流，除了從理論或社會文化經驗詮釋其內外「發生原因」，更重要的是經由「原始以表末」的考察，在歷史事實的基礎上，描述每一類體從「源」而至於「流」，其形質之因變終始。這種論述，應該歸於上述「文體形質創因變關係」的詮釋模型，所側重的是文學歷史實然之源流規律的描述及詮釋。

152 參見顏崑陽，〈宋代「詩詞辨體」之論述衝突所顯示詞體構成的社會文化性流變現象〉，收入顏崑陽，《詮釋的多向視域》。

153 有關張惠言論詞、選詞、作詞三面成體的文學行為，詳參侯雅文，《中國文學流派學初論：以常州詞派為例》（台北：大安出版社，二〇〇九）。

154 以上《文心雕龍》之〈原道〉、〈徵聖〉、〈宗經〉引文，參見周振甫，《文心雕龍注釋》，頁一－四六。

（二）〈宗經〉視各類體為「流」，而全數歸「源」於經，並且以始源之「經」的文學價值為「本」，而其形質為理想性體式；相對的，歷代分流之各類體的文學價值為「末」。前文引到他在〈序志〉中，認為近世「去聖久遠，文體解散」，而「辭人愛奇，言貴浮詭」，以至「離本彌甚，將遂訛濫」；故宜溯流以歸源，矯末以反本，這正是「文體價值本末關係」的詮釋模型。這種詮釋模型，對於文學源流關係的建構，不同於前一個「文體形質因變關係」的詮釋模型，僅是描述、詮釋各類體在過去歷史時間中，其形質之發生、因變的客觀實然性規律；而更是由「文心」之能動性，從存在於過去歷史時間中的類體，進行詮釋、評價、選擇，歸源反本的揭明文學應然的價值及理想的體式，進而引導、規範文士們創作實踐的原則，以開展未來新階段的文學歷史。我們前文已徵引〈宗經〉，詳為詮釋論證，不贅。

接著，我們就以上述「文體價值本末關係」的詮釋模型為據，實際考察中國古代是否有文士們將此一詮釋模型落實於文學歷史，從「現在」被視為「末流」的子類體，逆溯「過去」之「本源」母類體的形質特徵，以規範其理想性的體式，而倡導「歸源反本」的創作實踐原則，並期待開展「未來」理想性的文學風尚？這種詮釋模型的運用，在北宋晚期到南宋中期的詞體「復雅」運動中，表現得非常顯著。在這一歷史時期中，諸如：「詞，古詩流也」、「樂府（指詞體），詩之變也」這類話語，曾經蔚為思潮。從宋詞的發展歷程觀之，「以詩為詞」的現象，不管語言形式或情志內容的雅化，早在北宋晏殊、歐陽脩、蘇軾、黃庭堅、賀鑄、秦觀、周邦彥等，就已表現了士大夫之雅詞的體貌了；但是，有關「詩與詞的源流關係」，在觀念上卻還是長期經過「詩詞辨體」的論述衝突，才逐漸建構完成。「詩詞分流」而殊異其體，與「詩詞同源」而合通其質，這二種論述從北宋晚期開始就已形成對立衝突。其中「詩詞同源」，在北宋末、南宋初，由於家國患難，而興起詞體「復雅」運動，這種論述更是聲勢浩大。這樣的論述，其意圖顯然就是某些詞家不滿於當代詞體「末流」而至於淫艷，無益乎政教關懷，乃是詞體在社會文化功能上的價值墮落，因而必須「歸源反本」於《詩經》三百篇，重新定義詞的本質與功能，以「推尊」其體，並規範創作實踐的原則，期待「未來」能開展合乎理想體式的詞風；這是中國文學史上，分流的次類體發展到某一時期，就會出現的「文體歸源」現象。[155]這種詩詞源流關係的建構，與上述《文心雕龍》的「宗經」論述，同屬「文體價值本末關係」的詮釋模型，只是缺少像〈原道〉那樣的形上理論基礎罷了。

宋代這種詩詞源流關係的論述，在創作實踐上也有其成果，的確使得原本應歌侑酒的詞體提升到可與「詩言志」或「詩緣情」等觀的位置；從創作成果觀之，北宋晏、歐、蘇、黃之後，就逐漸開展了宋詞歷史之不同於「花間」的新階段。其後，經過元明時期，詞之豔科的風貌復生，一時花間、草堂又成典範。清初陽羨、浙西易轍，蘇、辛、周、姜等士人們「言志、抒情」之雅詞，復為理想體式。然而，他們都僅在詞體本身改立典範以模習而已。降及張惠言編《詞選》，才跨出詞體本身而從「詩詞源流關係」的論述，將「末流」詞體「歸源反本」於詩騷，重新定義詞體的本質，並藉由《詞選》以「比興」解詞而改造典範，溫馮豔詞乃因而上接風騷，言外寄託「士不遇」之情志。然後，

155、上述有關宋代「詩詞辨體」的論述衝突，參見顏崑陽，〈宋代「詩詞辨體」之論述衝突所顯示詞體構成的社會文化性流變現象〉，收入顏崑陽，《詮釋的多向視域》。

再益以創作實踐，終於開創「常州派」主導清代中晚期詞風的歷史現象。[156]。張惠言在〈詞選序〉中指認「詞之雜流」起於花間「新調」，而宋代諸詞家也已呈現「盪而不反」、「不務原其指意」的現象。至於元明二代更是「安蔽乖方，迷不知門戶」。因此，他編《詞選》的用意就在於一方面從觀念提出論述，一方面塑造正典，而「幾以塞其下流，導其淵源，無使風雅之士，懲於鄙俗之音，不敢與詩賦之流同類而風誦之」。[157]他從上述對「過去」詞史的反思批判，以及對「未來」創作的理想期待，乃將「末流」之詞體上溯風騷，以「導其淵源」，從而重新定義詞體的本質與功能，云：

> 其緣情造端，興於微言，以相感動，極命風謠里巷男女哀樂，以道賢人君子幽約怨悱不能自言之情，低徊要眇以喻其致；蓋詩之比興，變風之義，騷人之歌則近之矣。[158]

他從賢人君子「緣情造端」的動力因及質料因，抒發「幽約怨悱不能自言之情」的目的因，以及「微言」、「喻」的形式因，去規創定義詞之為詞的本質與功能；而這種本質與功能正如同「詩」的起源「始創」之作，亦即變風、騷辨的本質與功能，故云「蓋詩之比興，變風之義，騷人之歌則近之矣。」然則，詞與風騷的「文體價值本末關係」就被建構為「源流」一系。而這種建構，其真正的意義並不僅在於考察已成「過去」之文學歷史事實，以描述、詮釋詞體與詩體彼此形質上實然的創因變關係；而更在於思辨文學存在價值，以詮釋、評價詩與詞彼此應然的本末關係，其目的乃在於為「未來」的創作實踐建立規範，而期待開創詞史的新局面。這顯然是源流史觀中，「文體價值本末關係」的詮釋模型。近現代有些學者由於「敦煌曲」文獻的考察，可明確認定詞體起源於以「胡曲」為主的隋唐燕樂，因此批評張惠言將詞體的起源上溯風騷，而倡言「比興」，實為誤謬，例如葉嘉瑩即持此說。[159]然而，張惠言何嘗不知詞體起源於隋唐燕樂此一「事實」；他在〈詞選序〉的開端就已指認：「詞者，蓋出於唐之詩人，採樂府之音以制新律，因繫其詞，故曰詞。」[160]但是，這種「實然」的源流關係，不是他所關懷的重點。他所關懷的重點乃在於從文學價值存在的本末，去建構詞體與風騷「應然」的源流關係。他對於詞的「歷史」關懷，乃指向「未來」創造性的開展，而非「過去」事實性的描述及詮釋。這是由「應然」以開展「實然」的論述，根本無須去證明其「事實性錯誤」。「歷史」即是人類「文化創造」而開顯價值性存在之經驗的符號化文本——這種中國古典的「史觀」，在現代的學術情境中，很難被受之於西方的實證史學所理解。

156　參見侯雅文，《中國文學流派學初論：以常州詞派為例》。

157　張惠言〈詞選序〉，參見李次九，《詞選續詞選校讀》（台北：復興書局，一九七一），卷一，頁五—七。

158　同前注。

159　參見葉嘉瑩，〈常州詞派比興寄託之說的新檢討〉，收入《中國古典詩歌評論集》（台北：純真出版社，一九八三）。他雖肯定張惠言「有心推尊詞體，以比興寄託之義說詞，欲使之得以上比風騷。……是其用心及影響，皆不可謂為不善。」然而，他卻又經由考訂，而斷言張惠言將詞體上比風騷，此說在事實上可「證明」其為錯誤。頁一六四—一七〇。

160　李次九，《詞選續詞選校讀》，頁五。

第五節 結論

依循上述對中國古代原生性「源流文學史觀」，所進行文本分析性詮釋，我們重構其「詮釋模型」，已詳如上述。這就是中國「原性性」文學史觀之一，最基本也是最重要的「源流文學史觀」。經由重構，可看到它多麼源遠流長，而且觀念系統非常宏大而完整。它既是中國古代文士們理解、詮釋與評價前代文學歷史的主要觀念；同時也是他們自己身處文學歷史情境中，自覺或不自覺所內懷的歷史意識，也就是「文心」的要素之一。文士們就依此史觀而進行「創─因─變」的文學創作實踐。因此，這樣的史觀根本就是構成文士們創作成果以及文學史內涵的要素，而不假外鑠。我們站在當代，如果想要書寫一部涵具中國民族文化性、社會性的文學史，怎能對這種民族文學內在而原生的史觀毫無理解，而盲目挪借硬套另一種民族文化、社會厚牆堅隔的史觀，用以解釋中國古代文學史？百年來的中國文學史書寫，從「詮釋有效性」的觀點來看，大多是訛說謬論，真正合格之作很少。

上述的詮釋模型，我們尤其要特別提示：「文體價值本末關係」這一詮釋模型最具有民族文化特質，完全不是西方客觀知識論的史觀，與實證史學相距甚遠。這一詮釋模型，從文學存在價值言之，「源」為「本」而「流」為「末」。這就將文學的起源、本質、功能、創作四種觀念及實踐整合為同一系統。對於文學源流關係的建構，側重由「文心」之能動性，從存在於過去歷史時間中的類體，進行詮釋、評價、選擇，而歸源反本的揭明文學應然的價值及理想的體式，進而引導、規範文士們創作實踐的原則，以開展未來新階段的文學歷史。因此，「源流」不是線性往前發展的歷史時序軌跡，而是經由歷史反思，重新定義文學，以文士們「因」而能「變」的「再創造」，往復循環，推動文學歷史綿延不絕的發展。因此，所謂「文學歷史」指的不是與文學主體之歷史性存在了無關係，而僅僅被視為「過去」已發生的事實，並當做學術研究的知識客體。在這一詮釋模型中，「文學歷史」就是文學主體相即於時間三維連續的存在情境，面對「現在」、反思「過去」而創造「未來」的文本遺跡。它重要的不是對文學歷史之實然被動的做出描述與詮釋，而是對文學價值之應然主動的做出選擇與再創，進而通過創作實踐，使得實然與應然循環往復而相生互成。

這樣的史觀，既非西方的「文學進化史觀」，也非「文學退化史觀」；我們或可稱之為「因變循環創造文學史觀」。所謂「文學進化史觀」或「文學退化史觀」不管說「進化」或「退化」，都忽視文學主體在時間三維連續的存在情境中，「文心」對文體價值本末的自主性選擇，以及對文學傳統因變創造的能動力，而僅將文學視為「文心」之外的「客觀物」，自身有其或進或退的發展規律。「因變循環創造文學史觀」，所強調的正是主體「文心」的選擇性與創造性，這才是文學發展的主要動力。而所謂「文學歷史」就是文士們的心靈，在時間三維連續的存在情境中，體察、選擇文學價值的源流本末，而往復循環創造的文本遺跡。文學的發展進程並沒有必然為「進化」或必然為「退化」的客觀線性規律。

這種史觀，「五四」新文化運動以後，近現代學界很少有人能適切的理解。其原因一則「反傳統」已成新知識分子的「文化意識形態」。因此，對於古代這種重視文學「傳統」精神的繼承，轉而開創未來理想性文學的史觀，幾乎都貶責為：只知模擬、不知創新的「復古」主義。二則在追求現代化的過程中，受到西方實證史學的影響；現代學者幾乎都將「歷史」視為與自我存在無涉的知識客體；僅是從文獻考察過去已發生的事實，進而詮釋其因果關係。因此，這種出於「效果歷史意識」，將「文學歷史」視為文士們在源流相續的存在情境中，繼往開來之價值創造的文本遺跡，如此史觀已很少有人能解。其實，這一種「文體價值本末關係」的源流論述，才是中國古代最具有民族文化特質的「原生性文學史觀」，必須適切、完整的加以重構，才能建立「中國古代文學史」書寫的理論基礎。

中國古代「原生性」文學史觀的重構，乃是一個浩大的學術工程。除了源流、正變、通變、代變等史觀各別「詮釋模型」的重構，更必須進而將幾個主要史觀整合為相互關聯的體系。在指認個別史觀的詮釋效用之後，又必須進而指認個別史觀之詮釋效用彼此「互濟」的可行性法則。這種中國「原生性」文學史觀的重構，乃是未來宏大的學術展望。學術是群體共創的事業，非一人所能獨造；重構中國「原生性」文學史觀，並應用以重寫合格的《中國文學史》，必須有識之士們，共同參與。

後記：

原刊《政大中文學報》第十五期，二〇一一年六月。題為〈中國古代原生性「源流文學史觀」詮釋模型之重構初論〉。二〇二三年十二月全文改寫，題為〈中國原生性「源流文學史觀」詮釋模型重構〉，形同新篇。

第五章

中國原生性「正變文學史觀」詮釋模型重構

第一節 引論

一、論題界定與詮釋原則

「正變」繼「源流」之後，乃中國主要「原生性」文學史觀，往往被古代士人們持與「源流」綰合而論，用以詮釋文體的演變。其中，以許學夷《詩源辯體》、葉燮《原詩》、陳廷焯《白雨齋詞話》所論比較有規模系統。

「正變」一詞涵義頗為複雜，有時「正」與「變」對舉而用，有時複合為「正變」而用。古代典籍中廣用於各種論述，其中與本論文相關者，有詩經學的「風雅正變」義、文學創作論的正變義、文學批評論的正變義、文體論的正變義、文學史論的正變義。「風雅正變」本屬詩經學的專題，不過後設觀之，可以轉化為文體論的意義以進行討論。中國古代的文學論述，不像現代學術那樣明確的切分文學本質論、文體論、創作論、批評論等專門領域，各有它的知識屬性與範圍。而往往直觀綜合提出見解，所論大多混合文學本質、文體、創作、批評、文學史的意義。我們在使用這些文本時，看所要聚焦的後設性論題是什麼，就以這論題為主軸；而其他相關論題為支援，不能平列的東談西論，面面俱到，卻都是鳥瞰式的表層義。

我們所要聚焦的後設性論題，就界定為「正變文學史觀」。因此，儘管「正變」被使用到文學本質論、文體論、創作論、批評論，涵義複雜。本質論、文體論、創作論及批評論，如果脫離文學歷史時空情境，只是抽象概念的論述，則與文學史沒有關聯。然而，中國古代文士們都有強度的「歷史意識」，清楚的自覺到身處文學歷史情境中，繼往開來的從事文學創作、閱讀、批評的活動。這些活動都不是憑空想像的行為，而是站在「當代」，回觀「過去」，瞻望「未來」，置身於文化及文學傳統時間深度與社會空間廣度的情境中，經由劉勰在《文心雕龍．神思》所謂「積學以儲寶，酌理以富才，研閱以窮照，馴致以繹辭」的涵養工夫；[1]閱讀、思辨、觀察、創作不斷的相互循環，才能進入文學歷史情境中，成為一個既能「因承」又能「創變」而具有歷史地位的傑出文士。因此，他們的文學論述，不管論本質、文體、創作或批評，其精深者都隱涵著文學史的意義。尤其許學夷、葉燮等，將「正變」綰合「源流」而論，更是賦予「正變」歷時性演化的意義，其中就隱涵著文學史觀。不過，其意義有時並非字面一眼可見，而必須契入歷史語境，深度理解而詮釋之，才能揭明其義。基於這樣的原則，這些相關文本，我們都將聚焦在「正變文學史觀」的論題上，經由深層的理解，復經分析詮釋，不管論本質、文體、創作，只要關聯到正變文學史觀，就理出其如何關聯而整合進文學史觀的理論系統中，重構出「正變文學史觀」的詮釋模型。

「詮釋」就是先提出「問題」，而後以可信的史料，經由文本分析詮釋而給予「答案」。因此，我們對「正變文學史觀」的詮釋，將循著系列性的問題，一一找尋它的答案：什麼是「正」、什麼是「變」？是什麼在「變」？「正」與「變」的時序關係如何？「變」有其規律嗎？「變」的原因、條件是什麼？文體的「正」與「變」是否涵具價值性？這些問題，假如僅就「正變」此一觀念去詮釋，似乎不容易有明確的答案。因為「正」與「變」並時性對立，從文字表層義觀之，並沒有明顯的動態

1 〔南朝梁〕劉勰著，現代周振甫注釋，《文心雕龍注釋》（台北：里仁書局，一九八四），頁五一五。

歷時性關係；故而「正」與「變」的時序關係如何？「變」有其規律嗎？這樣的問題，就很難從「正變」觀念本身得到答案。然而中國古代很多觀念，置入歷史情境中，都不能「孤立」而抽象的理解其真義。每個觀念其實都在歷史情境繁複的關係網絡中，與其他某些觀念交互作用，才能構成它的意義。古代有些卓識的文士們很了解這種情況，因此許學夷、葉燮、陳廷焯都將「正變」與「源流」二個觀念綰合而論，「正變」就有了動態歷時性的意義，而上列「正」與「變」的時序關係如何？「變」有其規律嗎？這些問題也就得到解答。

如同前一章「源流文學史觀」所論述到，前行研究往往籠統含混，而又支離其學，不成系統。主要原因之一就是對關鍵詞的基本義與所引申的一般概念義，以及用之於文學史觀的理論性涵義，完全不作分析詮釋，只是籠統、常識的使用。因此，我們與前一章同樣會先對「正」、「變」與「正變」三個關鍵詞的基本義及所引申的一般概念義進行分析詮釋；接著再置入「正變文學史觀」的理論語境中，分析詮釋其多層涵義；然後以這多層涵義為基準，用來分析詮釋歷代相關的論述文本，最終則綜合建構系統性的「詮釋模型」。

二、**前行研究成果的反思批判**

「正變」之做為一種詩學觀念，較早而有系統的研究、論述，當推朱自清《詩言志辨》，最後一個單元的主題就是「正變」。他從《詩經》毛傳、鄭箋、孔疏開始，歷述各代相關文獻，一直討論到清代汪琬〈唐詩正序〉、葉燮《原詩》。他將詩學「正變」觀念分為「風雅正變」與「詩體正變」二種類型。「風雅正變」是以《詩經》毛傳、鄭箋、孔疏為主要對象，延伸討論到清代汪琬〈唐詩正序〉的論述。《詩經》風雅之詩為「正」或為「變」，乃由政教之治亂感乎民心而生安樂哀傷怨怒之情所決定；反過來看，從詩歌所抒之情或為樂或為哀或為怨，也可以觀政教之治亂得失、風俗之盛衰厚薄。「詩體正變」則從魏晉六朝以降的詩體為對象，討論諸多文人對「詩體」之或「正」或「變」的論述，從六朝鍾嶸〈詩品序〉、劉勰《文心雕龍》的〈明詩〉、〈通變〉、〈時序〉諸篇，歷述各代相關文獻，一直討論到元代楊士弘《唐音》的〈敘目〉，明代高棅《唐詩品彙》的〈總敘〉、顧炎武《日知錄》的〈詩體代降〉，以至清代葉燮《原詩》。「詩體正變」不同於「風雅正變」，並非由政教之治亂所決定，而是由詩之「體」本身的源起、流變所決定。[2]

朱自清對詩學「正變」觀念所做分別類型的論述，大體已為此一觀念做出源起、發展歷程的概要描述及詮釋；但其中存在一些值得再思辨的問題。後進學者崔文娟，由我指導而完成的《中國詩學「正變」觀念析論》，已針對朱自清的「風雅正變」之說提出批判，其中有一項指摘朱自清研究方法之失當，認為朱自清採用大量文獻資料，鉅細靡遺的羅列各種可能的相關影響源頭；但羅列的資料未必見出與「正變」有內部必然的關聯性，最後也未做系統性的綜合。這屬於「發生研究法」，只依觀念發生的程序，注重歷史事實的敘述，而缺乏系統性的整合統貫，只見片段的事實，而不見觀念的整體。因此，崔文娟轉從系統性的整體觀念進行分析、綜合，而將「風雅正變」分解為「時代正變」與「情志正變」，而以「時代正變」為「風雅正變」說的第一重涵義，「情志正變」為第二重涵義。[3]

2　朱自清，《詩言志辨》（台北：頂淵文化公司，二〇〇一），頁一三三—一六九。

3　崔文娟，《中國詩學「正變」觀念析論》（高雄：高雄師範大學國文研究所碩士論文，一九九〇），頁八—一〇。

而「風雅正變」的意義是由「時代」和「情志」兩個面向共同組成，特別是在「時代」與「情志」的相互對照之下形成。[4]崔文娟的批判頗為貼切，而所提出「風雅正變」的二重涵義比朱自清所論述的「風雅正變」更見觀念系統的明晰度。她在分析「風雅正變」的二重涵義之外，也承繼朱自清所說的「詩體正變」之說，做了更具系統性的論述。這都是就「正變」觀念所作的整體論述，從朱自清到崔文娟，此一觀念大致已系統完整。

稍後由董乃斌、陳伯海、劉揚忠所主編《中國文學史學史》，第一卷〈傳統的中國文學史學〉即立有專節「風雅正變論」、「『源流本末正變盛衰互為循環』說的提出」。前者討論「風雅正變」，粗略而混雜失焦，所陳述頗多無關乎「風雅正變」觀念本身；而對於「風雅正變」觀念本身，反而未能做出精密的分析。[5]文中沒有提到朱自清，所論卻遠不及朱自清的《詩言志辨》。「『源流本末正變盛衰互為循環』說的提出」一節，主要是針對清代葉燮《原詩》而論，延伸述及薛雪、紀昀的文學史觀。與「風雅正變」一節相較，這個議題論述得比較詳切，不過一則大多只是依據《原詩》相關文本，進行語言表層義的描述及詮釋，並且仍然僵持文學「進化論」與「退化論」對立，這種缺乏詮釋效用的觀念；甚至明顯的揚「變」而抑「正」。[6]現代學者面對古代歷史應該採取相對客觀、超越的立場、觀點，進行深切的詮釋，以明其何以然；而不宜在主「正」或主「變」之間，主觀的揚此而抑彼。

劉文忠以專書論述「正變、通變、新變」三個議題。[7]這本書列為「中國美學範疇叢書」，實將「正變、通變、新變」做為三個美學範疇去論述，並非專從「文學史觀」的觀點去詮釋這三個範疇的意義。近代以來，「美學」已成為一個概念模糊籠統，界義不清的用詞，濫用成災。「美」究竟是什麼？綜觀中西美學史，其說非常紛歧。學者使用此詞，很多未嘗界說明確，只模糊籠統的濫用，似乎一切文學論述，不管與「美」有關無關，都是美學。而文論、畫論、書論、樂論中，各種「範疇」（categories），也成為學界的顯學，與歷時性的觀念史研究，彼此對抗，互爭長短。「範疇」是並時性抽象概念（concept）的認知，指對存有各種不同樣態所採取不同方式的陳述；而「樣態」是殊種或共類存有物普遍性質所顯現的形式或規律，就依此構成我們對此一種類存有物之抽象基本概念的陳述，因而不具歷時性的變化。中國古來的各種文化論述，除了廣義的名家以及宋明理學之外，極少可以由動態性歷史語境抽離出來，純做靜態性抽象概念的「範疇」被認知，即使對某一種類的存有物先做出基本概念的界說，例如《文心雕龍》從〈明詩〉到〈書記〉對各種文章類體的性質及功能進行「釋名以章義」，界定其基本概念，就具有「範疇」意義。但這不是論述的終點，接著就是依此基本概念，採取特定立場，將此一種類的存有物置入歷史實存情境中，詮釋它發生、變化的原因、規律、結果及意義，甚而評斷其價值；詮釋、評價都出於有主觀立場的觀念。「概念」（concept）只是形式邏輯上一個詞彙抽象的界義，可不涉及言說主體的立場與觀點；「觀念」（idea）則涉及在歷史情境中的言說主體所採取的立場與觀點。因此很多現代學者所稱的「範疇」，例如道、德、性、文、

4　同前注，頁五七。

5　董乃斌、陳伯海、劉揚忠主編，《中國文學史學史》，第一卷，頁五五—六九。

6　同前注，頁四四六—四五七。

7　劉文忠，《正變．通變．新變》（南昌：百花洲文藝出版社，二〇〇五）。

神、氣、詩、賦等，在中國古代士人們的論述，其實都不是概念界定明確而不變的死物；他們大多以一個共持的基本概念，卻在動態歷程中，因個人論述的不同語境，以主觀立場的「觀念」，賦予個殊規創的意義，而各是其所是，因此往往產生爭論。我們研究中國古代文學理論，西學所重的抽象概念「範疇」，其實不適用於中國古代文化情境中，各種交相論述的同一個「觀念」，例如正變、通變、新變，這三個名詞算不算是範疇，還可商榷。事實上，劉文忠討論這三個範疇時，還是依時代先後，有歷時性的軌跡，卻只是隨著文獻所顯示的論者及其說詞，一代一代、一家一家，散點式的鋪陳；而沒有跨越不同論者，聚焦在某一論題，以統整此一「觀念」在歷時性的論述發展中，有何「不變」的基本概念與各人因時適「變」的個殊規創意義。

這本書以八章的篇幅論述「正變」。他是將「正變」做為一個中國美學範疇去論述。這八章從先秦時期開始，歷經漢代、六朝、唐代、宋金元、明代到清代。每個時期，將曾經觸及「正變」之說的士人及其文本，都提出來論述。古代「正變」本就廣被使用到各種論述，文化論、文學創作論、批評論、辨體論等都有。史料蒐羅甚富，只要觸及「正變」的文本，務求其全，沒做篩選，繁簡深淺都做討論。其實有些與美學沒有密切關係，也都被納入美學範疇以釋其義。大體而言，雖然依朝代時序書寫，卻多就各別的文本，依其內容是文化論，或文學創作論，或文學批評論，或辨體論等，分別描述、詮釋其意義，間插自己的評斷。即使算它是一個美學範疇，並沒有聚焦後設性的美學論點，超越時代，並時性的統整這一範疇在美學上可以抽象概念陳述的理論性意義。這八章主要的內容是對中國古代，作者所謂「正變」這一美學範疇，依先後時序做出散點式的概述，當然與文學史觀也沒有什麼關係。

「正變」觀念之總體的論述非常複雜，前行研究已見其大體，我們不再重複；本文只聚焦在「正變」觀念所隱涵的「文學史觀」，如何經由精切的分析、綜合而重構為系統性的詮釋模型，以資運用在「中國古代文學史」的書寫？然則，首先要問的是：「正變」觀念之中，是否隱涵著系統性的「文學史觀」意義？

這一問題，朱自清沒有「顯題化」處理，崔文娟則明白提出：由「正變」觀念所形成的「文學史觀」有三種：一是「風雅正變文學史觀」，二是「詩體正變文學史觀」，三是「源流正變文學史觀」。[8]這樣的提法，仍然停滯在第一序，只就個別文獻所顯示的實況分別做出描述與詮釋。第一種「風雅正變文學史觀」是就「詩經學」的文獻立說；第二種「詩體正變文學史觀」就是以文體論為基礎之一般文學史觀論述的文獻立說，而依據劉勰《文心雕龍》、葉燮《原詩》、高棅《唐詩品彙》進行詮釋。至於第三種，則重心乃就葉燮《原詩》所特意提出的「源流正變文學史觀」而立說。準此，這樣的論述尚未能跨越不同文獻的界限，而由論述者提出第二序後設性的文學史理論觀點，針對「正變」之做為「文學史觀」所隱涵系統性的「詮釋模型」，進行深度的詮釋與重構。

劉文忠主要將「正變」做為一個美學範疇去論述，其中只涉及「正變」在文學創作論、批評論、辨體論的意義，「正變文學史觀」則不在他的論點之內。

至於董乃斌、陳伯海、劉揚忠所主編《中國文學史學史》，既將「正變」置入「中國文學史學史」的知識脈絡以資論述，本應聚焦、系統的顯發其「文學史觀」的意義；但是所論述的內容，仍然

8 崔文娟，《中國詩學「正變」觀念析論》，頁一四三—一五九。

分別從「風雅正變」與葉燮為主的「詩體源流正變」，而依文獻進行整體的概述，並未聚焦出「文學史觀」的後設性論點以進行系統性的詮釋與重構；而這正是本論文所擬定的論題。

第二節 「正變」關鍵詞釋義

一、正、變、正變三詞的本義及所引申的一般概念義

（一）「正」一詞的基本義及所引申的一般性概念義

首先，我們試問何謂「正」？從詞義分析而言，辭典所釋「正」的基本義為「是」，《說文》：「正，是也。從一，一以止。」段注：「一所以止之也。」而「一」之義，《說文》云：「一，惟初太極，道立於一，造分天地，化成萬物。」[9]「道」涵有形上學的「本體」義，其「用」乃創生、化成天地萬物，故《老子》第四十二章云：「道生一，一生二，二生三，三生萬物。」而「一」的涵義非常複雜，與「道」關聯的形上學之義，乃先驗、無形的「道」，是為「無」，故王弼注云：「萬物萬形，其歸一也。何由致一？由於無也。」[10]「無」進至創生之始，混沌不分之「象」，是為「一」，是為「有」。《莊子．天地》云：「一之所起，有一而未形。」郭象注：「一者，有之初，至妙者也；至妙，故未有物理之形耳。」[11]則「一」乃是萬物創生，從「無」到「有」，渾然一體而

尚未分化的「初始」之「象」，蘊涵萬物變化的一切可能，故郭象稱之為「至妙」；妙者，變化無方。相對於個別一物之「有限」，即郭象所謂「物理之形」；則此「至妙」之「一」，蘊涵萬象變化的一切可能，是為「無限」；無限，則不偏、不固、不缺、不窮，是為「完善」，是為「理想」；故而中國古代文化思想中的形上之「道」，涵有「完善」的理想價值之義，能止一切傾斜偏狹之事物，故云「一以止」。即此而言，「正」具有根源、初始、本質的「體」之義，而相對的由此「體」以生化萬物，則具有流變、演進、現象的「用」之義，體用相即不離，故《莊子．逍遙遊》云：「乘天地之正，而御六氣之辯。」[12]這是「正」在字源上所涵有哲學性的基本義，引申而被運用到諸多不同「語境」，所衍生的一般性概念頗多，其中與「正變文學史觀」之詮釋有關者約為三義：

1、「正」即是「常」

「正」者，「常」也，《晉書．謝玄傳》云：「安嘗戒約子姪，因曰：『子弟亦何豫人事，而正欲使其佳？』」[13]此句中的「正」字，其意是「常」，故「正常」合義為複詞；「常」有「法」之

---

9 〔漢〕許慎著，〔清〕段玉裁注，《說文解字注》（台北：藝文印書館，一九六六），頁七〇，又頁一。

10 〔魏〕王弼，《老子註》（台北：藝文印書館，古逸叢書本，一九七二），第四二章，頁八九、九〇。

11 〔戰國〕莊周著，〔清〕郭慶藩集釋，《莊子集釋》，頁四二四—四二五。

12 同前注，頁一七。

13 〔唐〕房玄齡等著，〔清〕吳士鑑、劉承幹斠注，《晉書斠注》（台北：藝文印書館，一九五六），冊二，卷七九，頁一三七二。

義，《國語・越語下》：「無忘國常」，韋昭注云：「常，舊法。」[14]「常」也有「不變」之義，《周易・坎》云：「君子以常德行，習教事。」[15]常，不變也。綜合言之，「正」即是「常」，指事物具有恆常不變，可以為法的本質。

2、「正」即是「不傾斜」

「正」者，「不傾斜」也。《周易・繫辭下》：「吉凶者，貞勝者也。」韓康伯注云：「貞者，正也，一也。」孔穎達疏云：「正者，體無傾邪。」[16]其義指事物「中正」、「完善」或「完備」的狀態。

3、「正」即是「始」

「正」者，「始」也。《後漢書・陳寵傳》：「天以為正，周以為春。」李賢注云：「正、春，皆始也。」[17]故一年之「始」為「正月」。

（二）「變」一詞的基本義及所引申的一般性概念義

接著，我們試問何謂「變」？從詞義分析而言，辭典所釋「變」的基本義為「更」，《說文》云：「變，更也。」「更」就是改易，引申而被運用到諸多不同「語境」，所衍生的一般性概念頗多，與「正變文學史觀」之詮釋有關者約為三義：

1、「變」即是「化」

「變」者，「化」也；而「化」的本字為「匕」。《說文》云：「匕，變也。」段玉裁注：「凡變匕，當作匕；教化，當作化。……今變匕字盡作化，化行而匕廢矣。」[18]那麼「化」又是何義？《荀子・正名》：「狀變而實無別而為異者，謂之化。有化而無別，謂之一實。」[19]準此，「變」與「化」互訓，故往往合義為複詞「變化」，其一般性概念就如上引《荀子》的釋義，所謂「狀變而實無別而為異者，謂之化」，其意為一種事物的外形改變了，但卻還是同一實體，最典型的例子是一個人，從童年到老年，形貌改變了，卻同一個實體而無別。事物改易其狀態而實體卻不變，則原來的事物與變異後的事物，並非完全異體之二物；也就是其各殊的「偶有性」改變了，但是共同的「本質性」卻沒有改變。例如一個人，由「少年」變而為「老年」，其形貌的「偶有性」改變了，頭髮由黑變成白、皮膚由光滑變成粗皺；但是，其「體」卻都同樣是那個人，並未變成另一實體。如此，則前後二者的關係，雖變易卻彼此有其接續，雖彼此有其接續卻又另顯其殊態。

14 〔春秋〕左丘明著，〔三國吳〕韋昭注，《國語》（台北：九思出版公司，一九七八），卷二一，頁六五一。

15 〔魏〕王弼，〔晉〕韓康伯注，〔唐〕孔穎達疏，《周易注疏》（台北：藝文印書館，嘉慶二十年江西南昌府學重刊宋本，一九七三），卷三，頁七二。

16 同前注，卷八，頁一六五。

17 〔宋〕范曄著，〔唐〕李賢注，〔清〕王先謙補注，《後漢書集解》（台北：藝文印書館，長沙王氏校刊本，一九五六），冊一，卷四六，頁五五五。

18 〔漢〕許慎著，〔清〕段玉裁注，《說文解字注》，頁三八八。

19 〔戰國〕荀卿著，〔清〕王先謙集解，《荀子集解》（台北：世界書局，一九七一），卷一六，頁二七九。

2、「變」即是「動」

「變」者，「動」也。《禮記．檀弓上》：「夫子之病革矣，不可以變。」鄭玄注云：「變，動也」。[20]事物「改變」的現象，即是出於「動力因」的作用。一切事物的存在必須「動」而能「變」，「變」而能「動」，故「變」、「動」合義成詞為「變動」。《莊子．逍遙遊》在「乘天地之正」後，續云「御六氣之辯」。「辯」就是「變」。而「變」就是「化」，就是「動」。萬物的本體恆常不變；但是經驗現象，卻是變化、運動不定。

3、「變」即是「奇」

「變」者，「奇」也。《白虎通．災變》云：「變者，何謂也？變者，非常也。」[21]「非常」就有「奇特」之意。張衡〈西京賦〉：「盡變態乎其中。」薛綜注云：「變，奇也。」[22]故「變」即是個殊創造之事物所顯現不同於「正常」的「奇姿異態」。

二、「正」與「變」合為複詞「正變」，應用於「文學史」的詮釋所涵具的理論性意義

再接著，我們試問：「正」與「變」合為複詞「正變」，又是什麼涵義？它涵具下列三義：

（一）「正變」表徵事物「體用相即」之存有

「正變」表徵事物「體用相即」之存有。「正」為「體」而「變」為「用」。「正」之「體」為其本然完善的普遍存有，「變」之「用」為其改易分化的特殊經驗現象之存在。中國古代就以「正

變」這一組「二元對立」而「辯證統一」的概念去詮釋宇宙萬物的生成、存在、演變。「正變」就是「道」之體用相即、動靜往復的存有。《莊子．逍遙遊》云：「若夫乘天地之正，而御六氣之辯，以遊無窮者，彼且烏乎待哉！」[23]莊子最早將「正」與「變」對舉，以明萬物「體用相即」，本體不離現象，而現象不離本體的存有。吾人若能經由「虛靜」的修養工夫，朗現契「道」的「心體」，守其「正」而應其「變」，即能「無待」而逍遙。

「正變」一詞這個涵義，往往在追討文學本體性根源時，才會用到，例如《文心雕龍》對文學的論述始乎〈原道〉，則「道」當然是「體」、是「正」，為一切文學之所從出，最能完善實現「道」的「經」，也就是一切文章本體性的「正典」。其他文章，都是此「體」之「用」，都是此「正」之「變」、此「源」之「流」，故《文心雕龍．序志》云：「唯文章之用，實經典枝條。」[24]這是「正變」一詞，在文學「體用」論述中的意義。從文學史觀而言，這種論述涉及文學的「創生」與「演變」的基本原理。

20 〔漢〕戴聖傳，鄭玄注，〔唐〕孔穎達疏，《禮記注疏》（台北：藝文印書館，嘉慶二十年江西南昌府學重刊宋本，一九七三），卷六，頁一一七。

21 〔漢〕班固編著，〔清〕陳立疏證，《白虎通疏證》（台北：廣文書局，一九八七），上冊，卷六，頁三三〇。

22 〔漢〕張衡著，〔三國吳〕薛綜注，〈西京賦〉，參見〔南朝梁〕蕭統編著，〔唐〕李善注，《文選》（台北：華正書局，重刻宋淳熙本，一九八二），卷二，頁四〇。

23 〔戰國〕莊周著，〔清〕郭慶藩，《莊子集釋》，頁一七。

24 〔南朝梁〕劉勰著，周振甫注釋，《文心雕龍注釋》，頁九一五。

（二）「正」與「變」分別表徵二種對立的事物典型

「正」與「變」分別表徵二種對立的事物典型。「正」是顯現某一類事物本質性的典型，故為此類事物之常態；而「變」則是相對於「正」，顯現個別事物偶有性的殊型，故為事物之「奇姿」。二者形成「對比互顯」而「彼此依存」的形構性關係，亦即有「正」才有「變」，而有「變」也才有「正」。

當文學由本體性的根源層次，落實於歷史性的「文體」，則「正」與「變」分別表徵二種對立的體製或體式。[25]「正」即「正宗（正體）」，可有二義：一是體製之形構的「初備」或「完備」；二是體式之美感形象的「雛貌」或「完善」。這二義都是文體之「常態」；而「變」為「變格（變體）」，則是相對於「正」，顯現形構破格的體製或美感形象偏倚的體式，是為文體之「奇姿」。《文心雕龍．知音》所標「六觀」之四，曰「觀奇正」；其所謂「奇」者，即是此意。[26]「正宗」與「變格」二者形成「對比互顯」而「彼此依存」的結構性或樣態性關係，亦即有「正宗」才有「變格」，而有「變格」也才有「正宗」。

（三）「正」與「變」表徵事物前後演化的動態歷程關係

「正」與「變」表徵事物前後演化的動態歷程關係。「正」有「始」義，為「形變之始」，故當「正變」並舉時，「正」必在先，而「變」必隨後而出於「正」。因此，「正變」常與「源流」配用，而以「正」為「源」，以「變」為「流」。然則，事物之「正變」不僅靜態的存在著「對比互顯」而「彼此依存」的形構性關係，更涵有二元對立而辯證統一的動力因素，以推進事物不斷的演化，彼此形成動態歷程性的關係。而必須特別注意的是，在時間歷程中，「正」與「變」並非由「始」至「終」，單一直線的先後關係，而是多階段「正」與「變」互為先後，彼此相生的輪換歷程，即此一階段由「正」而「變」，接續則此一階段之「變」轉為新型態之「正」，以啟下一階段之「變」，如此「正」與「變」相對相循，不斷推演，直到此一事物窮盡而散滅。

「正宗」（正體）與「變格」（變體）表徵文體前後演化的動態歷程關係。「正」有「始」義，為「形變之始」，故當「正」與「變」對舉時，「正宗」之文體（正體）必在先，乃「初始之體」；而「變格」之文體（變體）必隨後而出於「正宗」，乃「演化之體」。因此，「正變」常與「源流」配用，而以「正宗」為「源」，以「變格」為「流」。許學夷《詩源辯體》、[27]葉燮《原詩》、[28]陳廷焯《白雨齋詞話》，[29]皆將「源流」與「正變」配合論述，後文再作討論。

然則，文體之「正變」不僅靜態的存在著「對比互顯」而「彼此依存」的形構性、樣態性關係，更涵有二元對立的動力因素，以推進文體不斷的被創化，彼此形成動態歷程性的關係。不過，如前文

25 「體製」或稱為「體裁」，指的是「某一種文類諸多個別篇章共同的語言組構形式」，也就是《文心雕龍．通變》所謂「設文之體有常」的「常體」。「體式」指一種文類理想性的美感形象，例如詩之「典雅」、詞之「婉約」。參見顏崑陽，〈論「文體」與「文類」的涵義及其關係〉，《清華中文學報》第一期（二〇〇七年九月），頁一—六七。

26 〔南朝梁〕劉勰著，周振甫注釋，《文心雕龍注釋》，頁八八八。

27 〔明〕許學夷著，現代杜維沫校點，《詩源辯體》（北京：人民文學出版社，一九九八）。

28 〔清〕葉燮著，現代霍松林校注，《原詩》（北京：人民文學出版社，一九七九）。

29 〔清〕陳廷焯著，現代屈興國校注，《白雨齋詞話足本校注》（濟南：齊魯書社，一九八三）。

所論述，在時間歷程中，文體的「正」與「變」並非由「始」至「終」，單一直線的先後關係，而是多階段「正」與「變」互為先後，彼此相生的輪換歷程，即此一階段由「正」而「變」，接續則此一階段之「變」轉為新型態之「正」，以啟下一階段之「變」，如此「正」與「變」循環辯證，不斷推演，直到此一事物窮盡而散滅。葉燮《原詩》所提出「源流正變」之說，就是這種多階段相對性「正變」的觀念，後文將會細論。

至於，對「正」與「變」的評價，孰高孰低？這已是第二序的問題，沒有必是之義，完全視文論家的立場、審美價值觀而定。當然也會因此而決定彼此各異的史觀，或以「正」為高而主張「學古」，故重視對傳統的因承；或以「變」為上而主張「創新」，故重視對未來的開展。

第三節　「正變文學史觀」之「詮釋模型」的構成因素條件及論述取向

一、什麼是「正」？什麼是「變」？是什麼在「變」？

在綜合的重構「正變文學史觀」的「詮釋模型」之前，我們必須先分析、詮釋構成「詮釋模型」的必要因素、條件。分析、詮釋當由提問開始，那麼我們就將這些因素、條件加以問題化。這系列問題在「詮釋模型」的系統內，一個接一個，具有結構性、歷程性的邏輯關係：從文學而言，什麼是「正」、什麼是「變」？是什麼在「變」？「正」與「變」的時序關係如何？「變」有其規律嗎？

「變」的原因、條件是什麼？文體的「正」與「變」是否涵具價值性？對於這些問題的回答，我們將依據二層序位的文本，進行分析、詮釋。第一層序位是文學創作實踐的歷史經驗現象；第二層序位是古代文人對「正變」的論述。這二層序位的相關文本，有時必須相互詮釋，彼此印證。

什麼是「正」？什麼是「變」？以及是什麼在「變」？這三個問題必須合著回答。依據前文對於「正」與「變」二詞基本義的分析，它們分別表徵二種對立的事物範型。既是「事物」，當然就是經驗界可感知的實存之物，而非僅是抽象的概念。從文學來說，經驗界可感知的實存之物，就是具體的作品；作品是個殊的詩文篇章，繁多到無以計數；「文學史」的認知，不可能僅是一一的詮釋繁多到無以計數的個殊作品，而必須掌握繁多作品所內具的某些相對「普遍性」及「規律性」，才能建構有效性的知識。所謂繁多作品所內具的某些相對「普遍性」，就是多數作品「聚同」的文類之「體」，稱為「類體」。「類體」又可分為語言形構由相對普遍性所形成的「體製」，例如四言古體、五言古體、五言律詩、七言律詩、五言絕句、七言絕句等；以及由體製形構所對應之功能，作家依此形構功能具體表現為「完善」的美感形象，因而形成眾所取法模習的「體式」（體格），例如《文心雕龍・明詩》：「若夫四言正體，則雅潤為本；五言流調，則清麗居宗。」[30]「四言詩」是一個「文類」，它「完善」的美感形象而可為取法模習的「體式」是「雅潤」。而「五言詩」也是一個「文類」，它「完善」的美感形象而可為取法模習的「體式」是「清麗」。「體製」與「體式」統合的概念，就是「文體」。準此，從「文學」的觀點來看，「正」與「變」指的就是二種相對的「文體」範型。

30〔南朝梁〕劉勰著，周振甫注釋，《文心雕龍注釋》，頁八五。

「正」指的是「初備」或「完備」的「體製」，以及「雛貌」或「完善」的「體式」，乃文體之「常態」；相對的，「變」指的是「破格」的「體製」與「偏美」的「體式」，是為文體之「奇姿」。

接著，我們試問：從「文學」及「文學史」的觀點來說，是什麼在「變」？當然就是「文體」之中的「體製」及「體式」在「變」。這就是所謂「詩體正變」，擴大而言，就是「文體正變」。

論述到這裡，我們必須先處理一個問題：「風雅正變」與「詩體正變」有分嗎？朱自清《詩言志辨》中，將「正變」分為「風雅正變」與「詩體正變」。[31]這種區分，清代葉燮在《原詩》中就已提出，云：

> 夫風雅之有正有變，其正變係乎時，謂政治、風俗之由得而失，由隆而污。此以時言詩；時有變而詩因之。時變而失正，詩變而仍不失其正。故有盛無衰，詩之源也。吾言後代之詩，有正有變，其正變係乎詩，謂體格、聲調、命意、措辭，新故升降之不同。此以詩言時，詩遞變而時隨之。故有漢、魏、六朝、唐、宋、元、明之互為盛衰；惟變以救正之衰，故遞衰遞盛，詩之流也。[32]

葉燮明白將「正變」分為「係乎時」、「以時言詩」的「風雅正變」與「係乎詩」、「以詩言時」的「詩體正變」。這二個「時」的涵義不同，「以時言詩」的「時」，是政教治亂的社會情境之義，例如周文王、武王、成王之治世，厲王、幽王之衰世；「以詩言時」的「時」，是詩雅俗正變的不同文學時期之義，例如盛唐、中唐、晚唐之分，唐詩、宋詩之別的「時」。

「風雅正變」其實是一個因承傳統「詩經學」的論題，從〈詩大序〉到鄭玄〈詩譜序〉就建構完成；前揭朱自清《詩言志辨》、崔文娟《中國「正變」詩學觀念析論》、董乃斌等所主編《中國文學史學史》，都已論述詳實，不贅述。然則，從此一論題的發生事實而言，古代就已有「風雅正變」與「詩體正變」之分；而二者的論述似乎各成系統，沒有交集。

毛、鄭「風雅正變」之說不是從「文學」或「文學史」的立場、觀點發言，而是從「經學」的立場、觀點立論。在「經學」的語境中，毛鄭提出「風雅正變」之說，其意圖就如葉燮所謂「以時言詩」，從詩的內容所表現的「情性之正」或「情性之真」，以「觀」政教之治亂、風俗之厚薄，也就是「以詩觀時」，乃孔子「詩可以觀」的實際操作。政教平治、風俗淳厚，反應於詩，必表現臣民的「情性之正」；正者，情性平和中正而安以樂，是為正風、正雅；政教衰亂、風俗澆薄，反應於詩，必表現臣民的「情之真」。真者，直接發乎情，全無虛矯；而此「情」之「怨以怒」、「哀以思」相對於「安以樂」的「情性之正」，實為「情性之變」。變者，非常也，人情之所不得已，故為變風、變雅；但「變」而不失其「正」，「真」而不至於「邪」，斯乃先王教化之遺澤。此即〈詩大序〉所謂「王道衰，禮義廢，政教失，國異政，家殊俗，而變風、變雅作矣。……故變風發乎情止乎禮義；發乎情，民之性也。止乎禮義，先王之澤也。」[33]鄭玄〈詩譜序〉更明確坐實國風之〈周南〉、〈召

31 朱自清，《詩言志辨》，頁一三三—一六九。

32 〔清〕葉燮著，霍松林校注，《原詩》，內篇上，頁七。

33 〔漢〕毛亨傳，鄭玄箋，〔唐〕孔穎達疏，《詩經注疏》（台北：藝文印書館，嘉慶二十年江西南昌府學重刊宋本，一九七三），卷一，頁一六—一七。

南〉，小雅之〈鹿鳴〉、大雅之〈文王〉之屬，以及成王、周公之頌聲，是為詩之「正經」；而懿王、夷王以下，政教衰亂、周室大壞，其詩為變風、變雅。[34]

從《詩經》具體的編纂觀之，國風的〈周南〉、〈召南〉是「正風」，〈邶風〉以下十三國為「變風」；小雅的〈鹿鳴〉到〈菁菁者莪〉凡二十二篇為「正雅」，〈六月〉以下五十七篇為「變雅」。大雅則〈文王〉到〈卷阿〉十八篇為「正雅」，〈民勞〉以下十二篇為「變雅」。如此解經，建構「風雅正變」之說，其用意不是在論詩之「體」（體製及體式），而是在論詩之「用」，用之於「美善」及「刺惡」。所謂「情性之正」、「情性之真」，都是在「內容」與「形式」分離的觀念下，直指詩歌所抒發的內容情志。然而，從「文學」的觀點來看，「文體」必然是內容與形式合一所表現的美感形象，不能只論內容的「情性之正」及「情性之真」。因此，「風雅正變」在原初「詩經學」的語境中，與文學或文學史的論述無關。

降及後世，「風雅正變」大致都是「詩經學」的論題，少有直接套用到一般「詩學」的論述，其中清代汪琬〈唐詩正序〉最具代表性。他先概說「風雅正變」，云：「詩風雅之有正變也，蓋自毛、鄭之學始。……正變之元，以其時，非以其人也。……觀乎詩之正變，而其時之廢興治亂、污隆得喪之數，可得而鑒也。」然後，他就套用「風雅正變」之說，做為閱讀唐詩的基本觀點，云：「吾嘗由是說以讀唐詩。」其閱讀所得乃將唐詩分為四期，貞觀、永徽，即初唐，為「正之始」；開元、天寶，即盛唐，諸詩為「正之盛」，不過這一時期，李、杜已顯露「正矣有變者存」；降而大曆以迄元和、貞元之際，即中唐，乃為「庶幾乎變而不失正者與？」至於這一時期之後，即晚唐，汪琬未做「正／變」的判斷，而僅言「其辭漸繁，其聲漸細，而唐遂陵夸以底於亡」。重要的是他最後的結論：「凡此，皆時為之也。」[35]將詩風「正變」原因係乎時代之治亂，以及評斷「正為盛」而「變為衰」，其說確是套用「風雅正變」以詮評唐詩。初唐為「正之始」、盛唐為「正之盛」、中唐「變而不失其正」，則襲取明代高棅《唐詩品彙》之見，後文再做討論。

如果，我們在論題發生事實的基礎上，僅就「正變」此一觀念進行第一序總體的詮說，則的確必須區分「風雅正變」與「詩體正變」以論述之。不過，本文論題明確界定在第二序後設性之「正變文學史觀」的重構，則「詩經學」中的「風雅正變」，就必須轉換「詮釋視域」，將《詩經》由「經」的身分轉換為「文學」的身分，回歸「經化」之前的《三百篇》，視為中國古代「文學史」上，詩歌體源的「始出」之作，又是完善的「正體」。其「體製」為「四言」、「體式」為「雅潤」，即《文心雕龍．明詩》所謂「四言正體，雅潤為本」。風雅或「正」或「變」，都被視為一切韻文原初的「母體」，[36]有時還合「騷」而為「風騷」或「騷雅」，做為後代詩歌之「源」之「正」，乃最高

34　〔漢〕鄭玄，〈詩譜序〉，參見《詩經注疏》，頁四—七。

35　〔清〕汪琬為俞無殊、汪森所編《唐詩正》作〈序〉。〈唐詩正序〉參見現代李聖華，《汪琬全集箋校》（北京：人民文學出版社，二〇一〇），頁六〇二—六〇三。

36　中國古代所稱之「詩」有廣狹二義，狹義是指與辭、賦、詞、曲等平列的一種文體。廣義則是以《三百篇》為超越各體的最高範型，而做為一切韻文之所從出，具有根源、基型之義，可稱為「母體」。此「母體」有三義：一是一切韻文形式體製之「正典基型」；二是一切韻文美感形象的「正典體式」；三是一切韻文內容情志的「正典價值」。此說參見顏崑陽，〈宋代「以詩為詞」現象及其在中國文學史論上的意義〉，收入顏崑陽，《詮釋的多向視域》（台北：臺灣學生書局，二〇一六），頁三一九。

的理想「體式」。特別要注意的是「風雅」或「騷雅」這一「體式」，乃超越漢魏以降「詩之流」的五、七言各次類體相對的不同「體式」之上，而成為涵具理想的文學價值，絕對完善的「體式」。這一「體式」乃絕對的「正」，其特質如何？劉勰《文心雕龍．宗經》，所謂「文能宗經，體有六義」，總合「五經」而論，如就「詩」而言「賦頌歌讚，則詩立其本」，「風雅」當然包涵在其中。我們可以藉用來詮釋「風雅」之「正」的特質，就是「一則情深而不詭，二則風清而不雜，三則事信而不誕，四則義直而不回，五則體約而不蕪，六則文麗而不淫」，[37]從題材主題內容的情志事義，到語言形式的結構修辭，都中正平和。及至明代許學夷《詩源辯體》因承劉勰此意，而指認「風人之詩既出乎性情之正，而復得於聲氣之和，故其言微婉而敦厚，優柔而不迫，為萬古詩人之經」、「風人之詩，其性情、聲氣、體製、文采、音節，靡不兼善」。[38]至於漢魏以降，「詩之流」的各類體詩，其「體式」之所謂「正」與「變」則相對各有其差別的特質。

因此，在文學或文學史的論述語境中，「風雅」諸作必須轉換詮釋視域，從「詩用」的觀點轉換為「詩體」的觀點，才能詮釋「風雅」在「文學」及「文學史」論述語境中的意義。因此在本論文中，「風雅正變」不再與「詩體正變」區分為二個全不相涉的論述系統，都一概在「詩體正變」的系統中，賦予「風雅」之詩在「文學」及「文學史」的意義。當然對《三百篇》的「風雅」之詩，做出這種詮釋視域的轉換，非自本論文開始。前面述及劉勰在《文心雕龍》所提出的「宗經」，實與荀子、揚雄的「宗經」不同。荀、揚之「宗經」是為了「政教道德實踐」；[39]劉勰則轉換了荀、揚的詮釋視域，將「五經」看作最完善的理想「體式」，可做為後代士人文章創作的學習典範。前文引到「文能宗經，體有六義」之論，其中「賦頌歌讚，則詩立其本」。「詩」就是《三百篇》，諸作乃是包括賦頌歌讚，一切韻文之「本」，也就是「母體」。劉勰之外，上引葉燮《原詩》結合源流、正變、盛衰之論，雖然將「風雅正變」與「詩體正變」對舉，一為「以時言詩」，一為「以詩言時」，並且未曾明白的提出上述所謂「詮釋視域的轉換」；不過他將「變而不失其正」的「風雅」之作，納為「有盛無衰」的「詩之源」，而與後世的「詩體正變」置入同一「源流」的系統中，進行正變、盛衰的論述，以「風雅」為「詩之源」，而視漢魏以下之詩為「詩之流」，互為正變、盛衰。從邏輯法則而言，葉燮將「風雅」做為「詩之源」，而漢魏以下的「詩體正變」做為「詩之流」，則其前提必須設定「風雅」之作，不管是「正」或「變」都必須是一種「詩體」；也就是「風雅」之詩乃是以「四言」為「體製」，所表現出來的二種「體式」，是為中國古代詩體之「源」。除了劉勰、葉燮之外，歷代諸多詩論，「風雅正變」一旦被納入「文學」的詮釋視域，都是被當作「詩之源」而尊奉為詩歌最為完善的理想「體式」，已非「詩經學」之「以詩觀時」的本義。

二、「正」與「變」的時序關係如何？「變」有其規律嗎？

接著，我們要問「正」與「變」的時序關係如何？「變」有其規律嗎？這二個具有邏輯程序的問題，也必須合著回答。

37 〔南朝梁〕劉勰著，周振甫注釋，《文心雕龍注釋》，頁三二。

38 〔明〕許學夷著，杜維沐校點，《詩源辯體》，卷一，頁二、六。

39 〔戰國〕荀子與〔漢〕揚雄之因為「道德實踐」而宗經，詳見郭紹虞，《中國文學批評史》（台北：文史哲出版社，一九七九），上卷第二篇第一章第三節，頁二七—二八；第三篇第三章第二節，頁五八—六〇。

上文指出「文學史」的認知，必須掌握繁多作品所內具的某些相對「普遍性」及「規律性」。「普遍性」已論述如上，接著我們要問的是：繁多作品有何「規律性」可以讓我們掌握？「規律」必然隱涵於「變化」的歷程中；如果僅將「正變」視為二種相對的「體製」及「體式」，就只是「並時性」的概念，其「歷時性」似乎不夠明顯。因此，我們必須再進一步詮釋正變的「歷時性」，而這「歷時性」是否具有「規律」？從「體製」與「體式」而言，前文已分析「正」除了「完備」及「完善」之義外，又有時序「初始」的「初備」之義；而「變」相對則有「演化」之義。

那麼，我們要問的是：「正」有「初始」之義，假如落實於「體製」及「體式」，則「初始」之「體製」是「初備」還是「完備」？而「體式」是「雛貌」還是「完善」？這個問題，從論述而言，各家之說有其差異。從歷史實存的各類體而言，也彼此有其分別。先說「體製」，不管是各家論述或歷史實存，「四言古體」以《三百篇》為「正」，其「體製」既是「初備」也是「完備」，《漢書．韋賢傳》記載韋孟〈諷諫詩〉為第一首文人創作的「四言古體」；[40]故《文心雕龍．明詩》云：「漢初四言，韋孟首唱。」[41]自此以降，詩人所作的「四言古體」，其「體製」都完全一樣，沒有流變。因此「四言」的體製，《三百篇》既是「初備」又是「完備」。「五言古體」則難有唯一的定論，若全篇以「五言」句為主而雜入長短句，西漢就有這類作品，都是樂府，例如《漢書．外戚傳》記載〈戚夫人歌〉、[42]李延年〈佳人歌〉；[43]不過以這類詩為「始出」之作，其體製只能說是「初備」而已。若求全篇都是整齊的「五言」，則《文選》所載李陵與蘇武贈答諸詩，即使被疑為偽作；[44]然而至於班固〈詠史〉則可以肯定是「五言古體」的「初備」又是「完備」之作。[45]而「賦體」，若以荀賦為「初始」，則其體製僅能說是「初備」；至司馬相如〈子虛〉、〈上林〉，始可謂「完備」。

近體律絕，六朝的新體詩，只是「初備」的體製，流變到初、盛唐之際，始可謂「完備」。其後的詞、曲，甚至小說，莫不如此；故大致而言，除了以《三百篇》為範型的「四言體」之外，其他各體的「初始」之作，都只是「初備」其體而已。這已是文學史的常談，無須贅言。假如「體製」以「完備」為「正」，則「正」就不只是取決於「初始」的時序定點，而是從「初始」到「演化」，歷經一段「漸變」的時序，則「正」與「變」實難斷然切割。因此，明代高棅《唐詩品彙》就在〈總敘〉中，針對唐詩的「體製」論斷「漸變」的時程，云：

40 〔漢〕韋孟諷諫楚元王之孫戊的四言古體，參見〔漢〕班固著，〔唐〕顏師古注，〔清〕王先謙補注，《漢書補注》（台北：藝文印書館，光緒庚子長沙王氏校刊本，一九五六），冊二，卷七三，頁一三七七。

41 〔南朝梁〕劉勰著，周振甫注釋，《文心雕龍注釋》，頁八三。

42 〈戚夫人歌〉：「子為王，母為虜。終日舂薄暮，相與死為伍。相離三千里，當誰始告汝。」參見〔清〕王先謙，《漢書補注》，卷九七，頁一六七九。

43 〔漢〕李延年〈佳人歌〉：「北方有佳人，絕世而獨立。一顧傾人城，再顧傾人國。寧不知傾城與傾國，佳人難再得。」參見〔清〕王先謙，《漢書補注》，卷九七，頁一六八三。

44 〔南朝梁〕蕭統編著，〔唐〕李善注，《文選》卷二九〈雜詩上〉載有李陵〈與蘇武〉三首，蘇武也有詩四首。後人早疑為偽作，例如〈宋〉顏延之〈庭誥〉云：「逮李陵眾作，總雜不類，元是假託，非盡陵製。」〔南朝梁〕劉勰《文心雕龍．明詩》云：「至成帝品錄，三百餘篇。……而辭人遺翰，莫見五言，所以李陵、班婕妤見疑於後代也。」

45 〔南朝梁〕鍾嶸〈詩品序〉云：「班固〈詠史〉，質木無文致。」參見現代曹旭，《詩品箋注》（北京：人民文學出版社，二〇〇九），頁八。按：班固〈詠史〉從未有見疑者。

> 有唐三百年詩，眾體皆備矣。故有往體、近體、長短篇、五七言律句、絕句等製，莫不興於始，成於中，流於變，而陊之於終。46

這段文本所謂「往體、近體、長短篇、五七言律句、絕句等製」，指的應當是語言形構的體製，不過接續而言「莫不興於始，成於中，流於變，而陊之於終」，則又不僅指「體製」，似乎兼涵「體式」之義。我們可以理解，「體製」與「體式」，在抽象概念的層面，固然可以區別；但是，一落實到創作實踐，則兩者絕非截然為二，了無關係。「體式」原本就是「體製」之形式容納情志之內容而一體表現出來的作品美感形象，「體製」改變，「體式」也隨之而變，因此劉勰在《文心雕龍・明詩》中，才會提出「辨體」之說：「四言正體，則雅潤為本；五言流調，則清麗居宗。」高棅所謂「陊之於終」，如果僅就五言古體、七言古體、五言律絕、七言律絕，這種共遵的「體製」，一直相沿到高棅所處的明代，並沒有「陊之於終」的結局。陊，毀壞也。如果「體製」落實於「體式」，作品的美感形象乃詩人各有創新變化，行之既久，是有可能窮極而不復創新，難以變化，而「陊之於終」。這個觀念到了後文所將論述，晚明許學夷的《詩源辯體》，就明確的斷言「至梁陳而古詩盡亡」、「至唐末而律詩盡敝」，並且斷言「詩至晚唐，其眾體既具，流變已極，學者已無容更變，但各隨其質性而仿之耳」。這個議題後文會做詳論。

上引高棅這段文本，若單就「體製」而論，則前文所述，除了《三百篇》的四言體之外，其他各體確實會有「興於始，成於中，流於變」的演化時序。「興於始」則「初始」時期，體製僅是「初備」；「成於中」，則演化到「中段」時期，體製已是「完備」。這一體製「漸變」的時序現象，驗之於唐詩，全符軌跡。代表唐詩當然是「近體」之五七言律絕，這種由六朝初興的體製，只是「初備」而已，而初唐仍沿其緒，是為「興於始」。其後，歷經頗長的演化時序，至盛唐始稱「完備」，是為「成於中」。而等到體製完備，格律定型，就形成共同遵循的「規範」。這時，就開始會出現有原則限制的拗救之體，甚至大幅逸出平仄、對偶規範的「變體」，例如李白的〈夜泊牛渚懷古〉、[47]杜甫的「吳體」。[48]方回編選《瀛奎律髓》更專立「拗字類」，收入杜甫、賈島、黃山谷、陳後山等人的「拗體」，杜甫的「吳體詩」即在其中。[49]這便是「流於變」。

因此，我們必須特別注意，「變」的經驗現象，不能被簡化，它有二個特徵：一是「變」實非「突變」而是「漸變」，落在時序上，有一逐漸演化的動態歷程；二是其「變」有兩種形態：第一種「興於始，成於中」，是從「正」開始，其時序是「順向」的演化，詩體的「形」與「質」沒有根本

46　〔明〕高棅，《唐詩品彙》（台北：學海出版社，一九八三），頁八。

47　〔唐〕李白五律〈夜泊牛渚懷古〉一詩，〔宋〕嚴羽評云：「律詩有徹首尾不對者，盛唐諸公有此體，如孟浩然挂席東南望、水國無邊際之篇；又太白牛渚西江夜之篇，皆文從字順，音韻鏗鏘，八句皆無對偶。」參見〔宋〕嚴羽著，現代張健校箋，《滄浪詩話校箋．詩體》（上海：上海古籍出版社，二〇一二），上冊，頁三三一。

48　〔唐〕杜甫七律〈愁〉，原注「強戲為吳體」。〔清〕黃生注云：「皮陸集中，亦有吳體詩，大體即拗律詩耳，乃知當時吳中俚俗為此體，詩流不屑效之，獨杜公篇什既眾，時出變調。凡集中拗律，皆屬此體。偶發例於此，曰戲者，明其非正聲。」參見〔清〕黃生，《杜工部詩說》（日本京都：中文出版社，一九七六），卷九，頁五四四。按杜甫七律一五九首，這類「吳體」就有十九首，不止句中拗救一字，變化幾無定格。

49　〔元〕方回選評，現代李慶甲集評校點，《瀛奎律髓彙評》（上海：上海古籍出版社，二〇〇五），冊中，頁一一〇七—一一二七。杜甫五七言「吳體詩」入選八首。

的改變，卻可分為二個階段，即由第一階段「生」之「初備」，順向發展到第二階段「成」的「完備」。這是高棅所謂從「興於始」到「成於中」，可稱之為「生成」，是事物在時序中一種動態歷程的順向演化。這一順向形態的「變」，雖然高棅沒有使用「變」這一詞彙，其實由「興」到「成」，就已隱涵著動態性的演化歷程。這二個階段，其體之「初備」與「完備」都統合在「正體」之內。至於第二種「流於變」的形態，如以上述李、杜律體之打破格律的規範而論，則是在詩體已「生成」而「完備」之後，才力甚大的詩人針對定型之體所為創新「破格」之作，乃是「轉向」甚至「逆向」之「變」，這就是高棅所謂「流於變」，可稱之為「變革」，是事物在時序中一種動態歷程的轉向或逆向的改變，與前一時期的詩體相較，其「形」與「質」已出現某種程度的差異，故與「正體」相對而稱為「變體」。假如一種體製發展到轉向、逆向之「變」，而「變革」到窮極，甚至越界而化成另一種異形殊質的文體，例如古人所認知「詩變而為詞，詞變而為曲」，不管「形」或「質」都已是全新之「體」了，這或許就是高棅所謂「陊之於終」吧！此一「正變」觀念，隱然將詩體看作如同一個人由生、長到衰、亡的生命歷程。

上述二種「變」義，一般所關注的常是第二種「變革」之變，而忽略第一種「生成」之變。其實任何文體一旦起源創生，就不可能靜止不變，而是一直處在動態性變化的歷程中。只是有著或順向或轉向或逆向的差別而已。上述高棅的論述，其實隱涵著二種「變」義，就在這時序觀念之下，他所提出的「四唐」之說，因承宋代嚴羽《滄浪詩話》三分「盛唐之詩」、「大曆以還之詩」、「晚唐之詩」，[50]以至元代楊士弘《唐音》三分初盛唐、中唐、晚唐以及始音、正音、遺響的「三唐」架構；[51]甚且楊士弘「審其音律之正變，而擇其精粹」的選詩原則，[52]他也繼承了。就在這基礎上，再進一步將初唐、盛唐分開，而以初唐為「正始」，就是楊士弘所稱的「始音」；盛唐為「正宗」，就是楊士弘所稱的「正音」。初、盛唐可對應上述從「興於始」到「成於中」的二個演化生成的階段。「始」雖然僅為體製之「初備」及體式之「雛貌」，卻是「正體」，只是還不足以為「宗」；「宗」則是體製之「完備」及體式之「完善」，故可以為「宗」矣，並可以為後世所效法。中唐代宗大曆、德宗貞元是盛唐正宗的延續，仍在「正體」的範圍之內，是為「接武」。降及憲宗元和之際，韓、孟則已入「流於變」，高棅視為晚唐第一階段之「變」，卻仍不失其正，故稱為「正變」。至於文宗開成以後，白居易、李賀、杜牧、溫庭筠、李商隱、許渾、馬戴等，則是晚唐第二階段之「變」，已是「變態之極」，「正體」至此，只能說是「遺風餘韻，猶有存者焉」而已，稱為「餘響」；大概頻臨「陊之於終」了。[53]前文述及汪琬〈唐詩正序〉所論唐詩四期的正變，雖引述「風雅正變」之說，但分期的架構則顯然因襲楊士弘、高棅的說法。

50 〔宋〕嚴羽著，張健校箋，《滄浪詩話校箋．詩辯》，上冊，頁七。

51 初盛唐、中唐、晚唐以及始音、正音、遺響三分之名目，參見〔元〕楊士弘，《唐音》之〈自序〉、〈凡例〉（台北：臺灣商務印書館，四庫全書珍本，一九八二）。

52 〔元〕楊士弘，《唐音》之〈自序〉。同前注。

53 〔明〕高棅所述正始、正宗、接武、正變、餘響，參見《唐詩品彙》之〈總敘〉及〈敘目〉，頁八－一〇，又頁四六－五三。〈總敘〉中，「四唐」時序斷限所提及的詩人，與〈敘目〉中，分類品項編入的詩人略有出入。例如〈總敘〉以「時」分，柳宗元在元和之際的晚唐第一階段；〈敘目〉以「體」分，柳宗元被視為「超然復古」，故編入接近「正宗」之「名家」。

高棅此說所隱涵的評價之意，姑且不論。他的論述最值得注意的是，由「正」而「變」之「漸進」的動態時間歷程。其論述所涵的「變」義有二：一是詩體演化歷程的「描述義」，只是描述事實、現象而已，不涵評價之義；二是與「正」為對的一種詩體之義，雖不離「體製」；但側重面還是在詩人表現完成之作品的美感形象，即「體式」的「變體」之義。這一義就不僅「描述」而已，更涵有「評價」，後文再做詳說。

高棅所論是唐詩的斷代史，比較單純，「正變」顯然是「單一線性」的時序關係，「正」在先而「變」在後，循著一線向前演化，沒有反覆辯證的規律。

三、「正變」與「源流」綰合而論

古代詩論家多將「正變」觀念與「源流」觀念綰合而論，以「源」為「初始」、為「正」；而「流」為「演化」、為「變」。上引葉燮《原詩》所說「夫風雅之有正有變」云云，就是將「源流」與「正變」綰合而論。這種綰合「源流」與「正變」的論述，最具代表性者，葉燮之外，當推晚明的許學夷，後文將詳做論述。

葉燮稍晚於許學夷，他的「源流正變」之說，前文已略述及，在論及許學夷之前，這裡再做詳論。相對高棅而言，葉燮所論為通代詩史，就比較複雜，其「源流正變」的時序可分為二系：第一系視「風雅」為「詩之源」，而漢魏以下直到明代則為「詩之流」；故「源流」乃總合「風雅」以至歷代各體詩之起源、流變的時序關係而言。若將「源流」與「正變」合論，則「風雅」做為「詩之源」，其「源」之義，既是歷史時序之「初始」，也是詩體之「正宗」。在「風雅正變」的語境中，雖有正風、正雅與變風、變雅之別，那是「時有變而詩因之」；但是，葉燮認為「時變而失正，詩變而仍不失其正」。這當然是因承〈詩大序〉之說，因為「變風發乎情，止乎禮義」。「發乎情」是「情之真」，「止乎禮義」是「情之正」；故就詩論詩乃是「詩變而仍不失其正」，則風雅之或正或變，都可統合為「詩之源」與「詩之正宗」，相對於其後歷代各詩體的流變，只具「正」之義，而不具「變」之義。這一層次的「源」與「流」，其先後時序及規律看似單一線性的演化關係。

第二系則是「風雅」以下，漢魏以迄明代的「詩之流」，各代都相對有「正」有「變」。同時他又將「源流」、「正變」結合「本末」、「盛衰」構成系統化的論述。葉燮曾指責在他之前的「稱詩之人，才短力弱，識又矇焉而不知所衷」，故「不能知詩之源流、本末、正變、盛衰，互為循環」。[54]其中關鍵性的觀念就是「互為循環」，也就是「風雅」以下，歷代各詩體的源——流、本——末、正——變、盛——衰，這一層次的詩體已多元分流，故其先後時序都不是單一線性的演變關係，而是「互為循環」。他這個觀點有其針對性，大致是批判明代李夢陽、李攀龍等被認為「復古」的詩人，反對他們「申正而詘變」。因此，他指出《三百篇》之後，漢魏以下的「詩之流」，「循其源流升降，不得謂正為源而長盛，變為流而始衰；惟正有漸衰，故變能啟盛」。[55]那麼，相對於風雅之源之正，建安是流是變；但是，當它流變而生成「新」的詩體，則又樹立另一個不同於風雅之源之正；此一新的源、新的正，固然是「盛」，相沿既久，必然會流變至於「衰」，故葉燮云：

54 〔清〕葉燮著，霍松林校注，《原詩》，內篇上，頁三。

55 同前注，頁八。

「建安之詩，正矣，盛矣；相沿久而流於衰。」既衰，則必由「後之人力大者大變，力小者小變」，才能重啟盛況。在他來看，「六朝諸詩人，間能小變，而不能獨開生面」，當然無法再生成「新」的詩體，以樹立另一個不同於建安之源之正；而至於初唐沿習六朝，乃「詩之極衰」。這必須「迨開、寶諸詩人，始一大變」，[56]故詩至盛唐，實建安之源之正相沿至於極衰，才大之詩人如李杜者，乃「大變」而生成「新」詩體，以樹立另一個不同於建安之源之正。如此，源流、正變、盛衰，相互循環，彼此辯證。建安詩體相對是「風雅」之流之變，卻又相對是六朝、唐代詩體之源之正。其關鍵就在於「變」，而且必須是「大變」，始能「因承」先前之源之流之盛，由於相沿而至於衰，才大者乃「創變」新的詩體，而另立其源其正其盛。

若問詩體之「變」有其規律嗎？至此可以回答：詩體的變遷，就是循著這種「源流、正變、盛衰，相互循環」的規律在推進。然則，可見葉燮的「源流正變」論述，不僅在詮釋文學的源流史，同時涵著「創作論」的意義。文學歷史本就是由「創作實踐」的事實所構成。在葉燮的論述中，文學的歷史經驗，「流」必出於「源」，而相對「源」必生「流」，源流相生；詩人「創作」的正確史觀及實踐，不能偏執一端，故云：「執其源而遺其流者，固已非矣；得其流而棄其源者，又非之非者乎。」[57]對於「正變」，也必「因正」而「創變」；「創變」而新立可「因」之「正」，以啟後世之「變」，如此正變、因創相循不斷；故而葉燮認為蘇武李陵「始創五言」，以及古詩十九首，乃「因乎《三百篇》」；建安、黃初之詩，乃「因於蘇李與十九首」，卻「因而實為創，此變之始也」，以下由西晉變遷到盛唐諸詩人。這種正變文學史觀所導向的文學史型態，明白是以創作實踐之「因創」為動力而不斷循環推進的「有機性文學史」。

準此，若問「正」與「變」的時序關係？答案顯見不必然「正」在先而「變」在後，乃互為先後。這就是葉燮所說的「詩體正變」，若問「詩體」是什麼？葉燮的說法是「體格、聲調、命意、措辭」。對這些名稱，他沒有定義，不過我們揣摩其意，體格、聲調大致是語言形構的「體製」，而命意、措辭則是已實際創作而表現為作品，應該指的是「體式」。

晚明許學夷比葉燮略早，他作《詩源辯體》，開宗明義就確指「言詩」必須「審其源流，識其正變」，云：

> 詩自《三百篇》以迄於唐，其源流可尋而正變可考也。學者審其源流，識其正變，始可與言詩矣。[58]

他將這一原則實踐於歷代詩歌的論述，「統而論之」是：

> 《三百篇》為源，漢、魏、六朝、唐人為流，至元和而其派各出。[59]

56 同前注，頁八。

57 〔清〕葉燮著，霍松林校注，《原詩》，內篇下，頁三五。

58 〔明〕許學夷著，杜維沫校點，《詩源辯體》，卷一，頁一。

59 同前注。

接著「析而論之」則是：

> 古詩以漢魏為正；太康、元嘉、永明為變；至梁陳而古詩盡亡。律詩以初、盛唐為正；大歷、元和、開成為變；至唐末而律詩盡敝。[60]

在許學夷的論述中，詩之源流、正變的時序關係，與葉燮同樣分為二系：第一系「統而論之」是針對總體詩歌的「時序」關係，而以「源流」表述，不分古、近體，以《三百篇》為源，而漢魏以下至唐代皆為「流」，這顯然是單一線性的「時序」。他比較特殊的論述是詩歌從「源」到「流」，降至中唐元和時期，又「其派各出」；則「單一線性」的「源流時序」到此開始出現「多元線性」的「流派時序」。「其派各出」，當然是「分化演變」。這應該與元和之後，詩人社群的分化及其詩觀的歧異有關，例如以元白為中心的次社群與韓孟賈為中心的次社群，詩觀的歧異明顯，遂分化為不同的「體式」，故許學夷論及大歷以後，五七言古、律之詩，流於委靡，故韓愈、孟郊、賈島，以及白居易、元稹諸詩人「群起而力振之」，卻「惡同喜異，其派各出」。[61]於是詩人社群的分化及其詩觀的歧異，遂造成「流」又分「派」，詩體走向「多元線性」的分化演變。

第二系「析而論之」乃「分體」而論，以「正變」表述不同詩體的時序關係。這一點與葉燮不同，葉燮只總合古近各體，區分「時期」及代表性詩人而論，卻不「分體」；許學夷則「分體」而論，大致分為「古詩」與「律詩」，而各有正變盛衰的時序、軌跡，就是前引所謂「古詩以漢魏為正……至梁陳而古詩盡亡；律詩以初、盛唐為正……至唐末而律詩盡敝」云云。這正是高棅所謂「陊之於終」，詩體變至窮極，會衰敝死亡。他再往下「析而論之」，則非常複雜，「五言」從漢代蘇李的古詩到初唐沈宋的律詩，雜合語言形構、修辭與聲律而論，歷經「七變」。律詩則從初唐沈佺期、宋之問、杜審言到晚唐杜牧，雜合語言修辭、氣味、聲韻而論，歷經「九變」。他認為「詩至晚唐，其眾體既具，流變已極，學者已無容更變，但各隨其質性而仿之耳。」[62]晚唐之後，宋、元、明三代，詩體已難創新，只能隨個人質性之異而選擇漢魏至唐代的體式去學習。[63]如果僅從許學夷對古代詩史的論述觀之，則「正變」的時序關係，必是「正」在先而「變」在後，其規律也就是由「正」而「變」，前段為「單一線性」，中段則開始「多元線性」的分化演變。

然而，他的論述其中隱涵一個可能的轉折，必須特別注意；既然古詩至梁陳而盡亡，律詩至唐末而盡敝；宋、元則幾乎從詩史消失，那麼降及他所處的明代，又該如何繼續詩的創作？其關鍵就在於他的「詩史論」必須整合「詩創作論」，而從許學夷整體詩學系統去理解。他所謂「古詩至梁陳而盡亡，律詩至唐末而盡敝」是對過去詩史的反思批判，其真正的論述意圖，不僅在於建構古代詩史的客觀知識，如同我們現在書寫一部《中國文學史》；他真正的意圖是由「詩史論」推演「創作論」，提出立場明定的主張：如何接續、重構漢魏、盛唐的詩體本質，而經由當代詩人的實踐，以為詩的創作

60 同前注。

61 〔明〕許學夷，杜維沫校點，《詩源辯體》，卷二四，頁二四八。

62 〔明〕許學夷，杜維沫校點，《詩源辯體．後集纂要》，卷一，頁三七五。

63 〔明〕許學夷之分體析論歷代詩風正變，所謂「七變」、「九變」，詳參謝明陽，〈許學夷《詩源辯體》研究〉（台北：政治大學中文系碩士論文，一九九六），頁七六－八三。

救亡解敝，重建「未來」理想的詩體。這種論述當然關聯到許學夷所身處明代的歷史情境，格調與公安對立，宗唐與祧宋論爭。其詳情，後文再做論述。在此，先提出關鍵的基本觀念，我們必須了解，中國古代的文學論述，文學本質論與功能論、文體源流論（文學史論）、創作論都彼此關聯為一家之言的總體觀念系統。

在許學夷的論述中，詩體析而論之，其「變」即是如此。那麼我們要問的是什麼在「分化演變」？前文已論明，文學史上的「變」，就是「體製」與「體式」二個層面的變；只是許學夷將二者雜合而論，其實「體製」是共同遵行的常態形構，其「變」大體是「趨同」與「漸進」，非個人所能完全主導，因此極少分歧。古近體及四五七言體，到盛唐已經「完備」，其後沒有再「變」；如說再變，就已跨越到詞、曲，那是另類文體之變，不在狹義的「詩學」之內。因此，以「源流」統而論之，至中唐元和「其派各出」，所「變」者當是「體式」，也就是表現完成之作品的美感形象。

許學夷、葉燮之論源流、正變，都只針對詩體而言，不跨越其他類體。晚清陳廷焯之詞論，也是結合源流、正變，構成論述系統，可為代表。他的「源流正變」之論，可分為彼此相關的二系：一系是詞體本身的源流、正變；另一系是跨體連結到古樂府及風騷的源流、正變。《白雨齋詞話》云：

> 十三國變風，二十五篇楚辭，忠厚之至，亦沉鬱之至，詞之源也。64
>
> 詞也者，樂府之變調。風、騷之流派也。溫、韋發其端，兩宋名賢暢其緒。風、雅正宗，於斯不墜。65

自溫、韋以迄玉田，詞之正也，亦詞之古也。元、明而後，詞之變也。茗柯、蒿庵，其復古者也。[66]

陳廷焯所謂「自溫、韋以迄玉田」，乃是「詞之正、詞之古」，至於「元、明而後」，則為「詞之變」。這一系是詞體本身的正變。「自溫、韋以迄玉田」，包涵晚唐五代以至兩宋，這是詞的「原初」時期，故謂之「詞之古」；同時又是詞體的「正宗」，故謂之「詞之正」。至於元、明之後，則是「詞之變」。陳廷焯宏觀詞史，以古代為「正」，而近世為「變」；並且遵循常州詞派創始人張惠言之泗溯詞源於風騷，[67]故上引《白雨齋詞話》指認茗柯、蒿庵為「復古」；茗柯就是張惠言，蒿庵則是莊棫，被歸為常派詞人。陳廷焯的詞本質觀與詞史觀，顯然認同常派的「復古」；在他來看，詞不但本身有其「源流正變」，還必須跨體連結到更「古」的樂府、風騷，以追溯其「源」其「正」，故而以詞為樂府之「變」，相對而言，樂府為「正」；詞又是風騷之「流」，則風騷為「源」，因此他又說「十三國變風，二十五篇楚辭，忠厚之至，亦沉鬱之至，詞之源也。」而風雅不管是「正」或「變」，總體而言，相對於詞，都是「正宗」。這一系是跨體的「源流正變」。

64　〔清〕陳廷焯著，屈興國校注，《白雨齋詞話足本校注》，下冊，卷一，頁九。
65　同前注，下冊，卷七，頁五三八。
66　同前注，下冊，卷九，頁六九五。
67　〔清〕張惠言在〈詞選序〉中，為詞溯源於風騷，參見〔清〕張惠言、董毅編著，現代李次九校讀，《詞選續詞選校讀》（台北：復興書局，一九七二），上冊，卷一，頁五—七。

第二系跨體的「源流正變」之論，值得特別關注。這種論述已不僅是在詮釋已成過去的詞史，更是為詞體溯源返本，重新定義詞的本質，以做為「創作」的準則，期待未來創造理想的詞體，而開拓詞體未來的新歷史階段。這是結合詞體起源、本質、創作、詞史的論述。一切韻文的歷史時序，過去、現在、未來的三維時間，連緜不斷，跨越詩、騷、賦、詞、曲等次類體，而被建構成以「風雅」為源為正，為基型「母體」的大傳統。

這種「源流正變」的觀念當然不是始自陳廷焯，而早從漢代就已產生。我在第四章〈中國原生性「源流文學史觀」詮釋模型重構〉一文中，就已提出一種「文體價值本末關係」的詮釋模型；這種詮釋模型乃從文體的源流，歸源以尋本，從而規定此一文體存在的價值性依據，再建構出創化、開展的實踐規範；這是對「未來」之文學歷史的導向與創造。[68]漢代的辭賦學，淮南王劉安敘《離騷傳》雖未明確以「源流正變」論述〈離騷〉與《三百篇》的關係，卻隱涵其義的認為：「國風好色而不淫，小雅怨誹而不亂，若離騷者，可謂兼之矣。」[69]王逸作〈離騷經序〉則明指「《離騷》之文，依詩取興」；[70]至於劉勰更是直接比對屈騷與儒家經典，在〈辨騷〉中指認「四事同於風雅」、「四事異乎經典」，而在〈序志〉中斷言「體乎經」、「變乎騷」；[71]其意可理解是以「經」為「源」為「正」，而「騷」為「流」為「變」。至於漢代新興的大賦，班固也明白指認「賦者，古詩之流也」。[72]「風雅」為「源」為「正」，而「辭賦」為「流」、為「變」，至此成為定說，後世相沿不斷，例如蘇軾云：「屈原作〈離騷經〉，蓋風雅之再變者。」[73]徐師曾云：「按楚辭者，詩之變也。」[74]姚鼐云：「辭賦類者，風雅之變體也。」[75]這種跨體的「源流正變」之論，再擴展下去，則一切韻文體都可串聯為同一譜系，例如沈德潛云：「張衡〈四愁詩〉，心煩紆鬱，低徊情深，風騷之變格也。」[76]吳訥云：「四六為古文之變，律詩為古賦之變，律詩雜體為古詩之變，詞曲為古樂府之變」。[77]這一類論述，都是從文體的源流正變，溯末以尋本，因而規定此一文體存在的價值必以「經」為依據，並建構出創化、開展的文體規範，而付諸實踐；這是對「未來」之文學歷史的導向與

68 顏崑陽，〈中國原生性「源流文學史觀」詮釋模型重構〉，參見本書第四章，頁三六一—三六九。

69 此語參見〔漢〕司馬遷，《史記‧屈原傳》（台北：藝文印書館，景印清乾隆武英殿本，一九五六），冊二，卷八四，頁一〇〇四。〔漢〕班固〈離騷序〉引用此語，並標明為「淮南王安敘《離騷傳》」，參見〔清〕嚴可均，《全上古三代秦漢三國六朝文》（台北：世界書局，一九八二），冊二，《全後漢文》，卷二十五。〔南朝梁〕劉勰《文心雕龍‧辨騷》也同樣指明為淮南王《離騷傳》之語，參見劉勰著，周振甫注釋，《文心雕龍注釋》，頁六三。

70 參見〔戰國〕屈原等著，〔漢〕王逸注，〔宋〕洪興祖補注，《楚辭補註》（台北：藝文印書館，影印汲古閣本，一九六八），卷一，頁一二。

71 「四事同於風雅」、「四事異乎經典」二語，參見〔南朝梁〕劉勰著，周振甫注釋，《文心雕龍注釋》，頁六四。「體乎經」、「變乎騷」，頁九一六。

72 〔漢〕班固〈兩都賦序〉，參見〔南朝梁〕蕭統編著，〔唐〕李善注，《文選》，卷一，頁二一。

73 〔宋〕蘇軾〈答謝民師書〉，參見《蘇東坡全集》（台北：河洛圖書公司，一九七五），《後集》，卷一四，頁六二一。

74 〔明〕徐師曾，《文體明辨》（京都：中文出版社，日本嘉永五年刻本，一九八八），冊一，卷一，頁一七五。

75 〔清〕姚鼐編著，現代王文濡注，《古文辭類纂評注》（台北：臺灣中華書局，一九六九），冊一，〈序目〉，頁一三。

76 〔清〕沈德潛，《古詩源》（台北：臺灣中華書局，一九八七），卷二，頁一一。

77 〔明〕吳訥著，現代于北山校點，《文章辨體序說》（香港：太平書局，一九七七），〈凡例〉，頁一〇。

創造。陳廷焯固然如此，許學夷也如此，他既以《三百篇》為「源」為「正」，故論創作即以風雅之詩為價值之所本，云：「風人之詩既出乎性情之正，而復得於聲氣之和，故其言微婉而敦厚，優柔而不迫，為萬古詩人之經。」這是他反思批判古代詩史，而面對他所處的當代，從創作論提出救亡解敝的主張，以期「再創」未來新變的詩歌歷史。這種論述，文學的本質與功能、文體源流、創作與批評的論述綰合為一個系統，具有創造未來文學歷史的效用。而且，「創作論」才是這一觀念系統的核心，其他的論述都為了支持「創作實踐」的正當性。因此，其中所論及的文學史，都是「創作實踐」歷程中，站在「現代」而承接「古代」，並指向「未來」，還在持續動變的「有機性文學史」。

我們必須特別注意的是，這種歸源反本的「源流正變」觀，一向被認為「復古」。其實，「復古」一詞甚為不當，「復」有返回之義，容易被誤解為在單一線性的「時序」上，返回古代，模仿古人之文，因此而失其「因時創變」的新義；則「宗古」或「學古」一詞或較適當；「宗古」或「學古」者乃宗法古代經典之文學根本精神及其創作原理，此為學習歷程及方法，而其終極目的則意在「因時創變」，也就是體悟經典的根本精神及創作原理，而取材於當代的存在經驗及秉持當代的價值觀，並融入個人的性情才思，以「再創」新變的體式。這一創變的新體式既涵有經典所建構的「正」，又涵有因時再創的「變」；「正」與「變」非截然為二，而融為一體。

準此，若問「正」與「變」的時序關係如何？「變」有其規律嗎？這種「源流正變」的「時序」，也不必然「正」在「先」而「變」在「後」；經由既「宗古」又「因時創變」的實踐，開展「未來」的新變文體；則在過去、現在、未來，時間三維綿延不斷的文學史時序歷程中，「現代」之「今變」當下已是先在，而後涵融「古代」之「昔正」，轉化入於「正變交融」之新體；此新體固非古代之「昔正」，也非現代前一時段之「今變」，而是向「未來」繼續發展的「正而變」、「變而正」的新體。每一新體的實現，都是「變中有正」而「正中有變」；「正」與「變」在綿延的文學史時序歷程中，經由不斷的創作實踐而彼此辯證交融推進，直到創作實踐完全停止，才正、變俱滅，所謂「文學史」也就銷亡而不復存在了。這就是「變」的規律。其間，最為關鍵就是「創作實踐」，文學史最大的功用，就是做為「創作實踐」參照的鏡鑑，是與詩人生命存在經驗及價值密切關聯的「效果歷史」，[78]而不是純為學術知識的客體。此理，現代學者已少有理解者。

四、詩體之所以「變」的原因、條件是什麼？詩體的「正」與「變」是否涵具價值性？

最後，我們要問的是：詩體之所以「變」的原因、條件是什麼？詩體的「正」與「變」是否涵具價值性？

詩體之所以「變」的原因、條件是什麼？這個問題基本的答案有三種：其一是「時代」政教之治亂與風俗之厚薄，起於〈詩大序〉及鄭玄〈詩譜序〉，前文已做論述。劉勰因承而概括其意，《文心雕龍．時序》云：「文變染乎世情，興廢繫乎時序。」[79]故「變因」在於「時」。至於蕭子顯《南

---

78 「效果歷史」（Wirkungsgeschichte）指的是：一切歷史現象或流傳下來的作品都不能當作只是純為歷史研究的客體，而應當注意到它在人們歷史性的存在以及意義的理解過程中所產生的影響效果。參見加達默爾（H. G. Gadamer, 1990-2002）著，洪漢鼎譯，《真理與方法》（*Wahrheit und Methode*）（台北：時報文化，一九九三），頁三九三—四〇一。

79 〔南朝梁〕劉勰著，周振甫注釋，《文心雕龍注釋》，頁八一六。

齊書・文學傳論》云：「習玩為理，事久則瀆。在乎文章，彌患凡舊；若無新變，不能代雄。」[80]這段論述包涵消極而客觀與積極而主觀的二種「變因」，必須分開而論，即下列其二、其三所述的變因。其二是一種文體流行既久，其「體製」的表現功能已不足應付新的題材。而表現效果的「體式」也已凡舊而缺乏新貌，故不得不變，這是消極的外在客觀條件，其「變因」在於「文體」自身的新陳代謝；其三則是才高的詩人，或許才性所具的創造力，因應新題材而自然創造新變的「體製」，例如屈原之創造騷體、司馬相如之創造賦體。或許是針對凡舊的「體式」而立意求變，例如韓愈對文章之「體式」，改變八代駢儷之「綺靡」而創為明道古文之「雄健」；張惠言對詞的「體式」，改變應歌侑酒的「豔情體」而創為賢人君子言外寄託的「比興體」，則其「變因」在於「人」。

「體」為何而「變」？所涉因素條件非常複雜，文論家各有不同側重的層面。以上列三種「變因」觀之，第一種「變因」在於「時」，可以前文所舉汪琬〈唐詩正序〉為範例，他先直接斷言：「正變之元，以其時，非以其人也。」然後歷敘貞觀、永徽諸詩為「正之始」；開元、天寶諸詩為「正之盛」，此時李杜已表現「正矣有變者存」；至於元和、貞元則為「變而不失正者」。而關鍵就在於他認為，這四個時期或「正」或「變」之所以生成，其因「皆時為之」；接著他又進一層從唐代各時期政教之「治亂」，以印證詩體之「正變」，而結論是「正變之所形，國家之治亂繫焉；人才之消長，風俗之隆污繫焉。」[81]這明顯是「時代決定論」的觀點。汪琬之外，明清時期，頗有秉持此說者，例如王世貞、胡應麟都有「文章關氣運」、「文章關世運」之論，甚至推向「天地間陰陽剝復之妙」的神祕之說。[82]許學夷對詩體之「變因」所論最為複雜，客觀的「理勢之自然」、「國運之治亂」，主觀的「詩人立意創變新體」及「才能之作用」都有。[83]其中所論及：「治亂之不同，亦文運之一變也。」[84]大體與汪琬同一論調。

第二種「變因」在於「文體」自身的新陳代謝，許學夷以「理勢之自然」做為客觀性的基本軌則，故屢云「詩至元嘉而古體盡亡也。此理勢之自然，無足為怪」、[85]「七言律之興，實自杜、沈、宋三公始，故未能純美耳。此理勢之自然，無足為異」、[86]「盛世尚同，衰世尚異，亦理勢之自然耳」。[87]他所謂「理勢」，析而言之乃是「理之必至，勢之必然」，指的是詩體的演變有一不能不變的理則與趨勢，而成為一種客觀規律。比許學夷略晚的顧炎武「詩體代降」之說，所謂「勢」，與許學夷所謂「理勢」義頗相近，云：「《三百篇》之不能不降而《楚辭》，《楚辭》之不能不降而漢魏，漢魏之不能不降而六朝，六朝之不能不降而唐也，勢也。……詩文之所以代變，有不得不變者。」[88]這種客觀性的「理勢」，其實只是描述詩體「不得不變」的客觀必然現象；但是，詩體由

80 〔南朝梁〕蕭子顯，《南齊書》（台北：藝文印書館，一九五六），卷五二，頁四二〇。

81 〔清〕汪琬，〈唐詩正序〉，參見李聖華箋校，《汪琬全集箋校》，頁六〇二—六〇三。

82 參見陳國球，《胡應麟詩論研究》（香港：華風書局，一九八六），頁一九—二四。

83 參見謝明陽，《許學夷《詩源辯體》研究》，頁六六—七四。

84 〔明〕許學夷著，杜維沫校點，《詩源辯體》，卷一，頁二四。

85 同前注，卷七，頁一〇八。

86 同前注，卷一三，頁一四八。

87 同前注，卷三四，頁三一八。

88 〔明〕顧炎武，《原抄本日知錄》（台南：唯一書業中心，一九七五），卷二二，頁六〇六。

「人」所創造，其本身不可能自涵「變的動力」；「變」的自主性動力，必然是詩人各殊的才性，或是詩人社群的分化及其詩觀的歧異。

因此，第三種「變因」在於「人」，才是詩體之所以「變」的關鍵、樞紐。然則，三種主、客觀的「變因」，概念上雖可分而論之；但落實在文學創作實踐及動態性的文體變遷歷程中，則這三種「變因」必交互作用，而以「人」的才性、觀念為內在「主因」，時代治亂與文體新舊只是外在「助因」；「助因」是引觸、支持一種事物生成之內在因果關係的外緣條件，並沒有主動性；說時代治亂、氣運、世運、理勢、勢，都不能充分有效的詮釋文體的「變因」；文體的「變因」，其關鍵必在於「人」。葉燮所側重者，也就是「人」，故特別論述詩人主體的才、膽、識、力，[89]力讚「杜甫之詩，包源流、綜正變」，而「杜之為杜，乃合漢、魏、六朝，並後代千百年之詩人而陶鑄之者乎」。至於「韓愈為唐詩之一大變，其力大，其思雄，崛起特為鼻祖」。總之，詩人「力大者大變，力小者小變」。[90]而其之所以變，有些是才性自然之發用，葉燮云：「原夫創始作者之人，其興會所至，每無意而出之，即為可法可則。」另者，有一些則如蕭子顯所稱，有見於前代詩體凡舊，遂立意創變新體，以為「代雄」。前文論及許學夷就曾指出：「大歷以後，五七言古、律之詩，流於委靡。元和間，韓愈、孟郊、賈島……白居易、元稹諸公群起而力振之，惡同喜異，其派各出。」這是由詩人社群覺察詩體流於委靡，並提出不同詩觀，立意求變，而創新「體式」。

最後，我們要問的是：文體的「正」與「變」是否涵具價值性？這個問題的答案，可有二系：第一系是未結合論述者特定立場之「創作論」，只是通觀過去的文學歷史，則源與流、正與變、初始與演化整合起來，都只具描述義及詮釋義，而不具評價義。源、正、初始作品，其價值未必高於流、變、演化的作品；反之亦然。其中，「正」之一義是體製「完備」，而「變」是體製「破格」，這層「正變」之義，也只具「描述性」及「詮釋性」意義，而不涵「評價性」意義。第二系是已結合論述者特定立場之「創作論」，關聯到面對現代，並指向未來的「創作實踐」，而追問：什麼是詩？什麼是好詩？如何作出好詩？這三個邏輯相關的系列問題，則在「體式」層面，「正」與「變」就有了評價義。而隨著論述者個人所選擇「創作實踐」立場的不同，而有「伸正而詘變」與「伸變而詘正」的評價差異。不過，我們必須要特別注意，古代的詩論家在「伸正而詘變」與「伸變而詘正」上，其實沒有人會取消創作實踐的動態性時序，而僅以靜態性抽象概念選擇絕對不變的立場。前述諸家的論述，以葉燮為例，如果片面從他論述時所站立的「現在」時間來看，似乎是「伸變而詘正」，以「變」為高而「正」為下；然而，我們必須注意到，葉燮這種論述，其實因為反對當時被認為「復古」之流所持「伸正而詘變」的立場，而意圖解其迷蔽。這是一種對治、變革時代詩風之偏敝的「策略性論述」；他反對「伸正而詘變」，並未兩極對立的固持「伸變而詘正」；而是以「創作實踐」為導向，指出「未來」詩風的創變之路，而認為源流、正變乃循環相生互成的辯證關係，不能偏執一端。相對的，以許學夷、陳廷焯為例，如果片面從他們論述時所站立的「現在」時間來看，似乎是「伸正而詘變」，以「正」為高而「變」為下。我們同樣要注意到，從他們所身處的時代語境，所要對治、變革的詩風之敝，以及「創作實踐」的導向，看似「伸正而詘變」，也是一種「策略性論

89 〔清〕葉燮著，霍松林校注，《原詩》，內篇下，頁二二三－二二九。

90 同前注，內篇上，頁八。

述」，並未因此而固持為絕對不變的立場，前面已論明，在他們的觀念與創作實踐中，源流、正變也是相生互成的辯證關係。

第四節　原生性「正變文學史觀」詮釋模型重構

綜合前文的分析性詮釋，我們可以將「正變」文學史觀做出重構。其中，高棅那種斷取一代所做「線性」正、變演化現象的描述，同時又沒有連接到創作論，比較缺乏詮釋理論的意義，就不做處理。因此，我們將以葉燮與許學夷、陳廷焯的正變史觀為對象，重構為二種「詮釋模型」：一是「因正創變，迭代循環」的詮釋模型；二是「歸源宗正，因時創變」的詮釋模型。這二種「詮釋模型」都是以「創作實踐」為目的而綰合文學史上各類體「源流正變」的二元對立辯證關係，所構成對於「有機性文學史」的詮釋模型。

一、「因正創變，迭代循環」的詮釋模型：

這一模型可以葉燮的論述為範型。前文已詳為分析詮釋，可綜合提要如下：

葉燮雖以「風雅」為源為正，卻不規定後世之詩必須歸源返正於「風雅」；而認為漢魏以降之詩，相對風雅為「流」為「變」，卻能「因」風雅之源之正，而「創」變不同於風雅的新體，另成可為六朝以下詩體之源之正。流變至盛唐詩而又「因」漢魏之源之正，而「創」變為不同於漢魏詩的新體，另成可為中晚唐以下詩體之源之正。詩體就依此規律，「因正」而「創變」；「創變」而新立可「因」之「正」，以啟後世之「變」。如此「因正而創變」，彼此辯證推演，迭代循環下去。而詩體之所以「變」，其「變因」乃出於詩人的才膽識力，經由「創作實踐」，不斷以「因創」的動力，而構成「有機性文學史」。

二、「歸源宗正，因時創變」的詮釋模型：

這一模型可以許學夷、陳廷焯第二系「源流正變」論述，結合「創作論」做為範型。前文已詳為分析詮釋，可綜合提要如下：他們都對流變至當代的詩體，做出「歸源宗正」的要求，因而規定此一詩體存在的價值必以「風雅」為本，並建立創化、開展的理想「體式」規範，而付諸實踐；這是對「未來」之文學歷史的導向與創造。這一模型不能誤解為缺乏創新的「復古」；而應該理解為宗法古代經典之文學根本精神及其創作原理，而其終極目的則意在「因時創變」，也就是體悟經典的根本精神及創作原理，而取材於當代的存在經驗及秉持當代的價值觀，並融入個人的性情才思，以「再創」新變的體式。這一創變的新體式既涵有經典所建構之「正」，又涵有因時再創之「變」；「正」與「變」非截然為二，而融為一體。其中所論及的文學史，都是「創作實踐」歷程中，站在現代而承接古代，並指向「未來」，還在持續動變的「有機性文學史」。

這二種「正變文學史觀」的「詮釋模型」，可資應用於現代《中國文學史》的書寫，以詮釋歷代各類體文學，如何經由歷代文士們所抱持的「正變」文學史觀，選擇「因正創變，迭代循環」或「歸源宗正，因時創變」的觀念，而付諸「創作實踐」，以接續、共同參與「有機性文學史」的建構。

第五節 結論

經由前文的論述，我們已重構「正變文學史觀」二種「詮釋模型」。最後，總結而言，面對現當代中國文學史書寫之挪借西方文學史觀，我們如此重構「原生性」的「正變文學史觀」，主要具有下列三個意義：

一、晚清以降，《中國文學史》浮濫生產，盲目套借西方「進化史觀」、「唯物史觀」。這二種史觀本與中國古代各類體文學的源起、流變毫無血肉、靈魂的關係。近百年來繁多的著作，已顯示這二種舶來外植的史觀，確實缺乏相對客觀的詮釋有效性，有識者應該將它廢棄。而將詮釋視域轉向與中國古代各類體文學之源起、流變共在的「原生性」文學史觀，「正變」是其中之重要者。這種「原生性」文學史觀本是古代所有文士們「創作實踐」時，內在的歷史意識或觀念，乃是構成文學史的要素之一，始終與各類體文學的源起、流變同體而共在。從這些「原生性」文學史觀，才能貼切而有效的詮釋中國古代文學的歷史。

二、中國古代文士們對文學史的論述，都不是僅將「文學史」當作與自己的生命存在經驗、意義以及文學「創作實踐」無關的知識客體在做研究。文學的歷史就是他們生命存在的情境，以及「創作實踐」所身處的場域。每個文士都是「在場」發言，將文學的本質與功能、文體源流、創作與批評綰合為一個系統而論述，具有創造未來文學歷史的效用。而且，「創作論」才是這一觀念系統的核心，其他的論述都為了支持「創作實踐」的正當性。因此，其中所論及的文學史，都是「創作實踐」歷程中，站在現代而承接古代，並指向「未來」，還在持續動變的「有機性文學史」。

三、中國古代文學的類體，六朝文人所做的「文筆之辨」，即無韻之「筆」與有韻之「文」；「筆」是無韻的「散文」，「文」是有韻的「詩」，這兩者乃中國文學二大母類體，由此分流演變為眾多的子類體。「詮釋模型」的建構本應取材於主流、普行的母類體，無須也無法一一處理分流演變的子類體。實際上，「正變文學史觀」的論述也是多見於詩學，其他如小說、戲曲等子類體則少見。本文所重構的「詮釋模型」是理論性的通則或框架；而理論性的通則或框架必有其詮釋效力的「覆蓋率」；詮釋效力較高的「模型」應該能覆蓋最多子類體之詮釋。如何將我們所建構「正變文學史觀」的二種「詮釋模型」應用在各個子類體，例如小說、戲曲等，以詮釋其正變源流的發展，這是延伸性的問題，也是未來的展望，實有待學者撰寫「中國文學史」時，資藉應用，以驗證這二種「模型」的詮釋效力；假如能廣被應用於多數的子類體，也就可以驗證其詮釋效力的「覆蓋率」；當能顯示「內造建構」的文學史觀，比諸挪借西方理論而「外造建構」的進化、唯物史觀，更能貼切於中國文學的起源、演化的軌則，而獲致相對有效性的詮釋。

原刊《政大中文學報》三五期，二〇二一年六月
二〇二四年一月修訂

第六章
中國原生性「通變文學史觀」詮釋模型重構

第一節　引論

「通變」一詞及其觀念原出《周易》的〈繫辭傳〉，是一個具有重層涵義的宇宙觀。劉勰最早將它應用到《文心雕龍》的理論體系中，而專立〈通變〉一篇。[1]在整部《文心雕龍》的理論體系結構中，〈通變〉被安排在「創作論」的領域內，位於〈神思〉、〈體性〉、〈風骨〉三篇創作主體論之後；而進入語言形式之文術論，即〈定勢〉至〈總術〉諸篇之前。這個序位，正好是創作主體落實在文學歷史時空經緯之存在情境的位置，關係到創作主體之性氣情思如何連接到語言形式表現的運作原則；同時也關係到創作主體身處文學歷史情境中，如何經由「博覽精閱」，以通識文學史既存的文體規範及典範之作，又面對個人生命與當代文化社會的存在經驗；而進行「承」與「變」兼具的創作實踐，擔負繼往開來的文學歷史使命。因此〈通變〉的理論系統，乃在文學活動「總體情境」及「動態歷程」本質觀的設準之下，結合閱讀、文體、創作與文學史四種要素，彼此交涉、混融，而構成以「文體創作論」為中心的理論系統；它絕非割離閱讀、文體、文學史而將「創作」孤立出來，只是靜態、抽象的探討心理思維及語言形構技法的一般創作論。

我們要先提示，在〈通變〉文本中，隱涵著第一序位「創作型」的文學史觀，可與〈知音〉、〈時序〉二篇所論述第二序位「詮釋型」的文學史觀互文詮釋，而構成「創作」與「批評」二個序位彼此相應的「通變文學史觀」，隱涵一種對文學史的「詮釋模型」。這個文學史觀，劉勰並未在《文心雕龍》一書中明說，而必須經由我們對相關文本精密的分析，以現代的學術話語，進行系統化的重構。這就是本文所聚焦的論題，後文將做精密的文本分析，深層意義的詮釋，終而綜合重構它的理論系統。

大陸中文學界，有關《文心雕龍》之「通變觀」或「通變論」的單篇論文已非常多，至少一百篇以上。[2]一般學者不了解上述〈通變〉完密的理論系統，未經分析閱讀、文體、創作與文學史四種要素的意義及其關係，大多是〈通變〉文本的籠統通解，而將「通變」只視為一般的「創作論」，不免含混不清，無法釐析重建其整體理論多元因素交互結構的系統；往往各持一偏之見而彼此攻詰，甚至誤謬其說。另外則有些聚焦在幾個常談的觀點，各說各話，爭論不休。

根據劉文忠對前行研究的檢討，代表性的觀點大致有三：一是「通變即為復古」，從清代紀昀開始，歷經民初的黃侃，到范文瀾、郭紹虞皆持此說，蔚為主流。六〇年代之後，才有了改變。二是馬茂元提出：「通」為不變的實質，「變」為日新月異的現象，二者對舉成文，是一個問題的兩面；把「通變」連綴成詞，是就其對立統一的關係而言。接著，陸侃如、牟世金提出相近的說法，認為繼承的關係為「通」，改革的情況為「變」。詹鍈也有類似之說，文學發展日新月異的現象是「變」，在變中又有貫通古今的不變因素為「通」，「通」與「變」是對立的統一。八〇年代之後，贊成這種說法的學者甚多。三是寇效信提出：劉勰沒有把「通」與「變」對舉，而是把「通變」與「相因」做為

1　〔梁〕劉勰著，現代周振甫注釋，《文心雕龍注釋》（台北：里仁書局，一九八四），頁五六九—五七一。

2　依據戚良德編著，《文心雕龍學分類索引》（上海：上海古籍出版社，二〇〇五）。其中匯集與〈通變〉相關的論文九十八篇。此書出版迄今已十八年，這期間所生產的相關論文應不在少數。

對立的兩個方面對舉。因此「通變」只講變化發展而不講繼承。[3]

至於劉文忠也有自己一套說法，他反對通變就是復古之說，也反對寇效信的觀點；而比較接近馬茂元一系，基本觀念仍為：「變」是「變」而「通」是「不變」，差別只在於他綜合接受劉永濟及張少康的說法，認為「通變」觀念是貫穿《文心雕龍》全書的基本美學思想，〈徵聖〉、〈宗經〉中含有「通變」的思想因素。依這基本觀念，他提出「通的對象是什麼」、「變的對象是什麼」二個問題，答案是「通」的對象主要是儒家經典和聖人文辭，包括內容與形式兩方面，以及各類文章的「有常之體」與寫作的基本原則；「變」的對象不僅是「文辭氣力」，也包括內容與形式二方面。[4]

前行諸說，以「通變即復古」的誤斷流傳最為廣遠。清代紀昀最先提出「復古而名以通變」之說，[5]最是淺薄偏謬，卻長期誤導後世學者；他身處清代初期，學界所熟知明代孝宗弘治以降，李東陽及前後七子的「復古」之流，與李卓吾及公安三袁的「新變」之流，彼此對抗，相互攻訐。這種文學情勢延續到清代初期猶未消歇，紀昀讀不懂〈通變〉重層繁富的理論，就輕率便宜為「通變」貼上「復古」的標籤，以當時的歷史語境觀之，「復古」甚含貶意。自此劉勰身上的「復古」標籤除之不去。後世學者往往懾於其博雜之學，以及《四庫全書》總纂修之名，而不經質疑、思辨，即輕信其謬見。

黃侃所處時代情境與紀昀相似，正好面臨反傳統以革新之流與護傳統而崇古之輩，兩種文化意識型態強烈對抗。他就毫不質疑的因承紀昀之說，認為「通變之道，唯在師古」、「通變之為復古，更無疑義」。[6]其後，學者陳陳相因，范文瀾亦肯定「紀氏之說是也」，[7]劉咸炘同樣讚許「紀評極當」。[8]郭紹虞也認為〈通變〉說到最後「完全由新變而變為復古」。[9]這個說法之淺薄偏謬，後文將有詳論。

一九四八年，劉永濟就已對「通變即為復古」之說，提出質疑云：「本篇最啟人疑者，即舍人論旨是否主復古耳。」他認為「紀黃所論，尚未的當」，因此另外提出：「此篇本旨，在明窮變、通久之理。所謂變者，非一切舍舊，亦非一切從古之謂也。其中必有可變與不可變者焉。變其可變者，而後不可變者得通。」[10]變與不可變對舉，這已是上述馬茂元等學者所謂「不變的實質為『通』，日新月異的現象為『變』」的先聲，只差沒有使用「對立統一」這一辯證法的術語。

至於馬茂元、陸侃如、牟世金、詹鍈以及劉文忠等學者，不管細節處有何差異，其共同之處卻是

---

3 參見劉文忠，《正變・通變・新變》（南昌：百花洲文藝出版社，二〇〇五），頁一五四—一五六，

4 同前注，頁一六六—一七四。

5 〔清〕紀昀評《文心雕龍・通變》云：「齊梁間風氣綺靡，轉相神聖，文士所作，如出一手，故彥和以通變立論。然求新於俗尚之中，則小智師心，轉成纖仄，明之竟陵、公安，是其明徵。蓋當代之新聲，既無非濫調，則古人之舊式，轉屬新聲。復古而名以通變，蓋以此爾。」參見〔清〕黃叔琳，《文心雕龍注》（台北：世界書局，一九五八），卷六，頁一一三。

6 黃侃，《文心雕龍札記》（上海：華東師範大學出版社，一九九六），頁一三一、一三二。

7 范文瀾，《文心雕龍注》（台北：臺灣開明書店，一九七〇），卷六，頁一九。

8 劉咸炘，《文心雕龍闡說》，收入戚良德輯校，《文心雕龍》（上海：上海古籍出版社，二〇一五），頁一八七。

9 郭紹虞，《中國文學批評史》（台北：文史哲出版社，一九七九），頁一六八。

10 劉永濟，《文心雕龍校釋》（台北：正中書局，一九八六），頁一九。

將「通」與「變」視為對立的兩方面。這種說法都是沒有細讀文本，只對「通變」一詞望文生義，完全沒有落實在文本的語境，尤其是上下文脈，而抽離式的在字面上抽象概念的解釋「通」與「變」二個詞彙的指涉義，並套用馬克思主義的辯證法；因此誤將〈通變〉文本中，與「變」對立的「常」，置換為「通」。其實在文本中，明指「設文之體有常，變文之數無方」，「常」與「變」對立，「常」不能置換為「通」；而「通」之義另有其他上下文脈的意義，後文將做詳密的分析詮釋。

在前行研究成果中，很少將「通變」做為一種文學史觀進行論述。董乃斌、陳伯海、劉揚忠聯合主編《中國文學史學史》，專節討論「復古、新變與通變的分流」，視「通變」為一種文學史觀，乃「復古」與「新變」的折衷調和，並且以劉勰做為代表，認為劉勰將「通」與「變」對舉成文，「通」指會通，「變」指變易，「通」和「變」就是文學發展過程中繼承與革新的關係問題。劉勰承認「變」是文學發展必然的規律。而文學有可變革的，也有不可變革的。可變革的是文學的辭采風格，不可變革的是文學的本體實質。新變不能脫離和革除文學這種固有的本體實質，否則就會走向衰亡的絕路。因此劉勰把「通變」的關鍵確定在會通古今文學的本體實質。然後根據時勢的遷移隨機變化其文辭風格，做到「會通」與「適變」的統一。[11]這種論述，〈通變〉講的是繼承與革新的關係，劉勰承認「變」是文學發展必然的規律，這些說法大致正確；但是「通」與「變」對立，「可變」與「不可變」截然為二，「會通」與「適變」統一，卻沿襲前行的謬說；「本體實質」一詞涵義不精確，而文中「創作實踐」與「文體」的因素模糊不清，更未能揭明「通變」所隱涵兼具第一序位「創作型」的文學史觀與第二序位「詮釋型」的文學史觀；不過就〈通變〉文本表層做平面性的解釋而已。

臺灣中文學界，有關《文心雕龍》「通變觀」或「通變論」的論述，劉渼曾做了綜觀性的研究，指出「臺灣學者對『通變』的看法儘管不一，但都不贊同紀評、黃侃《札記》的『復古』說」，並歸納出三種基本說法：一是通古與新變並重；二是偏重於新變；三是從常變觀點立論。[12]這顯示「通變即復古」之說已不復蹈襲，大致轉向。「通古與新變並重」，是最被普遍接受的觀點。而更值得注意的是「從常變觀點立論」，〈通變〉文本所示，明白是「常」與「變」對舉，而不是「通」與「變」。前已述及，大陸學界到八〇年代，「通」與「變」對舉，「變」為變而「通」為不變，仍是很多學者所慣持的說法，一九九〇年間才有祖保泉提出「《文心》的常變觀」。[13]

臺灣學者批判「復古論」，當以陳拱最為嚴厲。他對紀昀、黃侃所持「通變即復古」之說及諸多蹈襲者，疾言厲色云：「紀評、札記以後，抄襲成風，莫不以復古為言者，卑陋之情，言之心寒。」並指紀評「空泛，有如天馬行空，不著邊際」，而札記「居然徵彥和之言，儼若真有其復古之義，而不可動搖者。然細審之，實皆混淪、漫汗，似是而非之說」。同時對劉永濟受紀、黃「補偏、救弊」的影響，而提出「明窮變、通久之理」的說法，也大不以為然，自己另提一說：「『通變』是一種創作方法，乃是『由通以求變之術，故變非徒變，必以通為本。唯能通始能變，通得愈廣、愈深、愈透切，則其變亦必愈大、愈久、愈豐富……通為會通，變則變化之道也』。[14]看來他還是將「通」與

11 董乃斌、陳伯海、劉揚忠主編，《中國文學史學史》（石家莊市：河北人民出版社，二〇〇三），第一卷，頁一六三—一八七。

12 劉渼，《臺灣近五十年來「《文心雕龍》」學研究》（台北：萬卷樓圖書公司，二〇〇一），頁一四三。

13 祖保泉，〈略論《文心》的常變觀〉，《文心雕龍學刊》（濟南：齊魯書社），第六輯，一九九二年一月。

14 陳拱，《文心雕龍本義》（台北：臺灣商務印書館，一九九九），卷六，頁七二九—七三一。

「變」對舉為義；只是他與馬茂元等一系，將「通」解釋「不變」之說有異，陳拱乃視「通」為創作者的博通之學。這個說法比較接近「通變」之「通」的其中一義，所論卻不夠精詳，「通」的涵義不只博通之學一義，後文將做細論。但陳拱對〈通變〉的詮釋，還是以一般創作論為主，未能揭明〈通變〉重層繁富的理論系統，也就未能揭明其中所隱涵的文學史觀。

廖蔚卿早在陳拱之前，就已溫和的否棄「通變即復古」之說。他認為劉勰雖主張「法古」，但是：「所謂法古，實須求新，並非如紀昀之謂以古為新，視為復古的意思。因為通變篇明言『參伍因革，通變之數也』，如因而不革，則無以言通變，如求新而無所因，亦無以言通變。」[15]此說已能得〈通變〉完整不偏的大意。同時，廖蔚卿也從《文心雕龍．時序》論述劉勰的文學歷史觀，而歸納文風的變化受到政治興衰、社會治亂、談辯及學術思想三種時代因素的影響。可惜，他將〈通變〉與〈時序〉分別論之，未能洞察〈通變〉也隱涵第一序位「創作型」的文學史觀，兩篇文本可以呼應而論。

沈謙將「通變」提高到批評原理的層次，已跨出「文術論」的範圍，從「崇古宗經」、「酌今貴創」、「通古變今」三端闡述「通變」的意義，乃以繼承與創新並重做為基本觀點；又從《文心雕龍．知音》的「觀通變」，詮釋「通變」做為「批評標準」的意義。然則劉勰「通變」之論實結合了文學創作、批評與文學史三個觀念，這算是已大致掌握其理論系統，並觸及文學史觀；但是所論粗略，並未特別將「通變文學史觀」做聚焦性的詳密論述。[16]

至於「常變觀」的提出，改變以「通」與「變」對舉的誤識，王更生初步將「通變」視為《文心雕龍》的文學觀之一，而提出以「常變」觀做為理解「通變」之義的法則：「要想變末俗之弊，則當上法不弊之文；欲通文運之窮，則當明辨常變之理。」所謂「不弊之文」就是「常」，——「上法不弊之文」即「矯訛翻淺，還宗經誥」；而「變末俗之弊」即「斟酌質文，櫽括雅俗」，也就是「變」。[17]這當然也是「繼承」與「創變」互濟的說法；但是講的還只是文學創作原則，不離「文術論」範圍，至於〈通變〉所隱涵的文學史觀並未特別顯題處理。另外，胡森永也從〈通變〉的客觀「有常之體」與主觀「文辭氣力」，論述兩者對立統一的辯證關係，並提出「望今制奇，參古定法」做為「通變」的法則。[18]以「常」與「變」對立，論其「通變觀」，比「通」與「變」對立，所論確當；不過，仍是一般創作論，同樣未能揭明〈通變〉重層繁富的理論系統，也未能揭明其中所隱涵的文學史觀。

二〇一〇年前後，由我指導陳秀美所完成的博士論文〈《文心雕龍》「文體通變觀」研究〉。以「文體通變觀」貫穿整部《文心雕龍》的理論體系。其中專章〈劉勰「文體通變史觀」之詮釋視域〉，提出三個觀點：「還宗經誥」之理想性、「類體因革」之通貫性、「質文崇替」之更代性。[19]能為《文心雕龍》的「通變文學史觀」做出系統比較完整的建構，所論頗具創見。不過這樣的論述屬

15　廖蔚卿，《六朝文論》（新北：聯經出版事業公司，一九七八），頁四八。

16　沈謙，《文心雕龍批評發微》（新北：聯經出版事業公司，一九七七），頁五二—六六、八三—八五。

17　王更生，《重修增訂文心雕龍研究》（台北：文史哲出版社，一九七九），頁四一五、四二五。

18　胡森永，〈《文心雕龍．通變》觀念詮釋〉，《新潮》三一期，一九七六。

19　陳秀美，《《文心雕龍》「文體通變觀」研究》（台北：花木蘭文化出版社，二〇一五），頁二一七—二四三。

於後設性第二序位「詮釋型」的文學史觀。〈通變〉文本所隱涵文士們置身文學史情境中，進行創作實踐時，「文心」所內含第一序位的文學史觀仍然未能揭明。

前文已檢討了一些學者對《文心雕龍》「通變觀」的解釋，諸說皆為一隅之見，而彼此爭論，卻對〈通變〉的理論系統未曾解「通」。原因有四：一是對「變」、「常」、「通」與「通變」幾個主要關鍵詞的涵義，沒有釐析界定明確，含混使用。二是雖籠統知道〈通變〉的基本觀念淵源於「易傳」，卻沒有先將「易傳」的「通變觀」梳理清楚，以做為詮釋〈通變〉的參照系。三是對〈通變〉沒有做出精細的文本分析，深度詮釋而嚴密論證；往往只提出籠統粗淺的主觀意見而已。四是不明《文心雕龍》的理論體系乃建立在「總體情境」與「動態歷程」之有機性文學本質觀的基礎上；往往只做文字表層靜態化、抽象化、片面化的論述。五是不明劉勰撰述《文心雕龍》所使用「原始以表末」、「釋名以章義」、「選文以定篇」、「敷理以舉統」四種方法；故而不能善用他的方法，以詮釋他的理論。

前行研究成果的爭論焦點是「變」與「通」究是何義？彼此是何關係？「變」是變，「通」就是與「變」對立的「不變」嗎？「變」與「通」是對立統一的關係嗎？如果不是「通」與「變」對立，而是「常」與「變」對立；那麼什麼是「常」？什麼是「變」？兩者的關係是什麼？而〈通變〉所隱涵重層繁富的理論系統為何？其中所隱涵第一序位的文學史觀為何？〈通變〉呼應〈知音〉、〈時序〉所隱涵不同序位的文學史觀，我們經由分析詮釋，可以綜合重構出什麼樣的「詮釋模型」？

這些問題，本文都必須解決。然則如何解決？解決之道，一是釐析界定「變」、「常」、「通」以及「通變」幾個主要關鍵詞的涵義。二是精細完整的梳理《周易・繫辭傳》的「通變觀」，以做為詮釋《文心雕龍．通變》的參照系。三是論述過程，不隨意提出主觀籠統含混的意見，必經精細的文本分析，深度詮釋而嚴密論證。四是揭明《文心雕龍》理論體系的「有機總體文學本質觀」，並在這基礎上，詮釋〈通變〉如何結合閱讀、文體、創作與文學史四種要素，多元交涉、混融，而構成以「文體創作論」為中心的理論系統，從而揭明其中所隱涵第一序位「創作型」的文學史觀。復與〈知音〉、〈時序〉互文詮釋，最後綜合建構出「通變文學史觀」的「詮釋模型」。五是善用劉勰撰述《文心雕龍》所使用「原始以表末」、「釋名以章義」、「選文以定篇」、「敷理以舉統」四種方法，以詮釋他的理論。

第二節 「通變」關鍵詞釋義

一、「通」一詞的基本義及所引申的一般性概念義

首先，我們要問：什麼是「通」？從詞義分析而言，辭典所釋「通」字的基本義是「達」，《說文》云：「通，達也。」[20]那麼，什麼是「達」？《說文》云：「達，行不相遇也。」[21]我們可以

20 〔漢〕許慎著，〔清〕段玉裁注，《說文解字注》（台北：漢京文化公司，四部善本新刊，一九八〇），二篇下，頁七二。

21 同前注，二篇下，頁七三。

依據《說文》釋「通」為「達」的基本義，再做更精細的分析。「達」是「行不相遇」的意思，從「行」之義而言，事物乃處在「運動」的狀態中；從「不相遇」之義而言，「遇」是「逢」的意思，即彼此交會在一起；則「行不相遇」乃兩種以上之事物在「運動」狀態中不彼此交會。不交會，則不是同向之並行，就是背向之反行，二者既不交會則不能相「通」；而兩種事物相「通」，就必然要「交會」。然則「通」與「達」之義正好相反，卻常複合成詞為「通達」，這究是何義？段玉裁注云：「通達雙聲……按『達』之訓行不相遇也，『通』正相反。經傳中，通達同訓者，正亂亦訓治，徂亦訓存之理。」[22]段注解釋以「達」訓「通」是反訓，而「達」義為「行不相遇」，則其反義乃是「行相遇」。「行相遇」則兩種以上事物在「運動」狀態中，彼此「交會」又沒有窒礙而連合在一起。關鍵是「沒有窒礙」；「沒有窒礙」才能「通」。《釋名．釋言語》云：「通，洞也。無所不貫洞。」[23]所謂「無所不貫洞」就是「全都貫通」；「全都貫通」當然也就沒有窒礙。從這一本義引申之後的一般性概念義，與「通變文學史觀」的詮釋有關者約為三義：

（一）貫通

一切事物之存在，必然兼具「空間性」與「時間性」，二者相即並現；即「時間」乃是事物存在於「空間」中而「運動變化」的經驗現象；故一切事物之「運動變化」必顯示為先後的現象差異，吾人即可經驗到「時間」，感知事物之「歷時性」的存在。運動變化而沒有窒礙，即能「貫通」而行。事物由於「歷時性」的「運動變化」而產生現象之差異，雖「變化」卻能先後連續不斷，才得謂之「通」，故《周易．繫辭上》云：「一闔一闢謂之變，往來不窮謂之通，見乃謂之象」。[24]孔穎達解釋「一闔一闢謂之變」，云：「開閉相循，陰陽遞至。或陽變為陰，或開而更閉；或陰變為陽，或閉而還開，是謂之變也。」[25]《周易》以「一陰一陽之謂道」[26]總攝宇宙萬有二元對立辯證，體用相即而創生變化的基本原理。分別言之，則剛柔、寒暑、晝夜、進退、遲速等開闔變化的現象，皆是「一陰一陽」本體的發用。孔穎達又解釋「往來不窮謂之通」，云：「須往則變來為往，須來則變往為來。隨須改變，不有窮已，恆得通流，是謂之通也。」[27]然則宇宙一切事物必須經由「來」與「往」循環變化，先後連貫不斷，才能恆常通流；故「往來不窮」就是事物「變化而先後連續不斷」的「貫通」。

（二）恆常

通者，達也。《禮記．中庸》云：「天下之達道五。」鄭玄注：「達者，常行，百王所不變

22 同前注，二篇下，頁七二。

23 〔漢〕劉熙著，〔清〕王先謙撰集，《釋名疏證補》（上海：上海古籍出版社，影印上海圖書館藏清光緒二十二年刊本，一九八四），卷四，頁一七二。

24 〔魏〕王弼、〔晉〕韓康伯注，〔唐〕孔穎達疏，《周易注疏》（台北：藝文印書館，嘉慶二十年江西南昌府學重刊宋本，一九七三），卷七，頁一五六。

25 同前注，卷七，頁一五六。

26 同前注，卷七，頁一四八。

27 同前注，卷七，頁一五六。

也。」[28]恆常則不變，然而必須注意的是，在中國古代的經典中，「不變」有動、靜二義。上舉〈中庸〉百王所「不變」之「達道」乃指某類事物，其「本質」超越時間，呈靜態性的「不變」而為「恆常」之真理。另有動態性之「不變」，某類事物於實在的時間歷程中，「變」與「不變」彼此辯證依存。「變」是個體物象之生息消長，「不變」是總體物象之恆常存在。前引《周易．繫辭上》云：「一闔一闢，謂之變：往來不窮，謂之通。」「通」是「恆常」，是總體物象的「不變」，卻必須藉由「一闔一闢」的個體物象「往來」之「變」，變而「不窮」才得以「通」，才得以「恆常」；《周易．繫辭傳下》云：「易，窮則變，變則通，通則久。」久，是恆常而存，乃經由「窮則變，變則通」，窮、變、通循環無盡，所獲致的萬物存在現象。故「恆常」不是指個體物象之「固定不變」；而是指「不變」的總體物象，乃依藉個體物象「不窮」之「變」，而得以恆常保存。宇宙萬物之「變」，是無窮無盡的「運動」，《老子》比喻為「槖籥」，云：「天地之間，其猶槖籥乎？虛而不屈，動而愈出。」[29]屈，窮盡。出，生生不息。王弼注云：「虛而不得窮屈，動而不可竭盡也。」[30]則「動」才能「愈出」，才能「不可竭盡」，才能「通」，才能「恆常」；就如「長江」總體之「不變」而「恆存」，乃是經由總體中，每一滴水的不斷流動而得以保持；流動就是「變」。宇宙必須經由個別物象之生息變化，無窮無盡的「運動」，才能保持總體物象之「恆常」存在，恆常存在就是「通」。蘇軾〈赤壁賦〉深得此理，云：「自其變者而觀之，則天地曾不能以一瞬；自其不變者而觀之，則物與我皆無盡也。」[31]而某一類物象之「變」，所以能在「時間歷程」中連續不斷而「貫通」，則必有一「相對普遍」共具的「物性本質」（physical essence）。個別物象雖「變」，而本質卻「不變」，恆常貫通而存在；然則動、靜二義之「不變」，其實也是彼此辯證依存，而非截然無關。

（三）通曉

《淮南子．主術訓》云：「孔丘、墨翟修先聖之術，通六藝之論。」又云：「孔子之通，智過於萇弘。」[32]這幾句所謂「通」，即「通曉」之義。從認知主體而言，就是能通曉事物之道而心智無所窒礙、矇蔽。一個人必須先有主觀「通曉」之心智，而後能洞見事物客觀「周偏」及「通貫」之道。《文心雕龍．徵聖》指出聖人心智之用，云：「鑒周日月，妙極幾神。」[33]先說「鑒周日月」，鑒即通曉明察，指的是聖人主體心智之「能」。日月，代稱整體宇宙萬物，指的是客體對象。周，周偏。從主體而言，是「通曉」之能，從客體而言，是「周偏」之道。主客合而言之，聖人主體心智既有「通曉」之能，故得明察宇宙萬物「周偏」之道，即《周易．繫

28 〔漢〕戴聖傳，鄭玄注，〔唐〕孔穎達疏，《禮記注疏》（台北：藝文印書館，嘉慶二十年江西南昌府學重刊宋本，一九七三），卷五二，頁八八七—八八八。

29 〔魏〕王弼，《老子註》（台北：藝文印書館，古逸叢書本，一九七一），上篇，頁一三。

30 同前注，頁一四。

31 〔宋〕蘇軾著，《蘇東坡全集》（台北：河洛圖書出版社，一九七五），上冊，《前集》，卷一九，頁二六八。

32 〔漢〕劉安編著，現代張雙棣校釋，《淮南子校釋》（北京：北京大學出版社，一九九七），卷九，頁九一二、九八五、一〇〇九。

33 〔南朝梁〕劉勰著，周振甫注釋，《文心雕龍注釋》，頁一七。

辭上》所謂「知周乎萬物而道濟天下」之「知周」。[34]次說「妙極幾神」，幾即徵兆。《周易・繫辭上》：「夫易，聖人之所以極深而研幾。」韓康伯注云：「適動微之會則曰『幾』。」[35]動微，事物運動變化最初所顯示隱微之徵兆。神者，變化不測。事物變化之「幾」無法預測，故謂之「幾神」；而聖人心智「妙」用無方，卻能明察其隱微之徵兆，故云「妙極幾神」。「鑒周日月」，是從「通曉」橫向廣包的「周徧」之道而言；「妙極幾神」，是從「通曉」縱向變化的「通貫」之道而言。故而聖人文章的創造才能「文成規矩，思合符契」，[36]而形成普遍恆久的典範，所謂「文能宗經，體有六義」。[37]

二、「變」一詞的基本義及所引申的一般性概念義

從詞義分析而言，「變」字的辭典性語義為「更」，《說文》云：「變，更也。」「更」就是改易，其引申之後的一般性概念甚多，與「通變文學史觀」之詮釋有關者約為：

（一）「變」即「動」

《禮記・檀弓》：「夫子之病革矣，不可以變。」鄭玄注云：「變，動也」。[38]事物「改變」的現象，即是出於「動力因」的作用。一切事物的存在必須「動」而能「變」，「變」而能「動」，故「變」、「動」合義成詞為「變動」。《莊子・逍遙遊》在「乘天地之正」後，續云「御六氣之辯」。[39]「辯」就是「變」；而「變」就是「動」。萬物的本體恆常不變；但是經驗現象，卻是不斷的運動。

（二）「變」即「化」

「變」者，「化」也；而「化」的本字為「匕」。《說文》云：「匕，變也。」段玉裁注：「凡變匕，當作匕；教化，當作化。……今變匕字盡作化，化行而匕廢矣。」那麼「化」又是何義？《荀子．正名》：「狀變而實無別而為異者，謂之化。」[40]準此，「變」與「化」互訓，故往往合義成詞為「變化」，其一般性概念就是指：事物改易其狀態而實體卻不變，則原來的事物與變異後的事物，並非完全異體之二物；也就是其各殊的「偶有性」改變了，但是共同的「本質性」卻沒有改變。例如一個人，由「少年」變而為「老年」，其形貌的「偶有性」改變了，頭髮由黑變成白、皮膚由光滑變成粗皺；但是，其「體」卻都同樣是那個人，並未變成另一實體。如此，則前後二者的關係，雖變易卻彼此有其接續，雖彼此有其接續卻又另顯其殊態。

34　《周易注疏》，卷七，頁一四七。

35　同前注，卷七，頁一五五。

36　周振甫，《文心雕龍注釋》，頁一七。

37　《文心雕龍．宗經》：「文能宗經，體有六義：一則情深而不詭，二則風清而不雜，三則事信而不誕，四則義直而不回，五則體約而不蕪，六則文麗而不淫。」參見同前注，頁三二。

38　《禮記注疏》，卷六，頁一一七。

39　〔戰國〕莊周著，〔清〕郭慶藩集釋，《莊子集釋》（台北：河洛圖書出版社，一九七四），頁一七。

40　〔戰國〕荀卿著，〔清〕王先謙集解，《荀子集解》（台北：世界書局，一九七一），卷一六，頁二七九。

（三）「變」即「奇」

《白虎通．災變》：「變者，非常也。」[41]「非常」就有「奇特」之意。張衡〈西京賦〉：「盡變態乎其中。」薛綜注云：「變，奇也。」[42]故「變」即是個殊創造之事物所顯現不同於「正常」的「奇姿異態」。

三、複合詞「通變」的一般性概念義，以及應用於「文學史」的詮釋所涵具的理論性意義。

（一）「通變」即「貫通其變」

「通」與「變」複合成「通變」一詞，第一個一般概念義即「貫通其變」。從客觀面而言，「貫通其變」之義，應用於「文學史」的詮釋，必須置入文學創作、閱讀、文體、文學史四個要素，彼此交涉混融的「總體情境」與「動態歷程」中，持以詮釋諸多文士們進行創作實踐時，如何經由博覽精閱，以會通前代既存的「有常之體」；而與個人的「文辭氣力」對立辯證，獲致適時的「創變」，表現各別「奇姿異態」的新風貌，以開展文體未來的演變；卻又符合「有常之體」的規範，而使得前後世代的文體「創變」，能「承」與「變」相因，歷時性的「貫通」無礙，以至整個類體「恆常」不窮。這就是「貫通其變」，文學史之所以能構成的法則。如此則「通」與「變」乃在某一類體的發展歷程中，彼此依存；「變」是動力，而「通」則是目的及效果。因為持續的「變」而「通」，又因為「通」而持續的「變」，二者共成此一類體生生不息，「恆常」的存在現象；這一現象就是「文學史」。

（二）「通變」即「通曉其變」

「通」與「變」複合成「通變」一詞，第二個一般概念義即「通曉其變」。從主觀面而言，「通曉其變」之義，應用於「文學史」的詮釋，同樣必須置入文學創作、閱讀、文體、文學史四個要素，彼此交涉混融的「總體情境」與「動態歷程」中，持以詮釋諸多文士們進行創作時，主體心智能否明識文體「創變」的法則，又能「通曉」文體雖「變」卻蘊涵普遍規範以及如何貫通之理，因而能適當運作「變」與「常」對立辯證的法則，變化適時，取捨會通，以獲致上述「貫通其變」的效果，這就是「通曉其變」之義。文學史的構成，第一序經驗當然是眾多文士們在「歷時性」傳統與「並時性」社群的文化及文學存在情境中，連續不斷的創作實踐；沒有如此不斷的創作實踐，就不會有文學史。因此，文學歷史是群體的事業，不是個人的事業，再偉大的文士如屈原，單獨一個人創作〈離騷〉等作品，而並時與歷時都沒有「通變」騷體的繼作者，則在文學歷史上，就不會有騷體的地位。因此，在文學史的語境中，「通變」絕不是一個類體本身客觀自律的發展軌則。其關鍵仍在文士們主體意識的創作觀念、閱讀學養、文體知識、文學史觀，彼此交涉混融，付諸實踐。因此，「通變」更關鍵的意義是文士們「通曉其變」；而「通曉其變」當然必須與「貫通其變」，主客相應配合而後奏其功。

41 〔漢〕班固編著，〔清〕陳立疏證，《白虎通疏證》（台北：廣文書局，一九八七），上冊，卷六，頁三二〇。

42 〔漢〕張衡著，〔三國吳〕薛綜注，〈西京賦〉，參見〔南朝梁〕蕭統編著，〔唐〕李善注，《文選》（台北：華正書局，重刻宋淳熙本，一九八二），卷二，頁四〇。

第三節 「通變文學史觀」的文化思想淵源及其理論基礎

「通變」一詞及其在文化思想上的理論意義，最早見於《周易．繫辭傳》；另者，較後的名家《公孫龍子》也有一篇名為〈通變論〉，然而文本中，語言層面只出現「變」與「不變」二詞，卻未見單詞「通」及複合詞「通變」。內容所論也都是邏輯上有關名言抽象概念的辨析，例如「曰：二有一乎？曰：二無一。」又「曰：左與右，可謂二乎？曰：可。」又「曰：謂變非不變，可乎？曰：可。」又「曰：右苟變，安可謂右？苟不變，安可謂變？」等。[43]這類論述，顯然與自然宇宙與文化社會的實存情境無涉，皆為名言概念的辨析。故雖有「通變」的篇名，卻與《文心雕龍》所論「通變」觀念全無關係。

劉勰《文心雕龍》以〈通變〉名篇，乃最早使用此詞於文學，而提出「通變」理論。考察其文化思想淵源及理論基礎，實出於《周易．繫辭傳》，這已是學界共識，卻未見學者詳論之；故而如欲重構「原生性通變文學史觀」，必先精確詮釋《文心雕龍》的「通變」觀念；而如欲精確詮釋《文心雕龍》的「通變」觀念，必先精確詮釋〈繫辭傳〉的「通變」觀念。

《周易．繫辭上》所論「通變」原是自然宇宙與政教人事之道，兩者之間又以卦爻象數之理為中介。經典文本中出現單詞「變」、「通」，例如「一闔一闢謂之變，往來不窮謂之通」；[44]以及複合詞「通變」、「變通」、「會通」，例如「通變之謂事」、「變通配四時」、[45]「聖人有以見天下之動，而觀其會通」；[46]以及「通」與「變」並見而構成詞組，例如「通其變使民不倦」的「通其變」、「變而通之以盡利」的「變而通之」。[47]後文將作分析詮釋。

在〈繫辭傳〉整體的理論語境中，「通」與「變」並非如陰陽、剛柔等，分指兩個二極對立（polar opposition）的實存因素。二極對立兼具相反對立（contrary opposition）與相對對立（relative opposition）。所謂「相反對立」是指兩種存有物的概念內容，在某一確定範圍內互相排斥，例如「這塊鐵是『剛』的」，此一判斷成立；則「這塊鐵是『柔』的」，此一判斷就不能成立。所謂「相對對立」是指彼此關係及此關係的持有者，在關係上相互排斥，例如父子，此一關係其中之一的持有者是「父」，同時就不能是「子」，反之亦然；但是，這樣的關係卻相互依存，沒有「父」也就沒有「子」，沒有「子」也就沒有「父」。而相反及相對聯結在一起的對立，就稱為二極對立，例如電的正負二極，相反卻又相對而彼此依存；特別有一種二極的動態對立（dynamic opposition），乃兩種相反又相對的力量交互作用而呈現持續運動的狀態。[48]這種動態二極對立，最適合用以理解「易傳」所論述陰陽、剛柔的辯證關係。

---

43 〔戰國〕公孫龍著，徐復觀講疏，《公孫龍子講疏》（台北：臺灣學生書局，一九八二），頁一九、二〇。

44 《周易注疏》，卷七，頁一五六。

45 同前注，卷七，頁一四九、一五〇。

46 同前注，卷七，頁一五〇。

47 同前注，卷七，頁一五八；卷八，頁一六七。

48 相反對立、相對對立、二極對立以及動態對立的界義，參見〔德〕布魯格（W.Brugger）編著，項退結編譯，《西洋哲學辭典》（台北：國立編譯館出版、先知出版社印行，一九七六），頁三〇一。

〈繫辭傳〉語境中，陰與陽、剛與柔就是二極對立；兩種實存因素既是相反對立，而彼此間又是具有相生互成而依存關係的相對對立；故孤陰不生，獨陽不長，陰陽相合乃生萬物；[49]「相合乃生」隱含動態之象。而「剛柔相推，變在其中矣」，[50]假如有剛無柔，有柔無剛，皆不能相推而生變化；必二者並具，相反、相對而相推，變化始生，顯然是動態之象。故而陰陽、剛柔二種實存因素乃是兼具相反、相對而又動態的二極對立，其關係非常複雜。那麼，「通」與「變」既非如陰陽、剛柔那樣的二極對立，彼此又是什麼關係？而複合詞「通變」究竟又是何義？

在〈繫辭傳〉整體的理論語境中，「通」與「變」的關係複雜，「通變」亦非一義，必須詳為分析詮釋，其義乃明。我們大致可以從「自然宇宙實在層」、「符號形式層」、「政教人事層」，去理解通、變及通變之義。這三個層位並非截然無關，而是以「自然宇宙實在層」的天道為體，「符號形式層」為中介，而以「政教人事層」的人道為用，形成彼此類比相應的同模共構關係：

一、自然宇宙實在層

〈繫辭傳〉開篇就從天地乾坤進行論述，接著與人事類比並敘，展現天道與人道相應的宇宙觀，而「變化」之論也首次出現，云：

> 天尊地卑，乾坤定矣。卑高已陳，貴賤位矣。動靜有常，剛柔斷矣。方以類聚，物以群分，吉凶生矣。在天成象，在地成形，變化見矣。是故剛柔相摩，八卦相盪。鼓之以雷霆，潤之以風雨。日月運行，一寒一暑。乾道成男，坤道成女。乾知大始，坤作成物。乾以易知，坤以簡能。

> 易則易知，簡則易從。易知則有親，易從則有功。有親則可久，有功則可大。可久則賢人之德，可大則賢人之業。易簡而天下之理得矣；天下之理得而成位乎其中矣。[51]

這段論述，從靜態而言，以天尊地卑的宇宙基本結構，定位包括人在內之萬物的貴賤倫序。中國自古就以天道為體而人道為用，天人體用相即，建構一套內涵尊卑貴賤價值觀的文化思想體系。從動態而言，以動為剛，以靜為柔，再加上後文所論述到「一陰一陽之謂道」、[52]「剛柔相推而生變化」，[53]則陰—陽、剛—柔、動—靜，乃形成一套二極對立辯證而動態變化的宇宙觀。「變化」必須透過具體實在的形象，才能顯現，故云「在天成象，在地成形，變化見矣」。而物事之吉凶，也是「變化」難測；但必然在類聚群分的現實存在情境中，雙方彼此遭遇而互動，以見或順或逆，或和或乖，或得或失，或升或沉，或利或害的後果，而謂之「吉凶」。

其間，在論述自然宇宙時，又連結到文化創造物之「符號形式層」的「八卦」，而做出類比相應的論述「剛柔相摩，八卦相盪」。「八卦」之創造原本就是聖人法象天地所建構一套詮釋宇宙人生的

---

49 《周易．繫辭下》云：「陰陽合德，剛柔有體。」孔穎達疏：「陰陽相合，乃生萬物。」參見《周易注疏》，卷八，頁一七二。

50 同前注，卷八，頁一六五。

51 《周易．繫辭上》，卷七，頁一四三。

52 同前注，卷七，頁一四八。

53 同前注，卷七，頁一四五。

符號化模型。虞翻從乾剛坤柔互相轉變的卦象解釋這二句之意，云：「旋轉稱摩，薄也。乾以二五摩坤，成震、坎、艮。坤以二五摩乾，成巽、離、兌。故剛柔相摩，則八卦相盪者也。」[54]二、五指一卦之第二、五爻，乾坤二卦陰陽剛柔在這兩爻相互轉變而產生卦變，形成新的卦體，震、巽等等。韓康伯注則比較簡約，解釋「剛柔相摩」云：「相切摩也，言陰陽之交感也。」而釋「八卦相盪」云：「相推盪也，言運化之推移。」[55]其語義廣延，剛柔即陰陽，可指自然宇宙二氣，也可指陰陽二爻。「運化」即是「變」，同樣可指「自然宇宙」也可指「八卦」。接著「乾道成男、坤道成女」則又連結到「政教人事層」，以陽剛之乾道類比相應男性，陰柔之坤道類比相應女性。然後論述天地乾坤之德，生成萬物，易知簡能，有親有功，可久可大；而又以「可久」類比相應賢人之德，「可大」類比相應賢人之業。

分析詮釋這段論述之後，我們對這套宇宙觀，可以綜合獲致四個最基本的觀念：（一）「自然宇宙實在層」、「符號形式層」、「政教人事層」，被建構成類比相應而同模結構的宇宙觀，以做為詮釋宇宙人生的模型。（二）此一宇宙觀的特質，從上一段乾坤「可久可大」的論述，再與〈繫辭傳〉後文，「一陰一陽之謂道」、[56]「生生之謂易」、[57]「易，窮則變，變則通，通則久」[58]這幾句互文詮釋，則此一宇宙觀顯然不是機械的宇宙觀，而是涵有終極關懷、理想目的的宇宙觀。這終極關懷，理想目的，就是韓康伯注「生生之謂易」云「陰陽轉易，以成化生」，而孔穎達疏云「萬物恆生，謂之易」。[59]又韓康伯注「易，窮則變……」云「通變則無窮，故可久。」[60]天地萬物生生，恆生、無窮、可久，就是此一宇宙觀所涵有的終極關懷、理想目的。（三）這終極關懷、理想目的之所以可能，其動力因就是「變化」，[61]連續無窮的變化，才能「生生不息」；而「變化」乃顯現於「在天成象，在地成形」的實在時空情境中。故而此一宇宙觀的結構並非從時間、空間抽象出來，靜態化的純理論框架；而是遠古聖人在實存的時間、空間中，「仰以觀於天文，俯以察於地理」，[62]所洞見連續不絕而有規律，無所終窮的「變化」現象，才揭明並建構完成。（四）這一宇宙觀最顯題化的關鍵性論述就是「變」，〈繫辭傳〉中論述到「變」的文句很多。

〈繫辭傳〉中，出現單詞「變」十九次；複合詞「變化」八次、「變通」三次、「變動」三次、「通變」一次；與「通」構成詞組，「變而通之」一次、「通其變」一次、「變則通」一次；而出現

54 參見〔唐〕李鼎祚，《周易集解》，收入〔清〕孫星衍，《周易集解》（成都：成都古籍書店，據商務印書館國學基本叢書本影印，一九八八），下冊，卷八，頁五四三。

55 《周易注疏》，卷七，頁一四四。

56 同前注，卷七，頁一四八。

57 同前注，卷七，頁一四九。

58 同前注，卷八，頁一六七。

59 韓注、孔疏參見同前注，卷七，頁一四九。

60 同前注，卷八，頁一六七。

61 亞理斯多德的形上學，提出「四因說」做為詮釋模型，以詮釋宇宙萬有創生、運動、變化的最高原因。「四因」即質料因（或譯為物因）、形式因（或譯為式因）、動力因（或譯為動因）、目的因（或譯為極因）。參見亞里斯多德，《形而上學》卷（A）一，第三章，九八三a二四—九八四b二三，（新竹：仰哲出版社，一九八二），頁五—八。「易傳」中，「陰陽」出於道之質料因，「象」出於道之形式因，「變化」出於道之動力因，「生生」出於道之目的因。

62 《周易注疏》，卷七，頁一四七。

與「變」義通或義近者，有「化」、「動」、「相摩相盪」、「運行」、「相推」、「進退」、「闔闢」、「往來」等。如此，總共七十餘次論及「變」的現象及規律，的確是「易傳」此一宇宙觀最顯題化的關鍵性論述，這已是歷代易學的共識。

那麼在「自然宇宙實在層」，「變」是何義？「變」的文字表面義，前文已做出訓解，「變」有動、化、奇之義。「奇」之一義與〈繫辭傳〉所論述之「變」沒有關係，可置而不論。變，動也，上舉〈繫辭傳〉就常用「動」一詞，出現十八次，並複合為「變動」一詞，出現三次。前文已論明，變就是動。其義指萬物的本體恆常不變；但是經驗現象，卻不斷運動。至於變，化也，上舉〈繫辭傳〉也常用「化」一詞，出現五次，並複合為「變化」一詞，出現八次。「變就是化」，其一般性概念就是指：事物改易其狀態而實體卻不變，則原來的事物與變異後的事物，並非完全異體之二物。

「變」的文字表面義既已界說清楚，論述重點將定置於〈繫辭傳〉在自然宇宙實在層所作的論述，「變」是如何的「變」？亦即宇宙萬象之變化，是出於什麼原因而變？其變有何模式及規律？宇宙萬象變化的根本原因，可以從「一陰一陽之謂道」、[63]「生生之謂易」[64]得到理解。韓康伯注云：

> 道者何？無之稱也。無不通也，無不由也，況之曰道。寂然無體，不可為象。必有之用極，而無之功顯。[65]

然則，「道」本義是「路」，用以況喻形上之「道」，雖無形無象，因而稱「無」，卻是萬有創生而運行周徧之因由；而陰陽者何？朱熹注云：「陰陽迭運者，氣也。」[66]則陰陽二氣迭運，連續變化而萬象紛見，是為「有」；其用至極，萬物「生生」不息，則「無之功顯」。韓康伯注「生生之謂易」云：「陰陽轉易，以成生化。」[67]然則易傳此一宇宙觀隱涵存有論之義，體用相即，有無相生。形上之「道」兼具質料、形式、動力、目的四因。變化，出於道之動力因，連續不絕，而陰陽二氣出於道之質料因，兩者彼此轉易，依藉出於道之形式因的「象」，終而實現出於道之目的因，即「生生」不息，總體保持萬物消長，來往不窮的存有。然則，這樣的「變」，既是總體，又是不窮，實已隱涵通貫、恆常的本質。

至於「變」有何模式及規律？「一陰一陽」是兩種實存因素動態二極對立以生變化的基本模式，簡稱「基模」；乃從「道生一」之元氣，「一生二」為陰陽二氣，兩者形成內涵質料與動力之動態二極對立、相互辯證的基模結構；繼而經由「剛柔相推」的運動模式而生「變化」，故〈繫辭上〉云：「聖人設卦觀象……剛柔相推而生變化。」[68]這一句從上下語脈理解，表面雖似論述卦爻之象；然而起句「聖人設卦觀象」，明示卦爻象之剛柔相推，實乃聖人觀察自然宇宙萬象剛柔相推而效法之，故

63 同前注，卷七，頁一四八。
64 同前注，卷七，頁一四九。
65 同前注，卷七，頁一四八。
66 〔宋〕朱熹，《周易本義》（台北：大安出版社，二〇一〇），卷三，頁二三八。
67 《周易注疏》，卷七，頁一四九。
68 同前注，卷七，頁一四五。

孔穎達疏云：「聖人設畫其卦之時，莫不瞻觀物象，法其物象，然後設之卦象。」[69]再回應前文所引〈繫辭上〉開始所云：「天尊地卑，乾坤定矣……動靜有常，剛柔斷矣……在天成象，在地成形。」則剛柔二極對立，相推互動，原本就是天地乾坤陰陽之基模結構所內涵動力因的發用，萬象變化，由此而生。

萬象變化而實在展現者，〈繫辭傳〉分別敘述幾種宏觀之大體：「日月運行，一寒一暑」、[70]「剛柔者，晝夜之象也」、[71]「日往則月來，月往則日來，日月相推而明生矣」、[72]「寒往則暑來，暑往則寒來，寒暑相推而歲成焉」。[73]然則此一宇宙觀，從「道」之「無」入於「氣」之「有」，由質料因的「陰陽迭運」，動力因的「剛柔相推」到具體現象之日月、寒暑、晝夜的往來，展現出由上而下，從隱而顯，重層相因，兩種實存因素動態二極對立，彼此辯證和合或循環迭代，總體無窮無盡之連續貫通的模式。此一模式，從靜態而言，二極對立是其「結構」的型態；從動態而言，辯證和合或循環迭代，是其「變化」的規律。

接著，我們要問：「通」是何義？「通」出現的次數沒有「變」那麼多；而且並非都是「通」與「變」在同一句或上下句對舉論述；二者複合成詞也不多。單詞出現八次；與「變」複合成詞，就是上文所舉「變通」三次、「通變」一次，另有二次與「變」無涉的「會通」。而與「變」構成詞組，也同樣是上文所舉「變而通之」一次、「通其變」一次、「變則通」一次，另有與「變」沒有直接關係的「通則久」一次。與「通」相關的論述，總共出現近二十次而已。

「通」的文字表面義，前文已做出訓解。「通」有貫通、恆常與通曉之義。在〈繫辭傳〉中，這三種詞義都有，例如「變而通之以盡利」，[74]通者，貫通也。「往來不窮謂之通」，[75]通者，貫通、恆常也。「以通神明之德」，[76]通者，通曉也。

「通」的文字表面義既已界說清楚，論述重點將定置於〈繫辭傳〉在「自然宇宙實在層」所作的論述，「通」是如何的「通」？也就是自然宇宙萬物的存在，呈現什麼樣態才得謂之「通」？〈繫辭傳〉中，二十幾次與「通」相關的論述，大多是符號形式層與政教人事層的意義，後文再詳做詮釋。涉及自然宇宙實在層的論述，就只有「變通莫大乎四時」、[77]「往來不窮謂之通」、[78]「窮則變；變則通；通則久」。[79]從這三句文本，我們所要論明的是：自然宇宙萬物的存在，呈現什麼樣態才得謂之「通」？這必須「通」與「變」合論，才能獲致明確的詮釋。這也就是「通」與「變」是什麼關係

69 同前注，卷七，頁一四五。
70 同前注，卷七，頁一四四。
71 同前注，卷七，頁一四五。
72 同前注，卷八，頁一六九。
73 同前注，卷八，頁一六九。
74 同前注，卷七，頁一五八。
75 同前注，卷七，頁一五六。
76 同前注，卷七，頁一五八。
77 同前注，卷八，頁一六六。
78 同前注，卷七，頁一五六。
79 同前注，卷八，頁一六七。

此一問題所要論究的答案。

細審〈繫辭傳〉的論述，「通」與「變」並見而成句，或兩者複合成詞，都不是如同陰陽、剛柔那樣二極對立的概念或實存因素。在這裡，我們只就「自然宇宙實在層」的論述進行分析詮釋。〈繫辭上〉云：「變通莫大乎四時。」[80]這一句的上下語脈雖在論述《易》之「八卦」，故起句云「易有太極」；[81]然而，《易》之作也，實法象天地；故〈繫辭傳〉的語脈，論《易》與論自然宇宙，語脈往往交合。後文所論句子，其語脈都是如此，不贅說。「變通莫大乎四時」這一句明確就「四時」以論「變通」，顯然指涉「自然宇宙實在層」四時的變化現象。「變通」即「變而能通」。荀爽釋云：「四時相變，終而復始也。」[82]終而復始乃循環不斷因而「貫通」以恆存。實則「四時」乃就總體自然宇宙而言，除了「終而復始」的「貫通」之義外，同時兼涵總體恆常不變之義，如此才能稱其為「大」。孔穎達疏云：「四時以變得通，是變中最大也。」孔疏強調的重點就是「變中最大」；「大」就有無所不包的總體之義。

我們可以更精密的分析詮釋，何以「四時」能「以變得通」，而展現最大之「變」？這可與「一闔一闢謂之變，往來不窮謂之通」、「窮則變，變則通，通則久」幾句互文詮釋。〈繫辭上〉云：「闔戶謂之坤，闢戶謂之乾，一闔一闢謂之變，往來不窮謂之通。」[83]闔，閉也。闢，開也。孔穎達疏云：

> 闔戶謂閉藏萬物，若室之閉闔其戶，故云闔戶謂之坤也。……闢戶謂吐生萬物也，若室之開闢其戶也，故云闢戶謂之乾也。[84]

闔與闢，閉藏與吐生，都是乾坤二極對立的運動，由此而產生「變化」，故云「一闔一闢謂之變」。孔穎達疏云：

> 一闔一闢謂之變者，開閉相循，陰陽遞至。或陽變為陰，或開而更閉。或陰變為陽，或閉而還開，是謂之變也。[85]

然則，乾坤闢闔可以轉換為陰陽開閉之義。乾為陽，坤為陰。陽為開，陰為閉。這是自然宇宙間，陰陽兩種動態二極對立之實存因素，一開一閉，相互循環轉換所產生的變化。如此「往來不窮」，即是「通」，故荀爽釋云：「一冬一夏，陰陽相變易也。十二消息，陰陽往來無窮已，故通也。」[86]荀爽的解釋乃兼合自然宇宙與卦爻二個層位之義，既云冬夏，又云陰陽；陰陽可指二氣，也

80 同前注，卷七，頁一五七。

81 〈繫辭上〉云：「易有太極，是生兩儀；兩儀生四象；四象生八卦。……是故法象莫大乎天地；變通莫大乎四時；懸象著明，莫大乎日月。」同前注，卷七，頁一五七。

82 〔唐〕李鼎祚，《周易集解》，收入〔清〕孫星衍，《周易集解》，下冊，卷八，頁六〇〇。

83 《周易注疏》，卷七，頁一五六。

84 同前注，卷七，頁一五六。

85 同前注，卷七，頁一五六。

86 〔唐〕李鼎祚，《周易集解》，收入〔清〕孫星衍，《周易集解》，下冊，卷八，頁五九七。

可指二爻。所謂「十二消息」，即十二消息卦，或稱十二辟卦，從乾坤二卦各爻的消、息變化而成。一卦之中，凡陽爻去而陰爻來，稱為「消」；反之，陰爻去而陽爻來，稱為「息」。辟，原指君主，此處取主宰之意。就以消、息所成十二卦配一年十二個月，每卦為一月之主，故稱為「十二辟卦」。卦爻之「變通」與自然宇宙四時陰陽之「變通」，天人相應。

這就讓我們聯想到〈繫辭下〉云：「易，窮則變；變則通；通則久。」其語脈雖在於論述遠古聖人運用《易》所涵「通變」之人道，以利民生。[87]然而，《易》之人道實法象於天道，則「窮則變，變則通，通則久」雖是《易》之道，卻原於天地之道。陸績就從陰陽相互轉變說解，云：

> 陰窮則變為陽，陽窮則變為陰，天之道也。庖犧作罔罟，教民取禽獸，以充民食。民眾獸少，其道窮；則神農教播殖以便之，此窮變之大要也。窮則變，變乃通，與天終始，故可久。[88]

然則從自然宇宙之變而言，可再回應前文「變通莫大乎四時」。「四時」之所以能「以變得通」，就是因為春至於夏，陽氣老而衰，窮矣；窮則變，陽氣衰而至於窮，即變而為陰，變則通矣；秋至於冬，陰氣老而衰，又窮矣；窮則變，陰氣衰而至於窮，即復始變而為陽，變則通矣。如此，一來一往，終始循環，無窮無盡，故云「通則久」，久者，總體恆常不變。準此則「通」乃兼涵貫通、恆常之義。

綜合前文的分析詮釋，我們可以獲致結論：（一）宇宙萬象之「變」，乃原於陰陽、剛柔、闔闢、往來之動態二極對立，周而復始的循環運動。從可感知的經驗現象來看，當以「四時」之「以變得通」最為極至。（二）所謂「變通」就是「變化」而能連續不窮的「貫通」，以維持總體之不變的「恆常」存有狀態。自然宇宙萬物的存有，呈現如此樣態就是「通」。（三）「通」與「變」，不是兩種自然宇宙實存因素之二極對立而相互辯證的關係；乃是自然宇宙連續無窮的運動，其自體內在，「通」與「變」兩者互為因果的關係。變則通，通則變，而至於久。因為自然宇宙萬物循環不窮之「變化」，結果得以「貫通」而總體「恆常」的存有；因為「貫通」而總體「恆常」的存有，結果萬物得以循環不窮的「變化」。

二、符號形式層

符號形式包括卦、爻之象，與釋卦象的《卦辭》、釋爻象的《爻辭》，以及釋卦名、卦辭的《彖傳》；與大小《象傳》，《大象傳》以釋卦象、《小象傳》以釋爻辭；甚至乾坤二卦特有，以釋此二卦之德行與功用之〈文言〉，這些都是敘述形式上的圖像符號或語言符號。而〈繫辭傳〉本文也有這一方面的敘述，例如「彖者，言乎象者也；爻者，言乎變者也。」[89]又「八卦成列，象在其中矣。因而重之，爻在其中矣。」[90]又「爻也者，效此者也。象者，像此者也。爻象動乎內，吉凶見乎外，功

---

87 〈繫辭下〉云：「古者庖犧氏之王天下也。……於是始作八卦，以通神明之德。……神農氏沒，黃帝、堯、舜氏作，通其變，使民不倦。」參見《周易注疏》，卷八，頁一六六—一六七。

88 〔唐〕李鼎祚，《周易集解》，收入〔清〕孫星衍，《周易集解》，下冊，卷九，頁六二五。

89 《周易注疏》，卷七，頁一四六。

90 同前注，卷八，頁一六五。

業見乎變。」[91]

在這一符號形式層的語境中，〈繫辭傳〉的論述重點大多在「變」，而不在「通」；「變」是易學的術語，涵有特定界義。「通」則大多只做一般用詞，即「通曉」之義，少數才具有易學的特殊涵義，可視為術語，例如前文論及「變通莫大乎四時」、「往來不窮，謂之通」、「窮則變，變則通，通則久」。

綜觀〈繫辭傳〉所論述之「通」與「變」，不少文句語脈兼涵「自然宇宙實在層」與「符號形式層」之義，更進而推演到「政教人事層」之義，三層位形成類比相應的同模共構；這是因為卦爻之創設，本是法象天地而成，進而致其用於政教人事。由於歷代易學的詮釋取徑，或象數或哲學，各有不同；因此同一文句所論述之「通」與「變」，往往可分從卦爻之象、自然宇宙現象或政教人事去解釋，所說不同卻又相關。

我們先論述「符號形式層」的「變」義，在這一層位的語境中，「變」指的是卦爻象之變。《易》之創造本就是聖人觀天地乾坤陰陽之「變」而設「爻」，陰陽二爻交變而成卦，以行諸卜筮，預斷吉凶而盡人事之利，無「變」則不成《易》；故〈繫辭傳〉之論述多及於「變」，而歷代不少易學者也就這類文句，將「變」解釋為卦爻象之「變」，稱為「卦變」、「爻變」。「爻變」是指陰爻、陽爻的變化，爻變則必牽動「卦變」。例如〈繫辭上〉：「爻者言乎變者也。」虞翻釋云：「爻有六畫，所變而玩者，爻之辭也。謂九六變化，故言乎變者也。」[92]「九」指陽爻，「六」指陰爻。爻變主要就是一卦之中，陰爻、陽爻的變化。又例如〈繫辭上〉：「君子居則觀其象而玩其辭；動則觀其變而玩其占。」孔穎達疏云：「君子出行興動之時，則觀其爻之變化，而習玩其占之吉凶。」[93]

又例如〈繫辭上〉：「剛柔相推而生變化。」這一文句就兼涵自然宇宙與符號形式二個層位之義，故易學者的解釋各有不同取向。虞翻釋云：「謂十二消息，九六相變，剛柔相推而生變化，故變在其中矣。」[94]所謂「十二消息，九六相變」，是指在十二月消息卦中，乾卦之陽爻與坤卦之陰爻，互為消息轉易，而乾剛坤柔相推，就產生「變化」。孔穎達疏稍有差異，不從十二消息卦，而從總體六十四卦，並兼取自然宇宙與卦爻二個層位之義，解釋云：「剛柔相推而生變化者……剛柔二氣相推，陰爻陽爻交變，分為六十四卦，有三百八十四爻，委曲變化，事非一體，是而生變化也。」朱熹注則比較簡化籠統，云：「言卦爻陰陽迭相推盪，而陰或變陽，陽或變陰。」[95]綜合上述，三個人的解釋有一相同的觀點，就是「變」乃出於陰爻、陽爻之交變，而剛柔之相推。陰陽、剛柔乃是二極對立的概念或實存因素，相互辯證，彼此推盪而產生變化。

在這語境中，「通」一詞並未與「變」對舉成義，也就是「通」並非與「變」做為兩個對立的概念或實存因素，也就不是一個與「變」相對為義的易學術語；「通」只有在述及聖人、君子之綜觀卦爻變化而致用時，複合成「變通」、「會通」二詞，或詞組「通其變」、「變而通之」，才與「變」

91 同前注，卷八，頁一六六。

92 〔唐〕李鼎祚，《周易集解》，收入〔清〕孫星衍，《周易集解》，下冊，卷八，頁五四三。

93 《周易注疏》，卷七，頁一四六。

94 〔唐〕李鼎祚，《周易集解》，收入〔清〕孫星衍，《周易集解》，下冊，卷九，頁六一四。

95 〔宋〕朱熹，《周易本義》，卷三，頁二三五。

產生關係而具有特指的涵義。例如〈繫辭上〉：「變通配四時。」虞翻釋云：「變通趨時……謂十二月消息相變通，而周於四時也。」[96]則所謂「變通」即是乾坤二卦之陰爻與陽爻彼此來去，相對消息，而成十二月辟卦；但卦爻的「變通」其實是人為運作所產生的「變通」，以配合四時十二個月。又〈繫辭上〉：「聖人有以見天下之動，而觀其會通，以行其典禮。」荀爽釋云：「謂三百八十四爻，陰陽動移，各有所會，各有所通。」[97]動移，就是「變化」；「會」就是「合」，二個以上的事物交合在一起；合而彼此互通，即「會通」。陰爻與陽爻動移變化，而各有所交會相通，如此才能構成總體的卦象，而斷其吉凶悔吝，推演到「政教人事層」，據以實施典禮。

在〈繫辭傳〉語境中，我們必須理解到「觀其會通」之意，「觀」者是聖人，故爻變之「會通」，必須經由聖人之「通曉」而後始察知其象而解釋其理，並用之「以行其典禮」，「會通」不是像「變」那樣僅客觀指示陰爻與陽爻的轉變，而須經主體的「通曉」，才得以識其「陰陽動移」而見陰陽二爻各有所會、各有所通，並斷其吉凶悔吝，因此是主客會合的觀照。又〈繫辭上〉：「通其變遂成天地之文。」虞翻釋云：「變而通之，觀變陰陽始立卦。乾坤相親，故成天地之文。」[98]「通其變」意同下文的「變而通之」，關鍵在聖人「觀」陰爻陽爻的變化。乾為陽，坤為陰。乾坤相親，即陰陽「會通」，從而建立卦象。又〈繫辭上〉：「變而通之以盡利。」陸績釋云：「變三百八十四爻，使相交通，以盡天下之利。」[99]則「變而通之」，也是出於聖人運用三百八十四爻之變化，而使個體之陰爻、陽爻互相交通，以構成總體的卦象，斷其吉凶悔吝，而用以盡天下之利。這就必須經由卜筮的運作。然則，在卦爻之變的語境中，「通」不是與「變」二極對立的概念或實存因素，而是指爻變過程中，陰陽二爻的交會；然則「變」與「通」實乃互涵成象。

綜合前文的分析詮釋，在〈繫辭傳〉論述卦爻之「變」的語境中，我們必須特別理解者，厥有四端：（一）爻象之變，是經由陰爻、陽爻的轉變而顯現。陰與陽是二極對立的概念或實存因素。陰陽為體，而剛柔為用。「變」必顯現於陰陽轉化、剛柔相推而二極對立的動態辯證歷程；（二）一卦有六爻，一爻之變乃個體之變；爻象之變必牽動卦象之變，卦象之變則是總體之變，個體與總體相依而存。沒有個體就沒有總體，個體不變，總體就不會變。相對的，沒有總體則個體也無所依存，而總體不變也就顯示個體不變。（三）在論述卦爻之變時，「通」並未與「變」對舉成義，「通」與「變」不是兩個二極對立的概念或實存因素；「通」即會通、變而通之，意指爻變過程中，陰陽二爻的會合交通；（四）爻象之變必須經由「人」的運作、觀照其陰陽變化交會而成卦象，並「通曉」其吉凶悔吝之理，用於人事之實行。

三、政教人事層

遠古聖人「仰則觀象於天，俯則觀法於地」而作八卦，「以通神明之德，以類萬物之情」。[100]其

96 〔唐〕李鼎祚，《周易集解》，收入〔清〕孫星衍，《周易集解》，下冊，卷八，頁五五八。

97 同前注，下冊，卷八，頁五六二。

98 同前注，下冊，卷八，頁五八六。

99 同前注，下冊，卷八，頁六〇六。

100 〈繫辭下〉：「古者包犧氏之王天下也，仰則觀象於天，俯則觀法於地……始作八卦，以通神明之德，以類萬物之情。」參見《周易注疏》，卷八，頁一六六。

主要目的就是致用於「政教人事」，能夠「通其變，使民不倦」，[101]能夠「變而通之以盡利」[102]。然則在這一層位的語境中，「變」與「通」所論述就不僅是客體性的自然宇宙現象或符號形式的卦爻象，而更是聖人對「政教人事」之創變，能夠通曉、裁斷，並推而行之。

因此這一層位的論述重點在於主體心智對變、通的「知」與「用」。前文論及，自然宇宙、符號形式與政教人事三層位，靜則同模共構，動則類比相應；故而主體心智對變、通的「知」與「用」，並非憑空而無所依據，實乃既法象天地，故云「法象莫大乎天地」、[103]「變通配四時」、「天地變化，聖人效之」；[104]同時又觀卦爻之變化而會通，故云「君子居則觀其象而玩其辭，動則觀其變而玩其占」、[105]「易，窮則變，變則通，通則久」。[106]所謂「動則觀其變」云云，虞翻釋曰：「謂觀爻動也，以動者尚其變，占事知來，故玩其占。」[107]至於所謂「易，窮則變」云云，「易」指「易道」，即遠古聖人作《易》，八卦原理無非就是法象於天地的陰陽變通之道，故前文引陸績之說「陰窮則變為陽，陽窮則變為陰，天之道也」，而孔穎達疏則從「易道」作解，云：「易道若窮則須隨時改變；所以須變者，變則開通則久長，故云通則久。」[108]

然則，「政教人事」之「變」與「通」，實與自然宇宙、符號形式二層位相應，而關鍵樞紐則是聖人主體心智，凝觀、通曉自然宇宙與卦爻象之變通而裁斷之，並推而行之，故〈繫辭上〉云：「化而裁之存乎變，推而行之存乎通，神而明之存乎其人。」[109]在這一層位中，對政教人事之裁斷及推行，都是人的作為，「變」與「通」的關鍵樞紐，就在「神而明之存乎其人」；故〈繫辭上〉又以孔子的權威之教，強調人之「知變」的重要，云：「子曰：知變化之道者，其知神之所為乎！」[110]

在這一層位的語境中，「變」與「通」詞義的訓解，與前二個層位大致相同，只有「通」一詞增加「通曉」一義，繫屬於主體的心智作用。「變」與「通」的文字表面義既已清楚，則論述重點將定置於〈繫辭傳〉在「政教人事層」所作的論述，「變」是如何的「變」？「通」是如何的「通」？合而為「變通」或「通變」，又是如何的「變通」或「通變」？

對於「政教人事」的作為，首重者也是「變」。在這一層位的語境中，「變」的基本義是「化而裁之」，〈繫辭上〉云：「形而上者謂之道，形而下者謂之器，化而裁之謂之變，推而行之謂之通。」[111]韓康伯注云：「因而制其會通適變之道也。」其意是因依天地之「道」，以創制會通適變的人道，故而「變」出於人為，卻須因「道」而為。從〈繫辭上〉這一段落的上下語脈觀之，此「道」

101 同前注，卷八，頁一六七。
102 同前注，卷七，頁一五八。
103 同前注，卷七，頁一五七。
104 同前注。
105 同前註。
106 同前注，卷八，頁一六七。
107 〔唐〕李鼎祚，《周易集解》，收入〔清〕孫星衍，《周易集解》，卷八，頁五四二。
108 《周易注疏》，卷八，頁一六七。
109 同前注，卷七，頁一五八。
110 同前注，卷七，頁一五四。
111 同前注，卷七，頁一五八。

既原自天地乾坤，同時也依循卦爻，[112]終而以人之主體心智，變化運用於政教人事而裁斷之；「變」乃除舊而布新，我們可以說「變」是政教人事創造的優先性原則，故〈繫辭上〉再次強調：「化而裁之存乎變。」[113]指出政教人事之「功業」，必須表現於創變，云：「功業見乎變。」[114]荀爽的解釋偏重於客觀性的「陰陽」之變，云：「陰陽相變，功業乃成者也。」[115]「陰陽相變」是指天地或卦爻？含混不明，而且將政教人事功業之成，委諸天地或卦爻的客觀決定，全失「主體」通曉、裁斷、推行之功。韓康伯的解釋則訴諸普遍之理，云：「功業由變以興，故見乎變也。」則「變」可以廣涵主客因素。若從〈繫辭傳〉上下的語脈觀之，則所謂「功業見乎變」，其因素實會合三層位而言，云：

> 天地之道，貞觀者也；日月之道，貞明者也；天下之動，貞夫一者也。……爻象動乎內，吉凶見乎外，功業見乎變，聖人之情見乎辭。[116]

這段論述從天地、日月推演到爻象，再推演到聖人；則依前文所論及「易傳」之自然宇宙、符號形式、政教人事三層位同模共構、類比相應的宇宙觀來看，「功業見乎變」之「變」實會合三層位之義而言之；「見」不只是自然宇宙與卦爻之純粹客觀的顯現，而必須經由聖人主體心智之「見」，通曉其「變」而裁斷之；故而「變」是聖人在政教人事上的創造性作為。有創造性作為，才能實現「功業」，故云「功業見乎變」。創造，必不能拘執於固著不化的典要，而能「因時適變」，故〈繫辭下〉云：

《易》之為書也，不可遠。為道也屢遷，變動不居，周流六虛，上下無常，剛柔相易，不可為典要，唯變所適。」[117]

《易》之「道」其體恆常，其用則變動不居，屢遷周流。明體知用者當能因「常」以適「變」，而不固化拘執為定準。韓康伯解釋「不可為典要」，云：「不可立定準也。」所謂「定準」是固定不變的標準。又解釋「唯變所適」，云：「變動貴於適時，趣舍存乎會通。」[118]則因時以適變，會通以取捨，始為明智。然則，「變」是否有「常道」可循？是否能完全隨個人主觀之意而「變」？〈繫辭下〉云：

112 〈繫辭上〉云：「易有太極，是生兩儀，兩儀生四象，四象生八卦……法象莫大乎天地，變通莫大乎四時……天生神物，聖人則之，天地變化，聖人效之……聖人立象以盡意，設卦以盡情偽，繫辭焉以盡其言，變而通之以盡利，鼓之舞之以盡神，乾坤其易之蘊邪……是故形而上者謂之道；形而下者謂之器；化而裁之謂之變；推而行之謂之通。」總體語境及上下語脈都是天地乾坤、卦爻、政教人事同模結構，類比相應而論述。參見《周易注疏》，卷七，頁一五六—一五八。

113 同前注，卷七，頁一五八。

114 同前注，卷七，頁一五四。

115 〔唐〕李鼎祚，《周易集解》，收入〔清〕孫星衍，《周易集解》，卷九，頁六一八。

116 《周易注疏》，卷八，頁一六六。

117 同前注，卷八，頁一七三—一七四。

118 同前注，卷八，頁一七四。

> 初率其辭而揆其方，既有典常。苟非其人，道不虛行。[119]

辭，指的是《易》的卦爻彖象等辭。方，指的是義理。韓康伯釋云：

> 能循其辭，以度其義。原其初以要其終，則唯變所適，是其常典也。明其變者，存其要也，故曰苟非其人，道不虛行。[120]

韓康伯所釋「原其初以要其終」，此義取自易傳「道不虛行」之下文，云：「《易》之為書也，原始要終以為質。」[121]「質」是什麼？「原始要終」是什麼？韓康伯釋云：「質，體也。卦兼終始之義也。」則「質」是本體、本質之義。《易》之「道」的本體、本質，藉「卦象」展現的是「原始要終」。「原始要終」兼涵宇宙論與存有論的意義。原始，是窮究事物初始創生之「原因」及其「本質」；而宇宙萬有創生之始，就開始進入時間歷程，不斷的運動變化，那麼其「終」其「末」會是如何？這就涉及「變」是否能「通」的問題。而這問題又涉及「變」是否能「適時」的問題；然則我們可以回應到前文韓康伯解釋「唯變所適」，所謂「變動貴於適時，趣舍存乎會通」的原則。

綜合言之，固定不變的「典要」既不可建立，相對卻也不能因此而漫無原則的隨個人主觀之意而「變」；必須能「原始要終」，變動適時，取捨會通，這是基本原則，就是「典常」，就是「變」所應依循的「常道」，故「變」不離「典常」；「典常」不是死物，而是可活用之道。而其關鍵就在於「人」之心智通明，故上引〈繫辭下〉云「苟非其人，道不虛行」，孔穎達疏云：「若苟非通聖之人，則不曉達易之道理，則易之道不虛空而得行也。」[122]「變」與「通」的關鍵在「人」，這是〈繫辭傳〉一再強調的要義，故又云：「化而裁之存乎變，推而行之存乎通，神而明之存乎其人。」[123]所謂「神而明之存乎其人」正可回應上引「苟非其人，道不虛行」，一從正面說，一從負面說，都在強調「政教人事層」的「變」與「通」關鍵在人之心智通明；而人之心智通明者，必能觀照參酌天地、卦爻的變通之道。我們可以歸結的說，在「政教人事層」，首要之義就是「變」，有「變」才有創造；而「變」是如何的「變」？其必曰「適時而會通」；又如何能「適時而會通」，關鍵在於「人」之心智通明的主體。

至於「通」是如何的通？。在這一層位的語境中，「通」的基本義是「推而行之」，前文引〈繫辭上〉云：「化而裁之謂之變，推而行之謂之通。」「通」就是「推而行之」，指政教人事上的實踐行動；然而，一項實踐行動不能靜態、孤立的看待，必然要有實踐的原則、過程，以及預期的成果。韓康伯釋云：「乘變而往者，無不通也。」所謂「乘變而往」就是實踐的原則與連續的過程，「無不通」則是於時間為「貫通」而於空間為「總體」，可視為實踐預期的效果。然而，「乘變」者必先

119　同前注。
120　同前注。
121　同前注。
122　同前注，卷八，頁一七四。
123　同前注，卷七，頁一五八。

「知變」，這就得回應前文所論述「化而裁之存乎變，推而行之存乎通，神而明之存乎其人」，關鍵就在於「人」之神明，「神明」即是主體心智神妙通明，能「通曉」變與通之道，前文已引述孔子對於「知變」的讚揚，云：「知變化之道者，其知神之所為乎！」而如何能「知變化之道」？當然是觀照參酌天地、卦爻象之變，故前文引〈繫辭上〉云：「天地變化，聖人效之。」又云：「君子居則觀其象而玩其辭，動則觀其變而玩其占。」動，出行興動，將有實踐作為；觀其變，觀照卦爻象之變。能效天地變化，觀卦爻象之變而裁斷之，則「推而行之」就能無不通，故〈繫辭上〉又再次強調「推而行之存乎通」。

至於結合「變」與「通」而論之，如何的「變通」或「通變」？「變」而能總體「貫通」者，即「變通」；「通曉」其「變」而善用之者，即「通變」；不管變通或通變，都必須依循二個原則，一是「趣時」，一是「會通」。先說「趣時」，〈繫辭下〉云：「變通者，趣時者也。」[124]變通者，變而能貫通。趣者，趨也，取也。趣時，趨取適當時機，故「趣時」，即「趨時」、「適時」。虞翻釋云：「變通配四時，故趨時者也。」[125]此解是與前引〈繫辭上〉本文「變通莫大乎四時」、「變通配四時」互文詮釋，指易道之「變通」能與「四時」之變通相配合，此就天地、卦爻二層位而言；然而在三層位同模結構、類比相應的宇宙觀系統中，當然可以推演到「政教人事層」，政教人事之實踐推行，「變」而求其總體「貫通」，就必須「趣時」，這就是前文所論「唯變所適」，變而適時也。在易道中，「變」與「時」都是關鍵性要義。

次論「會通」，前文引〈繫辭上〉云：「聖人有以見天下之動，而觀其會通，以行其典禮。」動，就是「變」；「會」是會合，「通」是貫通。會通，即是將二種以上事物會合而加以「貫通」。

前文引述荀爽之說，並經過我們的綜合解釋，陰爻與陽爻動移變化，而各有所交會相通，如此才能構成總體的卦象，而斷其吉凶悔吝，推演到「政教人事層」，據以實施典禮。「變」雖在客觀的陰陽爻象，但「觀」者是聖人主體，如何將陰陽爻變加以會合貫通，必須經由聖人之「通曉」而後始察知其象，會合貫通而解釋其道，並用之「以行其典禮」，這是主客會合的觀照。對政教人事之「變」與「通」，我們可以更進一層解釋，「變」不僅是停滯在客觀爻象之變，更要由爻象之「變」，以裁斷其吉凶，而推演政教人事之「變」。「窮則變，變則通」，「變」由於「窮」，必須「變」而後能「通」。然則主體之人必須「通曉」政教人事所「窮」者何在而知如何用「變」？但是政教人事之變，牽一髮而動全身，故非僅一端孤立而變，必須「總體」的「會通」相關各端而變化之，並實踐而推行之，以至於「貫通」，其事乃成，故〈繫辭下〉云「功業見乎變」、「通變之謂事」。

「功業見乎變」，而「變」必須「推而行之」，終究總體「貫通」，以得吉利，才能實現預期目的與效果。前文引〈繫辭上〉云「變而通之以盡利」、「通其變，使民不倦」，所謂「盡利」、「使民不倦」，就是變通、通變的預期目的與效果。前文已論及「變而通之以盡利」，雖是出於聖人運用三百八十四爻之變化，而使個體之陰爻、陽爻互相交通，以構成總體的卦象，斷其吉凶悔吝。不過，推演到「政教人事層」，則必須強調主體「知」卦爻「變而通之」之道，而「用」以盡天下之利，這是「推而行之」的實踐作為。

124　同前注，卷八，頁一六五。

125　〔唐〕李鼎祚，《周易集解》，收入〔清〕孫星衍，《周易集解》，卷九，頁六一五。

至於「通其變，使民不倦」，通者，通曉也。變者，變化也。〈繫辭下〉歷敘包羲氏法象天地以作八卦，並取卦象之理而作罔罟，「以佃以漁」。而後神農氏「斲木為耜，揉木為耒；耒耨之利以教天下」。以至黃帝堯舜，皆取諸卦象之理而有所發明，故能「通其變，使民不倦」。[126]也就是這些古代聖王「通曉」天地陰陽「窮則變，變則通」之道，而用之於政教人事，知前代制度器用之「窮」而「變」之；變而能通，故民用樂而不倦。孔穎達疏云：「事久不變，則民倦而變。今黃帝堯舜之等，以其事久或窮，故開通其變，量時制器，使民用之日新，不有懈倦也。」[127]然則，「使民不倦」就是「通其變」的目的及效果。政教人事果能「通其變」而「民用日新」，則得以「恆常」不窮。

綜合而言，我們可以獲致幾個主要的觀念：（一）在政教人事層位，首要之義為「變」。「變」是「化而裁之」，聖人「知」變化之道而裁斷之；故「變」出於人為，有變才有創造，創造必付諸實踐行動；實踐行動必有其原則、歷程，以及預期的目的與成果。（二）「變」既不能建立固定不變之「典要」，相對卻也不能因此而漫無原則的隨個人主觀之意而「變」，必須因客觀「典常」而變之。「典常」即是「變化適時，取捨會通」的原則，乃活用之道而非死物。（三）「通」是「推而行之」，也就是「變」的實踐行動，故「變」與「通」前後連接；亦即「變」須「推而行之」，必求總體「貫通」，以至恆常不窮。（四）「變」與「通」不是二個對立辯證的概念或實存因素，而是同一創造實踐歷程上，交互作用的動力因與目的因；「變」為動力，「通」為目的。兩者必在同一歷程而互為先後，「通變」而「變通」，「變通」而「通變」，變與通交互作用以至於恆常不窮。而不管「通變」或「變通」，都必須依循二個原則，一是「趣時」，一是「會通」。（五）在政教人事層位，通變或變通，其關鍵都是在於「人」之神明，「神明」即是主體心智之靈妙清明，能「通曉」變與通的典常之道而善用之。

綜合以上〈繫辭上〉關於變、通以及通變、變通的論述，針對可用以理解《文心雕龍》的「通變」觀念，我們抽繹幾個主要觀點：（一）自然宇宙、符號形式與政教人事三層位同模結構，類比相應。前二者為客觀因素條件，後者為主觀因素條件。這就顯示文化創造實踐的「變」與「通」，有其主、客觀因素條件適當交會的軌則，非純粹主觀任意的行動。（二）從自然宇宙、符號形式層位觀之，「變」的動力必然出於二種對立辯證的實存因素，例如陰與陽、剛與柔等。（三）在〈繫辭傳〉之「通變」論述中，「變」是第一要義。從政教人事層位觀之，「變」是「化而裁之」，有「變」才有創造，故而「變」乃文化創造的優先性原則。（四）在政教人事層位，「變」既不能建立固定不變之「典要」，卻也不能毫無客觀原則。其基本原則是「變化適時，取捨會通」，這就是「變」的「典常」之道。（五）政教人事層位的變、通，關鍵在「人」；必是人之主體心智通明，能「通曉」客觀「變」與「通」的典常之道而善用之，文化創造的事業乃能實現；故而「變」至於偏失窮盡，原因在主體之「人」而不在客體事物。（六）在政教人事層位，「通」是「推而行之」，乃「變」的創造實踐行動，是為歷程、預期目的及效果原則。「變」而能「通」，即總體「貫通」，才能保持永久持續的「變」，以至於恆常不窮。（七）「變」與「通」不是二個對立辯證的概念或實存因素；而是同一創造實踐歷程上，交互作用的動力因與目的因；「變」為動力，「通」為目的及效果。有「變」才有

126 《周易注疏》，卷八，頁一六七。

127 同前注。

「通」，而有「通」才有「變」，即「通變」而「變通」，「變通」而「通變」，以至於恆常不窮。

第四節 原生性「通變文學史觀」的涵義

一、詮釋「通變文學史觀」須有的觀念基礎

《文心雕龍》專立〈通變〉一篇，「通變」做為一種文學理論，確是劉勰首先提出；而淵源於〈繫辭傳〉，也是毋庸置疑。然而，兩者語境畢竟不同，〈繫辭傳〉做為文化思想，有其哲學高度及複雜性，自然宇宙、符號形式與政教人事三層位同模結構，類比相應，前文已做精密分析論證。劉勰將如此複雜的文化思想論述轉用到文學論述，當然不可能完全套用，而必須做出語境的轉換。其論述內容必須就《文心雕龍．通變》，更照應〈時序〉所提「質文沿時，崇替在選」、〈知音〉所提「六觀」中的「觀通變」，[128]而進行精密的文本分析詮釋。不過，其基本觀念必然有因承〈繫辭傳〉之處。我們可持前文對〈繫辭傳〉之「通變」觀念分析詮釋而綜合歸約的幾個主要觀點，做為參照系，用以理解、詮釋《文心雕龍》的「通變」觀念，而重點將放在「文學史觀」。

「通變文學史觀」的系統頗為複雜，包含文學創作、閱讀與批評、文體、文學史四個要素。因此，我們必須回顧第一章〈緒論〉所建立的基本觀念，以做為我們論述通變文學史觀的基礎。首先釐清所謂「文學史」一詞是何涵義？其次，必須分辨文學史的建構有哪幾種基本型態？

首先了解「文學史」一詞是何涵義？「文學史」這個詞彙有二個序位的涵義：第一序位的涵義指的是：文學發生、演變的經驗事件及現象本身；所謂「文學發生、演變的經驗事件及現象」，就是歷代文人「創作」的實踐，最終會以符號形式化的作品實現出來，才能留存、傳遞。第二序位的涵義指的是：以文字書寫而名為「文學史」的著作。第二序位的文學史，必然是依據第一序位文學史可信的文獻，後設的以文字書寫的方式進行種種文學活動經驗事件或現象的「描述」；更重要的是在這「描述」的基礎上，對某些「時序」先後發生的事件或現象，進行「因果」關係的詮釋；然後又在這「詮釋」的基礎上，進行相關價值的「評斷」。[129]

其次，分辨文學史的建構有哪幾種基本型態？約有二種：（一）創作型建構，上述第一序位的文學史屬於這一型。（二）詮釋型建構，上述第二序位的文學史屬於這一型。

「創作型文學史建構」指的是作家經由歷史文化意識的自覺而因承或變革前行「典範性」之文體，以創作的實際行動去建構某一文學傳統。所謂「歷史文化意識的自覺」，非僅指其人對歷史文化客觀的認識，更重要的是指其人之意識到「文化」乃聯繫個體生命價值實現而形成的「有機體」。「我」無法自外於這有機體而獨存，是這有機體的一部分，享有這有機體所給予既成的價值物，而我

128　《文心雕龍．知音》：「將閱文情，先標六觀：一觀位體，二觀置辭，三觀通變，四觀奇正，五觀事義，六觀宮商。」參見周振甫，《文心雕龍注釋》，頁八八八。

129　參見顏崑陽，〈洗刷漢代「擬騷」在文學史上的汙名——打開一扇詮釋「中國古代文學史」的新視窗〉，收入顏崑陽《學術突圍：當代中國人文學術如何突破「五四知識型」的圍城》（新北：聯經出版事業公司，二〇二〇），頁三六五—三六六。

亦當有所因承的實現價值，以使這有機體得以繼續傳衍。「有所因承」並非毫無揀擇的概括承受，因為歷史文化有機體本身菁蕪並存，所以「因承」即是一種選擇性的接受。

「詮釋型建構」又可次分為「論述型建構」與「選文型建構」。前者是經由論述以進行文學史的建構，例如《文心雕龍．時序》。後者是經由選錄文學作品而依時序編排，例如《文選》。這二型的文學史建構，第一章已做詳論。

那麼，我們要問的是：〈通變〉所隱涵的「文學史觀」，其中「文學史」的涵義是什麼？而「文學史的建構」又是什麼型態？先簡要回答第一個問題，在〈通變〉所隱涵的文學史觀中，「文學史」指的是上述第一序位的文學史，也就是文人經由創作實踐，表現為實體的作品，而構成歷史事實；這歷史事實就是第一序位的文學史。接著回答第二個問題，這樣的文學史建構，當然屬於「創作型」，有別於《文心雕龍．時序》之「論述型」的文學史。〈時序〉歷敘陶唐、有虞、大禹、成湯、姬周、春秋戰國、前漢、後漢、曹魏、西晉、東晉、劉宋、南齊等，數代文學風氣體式的演變。[130]

針對這二個問題以及簡要的回答，我們必須再進一層試問：第一序位的文學史建構既是經由創作實踐而生成，那麼創作實踐必須具備哪些主觀與客觀的因素條件？這就涉及「創作論」整體系統的知識，非常複雜，我已曾做過比較完整的論述，[131]可為參考，不贅。《文心雕龍》整個理論體系，就是以「文體創作論」為中心，而總括了文學創作主客觀的因素條件。客觀因素條件中，最主要就是「文體」知識。中國古代的文人不管創作或批評的實踐，都必然意識到自己的文學活動乃在「文學歷史」與「文學社群」的存在情境中展開；也就是「文學創作」不是一種在個人孤立狀態下的憑空想像與修辭技巧操作；而明顯的有其「歷史存在」與「社會存在」的時空經緯向度。這樣的向度乃具實的顯現在創作主體的「存在位置」與所對的文體「規範」及「典範」。[132]存在位置包含了所處的時代、社會階層及身分，這是供應文學經驗題材的場域；而文體「規範」及「典範」則包括了與創作表現形式與內容的諸多文體知識，這也就是〈通變〉一文所稱的「有常之體」。然則，「通變文學史觀」實乃以「文體創作論」為中心的文學史觀。而其中最關鍵的基本觀念就是「有常之體」，那麼我們就要進一步追問什麼是「有常之體」？如何形成？何以具有文體「規範」及「典範」的效用？

二、什麼是「有常之體」？如何形成？何以具有文體「規範」與「典範」的效用？

一般學者多未能洞察《文心雕龍》的文學理論之所以無偏無缺，縱橫廣涵，體系整全而獨成一家之言，主要就是建立在一種「多元交涉、混融而體用通變的有機總體文學本質觀」基礎上。這本質觀指示了文學活動「總體情境」與「動態歷程」時空經緯交織的情境；[133]準此，從文學活動的「總體情境」與「動態歷程」觀之，《文心雕龍．通變》的理論系統，實結合創作、閱讀或批評、文體與文學史四種要素，多元交涉、混融而構成。其中，最關鍵性的基本觀念就是結合了「文體」與「文學史」

130 周振甫，《文心雕龍注釋》，頁八一三—八一七。

131 顏崑陽，〈文學創作在文體規範下的經緯結構歷程關係〉，中山大學《文與哲》二十二期（二〇一三年六月），頁五四五—五九六。

132 同前注，頁五五一。

133 參見顏崑陽，〈《文心雕龍》做為一種「知識型」對當代之文學研究所開啟知識本質論及方法論的意義〉，收入顏崑陽，《反思批判與轉向》（台北：允晨文化公司，二〇一六），頁四四—五三。

二個要素所構成的「有常之體」。那麼，試問什麼是「有常之體」？如何形成？何以具有文體「規範」及「典範」的效用？

然則，論述文體，不可能脫離文學史上歷代文人的創作與批評實踐，而徒做抽象的空談。中國古代文學活動沒有創作與批評的專業分工，作者與讀者或批評者並非截然為二，各行其道；凡作者同時就是讀者或批評者，只是「意識性角色」的轉換，[134]最典範的例子就是杜甫「讀書破萬卷，下筆如有神」的自述。[135]當其「讀書破萬卷」時，會意識到自己是讀者；當其「下筆如有神」時，則轉而會意識到自己是作者。因此古代大多數的文論都是「創作」、「閱讀」或「批評」混合言之，〈通變〉所論是創作同時也是閱讀或批評，而〈知音〉則專論批評，提出「六觀」，就有「觀通變」，批評一篇作品時，必須觀察它在文學史上的「通變」實況；而〈時序〉則是一篇由閱讀以至批評的「文學史」著作。然則論述創作及閱讀、批評實踐也不能離開文學史與文體規範及典範，而漫無邊際，掛空漫談。在《文心雕龍》的理論體系中，所謂「文學史」就是「文體演變史」，因此論述文學史，不可能離開文學歷史上各類實存的文體；而文體是由歷代文人創作與閱讀、批評實踐所建構完成，那麼論述文學史當然也不可能離開文人的創作與閱讀、批評實踐。

因此，〈通變〉實由四種要素彼此支應，共構為完密的理論系統。論文體規範及典範，不能離開創作與閱讀、批評實踐，以及文學史因變的軌則；論創作，不能離開文體規範及典範，以及閱讀、批評與文學史因變的軌則；論文學史，也不能離開文體規範及典範、創作與閱讀、批評實踐。這四種要素彼此互為論述焦點與支援，亦即以文體為焦點性論題時，必以創作與閱讀、批評實踐，以及文學史為支援性觀點；以創作實踐為焦點性論題時，必以文體規範及典範、閱讀以及文學史為支援性觀點；

然則，我們的焦點論題既定置在「通變文學史觀」，自不能離開文體規範及典範，以及創作與閱讀、批評實踐的支援性觀點，而僅做孤立、抽象的論述。

準此，我們要聚焦論述而回答什麼是「有常之體」？如何形成？何以具有文體「規範」及「典範」的效用？就必須以文士們的創作與閱讀、批評實踐，以及文學史做為支援性的觀點。〈通變〉就完整的包含這四個要素，我們只要對文本進行精細的分析詮釋，就可以回答上述問題。〈通變〉云：

> 夫設文之體有常，變文之數無方，何以明其然邪？凡詩賦書記，名理相因，此有常之體也；文辭氣力，通變則久，此無方之數也。名理有常，體必資於故實；通變無方，數必酌於新聲。[136]

從這一段文本總體理解，就可看出〈通變〉之論實包含著文體、創作、閱讀或批評，以及文學史的四個要素。我們前文已簡要論及，所謂「有常之體」乃是經由歷代文人的創作實踐，逐漸累積眾多

134 中國古代，「作者」與「讀者」乃是同一個體在不同文學活動情境中，心理經驗交涉轉換的「意識性角色」。「意識性角色」的定義：不是在社會結構中某種客觀持久性的身分；而是在某種暫時性的社會活動中主觀意識到所扮演的角色。參見顏崑陽，〈從混融、交涉、衍變到別用──「抒情文學史」的反思與「完境文學史」的構想〉，收入顏崑陽，《反思批判與轉向》，頁二〇六─二〇七。

135 〔唐〕杜甫〈奉贈韋左丞丈二十二韻〉，參見〔清〕楊倫，《杜詩鏡銓》（台北：華正書局，一九八一），卷一，頁二四─二六。

136 周振甫，《文心雕龍注釋》，頁五六九。

同類的作品，再經由「依類辨體」的批評，以抽繹其共同的性質、功能、體製及體式特徵，[137]並在文學社群取得共識而逐漸形成傳統，以做為眾所同遵的創作規範或模習啟發的「典範」。這就是「有常之體」，乃存在於文學史上，經由眾多文士們創作與批評的實踐逐漸形成；然則「文體」絕非可脫離「文學史」而以抽象概念空談的純理論。

我們還要進一層分析詮釋，這「有常之體」何以具有文體「規範」及「典範」效用？劉勰所做的回答是：「有常之體」本身所具「名理相因」的內在本質，故有其「規範效用」。同時「名理有常」則「體必資於故實」，「故實」就是列代的「典範」之作，故「有常之體」又具有「典範效用」。那麼，什麼是「名理相因」？什麼是「體必資於故實」？這就必須回應〈明詩〉到〈書記〉這二十篇所論述三十幾種文類之體（以下簡稱類體），每篇的「釋名以章義」，以及「選文以定篇」、「敷理以舉統」所列舉的「典範」之作。劉勰在〈序志〉一篇中，明示自己寫作《文心雕龍》的四種方法。〈明詩〉到〈書記〉二十篇，乃針對各類體，進行「論文敘筆，囿別區分」，所運用的方法就是：原始以表末，釋名以章義，選文以定篇，敷理以舉統。[138]釋名以章義，敷理以舉統，可與〈通變〉所說「名理相因」互文詮釋。

劉勰「釋名以章義」、「名理相因」之說，顯然是受到東漢晚期以至魏晉「名理」之學的影響。「名理」之學主要以考名覈實與辨名析理做為方法，對事物進行意義詮釋及價值論斷。王弼〈老子指略〉云：「夫不能辨名，則不可與言理；不能定名，則不可與論實。」[139]名以言理，是語言的表意功能；名以指實，是語言的指涉功能。欲明其理，欲知其實，都須藉由「辨名」或「釋名」之法。《文心雕龍》之〈明詩〉以至〈書記〉諸篇，開筆所做「釋名以章義」就是「辨名析理」或「考名覈實」的方法，以彰明這一類體的本質意義與功能價值。〈通變〉列舉「詩賦書記」，實則總括〈明詩〉到〈書記〉三十幾個類體。我們就以〈明詩〉為範例，進行分析詮釋：

> 大舜云：「詩言志，歌永言。」聖謨所析，義已明矣。是以在心為志，發言為詩，舒文載實，其在茲乎！詩者，持也，持人情性；三百之蔽，義歸無邪。持之為訓，有符焉爾。人稟七情，應物斯感；感物吟志，莫非自然。[140]

〈明詩〉開筆「釋名以章義」，基本預設是在文化活動中，人們為世界萬有進行分類而命名，才能建立認知與價值的秩序。萬有包括一切實際存在或概念存在的事物。事物先在而名隨之，必有其因名以指實或因名以表意的適當性，符徵與符指之間，形成相應的關係。王弼〈老子指略〉對這道理

137 「體製」或稱「體裁」，指的是文章可分析的語言形式結構，例如五言律體、七言絕句等。「體式」指的是文章特殊的審美形象而具有「典範性」，可以做為模習的法式。「體式」可就一家之作而言，稱為「家數」，例如陶淵明體、謝靈運體；也可就某一文類而言，稱為「類體」，例如詩典雅、詞婉約；亦可就時代而言，稱為「時體」，例如建安體、太康體。更可超越一家一類一時，就普遍的審美形象而言，例如《文心雕龍．體性》所歸約典雅、遠奧、精約、顯附等八體。參見顏崑陽，〈論「文體」與「文類」的涵義及其關係〉，《清華中文學報》第一期（二〇〇七年九月），頁二三—二五、二八—三一。

138 周振甫，《文心雕龍注釋》，頁九一六。

139 〔魏〕王弼，〈老子指略〉，參見現代樓宇烈，《老子周易王弼注校釋》（台北：華正書局，一九八一），頁一九九。

140 周振甫，《文心雕龍注釋》，頁八三。

已有闡述，云：「凡名生於形，未有形生於名者。故有此名必有此形；有此形必有其分。仁不得謂之聖，智不得謂之仁，則各有其實矣。」[141]形，指存有物，通稱事物。分，指界限、分際。有形的事物必有其界限、分際。「名」之所指涉皆為有界限的事物，從概念來說，必有其定限的外延與內容條件。內容條件大多是此類事物普遍外在形式與內在性質的特徵；內容條件既定，則外延隨之而定，從而此一「名」也形成明確的概念，以做為此類事物的界義，約定俗成，眾所同遵；各類之「名」乃有序的構成總體文化的符號系統，名與名彼此不相混淆，世界萬有的秩序才能因此而建立，並被我們有效的認知，更理解其意義、價值。每一個「名」都有它明確的界義，當然不能隨意置換而亂實，故「仁不得謂之聖，智不得謂之仁」，才能「各有其實」。以此類推，當然「詩不得謂之論」、「賦不得謂之誄」等。進一層分析，「名」所指實之事物，其內涵本質意義與功能價值，固有其「理」，則可謂之「名理相因」。這是魏晉時期「辨名析理」做為一種詮釋方法的理論基礎。劉勰善加運用於對各類體之本質、功能的詮釋，謂之「釋名以章義」。

〈明詩〉對於「詩」這一類體所做的「釋名以章義」，都在揭明「詩」這一類體的本質與功能。本質為體，功能為用，相即不離。所謂「詩言志」、「持人情性」、「感物吟志」皆義兼體用，本質與功能不二。「詩」乃是傳統既遠且固的最重要類體，有其漫長的創作及批評實踐歷史，其本質及功能觀念，經由歷代文人的論述實踐，早已形成共識。發展到齊梁時期，大約「詩言志」與「詩緣情」二系，劉勰兼納並容，故「釋名以章義」皆徵引典籍成說，顯示劉勰對傳統的因承。「詩言志」出於《尚書．舜典》，[142]〈詩大序〉繼之而云「詩者，志之所之，在心為志，發言為詩」。[143]降及漢代的「詩經學」，已型塑為儒家傳統詩觀，「志」被定置為「政教諷諭」之志。而「詩者，持也」，語出

《詩緯．含神霧》。[144]持，保持不失或扶持使正之意。「持人情性」，即保持情性而不失，或扶持情性使正而不偏邪，故劉勰引與孔子所云：「《詩》三百，一言以蔽之，曰思無邪。」[145]兩相為訓，其義相符，都有「善」的價值。至於「人稟七情，應物斯感；感物吟志，莫非自然」，則又吸納六朝新興「感物起情」的思潮；於是詩之本質、功能兼具「言志」與「抒情」，可更約化為〈詩大序〉所謂「吟詠情性」四字。[146]此即「詩」這一文類「名理相因」的「有常之體」，乃是從歷代文人創作與批評的實踐成果加以抽繹，而概化成詩體本質與功能的觀念，以做為詩歌創作與批評的基本原則。我們必須注意的是，這一本質功能觀念的構成，並非任何一個理論家憑空思維而提出的抽象理論，而是從文學史經驗漫長的傳統積澱而來，已成為詩家「文心」之「意識結叢」的一部分。[147]

141 樓宇烈，《老子周易王弼注校釋》，頁一九九。

142 《尚書．舜典》：「詩言志，歌永言，聲依永，律和聲。」參見〔漢〕孔安國傳，〔唐〕孔穎達等疏，《尚書注疏》（台北：藝文印書館，嘉慶二十年南昌府學重刊宋本，一九七三），卷三，頁四六。

143 〔漢〕毛亨傳、鄭玄箋，〔唐〕孔穎達疏，《詩經注疏》，版本同前注，卷一之一，頁一三。

144 《詩緯．含神霧》已佚。參見黃侃《文心雕龍札記》引《古微書》之引《詩緯．含神霧》，頁三一。按《古微書》又名《刪微》，中國歷代緯書輯佚專著，明代孫瑴編輯。

145 《論語．為政》，參見〔魏〕何晏注，〔宋〕邢昺疏，《論語注疏》（台北：藝文印書館，嘉慶二十年南昌府學重刊宋本，一九七三），卷二，頁一六。

146 《詩經注疏》，卷一之一，頁一七。

147 《文心雕龍》所謂「文心」即是一種「意識結叢」。什麼是「意識結叢」，參見本書第一章，頁七一—七二。

從「釋名以章義」推到「原始以表末」，概述詩這一類體的起源與流變；復推到「選文以定篇」，列舉歷代的「文體典範」，即各時期的代表性詩家詩作，明其體式，以做為示範。這就是〈通變〉所謂「名理有常，體必資於故實」；乃從時序的動態歷程，展現史上多樣變化的詩體；詩體包括四言、五言的體製，以及典範詩家詩作的各種體式。如此則使得「有常之體」不至於始終高懸為抽象概念，而有實體可資模習啟發。

「文體典範」及「文體規範」相關而略有差異。「典範」是以一篇、一家或一時期的實體作品，展示可以模習啟發的理想「體式」，具有示範作用，卻沒有強制效力，例如〈明詩〉云「嵇志清峻，阮旨遙深」。「規範」則是由同類諸多實體作品，抽繹其形式與內涵的普遍特徵，而構成規格化的語言形式，例如四言、五言古詩的「體製」；或觀念性的原則，例如前文所論詩言志與抒情的本質功能觀。「文體規範」為眾所同遵，故具有強制性的效力。

強制效力的高低，則視這一規範之「定性」與「活性」的狀態。以詩這一類體而言，體製是客觀規格化的「定性」標準，可回應前文〈繫辭傳〉所說「固定不變」的「典要」，其強制效力高；言志與抒情的本質功能則是主觀概念化的「活性」原則，可回應前文〈繫辭傳〉所謂「變化適時，取捨會通」的「典常」，其強制效力低。而「定性」的規格化體製，則又因寬嚴程度的差別，而其強制效力也有高低不同。詩之律化到唐代的近體，規格極嚴，其強制效力也最高。劉勰所處的時代，詩之律化還在初階，四言、五言古詩的「體製」，其規格化猶屬寬鬆，因此強制力尚低。

「有常之體」兼具「典範性」與「規範性」，〈通變〉所論述的「有常之體」包括所有類體，非僅「詩」而已，故「有常之體」當以「典範性」為首要；「文體典範」乃僅供模習啟發的「典常」，非「固定不變」的「典要」。至於「規範性」則只有「名理相因」的本質功能觀，卻又是主觀概念化的「活性」原則，也是可「變化適時，取捨會通」的「典常」。因此「有常之體」的活用，關鍵全在主體的通曉會悟，以獲得「貫通」而至於「恆常」不窮的效果。

經過「釋名以章義」、「原始以表末」、「選文以定篇」，最後「敷理以舉統」而歸約為「體要」。[148]「選文以定篇」的典範之作，乃是「個殊」的實體；「體要」雖然從「典範」之作歸約而致，卻已概化為實現某一類體之理想「體式」的「普遍」原則，乃是「法」的涵義，既個殊又普遍，既具體又抽象，也就是「有常之體」，可為「變化適時，取捨會通」的活性典常，故不是死物。〈明詩〉結筆「敷理以舉統」，云：

> 故鋪觀列代，而情變之數可監；撮舉同異，而綱領之要可明矣。若夫四言正體，則雅潤為本；五言流調，則清麗居宗。華實異用，惟才所安。故平子得其雅，叔夜含其潤；茂先凝其清，景陽振其麗。兼善則子建仲宣，偏美則太沖公幹。然詩有恆裁，思無定位。隨性適分，顯能圓通。若妙識所難，其易也將至。忽之為易，其難也方來。[149]

148　「體要」指實現某一文類之「體」─理想的美感形象，所宜遵循的創作要則。參見顏崑陽，〈論「文體」與「文類」的涵義及其關係〉，《清華中文學報》第一期（二〇〇七年九月），頁三七─三九。

149　周振甫，《文心雕龍注釋》，頁八五。

「情變之數」就是〈通變〉所謂「變文之數無方」、「文辭氣力，通變則久，此無方之數」，乃是列代諸多詩家作品的個殊創變。而從列代諸多詩家作品的創變，「撮舉同異，而綱領之要可明」。「綱領之要」就是「體要」，乃從個殊創變「撮舉同異」而得，亦即針對個殊詩家作品，經由比較異同之法而歸約出普遍的創作原則。這原則就是「四言正體，雅潤為本；五言流調，清麗居宗。華實異用，惟才所安」，此即「有常之體」。雅潤、清麗都是「意象」語言，語脈連接到下文「平子得其雅，叔夜含其潤；茂先凝其清，景陽振其麗」，就可從他們各家之體，會通感悟「既個殊又普遍，既具體又抽象」，所謂雅潤、清麗的「有常之體」是什麼樣的美感形象。因此，這些分類的「有常之體」乃由文學史上具體的作品會通感悟而得，必須經由詩家博覽精閱始能掌握，並非純屬抽象概念的理論。

在這段「敷理以舉統」的文本中，我們必須特別的注意到，「華實異用，惟才所安」、「詩有恆裁，思無定位。隨性適分，顯能圓通。若妙識所難，其易也將至。忽之為易，其難也方來」。然則，如何體會「有常之體」，而將它與自己的「才性」彼此會通而適變，即〈通變〉所謂「憑情以會通，負氣以適變」？[150]在此可以回應前文〈繫辭傳〉的論述，其關鍵全在於「人」，即詩家主體的心智通明，能「通曉」客觀「變而通之」的典常之道而善用之；如果無法達到「變而通之」的效果，原因不在客觀的「文理之數」已經窮盡，而是詩家不能「通曉」如何「變而通之」的「典常」之道，這個道理可以呼應〈通變〉所云「綆短者銜渴，足疲者輟塗；非文理之數盡，乃通變之術疎耳」。第一序位「創作型」的文學史建構，關鍵因素必然在主觀的「文心」，而不在客觀的「文體」。文體自己不會「變」，而是「文心」的創造力讓它「變」；「變」是否能「通」，關鍵也在「文心」。一般學者離開人的「文心」，只在〈通變〉的字面上去爭論什麼是「通變」之義；完全沒有文學創作活動「總體情境」與「動態歷程」的觀念，以文字解文字，意義必然死在文字之下，僵固膚淺，已非「通變」之見，如何通曉劉勰的「通變」之論！

還有一個問題，「釋名以章義」所論述「名理相因」，由詩之本質及功能所裁定的「有常之體」，與「敷理以舉統」所歸約的「有常之體」有何差別與關聯？前者是就「詩」這一共類，從總類體普遍的本質及功能，以定義「有常之體」。詩的本質及功能就是「言志」與「抒情」，可約化為「吟詠情性」，在以儒家文化為主流的歷史語境中，所吟詠的情性必須被規範為「發乎情，止乎禮義」。[151]這就可以回應〈宗經〉所謂「文能宗經，體有六義」，其中的「情深而不詭」、「風清而不雜」、「事信而不誕」、「義直而不回」。[152]紀昀、黃侃等學者，將「通變」等同「復古」，就是誤解劉勰提倡〈宗經〉即「復古」而固化為成見，後文再做細論。

後者則就劉勰時代已通行詩的二個殊種，即四言與五言的次類體，以論述兩者可區分的「有常之體」：「四言正體，則雅潤為本；五言流調，則清麗居宗」。這是魏晉開始的「辨體」論述，曹丕《典論．論文》已見其端，云：「奏議宜雅，書論宜理，銘誄尚實，詩賦欲麗」。[153]辨體之論，意在

150 同前注，頁五七〇。

151 〈詩大序〉：「變風發乎情，止乎禮義。」參見《詩經注疏》，卷一之一，頁一七。即使「情之變」的「變風」都是「發乎情，止乎禮義」，何況「情之正」的「正風」。

152 周振甫，《文心雕龍注釋》，頁三二二。

153 〔魏〕曹丕，《典論．論文》，參見〔唐〕李善注，《文選》，卷五二，頁七二〇。

分辨各不同文類之間，因其各殊的特質及功能而應有適宜的不同體式。這是文學類體由起源而流變，至於分化為多種次類體，所必然會產生「辨同異」的文體論述。而「同」與「異」其實相對為義，就「四言」與「五言」二個次類體相對觀之，「雅潤」與「清麗」二種體式當然是「差異」；若回到「四言」這一次類體的界限之內，所有個別的作品，都「適宜」表現為「雅潤」的體貌；則「雅潤」又是「四言」次類體各個作品的「共同」特徵，因此「雅潤」就是「四言」的「有常之體」。同理類推，「五言」的「清麗」亦如是，也是它的「有常之體」。這樣的「有常之體」只具相對的普遍性；而雅潤、清麗的意象性語言，其實義也必須從諸多「典範」作品會通感悟而得。

我們還得思辨的問題是：劉勰如何經由「辨體」而得出「四言雅潤」、「五言清麗」二種「有常之體」？他在〈明詩〉結筆「敷理以舉統」時，就已說明：「鋪觀列代，而情變之數可監；撮舉同異，而綱領之要可明矣。」他的方法是經由前文「原始以表末」、「選文以定篇」，對詩類體的起源與流變，歷代四言與五言的「典範」之作，進行歷時性與並時性，縱橫通觀，「撮舉同異」而後加以歸納所獲致的判斷，並非他個人憑空生說的理論。這就可以呼應〈通變〉所謂「名理有常，體必資於故實」。因此「辨體」的論述乃立足於文學史的經驗基礎，經由事實的描述、意義的詮釋、價值的評判而歸結為文體創作的「體要」法則。所謂「四言正體，則雅潤為本；五言流調，則清麗居宗。華實異用，惟才所安」，如此斷言實乃兼涵描述、詮釋、評價與規範四義。而創作、批評、文體、文學史的因素都整合在一起；以「辨體」為義的「有常之體」，於焉建構完成，意義非常繁複。

綜合言之，以〈明詩〉為範例，可以理解到，一個文學類體實有共類之「總體」與殊種之「分體」，上下二個層位不同的「有常之體」。這是劉勰從文學源流之歷史時序的演化現象，所鋪觀、詮釋而建構「動態歷程結構」的文體論，[154]以做為創作的文體規範。「釋名以章義」乃就某一類體的「總體」進行溯源尋根，揭明其本質功能，以指認其價值之所本，[155]而裁定「有常之體」，是為觀念性的認知，具有上層位相對普遍原則的「規範效用」。經由「原始以表末」、「選文以定篇」而「敷理以舉統」，乃落實在文學歷史經驗，就某一類體的「分體」進行流變演化的觀察，從各次類體「典範」之作所表現的體貌，以歸約各有所「適」的「有常之體」，是為意象性的感知，具有下層位相對普遍原則的「典範效用」。下層位分體的「有常之體」雖各有「差異」，卻都必須「共同」以上層位總體的「有常之體」為本。在進行創作之時，二者會通而適變，則流不離源、變不背常，而末不失本。

154 「動態歷程結構」意指：每個創作主體都處於文學之「歷史」與「社會」的某個存在位置上，接受著文學「歷史」與「社會」所構成的「文體規範」而相互交涉，以形成「經緯結構歷程關係」的總體文學經驗情境。從「結構」而言，不管文學創作主體或文體規範都處在一個空間緯度的「社會存在位置」與時間經度的「歷史存在位置」上，形成彼此溝通、古今傳承之「經緯交涉」而具有特定秩序的「結構性關係」；從「歷程」而言，這種「結構性關係」並非一成不變的固定物，它在「文學歷史」的時序與「文學社群」的交往中，始終處在「因變」的「動態性歷程」；但是，雖變動卻又保持其結構性關係的「基模」。參見顏崑陽，〈文學創作在文體規範下的經緯歷程結構關係〉，《文與哲》二十二期（二〇一三年六月），頁五五二—五五四。

155 文體之「源」有三種意義：一、歷史時程的起點，即某一文體在歷史時程上最早出現的作品，就是這一文體的起源；二、發生原因，即某一文體之所以發生的原因，可分「內在原因」與「外在原因」。「內在原因」指其原因乃人之內在情性或心理；「外在原因」指其原因乃社會文化之某一事物；三、價值所本，文學之「源」指的是「價值」的優先或本原。《文心雕龍》的〈原道〉、〈徵聖〉、〈宗經〉所論文學「體源」，指的就是「價值所本」。參見顏崑陽，〈六朝文學「體源批評」的取向與效用〉，《東華人文學報》三期（二〇〇一年七月），頁七。

三、在第一序位創作型的文學史建構情境中，變、常、通三要素有何「動態歷程結構」關係？這三要素的「動態歷程結構」關係，隱涵著什麼樣的文學史觀？

〈繫辭傳〉的「通變觀」，前文已完成梳理，在詮釋〈通變〉時，將做適切的參照。至於「有機總體文學本質觀」可再簡要回顧。這本質觀指示了文學活動「總體情境」與「動態歷程」時空經緯交織的結構。〈通變〉的理論系統，實結合文體、創作與閱讀或批評、文學史四種要素，多元交涉、混融而構成。我們就在這樣「有機總體文學本質觀」基礎上，聚焦關鍵性的問題：在第一序位文學史建構的「總體情境」中，變、常、通三要素有何「動態歷程結構」的關係？而這三要素的「動態歷程結構」關係，隱涵著什麼樣的文學史觀？這二個問題必須經由精細的文本分析，深度詮釋而嚴密論證之，才能獲致相對客觀有效性的解答。

首先，宏觀〈通變〉全文，我們可以綜理出五個觀點，下文將依序微觀的分析詮釋以論證之：（一）依〈通變〉文本的上下語脈，「變」與「常」對立，而不與「通」對立。（二）參照〈繫辭傳〉的論述，在〈通變〉的語境中，「變」是第一要義，「變」是「化而裁之」，乃文學創造的優先性原則，而其運作乃依二元對立辯證統一的法則行之；亦即「變」非純粹主觀任意的行動，而必須要有客觀原則：「變化適時，取捨會通」的「典常」之道。在〈通變〉的語境中，就是如何以個人主觀的「文辭氣力」與客觀的「有常之體」，進行「變化適時，取捨會通」的對立辯證統一。（三）參照〈繫辭傳〉的論述，在〈通變〉的語境中，「變」與「通」不是二個對立辯證的概念或實存因素。「通」之義有二：一為繫屬於主體的「通曉」；二為繫屬於文體的「貫通」。「通」與「變」並用時，「變」是「化而裁之」的創造，「通」是通曉並「推而行之」，乃是「變」的實踐行動及其目的與效果，使得文體之「變」能「貫通」而至於「恆常」不窮。則「變」與「通」是同一創造實踐歷程上，互濟作用的動力因與目的因；「變」為動力，「通」為目的及效果。（四）參照〈繫辭傳〉的論述，文學創作能否達到「變而通之」的效果，其關鍵在於「人」能否通曉「變化適時，取捨會通」的「典常」之道。（五）〈通變〉全文是以文體創作論為基礎，整合創作、閱讀或批評、文體、文學史四個要素構成理論體系。隱涵第一序位的「文學史」意義，以及「創作型文學史建構」的實踐模式。依據前文的論述，文士們身處文學歷史情境中進行創作，「文學史觀」根本就是「文心」之「意識結叢」的一部分；而這一「文學史觀」就是「有常之體」與「文辭氣力」對立辯證創變，而「體必資於故實，數必酌於新聲」的「通變文學史觀」。

〈通變〉文本的上下語脈，「變」與「常」對立，而不與「通」對立，這是非常明顯的狀況。而「變」是第一要義，乃文學創造的優先性原則，其運作乃依二元對立辯證創變的法則行之；亦即「變」非純粹主觀任意的行動，而必須要有客觀原則。這客觀原則就是「變化適時，取捨會通」的「典常」之道。在〈通變〉的語境中，就是如何以個人主觀的「文辭氣力」與客觀的「有常之體」，進行「變化適時，取捨會通」的對立辯證而獲致「貫通其變」的效果。上述這些意義，從語言表面，再經文本分析詮釋，就可確當的揭明，何以會有學者誤認「變」是變，「通」是不變，兩者對立統一，而有些學者卻不同意，因而成為爭論的問題？〈通變〉云：

> 夫設文之體有常，變文之數無方，何以明其然耶？凡詩賦書記，名理相因，此有常之體也；文

辭氣力，通變則久，此無方之數也。名理有常，體必資於故實；通變無方，數必酌於新聲；故能騁無窮之路，飲不竭之源。然綆短者銜渴，足疲者輟塗；非文理之數窮，乃通變之術疎耳。156

這段文本明白以「設文之體有常」與「變文之數無方」兩者對立。而「有常之體」指的是文學史上，歷代已創造出來而客觀化存在，「名理相因」之各文類所形成的文體規範，以及「原始以表末，選文以定篇，敷理以舉統」所歸約的文體典範；其義非常複雜，我們在前文已做了精密的文本分析，深度詮釋以論證之，不贅。在這裡必須特別指出來，〈通變〉的用詞義例，「常」不等於「通」，我們詮釋時不能隨意置換。在〈通變〉文本語境中，「常」確有定常不變之義，而「通」則另有其他上下語脈所示之義，即通曉、貫通及恆常不窮，後文再作細解。

「有常之體」，依我們前文的詮釋論證，一個類體由「釋名以章義」所揭明「名理相因」之本質功能的「文體規範」，乃是主觀觀念化的「活性」原則；「原則」的本身雖是超越時空而抽象化的概念，普遍而不變，卻隱涵「活性」，是為「活法」；當它被應用到個殊事件的實踐行動時，卻可如〈繫辭傳〉所謂「化而裁之」，由應用者因境而會通適變。至於由「敷理以舉統」，從各次類體「典範」之作所表現的體貌，以歸約各有所「適」的「有常之體」，乃是意象性的「文體典範」，並非固化不變的死物，在創作時可經創作主體感知啟發而變化活用之。這二層位的「有常之體」，都是由文學家對歷代文學傳統的經典之作逐漸形成群體共識而建構出來，故〈通變〉云「名理有常，體必資於故實」，又云「參古定法」；則資於故實、參古之所得，都在於如何表現理想文體的法則。在此，我們可回應〈繫辭傳〉的論述，「有常之體」不是固化定準的「典要」，而是能「會通適變」的「典常」，也就是活性的法則。一般學者將「有常之體」解釋為「不變」的死物，其因是只在靜態、抽象的文本語言表層，以文字死解文字；而缺乏歷史想像，沒有讓文字回歸到文士們創作實踐的「總體情境」與「動態歷程」中，設身處地的體會一個優秀的文士，如曹劉陶謝、李杜蘇黃者，如何身處文學創作實踐的總體動態情境，以他們通明的主體心智，博觀精識傳統的「有常之體」，而做出「會通適變」的「再創造」。

至於「變文之數無方」是指個別文士身處當代進行創作時，可以變化的諸多主客觀因素條件，概括的說是「文辭氣力」；如果分解的說，「文辭」指的是創作進入表現階段，所關聯到各種語言形式的客觀因素條件，其實就是包括從〈定勢〉、〈情采〉、〈鎔裁〉、〈聲律〉、〈章句〉、〈麗辭〉、〈比興〉……〈養氣〉以至〈總術〉等十五篇，所論述到各種文術的操作。其中〈比興〉與〈養氣〉二篇，劉勰編排在「文術」這一層位中，應可商榷。〈比興〉的範疇不僅限於語言修辭，尤其「興」義涵蓋文學總體情境，世界、作者、作品、讀者各個環節之義。[157]〈養氣〉則涉及主體情志神氣之修養，不僅是語言操作的文術之義。故「氣力」可包括〈神思〉、〈體性〉，再加上〈養氣〉所論述到創作主體生命內在的各種主觀因素條件，即性、氣、才、神、心、情、志等，故〈神思〉云

156 周振甫，《文心雕龍注釋》，頁五六九。

157 「興」義非常複雜，不能簡化為語言修辭的隱喻或象徵。世界與作者之間，作者「感物起情」是「興」；作者到作品之間，以連類譬喻或興象的語言形式去表現也是「興」；作品到讀者之間，讀者閱讀作品，感發其志意也是「興」。讀者到世界之間，因為閱讀而「興於詩」，改變其世界觀也是「興」。顏崑陽〈從「言意位差」論先秦至六朝「興」義的演變〉，參見顏崑陽，《詩比興系論》（新北：聯經出版事業公司，二〇一七），頁七二—一一九。

「文之思也，其神遠矣」、[158]〈體性〉云「才力居中，肇自血氣；氣以實志、志以定言，吐納英華，莫非情性」、[159]〈養氣〉云「心慮言辭，神之用也」、[160]「吐納文藝，務在節宣。清和其心，調暢其氣」。[161]創作實踐乃是以主體之性氣才神等各種因素條件，操作語言形式的各種文術，其變化無方，這當然不是固化定準的「典要」。

前文已論述過，文學創作並非文士個人在孤立狀態下的憑空想像與修辭技巧操作；而明顯的有其「歷史存在」與「社會存在」的時空經緯向度。從「歷史存在」而言，這樣的向度乃具實的顯現在創作主體所對文學史上各種文體「規範」及「典範」，也就是「有常之體」的通曉及資藉，故「體必資於故實」；同時從「社會存在」而言，這樣的向度乃具實的顯現在創作主體所處的當代社會存在情境；故所謂「氣力」並非只是人性理論的抽象概念，而是實際存在歷史文化傳統與當代社會情境中，「文心」累積著各種生活經驗、價值觀念與文化、文學知識的「歷史性」（historicality）主體。[162]一個優秀的文士，在其歷史性主體的「文心」中，必然對當代「新聲」也能深確通曉。當代文學必有其「優」質也相對有其「劣」質，不能完全接受，也不能完全棄絕；那麼如何取捨？這是「選擇」的問題。一個心智通明的文士當然懂得斟酌選擇，而做出「變化適時，取捨會通」的運用，故云「數必酌於新聲」，也就是「望今制奇」。綜合觀之，在〈通變〉的語境中，文士們身處文學史情境中，進行文體創作實踐，其法則是「常體」與「變文」、「故實」與「新聲」彼此對立辯證，其目的及效果則是獲致「貫通」的創變，故〈通變〉詳切論述文士們進行創作實踐，應當如何運用這種對立辯證的法則，以獲致「穎脫」的效果，云：

規略文統，宜宏大體，先博覽以精閱，總綱紀而攝契。然後拓衢路，置關鍵，長轡遠馭，從容按節；憑情以會通，負氣以適變。采如宛虹之奮鬐，光若長離之振翼，迺穎脫之文矣。[163]

這段文本使用不少意象性語言描述創作過程，第一階段「先博覽以精閱，總綱紀而攝契」，目的是「規略文統，宜宏大體」。這是臨筆之前，必要的學養與通識，以明白「有常之體」；前文論述「有常之體」是活性的原則，也就是這裡所說的「綱紀」。「文統」、「大體」都不是單指一篇文章的結構系統、命意綱領。「文統」是指傳統對某一類體在本質功能的規範，即「名理相因」之「有常之體」的活性原則，前已詳論，不贅；這必須經由博覽精閱的學養，才能明確的通識，以總攝其綱

158　周振甫，《文心雕龍注釋》，頁五一五。

159　同前注，頁五三六。

160　同前注，頁七七七。

161　同前注，頁七七八。

162　「歷史性」（historicality）不等於「歷史」（history）。「歷史」指過去已發生的經驗事實；而「歷史性」指的是使得存有者之所是所為的「事實」能成為「歷史」的基礎。而「歷史性」也就滲透在人之所是所為的一切，尤其是對生命存在的體驗及意義的理解、價值的選擇，終而實現文化的創造。分解言之，它一方面是人之自覺其為歷史的存在而是其所當是、為其所當為的主體，一方面又是容受一切歷史事實而使之「意義化」為「存在情境」的客體。參見德·布魯格（W.Brugger）編著，項退結編譯，《西洋哲學辭典》，頁一八八—一九〇。

163　周振甫，《文心雕龍注釋》，頁五七〇。

紀。「大體」則是指某一類體「典範」之作所展示的「體要」，經由「原始以表末」、「選文以定篇」、「敷理以舉統」而歸約的法則；以詩為例，就是辨體而獲致「四言正體，則雅潤為本；五言流調，則清麗居宗」的體要，這也是原則性的「有常之體」，即此處所說的「綱紀」，前已詳論，不贅。同樣必須經由博覽精閱的學養，才能明確的通識，以總攝其綱紀。這是臨筆之前的「學」與「思」，創作主體必然身處文學史的情境中，涵泳於古代「有常之體」的眾多典範之作，絕非憑空御虛的幻想，故〈神思〉所論雖為「想像」，卻還是強調「積學以儲寶，酌理以富才」。

第二階段則是已進入創作實踐情境中，「拓衢路，置關鍵，長轡遠馭，從容按節」比喻的是前文所論述「通變無方」之「文辭氣力」，其中的「文辭」；而「憑情以會通，負氣以適變」則是其中的「氣力」。二者都是面對當下，創作實踐的個殊變化，整合起來就是〈定勢〉以下各層次的文術操作。在參酌古代的「有常之體」，「規略文統，宜宏大體」而「總綱紀以攝契」之後，就掌握「常」與「變」、「古」與「今」對立辯證的法則，便進入〈定勢〉以下各篇所論述，以個人情性氣力操作語言形式的文術。〈定勢〉云「情致異區，文變殊術，莫不因情立體，即體成勢」，[164]〈情采〉云「情者，文之經，辭者，理之緯；經正而後緯成，理定而後辭暢」、[165]〈鎔裁〉云「情理設位，文采行乎其中。剛柔以立本，變通以趨時」，[166]〈鎔裁〉以下的文術不俱論。凡此都可與「拓衢路，置關鍵，長轡遠馭；憑情以會通，負氣以適變」互文詮釋，說的都是個人「文辭氣力」的變文之數。在「有常之體」的規範下，〈通變〉所謂「憑情以會通，負氣以適變」、〈鎔裁〉所謂「變通以趨時」尤堪資人體悟「通變」之理。

如此〈通變〉，第三階段就是所獲致的效果：「采如宛虹之奮鬐，光若長離之振翼，迺穎脫之文矣」。[167]這就是「常」與「變」對立辯證而獲致的「創變」之作。然則「古」與「今」、「常」與「變」對立辯證而終究以「創變」為目的及效果，文學史因此而有「因」有「變」，「恆常」不窮的發展，而第一序位的文學史建構於焉實現。

那麼，這創變之作，實兼涵「古」之常體與「今」之變數；而「古」非原封不變的古，「今」也非訛變失常的今，故〈通變〉云「望今制奇，參古定法」。[168]「奇」由「變文」；「法」在「常體」。參，就是涉入情境以體悟。在〈通變〉的語境中，對「古」的態度明白是「資」與「參」，而不是「復」。「復」是一種事物在歷史時序中，原封不變的逆返。「參」與「資」則是經由主體的參悟而選擇適當的常法，資藉以運用而獲致「貫通」古今的創變；則「通變」豈可等同「復古」！紀昀、黃侃等人所謂「以通變為復古」，其說之粗淺偏謬可知。「復古」一詞最不適當，不如「學古」或「法古」為宜。文化或文學其勢必然往前演變發展，故「古」不可「復」而可「學」可「法」。學而不通，法而固執，是庸才之誤，非方法之謬。

從文學史觀之，漢代開始以至歷代，「學古」或「法古」已成學習創作過程中，眾所遵循的方

164　同前注，頁五八五。
165　同前注，頁五九九、六〇〇。
166　同前注，頁六一五。
167　同前注。
168　同前注，頁五七一。

法，優秀的文士未有不學古、法古以求創變者。漢代之擬騷，魏晉六朝之擬古，以至歷代文人之專學一家或轉益多師，都是學古或法古。文學史不是個人孤立的事業，而是群體繼往開來以共造的事業，必經歷代文人學古或法古的「鍊接效用」，[169]有「因承」也有「創變」，文學史才能以代代接續的創作實踐而建構形成。「學」與「法」有死有活，因襲照抄而不改面目是死學死法，這種平庸的作者必然不能進入文學史；能進入文學史的優秀文士，必然從古代經典之作體悟其法則而再創變之，這是活學活法。古之常法只是原則，不是死物，可變化而活用之。劉勰所論古代的「有常之體」，前已論明，乃是「活法」。黃侃不知法有死活之分，也不識「創變」的關鍵在「人」之主觀心智，而不在客觀的文理法則，因此誤認「不可變革者，規矩法律是也」、「所謂變者，變世俗之文，非變古昔之法」，故承襲紀昀之謬論而斷定「通變之為復古，更無疑義矣」。[170]或許〈通變〉云「矯訛翻淺，還宗經誥」二語，也是紀、黃一輩認定「通變即復古」之說的印象依據吧。

然則，我們可以說，在〈通變〉的語境中，「變」是第一要義，乃文學創造的優先性原則。劉勰立論的真正用意，乃是文學必須有貫通古今，進而開展未來的創變。「通」不是與「變」對立，而是在同一創作實踐歷程中，「通」做為貞定「變」必須能貫通以至恆常不窮的目的及效果原則。這個用意在〈通變〉文本中，分從正反二面伸說，正面說「名理有常，體必資於故實；通變無方，數必酌於新聲；故能騁無窮之路，飲不竭之源」，其意是「變」能遵循「體資於故實」與「數酌於新聲」對立辯證的法則，所獲致的效果就是「騁無窮之路，飲不竭之源」。所謂「無窮之路，不竭之源」，就是〈繫辭傳〉所說「往來不窮謂之通」、「通則久」。這不但是自己個人創作的「通」，也是文體變遷以至於「恆常」不窮，故〈通變〉最後結筆云「變則堪久，通則不乏」。[171]另者從反面說「綆短者銜渴，足疲者輟塗；非文理之數窮，乃通變之術疎耳」。所謂「綆短者銜渴，足疲者輟塗」，就是「不知變」或「變而不通」，原因不在於客觀的「文理之數窮」，而在於主觀的「通變之術疎」。通者，通曉也；變者，變文之術；也就是創作主體不能通曉「體資於故實」與「數酌於新聲」對立辯證的創變法則。

在〈通變〉的語境中，正如〈繫辭傳〉的論述，「變」乃是事物的二種對立實存要素彼此辯證而產生創造的動力。除了前文所論及常體與文辭氣力、故實與新聲、古與今的對立辯證之外，另又論及「斟酌乎質文之間，檃括乎雅俗之際，可與言通變矣」，[172]此乃「質」與「文」、「雅」與「俗」的對立辯證。文士們如能「通曉」而適當操作這類二極對立辯證的法則，就能獲致「貫通」以至「恆常」不窮的創變，故劉勰稱讚曰「可與言通變矣」。尤其是劉勰面對齊梁一般文士「競今疎古」，但逐「殊變」而失文章之「常體」，以致「風末氣衰」；[173]「風末氣衰」即是「窮」，前文引〈繫辭傳〉云「窮則變，變則通，通則久」。對應「變而失常」以至於「窮」的當代文風，則必須

169 「鍊接效用」指一種文學典範之作對後世的影響效用，歷代很多作者模習仿效，而形成如同鎖鍊前後相接的傳承現象。參見顏崑陽，〈論「典範模習」在文學史建構上的「漣漪效用」與「鍊接效用」〉，收入顏崑陽，《學術突圍》，頁二九八—三〇〇。

170 黃侃，《文心雕龍札記》，頁一三一、一三二。

171 周振甫，《文心雕龍注釋》，頁五七一。

172 同前注，頁五七〇。

173 同前注，頁五六九。

再「變」；此「變」乃以「常」對治訛變失常之時弊，而獲致「變而通之」的效果。這是「變」與「常」循環為用，而不斷更新的文學史發展軌則，故〈通變〉云「文律運周，日新其業」。[174]然則，在〈通變〉的語境中，當代個殊的「新變」必須相對「因承」傳統由群體所建構的「常體」，文本之義非常明確。前文述及，卻有學者認為「通變」只講變化發展，而不講繼承。這種偏謬的說法就因為不解「通變」一詞之義，又只執泥字面之義作解，沒有涉入歷史語境的體會，更完全不懂變化的法則乃必藉傳統「常體」與個人「文辭氣力」、「故實」與「新聲」的對立辯證，才得以獲致能「通」之「變」，顯然有「因承」也有「變化」。詮釋經典必須涉身活化的歷史語境而體會之，只在語言表層以文字解文字，意義必死在文字之下。

「常」與「變」的意義及其關係已如前論，那麼「通」又是何義？〈通變〉文本中，「通」以單辭出現一次，以複合詞「通變」出現五次、「會通」出現一次，羅列如下：

⊙變則堪久，通則不乏。

⊙文辭氣力，通變則久，此無方之數也。

⊙通變無方，數必酌於新聲。

⊙非文理之數盡，乃通變之術疎耳。

⊙斟酌乎質文之間，而檃括乎雅俗之際，可與言通變矣。

⊙參伍因革，通變之數也。

⊙憑情以會通，負氣以適變。

這幾處使用到「通」一詞而與「變」上下句並舉（不是對舉）的文本，只有「變則堪久，通則不乏」、「憑情以會通，負氣以適變」二處。「變」與「通」上下句並舉，其義並非二種異質對立的實存因素彼此辯證；而是同質並列，效果互濟的關係。變，變化；通，貫通。其效果是「堪久」與「不乏」，一正向說、一負向說，其義近似。二句合解即是〈繫辭傳〉所謂「變則通，通則久」、「變而通之以盡利」。「堪久」、「不乏」的效果就是「利」；不但有利於個人文體的創變，也有利於整個類體連續「貫通」發展而不窮。而此一「通」義，也可以回應〈繫辭傳〉所謂「往來不窮謂之通」，「不乏」就是「不窮」。至於「會通」，意為「會合而貫通」；「適變」，意為「適境而變化」。會合而貫通，即是「總體」的將多個事物交會整合而「貫通」為一。文學創作實踐就是文士們能將文體規範及典範、文辭、氣力多種因素交會整合為一體，而創造出新的文體。如此「會通」當然是必須能「適境而變化」。「境」是文士們所身處傳統與當代、個人與社會交織而成的時空情境。故「會通」與「適變」是同一文學創造歷程中，效用互濟的實踐法則。因「會通」而能「適變」；因「適變」以得「會通」。這就是前文所論及「變化適時，取捨會通」的「典常」之道。而且我們必須理解到，「會通」與「適變」不是客觀文體本身自動生成，關鍵在於文士們主體心智的通明識見。文體本身不會「變」也不會「通」，使得文體「變而通之」的是人、是文士們。

至於複合詞「通變」，也明白不是「通」與「變」二者對立。上列幾處文本，所謂「通變」可以理解為「通曉其變」或「貫通其變」。從各句的上下語脈理解，此二義可以兼通；而且這二義皆互

174 同前注，頁五七一。

濟，正是主客合一之境，「通曉」當然是創作主體心智之用，「貫通」則是創作實踐所獲致文體「變而通之」的效果。「文辭氣力，通變則久，此無方數也」，文士個人以其主體之性氣才神等各種因素條件，操作語言形式的各種文術，而獲致「貫通」文體創變的效果，乃是沒有固定唯一的方法，故「無方之數」就是「活法」。當然文士們創作實踐如要獲致此一「貫通」變化的效果，必先「通曉」無方之數的活法。「通變無方，數必酌於新聲」，如要善用「貫通」文體創變的活法，則創作主體必須「通曉」如何斟酌新聲之數。「非文理之數盡，乃通變之術疎耳」，創作實踐無法做到「體資於故實，數酌於新聲」，並非客觀文理之數已窮盡，而是創作主體未能「通曉」如何「貫通」文體創變之術。「斟酌乎質文之間，而檃括乎雅俗之際，可與言通變矣」，能「通曉」質文、雅俗對立辯證而「貫通」文體創變的法則，即可以稱許這個文士懂得「通變」之道。「參伍因革，通變之數也」，「參伍」語出〈繫辭上〉：「參伍以變，錯綜其數。」[175]孔穎達疏：「參，三也；伍，五也。或三或五，以相參合，以相改變。略舉三五，諸數皆然也。……錯謂交錯，綜謂總聚。交錯總聚其陰陽之數也。」[176]劉勰引藉〈繫辭傳〉的論述，轉用到自己的理論語境中，其義當然也有變化。「參伍」指的就不是陰陽爻數的交錯總聚；而是指「參伍因革」這一句的前文所敘述到枚乘〈七發〉、司馬相如〈上林賦〉、馬融〈廣成賦〉、揚雄〈羽獵賦〉、張衡〈西京賦〉，五篇作品對空間廣闊無邊的誇張描寫，彼此循環相因；[177]此乃前後世代的多篇作品之間互文交錯而有「變革」也有「因承」的創作現象；因此各人的文體創變，在文學史發展的動態歷程中，就得以連續「貫通」；而「賦」此一類體乃能「恆常」存在而不窮，故謂之「通變之數」。

「通」既有「通曉」古代「有常之體」的意思；那麼，身處創作實踐情境中的文士們，「有常之體」如何「通曉」而又能「變化適時，取捨會通」？其關鍵就在平素的「學」與「習」，故〈體性〉云：「事義淺深，未聞乖其學；體式雅鄭，鮮有反其習」。[178]「學」是對經典深廣的閱讀而得之於心，以豐富創作主體的學養，包括從〈宗經〉、〈正緯〉、〈辨騷〉、〈明詩〉、〈樂府〉、〈詮賦〉到〈書記〉二十三篇，所論述到各種經典以及各文類典範之作的閱讀積學；創作不能沒有「閱讀」以富其學養，學不富則識不深，為文必事義淺陋，故〈神思〉云：「積學以儲寶，酌理以富才。」[179]又〈事類〉云：「文章由學，能在天資。才自內發，學以外成。」[180]

「習」是摹習典範之作以定體，這是創作能力養成的過程，故〈體性〉云：「才由天資，學慎始習。」又云：「童子雕琢，必先雅製。」[181]劉勰清楚的理解到，一般文士絕大多數都非「生而知之」的聖人，必須學而後知；[182]故創作能力的養成，不是只靠天資之才，更必須累積習作工夫；而習作要

175 《周易注疏》，卷七，頁一五四。
176 同前注，卷七，頁一五四。
177 周振甫，《文心雕龍注釋》，頁五七〇。
178 同前注，頁五三五。
179 同前注，頁五一五。
180 同前注，頁七〇五。
181 同前注，頁五三六。
182 《文心雕龍》將作者分為二種，一種是「生而知之」的聖人，一種是「學而知之」的一般才士。參見顏崑陽，〈《文心雕龍》所隱含二重「文心」的結構及其功能〉，收入顏崑陽，《學術突圍》，頁三九〇—四一六。

有正確的取徑，從童子習為詩文開始，就要多方的以古代「雅製」的「典範」之作，做為摹習對象，取法乎上，以貞定高格的文體；至於積久成熟，會通融貫，悟得活性的法則，就能妙生變化，終而自成一體，故〈體性〉云：「八體雖殊，會通合數，得其環中，則輻輳相成。摹體以定習，因性以練才。文之司南，用此道也。」[183]劉勰從古各代各種「典範」文體加以歸約：「若總其歸塗，則數窮八體：一曰典雅，二曰遠奧，三曰精約，四曰顯附，五曰繁縟，六曰壯麗，七曰新奇，八曰輕靡。」[184]這八種「體式」並非不變的死物，而是可以經由摹習加以「會通合數」，以獲致「得其環中」的「活法」，妙生變化。「得其環中」語出《莊子・齊物論》：「樞始得其環中，以應無窮。」[185]所謂「樞」是門樞，門扇得以開閉的轉軸，「環中」是承軸木的圓形中空處；門樞必立環中，才能旋轉開閉自如。這個意象用以隱喻得道者心靈處於虛靜而無所偏執的境界，故能妙用無方，以應對無窮的是非處境；劉勰藉以喻示文士們的「文心」能融通各體而悟得圓轉適變的活法。此一活法必須經由融通的學習，故〈體性〉云：「八體屢遷，功以學成。」[186]故而我們可以說只有不學而「不知變」的平庸作者，沒有「不可變」的文體。

論述至此，我們就可以明白的理解到，在〈通變〉的語境中，「變」與「通」不是二個對立辯證的概念或實存因素，而是同一文體創造實踐歷程上，作用互濟的動力因與目的因；「變」為動力，「通」為目的及效果。再回應前文，「變」與「常」的對立辯證，則變、常、通三個要素的關係就已明顯可識。在文學「總體情境」中，文士們以文體知識為基礎，進行創作實踐時，必以「有常之體」與「變文之數」對立辯證，而因「通曉」此一法則，乃使文體創變得以「貫通」至於恆常不窮，文學史有「因」有「變」的建構於焉形成。這是一個進行式的「動態歷程」；在這歷程中，「變」與

「常」對立辯證乃是行動法則，「通」則為目的及效果，彼此具有功能性的結構，從而三者形成「動態歷程結構關係」。

綜合觀之，文士們對前代「有常之體」的「通曉」，而能與自己個殊的「文辭氣力」對立辯證，以獲致文體的創變，絕非僅憑天資，一蹴可幾；而必須經由「學」與「習」的漫長歷程以臻精熟，始能奏功。一般論者，包括古代見識短淺的文士，以及近現代學不融通的專家，都將文學創作之「法」看作客觀化、固定化的抽象理論；而不知文學之「法」必是文士們身處創作情境中，經由漫長的學習歷程與反覆運用的體驗，才能得之於心而出之於筆。這樣的「法」具有歷史性與實踐性，絕非憑空虛說的純理論知識；故「法」非固體，但隨創作主體文心之利鈍而各自表現死活的後果。具有歷史性與實踐性的「有常之體」，其規範效用及典範效用，即是這種非固體的法則，死活全在文心之利鈍；而文心之利鈍，全在才性之庸儁與學習之淺深。一個文士從漫長的學習歷程，直到創作實踐時操作「有常之體」與「文辭氣力」對立辯證的當下，都是身在文學史的情境中進行。離絕文學史情境而孤立虛懸，創作實踐全無可能。然則，我們可以做出斷言，歷代眾多文士們都必然存在於文學史的情境中，立身「現在」，經由創作實踐，既因承「過去」所已建構的「有常之體」，又與個人的「文辭氣力」

183 周振甫，《文心雕龍注釋》，頁五三六。
184 同前注，頁五三五。
185 〔戰國〕莊周著，〔清〕郭慶藩集釋，《莊子集釋》，卷一，頁六六。
186 周振甫，《文心雕龍注釋》，頁五三六。

對立辯證，獲致「變而通之」的文體新貌，以開展「未來」的文學風尚；現在、過去、未來的時間三維綿延不斷。而變、常、通三因素所形成「動態歷程結構關係」的「通變文學史觀」，必內含於創作主體的「文心」之中，並表現在創作實踐，眾多文士們今古相接，共同參與第一序位文學史的建構。

四、〈通變〉與〈時序〉、〈知音〉互文詮釋

最後，我們必須呼應〈時序〉與〈知音〉，進行互文詮釋，然後綜合建構「通變文學史觀」的「詮釋模型」。文學活動在創作實踐時，文士們必然要對所資之「故實」與所斟酌之「新聲」進行理解、詮釋，而選擇如何能「變化適時，取捨會通」，此一「通變文學史觀」本就內含於文士們的「文心」；而文學家在批評或書寫文學史時，針對作家作品本身的意義以及在文學史上創、因、變所居的位置及價值，也同樣必須進行理解、詮釋，甚至評價，此一「通變文學史觀」也是批評或書寫文學史時，所必須具備的設準。因此，不管文學創作、批評或文學史書寫，「詮釋」都是意義生產的主要心智活動；而合格的詮釋都必然有其穩定不亂的觀念或理論基礎。當此一觀念或理論基礎逐漸形成眾所共識同遵的模型，就可稱為「詮釋模型」（interpretive model）。所謂「詮釋模型」指的是可以做為詮釋經驗現象之意義的模型化觀念或理論。模型（model）一詞有其分歧義，它通常指的是「一組多個因素的關係形式」，往往是具有廣延性的範疇。我們在這裡就用它來指涉：掌握實存經驗現象的某些普遍性質、結構或規律，將它抽繹出來，找出各因素的統合關係，而定型化為一種系統性理論，可反覆操作，應用在同類或類比的研究對象上，以遂行分析、詮釋的目的，就稱為「詮釋模型」。

〈時序〉與〈知音〉「六觀」之三的「觀通變」，都屬第二序位「詮釋型」的文學史建構。先論

〈時序〉，它是劉勰通觀遠古唐虞以至南齊明帝時期，而以「時運交移，質文代變」做為詮釋觀點，論述歷代文風特色及其變遷的因素、條件與規律，可說是一篇簡明的文學史著作。[187]如果只看「時運交移，質文代變」以及「文變染乎世情，興廢繫乎時序」的斷語，則劉勰的文學史觀可能會被認為是客觀決定論，也就是文學的變遷完全由客觀的社會因素所決定，人的主體意志毫無作用。然而細讀〈時序〉的文本，並且與〈通變〉互文詮釋，就可以理解到，劉勰的文學史觀其實是：文學變遷的因素、條件頗為多元，乃各種主客觀因素交互作用而形成。

〈時序〉所謂「時運交移，質文代變」，「時運」指的是政教的治亂興衰，「交移」是交替變移。「質文」是指文化及文學風尚的質樸或文華，「代變」是迭代變遷，也就是不同歷史時期，文化及文學風尚之或質或文，前後不斷的變遷。這可呼應〈時序〉最後「贊曰」所謂「質文沿時」，更可呼應〈通變〉從「九代歌詠，志合文則」開始，敘述「黃竹斷歌，質之至也」以至「魏晉淺而綺，宋初訛而新」的質文變遷歷程。然則「質文代變」、「質文沿時」的總體趨勢是從「質」往「文」不斷變遷，形成規律；由「虞夏質而辨」變遷到「商周麗而雅」是由「質」變「文」而達到「文質彬彬」的關鍵期，這正是劉勰心目中最理想的文化風尚或文學體式，五經可為典範；[188]然後，再由「楚漢侈而豔」變遷到「魏晉淺而綺」，又是由「文」變遷到「更文」的關鍵期，及至「宋初訛而新」則是

187 《文心雕龍．時序》，同前注，頁八一三—八一七。

188 劉勰以「文質彬彬」為理想的文化風尚或文學體式，五經可為典範，詳見顏崑陽，〈論魏晉南北朝「文質」觀念及其所衍生諸問題〉，收入顏崑陽，《六朝文學觀念叢論》（台北：正中書局，一九九三），頁二一—九二。

「文」已變遷到極端而入於「訛」。從「通變」的法則而言，「訛」已經是「窮」，那麼「窮則變，變則通」；這正是物極必反，而主觀意志如何改變客觀時勢的關鍵期；也就是一個傑出的文士能「通變」而開展文學未來新趨勢的時機，未必會受到客觀處境所決定。

我們可以再細讀〈時序〉，就能理解到，促使文學變遷的因素條件頗為多方：一是帝王權力的主導，包括帝王對文學主觀的好惡與政策性的導向，例如戰國時期「齊楚兩國，頗有文學；齊開莊衢之第，楚廣蘭台之宮」云云，又西漢「孝武崇儒，潤色鴻業，禮樂爭輝，辭藻競鶩」云云，又東漢「自哀平陵替，光武中興，深懷圖讖，頗略文華」云云，又建安時期「魏武以相王之尊，雅愛詩章；文帝以副君之重，妙善辭賦」云云；二是時代政教的治亂，讓文士們感物而動，緣事而發，而哀樂之情生，因以成文，例如建安文學「雅好慷慨，良由世積亂離，風衰俗怨，並志深而筆長，故梗概而多氣」云云，這也就是「文變染乎世情」。三是文化思潮影響到文學創作的取向，例如東晉時期玄言詩的興起，「中朝貴玄，江左稱盛，因談餘習，流成文體」云云。四是前代文學典範之作的影響，例如西漢時期「爰自漢室，迄至成哀，雖世漸百齡，辭人九變，而大抵所歸，祖述楚辭，靈均餘影，於是乎在」云云。五是文士們才性情志的表現，例如東漢時期「自和安已下，迄至順桓，則有三傅班崔，王馬張蔡，磊落鴻儒，才不時乏，而文章之選，存而不論」云云，雖帝王不重視倡導文學，但是班固、傅毅、崔駰、崔瑗、崔寔、王逸、王延壽、馬融、蔡邕等，各展才學，蔚為文采。

這幾個文學變遷的原因、條件，若以文士們創作主體的才性情志為主觀內在因素，則其餘四個都是相對客觀的外在條件。因此〈時序〉對於文學變遷的因素、條件與規律的論述，看似凸顯了政治權力、時代治亂、文化思潮、文學傳統等客觀條件，難免會引起客觀決定論的錯覺。然而，閱讀《文心雕龍》，以詮釋其理論體系，不能個別篇章文本孤立觀之，必須將相關的諸篇文本合觀，進行互文詮釋。不管就理論或經驗事實言之，文學歷史的構成與變遷，絕非單一因素，而必是多元因素、條件交互作用。這多元因素必然有主觀也有客觀；故而〈時序〉必須與〈通變〉合觀，並互文詮釋。〈時序〉從政教導向與治亂，以及文化思潮的客觀時代處境立論，但客觀中隱涵主觀的才性情志；〈通變〉則從主觀的創作實踐立論，但主觀中隱涵客觀的時代處境；而凸顯創作主體如何能「望今制奇，參古定法」，以獲致「變則堪久，通則不乏」的效果。前文已論述，「文辭氣力」、「數必酌於新聲」、「望今制奇」就已隱涵了文士們的「歷史存在」與「社會存在」的時空經緯向度，也就是對文學傳統的理解與對當代社會的感知，從而做出心智通明的選擇，能夠「憑情以會通，負氣以適變」。這種對文學傳統的理解與對當代社會的感知，正可呼應《時序》前四種客觀的因素條件。文學變遷乃是多元主客觀因素交互作用的結果。

那麼，我們還要進一步追問的是：在主客觀多元因素交互作用的動態歷程關係中，主體創作實踐，究竟是順勢而完全接受外在處境，追逐時尚，往而不反；或是逆勢而適當創變，轉移文風。這必須依賴主體心智的通明，做出正確的判斷、選擇，而不必然受到質文代變、質文沿時的客觀規律所決定，故〈時序〉云：「質文沿時，崇替在選。」所謂「崇替在選」，或文或質，是誰在做選擇？大多數《文心雕龍》的注本沒有解釋，周振甫則解釋為「崇替在選：或盛或衰，在於帝王的提倡」，[189]此說過度簡化，乃因為未能將〈時序〉與〈通變〉合觀，互文詮釋。實則在劉勰看來，主體的內在才

189 同前注，頁八三三。

性情志乃是文學變遷的主因，其他四個外在客觀條件僅是助因而已。因為創作主體必須具有自主的能動性，其通明的心智與自由意志才是主導文學創變的目的與動力，故〈通變〉做為結論的「贊曰」云「趨時必果，乘機無怯」，趨時、乘機都是創作主體對客觀時代處境的感知與適變，可回應前述〈繫辭傳〉所論「通變」或「變通」的二個原則：「趣時」與「會通」，故對文風或質或文的崇替，這種關鍵性的文士才是自主的選擇者，能轉變時代文風；當然平庸的作者就會被客觀時代處境所決定。劉勰是理想主義者，理想的文士圖像是〈徵聖〉、〈宗經〉的聖人，以及〈辨騷〉的妙才，都是創造文學常道，變不離常，能因承傳統又開展未來的關鍵性文學家。然則「通變文學史觀」既不是絕對客觀決定論，當然也不是絕對主觀意志論，而是主觀意志能感知客觀處境，而做出「變化適時，取捨會通」的創作實踐，以獲致「通變」的效果，建構具有未來開展性的第一序位文學史。

接著論述〈知音〉，整部《文心雕龍》是以「文體知識」與「作者中心觀」為綱領的文學理論，因此全書絕大多數篇章皆以「創作論」為主軸，只有〈知音〉一篇專為「批評論」而設。批評雖然必經閱讀，但合格的批評卻比一般閱讀更要求專業的理論基礎，理論當然包含方法學。〈知音〉是合格的「批評論」，站在專業批評的立場提出意義詮釋與價值評判的系統性方法學，即「六觀」：一觀位體，二觀置辭，三觀通變，四觀奇正，五觀事義，六觀宮商。[190]其中「三觀通變」，必須持與〈通變〉合觀，互文詮釋。

劉勰所提出「六觀」的批評方法，不是將批評對象的作品孤立出來，懸空靜態的批評作品的本身，而是將它置入文學史的「總體情境」，從它變、常、通的「動態歷程結構關係」，觀察、詮釋、評斷它的意義及價值，此之謂「觀通變」；則「通變文學史觀」就是批評的基準之一。劉勰就曾將

「觀通變」的批評方法運用到某些類體的批評，〈議對〉云：「其大體所資，必樞紐經典，採故實於前代，觀通變於當今。理不謬搖其枝，字不妄舒其藻。」[191]他對「議」此一類體，先是預設「通變文學史觀」，進行「原始以表末」、「選文以定篇」的考察、詮釋；最後歸結斷言「其大體所資，必樞紐經典」云云，揭示歷代文士們創作「議」此一類體，多遵循「採故實於前代，觀通變於當今」的法則；此即〈通變〉所謂「體必資於故實，數必酌於新聲」，故能「常」與「變」對立辯證，使這一類體得以「貫通」。又〈物色〉云：「古來辭人，異代接武，莫不參伍以相變，因革以為功，物色盡而情有餘者，曉會通也。」[192]他觀察《詩經》、〈離騷〉、漢賦以至南朝劉宋時期的山水詩，諸多作品對「物色」的描寫，皆參伍相變，因革為功，能做到「物色盡而情有餘」的作品，即是「曉會通」之故；顯然預設「通變文學史觀」對同一類作品做出「通變」效果的批評。以這樣的文學史觀去批評一篇、一家或一時代、一類型的文學作品，才能有效的詮釋這些作品彼此之間，承先啟後、繼往開來而造成文體典範變遷的因果關係，並評斷他們在文學史上的地位及價值，從而建構第二序位的文學史。

這種第二序位的「文學史」建構屬於「詮釋型」。從歷史的時序觀之，「詮釋型」的文學史建構，屬於文學批評，乃後設性的文學史知識生產。文學史家不在文學歷史情境的當下現場參與創作實踐，而僅將「過去」已發生的文學經驗事實，做為認知對象，依據文獻記載，而進行相對客觀的理

190 同前注，頁八八八。
191 同前注，頁四六二。
192 同前注，頁八四六。

解、詮釋與評價，並以後設語言加以敘述。一部合格的文學史，都必須秉持具有詮釋效力的文學史觀。

第五節　原生性「通變文學史觀」詮釋模型重構

經由前文對「通變文學史觀」涵義的詮釋，我們就可以重構其「詮釋模型」，以供現當代《中國文學史》書寫，可資應用的一種「原生性」文學史觀。此一文學史觀的詮釋模型如下：

一、這一文學史觀兼具文學創作與批評二重序位，第一序位的文學史觀為文學創作實踐時，內含於作者的「文心」，做為作者身處文學史情境進行創作時，自覺或不自覺的意識到自己的創作如何繼往開來的基本觀念。第二序位的文學史觀，則是文學批評或文學史書寫時，批評家或史家必須具備的設準。二個序位彼此相應，形成創作與批評同模共構的關係。

二、這一文學史觀在第一序位「創作型」文學史建構，所形成的「詮釋模型」是：歷代眾多文學家們都必然存在於文學史的情境中，立身「現在」，經由創作實踐，既因承「過去」所已建構的「有常之體」，又與個人的「文辭氣力」對立辯證，獲致「變而通之」的文體新貌，以開展「未來」的文學風尚；現在、過去、未來的時間三維綿延不斷；而變、常、通三因素形成「動態歷程結構關係」，文學史的發展才不至於斷裂甚至衰亡；而必須如此，第一序位文學史的建構才有其可能。因此「通變文學史觀」乃以「文體創作」為中心，不僅因承過去，創變現在，更有開展未來的文學歷史貫通性。

三、第一序位「創作型」的文學史建構，創作實踐主體必須具有自主的能動性，不但要詮釋、掌握傳統的有常之體；同時也要面向當代，對客觀文學處境能深切的感知與適變，才能不受「質文沿時」客觀規律的決定，而獲致「通變」的效果，以轉變時代文風。這樣的作者才是可以評價為文學史上，繼往開來的關鍵性文士。

四、文學批評家或史家進行文學批評或第二序位「詮釋型」文學史建構時，必須以第一序位諸多作家作品及其所處的時代為對象，並秉持這一文學史觀為設準，進行後設性的描述、詮釋與評價；揭明諸多作家作品在文學史情境中，所形成各個文學類體之變、常、通的「動態歷程結構關係」，從而建構其創－因－變相循不絕的發展歷程，並評定諸多作家作品的文學史地位及價值，完成第二序位「詮釋型」的文學史。

第六節　結論

「源流」與「正變」二種文學史觀，原發於文學領域。「源流史觀」從漢代詩、騷、賦的因變關係開始萌生，到六朝完全成形，而唐宋以降繼續演變；「正變史觀」從詩經學的「風雅正變」發展到魏晉六朝文體知識形成之後的「文體正變」，一直保持著連續不斷的論述傳統。因此「源流」、「正變」一詞及其史觀，下逮明清，仍然廣被討論。

「通變」做為一種文學史觀，其觀念則原發於文化思想領域的《周易．繫辭傳》，劉勰將它轉用到文學領域，而創發出自成一家之言的理論。其系統甚為繁富，不易通曉。而且《文心雕龍》自南朝期末成書，流傳甚弱，元明時期雖有些刊本，卻極少有人作注；到明代萬曆年間，才有梅慶生、王惟儉的校注，以及鍾惺、梁杰的評說，都粗略而已。[193]降及清代乾隆年間，始見黃叔琳的輯注、紀昀的點評，比較完備，仍未詳密，故而近代李詳為黃本補注，劉咸炘作闡說。[194]《文心雕龍》漸成顯學，一般認為始自黃侃一九一四到一九一九年間，在北京大學講授《文心雕龍》，於今傳有《文心雕龍札記》，因此「龍學」彰顯不過百年而已。

由於《文心雕龍》從齊梁以至清代流傳甚弱，而〈通變〉理論繁富；古代一般文人少有能通易學思想，又通文學理論者；因此「通變」一詞在文學論述中，實不多見，更遑論能將《文心雕龍》的「通變論」精當的運用到文學論述。通觀文獻，「通變」一詞比較常見用之於政教人事的論述，這當然是直接沿續〈繫辭傳〉的文化思想；略舉幾個例子，以見一斑，宋代孫待制〈唐史記要論序〉：「聖賢人順時通變，言與事各有所宜，為史者從而記之。」[195]明代馬政〈贈都御史邃菴楊公序〉：「天下之事窮則變，變則通。窮者時也，亦勢也；變而通之者人也。時之所在，勢不容于不變，而必有待乎其人；若人者必道足以濟時，才足以通變，乃能起而當其任。」[196]清代黃式三〈變法說〉：「漢承秦弊，除之未盡，欲新王化，必自除秕政始，以隨俗為通變，以習非為守常，未可以興治也。」[197]以上這些論述大致取自〈繫辭傳〉之意，而「通變」一詞也僅是籠統用之而已。

至於「通變」一詞用於文學論述者，也不是常見；略舉數例，以見一斑。清代許學夷《詩源辯體》：「七子七言律碩大高華者多，而溫雅和平者少，只是不能通變。」[198]毛先舒《詩辨坻》：「抑有崇求復古，不知通變；譬之書家，妙於臨模，不自見筆；斯為弱手，未同盜俠。」[199]沈德潛《說詩晬語》：「詩不學古，謂之野體；然泥古而不能通變，猶學書者但講臨摹，分寸不失，而己之神理不存也。」[200]這些論述，都將「通變」一詞直接用在自己的論述語脈中，概念籠統，僅是一般常識，乃一般創作技法的「變通」之義；與《文心雕龍》的「通變論」沒有深切的理論意義關聯；其中更不涵「通變文學史觀」的意義。

《文心雕龍》結合創作實踐、文體知識、閱讀或批評法則、文學史觀的「通變」理論，後世沒有能繼承、闡發而應用者。「通變」也只流為一般常識性用詞，而「通變文學史觀」更是窈然不可見。至於清代紀昀將「通變」謬解為「復古」，其實是在明代以來「復古」與「代變」或「新變」各持意

193 參見王利器，《文心雕龍校證》（台北：明文書局，一九八五），頁一—三一。

194 參見戚良德輯校，《文心雕龍》。

195 （宋）佚名輯，《新刊國朝二百家名賢文粹》（宋慶元三年書隱齋刻本），卷一四七，頁一七八六，參見《雕龍續修四庫全書增補版》電子資料庫。

196 （明）陳子龍，《皇明經世文編》（明崇禎平露堂刻本），卷一二七，頁二五〇四，參見《雕龍續修四庫全書增補版》電子資料庫。

197 （清）沈粹芬，黃人編著，《國朝文匯》（上海：國學扶輪社，宣統元年石印本），卷二五，頁五五〇一，參見《雕龍續修四庫全書增補版》電子資料庫。

198 （明）許學夷著，杜維末校點，《詩源辯體》（北京：人民文學出版社，一九九八），頁四二七。

199 （清）毛先舒著，《詩辯坻》，卷一。參見郭紹虞編，富壽蓀校點，《清詩話續編》（台北：藝文印書館，一九八五），冊一，頁一一。

200 （清）沈德潛著，霍松林注，《說詩晬語》（北京：人民文學出版社，一九七九），卷上，頁一八九。

識形態及立場，為文學霸權而互相對抗的歷史情境中，選邊為劉勰貼上標籤。明清時期，此一「復古」與「代變」或「新變」極化對抗的文學史現象，雖與《文心雕龍》之「通變文學史觀」沒有直接影響關係，卻正好是「參古定法」與「望今制奇」對立辯證融合的斷裂，而形成互不相容的對抗。不同文人群體面對文學歷史傳統各取態度、立場，彼此之間的爭辯，已非圓通的理論；而是文化意識形態與文學霸權的爭奪。這種現象，我們在討論「代變文學史觀」時，將會有比較詳明的詮釋。

我們已精密的詮釋「通變文學史觀」的涵義，並重構其「詮釋模型」。縱觀之，在《文心雕龍》的理論體系中，「通變文學史觀」兼涵創作與詮釋二重序位的意義。文士們創作實踐的「文心」本就內含此一史觀，故可稱為「原生性」文學史觀；古代文士在批評實踐時，大多也能通曉文學創作本就內含此一「原生性」文學史觀，其創作始能有「變」有「常」，並「貫通」以至「恆常」不窮，而建構第一序位的文學史；因此揭明此一「原生性」文學史觀，以做為建構第二序位文學史的史觀設準；則所設準的「通變文學史觀」當然也具「原生性」。從文學史的建構觀之，「創作」與「詮釋」二個序位的史觀彼此相應，本態而同體，最具詮釋效力。近現代眾多《中國古代文學史》的著作，盲目「外植」西方「文學進化論」與馬克斯主義「唯物論」的文學史觀；則「原生性文學史觀」與「外植性文學史觀」對觀，哪一種比較具有詮釋效力？這是一個值得全面深入反思的問題。

原刊《東華漢學》三八期，二〇二三年十二月

二〇二四年一月修訂

第七章

中國原生性「代變文學史觀」詮釋模型重構

第一節 引論

「代變」做為中國古代一種「原生性」的文學史觀，其範疇不如「源流」、「正變」、「通變」那麼明確。從歷代相關論述觀之，有些措詞用語其義相近卻不統一，例如「質文代變」、「若無新變，不能代雄」、「一代之言，皆一代精神所出」、「一代有一代所勝」、「有一代之興，必有一代之文以為之重」、「一代之文有一代之體」、「詩文之所以代變，有不得不變者」、「詩之體以代變」、「詩之格以代降」等。

以這些措詞用語所做的論述，彼此之間有概念疊合之處，也有分殊之處。疊合之處在於「代變」這一基本概念，也就是「歷代變化」之義，故而各代互有差異。至於其分殊處，則在於什麼在變？變的因素條件是什麼？變是否有其規律？變的價值如何？這些問題則各有不同的答案。大略言之，「什麼在變」這一問題，或指「質文」，或指「精神」，或泛指「文」，或籠統指「詩文」，或特指「詩之體」、「詩之格」；「變的因素條件是什麼」、「變是否有其規律」、「變的價值如何」。這些問題，則必須進入各個論述語境中，才能詳解。

現代學界，對於「代變文學史觀」，還未見總體系統化的論著。《中國文學史學史》是一部從古至今，全面討論「中國文學史」之「史學」觀念或理論的大型專著。其中對「傳統文學史學」的討論，依循時代的先後，散見「風雅正變」、「詩賦源流」、「質文代變」、「同源異流」、「復古、新變與通變的分流」幾個議題。[1]其中「質文代變」，「復古、新變與通變的分流」二小節有約略涉及到「代變文學史觀」；卻沒有聚焦在「文學史觀」，跨越時代先後，統整各個相關文本，經由精密的文本分析詮釋，而綜合建構系統化的「代變文學史觀」。其中「質文代變」一節所述，指出：「『質文代變』論是魏晉南北朝時期文學史觀的中心命題。人們在考察文學發展與時代關係的過程中，引入「質」、「文」概念來描述文學的發展變化，力圖從理論上揭示文學古質今文變化的歷史與審美意義。並總結出『時運交移，質文代變』的一般規律。這一觀念體現了一種真正自覺的文學史意識，因而也就成為該時期文學史發展的一條重要的內在線索。」[2]總體宏觀，這樣的說法允當。而何謂「質」？何謂「文」？則分從「外在形式與內在本質」、「華麗錯彩與樸素自然」進行詮釋。至於「質文」對舉的觀念，歷程性起源與發展，上溯《論語．雍也》、《禮記．表記》、《春秋繁露．三代改制質文》、《韓非子．解老》、《淮南子．詮言訓》，以至建安時期阮瑀、應瑒的〈文質論〉，這些文化思想的論述。然後轉至文學方面的文質論述，歷敘陸機〈文賦〉、沈約《宋書．謝靈運傳論》、北齊劉晝《劉子．言苑》有關文質的論述。而專對「文學史」角度提出文學由質而文之變化趨勢，則歷敘摯虞《文章流別論》、葛洪《抱朴子．鈞世》、《文心雕龍》的〈時序〉、〈通變〉，詮釋其中以「質」與「文」的基本概念，以論述文學的「古質今文」，最後歸結到《文心雕龍．時序》所提出「時運交移，質文代變」，以做為文學發展演變的基本規律。論者並且肯定：總結出這一規

1 董乃斌、陳伯海、劉揚忠主編，《中國文學史學史》（石家莊：河北人民出版社，二〇〇三），第一冊，頁五五—一八七。

2 同前注，頁一四一。

律，使過去依附經史，模糊不定的文學史意識獲具了一種較為嚴密的理論型態。[3]史料豐富，卻都分隨各家之說，平面鋪敘，不成系統性的理論。

「質文代變」的論述，主要關鍵詞是「質」與「文」，這是二個對立而非常廣延性的概念，可包括總體文化中，對主體人格型態及修養、政教制度及社會文化風氣、時代文風、古今文體的描述性意義，或言說者附加優劣的評價義；而所謂「質文代變」可指總體文化「由質趨文」的線性變遷規律，或者不同歷史時期，一代為「質」一代為「文」的交替變遷。假如聚焦到「文學史」觀之，則是側重政教制度及社會文化的客觀處境，對時代文學風尚的決定性影響。這是一種很籠統、簡化、機械的文學史觀。其間，創作主體的功能效用隱而不明。因此假如要重構一種完整的「代變文學史觀」，就必須統整其他與主體創作實踐有關的論述，總體重構主客交互作用的一種文學史觀。

另外，論者又從「分流」的觀點分別討論復古、新變與通變。論者認為「復古論是先秦兩漢文學史觀發展的主流傾向，其以古衡今、伸正詘變的思想方法一直體現在文學乃至一切學術文化的研究中」。從而歷敘摯虞、裴子野、蘇綽、柳虬、柳慶等人的復古之論。論者認為這些復古論者「常以一種退化的歷史觀來看待文學的演變歷程」。[4]在這一論述語境中，「復古」、「退化史觀」二詞頗著貶意。相對的「新變論」，論者認為從漢代桓譚、王充開始，新變論者「對新的歷史時期創作出現的新變化普遍持肯定態度，認為文學就應當順應這種古質今變的發展趨勢」。接著歷敘桓譚、王充以降，葛洪、沈約、蕭子顯、蕭統、蕭綱、蕭繹等人的「新變論」，以及郭璞、鮑照、湯惠休能「新變」的創作實踐。從而肯定新變論者「以一種發展的歷史觀來描述文學演變的進程，以變革創新、今勝於古的主張，反擊六朝的復古思潮」。[5]在這一論述語境中，相對「復古」、「退化史觀」，則

「新變」、「發展史觀」二詞就頗涵褒意。而最後則以劉勰《文心雕龍》的「通變論」做為折衷調和的文學史觀。雖然肯定「通變論以其執中守正的思想觀點和方法，切合著中國千年一貫的政教文化傳統，不特起到了匡救文學時弊的作用，也為唐代以降文學史觀的發展創設了一個反覆循環的運行通則」；不過，論者又批判劉勰的「通變論雖能正確地把握文學演進過程中，『通』和『變』兩方面的辯證關係，卻又從『質』與『文』分立的角度將兩者機械地割裂開來，宣稱『體必資於故實』、『數必酌於新聲』，意即規定變化創新只限於文辭風格之類的表現形式，而文學本體精神則不容推陳出新」，因此論者仍然判定劉勰「通變論」很大程度回到「復古」的路子上去，「帶有濃重的復古色彩」。[6]這樣的批判顯然未能通透的理解《文心雕龍》的「通變」之論。

綜觀上述復古、新變與通變分項討論，依照歷史時程的先後，從文本語言表層的意義進行描述或詮釋，再加上「復古—新變」、「退化—發展」勢不相容的對立，中間加入「通變」、「折衷調和」，就用這種既成的框架分別詮釋這三種觀念，分論而未能統整為系統性的文學史觀；又附加近現代以來，貶抑所謂「復古」而褒揚所謂「新變」，[7]預設主觀單一立場的價值觀，以對待多元變化的

3 同前注，頁一四七—一五〇。

4 同前注，頁一六四—一七三。

5 同前注，頁一七三—一八二。

6 同前注，頁一八三—一八七。

7 近代以降，中國古代文學史著作繁多，大致受西學影響，挪借從英・達爾文（Charles Robert Darwin, 1809-1882）的「生物進化論」演變到英・斯賓賽（Herbert Spencer, 1820-1903）的「社會進化論」，而轉用到中國文學史的書寫，形成氾

歷史文化現象，如此詮釋的相對客觀有效性，可以給個問號。其實所引述那些復古、新變、通變之論，都是主觀宣示個人創作實踐的立場與態度，並非直接論述個人所持的文學史觀，例如蕭子顯《南齊書．文學傳論》所謂「若無新變，不能代雄」，即是一種求新擅奇的「創作觀」；後文雖舉建安三曹七子、太康潘岳、陸機、江左郭璞、顏延之、謝靈運等人之作，也不過是讚許諸家能夠「新變」，因而「代雄」，以印證自己的創作觀。[8]至於其中是否隱涵某種文學史觀，則有待進行全文的精細分析，深度詮釋，才能揭明，可惜論者未能竟功。

文學創作實踐，的確隱涵著第一序「創作型」的文學史建構型態，[9]卻必須經由文本分析而做深層的詮釋；但「文學創作觀」的論述不能直接等同「文學史觀」。「新變論」的確與「代變文學史觀」最具相切的關聯，卻只是一個片面簡化的觀點，古人言說往往如此；假如我們要後設性的建構一個系統化的文學史觀，就必須統整其他相關的因素條件，而能回答：什麼在變？變的因素條件是什麼？變是否有其規律？變的價值如何？等等這些問題，而做出系統完整的重構。上列的論述，顯然未能從「新變論」統整相關因素條件，而後設的重構系統化的「代變文學史觀」。我們將在後文進行這項工程。

劉文忠以專書論述「正變、通變、新變」三個議題，[10]同樣未論及「代變」，而只論及「新變」，與論「正變」、「通變」同一體例，安排八章，從齊梁時代開始，歷敘永明聲律論、蕭子顯與蕭統、蕭綱、蕭繹的「新變」論，接續隋唐、宋金元、明代、清代到近代，各朝代文論中的「新變」論，一家一家概述，間或加以評論，史料蒐集非常豐富。諸多文本僅從表層觀之，大致都是文學本質論、創作論或批評論的話語，與文學史觀沒有直接切合的關係。這就必須深入歷史語境，將諸多話語置入發言者所身處的文學歷史情境，理解而詮釋以揭明發言者所提出的「新變」之論，對文學過去、現在以及未來「創─因─變」關係，究竟抱持什麼樣的觀念，這才能夠揭明「新變」論其實隱含「代變文學史觀」的意義。這本書的論題是將「新變」當作美學範疇，也就無關乎「代變文學史觀」了。

學界對此一論題的研究，像上述兩種通論性的著述並不多，大多數只就某些典籍所載文獻，各取單一議題去探討，例如童慶炳〈《文心雕龍》「質文代變」說及其啟示錄〉。這篇論文只是針對《文心雕龍．時序》所提出「時運交移，質文代變」的觀念，描述其中心觀點乃是劉勰認為中國古代文學雖然歷「十代九變」，卻都不離「質文代變」、「質文沿時」的規律；又進而提出自己的詮釋觀點，認為劉勰對於「質文代變」的發展規律，又從「上下」、「前後」、「浸染」三種模式，加以全面闡釋。「上下」指的是政教上，君王與臣民的關係；上層有政教措施必影響下層的文風取向。「前後」指的是前代文學典範對後代的影響，戰國文學「籠罩雅頌」，漢代文學「祖述楚辭」。「浸染」則指「世情」與「時序」，也就是在一定時間內，人們的社會心理對文學變化的作用。童慶炳特別重視「浸染」模式，認為與現代的社會心理做為中介來解釋文學發展，有其相似、相通之處。因而劉勰的

濫無所止的「文學進化論」，認為求新求變，才是文學進化的正軌，故逢古必反。「復古」成為貶詞，「新變」則是讚詞。參見王文仁，《啟蒙與迷魅：近現代視野下的中國文學進化史觀》（台北：博揚文化公司，二〇一一）。

8 參見〔南朝梁〕蕭子顯，《南齊書》（台北：藝文印書館，一九五六），卷五二，頁四二〇─四二一。

9 文學史的建構分為「創作型建構」與「詮釋型建構」二種基本型態。詳見本書第一章〈緒論〉。

10 劉文忠，《正變．通變．新變》（南昌：百花洲文藝出版社，二〇〇五）。

文學發展觀，對於我們能有啟發意義。[11]

這篇論文所探討的只是《文心雕龍．時序》的「質文代變」觀，而不是總體系統化的「代變文學史觀」。「質文代變」所謂「質」與「文」也只是泛指一代政教文化以及文學的風氣；但是「代變文學史觀」，所「變」者，當不只是空泛的一代政教文化以及文學的風氣，更具體明確的是一代文學的體製、體式或體格，[12]甚至於題材及表現法則。因此，整體的「代變文學史觀」，還須結合其他各種相關因素條件，才能做出系統性的重構。

另外，又例如鄭柏彥針對明代王世貞的《藝苑卮言》所論述「文體變遷」的原則，可以詮釋為內涵「代變文學史觀」。他認為《藝苑卮言》的論述內涵著「循環新變」的史觀，而又與「代變」史觀相連結，文體起而盛，盛而衰，衰而起；亦即一代文體盛衰後，繼之而起一代新文體。[13]這篇論文所處理的是王世貞《藝苑卮言》的一家之說，不是跨越各種典籍所重構總體系統化的「代變文學史觀」。其「代變」所指乃是「文體」；但「文體」指的是形構性的體製，還是樣態性的體式或體格？是一家之體，還是一代之體？這都必須再做分析詮釋。又例如謝旻琪針對晚明「末五子」之一的李維楨，討論他的文學史觀，而認為李維楨所持為「代變文學史觀」，一方面從政治興衰以論述詩之「格以代降」的原因，另一方面肯認「一代即有一代之詩」，每代文學各擅勝場。謝旻琪認為李維楨雖以不同觀點看待文學發展，具有兼容的意義，其理論卻不免矛盾。[14]這篇論文所處理的是李維楨一家之說，其「代變」所指也是文體；因而也就不是跨越各種典籍所重構總體系統化的「代變文學史觀」。

諸議題中，最受關注的是清代焦循所謂「一代有一代所勝……余嘗欲自楚騷以下，至明八股，撰為一集。漢則專取其賦，魏、晉、六朝至隋，則專錄其五言詩，唐則專錄其律詩，宋專錄其詞，元專錄其曲，明專錄其八股。一代還其一代之所勝。」[15]吳偉業所謂「有一代之興，必有一代之文以為之重」。[16]這一類論述經由近現代學者統合轉譯為「一代有一代之文學」這個文學史觀。首先王國維〈宋元戲曲史序〉云：「凡一代有一代之文學：楚之騷，漢之賦，六代之駢語，唐之詩，宋之詞，元之曲，皆所謂一代之文學，而後世莫能繼焉者也。」[17]這個說法並非從王國維開始，而古已有之；除

---

11 童慶炳，〈《文心雕龍》「質文代變」說及其啟示錄〉，《愛思想》https://www.aisixiang.com/data/95072.html，二〇一五年十二月十四日。

12 「體製」或稱「體裁」，指的是文章可分析的語言形式結構，例如五言律體、七言絕句等。「體貌」指一篇或一家文章特殊的美感形象。「體貌」如果具有「典範性」，可以作為模習的法式，就超越個殊而成為普遍的「體式」。「體式」可就一家之作而言，稱為「家數」，例如陶淵明體、謝靈運體；也可就某一文類而言，稱為「類體」，例如詩典雅、詞婉約；亦可就時代而言，稱為「時體」，例如建安體、太康體。更可超越一家一類一時，就普遍的審美形象而言，例如《文心雕龍．體性》所歸約典雅、遠奧、精約、顯附等八體。「體格」則在「體式」的概念上，再加上「品第」的評價義。參見顏崑陽，〈論「文體」與「文類」的涵義及其關係〉，《清華中文學報》第一期（二〇〇七年九月），頁二二一—二二五、二二八—二三七。

13 鄭柏彥，〈《藝苑卮言》「辨體」方法論〉，中山大學《文與哲》第二四期（二〇一四年六月），頁九四—九七。

14 謝旻琪，〈論李維楨的文學史觀〉，《彰化師大國文學誌》第二〇期（二〇一〇年六月），頁二七七—二八八。

15 〔清〕焦循，《易餘籥錄》（新北：文海出版社，一九六七），卷一五，頁三四一。

16 〔清〕吳偉業，〈陳百史文集序〉，參見吳偉業著，現代李學穎集評標校，《吳梅村全集》（上海：上海古籍出版社，一九九〇），冊中，頁六五六。

17 王國維，《宋元戲曲史》（台北：臺灣商務印書館，一九九四），頁一。按王國維此作，一九一三年成書，原名《宋元戲曲考》。一九一五年，商務印書館正式出版，更名為《宋元戲曲史》。

了上引清代焦循、吳偉業之說外，甚至可以上溯到金代、明代。錢鍾書在《談藝錄》中，就雜引金代劉祁《歸潛志》、明代曹安讕《言長語》、胡應麟《詩藪》、郎瑛《七修類稿》、陳繼儒《太平清話》等典籍，所述「楚騷、漢賦、唐詩、宋詞、元曲」這一類的論述，並下推王國維〈宋元戲曲史序〉之說。[18]

然則，這類論述金代劉祁就已提出；只不過歷代所述，大多採「楚騷、漢賦、唐詩、宋詞、元曲」這種羅列各代「所勝」之文類的話語方式，而沒有共同聚合出「一代有一代文學」這一關鍵詞。這一關鍵詞應是王國維首倡，而其後在眾多「中國文學史」的書寫風潮中，廣被運用。現代有些學者，例如周勛初、[19]王齊洲、[20]齊森華等，[21]就在王國維、錢鍾書的論述基礎上，對「一代有一代文學」做出更為詳細的討論。依據齊森華「〈「一代有一代之文學」論獻疑〉的考察，從金元以迄晚清王國維之〈宋元戲曲考〉，持此說者至少有三十餘位，大多是戲曲家。顯見此說之流行於這一時期，主因與戲曲（亦及小說）之爭取進入正統、主流有關。[22]我們也可以明顯看到王國維提出此說，就因為元曲受到鄙棄，故特為之不平之鳴，云：「……獨元人之曲，為時既近，託體稍卑，故兩朝史志與四庫集部，均不著於錄；後世儒碩，皆鄙棄不復道。」他對於元曲無法在文學傳統中與詩文受到同等重視，憤慨之情溢於言表，因此撰著《宋元戲曲考》，蒐集考證文獻，進行論述，以「究其淵源，明其變化之跡」，為元曲的出身上溯唐宋遼金之文學，冀其能得「尊體」之效，而在文學史上，與詩文並列，躋身正統的地位。

「五四」以降，白話新文學大興，這是古所未有的鉅大「新變」。白話文學與戲曲、小說同樣面對如何在中國文學史上能立足於正統地位的問題；則「文學史觀」的選擇、論述就成為要務。隨著晚清以降，中國追求現代化的時潮，引進西方的「進化史觀」，以做為白話新文學之正當性的理據。在這樣的歷史語境中，一方面因為反傳統而對歷代文學採取「逢古必反」的論述，相對一方面則綰合「文學進化史觀」、「文學新變論」、「一代有一代文學」幾個觀念，做為《中國文學史》書寫的理論基礎。因此中國傳統「文學新變論」、「一代有一代文學」不斷被引用，成為不必論證的口頭禪。魯迅、傅斯年、胡小石等有關文學史的著作，更是進化、新變、一代有一代文學的崇信者，尤其胡小石的《中國文學史講稿》最是徹底的運用這幾個中西綰合的觀念；[23]而這些觀念其實比較接近於中國傳統的「代變文學史觀」。

綜合上述，中國古代源流、正變、通變、代變四種「原生性」文學史觀，在近現代的歷史語境中，最受到重視並加以運用的即是「代變」；因為符合近現代反傳統而求新求變的文化思潮，以及《中國文學史》書寫的理論需求；但是「代變」這一文學史觀，卻比源流、正變、通變三個文學史觀顯得紛歧支離。而一個宏視的「觀念」實由多個單一觀念複合而成，假如要有效的運用於《中國文學史》的書寫，我們的論述過程，就必須集合各種相關文獻，深度分析出幾個主要單一觀念，再綜合重

18　錢鍾書，《談藝錄》（香港：龍門書店，一九六五），頁三四—三七。

19　周勛初，〈文學「一代有一代之所勝」說的重要歷史意義〉，《文學遺產》，二〇〇〇年第一期。

20　王齊洲，〈「一代有一代文學」文學史觀的現代意義〉，《文藝研究》，二〇〇二年第六期。

21　齊森華，〈「一代有一代文學」論獻疑〉，《文學理論研究》，二〇〇四年第五期。

22　同前注。

23　詳見王文仁，《啟蒙與迷魅：近現代視野下的中國文學進化史觀》，頁二二四—二三五。

構為系統化而具有「動態歷程性結構」的「詮釋模型」（interpretive model）。所謂「詮釋模型」指的是可以做為詮釋經驗現象之意義的模型化觀念或理論。模型（model）一詞有其分歧義，它通常指的是「一組多個因素的關係形式」，具有廣延性。我們在這裡就用它來指涉：掌握實存經驗現象的某些普遍性質、結構或規律，將它抽繹出來，找出各因素的統合關係，而定型化為一種系統性理論，可反覆操作，應用在同類或類比的研究對象上，以遂行分析、詮釋的目的。不過，我們必須再做一個說明，「詮釋模型」不是固定不變的死物，而是活性的原則。「詮釋模型」是「體」，具有普遍原則；但是當它被實際「用」之於個案的分析、詮釋時，卻在動態的歷史語境中，可允許被不同使用者加以「調適」而獲取高度的詮釋效用，因此具有可變性；但是雖有個案使用的可變性，卻仍然維持它的基本結構，而不至於散亂到不成模型。因此，此一「詮釋模型」涵具「動態歷程性結構」。

第二節　「代變」關鍵詞釋義

一、「代」一詞的本義及所引申的一般性概念義

從詞義分析而言，「代」字的辭典義是「更替」，《說文》云：「代，改也。」段玉裁注云：「凡以此易彼謂之代。」[24]以此易彼，即是「更替」，引申之後的一般性概念，其與「代變文學史觀」之詮釋有關者約為二義。

(一)「代」即「更替」

《楚辭．離騷》云：「春與秋其代序。」[25]《中庸》云：「如日月之代明。」[26]句中「代」字雖為本義之「更替」；但是，在這些語境中，卻特別凸顯二種事物交相輪替，呈現循環狀態。又《孟子．滕文公下》：「堯舜既沒，聖人之道衰，暴君代作。」[27]句中「代」字亦沿用本義「更替」；但是，在這語境中，卻更凸顯暴君一個接替一個產生的狀況。與前面日月春秋「循環更替」略有不同，這種「更替」的現象，乃是各個相接續，呈現「線性更替」的狀態。

(二)「代」即「朝代」或再細分階段性時期的「世代」

「代」字從「更替」的本義引申用之，由動詞轉而為名詞，即「朝代」或「世代」。古時不同姓氏之王者受命「更替」政權，是為朝代，例如周代、漢代、唐代。《論語．八佾》云：「周監於二代，郁郁乎文哉！吾從周。」[28]二代，謂夏、殷。其義擴而用之，可指一般性之人事更替而形成不

24 〔漢〕許慎著，〔清〕段玉裁注，《說文解字》（台北：漢京文化公司，一九八〇），頁三七九。

25 〔戰國〕屈原等著，〔漢〕王逸注，〔宋〕洪興祖補注，《楚辭補註》（台北：藝文印書館，影印汲古閣本，一九六八），卷一，頁一八。

26 《中庸》第三十章，參見〔宋〕朱熹，《四書集注》（台北：學海出版社，一九七九），頁二七。

27 〔戰國〕孟軻著，〔漢〕趙岐注，〔宋〕孫奭疏，《孟子注疏》（台北：藝文印書館，嘉慶二十年江西南昌府學重刊宋本，一九七三），卷六，頁一七七。

28 〔漢〕孔安國傳，〔魏〕何晏集解，〔宋〕邢昺疏，《論語注疏》（台北：藝文印書館，嘉慶二十年江西南昌府學重刊

同階段的時程，一個階段的時程，就是一個「世代」，例如唐代可由詩歌「體式」的差異，而分為盛唐、中唐、晚唐，所謂「三唐」，或再加上初唐而為「四唐」。

二、「變」一詞的本義及所引申的一般性概念義

從詞義分析而言，「變」字的辭典性語義為「更」，《說文》云：「變，更也。」「更」就是改易，其引申之後的一般性概念甚多，與「代變文學史觀」之詮釋有關者約為：

（一）「變」即「動」

《禮記．檀弓》：「夫子之病革矣，不可以變。」鄭玄注云：「變，動也」。[29]事物「改變」的現象，即是出於「動力因」的作用。一切事物的存在必須「動」而能「變」，「變」而能「動」，故「變」、「動」合義成詞為「變動」。《莊子．逍遙遊》在「乘天地之正」後，續云「御六氣之辯」。[30]「辯」就是「變」。而「變」就是「動」。萬物的本體恆常不變；但是經驗現象，卻是不斷的運動。

（二）「變」即「化」

「變」者，「化」也；而「化」的本字為「匕」。《說文》云：「匕，變也。」段玉裁注：「凡變匕，當作匕；教化，當作化。……今變匕字盡作化，化行而匕廢矣。」那麼「化」又是何義？《荀子．正名》：「狀變而實無別而為異者，謂之化。」[31]準此，「變」與「化」互訓，故往往合義成詞為「變化」，其一般性概念就是指：事物改易其狀態而實體卻不變，則原來的事物與變異後的事物，

並非完全異體之二物；也就是其各殊的「偶有性」改變了，但是共同的「本質性」卻沒有改變。例如一個人，由「少年」變而為「老年」，其形貌的「偶有性」改變了，頭髮由黑變成白、皮膚由光滑變成粗皺；但是，其「體」卻都同樣是那個人，並未變成另一實體。如此，則前後二者的關係，雖變易卻彼此有其接續，雖彼此有其接續卻又另顯其殊態。

三、複合詞「代變」的一般性概念義，及其應用於「文學史」的論述所涵具的理論性意義

（一）「代變」即二種以上形構差異的事物前後更替變動

「代變」一詞的一般性概念義指二種以上之不同事物或現象，產生「更替」的變動，例如宋代程頤《易程傳》：「天文……寒暑陰陽之代變。」[32]自然氣象乃循著寒與暑、陰與陽「更替」的規律在變動。

宋本，一九七三），卷三，頁二八。

29〔漢〕鄭玄注，〔唐〕孔穎達疏，《禮記注疏》（台北：藝文印書館，嘉慶二十年江西南昌府學重刊宋本，一九七三），卷六，頁一一七。

30〔戰國〕莊周著，〔清〕郭慶藩集釋，《莊子集釋》（台北：河洛圖書出版社，一九七四），頁一七。

31〔戰國〕荀卿著，〔清〕王先謙集解，《荀子集解》（台北：世界書局，一九七一），卷一六，頁二七九。

32〔宋〕程頤，《易程傳》（台北：世界書局，一九七九），卷三，頁九七。

「代變」這個一般性概念義，可以應用以描述二種以上形構差異的文學「體製」前後「更替」變動的現象。例如明代胡應麟《詩藪》云：「四言變而〈離騷〉；〈離騷〉變而五言；五言變而七言；七言變而律詩；律詩變而絕句。詩之體以代變也。」[33]四言、〈離騷〉、五言、七言、律詩、絕句都是詩之形構差異的體製。「詩之體代變」就是詩歌這幾種形構差異的體製，前後一個接一個「更替」變動。

（二）「代變」即同一事物依「朝代」或「世代」的時序而更易變化

「代變」指同一事物的性相依朝代或世代的時序而更易變化，例如唐代杜佑《通典》卷八十：「先王制禮，必隨代變。」[34]意謂先王制禮，同樣是禮，必隨著不同朝代或世代的處境而更易變化。

「代變」這個一般性概念義，可用以描述同為樣態性的文學體式，卻依「朝代」或「世代」的時序，因不同處境而更易變化的現象。這種用法較早見於《文心雕龍．時序》，所謂「時運交移，質文代變」，主要在描述從陶唐一直到南朝劉宋，歷代樣態性文學體式，乃隨著朝代或世代先後時序，因帝王的權力主導、政教治亂、文化思潮等不同處境，而產生或「質」或「文」的更易變化。[35]

第三節　「代變文學史觀」論述取向的焦點議題

一、「代變文學史觀」所內含的問題以及文學史建構的基本型態

「代變文學史觀」論述取向，可以「問題化」為下列幾個焦點議題：（一）變的是什麼？（二）變的原因條件是什麼？（三）變是否有其規律？（四）變的價值如何？一種完整的「文學史觀」，都必須回答這幾個問題，給定適當的答案，而形成具有邏輯關係的系統化觀念。

古代文士除了劉勰作《文心雕龍》、葉燮作《原詩》之外，[36]極少能做系統完整的理論建構。其發言絕大多數都是基於文化或文學的創造或批評實踐之需要，而站在個人主觀的立場及觀點，提出綜合直觀，片面籠統的論述；眾聲喧嘩，各是其所是而非其所非。彼此對抗諍辯之言，很多是在文化或文學霸權的爭奪時，意識形態直接的投射；而極少相對客觀有效性的論證，更難見論述形式精密的顯性系統。最顯著的現象就是發生在齊梁與明代，常被學界討論到，所謂「新變」與「復古」的極化對抗。這些論爭的話語之中，就隱涵著「代變文學史觀」；但是各家喧喧嚷嚷，幾乎都支離其說，未見

33　〔明〕胡應麟，《詩藪》（台北：文馨出版社，一九七三），內編，卷一，頁一。

34　〔唐〕杜祐，《通典》，（杭州：浙江古籍出版社，二〇〇〇），卷八〇，頁四三一。

35　〔南朝梁〕劉勰著，現代周振甫注釋，《文心雕龍注釋》（台北：里仁書局，一九八四），頁八一三—八一七。

36　〔清〕葉燮著，現代霍松林注，《原詩》（北京：人民文學出版社，一九七九）。

能夠完整的回答上述幾個問題，而自成系統的一家之言。不過，其間彼此的論述雖有其差異，卻也有其交集，這就得我們以現代系統化「文學史觀」做為後設性論點，跨越不同歷史時期與不同論述者，統整相關文本，經由分析詮釋，以回答上述幾個問題，終而重構系統化的「代變文學史觀」，並建立它的「詮釋模型」。

（一）「代變文學史觀」所謂「代變」，「變」的是什麼？

這個問題，從歷代的論述文本觀之，諸家顯題、聚焦、用詞所指涉的「變」項有三：一是「文」與「質」，例如《文心雕龍．時序》云：「時運交移，質文代變。」[37]二是「文體」，例如明代胡應麟《詩藪》云：「四言變而離騷、離騷變而五言、五言變而七言、七言變而律詩、律詩變而絕句，詩之體以代變也。」[38]三是「文法」，例如梁代蕭子顯《南齊書．文學傳論》云：「習玩為理，事久則瀆，在乎文章，彌患凡舊，若無新變，不能代雄。」明代袁宏道〈敘小修詩〉云：「唯夫代有升降，而法不相沿，各極其變，各窮其趣，所以可貴，原不可以優劣論也。」[39]這三種變項，並非截然不相涉，用詞雖異，所指雖殊；然而終極所獲致的效果，還是歸結於「文體」。

1、「質」與「文」之變

「質」與「文」的字面意義，其實很簡單，「質」就是「樸實」，「文」就是「華美」；但使用到各種論述的語境中，則被賦予不同的實質涵義，非常複雜。前文已述及，這是二個對立而非常廣延性的概念，可包括總體文化中，對主體人格型態及修養，政教制度及社會文化風氣、時代文風、古今文體的描述性意義，或言說者附加優劣的評價義。

《論語．雍也》云：「子曰：『質勝文則野，文勝質則史』。文質彬彬，然後君子。」[40]這是主體人格型態及修養的論述，綜合觀之，可有三個主要觀念：一是肯定修飾為人文活動之一種必要的行為；二是「質」是自然氣質生命所潛在之情性，以「真」為性格，其表現於外則為「樸」，若無節文，則可能流於粗鄙。而「文」則是節制情性，修飾儀容舉止，以「善」為其性格，其表現除合於一定之規矩，亦必形成華采。若無「質」為本，則可能流於虛飾；三是兩者理想的關係是辯證融合，相生相成，「質」因「文」而表現得宜，「文」因「質」而有真實內涵，則內外真善美合而為一；[41]這是孔子對君子理想人格所做的期許。從中國古代「人格即文格」的傳統觀念而言，此一論述已成為文學創作之道德主體性的觀念基礎，關乎個體人格表現的文風，甚至集體人格所表現的時代文風，與第一序位「創作型」文學史的建構有其內在關聯。

董仲舒《春秋繁露．三代改制質文》論述三代政教制度的變遷，「禮樂各以其法象其宜」，而展現「一文一質」前後更替的規律。「湯受命而王，應天變夏作殷號……作濩樂，制『質』禮以奉天。

37 周振甫，《文心雕龍注釋》，頁八一三。
38 〔明〕胡應麟，《詩藪》，內編，卷一，頁一。
39 〔明〕袁宏道著，現代錢伯城箋校，《袁宏道集箋校》（上海：上海古籍出版社，一九八一），上冊，頁一八八。
40 〔漢〕孔安國傳，〔魏〕何晏集解，〔宋〕邢昺疏，《論語注疏》，卷六，頁五四。
41 詳見顏崑陽，〈論魏晉南北朝文質觀念及其所衍生諸問題〉，收入顏崑陽，《六朝文學觀念叢論》（台北：正中書局，一九九三），頁八一—一一三。

文王受命而王，應天變殷作周號……作武樂，制『文』禮以奉天。」而殷商之前為夏代，其禮「文」以主地，殷商後繼則變「文」為「質」，故云「王者以制，一商一夏，一質一文。商質者主天，夏文者主地」。這就是前文所謂「禮樂各以其法象其宜」。[42]三代禮樂制度「一文一質」更替的這種論述，在漢代頗為通行，除《春秋繁露》之外，司馬遷《史記．孔子世家》依《論語．為政》孔子之言而詮釋云：「夏禮，吾能言之，杞不足徵也；殷禮，吾能言之，宋不足徵也；足則吾能徵之。觀殷夏所損益曰：後雖百世可知也。以『一文一質』，周監二代，郁郁乎文哉！吾從周。」[43]所謂「一文一質」是司馬遷理解詮釋孔子之意而增入的斷語，顯然是漢人的觀念。夏「文」與殷「質」各為一端，而周則文質彬彬，故孔子云「吾從周」。劉向《說苑．修文》也有「質主天……文主地」，而「王者一商一夏，再而復者也」、「三王術如循環」之說，[44]這顯然是因承《春秋繁露》。班固《白虎通．三正》云：「王者必一文一質者何？所以承天地，順陰陽。陽之道極則陰道受，陰之道極則陽道受。」引《尚書大傳》云：「王者一質一文，據天地之道。」什麼是「天地之道」？《白虎通》續引《禮三正》云：「質法天，文法地也。」[45]《尚書大傳》舊題漢代伏勝所撰，學界一般認為應是其門徒張生及歐陽生據伏勝之說寫定，多雜陰陽之說，有些學者認為緯書之濫觴。所引《禮三正記》也持「陰陽代變」為理據，以解釋「質文代變」，這與漢代象數之易學顯有交集之義。《論語．雍也》中，孔子之論及殷夏政教制度的損益，過則損，不足則益，這種損益是時代客觀情境變遷之所需，卻也是主觀意志之所為。孔子未曾正式提出「一文一質」前後世代更替的說法；這種說法到漢代才正式出現，而司馬遷雖增益孔子之意，卻未雜入陰陽之說。另一系的《尚書大傳》、《春秋繁露》、《禮三正記》、《說苑》、《白虎通》，才確立前後世代「一文一質」，符應天地陰陽代變的規律，循環更替的系統化觀念。然則「質文代變」就不免落入「陰陽代變」之客觀規律的框架，而主體自由意志的取決作用為之弱化。

「質文代變」的觀念從主體人格型態及修養、政教制度的層面，推及文學史的變遷，所指涉的就是前後世代文風之「質」與「文」的更替。在文學的層面，「質」與「文」的涵義有二：一是「質」指內容，「文」指語言修辭；二是「質」指文學作品「樸實」的美感形象，而「文」指「華美」的美感形象，[46]即「體貌」或「體式」。世代文風，以文體學的術語稱之，就是「時體」；「時體」是一種可資模習的「體式」，如果加上價值高低的品評，則稱為「體格」，例如建安體、太康體、永明體等。後世的品評，建安的體格就高於太康。以「文」與「質」兩個概念去形容「時體」，可舉《文心雕龍．通變》為例，文中對黃唐到劉宋，各代「時體」之或「質」或「文」逐一描述云：「黃唐淳而質，虞夏質而辨，商周麗而雅，楚漢侈而豔，魏晉淺而綺，宋初訛而新。」[47]這是第二序位「詮釋型」的文學史建構，如此由「質」及「文」，代代遞變，即是「質文代變」。這種遞變雖在文學自

42　〔漢〕董仲舒著，〔清〕蘇輿注，《春秋繁露義證》（北京：中華書局，二〇〇二），頁一八六—二〇四。

43　〔漢〕司馬遷著，〔日本〕瀧川龜太郎注，《史記會注考證》（台北：中新書局，一九七七），卷四七，頁七四一—七四二。

44　〔漢〕劉向，《說苑》（台北：世界書局，一九七〇），卷一九，頁一五五。

45　〔漢〕班固著，〔清〕陳立疏證，《白虎通疏證》（台北：廣文書局，一九八六），下冊，卷七，頁四三五—四三六。

46　詳見顏崑陽，〈論魏晉南北朝文質觀念及其所衍生諸問題〉，收入顏崑陽，《六朝文學觀念叢論》，頁二一〇—二一八。

47　周振甫，《文心雕龍注釋》，頁五六九。

身；但文學創作實踐與文士們的主體人格以及時代政教制度與社會文化風氣無法脫離關係。劉勰在《文心雕龍．時序》中，所提出「時運交移，質文代變」，[48]顯然因承漢代以降的這種觀念。不過，他雖然保留客觀條件的「時運」，卻已剔除「陰陽」之說。政教雖出於帝王的制定與提倡，但是相對於天地陰陽，仍是「人」主體意志之所為。再進一層來看，在上下權力結構中，帝王所制定的政教，雖然對文人的創作實踐會有相對客觀的影響力；但是創作主體以其明識「通變」之道的心智，依循「質文沿時」的處境，卻仍然可以保有「崇替在選」的自主性，而進行第一序位「創作型」的文學史建構；其關鍵在於兩者之間如何形成主客辯證的關係。這個問題，我們將在後文回答「變的因素條件是什麼」、「變是否有其規律」時，再做詳確的論證。

2、「文體」之變

文學「起源」之後，絕不會停滯不動，而必然不斷的「分流」演變。因此在文學流變的動態歷程中，首先進入我們認知視域第一序的對象，就是什麼樣的文學存有物在「變」？所謂「文學」，從總體言之，它不是已表現完成的實體存有物，而只是以抽象概念進行定義的理論。文學要成為實體的存有物，就必須以特定的語言形構表現出來，成為作品。特定的語言形構就是「文體」；而所謂「文體」也是一個概念複雜的範疇，必須再加以分析。

「體」字有「形構」與「樣態」二義，詩文作品的語言「形構」，就是「體製」或稱「體裁」；而其表現出來的整體「樣態」，就是「體貌」或「體式」，如加上價值品評，就稱為「體格」。「體製」雖以個別一篇作品表現出來，才能具體的被我們認知，例如一首四言古詩或五言古詩、一首七言絕句或七言律詩；但是，當各種不同「形構」個別作品不斷出現，累積到一定的數量，形成「作品群」時，有識的文人就開始「依體分類」，而稱之為「文類」，因為是某一「體」之「類」，就名之為「體類」。例如《詩經》三百篇，依其「體製」，也就是語言「形構」，可以經由「聚同」的思維，認知這三百篇作品，每一篇都具有共同的形構特徵，即每句四個字，隔句押韻。這三百篇就被認做同一類的「四言詩」，也就是四言的「體類」；相對的有識之士又針對三百篇同一類的作品「循類辨體」，認知到同一類作品都具有語言形構的共同特徵，也就是這一類作品的「基模形構」，稱之為「四言體」。因為是某一「類」之「體」，就名之為「類體」。「類」與「體」的概念有別，卻相互依存，有「體」才有「類」，有「類」才有「體」，合而名之就稱為「體類」或「類體」。「體類」指涉的是同一「體製」的作品群；「類體」指涉的是同一類作品群共同的「體製」。以此類推，對「古詩十九首」也是經由「依體分類」又「循類辨體」的思維，獲致「五言詩」這一「體類」以及「五言體」這一「類體」的認知。同時經由比較思維，又分辨出「四言體」與「五言體」的差異，別為二個類體。[49]從而在文學歷史情境中，就實現了眾多不同的「類體」，韻文有詩、騷、賦、銘、箴、詞、曲等，非韻文有章表、奏議、檄移、詔策、論說、書記等。眾多「類體」乃建構文學史的骨架，一部文學史就是由各個類體的起源、創造、因承、變遷所組成。

48 同前注，頁八一三。

49 有關文體之「體」的形構義與樣態義，「體製」、「體貌」、「體式」、「體格」、「文類」、「文體」、「體類」、「類體」等概念，以及「依體分類」與「依類辨體」的操作，參見顏崑陽，〈論「文體」與「文類」的涵義及其關係〉，《清華中文學報》第一期，二〇〇七年九月。

每個類體都包容著眾多文士們及其作品，經由歷代的輿譽、汰選而逐漸形成數量有限的「典範」作家及其「典律」作品。典律作品是「篇體」，典範作家是「家數」。而每一歷史時期，又以若干「篇體」與「家數」交集他們的共同特徵，而構成「時體」。這些篇體、家數與時體，所謂的「體」都是具象實在的表現出某種「樣態」，亦即美感形象，例如典雅、清麗、雄渾、平淡等，而在文學歷史傳統與文學社群中，被認定為可供眾所模習的文體，這就是「體式」或「體格」，可單稱為某某「體」，例如陶體、杜工部體。一家之體，也就是「家數」能在文學史上成為眾所同尊的「體式」或「體格」，為數並不多，故宋代嚴羽《滄浪詩話》羅列漢魏以降直到宋代，能成為典範的「體式」，不過三十六家而已。[50]我們可以說眾多篇體、家數、時體乃建構文學史的血肉、臟腑、經絡，甚至靈魂。一部文學史就是在「類體」的骨架中，充實眾多篇體、家數、時體的血肉、臟腑、經絡與靈魂。

明確了解什麼是「文體」，我們就可以回答古代文人在「文學代變」的論述中，所指「文體」之「變」是什麼「體」在變。沈約《宋書．謝靈運傳論》云：

自漢至魏，四百餘年，辭人才子，文體三變。相如巧為形似之言，班固長於情理之說，子健、仲宣以氣質為體，並標能擅美，獨映當時，是以一世之士，各相慕習。源其飆流所始，莫不同祖風騷。徒以賞好異情，故意製相詭。降及元康，潘陸特秀，律異班賈，體變曹王，縟旨星稠，繁文綺合，綴平台之逸響，採南皮之高韻。遺風餘烈，事及江左。有晉中興，玄風獨振，為學窮於柱下，博物止乎七篇。馳騁文辭，義殫乎此。自建武暨乎義熙，歷載將百，雖綴響聯辭，波屬雲委，莫不寄言上德，託意玄珠，遒麗之辭，無聞焉爾。仲文始革孫許之風，叔源大變太元之氣。

爰逮宋氏，顏謝騰聲，靈運之興會標舉，延年之體裁明密，並方軌前秀，垂範後昆。51

這是一篇濃縮版第二序位「詮釋型」的文學史建構。沈約就以詩賦「類體」的典範作家司馬相如、班固、曹植與王粲做為西漢、東漢、曹魏三個文學世代的代表，論述「文體三變」的歷程，這顯然是秉持「代變文學史觀」所做的詮釋。他所稱的「文體」之「體」，就是樣態性的「體式」，繫於時代而言，稱為「時體」。三個文學世代由典範作家所表現的「體式」，即「形似之言」、「情理之說」、「氣質為體」。因為都是足資效法的「體式」，故而「一世之士，各相慕習」。而值得注意之處，沈約認為這三家都不是前無「因承」，憑空獨創的「新變」，因此斷言「源其飆流所始，莫不同祖風騷」。這明白是「源流」與「代變」二種文學史觀的結合，與齊梁時代及後世極端「新變論」者之只講「變」而不講「承」，實非同調。自漢至魏，「文體三變」之後，接著再歷敘西晉元康、東晉玄言，直到殷仲文、謝混過渡期的轉變，而進入劉宋時代的顏謝之體。這當然還是「文體代變」的論

50　《滄浪詩話．詩體》以「人」而論，從漢代到宋代，只有三十六體：蘇李體、曹劉體、陶體、謝體、徐庾體、沈宋體、陳拾遺體、王楊盧駱體、張曲江體、少陵體、太白體、高達夫體、孟浩然體、岑嘉州體、王右丞體、韋蘇州、韓昌黎體、柳子厚體、韋柳體、李長吉體、李商隱體、盧仝體、白樂天體、元白體、杜牧之體、張籍王建體、賈浪仙體、孟東野體、杜荀鶴體、東坡體、山谷體、后山體、王荊公體、邵康節體、陳簡齋、楊誠齋。有一人一體，有二人以上合體，例如曹劉體、王楊盧駱體等。參見〔宋〕嚴羽著，張建校箋，《滄浪詩話校箋》（上海：上海古籍出版社，二〇一二），上冊，頁二一九—二四四。

51　〔南朝梁〕沈約，《宋書》（台北：藝文印書館，景印清乾隆武英殿刊本，一九五六），卷六七，頁八六一。

述，從元康的「律異班賈，體變曹王」，以至東晉改變元康「縟旨星稠，繁文綺合」之體，而轉為「玄風獨振」、「遒麗之辭，無聞焉爾」；降及玄言詩末期，「仲文始革孫許之風，叔源大變太元之氣」；而「爰逮宋氏，顏謝騰聲」，就完全轉變玄言之體，而以「興會標舉」、「體裁明密」新創一代文風。魏晉以降，「類體」通行五言，未見變遷，「變」者就是時代的「體式」，所謂「縟旨星稠，繁文綺合」、「寄言上德，託意玄珠，遒麗之辭，無聞焉爾」、「興會標舉」、「體裁明密」，都是時代文學「體式」的描述詞。

前文述及胡應麟《詩藪》云：「四言變而離騷，離騷變而五言，五言變而七言，七言變而律詩，律詩變而絕句，詩之體以代變也。」[52]他所謂「詩之體以代變」的「體」，就是形構性的「體製」或稱「體裁」，也就是「詩」這一母類體流變而出的各種子類體。諸多子類體一世代一世代的更替，就謂之「詩之體以代變」，這是對文學史上各種「類體」代代更替的演變現象所做的客觀描述，建構了一個大體的文學史骨架。從文學史建構的型態觀之，顯然是以過去的文學史經驗事實為對象，所做第二序位的「詮釋型」建構。現代很多《中國文學史》的書寫，都沿用這樣的骨架。

胡應麟《詩藪》在論述「詩之體以代變」之後，緊接著又論述云：「《三百篇》降而騷；騷降而漢；漢降而魏；魏降而六朝；六朝降而三唐；詩之格以代降也。……國風雅頌，溫厚和平；離騷九章，愴惻濃至；東西二京，神奇渾璞；建安諸子，雄贍高華；六朝俳偶，靡曼精工；唐人律調，清圓秀朗。此聲歌之各擅也。」[53]前一段所用關鍵詞是「體」，而明指四言、離騷、五言、七言等語言形構，則所謂「體」即是「體製」，繫於文類而言就稱「類體」；這一段論述所用的關鍵詞是「格」，而連結下文對國風雅頌、離騷九章等歷代文風的描述，所謂「溫厚和平」、「愴惻濃至」云云，則是樣態性的「體式」，而繫於漢、魏、六朝、三唐等歷史時期，所指當是「時體」。這當然也是第二序位「詮釋型」的文學史建構。明人習用「格調」一詞，故胡應麟將歷代之「時體」稱為「格」，則有「體格」之義。明代「格調」之論，常做高下褒貶的評價，有所謂「其格甚高」、「其格卑下」之斷。胡應麟在此又用「代降」一詞，除了客觀描述一代一代「變遷」之外，是否涵有主觀評價性的貶意？可以推敲，後文再做細論。

顧炎武《日知錄》的〈詩體代降〉條，云：「《三百篇》之不能不降而楚辭，楚辭之不能不降而漢魏，漢魏之不能不降而六朝，六朝之不能不降而唐宋，勢也。用一代之體，則必似一代之文，而後為合格。」[54]這也是第二序位「詮釋型」的文學史建構。顧炎武的用詞不是很統一明確，《三百篇》、楚辭可以指「四言體」、騷體，就是形構性的「體製」之義；但是漢魏、六朝、唐宋則是朝代之稱，無法明指「體製」。漢魏與六朝皆通行「五言體」，這就無所謂「漢魏之不能不降而六朝」，則漢魏、六朝之「詩體代降」，似乎以指「時體」為宜，「時體」則是「體式」。而六朝降而唐宋，則又可指由五言古體代降為近體律絕，甚至宋之詞體，乃「體製」之義。然而不管是體製、體式都可以統稱為「文體」。他與前文所述及胡應麟同樣使用「代降」一詞，除了客觀描述其「變遷」之外，是否涵有主觀評價性的貶意？也是可以推敲，後文再做細論。

52 〔明〕胡應麟，《詩藪》，內編，卷一，頁一

53 同前注，內編，卷一，頁一。

54 〔明〕顧炎武，《原抄本日知錄》（台南：唯一書業中心，一九七五），卷二一，頁六〇六。

至於金元明清以來，所謂「一代有一代文學」，若置入「文學代變史觀」論之，能有何意義？前文述及錢鍾書《談藝錄》徵引金代與明代文人之說，云：「金劉祁《歸潛志》卷十三始言：唐以前詩在詩，至宋則多在長短句，今之詩在俗間俚曲。明曹安《讕言長語》卷上亦曰：漢文、唐詩、宋性理、元詞曲。……尤西堂《艮齋雜說》卷三曰：或謂楚騷、漢賦、晉字、唐詩、宋詞、元曲，此後又何加焉？」[55]以至前引近代王國維《宋元戲曲史．序》所謂「凡一代有一代之文學：楚之騷、漢之賦、六代之駢語、唐之詩、宋之詞、元之曲，皆所謂一代之文學，而後世莫能繼者焉。」[56]這類論述，用詞都指涉到朝代以及某種「類體」，前後羅列，似乎有「文體代變」之義，可視為第二序位「詮釋型」的文學史建構；然而從論述者的語態去體會，其顯題聚焦的觀點，卻不在「變」，而在推重各代之所勝的「類體」。有些類似的論述，例如錢鍾書《談藝錄》所引述「《何大復集》卷三十八〈雜言〉曰：經亡而騷作，騷亡而賦作，賦亡而詩作……胡元瑞《詩藪》內編卷一曰：宋人詞勝而詩亡矣，元人曲勝而詞亦亡矣。」[57]這一類論述顯然涵著「類體」之義，但是其言說聚焦的觀點卻是前一類體「亡」而後一類體「作」，「亡」與「變」之義不能等同。這就涉及「變」的因素條件，甚至規律，可待後文詳論。

綜合言之，「代變文學史觀」所謂「代變」之「變」，究竟「變」的是什麼？依據前文的論證，我們可以明確的回答：「變」的是「文體」。而「文體」之「體」又有形構性的「體製」與樣態性的「體式」或「體格」二義。「體製」繫於「文類」而言，是為「類體」，韻文之詩、騷、賦、詞、曲等，以及非韻文之章、表、奏、議、詔、策、檄、移等。「體式」或「體格」繫於「人」而言，是為「家數」或「家體」，陶體、謝體、王孟體、杜工部體、李白體等；繫於時代而言，是為「時體」，建安體、太康體、永明體、盛唐體、晚唐體等。文學史之「代變」就是「類體」迭代變遷，而在類體包攝之下又有「時體」的變遷，例如同為詩的五古「類體」，又有建安體、太康體、永明體等「時體」的變遷；而所謂「時體」其實是一個時代之「典範」家數共同特徵所彙整，例如「慷慨悲涼，梗概多氣」的「建安體」，乃是三曹七子各家之體共同特徵的彙整。

3、「文法」之變

我們以「文法」一詞指稱「一切為文之法」，包括創作實踐所採取的態度、取逕、表現法則等。態度、取逕涉及創作取材與意圖、因承與創變、學古與獨抒的選擇；表現法則涉及語言形式操作的原則與技法，例如賦比興、宅章構句、使事用典等。

這種「文法」之變，都展現在歷代文士們置身於文學史情境中，創作實踐時，其「歷史意識」對文學傳統所採取或「因」或「變」的基本觀念、態度、取逕以及表現法則。因此，這一類論述往往涵具第一序位「創作型」文學史建構的意義，有待我們進行分析詮釋而揭明。一個文士如果對文學史進行觀察及詮釋，而指認文學發展的歷程乃「因」與「變」兼具，這是相對客觀持平之論，能展現總體完整的文學史視域，例如前述沈約《宋書·謝靈運傳論》指認司馬相如、班固、曹植與王粲之作，「源其飆流所始，莫不同祖風騷」；沈約雖以過去的文學史為對象，進行第二序位「詮釋型」的文學

55 錢鍾書，《談藝錄》，頁三四—三五。

56 王國維，《宋元戲曲史》，頁一。

57 錢鍾書，《談藝錄》，頁三四。

史建構，但他聚焦在典範文士們的創作實踐，仍是隱涵著第一序位「創作型」文學史建構的意義。又例如劉勰《文心雕龍．通變》所謂「望今制奇，參古定法」，[58]也是從創作實踐的法則，論述古今因變的文學史建構之理；又例如葉燮《原詩》論述「漢蘇李始創為五言，其時又有亡名氏之古詩十九首」而「皆因乎三百篇」，接著「建安、黃初之詩」，則是「因於蘇李與十九首」，但所為獻酬、紀行、頌德諸體，乃「因而實為創，此變之始」，其後歷代之詩都以「創—因—變」的動態歷程關係，不斷向前發展。[59]這同樣經由對過去文士們創作實踐成果的詮釋，而提出歷代文學先後「創—因—變」的關係。沈約、劉勰、葉燮都能持有相對完整的「代變文學史觀」。值得注意的是劉勰的「代變文學史觀」必須結合他的「通變論」才能完整的認識。有關「通變」之論，參見本書第六章。

然而，在某些歷史時期，對於文學創作實踐，卻出現不同文學群體之間，基於文化或文學霸權的爭奪，而同在歷史情境中，各以二極對立的意識形態，提出截然差異的「文法」主張，彼此抗論。有的文學群體強「因」而弱「變」，所弱化之「變」幾於隱匿不彰。這種文學群體在當代以至後世，就被標示「復古」之名。相對有的文學群體則強「變」而弱「因」，所弱化之「因」也同樣幾於隱匿不彰。這種文學群體在當代以至後世，就被標示「新變」之名。於是「復古」與「新變」的極化對立，乃成為中國文學史及批評史上常談的論題。然而，在這一論述的歷史語境中，通解雙方的創作與論述實踐，其中所隱涵第一序位「創作型」文學史建構以及「代變文學史觀」的意義，還有待揭明。在這一論題中，我們只聚焦在「文法」之「變」的詮釋，不做全面的討論。

中國文學史上，第一次出現所謂「復古」與「新變」對立諍辯的時代是齊梁。學界對這論題所做表象性的描述及詮釋，已多成果，無須再贅述。我們的焦點議題是所謂「新變」，究竟「變」的是什麼？關鍵詞明確為「新變」者，必推梁代蕭子顯《南齊書．文學傳論》，故學者論及「新變」，多徵引其說，云：「習玩為理，事久則瀆，在乎文章，彌患凡舊，若無新變，不能代雄。」如果斷章取義，僅就這幾句觀之，其實是很簡化的基本常識，並無深博的理論。他所強調的只是一個文士在創作實踐時，假如缺乏不同於前代或同代「凡舊」之作的創新奇變，就無法在一代文學中稱雄。這是無須辯解，沒有人會反對的常識。他的論述在強調「新變」的表層語意下，卻似乎未能進一層申論「變的是什麼」？又「如何變」？以及相對弱化隱匿「新變」是否需要「因承」？不過通觀全文，這幾個問題，蕭子顯在下文約略有提出回答，他從建安以降，歷數西晉之潘、陸，以至東晉的郭璞、許詢，宋代的顏延之、謝靈運、湯惠休、鮑照，強調他們各自擅奇，而「不相祖述」。然則他在強調「新變」擅奇的同時，不僅弱化，甚至否定前後數代「典範」文士們彼此的「因承」關係。而建安以降，歷代的文士們是否更有遠古之源，以為祖述？這個問題則缺而不論。這與前文所引述沈約《宋書．謝靈運傳論》歷數自漢及魏的典範文士們「莫不同祖風騷」，而「一世之士，各相慕習」的論點極不同調。

不過，蕭子顯在下文卻又論述到「今之文章，作者雖眾，總而為論，略有三體」。所謂「今之文章」當指他所處的齊梁時代，一般缺乏「新變」之作，大略只有因承而模習前代的「三體」。所謂「體」是何義？魏晉以降，通用「五言體」，故三體之「體」，不指形構性的「體製」。從他對「三體」的形容，所謂「啟心閑繹，托辭華曠，雖存巧綺，終致迂迴」云云、「緝事比類，非對不發，博

58 周振甫，《文心雕龍注釋》，頁五七一。

59 葉燮著，霍松林注，《原詩》，內篇上，頁三—五。

物可嘉，職成拘制」云云、「發唱驚挺，操調險急，雕藻淫艷，傾炫心魂」云云，都是對語言形式表現樣態的描述，則所謂「體」指的是樣態性的「體貌」或「體式」。當代文章「三體」都是因承而模習前代三種「體式」，第一種「此體之源，出靈運而成」，第二種則類從傅咸、應璩，第三種乃「鮑照之遺烈」。蕭子顯既強調文學創作必須追求「不相祖述」的「新變」，才能代雄。那麼「今之文章」都只是模習這三體，缺乏獨創，當然被他視為「凡舊」。

這完全是「個體意識」的文學觀。因此，從文學史的事實觀之，蕭子顯所對的當代，不是沒有「因承」的創作實踐，只是在價值評判上，這種「凡舊」之作，既不能「代雄」，也就進不了文學史。那麼，能「代雄」而進入文學史的文士及其作品，就只有那些「不相祖述」又無其「源」的「新變」之作。如此排除一切「因承」的影響因果關係，追求絕對「獨創」而極化的「代變文學史觀」，個人創作與文學傳統及同代文學社群之間，既完全斷裂而全無彼此影響的因果關係，則「創作型」的文學史建構如何可能？就成為一個很難回答的問題。

最後他在「三體之外」，又再次強調「新變」，云：「委自天機，參之史傳；應思悱來，勿先構聚；言尚易了，文憎過意；吐石含金，滋潤婉切；雜以風謠，輕脣利吻；不雅不俗，獨中胸懷。」這些論述全是創作實踐的「文法」。然則，我們可以說，蕭子顯所提出的「新變論」，所「變」者就是「文法」，至於如何變？答案就是「委自天機，參之史傳」、「不雅不俗，獨中胸懷」，這就回應到他開筆對文章之本質及功能的定義：「文章者，蓋性情之風標，神明之律呂也。蘊思含毫，遊心內運。放言落紙，氣韻天成。莫不稟以生靈，遷乎愛嗜。機見殊門，賞悟紛雜。」文章的本質與功能就是性情神明的表現，而法自內出，全在個人「遊心內運」，殊門紛雜，沒有外在客觀，普遍不變的法則。

齊梁時代，這類「新變」的論述，所見大致相近，蕭綱〈與湘東王書〉截然區分吟詠情性之「文」與經史之「學」；而對「當世之作」的批判，強烈貶低彼輩之模習揚、馬、曹、王、潘、陸、顏、謝諸家典範，以為其結果「遺辭用心，了不相似」。[60]這當然也是認為創作實踐，必須於「文法」能有個人「新變」之獨創。至於蕭繹《金樓子．立言下》強調「文者，唯須綺縠紛披，宮徵靡曼，唇吻遒會，情靈搖蕩」，[61]也同樣認為創作實踐的「文法」，必須以華美的修辭、流暢的音韻直接抒發搖蕩的性靈。至於博窮子史之「學」，善為章奏之「筆」，則截然與「吟詠情性」無涉，不算是「文」，[62]這是一種特殊的「文學本質觀」。

這種文學本質觀付諸創作實踐，當然具有第一序位「創作型」的文學史建構之義，其中隱涵著特殊的文學史觀；而在這種特殊的文學史觀視域中，「學」固然無法進入文學史，就是章表奏議的「筆」也被排除在文學史外，那麼其兄長蕭統主編的《文選》，必有一半以上的作品被汰除，這種論述非常偏極。蕭子顯、蕭綱與蕭繹這一類「新變論」，皆為偏極之「個體意識」的表現，卻是明代公安派「新變論」之所本。至於齊梁以至隋代，被學者稱為「復古論」者，例如裴子野〈雕蟲論〉、李諤〈上隋高帝革文華書〉，他們的論述其實無涉於創作實踐如何表現的「文法」問題，只是從文學的

60 〔南朝梁〕蕭綱，〈與湘東王書〉，參見〔清〕嚴可均，《全上古三代秦漢三國六朝文》（台北：世界書局，一九八二），冊七，《全梁文》，卷一一，頁三。

61 〔南朝梁〕蕭繹，《金樓子》（台北：世界書局，一九七五，鈔《永樂大典》本），卷四。

62 同前注。

政教功能論述其利害，裴子野所謂「淫文破典，斐爾為功。無被於管絃，非止乎禮義」，[63]李諤強烈批判曹魏以降，至於齊梁之文風，以為「忽君人之大道，好雕蟲之小藝」、「文筆日繁，其政日亂。良由棄大聖之軌模，構無用以為用也。損本逐末，流徧華壤。」[64]這種論述完全是政治威權結合衛道的意識形態，無關乎文學創作實踐之「文法」是「因」或是「變」的問題，因此與「新變論」者其實沒有「對焦」之爭，各言其道而已。假如我們明辨被學者視為「復古論」的明代前後七子，他們所關注的是創作實踐的「文法」，強調必須「因承」古代高格的文體典範，這種論述雖同樣被貼上「復古」的標籤，但是所論卻與齊梁不能等同。

明代文學群體的對抗，一般都聚焦在所謂「復古派」與「公安派」的論爭，「復古派」或稱「格調派」，不過「格調」一詞從明代李東陽及前後七子以至晚明的胡應麟都在使用，直到清代沈德潛提出「格調」之說，其觀念迭有演變，頗為複雜，現代學者研究成果甚多；[65]故使用「格調派」指稱前後七子這一群體，不是很精確。「復古」一詞雖古人已用之；[66]但我曾為文指出，此詞很不適切，常為「新變論」者用以貶低「學古」者之不知創新；故而「復古」一詞不如「學古」、「法古」、「師古」這幾個詞為宜。文化或文學其勢必然往前演變發展，非人力所能逆反，這是常識；故「古」不可「復」而可「學」可「法」可「師」。學而不通，法而固執，師而不知變，乃是庸才之誤，非方法之謬。從文學史觀之，漢代開始以至歷代，「學古」、「法古」或「師古」已成學習創作過程中，眾所遵循的方法，優秀的文士們，未有不學古、法古以求創變者。[67]這在文學史上斑斑可考，何以近現代學者獨對被貼上「復古」標籤的明代主流文學社群儘多負評，而偏賞公安？其實是「文化意識形態」所致，其論斷缺乏相對客觀有效性。故本文假如引述一般論著，則沿用學者所習稱的「復古派」；假如表述我個人之意，則使用「學古群體」一詞。另者，一般所稱「公安派」以袁宗道、袁宏道、袁中道三袁兄弟為代表，上溯李贄，旁翼焦竑、江盈科、陶望齡等。其中尤以袁宏道最具強烈的論述力。「公安」是三袁的里籍，以此為派名，易有地域的限制。不過我們要討論的議題是「文法」之變，所謂「公安派」最主要的論述立場及觀點，就是反對學古，主張獨抒性靈，不拘格套的「新變」。因此本文假如引述一般論著，則沿用學者所習稱的「公安派」；假如表述我個人之意，則相對於「學古群體」而使用「新變群體」一詞。

這兩個文學群體的論爭，焦點都在「文法」之「因—變」。即使被視為同一文學群體的李夢陽與何景明的論爭，焦點也是在「文法」之「因—變」。中國文學發展到明代，詩文創作，歷經先秦、兩漢、魏晉、六朝、唐宋重層累積豐饒的成果，各種「體製」齊備，諸樣「體式」俱陳；明代的文人

63 〔南朝梁〕裴子野，〈雕蟲論〉。參見〔清〕嚴可均，《全上古三代秦漢三國六朝文》，冊七，《全梁文》，卷五三，頁一五。

64 〔隋〕李諤，〈上隋高帝革文華書〉，參見〔唐〕魏徵，《隋書》（台北：藝文印書館，景印清乾隆武英殿本，一九五六），卷六六，〈李諤傳〉，頁七六九—七七〇。

65 參見陳國球〈「格調」的發現與建構〉、〈言「格調」而不失「神韻」〉、〈「明清格調詩說」研究知見目錄〉，收入陳國球，《明代復古派唐詩論研究》（北京：北京大學出版社，二〇〇七），附錄一、二、三。

66 「復古」，古人就已使用，例如李白〈古風五十九首〉第一首：「聖代復元古。」皎然《詩式》卷五〈復古通變體〉：「反古曰復。」袁宏道〈雪濤閣集序〉：「近代文人，始為復古以勝之。」

67 以上論點參見本書第六章〈中國原生性「通變文學史觀」詮釋模型重構〉。

們面對這樣的文學史傳統，多數糾纏著「如何創變」的集體焦慮，因此「變」乃是共同的意圖，絕非新變群體能知變，而學古群體不知變；只是「變的是什麼」、「如何變」？各有不同的取徑；取徑雖然不同，最終目的卻都是「創變」，以求自己能在文學史上占有一席之地。「公安」直接明白的強調個人「獨抒性靈」的「新變」，這已是眾所熟知，毋庸贅論。然而被一般學者認為「復古」的文學群體，其實也是求「變」。因為他們的論述片面的顯題在模習古代高格的典範之體，相對的「變」被弱化而不彰，因此當代以至後世，常不免被誤解為模擬、抄襲甚至剽竊，惡聲負評遠大於正向的讚揚。

近現代從「五四」倡導文化、文學革新，既反傳統而又挪借西學以求「新變」。在這歷史語境中，偏極的「新變」觀念已成固著的「文化意識形態」，故一般淺薄的《中國文學史》與明代文學研究之作，面對他們所謂「復古」與「公安」之爭，開始就選邊站，揄揚公安，輕貶復古。為什麼會這樣？因為在這些學者看來，相對復古派的「群體意識」，公安派所抱持的是「個體意識」；相對復古派主張的「復古」，公安派強調的是「獨抒性靈」；相對復古派主張文學流變必須返宗正源而「再創」的文學史觀，公安派卻主張離絕源流關係而「獨創」的文學史觀。公安派這些文學觀念正好符合「五四」新知識分子「反傳統」與「個體意識」的「文化意識形態」，以及「文學進化史觀」；而可以做為他們「白話文學革命」之正當性的歷史依據。

陳國球教授對明代復古詩論的研究最為全面而客觀，他就指出：「對於創作者來說，所謂文學史的意識，其實就是對文學傳統的省察，正如李夢陽和何景明的論詩爭辯，其中心論題正是個人（作為當代作家）與傳統的關係。」陳國球解釋何景明〈與李空同論詩書〉：「『曹、劉、阮、陸、李、杜』所代表的就是詩的傳統，何景明要探索的是，面對這個詩歌傳統，個人應如何自處，才能『登詩壇』、『千載獨步』。所謂『登壇』、『獨步』也就是贏得文學史的地位。他認為個人在向古代傳統學習之後，就要『泯其擬似之迹』，『達岸則舍筏』。」[68]然則何景明的論述，明白是文學創作實踐如果要取得高度的成就而在文學史上占有一席之地，必經由先「因承」傳統，而後超離傳統以達到個殊「創變」的學習過程。至於李夢陽的論述，在〈駁何氏論文書〉中也同樣自認「予之同者，法也」，他肯定古代典範之作，已建立普遍不變的法則，可經由學習而悟得，並「守之不易，久而推移，因質順勢，融鎔而不自知。於是為曹為劉為阮為陸，為李為杜，即今為何大復，何不可哉？此變化之要也。故不泥法而法嘗由，不求異而言人人殊。」[69]經由「因承」再求「創變」的學習過程，這樣的觀點與何景明沒有什麼差別。

兩人的爭論其實只在於「法」是什麼？以及如何從「因」而「變」的學習方式？他們共同之處有三：一是認為文章有「不易之法」，大體是形式性的普遍法則，何景明論及的「不易之法」是「辭斷而意屬，聯類而比物」；[70]李夢陽論及的「不易之法」是「方圓規矩」、[71]「前疏者後必密，半闊

68 陳國球，《明代復古派唐詩論研究》，頁二八五—二八六。

69 〔明〕李夢陽，〈駁何氏論文書〉，參見李夢陽，《空同先生集》（台北：偉文圖書出版社，一九七六，據明嘉靖九年刊本影印），卷六一，頁一七三五—一七三六。

70 〔明〕何景明，〈與李空同論詩書〉，參見何景明，《何大復先生全集》（台北：偉文圖書出版社，一九八四，據乾隆庚午歲重鐫賜策堂藏板影印），卷三二，頁一二一六—一二一七。

71 李夢陽，〈駁何氏論文書〉，《空同先生集》，卷六一，頁一七三五—一七三六。

者半必細，一實者必一虛，疊景者意必二」、[72]「開闔照應，倒插頓挫」。[73]二是向古人學習必有不短的時間過程，非一蹴可幾；故前文引到李夢陽提示「守之不易，久而推移」。何景明則提示「富於材積，領會神情」，[74]這當然不可能一朝一夕就能奏功。三是最終成果都在個人的「創變」，李夢陽強調「以我之情，述今之事，尺寸古法，罔襲其辭」，語言形式之法可以學古，但是具體修辭、情事內容則出於己意，那當然就是個人「創變」了。何景明強調的是「臨景構結，不仿形迹」，則雖模習古法，但實際創作，進入篇章修辭的構結時，則不尺寸仿似，而自作「創變」。至於他們所不同者，則在於從「因」而「變」的學習方式，李夢陽提示的是客觀的遵循古法，「守之不易」，經由長久鍛練，逐漸融通而不自知；也就是熟習「定法」，久而活用之。何景明提示的是主觀的「領會神情」，而「類推極變，開其未發」，終而「捨筏則達岸，達岸則捨筏」，[75]注重的是主體之「悟」，相對比較有「活法」之義。

我們必須再辨明，上述李何兩人所謂「不易之法」，學者或以為層次不高，僅是語言形式技巧而已。其實「文法」除非提高到文學本質、功能或主體性情、心理思維、歷史因變的層次，例如《文心雕龍》從〈宗經〉到〈辨騷〉，從〈神思〉到〈通變〉，才有理論的高度，但卻很抽象。只要進入到實際的語言表現層次，最高也就是整篇文章結構性的普遍法則，再往下便是局部修辭技術。語言表現層次的普遍法則與局部修辭技術，其實非常複雜多端，非如《文心雕龍》從〈明詩〉到〈書記〉分由不同類體，「敷理以舉統」的論其「體要」，以及從〈定勢〉到〈總術〉那樣系統化的分篇專論各種法則，就難以盡其言。李何兩人只是書信往還論辯，隨意舉其一端而已，我們也不宜據此而求全責備。同時，我們也應該契入他們論述的歷史語境，同情理解他們言說的目的不是《文心雕龍》那樣建構體系性的文學理論，而是自己創作實踐的表現方法，更重要是教導一般文人作詩之法，高深的理論反而不切實用。通觀他們的論述，主張創作實踐必須身處文學史的情境中，面對傳統而經由學習過程，從「因承」而「創變」，這其實比較適合絕大多數的一般文人，畢竟「不學而能」的天才極為少數。而且第一序位「創作型」的文學史建構，不可能只有「變」而沒有「因」，那是離開文士們生命存在的歷史情境，而腳不著地的空論。我們對學者所謂明代「復古論」的文學群體，必須要有超越「文化意識形態」的偏見，重新全面而客觀深入的詮釋與評價；而非偏執一二片語隻字，就以合己意為是，不合己意為非，妄作評斷。

新變文學群體對學古文學群體的論爭，其實李夢陽（一四七三—一五二九）、何景明（一四八三—一五二一）等前七子已經作古。新變群體的代表人物，公安袁宗道（一五六〇—一六〇〇）、袁宏道（一五六八—一六一〇）、袁中道（一五七〇—一六二四），他們所面對是李何的後學。其實後七子之中，也只有王世貞（一五二六—一五九〇）、徐國倫（一五二四—一五九三）二人的在世時間與三袁比較多的重疊，而其中剛過世不久的李攀龍（一五一四—一五七〇）與王世貞兩人領袖文壇，聲望最高，所受批評也最多。這時期，李何所提倡的學古之法，後進之輩學而不通透，泥

72　李夢陽，〈再與何氏書〉，參見《空同先生集》，卷六一，頁一七四二。

73　李夢陽，〈答周子書〉，參見《空同先生集》，卷六一，頁一七四八。

74　何景明，〈與李空同論詩書〉，參見《何大復先生全集》，卷三二，頁一二一六—一二一七。

75　同前注。

於法而死於法的弊端已經顯現。三袁的文學觀迥異學古，文學霸權意識勃動，遂向主流文學群體挑戰，展開強烈抨擊；不過對李何仍存敬意，抨擊的對象泛指他們的後學，不具名姓；而所論爭者也聚焦於「文法」之變。

公安群體對學古之流的創始人李夢陽猶存敬意，未敢完全否定，故袁宗道〈論文上〉云：「空同模擬，自一人創之，猶不甚可厭。」但對其後學泥於古法，「視為定例」，以致流弊叢生，則強烈抨擊，故云：「迨其後以一傳百，以訛益訛，愈趨愈下，不足觀矣。」[76]與公安同聲相應的焦竑〈與友人論文〉更痛貶學古末流，云：「……群盲以趨之，謬種流傳，浸以成習。」[77]袁宏道為好友江盈科的《雪濤閣集》作序，並不完全否定「復古」；但是於其末流，同樣強烈抨擊，云：

> 夫復古是矣，然至以剿襲為復古，句比字擬，務為牽合；棄目前之景，摭腐濫之辭；有才者拙於法，而不敢自伸其才；無才者拾一二浮泛之語，幫湊成詩。智者牽於習，而愚者樂其易，一倡億和，優人騶從，共談雅道。吁！詩至此，亦可羞哉！[78]

李何所倡導的學古「文法」，到晚明時期的確弊端明現，不僅對立的文學群體如三袁、江盈科、焦竑等強烈批判，就是同為學古群體的屠隆，在推尊李夢陽、何景明、徐禎卿之餘，也對末流之「模辭擬法，拘而不化」頗為不滿；[79]則「學古」固然具有比較鮮明的文學歷史意識，但是其末流泥古而不化也是無可否認的事實。

袁宏道對文學本質及功能的觀念，純屬「個體意識」，在〈敘小修詩〉中，稱揚其弟袁中道的詩文，云：「大都獨抒性靈，不拘格套，非從自己胸臆流出，不肯下筆。」[80]從論述語境來看，這段文本乃特指袁中道的創作實踐而極力稱揚，固有私情在，其實不能做為普遍適用於所有文人的通則，因為即使袁中道是不學而能的天才，也不是人人都是袁中道。此論從深層詮釋，所見甚為偏狹，文學的本質及功能既是「獨抒性靈」，則文士們的生命存在也就未能自覺文化傳統與社會群體的「歷史意識」；「歷史意識」不同於將過去已發生的歷史經驗事實做為認知客體的「歷史知識」，而是個人主體能意識到自我生命乃存在於古今相接的傳統文化情境中，群己不二，既是「自在」又是「共在」，故所行所為都應有「繼往開來」的影響效果。袁宏道這種「個體意識」的文學觀，推演所及，當然也就不認為文學傳統有何客觀外在的「定法」可為遵循，則臨筆之際但須「不拘格套」，法自內出，直接「從自己胸臆流出」。並且書寫的題材，凡是性情所發，無不可入，豈必曰「道」，故不效顰學步古之典範，這才是「真聲」。這是對「載道」的古文與學古的創作取徑，強烈抗論。

76 〔明〕袁宗道，〈論文上〉，參見袁宗道，《白蘇齋類集》，卷二〇，頁二八四。

77 〔明〕焦竑，〈與友人論文〉，參見焦竑，《焦氏澹園集》（上海：上海古籍出版社，二〇〇二），卷一二，頁一〇三。

78 〔明〕袁宏道，〈雪濤閣集序〉，參見袁宏道著，現代錢伯城校箋，《袁宏道集校箋》（上海：上海古籍出版社，一九八一），中冊，卷一八，頁七一〇。

79 〔明〕屠隆〈論文〉，參見屠隆著，李亮偉、張萍校注，《由拳集》（杭州市：浙江大學出版社，二〇一六），卷二三，頁六三八。

80 〔明〕袁宏道著，錢伯城校箋，《袁宏道集校箋》，上冊，卷四，頁一八七。

袁宏道針對學古者之以漢魏、盛唐為高格而模習的創作之法，明白否定；而改以「今之閭閻婦人孺子所唱〈擘破玉〉、〈打草竿〉之類」，所謂的「真聲」為效法對象，云：「不效顰於漢魏，不學步於盛唐，任性而發尚能通於人之喜怒哀樂嗜好情欲，是可喜也。」[81]這明顯是與對抗學古群體的極化之論，排除古之高格典範，卻相對迎接今之民謠俗曲，以此為「真聲」；而題材也擴大到「嗜好情欲」，無不可入於詩文，這就是他所稱「各窮其趣」的創作觀。因此他在這種極端「個體意識」的文學本質及功能觀念基礎上，也就對李何之輩肯定古人詩文涵有「不易之法」可為準則的觀念，全不以為然；故而提出對抗的論述，〈敘小修詩〉云：「唯夫代有升降，而法不相沿，各極其變，各窮其趣，所以可貴，原不可以優劣論也。」[82]明白強調沒有「法」可以代代沿用，當然古人之作也就不存在「不易之法」。歷代「各極其變，各窮其趣」，則當代個人的創作實踐對前代典範的「因承」關係被弱化到幾乎完全斷裂，這與前述蕭子顯那種排除一切「因承」的影響因果關係，追求絕對「獨創」而極化的「代變文學史觀」，非常相近。

綜合觀之，李何為代表的「文法」論爭，大體的觀念是個人站在文學史情境中的創作實踐，面對傳統所累積的「文法」，認為有其「不變」的常規，也有其「可變」的殊術，兩者相對辯證。總體觀之，最終目的仍在追求當代詩文創作能入於古法而又出於古法，以得「創變」之功。然則從「因」而「變」，可視為保守、相對的「代變文學史觀」。他們的論述雖然未用「通變」一詞，其實一半接近劉勰在《文心雕龍．通變》中所提示「名理有常，體必資於故實」、「參古定法」的學古原則，[83]只是所參的「古法」過度狹隘的選擇，不如劉勰那樣多元兼容並蓄；同時，另一半則因為完全排斥宋詩，而失去「通變無方，數必酌於新聲」、「望今制奇」的新變原則。而所謂「高格」就是「正」就是「源」，而「變」則是「流」，如宋詩者，其格不高。準此，我們可以推斷明代學古群體所持以創作實踐為動力的文學史觀，乃以「代變」而非「復古」為終極目的，又混合了半殘不整的「源流」、「正變」、「通變」觀念，論述表面更過度強化「學古」而弱化「新變」，整體觀念龐雜而文學史的視域狹窄，故易生誤解，遭致反抗；相對的，公安群體主張「獨抒性靈」、「法不相沿」、「各極其變」，弱化對文學傳統的「因承」，偏極的強化「新變」，其觀念淺顯而簡明，在「個體意識」高漲的時代，很容易被了解而接受，這可視為激進、絕對的「代變文學史觀」。若以《文心雕龍．通變》做為衡量，新變群體肯定宋詩之極變，故得「通變無方，數必酌於新聲」、「望今制奇」的新變原則；相對的，卻失去「名理有常，體必資於故實」、「參古定法」的學古原則。劉勰融合古今的「通變」觀念，到明代斷裂為「學古」與「新變」的對抗。其實，任何「文法」皆有其「正」值與「負」值。學古群體主張由「因」而「變」，法則本身無誤；但是實踐的結果，庸才死於法下，自生流弊，當然會引起對立文學群體的攻伐。新變群體力倡「法不相沿」、「各極其變」，其末流至於空疏不學，以粗俗為新變，何嘗不流弊蔓生。清初葉燮《原詩》提出「創—因—變」具足的論述，[84]實有同時矯治雙方之流弊的用意，可參見本書第四章、第五章。我們身處現當代，一般學者所謂「復古」與

81 同前注，上冊，卷四，頁一八八。

82 同前注。

83 周振甫，《文心雕龍注釋》，頁五六九—五七一。

84 葉燮著，霍松林注，《原詩》。

「公安」之爭已為陳跡，詮釋歷史應有超越兩照，全面而客觀、深層的探究，始能獲致有效性的論斷。

「文法」之變乃創作論所關注的焦點，其中隱涵著第一序位「創作型」文學史建構的意義。「文法」經由實踐而表現為詩文作品，其實就是個別的篇體與家數，乃樣態性的「體貌」或「體式」。如果由於文學群體的領袖型作家力倡某種「文法」而產生「漣漪效用」與「鍊接效用」，[85]形成一代文風，就是「時體」，而「文體代變」於焉實現。

最後，我們綜合前述「質與文之變」、「文體之變」、「文法之變」，就可以回答「代變文學史觀」，所謂「代變」，究竟「變的是什麼」？「文體之變」，所「變」固然是「文體」；就是「質與文之變」、「文法之變」，最終所「變」也是「文體」。然則，我們可以說，一部文學史其實就是「文體變遷史」。文學史作者如果沒有「文體知識」，就很難寫出一部合格的文學史。

（二）「代變文學史觀」，「變」的是文體；然則，「變」的原因條件是什麼？「變」是否有其規律？「變」的價值如何？

「變」的原因條件是什麼？「變」是否有其規律？「變」的價值如何？這三個問題有連帶關係，故而一起論述回答。前文論及「代變」一詞之基本概念有二，應用到文學史的論述，所涵具的理論性意義也有二：一是「代變」即二種以上形構差異的事物前後更替變動，此一概念可用以描述二種以上形構差異的文體前後「更替」變動的現象；二是「代變」即同一事物依「朝代」或「世代」的時序而更易變化，可用以描述同為樣態性的文學體式，卻依「朝代」或「世代」的時序，因不同處境而更易變化的現象。後者比前者多了「朝代」或「世代」的時序概念。不過這二義都只是「描述」表面可見的事實現象；然而歷史的知識在事實現象的描述基礎上，更重要的卻是發生、演變之原因條件以及規律的深層意義詮釋；然後又在意義詮釋的基礎上加以評價。

這些論述都屬於第二序位「詮釋型」文學史建構所持有的史觀。各家的詮釋、評價，都沒有絕對客觀而一致的答案，不免主觀的立場與觀點。我們將跨越各家之說，進行分析詮釋，聚其同而別其異，統整出中國古代「原生性」的「代變文學史觀」，以認識古代論述者如何回答上述三個關聯性的問題。通觀各家之說，對於「變」的原因條件是什麼？所提出的回答實頗紛歧。所謂「原因」是指與「結果」直接形成因果關係的內在主因；「條件」則指供應直接因果關係得以實現的間接外在助因，例如眼睛正常的視力功能，乃是看見事物此一結果的直接內在主因，是為「原因」；而光線充足則是供應眼能視物之因果關係的間接外在助因，是為「條件」。論述者對此一問題的回答，原因條件有主觀性與客觀性的差異，也有主客觀兼具之見。主觀性、客觀性的答案，二者內部各有所見略同者，而持主客觀兼具之見也有其共識者。「變」的原因條件是主觀性或客觀性，就會關聯到對於「變有何規律」的回答。推演所及，則又關聯到各家所採取的「評價」立場。這些問題，我們後文將一一進行分析詮釋而論證之。

85 文學「典範」始創之後，如果當代作家群起模習，產生並時性橫向之擴散，稱為「漣漪效用」；如果異代作家接續模習，產生縱向性歷時性之傳衍，稱為「鍊接效用」。一種文類體裁始創之後，必經這兩種效用，其形構才能定型。參見顏崑陽〈論「典範模習」在文學史建構上的「漣漪效用」與「鍊接效用」〉，收入顏崑陽，《學術突圍：當代中國人文學術如何突破「五四知識型」的圍城》（新北：聯經出版事業公司，二〇二〇），頁二九四—三〇二。

1、文學「代變」的原因條件及其規律

這個問題關聯到「變的是什麼」，依循前文的論述，文學「代變」落實在歷史情境，具體而言，「變」的就是「文體」；而「文體」又可分為形構性的「體製」與樣態性的「體貌」或「體式」。「體製代變」的原因條件，論者比較多從客觀原因去論述，其中有些會涉入主觀原因，而形成主客觀原因交互作用之說。體製之變既是出於客觀原因，也就會形成某種規律。文學史所論述多為「體式」，有從時代說，有從家數說。「體式代變」的論述，大致以時代情境為客觀外在條件，而以文學家創作主體的選擇與實踐為主觀內在原因，就很難形成某種規律。我們分從「體製代變」與「體式代變」進行分析詮釋。

（1）「體製代變」的原因條件及其規律

在文學史的論述中，「體製」主要以文類為單位，就是「類體」。韻文的主類體有詩、騷、賦、詞、曲等，非韻文的主類體有散文、駢文、小說等。主類體有時還必須分流論述次類體，例如詩這一主類體，必須因其演變而分述其次類體，四言古體、五言古體、五七言近體律絕等；散文這一主類體，必須因其演變而分論其次類體，秦漢唐宋古文、明清小品文等。「體製」是歷代文士們共同使用定型化的「基模形構」。體製的起源，有二種狀況：一是無法指認特定的始創者，而由於群體日常生活、行事之所需，而共同逐漸生成。三百篇的四言體、詞體與曲體，就是這種「類體」，可稱為「共造體」；二是可指認特定的「始創」者，例如屈原〈離騷〉為「騷」這一類體的「始創」者、司馬相如〈子虛〉、〈上林〉為「大賦」這一類體的「始創」者，可稱為「特創體」。然而不管是「共造

體」或「特創體」，當一種新的體製已生成或被創造出來，而並世引起「漣漪效用」，出現很多同作者；而異代也引起「鍊接效用」，出現很多繼作者。經過一段歷史時期，同類作品累積很多數量，逐漸「定型」而「定名」，成為文學社群與文學傳統眾所同遵的「體製」，就構成特定的「類體」，不斷被沿用；則此一類體之「變」之「滅」，就非任何一個文士所能獨自掌控、決定；而有其漫長「演變」的軌跡。因此「變」的原因就非主觀性，而有其客觀性的原因。那麼這些客觀原因是什麼，古代的論述者，有的沒有回答，有的籠統回答，有的明確回答。不過，我們還得特別指出，「體製」是人為的創造，一旦已成定型的客觀存有物，它自身不會產生變化；讓它產生變化者仍然是人，即文學家的創造，所謂「變體」；因此，「體製」之「變」似為客觀原因，卻不是絕對客觀，往往會與文學家創作實踐的主觀原因，形成主客相對交互作用的關係。

劉勰《文心雕龍》從〈明詩〉到〈書記〉，對諸多「類體」的起源與流變，都做了「原始以表末」的論述，但這是「分體文學史」的型態。「代變文學史觀」乃就跨體的通史而言，故分體之談可以不論。我們就只論通史的「代變文學史觀」。李夢陽〈潛虬山人記〉曾提出「宋無詩」、「唐無賦」、「漢無騷」的論斷。[86]此論非常偏極，明顯不合文學史的經驗事實，宋代詩人詩作的數量遠超過唐代詩人詩作好幾倍，[87]而唐賦的數量也遠超漢賦，漢騷數量同樣多於屈騷。為何李夢陽做出如此

86 李夢陽，〈潛虬山人記〉，參見李夢陽，《空同先生集》，卷四七，頁一三七一。

87 北京大學古文獻研究所編纂，傅璇琮主編，《全宋詩》（北京：北京大學出版社，一九九八）。收入九千餘位詩人的作品，共二十幾萬首，七二冊，三七八五卷。遠超過唐代詩人二千餘位，詩作四萬多首，加上補編，總共五萬多首。

不符史實的斷言？原因是由於他先立理想價值為基準，定義詩、賦、騷三體的本質，從而評定屈騷符合他的本質論，是為高格，這才是「騷」。賦、詩以此類推，則唐詩才是詩，宋詩不符合他所立高格的本質，根本不是「詩」，這是極端霸權之見，已表現訴諸絕對主觀意志的論述暴力，不符歷史的發生事實。但這種不符文學史事實的論述，影響甚大。同一群體而年歲略小的何景明也持同樣觀念而更強化之，提出「文體亡滅」之論，在〈雜言〉中斷言：「經亡而騷作；騷亡而賦作；賦亡而詩作。秦無經，漢無騷，唐無賦，宋無詩。」[88]李何之論所用詩、騷、賦這些名詞，其所指涉包含形構性的「體製」與樣態性的「體式」，總稱「文體」；故漢無騷、唐無賦、宋無詩實乃「體製」與「體式」整個文體俱亡。他們以這種不符文學史經驗事實的理想文體本質論，所建構的文學史，就形成前一文體「亡滅」而後一文體「更替」的「代變」規律。「變」的原因，看似相對客觀之文體自身本具生生滅滅的變化之道，其實卻是論述者絕對主觀的獨斷之言。這樣的「代變文學史觀」，「變」的原因歸諸文體自身的生滅更替，卻是純屬絕對主觀的獨斷；而其變遷規律更將多元的類體統攝為一元，而以一亡一作之「直線更替」的模式，建構他們心目中理想的文學史。這種文學史觀卻影響甚大，下貫到晚明時期。

晚明的胡應麟也受到李何此說的影響，前引他的論述：「四言變而離騷、離騷變而五言、五言變而七言、七言變而律詩、律詩變而絕句，詩之體以代變也。」[89]所論述明確是體製，但只是客觀描述各體線性「更替」而變的規律，沒有解釋「變」的原因。他在下文繼續論述，云：「詩至於唐而格備，至於絕而體窮；故宋人不得不變而之詞，元人不得不變而之曲。詞勝而詩亡矣，曲勝而詞亦亡矣。」從這樣的論述，我們就可以了解到，胡應麟所論「詩之體代變」，其何以「變」的原因是「體窮」，窮則變，變則通，這是客觀性原因。然而所謂「體窮」究竟是指詩的「體製」形構自身已變化到無法再變化，也就是「體製」的變化已經「窮盡」嗎？或者是指文士們使用「詩」的體製，其表現功能已被唐人發揮窮盡，創造出各種「體式」；宋人如果繼續使用「詩」的體製，就難以創造新的「體式」；因此宋人不得不變化新的體製，即是「詞」；那麼，體窮之詩就被新興而勝的「詞」所「更替」呢？而曲體之更替詞體也是這樣的原因嗎？如果是從舊「體式」之窮盡而被新「體式」所「更替」而變化來說，則關係到文士們創作實踐的「選擇」，那麼「代變」的原因，就有主觀性。胡應麟是明代學古群體的殿軍，古體以漢魏為高格，近體以唐代為高格，而不能認同宋詩「體式」之變，這種觀念應該是接受李夢陽所提出「宋無詩，唐無賦，漢無騷」之論。那麼，「詩體代變」之「變」的原因，就不僅是客觀性的「體製」自身窮盡而變，同時也是文士們主觀性創作實踐追求「體式」創新之變；每種「體製」都因其形構而內具相應的表現功能，舊體製表現功能之窮盡，導致新體製的產生；而新一代的文士為求「體式」的創新，也就停止舊體製而接受新體製，舊體製等於亡滅，故云「詞勝而詩亡，曲勝而詞亦亡」；則「文體代變」，實為主客觀原因的交互作用所致。

前引顧炎武對「詩體代降」的論述云：「《三百篇》之不能不降而楚辭，楚辭之不能不降而漢魏，漢魏之不能不降而六朝，六朝之不能不降而唐也，勢也。」「降」的基本義是由上而下，在「詩體代降」的語脈中，可以是描述義，指時序從古代（上）的詩體往後代（下）的詩體變遷；但也可以

88 何景明，〈雜言〉，參見何景明，《何大復先生全集》，卷三八，頁一四三八。

89 胡應麟，《詩藪》，卷一，頁一。

是評價義，指詩體的價值從高往低貶降。這就不僅指形構性的「體製」而指樣態性的「體式」了。顧炎武這段話的語意其實不明確，不過從他指明「代降」的原因是「勢」來推想，則「代降」以描述義為宜。因為他將「詩體代降」的「原因」歸於「勢」，顯然是客觀性原因。體製之代降，才會是客觀性原因，如果是「體式」則已是創作實踐完成，表現出典雅、雄渾、遠奧等某種樣態，既是主觀性原因，也會有格調高低的價值之別；但是，「勢」的概念非常籠統，其中有一義是事物在時空情境中所呈現的狀態及其運動變化的趨向。在顧炎武這段文本的語境中，可以理解為《三百篇》之「四言體」往下演變為楚辭「騷體」；「騷體」往下演變為漢魏「五言體」……。這是文學「體製」在歷史往前推演的進程中，不斷被使用，因應不同時代創作實踐的需求而「不能不」產生演變。關鍵就在於「不能不」，乃是某種客觀形勢所迫。然則，文學體製之變有其客觀性的原因。這種觀念同樣是將多元的類體統攝為一元，而一個接一個規律的「直線更替」模式，與李何的差別只在於顧炎武沒有主觀武斷的宣判不合理想高格的文體亡滅，而只指出「不得不變」的客觀性之「勢」。這就涉及到文士們創作實踐所面對文體演變的處境，應該如何選擇的問題。顧炎武指認「變」的原因乃是「勢」，其實還是不明確。他在〈詩體代降〉一文中，下文接著說：

> 用一代之體，則必似一代之文，而後為合格。詩文之所以代變，有不得不變者。一代之文，沿襲已久，不容人人皆道此語。今且數千百年矣，而猶取古人之陳言，一一而摹倣之，以是為詩，可乎？故不似則失其所以為詩，似則失其所以為我。[90]

這樣的論述，已由形構性的「體製」而推向創作實踐所表現完成樣態性的「體式」。他所謂「一代之體」的「體」指的是「體製」，例如五言古體，七言近體等；而「一代之文」的「文」則指的是已表現完成的「體式」，依「時代」而言，就是「時體」，例如建安體、太康體、齊梁體、盛唐體、晚唐體。因此他所要表達的是文士們面對時代文體，既用其「體製」，必有其體製所要求的「體式」，「一代之文」能表現「一代之體」應有的「體式」，才算「合格」。借用劉勰《文心雕龍・明詩》的「辨體」之論：「四言正體，則雅潤為本；五言流調，則清麗居宗」。《三百篇》的「一代之體」是四言古體，表現「一代之文」以「雅潤」為合格；漢魏六朝的「一代之體」是五言古體，表現「一代之文」以「清麗」為合格。而唐宋的「一代之體」是五七言近體，則用「一代之體」所表現「一代之文」，必須似唐人的「體式」，方為「合格」。合格就是「正格」，明代學古群體以「正格」為高而模習之。問題是「一代之文，沿襲已久」，即使漢魏六朝人作五言古體，如固守「正格」就很難再有創新，唐人作五七言近體，如固守「正格」也很難再有創新。何況明代人相隔漢魏六朝以及唐代數百年，還「取古人之陳言，一一而摹倣之」，又怎可能創出新「體式」，其諷諭學古群體之意，可會心而知。因此兩難問題是「不似則失其所以為詩，似則失其所以為我」；「似」是合乎「正格」，人人為之。「不似」則是不合乎「正格」而自成面目。似與不似要如何選擇？他以李杜為典範，云：「李杜之詩，所以獨高於唐人者，以其未嘗不似，而未嘗似也。」[91]這是詭辭，卻並非全無

90 顧炎武，《日知錄》，卷二一，頁六〇六。

91 同前注，卷二一，頁六〇六。

道理。用一代之體而能似一代之文，是為「合格」；然而卻又不全似，而能創變自己的體式。李杜是唐代詩人，作詩須得唐詩之「正格」，這是群體用「一代之體」，以時代的共同經驗所表現的「一代體式」，李杜之詩當然「似」這「一代體式」；卻又能以個人的情性、才學、文辭「創變」自成一家的「體式」，此則「不似」。那麼假如「勢」是文體自身演變的客觀趨勢規律，當其沿襲已久而勢窮，則「不得不變」；而個別主體之創作實踐不當摹倣以求「似」，必須順勢利導，選擇創變以求「不似」。然則在顧炎武的論述中，文學「代變」之「變」的原因，既有文體自身演變的客觀規律，相對也有文士們創作實踐因「勢」以求「變」的主觀動力，主客原因交互作用。

至於前文論述到「一代有一代文學」，所謂「楚之騷、漢之賦、六代之駢語、唐之詩、宋之詞、元之曲，皆所謂一代之文學，而後世莫能繼者」。這一類的論述所關注的重點不在「文學代變」的原因條件以及規律，而只在已經「代變」而成為歷史事實的基礎上，強化一代有一代重要的代表性類體，論述目的是在為戲曲、小說爭取文學史的地位。其理論意義不大，但對現當代諸多《中國文學史》的書寫影響甚鉅。這種論述被提倡出來，再與西方重視戲劇、小說的文學觀念互相呼應，元明清三代的文學史，戲曲、小說已從不入流的文體躍升為主流文體。

（2）「體式代變」的原因條件及其規律

樣態性「體式」之「代變」，「變」的原因條件為何？是否有其規律？前文論述到劉勰在《文心雕龍．時序》所提出「時運交移，質文代變」之說，[92]最終也是表現為「文體代變」；而他在〈通變〉中所論卻是「文體通變」，[93]二者似乎涇渭之分，彼此不相涉。其實，劉勰的文學史觀體系宏大，兼合源流、正變、通變與代變。《文心雕龍》之中，五經為所有文學之總源，而詩賦各類都是分流。〈明詩〉到〈書記〉，則以「原始以表末」之法，為各類體溯其源而別有流。「經」為「源」為「正」，而緯、騷為「流」為「變」；至於各類體又有其「正」與「變」，例如〈明詩〉就以四言為「正體」，五言為「流調」，流調即是「變」。〈通變〉聚焦在創作論，論述的是第一序位「創作型」的文學史建構；文士們創作實踐時，其「文心」必內含「通變文學史觀」。而「通變」的最終效果則是經由對傳統「有常之體」的因承，獲致當代文體的「創變」，這當然是以「因承」為基礎而達到「代變」的目的。因此〈時序〉雖論述時代情境對文學創作實踐所產生的影響，卻未落入客觀的社會文化決定論；而必須與〈通變〉互文閱讀，才能理解劉勰所謂「質文代變」，雖有「時運」為客觀外在條件；但是「變」的主觀內在原因仍在於文士精識「通變」的文心，文學變遷乃出於主客觀原因條件的交互作用。

〈時序〉以「時運交移，質文代變」二語為全篇論述綱領，從後文的敘述觀之，歌謠與文人創作必須分別看待，二者以春秋為時代的分水嶺。因為遠古時期，帝王並未特意提倡文學，也沒有個別文人才士蓄意獨創文學。歌謠是人民群體感物而動、緣事而發，直接反應時代政教治亂而形諸歌詠。因此，「質文代變」的原因及規律都出於客觀的政教治亂情境；故〈時序〉開始從陶唐敘述到周平王遷都而春秋開始之前，結論是「歌謠文理，與世推移。風動於上，而波震於下者」。春秋以後，帝王開

92 周振甫，《文心雕龍注釋》，頁八一三—八一七。

93 錢伯城，《袁宏道集校箋》，頁五六九—五七一。

始特意政策性的提倡文學，而文化思想也形成不同時期的思潮，並出現眾多的一家之言，即所謂諸子百家，文人才士也各有特別的表現，質文代變的原因條件就顯得複雜。

關於〈時序〉所蘊涵「質文代變」之「變」的原因條件，及其與〈通變〉創作論的關係，可詳見本書第六章，此處擇其大意而言，從〈時序〉對歷代的敘述，「質文代變」的原因條件大約有五：一是帝王權力的主導，包括帝王對文學主觀的好惡與政策性的導向，例如東漢時期「自哀平陵替，光武中興，深懷圖讖，頗略文華」云云，這是帝王權力的負向影響，屬於「質」；相對的建安時期「魏武以相王之尊，雅愛詩章；文帝以副君之重，妙善辭賦；陳思以公子之豪，下筆琳琅；並體貌英逸，故俊才雲蒸」云云，這是帝王權力的正向影響，屬於「文」；二是時代政教的治亂，讓文士們感物而動，緣事而發，而哀樂之情生，因以成文，例如建安文學「雅好慷慨，良由世積亂離，風衰俗怨，並志深而筆長，故梗概而多氣」云云，這也就是「文變染乎世情」。三是文化思潮影響到文學創作的取向，例如東晉時期玄言詩的興起「中朝貴玄，江左稱盛，因談餘習，流成文體」云云。四是前代文學典範之作的影響，例如西漢時期「爰自漢室，迄至成哀，雖世漸百齡，辭人九變，而大抵所歸，祖述楚辭，靈均餘影，於是乎在」云云。五是文士們才性情志的表現，例如東漢時期「自和安已下，迄至順桓，則有三傅班崔，王馬張蔡，磊落鴻儒，才不時乏，而文章之選，存而不論」云云。雖帝王不重視倡導文學，但是班固、傅毅、崔駰、崔瑗、崔寔、王逸、王延壽、馬融、蔡邕等，各展才學，蔚為文采。

這幾個文學變遷的原因條件，若以文士們創作主體的才性情志為主觀內在原因，則其餘四個都是相對客觀的外在條件。因此〈時序〉對於文學變遷的原因條件與規律的論述，看似凸顯了政治權力、時代治亂、文化思潮、文學傳統等客觀條件，難免會引起客觀決定論的錯覺。然而，閱讀《文心雕龍》，以詮釋其理論系統，不能個別篇章文本孤立觀之，必須將相關的諸篇文本合觀，進行互文詮釋。不管就理論或經驗事實言之，文學歷史的構成與變遷，絕非單一原因，而必是多元原因條件交互作用。這多元原因條件必然有主觀也有客觀；故而〈時序〉必須與〈通變〉合觀，並互文詮釋。〈時序〉從政教導向與治亂，以及文化思潮的客觀時代處境立論，但客觀中隱涵主觀的才性情志；〈通變〉則從主觀的創作實踐立論，但主觀中隱涵客觀的時代處境；而凸顯創作主體如何能「望今制奇，參古定法」，以獲致「變則堪久，通則不乏」的效果，故而文學變遷乃是多元主客觀原因條件交互作用的結果。

沈約《宋書．謝靈運傳論》所論述的「文體代變」，明確是「體式」之變，那麼變的原因條件是什麼？有沒有規律？沈約的回答是：「自漢至魏，四百餘年，辭人才子，文體三變……源其飆流所始，莫不同祖風騷……徒以賞好異情，故意製相詭。」從他的論述來看，所謂「賞好異情，故意製相詭」，指的是「體式」之變乃出於文士們創作實踐對題材、主題取向，各有偏愛，故而各成自己作品情意內容與形式樣態的差異，這是主觀內在的原因；但是，對於某一歷史時期，卻又認為一代體式之變，受到當時文化思潮的影響，故云：「有晉中興，玄風獨振，為學窮於柱下，博物止乎七篇。馳騁文辭，義殫乎此。自建武暨乎義熙，歷載將百，雖綴響聯辭，波屬雲委，莫不寄言上德，託意玄珠，遒麗之辭，無聞焉爾。」東晉時期，玄言詩的體式普遍流行，乃出於清談玄風的影響，這是客觀外在的條件。然則在沈約的論述中，一代文學「體式」之變，有出於個體才情的主觀內在原因，也有受到群體共持之文化思潮的外在條件所導向。這兩者的主導力互有強弱，當一個時代沒有產生群體共持的文化思潮時，則個體才情主導力強盛，體式之變出於「一世之士」對「標能擅美，獨映當時」之典範家數「各相慕習」而成風。例如司馬相如、班固、曹植、潘岳、陸機，這一類典範家數對當時文風的主導性影響。相對的，當一個時代沒有這一類才情特秀而主導力超強的典範家數，而時代文化思潮又普遍興盛，則一代文學「體式」就受到這種客觀外在條件的主導。然則，在沈約的論述中，「體式」代變，每一時代導致變遷的原因條件各有不同，沒有一定的規律。

至於「文法」之變，聚焦在創作實踐取「法」的差異，所使用的「體製」其實無別。六朝時期，不管是主張「新變」的蕭子顯、蕭綱、蕭繹等，或被認定為「復古」的裴子野等，所使用「體製」都是五言古體。而明代學古群體與新變群體的「文法」論爭，他們所使用的「體製」都是到唐代已全備的五七言古近體。因此，雙方所爭論的觀念付諸實踐，最終當然是以「體式」表現出來，而各有差異。那麼依照他們創作實踐取「法」的論述，「體式」之變的原因條件是什麼？有沒有規律？

學古群體或新變群體對「文法」的取徑，不管有何差異，置入文學史脈絡以理解其意義，都不是純為第二序位「詮釋型」的文學史建構，最終必然經由創作實踐而表現為某種「體式」而產生第一序位「創作型」的文學史建構；因此文學歷史發展到明代，「體式」之變的原因乃出於主觀內在的「文心」，學古群體如此，新變群體亦如此，問題在於有沒有客觀外在的條件？這對學古群體的李何而言，客觀外在條件有二：一是在文學史上已經存在而被他們評價為高格，可資取「法」的古代體式，五古取「法」於漢魏而變之，近體取「法」於唐代而變之；二是當代的現實生活經驗，以為取材。前文引述李夢陽〈駁何氏論文書〉，就明白表示「以我之情，述今之事，尺寸古法，罔襲其辭」。[94]所謂「今之事」當指時代社會文化經驗，可取為題材。所謂「尺寸古法」當指前述第一種客觀條件，古代高格「體式」所蘊涵的「不易之法」。因此，對立的文學群體，袁宗道在〈論文〉中，就客觀評述李夢陽的創作，能有個人及當代的經驗內容，云：「空同諸文，尚多己意，紀事述情，往往逼真；其尤可取者，地名官銜，俱用時制。」[95]所謂「紀事述情，往往逼真」，明顯是逼近當代真實的社會文化經驗；而「地名官銜，俱用時制」也就是李夢陽自述「罔襲其辭」之意。然則，依照李夢陽的論述，創作實踐最終目的乃在於當代「體式」之變；「變」的主觀內在原因就在「我之情」、「己意」，主體文心必居主導作用；但是，相對有其客觀外在條件做為基礎，那就是古代典範體式所蘊涵的「不易之法」，以及當代的社會文化經驗。這是李夢陽所建立學古以求變的基本教義，他自己大體能做到，至於後學泥古而不化，乃是庸才之過而非「法」之失誤，前文已詳論。

至於由公安三袁所代表，以「新變」為準則的創作實踐，「體式」之變的原因明顯出於主觀內在的才情，即前文引述袁宏道〈敘小修詩〉所謂「獨抒性靈」、「任性而發」。[96]然則，「體式」新變難道沒有客觀外在條件嗎？不管從理論或創作經驗言之，內在「性靈」不可能無緣無故而動而發，必然感物緣事，才會產生創作的動機。這所感所緣就是「外境」，故袁宏道〈敘小修詩〉描述其弟袁小修的創作，云：「有時情與境會，頃刻千言。」[97]情在內，境在外，而且此「境」是個人當下直對

94 李夢陽，〈駁何氏論文書〉，《空同先生集》，卷六一，頁一七三五—一七三六。

95 袁宗道，《白蘇齋類集》，卷二〇，頁二八四。

96 錢伯城，《袁宏道集箋校》，卷四，頁一八七。

97 同前注。

之境。在袁宏道看來，「體式」的創變還是有其客觀外在條件，只不過他在這篇序文的論述，是針對袁小修創作經驗的特例而言，不是具有通則性的理論。甚且，他繼續描述袁小修的創作動機是：「不得志於時，多感慨；又性喜豪華，不安貧窘；愛念光景，不受寂寞。百金到手，傾刻都盡，故嘗貧……。」接著描述他「沉湎嬉戲，不知樽節，故嘗病」，卻又不任貧不任病，故多愁。他的詩就是抒發自己「貧病無聊之苦」，袁宏道卻認為是「真詩」。[98]這是一個沒有歷史意識，沒有社會意識，而只有自我的浪蕩文人、豪奢公子「悲己不遇」的創作實踐。文學創作已走入絕對個體意識的境地，「體式」之變雖有「外境」的客觀條件，卻無關乎群體共在的歷史文化傳統與當代社會情境，而僅是個體的存在經驗，這是極端的「個人抒情」文學。其實袁宏道的創作大體亦若是，詩文很多屬於個人交遊及日常生活情趣的書寫，雖然還是當代經驗，但大時代普遍經驗與長遠歷史文化傳統的成分卻相當淡薄。那麼，這樣的創作實踐既排除對傳統的「因承」而偏求個人的「新變」，假如置入文學史脈絡衡量之，豈不脫離承先啟後的因果關係，而與文學傳統斷裂嗎？

當代文士們的論述及創作實踐與文學歷史傳統的連接或斷裂的問題，值得再做思辨。明代學古群體的論述，正向提出對漢魏與唐代的因承，看似對文學歷史傳統連接；然而仔細辨之，卻不是直線延續不斷的連接，而是經由價值評判而選擇性的跳接；也就是以理想的文體本質與格調高下為評斷，反對宋詩而與宋詩斷裂，跳越過宋代而近體正向「因承」唐代，五古更跳躍過宋代、唐代而正向「因承」漢魏。「正向因承」是歷史變遷時序中，「正影響」的因果關係；反宋詩而與宋詩斷裂，則是否定正向因承的「反影響」因果關係。在學古群體來看，宋詩流「變」至極而失其「正」，故不直接正向「因承」而跳越之，唐代的五古亦然。因此溯源反本以尋其「正」，又法「正」以求「變」，則

「變」而不失其「正」，如此則「體式代變」可經由文士們的論述與創作實踐，形成正影響與反影響、連接與斷裂對立辯證，源流正變循環更替的規律。至於袁宏道對「文法」之變的論述，〈敘小修詩〉與〈雪濤閣集序〉二文必須合觀統整。〈敘小修詩〉所謂「代有升降，而法不相沿，各極其變，各窮其趣」乃否定正向因承的「正影響」，看似歷代文體彼此斷裂，不相連續。〈雪濤閣集序〉卻從「反影響」立論，提出另一種前後代文體連接的因果關係，云：

> 夫法因於敝而成於過者也。矯六朝駢麗飣餖之習者，以流麗勝；飣餖者，固流麗之因也。然其過在輕纖，盛唐諸人以闊大矯之；已闊矣，又因闊而生莽，是故續盛唐者，以情實矯之；已實矣，又因實而生俚；是故續中唐者，以奇僻矯之；然奇則其境必狹，而僻則務為不根以相勝，故詩之道至晚唐而益小。有宋歐蘇輩出，大變晚習，於物無所不收，於法無所不有，於情無所不暢，於境無所不取，滔滔莽莽，有若江河。今之人徒見宋之不法唐，而不知宋因唐而有法也。[99]

「法因於敝而成於過」是袁宏道很具創見的論點，雖不免偏至而不圓融，但是對文學史「因」與「變」的詮釋卻有片面的效力。他從文學史的觀察，發現「體式代變」存在一個規律，當代「新變」之法乃「因」於「矯」前代之「敝」而成，例如新變「流麗」之法，乃「因」於矯治前代由駢麗所生

98 同前注，卷四，頁一八八。

99 錢伯城，《袁宏道集箋校》，卷一八，頁七一〇。

「飣餖」之敝而成；新變「闊大」之法，乃因於矯治前代由流麗所生「輕纖」之敝而成。然而，新變生成之法卻又漸趨於「過」，「過」是「過度」之意；過度則敝生，例如「流麗」過度即生「輕纖」之敝；「闊大」過度即生「莽」之敝。如此則矯敝而生成新變之法，新變之法過度而生敝，復受矯敝而生成新變之法，就在歷史時程中連續相循更替而變，形成「體式代變」的規律。準此，宋詩並非不法唐詩，而是「因」為「矯」唐詩演變到晚唐而詩道益小之「敝」，乃生成「新變」之法，不應該被學古群體所排斥。從他的論述語境理解，「因」不是「正向因承」之意，也就不是前代對後代「正影響」的因果關係；而是「反向因由」之意，乃因為由於前代體式之敝，引起矯敝的動機而生成「新變」之法，是為「反影響」的因果關係。這種論述之所以偏至而不圓融，就在於完全排除文學史事實存在著「正向因承」的「正影響」因果關係，李白杜甫之成為最偉大的詩人，「正向因承」詩騷以降的歷代典範，而多方受到「正影響」，這是不爭的事實。袁宏道卻僅片面強化「反向因由」的「反影響」因果關係。其論述目的顯然是針對學古群體所生成之「敝」，而為我方群體矯「敝」以求「新變」之法，建立正當性的因由。矯枉必過正，其敝由此而生。袁宏道這樣的論述，果然不久的未來，就反射到新變群體，其末流空疏粗俗之敝叢生，就成為被矯敝的一方。不過，他的論述也的確解釋了「體式代變」的片面現象，可以看作是一種代變的規律。

2、文體「代變」的文學價值評斷

文體「代變」的文學價值評斷，必須分從「體製」與「體式」論述。體製的代變，如果僅就類體的「基模形構」而言，例如四言古體、五言古體、五言律詩、七言絕句、騷體、賦體等，其實沒有價值高低。因此古人的論述，往往只做客觀描述，不帶入論述者主觀的評價，例如前文述及胡應麟所謂「四言變而離騷、離騷變而五言、五言變而七言、七言變而律詩、律詩變而絕句，詩之體以代變」，這明白是不帶評價的描述義。假如使用這些文類體製的名稱進行論述，卻明顯涵有評價義，那就已非純就形構性的體製而論，而是就創作實踐完成的作品而論，這時往往會在體製名稱之前加上領屬性的名詞，例如楚騷、漢賦、唐詩、宋詞、元曲等，指的是集合一個時代這類代表性作品共同的樣貌。楚騷就是楚國屈宋之作，漢賦就是司馬相如、班固、揚雄、張衡等作品。這所指已非「體製」而是「體式」，一個時代同類代表性作品集合所表現的「體式」，就是「時體」。「體式」就會被某些評論家認為具有文學價值高下之別，而謂之「體格」，明人稱為「格」或「格調」。故胡應麟接著前文所引那段論述，又云：「《三百篇》降而騷，騷降而漢，漢降而魏，魏降而六朝，六朝降而三唐。詩之格以代降也。」所述《三百篇》、騷、漢、魏等，所指都非純屬基模形構的體製，而指一個時代代表性作品的「體格」。

辨明這個基本概念，我們就可以進行理解歷代文人對「體式代變」做出哪些不同的價值評斷。歷代這類價值評斷非常紛雜，往往片言隻語，不成系統。因此，我們只能擇其重要而略具系統者，加以統整而論。並且所謂「價值評斷」，必須針對「體式代變」而言；與此無關的價值評斷，不納入討論。

（1）創造型「文學價值大時期循環與小階段循環」的文體代變觀

劉勰在《文心雕龍．時序》中提出「時運交移，質文代變」之說。我們可以回顧前文的論述，其論旨顯題的是描述及詮釋從陶唐到劉宋，歷代文學如何隨著帝王權力主導、政教治亂、文化思潮、前代文學典範、文人才性情志五種內外原因條件的影響而產生代變。然而，總體觀之，既未完整的顯明「質文代變」有一定的規律，也沒有做出基準一致的評價，而大體以描述及詮釋為主。但是，可持與〈時序〉互文詮釋的〈通變〉，則相對顯題「質文代變」的規律及其評價。從遠古「黃唐淳而質」開始，歷經「商周麗而雅」，直到「宋初訛而新」為止，[100]總體「代變」的趨勢是從「質」往「文」持續變遷。

不過，變遷的軌跡並非一線直下，而是呈現拋物線的態勢。這就必須先總體理解劉勰對質、文的評價。他心目中最理想完善的「體式」不是「質之至」的黃唐，也不是「訛而新」的宋初。黃唐是極端的「質勝文」，乃「質之至」；宋初則是極端的「文勝質」，乃「文之至」。變遷到商周的「麗而雅」，才達到「文質彬彬」，才是他理想完善的「體式」，[101]這可與劉勰〈宗經〉所謂「文能宗經，體有六義」相呼應。商周文學的代表就是「五經」，而五經的體式，所謂「文能宗經，體有六義：一則情深而不詭，二則風清而不雜，三則事信而不誕，四則義直而不回，五則體約而不蕪，六則文麗而不淫」，[102]從內容與形式都合乎中庸，也就是「文質彬彬」。

那麼從價值評斷來看，歷史起點而「質之至」的黃唐，與劉勰時代做為歷史終點而「文之至」的宋初，分別在文學價值最低的兩端，而在歷史中程「麗而雅」的商周，就在文學價值的最高點。因此，從黃唐開始，經過虞夏，到商周，呈現的是「質」漸減而「文」遞增，直到「文質彬彬」；也就是從文學價值最低處，逐漸往高處上升，直到商周的最高峰。接著，由商周的「麗而雅」，經過楚漢的「侈而艷」、魏晉的「淺而綺」，直到宋初的「訛而新」，呈現的是「質」繼續遞減而「文」繼續遞增，變遷到最低處，則「質」幾近滅失而「文」幾近滿溢。也就是從文學價值最高處，逐漸往低處下降。然則，以黃唐及宋初為文學價值最低的兩端，商周為文學價值最高的中程，呈現的是拋物線變遷的態勢。

然而，我們必須再注意到，〈時序〉是第二序位「詮釋型」的文學史建構，以過去的文學歷史為論述對象，所凸顯的是帝王權力、政教治亂等客觀外在條件，對文學代變的影響；卻又隱涵著文士們主體才性情志可以不受這些客觀外在條件的支配，而能自主的創變。劉勰相信也期許，文學的變遷發展，總有第一流傑出文士，能經由自主的創作實踐，而改變一代衰敝的文體。

〈時序〉乃第二序位「詮釋型」的文學史建構，論述的是已成過去的文學史。〈通變〉則是第一序位「創作型」的文學史建構。劉勰的文學史觀必須整合這兩型，才能獲致完全的理解詮釋。〈通變〉另從文體自身「文質代變」的歷程，期許第一流傑出文士們能深知文學「通變」之道，置身此一「文質代變」的文學史情境中，面對當代而反思過去並瞻望未來，以實踐「繼往開來」的創作，而改變當代文體的衰敝，開展未來理想的文體。然則在劉勰的觀念中，「文質代變」不是一種純為客觀決定論的規律，文士們創作主體的意志具有轉變客觀情勢的主導力量。劉勰通觀文體自身的「文質代變」，從黃唐「質之至」發展到宋初「文之至」，已全失其「質」。誠如〈繫辭傳〉所謂「窮則變，

100　周振甫，《文心雕龍注釋》，頁五六九。

101　劉勰以「文質彬彬」為最理想完善的體式，詳見顏崑陽，〈論魏晉南北朝「文質」觀念及其所衍生諸問題〉，收入顏崑陽，《六朝文學觀念叢論》，頁二一—九二。

102　周振甫，《文心雕龍注釋》，頁三二一。

變則通」，在劉勰看來，他所面對的當代，文體衰敝，應該是「窮則變，變則通」的時機。故而〈通變〉以創作實踐法則的論述，為「質文代變」畫出未來發展的藍圖，期許為宋初「文之至」的文體尋回其「質」，而逐漸朝向「文質彬彬」的理想文體發展，或許就會讓「文質代變」再造一次拋物線變遷的文學史圖像，而形成前後時期接續「拋物線循環」之文學價值升降的發展軌則。這是理想主義者對「文質代變」所規劃「應然」的藍圖，指向的是「未來」文學變遷可能的「創造」契機。我們就稱他為「創造型『文學價值拋物線循環』的文質代變觀」。將劉勰定位為「復古論」者，實為簡化淺識之見。

前文第四章「源流文學史觀」、第五章「正變文學史觀」都已詳論到葉燮《原詩》所提出「詩之源流本末正變盛衰，互為循環」之論，意圖消解明代學古群體與新變群體二極對立的論爭。因此在創作實踐立場上，他既不重「源」而輕「流」，也不伸「正」而詘「變」；當然不會反過來，重「流」而輕「源」、伸「變」而詘「正」；而是主張創作者應該因「源」因「本」因「正」之「衰」，再創而開其「流」振其「末」暢其「變」，轉而使此「流」之「變」升為「源」為「本」為「正」，以開創新的歷史局面而復「盛」。如此源流、本末、正變、盛衰相互循環，綿延而不絕的「代變」；而本末、盛衰具有價值判斷之意，但他所認定的本末、盛衰乃是相對而非絕對，隨著源流、正變相互循環，本末、盛衰的價值也相互循環。他既凸顯「創作實踐」的歷史經驗基礎，而又認為文體「源流」並非始終都是「線性」的演變，而是階段性的多重「循環」；此與劉勰歸源反本的大時期循環，有時程性的差異，但其為「循環型」則一也。因此葉燮的論述結合源流、正變觀念，最終目的其實就是要解答「文體代變」的軌則。

（2）機械型「文學價值直線遞降」的文體代變觀

對文體「代變」提出文學價值評斷，比較完整的論述當推胡應麟，可以做為「機械型『文學價值直線遞降』的文體代變觀」的代表。前文引述到他所謂：「《三百篇》降而騷，騷降而漢，漢降而魏，魏降而六朝，六朝降而三唐。詩之格以代降也。」所述《三百篇》、騷、漢、魏等，所指都非純屬基模形構的體製，而指一個時代代表性作品的「體式」，又再加上「格調」的價值評斷，而謂之「體格」。因此，這一段論述乃接著上文「詩之體代變」之後，對《三百篇》到三唐，歷代詩歌的「體式」做出文學價值的評斷。值得注意的是，他只論述到唐代，而宋元闕如。這顯然因為胡應麟屬於學古群體，宗唐而排宋，並波及元代，不承認宋元之詩是詩，根本不入格，故而在《詩藪》中，對五代開始到宋元的詩，貶為一文不值，云：「五季亂不加於戰國，變不數於南朝。而上靡好文，下躓學古。故自宋至元，歷年三百，莫能自拔。非天開明德，宇宙其無詩哉！」[103]在他看來，到了宋元，詩已亡滅矣。

「詩之格以代降」之「降」字，基本義是由上而下，可以只是對從古至今時序遞變的描述，不涵評價義，前文述及顧炎武「詩體代降」就是描述義的用法；但是也可以對某種事物價值由高而下遞減的評價。其上文論述「詩體代變」，對「體製」代變的時序做了描述。接著乃就各時代使用這些「體製」所表現諸多作品群的「體式」，以「格調」做為價值判準，而依其高下做出配合「詩體代變」時序，由高格往下遞降的評價。不過，胡應麟對「詩體代變」的評價有些看似矛盾，卻是兼顧。他在

103 胡應麟，《詩藪》，內編，卷一，頁二。

「詩之格代降也」的下文，接著論述云：

上下千年，雖氣運推移，文質迭尚；而異曲同工，咸臻厥美。國風雅頌，溫厚和平。離騷九章，愴惻濃至。東西二京，神奇渾璞。建安諸子，雄贍高華。六朝俳偶，靡曼精工。唐人律調，清圓秀朗。此聲歌之各擅也。風雅之規，典則居要。離騷之致，深永為宗。古詩之妙，專求意象。歌行之暢，必由才氣。近體之攻，務先法律。絕句之構，獨主風神。此結撰之殊途也。[104]

這段論述，可先注意到「氣運推移，文質迭尚」乃沿用劉勰《文心雕龍．時序》所提出「時運交移，質文代變」之意。「質」與「文」相對為義，是他所使用的關鍵概念。這一段論述，從「國風雅頌，溫厚和平」到「唐人律調，清圓秀朗」，對歷代詩歌「體式」的描述，大體就是「質」與「文」二個對立概念的運用。「溫厚和平」的國風雅頌是「文質彬彬」，至於「愴惻濃至」、「神奇渾璞」，大約是「質勝文」，「雄贍高華」、「靡曼精工」、「清圓秀朗」，大約「文勝質」。不過，這段論述是並時性的比觀國風雅頌、離騷、漢賦、建安及六朝五言古體、唐代近體，評斷各種體式「異曲同工，咸臻厥美」，而「聲歌各擅」、「結撰殊途」，也就是各種體式都有它們各殊之美。在這段論述中，胡應麟以相對價值觀看待歷代各種體式，呈現多樣性而未作高下的評比。然而，在《詩藪》同樣內編卷一，後文卻對周代、兩漢、魏、六朝到唐代的體式，以「質」與「文」為基準，進行歷時性的文學價值評斷，云：

文質彬彬，周也。兩漢以質勝，六朝以文勝。魏稍文，所以遜兩漢。唐稍質，所以過六朝也。[105]

胡應麟以「質」與「文」二個對立概念做為評價基準，質勝文、文勝質與文質彬彬各是一種體格。「文質彬彬」的體格最高，文學價值也最高。其次是「質勝文」，文學價值較低；再次是「文勝質」，文學價值更低。他就用這樣的價值判準，評斷由周代至於唐代的詩歌體格。相較於前述「異曲同工，咸臻厥美」的相對價值觀，這一段論述就轉從絕對價值觀，建立一個絕對完善的價值標準，就是「文質彬彬」；再依照此一基準，視其「質」與「文」缺乏的程度，訂立價值的高低，而形成一種文學價值評斷的格式，而對歷代的詩歌體式進行歷時性的價值評比。文化及文學的演變，由「古質」往「今文」不斷的「代變」，這是歷史經驗事實，也是人們的共識，或質或文，原可止於描述或詮釋，而不做價值高下的評斷。然而，凡事必爭高下優劣，這是人性之常。價值高下優劣，沒有絕對客觀的標準，大抵隨人主觀好惡。所謂「復古」與「新變」之爭，實乃各是其所是的主觀選擇。胡應麟選擇的是「學古」，詩歌源起的周代國風雅頌「文質彬彬」被視為絕對完善的價值標準，往下就是「質勝」或「文勝」偏至的變遷。

文化及文學其大勢既然由「古質」往「今文」代變，學古者必尚質而輕文，故而胡應麟在「兩

104　同前注，頁一。

105　同前注，頁三。

漢以質勝，六朝以文勝」的二極之間，就評斷「魏稍文，所以遜兩漢」、「唐稍質，所以過六朝」。在「質」往「文」代變的歷程中，雖偶有小幅的變化，例如唐代在六朝之後，卻以「稍質」而「過六朝」。然而總體的趨勢，卻是在周代國風雅頌「文質彬彬」之後，歷代體式就不斷朝向「質」遞減而「文」遞增，直線式變遷。這種變遷趨勢，從胡應麟「尚質而輕文」的評價基準觀之，卻是文學價值遞減，而且這樣的遞減，幾乎是「機械型」的規律。他在另一論述很明確的斷言：「國風雅頌並列聖經。……楚一變而為騷；漢再變而為選；唐三變而為律，體格日卑。」[106]從國風雅頌，歷經楚之騷、漢之選體、唐之律體，「體格日卑」則文學價值直線遞降。論證至此，我們就可再回顧前文，胡應麟所謂從《三百篇》到三唐乃「詩之格以代降」，也就是「體格日卑」之意。因此，我們可以將胡應麟這種對「文體代變」的價值評斷，稱為「機械型『文學價值直線遞降』的文體代變觀」。這當然是對過去的文學史，所做第二序位「詮釋型」的建構。

這一型的文體代變觀，胡應麟所論最為完整。不過，前文述及學古群體的開路者李夢陽、何景明已有類似之見，只是所論不完整。前文引述李夢陽所謂「宋無詩，唐無賦，漢無騷」之論，何景明所謂「經亡而騷作；騷亡而賦作；賦亡而詩作。秦無經，漢無騷，唐無賦，宋無詩」。這種論述明顯帶著絕對價值觀而對歷代文體所做的評斷，文體變遷的趨勢大致也是文學價值由前往後下降。只是沒有將各類體統攝在同一線性的歷史時序，串接成遞相代變的關係，而分從各類體本身的歷史時序，評斷其由變而衰而滅之勢，看似「文學價值直線遞降」；然而騷至漢而亡滅，賦至唐而亡滅，詩至宋而亡滅，各類體之間既無前後流變的關係，而本身代變的歷史時程結構也中途斷裂，就連「分體文學史」也無法建構。這就不是完整的「機械型『文學價值直線遞降』的文體代變觀」。

這一種史觀，在近現代的《中國文學史》書寫，受到強烈的貶斥，被視為「文學退化史觀」。這顯然受到西學的影響，學古之論果真可以等同西方史學所稱「退化史觀」嗎？這個問題可以重新全面的反思討論。

（3）有機型「文學價值相對而無升降優劣」的文體代變觀

依前文所論，中國古代「原生性」的文學史觀，既有「機械型『文學價值直線遞降』的文體代變觀」，那麼相對是否也有「機械型『文學價值直線遞升』的文體代變觀」？晚清以降，《中國文學史》的書寫蔚為風潮，這類著作多達千種以上。[107]其中，因應中國現代化的追求，又適逢「五四」白話新文學運動，乃引進西方生物以至社會「進化論」，用之於《中國文學史》書寫，「文學進化史觀」一時成為廣被濫用的迷咒。文學史作者為了讓此一舶來品的文學史觀具有正當性，遂綰合中國古代的文學「新變論」與「一代有一代之文學」，簡化而淺化的認定古代已有「文學進化史觀」。在文學史的進程中，今勝於古，後代新體文學必然比前代舊體文學進步，故白話新文學必然優於文言舊文學，這就被稱為「文學進化史觀」。然則依循這種文學史觀推論，相對而言，古代既有「機械型『文

106 同前注。

107 從晚清林傳甲、竇警凡、黃人第一本現代化而西方式的《中國文學史》開始，這一類著作累積的數量已千種以上。參見黃文吉主編，《中國文學史書目提要》（台北：萬卷樓圖書公司，一九九四），附錄〈中國文學史總書目〉，從一八八〇年到一九九四年，世界各國已出版有關「中國文學史」的著作，高達一六〇〇餘種。其中，一般「通史」就有四二〇餘種。而一九九四年至今又過二十幾年，著作總數已不只黃文吉所統計。

學價值直線遞降』的文體代變觀」，當然也就有「機械型『文學價值直線遞升』的文體代變觀」；但是省察古代相關的論述文本，其實沒有形成系統完整的這種文體代變觀，也就是古代文人對於文學歷史的論述，並沒有所謂「文學進化」的觀念。「新變論」不能等同於「進化論」，「一代有一代之文學」也不涵有「文學進化」的意義。某些文學史作者認為「新變」、「一代有一代之文學」之說，就是「文學進化論」，這是有意而無識的假藉性論述。前文所述，被貶斥為「文學退化史觀」的「機械型『文學價值直線遞降』的文體代變觀」，固然是某些文人「崇古」文化意識形態虛幻的投影。相對的，「文學進化史觀」也同樣是某些文人「貴今」文化意識形態虛幻的投影。其實，文學沒有進化或退化的規律，更沒有古勝今或今勝古的價值優劣。

前文述及劉文忠比較全面完整的論述從永明聲律說開始，歷經蕭子顯、蕭統、蕭綱、蕭繹、徐陵，到隋唐、宋金元、明代、清代以至近代的「新變論」。[108]從這一類所謂「新變論」來看，其實絕大多數片言段語，都是對於創作實踐提出創新求變的論述，只是簡單的常識而已，搆不上系統化的理論。依據我們前文的論證，雖然有些論述隱涵第一序位「創作型」文學史建構的史觀；但是更多的論述並沒有將創作主體置入文學史時序的情境中，論述他們如何持有某種文學史觀，在「因」與「變」的影響因果關係中，進行創作實踐而獲致第一序位的文學史建構。所論大體只是將「創作」視為離開文學史時序情境，孤立的表示某種創新求變的態度及方法，具有「創作論」的意義而沒有「文學代變史觀」意義。

六朝時期，「新變論」常被舉為代表者，我們就以葛洪、蕭子顯、蕭統為例。葛洪《抱朴子．鈞世》的論述用意只在抗辯時人貴古賤今的文學觀，因而比較古今文章，進行實際批評，而提出相對的評價，云：「《毛詩》者，華彩之辭也，然不及〈上林〉、〈羽獵〉、〈二京〉、〈三都〉之汪濊博富也。」[109]這樣的論述其實只是並時性的平行比較，進行優劣的評價。並未將古今多種以上的文體，置入文學歷史時序脈絡中，以詮釋其因變的影響關係而後評價之；只說〈上林〉、〈羽獵〉等漢賦比《毛詩》更要「汪濊博富」，如此簡略的實際批評，當然沒有蘊涵歷代「文學價值直線遞升」的文學史觀，與「文學進化」更搭不上關係。

前文所論及的蕭子顯《南齊書．文學傳論》，所謂「若無新變，不能代雄」；大體所重乃在「創作」求新求變的原則，以爭取一代文學特出的地位；後文所舉潘岳、陸機、郭璞、許詢等文士們，由於靈變擅奇，因此得到高度的文學史地位，這只不過舉例證明自己所提出「若無新變，不能代雄」的創作觀為正確；潘岳、陸機、郭璞、許詢等能「代雄」的文士們，既「不相祖述」，不管並時或歷時，彼此了無影響性的因果關係；也沒有將這些文士們在文學史時序脈絡中，以詮釋其演變的原因條件及規律而後評價之，當然沒有蘊涵歷代「文學價值直線遞升」的文學史觀，同樣與「文學進化」沒什麼關係。

蕭統〈文選序〉所謂：「椎輪為大輅之始，大輅寧有椎輪之質；增冰為積水所成，積水曾微增冰之凜，何哉？蓋踵其事而增華，變其本而加厲。物既有之，文亦宜然。隨時變改，難可詳悉。」[110]

108 劉文忠，《正變．通變．新變》，頁二六二—三七〇。

109 〔晉〕葛洪著，現代楊明照校箋，《抱朴子外篇校箋》（北京：中華書局，一九九七），下冊，頁六五—七九。

110 〔南朝梁〕蕭統編著，〔唐〕李善注，《文選》，頁二。

此一論述以譬喻的方式，揭示在文學演變的歷史進程中，展現著踵事增華，變本加厲的現象，隱涵文學史觀的意義。然而也僅是在理論上提出簡單的演變軌則，並沒有針對梁代之前的文學史，運用這個史觀進行第二序位「詮釋型」的文學史建構。既然說是「隨時變改，難可詳悉」，也就無法明確認知「文學代變」的規律。而最關鍵的詞語「踵其事而增華，變其本而加厲」，也只是對變化現象的描述及詮釋，並沒有明白指出踵事增華，變本加厲之後的新事物比原本的舊事物具有更高的價值，因此也沒有「文學進化」的涵義。

至於前文論及「一代有一代文學」，被綰合到「文學進化史觀」，明顯也是有意而無識的假藉。焦循《易餘籥錄》所謂「夫一代有一代所勝」、王國維《宋元戲曲史．序》所謂「凡一代有一代之文學」，雖然涵有文學評價義；但是，既非古勝於今，亦非今勝於古，而是楚之騷、漢之賦、六代之駢語、唐之詩、宋之詞、元之曲，每一朝代之文體各擅勝場，不宜重此而輕彼。論述的目的，只是為了替被輕視的元曲爭取應有的地位。其影響效果就是每一朝代都有它代表性的文體，元代當以戲曲這一文體為代表。這種論述的焦點其實不在文體「代變」的原因條件及規律，價值評斷也屬相對性，既非古勝今，亦非今勝古，完全沒有文學「退化」或「進化」的涵義。

「新變論」涵有比較明確之「文體代變」的評價義，應推明代李贄與袁宏道的論述。李贄〈童心說〉云：

> 苟童心常存，則道理不行，聞見不立；無時不文，無人不文，無一樣創制體格文字而非文者。詩何必古選？文何必先秦？降而為六朝，變而為近體，又變而為傳奇，變而為院本，為雜劇，為

《西廂記》，為《水滸傳》，為今之舉子業，皆古今至文，不可得而時勢先後論也。[111]

明代的文學主流是從李東陽以降，李夢陽、何景明等所領航的學古群體。後起的新變論述，發言的目的都意在對抗、解構、顛覆。真正刨根掘本的論述就是李贄的〈童心說〉，雖然偏激至極，卻力道萬鈞。他以本質之真的「童心」為文學創造的根源，解消一切歷史積澱而被建構牢固的古代典範，讓文學創造回歸根源的「童心」，以「真」為質，則「無時不文，無人不文，無一樣創制體格文字而非文」。然則「詩何必古選、文何必先秦」，以此解構學古群體所遵奉「調古格高」相對「調近格卑」的價值評斷模式。歷代各體詩文可從這一評價模式開放出來，還其自身以「真」為質的多元價值。這種論述可稱為「有機型『文學價值相對而無升降優劣』的文體代變觀」。何以為「有機型」？是因為文體乃隨著創作主體文心之「真」而多元變化，其價值相對，不能比較優劣，也無法歸為固定的直線遞升或遞降的規律。

袁宏道大致因承所師者李贄的這種文體代變觀。前文論及他在〈雪濤閣集序〉中，以「法因於敝而成於過」為觀點，歷述六朝至於宋代，因為矯敝過正而產生詩體代變的現象。這一段論見以描述及詮釋為主意，那麼他對詩體代變究竟抱持什麼價值評斷的觀點，〈敘小修詩〉的一段論述，可以回答這個問題：

111 〔明〕李贄，《焚書》（台北：漢京文化公司，一九八四），卷三，頁九八—九九。

唯夫代有升降，而法不相沿，各極其變，各窮其趣，所以可貴，原不可以優劣論也。112

「代有升降」的「代」可指朝代，也可再細分一個朝代中階段性時期，大致可以指稱一種「體式」的「世代」，例如建安體的建安，太康體的太康、盛唐體的盛唐。〈敘小修詩〉這一段文本之前，就論述云：「詩準盛唐矣，盛唐人曷嘗字字學漢、魏歟？」盛唐、漢、魏都可以「代」稱之。然則各朝代或世代的文體本身就自有升有降，變化多元，無法一概而論。例如唐代之詩，就有三唐、四唐的階段性世代之分，各世代的詩體就有升降變遷；再進一步細觀，各世代又有不同「家數」的差異，同為盛唐，又有王、孟、岑、高、李、杜等各家不同的體式；故唐代無法以「總體」觀之，而持與宋代總體為對立。以此類推，漢、魏、六朝、宋、元，何嘗不是如此？將每一朝代或世代都做一元、總體固化的「體式」看待，這是不知「變」的靜態史觀。而「文法」因時之變而變，也沒有可以代代相沿的「不易之法」；有創造力的詩家，莫不「各極其變，各窮其趣」，文學的可貴也就在此。因此，不可以古勝今，或今勝古為優劣之論。這是多元殊變的動態史觀，顯然就是前述李贄「有機型『文學價值相對而無升降優劣』文體代變觀」的理論化。

第四節　原生性「代變文學史觀」詮釋模型重構

綜合前文的分析詮釋論證。我們就可以為中國古代原生性「代變文學史觀」的詮釋模型做出如下的重構：

一、「代變文學史觀」所觀文學史上之「代變」者，雖可分為「質」與「文」之變、「文體」之變、「文法」之變。前二者為第二序位「詮釋型」文學史建構所持之史觀，後者為第一序位「創作型」文學史建構所內含之史觀。然最終總是表現為「文體」，即各種文學形構性的「體製」或樣態性的「體式」，先後更替變動或依朝代、世代的時序更易變化。因此，一部文學史就是文體變遷史。

二、歷代文士們乃是第一序位「創作型」文體變遷史的建構者。他們身處文學史情境中進行創作實踐，其「文心」必內含「代變文學史觀」，對歷代既存的文體都有一定的認知，而對既存文體的「因」與「變」也都各持或同或異的觀念，從而付諸創作實踐，使得各種文體趨向未來發展。文體因變的觀念既有差異，也才能開展出多元化「文體代變」的第一序位「創作型」的文學史建構。

三、「文體代變」內外原因條件頗為複雜。外在客觀條件大致有四：一為帝王政治權力的主導；二為政教治亂的時代情境；三為文化思想的風潮；四為傳統的文學典範。內在主觀原因是文士們的才性情志。內外原因條件雖非同一，卻也不是截然為二，了不相涉，而是多元主客觀原因條件交互作用，才會產生文體變遷的結果。

四、「文體代變」的規律，必須分從「體製」與「體式」觀之。先就「體製」之變觀之，當一種新的「體製」已生成出來，而並世引起「漣漪效用」，異代引起「鍊接效用」，出現很多繼作者。經過一段歷史時期，同類作品累積很多數量，逐漸「定型」而「定名」，成為文學社群與文學傳統眾所

112 錢伯城，《袁宏道集箋校》，卷四，頁一八八。

同遵的「體製」，就構成特定的「類體」，不斷被沿用；則此一類體之「變」之「滅」，實非任何一個文士所能獨自掌控、決定；而有其漫長「演變」的軌跡。明代學古群體所提出「經亡而騷作；騷亡而賦作；賦亡而詩作」的論述，形成前一文體「亡滅」而後一文體「更替」的「代變」規律。「變」的原因，看似相對客觀之文體自身本具生生滅滅的變化之道，其實卻是論述者絕對主觀的獨斷之言。其變遷規律更將多元的類體統攝為一元，而以一亡一作之「直線更替」的模式，建構他們心目中理想的文學史，這當然不符文學體製代變的歷史事實。晚明胡應麟與顧炎武的論述，就比較有相對客觀性。胡應麟所謂「詩體代變」之「變」，不僅是因為客觀性「體窮」，亦即「體製」自身功能窮盡而不得不變，同時也是文士主觀性為追求「體式」創新而變；每種「體製」都因其形構而內具相應的表現功能，舊體製表現功能之窮盡，導致新體製的產生；而新一代的文士為求「體式」的創新，也就停止舊體製而接受新體製，舊體製等於亡滅，故云「詞勝而詩亡，曲勝而詞亦亡」；則「文體代變」，實為主客觀原因的交互作用所致。至於顧炎武認為文學「體製」在歷史往前推演的進程中，不斷被使用，因應不同時代創作實踐的需求而「不能不」產生演變。關鍵就在於「不能不」，乃是某種客觀形勢所迫，這也是胡應麟所謂「體窮」之意。然則，文學體製之變有其客觀性的原因。這種觀念雖然同樣是將多元的類體統攝為一元，而一個接一個規律的「直線更替」模式，但是顧炎武沒有主觀武斷的宣判不合理想高格的文體亡滅，而只指出「不得不變」的客觀性之「勢」。同時，顧炎武又從文士創作實踐主觀求「變」的心理，回應「不得不變」的客觀性之「勢」。假如「勢」是文體自身演變的客觀趨勢規律，當其沿襲已久而勢窮，則「不得不變」；而文士們之創作實踐就必須順勢利導，選擇創新因而導致體製之變。然則在顧炎武的論述中，文學「代變」之「變」的原因，既有文體自身演變的客觀規律，相對也有文士創作實踐因「勢」以求「變」的主觀動力，主客原因交互作用而形成代變的規律。

五、「文體代變」的規律，若就「體式」之變觀之，很難形成客觀的規律，隨文士們的論述，而約略有幾種不同的說法。劉勰與沈約的論述，大致是「體式代變」的規律，乃經由文士們一方面歷時性的「因承」傳統典範，一方面又並時性的以自身才性情志感知當代社會文化處境而「創變」，主客、因變交互作用而產生「體式代變」的規律。至於明代學古群體的論述，正向提出對漢魏與唐代的「因承」，看似對文學歷史傳統連接；其實卻不是直線延續不斷的連接，而是經由價值評判而選擇性的跳接；也就是以理想的文體本質與格調高下為評斷，反對宋詩而與宋詩斷裂，跳越過宋代而近體正向「因承」唐代，五古更跳躍過宋代、唐代而正向「因承」漢魏。「正向因承」是歷史變遷時序中，「正影響」的因果關係；反宋詩而與宋詩斷裂，則是否定正向因承的「反影響」因果關係。在學古群體來看，宋詩流「變」至極而失其「正」，故不直接正向「因承」而跳越之，唐代的五古亦然。因此溯源反本以尋其「正」，又法「正」以求「變」，則「變」而不失其「正」，如此則「體式代變」可經由文士們的論述與創作實踐，形成正影響與反影響、連接與斷裂對立辯證，源流正變循環更替的規律。新變群體的論述則是認為「體式代變」的規律，乃當代文士們「因」於「矯」前代體式之「敝」而新變之；新變體式又因過度而生敝，復受後代矯敝而生成新變體式，就在歷史時程中連續相循更替而變，形成「體式代變」的規律。而所謂「因」不是「正向因承」之意，也就不是前代對後代「正影響」的因果關係；而是「反向因由」之意，乃因為由於前代體式之敝，引起矯敝的動機而生成「新變」的體式，是為「反影響」的因果關係。

六、文體「代變」的文學價值評斷大致可以分為三型：一是整合第一序位「創作型」文學史建構與第二序位「詮釋型」文學史建構，而形成「創造型『文學價值拋物線循環』的文質代變觀」；二是第二序位「詮釋型」文學史建構所持有的「機械型『文學價值直線遞降』的文體代變觀」；三是第二序位「詮釋型」文學史建構所持有的「有機型『文學價值相對而無升降優劣』的文體代變觀」。

第五節　結論

中國古代原生性「代變文學史觀」大體的「詮釋模型」已重構如上述。古代文人所論，第一序位與第二序位的文學史建構都有。降及明代，不同文學群體各懷主觀的文化意識形態，各取主觀的立場，彼此對抗而爭奪文學霸權，很難能有客觀超越的論證，其知識本質原非我們當代必須受到學術規範所制約的人文學術——詮釋與評價雖不免主觀卻必須被要求相對客觀有效性，而任何判斷也必須以充分可信的史料與方法進行論證，才能被認可為確當。然而，歷史有其已發生的事實他在性，不能被刪除，也不能被絕對主觀任意的妄斷。從學術研究的觀點而言，站在現當代，做為一個負責的學者，我們應該先做第一序深層意義的詮釋，揭明諸多歷史經驗現象之所以發生的原因條件及其規律，而後才能就所詮釋的結果，進行第二序的評價。而不能一開始就以絕對主觀的文化意識形態，預設合乎己意的價值基準，未詮釋就先評價而產生論述暴力。

源流、正變、通變、代變幾個「原生性」文學史觀，其中以「代變文學史觀」對近現代的《中國文學史》書寫影響最大；但一般學者對整個「代變文學史觀」的認知，大多籠統而破碎，只是被簡化、淺化為新變、一代有一代之文學而綰合從西方舶來的「文學進化史觀」，用以書寫《中國文學史》，逢古必抑，逢新必揚，妄談「獨創」；中國古代文學史的發展似乎只「變」而不「因」。其實中國文學史中的萬千作品，先秦經子史之文、《詩經》三百篇以降，就沒有獨創，只有因承而再創變。近現代諸多《中國文學史》書寫，對於明代「學古」與「新變」之爭，一開始就以白話新文學運動所需，形成固化的意識形態，向古代文學歷史投影；公安新變群體允為同路人，而學古群體就成異途，完全無需用心研究理解，就以抄襲、剽竊加以汙名化。整段明代的文學史，扭曲不成面目，其實應該全面反思而重新理解詮釋。

「代變文學史觀」之詮釋模型的重構，或許有助於我們對古來「學古」與「新變」的論爭，以及「文體代變」的原因條件及其規律、評價，能有比較完整而客觀的認識。或許未來有意書寫《中國文學史》者，可以參考。

原刊《淡江中文學報》四九期，二〇二三年十二月
二〇二四年一月修訂

中國原生性文學史理論重構

2024年6月初版 定價：新臺幣850元

著　者　顏崑陽
叢書主編　沙淑芬
內文排版　菩薩蠻
校　對　王中奇
封面設計　沈佳德

出版者　聯經出版事業股份有限公司
地址　新北市汐止區大同路一段369號1樓
叢書主編電話　(02)86925588轉5310
台北聯經書房　台北市新生南路三段94號
電話　(02)23620308
郵政劃撥帳戶第0100559-3號
郵撥電話　(02)23620308
印刷者　世和印製企業有限公司
總經銷　聯合發行股份有限公司
發行所　新北市新店區寶橋路235巷6弄6號2樓
電話　(02)29178022

副總編輯　陳逸華
總編輯　涂豐恩
總經理　陳芝宇
社長　羅國俊
發行人　林載爵

行政院新聞局出版事業登記證局版臺業字第0130號

本書如有缺頁，破損，倒裝請寄回台北聯經書房更換。 ISBN 978-957-08-7337-5 (精裝)
聯經網址：www.linkingbooks.com.tw
電子信箱：linking@udngroup.com

國家圖書館出版品預行編目資料

中國原生性文學史理論重構/顏崑陽著．初版．新北市．
聯經．2024年6月．596面．14.8×21公分
ISBN 978-957-08-7337-5（精裝）

1.CST：中國文學史 2.CST：文學理論

820.9 113004475